Georgi P. Berdnikow

Anton Tschechow

Eine Biografie

Georgi P. Berdnikow

Anton Tschechow

Eine Biografie

Volk und Wissen
Volkseigener Verlag
Berlin · 1986

Aus dem Russischen von Gerhard Dick

ISBN 3-06-102596-0

HERAUSGEGEBEN VOM
KOLLEKTIV FÜR LITERATURGESCHICHTE
Leitung: Prof. Dr. Kurt Böttcher
Bearbeitung und Redaktion:
Andrea Czesienski, Bernd Müller unter Mitarbeit von Petra Gruner
Bildauswahl: Friedel Wallesch
Anmerkungen und Register: Dr. Gerhard Dick
Redaktionsschluß: 25. September 1983

Inhalt

Taufbecken Taganrog

Iwan Bunin[1] erwähnt in seinen Erinnerungen an Anton Pawlowitsch Tschechow eine charakteristische Szene. Eines Tages saß er mit Anton Pawlowitsch in dessen Arbeitszimmer, und dabei kamen sie aus irgendeinem Grund auf ihre Taufpaten zu sprechen. „Bei Ihnen hat General Sipjagin Gevatter gestanden", sagte Tschechow, „aber bei mir der ‚Kaufmannsbruder' Spiridon Titow. Haben Sie schon von einem solchen Stand gehört?" Als Bunin verneinte, zeigte Anton Pawlowitsch ihm seinen Taufschein, der Bunin so sehr interessierte, daß er um die Erlaubnis bat, ihn abschreiben zu dürfen.

Damals stand Tschechow bereits im Zenit seines Ruhmes. Er sympathisierte mit dem angehenden jungen Schriftsteller Iwan Bunin, ja, man kann sagen, die beiden waren freundschaftlich miteinander verbunden. Trotzdem aber lebte jeder in seiner Welt.

Tschechows Vater, Pawel Jegorowitsch, war Kaufmann der dritten Gilde; er wurde bald in die zweite Gilde aufgenommen. Eigentlich sollte man annehmen, daß dieser Übergang in eine höhere Stufe der Kaufmannshierarchie vom Aufblühen des Geschäfts zeugte. Jedenfalls verfügten die Kaufleute der zweiten Gilde über beträchtliche Kapitalien. Pawel Jegorowitsch war jedoch eine seltsame Ausnahme von dieser Regel. Sein Geschäft war, obwohl es die solide Bezeichnung „Kolonialwarenhandlung" trug, in Wirklichkeit ein kleiner Kramladen.

Auf dem Ladenschild war zu lesen, daß hier mit Seife, Wurst, Tee, Kaffee und anderen Kolonialwaren gehandelt wurde. Und anderen! Rückblickend schrieb Tschechows Bruder Alexander: „Selbst einen Gemüseladen der Hauptstadt, in dem mit allerlei Krimskrams gehandelt wird, kann man nicht mit dem Kolonialwarenladen Pawel Jegorowitschs vergleichen ... Hier konnte man ein Viertelpfund oder sogar nur ein Lot Tee erwerben, eine Büchse Pomade, ein schäbiges Federmesser, eine Schweinsblase mit Rizinusöl, eine Gürtelschnalle, einen Lampendocht, Heilkräuter und -wurzeln aller Art. Hier konnte man auch

[1] Iwan Alexejewitsch Bunin (1870–1953), russischer Schriftsteller, konzipierte ein Buch über Tschechow, das als Fragment 1953 in New York erschien.

ein Gläschen Wodka trinken und sich mit griechischem Wein vollaufen lassen ... Mit einem Wort, es war eine Mischung der verschiedenartigsten Waren, die in keiner Weise unter einen Hut zu bringen waren ... Und dieses ganze Chaos war auf dem kleinen Raum eines gewöhnlichen Ladens zusammengepfercht, einem Raum mit einem schrecklich schmutzigen Fußboden, mit einem Ladentisch, der mit zerrissenem Wachstuch bezogen war, und mit kleinen vergitterten Fenstern wie in einem Gefängnis."

Immerhin war ein solcher Laden an jenem Ort und zu jener Zeit nichts Ungewöhnliches. Ungewöhnlicher war sein Besitzer. Pawel Jegorowitsch Tschechow war bis zu seinem sechzehnten Lebensjahr Leibeigener des Grundbesitzers Tschertkow auf dessen Gut im Gouvernement Woronesh gewesen. Der Leibeigenschaft hatte er dank der erstaunlichen Energie und Zielstrebigkeit seines Vaters Jegor Michailowitsch, eines außergewöhnlichen Mannes, entrinnen können. Diesem gelang es, dreieinhalbtausend Rubel zu sparen und im Jahre 1841 seine Familie loszukaufen. Die Kinder hielt er sogleich zur Arbeit an. Jegor Michailowitsch selbst, der sich in Rostow in den Kleinbürgerstand hatte einschreiben lassen, trat in den Dienst des Grafen Platow, dessen Güter verstreut im Süden lagen.

Sein Sohn Pawel Jegorowitsch diente dreizehn Jahre bei dem Taganroger Kaufmann Kobylin. 1854 heiratete er Jewgenia Jakowlewna Morosowa, und drei Jahre später eröffnete er, mit Hilfe seines Prinzipals und dreitausend gesparten Rubel, ein eigenes Geschäft. Damals lebte bereits sein Sohn Alexander, der 1855 geboren worden war. 1858 kam Nikolai auf die Welt. Am 17. Januar 1860 wurde Anton geboren; ihm folgten 1861 Iwan, 1863 Maria, 1865 Michail. Jewgenia, die 1869 geboren wurde, lebte nur zwei Jahre.

Auch die Morosows, der andere Zweig der Tschechowschen Familie, waren Leibeigene gewesen. Jewgenia Jakowlewnas Großvater Gerassim Nikititsch Morosow hatte mit unglaublicher Anstrengung seine Familie freikaufen können, und zwar ein Vierteljahrhundert früher. Die Erinnerung an die Unfreiheit blieb bei den Morosows stets lebendig.

Das Ziel, die persönliche Unabhängigkeit, war für beide Familien erreicht, aber ihr Leben hatte nicht viel gemein mit der erträumten Freiheit. Das erfuhr Pawel Jegorowitsch als Ladenjunge, Lehrling, sogar als Handlungsdiener. Um wirklich frei zu werden, genügte es nicht, sich vom Gutsherrn freizukaufen, man mußte „Karriere machen". Dafür aber war Geld nötig. So begann für Pawel Jegorowitsch und seine Brüder ein neuer Lebensabschnitt. Er hieß: Kapital zusammenschaffen, koste es, was es wolle. Daraus entstanden dramatische Belastungen, Konflikte. Die schwierige Situation, in der sich Pawel Jegorowitsch befand, wurde dadurch verschärft, daß er nicht in erster Linie an den Handel, sondern an seine Unabhängigkeit dachte. Offensichtlich liegt hier eine Ursache für die Schrullen, die diesem Kaufmann der zweiten Gilde anhafteten.

Die Atmosphäre in der Familie Tschechow war offensichtlich widersprüchlich. Nach der Version Alexander Pawlowitschs – in seinem Aufsatz „Der Ladenbesitzer Tschechow" – herrschten dort Willkür, Despotismus und grausame Härte. Anton Pawlowitsch sei als Kind ein „unglücklicher Mensch" gewesen. „Das Familienleben fügte sich für den späteren Schriftsteller so mißlich, daß er keine Möglichkeit hatte, ein wenig herumzutollen oder ausgelassen zu sein."

Antons Geschwister Michail, Iwan und Maria widersprachen dieser Version. Iwan Pawlowitsch beurteilte Alexanders Erinnerungen als von A bis Z erlogen und auch Michail Pawlowitsch meinte, daß die Tschechows „eine gewöhnliche patriarchalische Familie" gewesen seien, die „nach Aufklärung strebte und sich der Bedeutung geistiger Kultur bewußt geworden sei".

In der Tat konnten alle Kinder das Gymnasium besuchen, außerdem erhielten sie Unterricht im Hause selbst. „Zu uns kam immer", schrieb Michail, „eine Französin, die uns in Sprachen unterrichtete. Vater und Mutter legten großen Wert auf die Kenntnis fremder Sprachen, und soweit ich zurückdenke, konnten meine beiden älteren Brüder Kolja und Sascha schon frei französisch sprechen. Später kam ein Musiklehrer – ein Beamter der örtlichen Filiale der Staatsbank –, und das Leben verlief so, wie es sich damals für eine Familie des Mittelstandes gebührte, die bestrebt war, etwas Besseres zu werden, als sie tatsächlich war."

Michail erinnerte sich ferner, daß bei den Tschechows jeder Tag mit Arbeit begann und endete. „Alle im Hause standen früh auf. Die Jungen gingen ins Gymnasium, kehrten zurück und machten sich an ihre Schulaufgaben. Hatten sie eine freie Stunde, so beschäftigte sich jeder mit Dingen, für die er talentiert war. Alexander konstruierte elektrische Batterien, Nikolai zeichnete, Iwan übte sich im Büchereinbinden, und der zukünftige Schriftsteller Anton schrieb ... Wenn abends der Vater aus dem Laden kam, begann das Chorsingen. Der Vater sang gern nach Noten und brachte das auch seinen Kindern bei. Außerdem spielte er oft mit seinem Sohn Nikolai im Duo Geige, von der jüngsten Schwester Maria auf dem Klavier begleitet. Die ewig beschäftigte Mutter betätigte sich währenddessen im Haushalt oder nähte für die Kinder auf der Maschine."

Es kam vor, daß die Kinder den Vater im Laden vertreten mußten. „Trotz der Strenge des Familienregimes und sogar der damals üblichen körperlichen Züchtigungen genossen wir Kinder außerhalb der Sphäre unserer unmittelbaren Pflichten große Freiheit. Vor allem konnten wir, soweit ich mich erinnere, aus dem Hause gehen, ohne um Erlaubnis zu fragen. Wir durften uns nur nicht zum Mittagessen und überhaupt zu den Terminen des häuslichen Lebens verspäten, und was die Verpflichtungen betraf, so waren wir da alle sehr wachsam."

Nach diesem und anderen Zeugnissen zu urteilen, waren Anton und seine Brüder durchaus keine eingeschüchterten, unglücklichen Kinder, sie nutzten reichlich die Möglichkeiten zu Vergnügungen, die ihnen die südliche Natur und das Meer boten. Sie badeten und angelten im Hafen. Mit Vorliebe ergötzten sie sich am Strand an frisch gebratenen Fischen. Auch daheim wußten sie sich zu zerstreuen. Anton hielt Tauben und fing Singvögel. Abseits vom Meer zog sich die Steppe hin. Durch ihre endlosen Weiten streiften Anton und seine Brüder gern. Viele Jahre später beschrieb Michail Pawlowitsch (in seinen Erinnerungen) die 1873 unternommene Reise zum Großvater Jegor Michailowitsch ausführlich.

Anton Pawlowitsch war ein Jahr zuvor zum Großvater gefahren. Auch später führte ihn seine Reiseroute des öfteren durch die Steppe. Einmal, als Anton in einem kalten Fluß gebadet hatte, erkrankte er schwer. Erschöpft und von Schmerzen geplagt, wurde er mehr tot als lebendig in eine Herberge gebracht. Die gastfreundlichen Besitzer behielt er in guter Erinnerung. Jahre später wurden diese Begegnungen und Eindrücke seiner Kinderzeit in der Erzählung „Die Steppe" wieder lebendig: Moissej Moissejitsch und seine Hausgenossen, mit denen der Knabe Jegoruschka bekannt wird, der Duft der Steppe, die erstaunlich frischen und satten Farben – das alles ist eine Mischung von Erlebnissen des Jungen, die sich in das Bewußtsein des Schriftstellers einprägten, scharfer Beobachtungen und phantastischer Visionen. Wir haben, so scheint es, allen Grund, uns der Charakteristik der Familie Tschechow anzuschließen, wie sie von Michail Pawlowitsch gegeben wurde. Sie widerspricht jedoch der Meinung von Anton Pawlowitsch, der über seine Kindheit wenig schmeichelhaft urteilte. Die Ursache für diese Divergenz lag vor allem in der Beurteilung des widersprüchlichen Charakters des Familienoberhaupts.

Pawel Jegorowitsch glaubte nicht nur an die Macht des Geldes, er akzeptierte auch bedingungslos die harten Gesetze von Herrschaft und Unterordnung, nach denen das alte bürgerlich-feudale Rußland lebte. Noch 1885, nach dem Zusammenbruch seiner kaufmännischen Existenz, war er von diesen Prinzipien überzeugt. In einem Brief riet er seinem jüngsten Sohn: „Man hat Dich gelehrt, sich der Obrigkeit zu unterwerfen, die Lehrer und Erzieher zu achten, die Eltern zu ehren, das ist die Pflicht jedes jungen Menschen, so mußt auch Du handeln, so lange Du eine Macht über Dir hast, und wenn Du erwachsen bist, wirst Du ein Mensch mit Wort und Tat sein, dann wirst Du selbst über andere herrschen müssen, anders kann es nicht sein, davon hängt die gesamte Ordnung für alle ab, die auf Erden leben." Diese feste Überzeugung – „anders kann es nicht sein"! – äußerte ein Mann, der die härteste Schule der Unterordnung durchlaufen hatte, der oft geprügelt, beleidigt und betrogen worden war.

Ein Verdienst des Vaters war es, daß er seine Kinder zur Achtung vor der Arbeit erzog. Seinen Kindern hämmerte er ein, daß Arbeit die allererste Pflicht des Menschen sei. „Mit den Jahren", so schrieb der Literaturwissenschaftler Alexander Roskin (1898–1941), „gelangte Pawel Jegorowitsch, ohne daß er es merkte, zu der festen Überzeugung, das Leben müsse unbedingt schwer sein, und jegliche Erleichterung in seiner Existenz empfand er als etwas Seltsames und Beunruhigendes, eine Erleichterung im Leben der anderen als eine gegen ihn gerichtete Beleidigung." Das zeigte sich in seinem alltäglichen Verhalten gegenüber den Kindern und Hausgenossen und erzeugte eine bedenkliche Atmosphäre. In der Wahl seiner Mittel nicht zimperlich, traktierte er seine Söhne ebenso mit Prügel, Ohrfeigen, Genickstößen wie langweiligen Belehrungen. So

Die Bucht von Taganrog
(M. P. Tschechow, 1888)

entstand im Hause Tschechow ein recht widerspruchsvoller Zustand, und es ist nicht erstaunlich, daß dies später unterschiedlich bewertet wurde.

Als Jegor Michailowitsch seinen Sohn Pawel dem Kaufmann Kobylin in die Lehre gab, war Taganrog noch eine blühende Hafenstadt. Durch Taganrog floß ein breiter Warenstrom nach Übersee. Die Besitzer zahlreicher Getreidekontore erwarben ungeahnte Reichtümer. Im Gegenstrom kamen Wein und Obst in die Stadt, und der Schmuggel blühte. Allmählich begann der Handel zurückzugehen. Der Hafen versandete, die Frachten wurden immer häufiger über andere Wege transportiert. Auch die neugebaute Eisenbahn schuf da keine Abhilfe. Im Gegenteil, Taganrog entvölkerte sich. Die Eisenbahn verdrängte die Fuhrleute, die von alters her die Frachten zum Hafen befördert hatten. So fehlten auch die traditionellen Käufer. Wie immer in solchen Situationen, gab es eine ganze Welle von Zusammenbrüchen, von denen in erster Linie die kleinen Leute betroffen wurden. Auch Pawel Jegorowitsch konnte dem Ruin nicht entrinnen, ja, er beschleunigte ihn noch selbst.

Sein Unglück als Kaufmann bestand darin, daß der Handel nicht zum Hauptinhalt seines Lebens geworden war. Wie Michail bezeugte, wurde der Laden manchmal nur deshalb offengehalten, weil man ihn nicht einfach schließen konnte. Pawel Jegorowitsch war weder ein eifriger noch ein umsichtiger Kaufmann. Er akzeptierte zwar die herrschenden Beziehungen zwischen den Menschen bedingungslos, lebte aber selbst so, als wollte er nur die erreichte Unabhängigkeit genießen, sich die erkämpfte Freiheit bestätigen. Vielleicht tat er dies um so verbissener, je klarer er erkannt hatte, daß seine Vorstellungen von Unabhängigkeit und Freiheit illusionär waren. Er fand Befriedigung in einem anderen Bereich: „Gesang und Geigespiel", und das unbedingt nach Noten, „unter Beachtung aller adagio und moderato", wie Michail Pawlowitsch schrieb. „Aus seinen eigenen und fremden Kindern stellte er Chöre zusammen, trat mit ihnen daheim und öffentlich auf. Des öfteren vergaß er über die Musik seinen Beruf, der uns ernährte, und das ist wohl der Grund, daß er sich später ruinierte. Er war auch ein begabter Maler; eines seiner Bilder, Johann Bogoslow, befindet sich zum Beispiel heute im Tschechow-Museum in Jalta. Lange Zeit bekleidete der Vater einen städtischen Wahlposten, er ließ keine Feier, kein öffentliches Diner aus, zu dem die örtlichen Würdenträger zusammenkamen, und er philosophierte gern ein bißchen."

„In der Kindheit habe ich", schrieb Anton Pawlowitsch 1892, „eine religiöse Ausbildung und eine ebensolche Erziehung erhalten – mit Kirchengesang, mit dem Lesen von Apostelgeschichten und Psalmen in der Kirche, mit dem pünktlichen Besuch des Frühgottesdienstes, mit der Pflicht am Altar zu helfen und die Glocken zu läuten. Und nun? Wenn ich mich jetzt an meine Kindheit erinnere, so erscheint sie mir ziemlich düster; ich habe jetzt keine Religion mehr. Wissen Sie, wenn ich und meine beiden Brüder früher in der Kirche das Trio ‚Er soll sich bessern' oder ‚Die Stimme des Erzengels' gesungen haben, so schauten uns alle mit Rührung an und beneideten meine Eltern. Wir aber fühlten uns wie kleine Zwangsarbeiter."

Und trotzdem wäre alles viel schlimmer gewesen, hätte Pawel Jegorowitsch seine Kinder nicht zum Singen, sondern zum Falschwiegen und Übervorteilen der Kunden angehalten, hätte er sich nicht um ihre musische Bildung gekümmert, sondern sie auf die Kaufmannskarriere vorbereitet.

Tschechows Vater war ein ungewöhnlicher Mensch. Er besaß Talent, konnte es aber nicht entfalten. Seine künstlerische Begabung offenbarte sich nicht nur in der Leidenschaft für Musik und Malerei, sondern kam auch in jenen Absonderlichkeiten zum Ausdruck, die es ihm verwehrten, ein erfolgreicher Kaufmann zu sein.

In der Familie Tschechow war man der Meinung, Talent komme vom Vater, Herz und Gemüt jedoch von der Mutter. In der Tat brachte Jewgenia Jakowlewna in die häusliche Atmosphäre jene Sanftheit und Herzlichkeit ein, die ihrem von Ideen und Passionen beseelten Ehemann offensichtlich fehlten. „Als überzeugte Gegnerin der Leibeigenschaft", berichtete Michail Pawlowitsch, „erzählte uns die Mutter von der Willkür der Gutsbesitzer gegenüber den Bauern, sie flößte uns Liebe und Achtung nicht nur zu den Menschen ein, die unter uns standen, sondern auch zu den Vögeln und den kleinen Tieren, überhaupt zu allen schutzlosen Geschöpfen." Michail Pawlowitsch war auch davon überzeugt, daß von der stillen, bescheidenen Mutter „nicht wenig Talent" in die Brüder „geflossen" sei.

Offenbar hatte er recht. Um sich unter den familiären Bedingungen Menschlichkeit und Herzensgüte zu bewahren, waren außergewöhnliche seelische Kräfte erforderlich.

Die Kaufmannskarriere Pawel Tschechows brach endgültig im Jahre 1876 zusammen. Er war ruiniert. Der Ruin wurde noch durch den wenig besonnenen Bau eines Eigenheims beschleunigt – wenig besonnen deshalb, weil die Mittel dafür nicht vorhanden waren; dazu kam noch Leichtsinn beim Bau selbst. Es mußte ein Kredit aufgenommen werden, obwohl man nicht wußte, wie man ihn zurückzahlen sollte. Ein Wechsel wurde fällig, und wie zu erwarten, fanden sich „gute Menschen", die bereit waren zu helfen: Sie brachten dem unglücklichen Geschäftsmann vollends den Ruin. Ein gewisser Kostenko bezahlte den Wechsel und präsentierte Tschechow die Forderung. Pawel Jegorowitsch mußte aus Taganrog flüchten. Den Rest erledigte ein anderer „guter Mensch"; er versprach, „alles zu regeln". Und er regelte alles. Er brachte das Haus nicht zur Versteigerung, sondern ebenso in seinen Besitz, wie die nach Begleichung der Schuld noch verbliebenen Mittel. Kostenko, der andere „Wohltäter", kam ebenfalls nicht zu kurz; ihm fiel die bewegliche Habe der Familie Tschechow zu. So wirkten jene Gesetze und Rechtsvorschriften, die Pawel Jegorowitsch so gern für weise und gerecht anzusehen geneigt war.

Ohne ein Dach über dem Kopf, ihrer gesamten Habe entblößt, war auch Jewgenia Jakowlewna genötigt, Taganrog auf immer zu verlassen. Im Herbst 1876 war dies die Lage: Alexander, der älteste Sohn der Tschechows, hatte ein Jahr zuvor das Taganroger Gymnasium abgeschlossen und war mit Bruder Nikolai, der fünf Klassen des Gymnasiums absolviert hatte, nach Moskau übergesiedelt. In Moskau ließ sich Alexander an der Universität immatrikulieren, während Nikolai nach einigen Schwierigkeiten in die Schule für Malerei, Bildhauerei und Architektur aufgenommen wurde Der sechzehnjährige Anton besuchte in diesem Jahr die fünfte Klasse des Gymnasiums, Iwan die vierte, Maria die zweite und Michail die erste. Im Juli übersiedelte die Mutter nach Moskau, wo sich der Vater seit April aufhielt, und nahm die Mädchen mit. Ohne Behausung und Existenzmittel blieben Anton und Iwan in Taganrog zurück.

Nicht besser fügte sich die Lage in Moskau. Der Vater fand keine Anstellung, die seltenen Gelegenheitsarbeiten brachten nur Kopeken ein. Die Familie hatte nichts zum Leben.

Unter diesen dramatischen Umständen bewiesen die jüngeren Mitglieder der Familie ungewöhnliche Tapferkeit. Als im Herbst die Schule begann, war kein Geld da, das Gymnasium zu bezahlen. Da vermochte es Michail, den Direktor eines Moskauer Gymnasiums mitleidig zu stimmen; er wurde in die Schule aufgenommen.

In Taganrog quartierte sich Iwan bei der Tante Marfa Iwanowna ein. Für Anton fand sich ein Platz in dem früheren Haus der Tschechows. Der neue Besitzer mußte seine ins Wanken geratene Reputation eines gutmütigen Wohltäters wiederherstellen. Anton wurde in Kost und Logis genommen, um den Neffen des Hausherrn auf die Kadettenschule vorzubereiten.

In Moskau wurde ein Balanceakt am Rande großer Armut geführt. Verzweifelte Klagebriefe waren an Anton adressiert, auf dessen spärliche Unterstützung die Familie hoffte, obwohl dieser nichts anderes besaß als ein Dach über dem Kopf.

Anton verkaufte den letzten Plunder, vor dem sich jener Kostenko geekelt hatte, lief in abgerissenem Schuhwerk zu seinen kärglich honorierten Stunden und schickte regelmäßig armselige Pakete nach Moskau; der Mutter, die in dieser schweren Zeit schon ganz kopflos und verzweifelt war, erschienen sie als himmlische Gabe.

Irgendwie schlug sich auch Iwan durch. Im Juni 1877 verließ er das Gymnasium und bestand dann in Moskau die Aufnahmeprüfung als Lehrer an einer Kirchengemeinde. Bald darauf erhielt er eine Stelle als Volksschullehrer in Woskressensk im Gouvernement Moskau. Damit begann für ihn eine langjährige aufopferungsvolle Tätigkeit.

So bestanden die jungen Tschechows die erste, äußerst harte Prüfung, die ihnen das Leben auferlegte. Aber die Hauptschwierigkeit stand ihnen noch bevor. Anton verließ die Heimatstadt nicht eher, als bis er das Reifezeugnis abgelegt hatte, obwohl ihn das Gymnasium und dessen Unterricht wenig interessierten und auch dem künftigen Schriftsteller nur sehr wenig gaben.

Anton hatte auch Probleme mit der Schule. In der dritten Klasse blieb er wegen Geographie und Arithmetik sitzen, und auch die fünfte mußte er wiederholen, weil er die Prüfung in Griechisch nicht bestand. Beim Abschlußexamen erhielt er „mit Stimmenmehrheit“ in Mathematik eine Drei. Auf dem Reifezeugnis bescheinigte man ihm Sorgfalt, Disziplin und „Wissensdrang für alle Fächer gleichermaßen“. Die Noten auf dem Zeugnis waren bunt gemischt – drei Einsen, drei Zweien und vier Dreien.

Die Gründe für diese nur mittelmäßigen Ergebnisse sind vielfältig. Dazu gehören Versäumnisse des Unterrichts. Es war oft so, daß kein Geld für die laufend abzugeltenden Studiengebühren vorhanden war, so daß man die Kinder einfach nicht in die Schule schickte. Aber auch das Unterrichtssystem der Gymnasien selbst trug dazu bei. Es konnte nicht die geringste Begeisterung für die Schulfächer wecken. Im Gegenteil, bei den geistig regsten Kindern erzeugte es Widerwillen gegen gymnasiale Gelehrsamkeit.

Diese Zustände waren eine Folge der zaristischen Politik, die unterband, was zu einer Quelle freisinnigen Denkens hätte werden können. Mit der sog. „klassischen Bildung“, eingeführt von dem reaktionären Minister für Volksbildung D. A. Tolstoi, sollten selbständige Urteilsfähigkeit und die Wißbegier der Schüler niedergehalten werden. Vor allem wurden die Hauptfächer, Griechisch und Latein, stupide eingepaukt.

Auch mit den Lehrmitteln konnte die Obrigkeit zufrieden sein. „Will man den Unterricht in den alten Sprachen charakterisieren“, schrieb W. W. Selenenko, ein ehemaliger Schüler des Taganroger Gymnasiums, „so kann man sagen, daß er ausschließlich auf das Büffeln der Grammatik ausgerichtet war; die Schönheit und Poesie der klassischen Werke blieb uns fremd und unbekannt.“

Solche Grammatikpedanten entschieden auch uneingeschränkt über das Schicksal der Schüler. Eine dieser Figuren, die dieses graue, trostlose Milieu verkörperten, war der Inspektor Djakonow. Beamter bis auf die Knochen, mitleidlos zu allen, auch zu sich selbst, ein Mann, der keinen einzigen Tag in seiner langen Dienstzeit versäumt hatte, war er vom Segen jener Ordnung, die er schützte und verteidigte, absolut überzeugt. Djakonow wurde für Tschechow zu einer

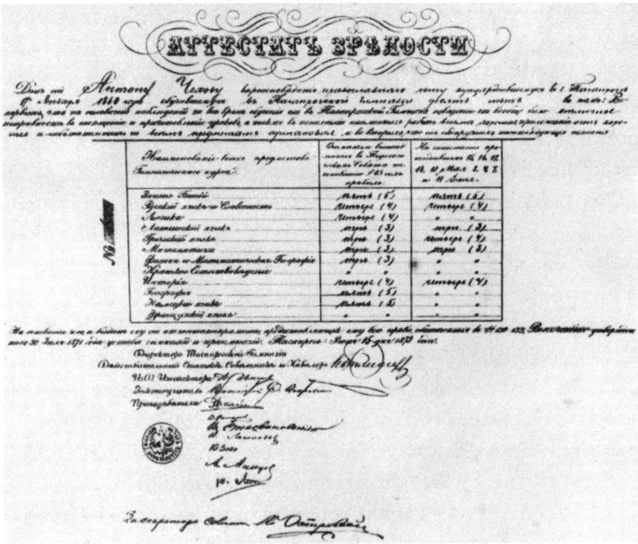

АТТЕСТАТЪ ЗРѢЛОСТИ

Das Reifezeugnis (1879)

Symbolfigur, die am vollständigsten jene gespenstische Existenz wiedergibt, in der das Leben zwar „nicht durch Zirkulare verboten, aber auch nicht völlig erlaubt war" („Der Mensch im Futteral"). Sogar nach dem Urteil eines regierungstreuen Geschichtslehrers schlossen bei solchen Lehrern „zwei oder drei Fehler in der griechischen oder lateinischen Übersetzung die Möglichkeit aus, eine befriedigende Examensnote zu erhalten". Dieser Filewski beschrieb die Folgen: „Die maßlosen Eiferer, die Unkraut jäten wollten, rissen dabei die besten Ähren mit aus. Begabte Schüler gab es nicht mehr, sie waren spurlos verschwunden. Dafür gibt es eklatante Beispiele. Die vierte Klasse hatte 42 Schüler, zwei Jahre später waren unter dem Druck der alten Sprachen nur noch 16 übriggeblieben."

Noch entschiedener verurteilte der Schriftsteller Tan-Bogoras, der das Taganroger Gymnasium mit Anton Tschechow besuchte, die Zustände in dieser Anstalt. Er verwendete dafür einige bekannte Zeilen aus Tschechows Erzählung „Der Mensch im Futteral" und schrieb, daß „das Taganroger Gymnasium im Grunde aus Arrestantenkompanien bestand. Das war ein Zuchthausbataillon, nur daß es dort statt der Stöcke und Ruten griechische und lateinische Extemporale gab, ‚kein Tempel der Wissenschaft, sondern eine Polizeiverwaltung, wo es säuerlich roch wie auf einer Polizeistation', um es mit Tschechows Worten auszudrücken."

Anton Tschechow hielt aus und absolvierte trotz aller Schikanen diese Arrestantenkompanie. Das aber war keine leichte Sache. Die erste Arbeit des Abschlußexamens, ein Aufsatz unter dem Titel „Nichts ist schlimmer als Anarchie" – ein Thema, das der Kurator des Unterrichtsbezirks Odessa, zu dem das

Gymnasium von Taganrog gehörte ausgegeben hatte – entschied über die Zulassung zu den folgenden Prüfungen. Es war unschwer zu begreifen, daß hier nicht nur die Kenntnisse der russischen Sprache überprüft werden sollten, sondern in erster Linie Regierungstreue und politische Zuverlässigkeit der Abiturkandidaten. Tschechow gab seinen Aufsatz nach fast fünf Stunden als letzter ab und erhielt die Note 2.

Das Gymnasium erteilte ihm schließlich das heißersehnte Reifezeugnis, das den Weg zur Universität öffnete: Im Jahre 1887 erzählte Tschechow dem Schriftsteller D. W. Grigorowitsch, er sehe sich manchmal im Traum verzagt und schwermütig an einem herbstlichen Gewässer stehen, und wenn er auf die kalten glitschigen Steine schaue, habe er irgendwie das Gefühl, er müsse einen tiefen Fluß durchwaten. Ringsumher sei alles unsagbar trübe und trostlos. „Sobald ich mich aber vom Fluß entferne", schreibt Tschechow, „stoße ich auf das eingefallene Tor eines Friedhofs, ich sehe einen Trauerzug, meine Lehrer aus dem Gymnasium ... Zugleich aber durchdringt mich eine schauderhafte Kälte, wie sie im Wachzustand undenkbar und nur im Traum zu spüren ist." Die Erlebnisse am Taganroger Gymnasium waren der Grund für Tschechow, sein ganzes Leben hindurch Beamteneifer und militante Seelenlosigkeit, Formalismus und Öde zu hassen. Tschechow vervollständigte seine Kenntnisse in den letzten Jahren seines einsamen Lebens in Taganrog durch intensive selbständige Lektüre. 1876 war die Taganroger Stadtbibliothek eröffnet worden und kurz darauf wurde Anton ihr ständiger und intensiver Leser. Michail Pawlowitsch erinnerte sich, daß besonders der Roman „Hammer und Amboß" von Friedrich Spielhagen[1] und die Romane von Victor Hugo und George Born[2] seinen Bruder beeindruckt hätten. Anton las in jenen Jahren auch Cervantes und Beecher-Stowe. In einem Brief an seinen Vetter M. M. Tschechow nennt er dessen Schwester „Lieschen" und fügt in Klammern hinzu: „Man sieht gleich, daß ich viele deutsche Romane gelesen habe." Tschechow vertiefte sich damals in Turgenjew und Gontscharow. In einem Brief vom 6. April 1879 rät er seinem Bruder Michail:

„Gewöhne Dich ans Lesen. Mit der Zeit wirst Du diese Gewohnheit schätzen lernen. Madame Beecher-Stowe hat Dir Tränen entlockt? Ich habe sie irgendwann einmal gelesen und ein halbes Jahr später noch einmal zu wissenschaftlichen Zwecken, und ich hatte nach der Lektüre ein unangenehmes Gefühl wie ein Mensch, der zuviel Rosinen oder Korinthen gegessen hat ... Lies folgende Bücher: Don Quichotte (vollständig, in sieben oder acht Teilen). Das ist ein gutes Buch. Ein Werk von Cervantes, den man beinahe mit Shakespeare auf eine Stufe stellt. Ich rate meinen Brüdern, ‚Hamlet und Don Quichotte'

---

1 Friedrich Spielhagen (1829–1911), erfolgreichster dt. Romancier der zweiten Hälfte des 19. Jh.

2 George (G. F.) Born (1877–1902), eigentlich Georg Füllborn, dt. Unterhaltungsschriftsteller, schrieb Schauer- und Schundromane.

von Turgenjew zu lesen, wenn sie es nicht schon getan haben. Du, Bruder, wirst das noch nicht verstehen. Wenn Du eine interessante Reisebeschreibung lesen willst, dann lies ‚Fregatte Pallas' von Gontscharow."

Bemerkenswert sind nicht nur der besonnene Ton und das nüchterne Urteil, sondern auch die Formulierung „zu wissenschaftlichen Zwecken". Offensichtlich studierte Tschechow aus derselben Motivation auch Belinski, Pissarew und Dobroljubow.[1] In den Erinnerungen von A. Drossi, einem Schulkameraden Tschechows, werden auch Buckle und Arthur Schopenhauer erwähnt.

Anton Tschechows Lektüre war weitgefächert, und er las, so muß man annehmen, ziemlich viel. Trotz mehr als bescheidener finanzieller Mittel abonnierte er die „politische, gelehrte und literarische" Zeitung „Syn otetschestwa" (Der Sohn des Vaterlandes), die Referate aus den Kulturzeitschriften, Berichte über das Theaterleben in Petersburg, Aufsätze über bedeutende Werke der zeitgenössischen Literatur und wissenschaftliche Neuigkeiten brachte. Die Bemühungen um wissenchaftliche und literarische Bildung hinderten Tschechow und seine Freunde nicht daran, sich auch lebhaft für andere Dinge zu interessieren, zum Beispiel für leichte Unterhaltung. „Unsere Begeisterung für die Literatur war recht eigenartig", erinnert sich A. Drossi. „Neben Buckle und Schopenhauer, die nicht gelesen zu haben wir uns hätten schämen müssen, wie wir damals meinten, lasen wir mit Hingabe die humoristischen Zeitschriften ‚Budilnik' (Der Wecker), ‚Strekosa' (Die Grille) und andere. Ich erinnere mich, daß wir uns an Sonn- und Feiertagen in aller Herrgottsfrühe in der städtischen Bibliothek einfanden und dort stundenlang festsaßen. Über der Lektüre der Journale vergaßen wir das Mittagessen, und zuweilen brachen wir in homerisches Gelächter aus, was uns den Unwillen des Publikums eintrug."

Die intensive Lektüre von Büchern und Zeitschriften wurde schon bald durch Theatereindrücke ergänzt.

Taganrog war von jeher eine Theaterstadt. Durch Schmuggel und Überseehandel reich gewordene Geldleute waren bemüht, die Stadt nicht nur als Handelszentrum, sondern auch als Kulturzentrum berühmt zu machen. Man unterhielt eine beachtliche Theatertruppe, und Schauspieler wie ganze Ensembles wurden gern und großzügig zu Gastspielen eingeladen. „Für die Liebhaber der Künste waren das Feiertage, auf die man sich lange vorbereitete", erinnert sich Selenenko. „Die gastierenden Künstler, insbesondere die Schauspielerinnen, wurden nach der Vorstellung vom Theater ins Hotel begleitet. Die jungen Leute stellten sich mit Blumen und Fackeln in Reih und Glied vor dem Bühneneingang auf, und manchmal bestellten sie eine Kutsche, spannten die Pferde aus und zogen selbst."

Seit Anton als Dreizehnjähriger eine Aufführung der „Schönen Helena"

[1] Wissarion Grigorjewitsch Belinski (1811–1848), Nikolai Alexandrowitsch Dobroljubow (1836–1861), Dmitri Iwanowitsch Pissarew (1840–1868), Literaturkritiker und Publizisten, Hauptvertreter der russischen revolutionären Demokraten.

sehen konnte, war er Stammgast der Theatergalerie. „Die Gymnasiasten“, schrieb Selenenko, „waren allgemein große Verehrer von Talenten, und jedes Talent fand seine begeisterten Bewunderer. Wie oft kehrte ich mit heiserer Kehle und mit zerklatschten Händen aus dem Theater heim! Es kam vor, daß das Publikum sich bereits zerstreut hatte und daß die Lichter erloschen waren, während eine Schar von Gymnasiasten auf der Galerie und im Zuschauerraum immer noch tobte und lärmte.“

Laut Vorschrift mußten die Schüler für einen Theaterbesuch die Erlaubnis des Gymnasiums einholen. Geschminkt und mit dunklen Brillen konnten Anton und seine Kameraden diese Vorschrift oft umgehen. Sie kamen lange vor Beginn der Vorstellung zum Theater, um bei Einlaßbeginn als erste auf die Ga-

Der Abiturient und seine Eltern (1879, 1883)

lerie zu stürmen und die besten Plätze zu ergattern. Tschechow sah erstmals Shakespeare, Gribojedow, Gogol und Ostrowski auf der Bühne. Natürlich wurden in Taganrog auch einfältige Komödien, „erschröckliche“ Tragödien, inhaltslose Vaudevilles und herzzerreißende Melodramen aufgeführt – all das, was den späteren Parodien, Feuilletons und komischen Geschichten Tschechows so reiche Nahrung geben sollte. Damals aber waren für die Schüler auch diese Aufführungen anziehend und aufregend. „Wenn wir ins Theater gingen“, berichtet Iwan Pawlowitsch, „wußten wir gewöhnlich nicht, was man dort spielen würde, wir hatten keine Ahnung, was ein Drama, eine Oper oder eine Operette war – für uns war alles gleichermaßen interessant. Wenn wir aus dem Theater kamen, dachten wir den ganzen Weg über, ungeachtet des Wetters und des unbequemen Pflasters, daran zurück, was sich im Theater zugetragen hatte. Und am nächsten Tag spielte Anton alles das persönlich nach.“

Schon in frühen Jahren fühlte sich Tschechow auch zur Musik hingezogen. Zu Hause musizierten der Vater, der Bruder Nikolai und die Schwester. In der Wohnung von Antons Freund Andrej Drossi fanden häufig Hauskonzerte statt.

Im Sommer gab es Musik im Stadtgarten, wo ein ausgezeichnetes Orchester spielte. Für den Besuch wurde ein geringes Eintrittsgeld erhoben, aber Anton, seine Brüder und Freunde zogen einen anderen Weg vor – über den Zaun. So konnte der Gymnasiast Tschechow angesehene Musiker jener Zeit hören – berühmte Geiger und Violoncellisten, Solisten der Petersburger Bühne, die dort gastierten, sogar namhafte italienische Sänger.

Offenbar weckten Lektüre, das Erlebnis der Musik und des Theaters mehr als alles andere in Anton Tschechow den Wunsch, selbst schöpferisch tätig zu werden. Die Eltern konnten ihren Kindern nicht jene Kapitalien mitgeben, von denen der Vater so sehr träumte. Aber sie statteten sie mit wirklichen Reichtümern aus – Begabung und Talent.

In der Tat waren die Tschechow-Kinder außergewöhnlich begabt. Alexander wurde Berufsschriftsteller, vergeudete jedoch sein Talent durch sein liederliches Leben. In noch größerem Maße gilt das für Nikolai, einen hochbegabten Maler, aber charakterlich haltlosen Menschen.

Michail Pawlowitsch konnte wie seine Schwester Maria Pawlowna sehr gut zeichnen, Michail schrieb auch Verse und war Mitarbeiter an Kinderzeitschriften. Die zweite Auflage seiner „Skizzen und Erzählungen" wurde 1907 mit dem Puschkinpreis der Akademie der Wissenschaften ausgezeichnet. Von 1907 bis 1911 gab er die Zweimonatszeitschrift „Solotoje detstwo" (Goldene Kindheit) heraus, die er fast gänzlich allein bestritt. Nach der Oktoberrevolution arbeitete er als Kinderschriftsteller und als Übersetzer aus dem Englischen und Französischen.

Spielen und Reifen

Sein erstes Honorar bekam Anton Tschechow, als er noch ein kleiner Junge war. Geschminkt und verkleidet begab er sich zu seinem Onkel Mitrofan Jegorowitsch: Er mimte einen Bettler und bat um eine milde Gabe; der Onkel erkannte den Neffen nicht und gab dem Bittsteller ein Geldstück.

Erwachender künstlerischer Betätigungsdrang trieb Anton mit Macht zum Theaterspielen. In urkomischer Weise konnte er Bekannte kopieren und mit ausgeprägter Mimik und Gestik charakteristische Merkmale von Menschen reproduzieren. Erste künstlerische Miniaturen, Figuren und lustige Szenen entstanden, die, wie in der Glosse „Chirurgie", nicht selten in spätere Kurzgeschichten Eingang fanden. In der Person des zähneziehenden Barbiers trat Anton selbst auf, seine Patienten waren Alexander oder Nikolai. Wie Michail Pawlowitsch berichtet, spielte Anton mit besonderem Vergnügen und großem Erfolg eine von ihm erdachte Szene über einen Stadthauptmann. „In Gymnasiasten-Uniform, den Säbel seine Großvaters umgehängt, stellte er dar, wie der Stadthauptmann an einem behördlichen Feiertag in der Kirche steht und wie er dann, als die Messe zu Ende ist, die Parade der Kosaken abnimmt. Er zeigte diese Szene mehrfach, wobei er jedesmal immer neue komische Einzelheiten improvisierte."

In solchen häuslichen Theatervorstellungen war Antoscha die Hauptperson. Die Brüder Tschechow führten sogar Gogols „Revisor" auf und inszenierten Stücke in ukrainischer Sprache. Später wurde bei A. Drossi ein richtiges Liebhabertheater eingerichtet. Im großen Salon befanden sich Bühne und Zuschauerraum, in den beiden angrenzenden Zimmern die Umkleideräume für die Schauspieler. Auf einen grellfarbenen Theatervorhang waren Papageien und ein Feuervogel aufgeklebt. Im Anrichtezimmer, durch das man den Zuschauerraum betrat, wurden in Wandschränken die Requisiten aufbewahrt. An das Publikum wurden numerierte Eintrittskarten ausgegeben – alles wie in einem richtigen Theater.

Man debütierte mit dem Vaudeville „Die Kutscher, oder der Streich eines Husarenoffiziers". Tschechow spielte die alte Frau des Dorfschulzen. „Wir probten dieses Stück an die zehn Mal", erinnert sich Drossi, „und es lief wie am Schnürchen. Man kann sich das homerische Gelächter nicht vorstellen, das sich im Publikum beim Erscheinen Anton Pawlowitschs erhob, und man mußte ihm zugestehen – er spielte meisterhaft." Auf dieser Bühne agierte Anton auch als Neschtschastliwzew aus Ostrowskis „Wald".

Bald begann Tschechow selbst kleine Stücke und Szenen aus dem Taganroger Leben zu verfassen. Nach den Erinnerungen von Michail Pawlowitsch kam darin ein alter Professor vor, der seine Lektion liest und dessen Worte dem Inhalt der ersten Erzählung Tschechows, „Brief an einen gelehrten Nachbarn", entsprechen. Angeblich schrieb der junge Autor solche Stücke in Hefte, die nach der Aufführung vernichtet wurden.

Nicht nur diese Versuche, auch die handgeschriebene humoristische Zeitschrift „Saika" (Der Stotterer), mit deren Herausgabe Tschechow anscheinend im Sommer des Jahres 1875 begann, gingen verloren. Die Zeitschrift wurde von den Taganroger Bekannten gelesen und dann nach Moskau geschickt. Im Frühjahr 1876 schrieb Alexander an den Bruder: „Zwei Nummern des Saika erhalten, beide haben im Laden von Gawrilow Eindruck gemacht. Die letzte Nummer hat sogar den Moskauer Kaufmann der ersten Gilde, Iwan Jegorowitsch Gawrilow, aufgemuntert, sozusagen, er klopfte mir gerührt auf die Schulter und sagte: Jawohl, junger Mann." Bei Gawrilow diente Tschechows Vetter Michail Michailowitsch als Handlungsgehilfe. 1877 fand hier endlich auch Pawel Jegorowitsch eine feste Anstellung.

Aus den Briefen Alexanders geht hervor, daß Anton bereits 1877 versuchte, durch Vermittlung des Bruders erste Arbeiten zu veröffentlichen. Am 23. November 1877 schreibt Alexander nach Taganrog: „Heute schicke ich an den Budilnik mit der Post zwei Deiner Witze: ‚Welches Geschlecht sich vorwiegend schmückt' und ‚Gott gab (Kinder)'. Die übrigen sind schwach. Die langen sind fade." Einige dieser „kleinen Sachen" gelangten in die Presse. Tschechow nannte später unterschiedliche Daten für den Beginn seiner literarischen Tätigkeit. Gegen Ende der neunziger Jahre gab er das Jahr 1881 an, was ein offensichtlicher Irrtum war, da eine Publikation von Anfang 1880 bekannt ist. 1891, als Tschechow seine biographischen Daten dem Übersetzer Augustin Vrzal übermittelte, hatte er jedoch schon geäußert, er habe im Jahre 1879 begonnen, sich mit der Literatur zu befassen, und im Oktober 1889 schrieb er: „Am 24. Dezember feiere ich das zehnjährige Jubiläum meiner literarischen Tätigkeit. Kann man da nicht Kammerherr werden?" Es gibt aber noch ein anderes Zeugnis: einen Brief vom 22. Januar 1884 an den Redakteur Lejkin, darin heißt es: „Ich arbeite noch nicht lange (5 Jahre) . . ." Das ist als Hinweis auf das Jahr 1878 zu verstehen.

Dieser Hinweis wurde 1967 durch M. P. Gromow untermauert, indem er die Aufmerksamkeit auf die humoristische Miniatur „*An wen das Bild zu bezahlen ist*" lenkte, die 1878 in der Nr. 45 der Zeitschrift „Strekosa" veröffentlicht wurde. Die handelnden Personen dieser Miniatur sind die Brüder Sascha und Kolja, zwei junge Leute, die, obwohl in beengten Verhältnissen vegetierend,

Die Brüder Anton und Nikolai (1881/82)

gern ein flottes Leben führen. Das alles ähnelt der Existenzweise von Tschechows Brüdern, die sich zu dieser Zeit in Moskau aufhielten. Unterschrieben ist die Miniatur mit „Ein junger Greis". Mit demselben Pseudonym sind zwei kleinere Gedichte gezeichnet, die in Nr. 29 und 37 der Zeitschrift und im selben Jahr erschienen sind. Gromow ist der Meinung, dieses Pseudonym komme häuslichen Spitznamen des Gymnasiasten Tschechow sehr nahe.

In den Erinnerungen Michail Pawlowitschs wird erwähnt, daß Tschechow in Taganrog das Drama „*Vaterlosigkeit*" und das Lustspiel „*Nicht ohne Grund hat das Huhn gegackert*" geschrieben habe. Dieser Hinweis wird durch einen Brief Alexander Pawlowitschs vom 14. Oktober 1878 zum Teil bestätigt. Wie aus diesem Brief hervorgeht, war Alexander das Drama „Vaterlosigkeit" zur Begutachtung übersandt worden. Anton schickte noch eine Komödie – sie hieß aber anders: „*An den Rechten geraten*". Was ist das – ein anderer Titel der von Michail Pawlowitsch erwähnten Komödie oder ein anderes Stück? Wir wissen es nicht.

Alexander beeilte sich nicht mit der Beurteilung dieser Stücke. „Du erinnerst mich an ‚Vaterlosigkeit'", schreibt er an den Bruder. „Ich habe absichtlich geschwiegen. Ich weiß von mir selbst, wie teuer einem Autor sein Werk ist, und deshalb ... In dem Stück sind zwei Szenen genial herausgearbeitet, wenn Du so willst, aber im ganzen ist es eine unverzeihliche, wenn auch unschuldige Lüge. Unschuldig deshalb, weil es aus der ungetrübten Tiefe der inneren Weltsicht entspringt. Daß Dein Drama eine Lüge ist, hast Du selbst gespürt, aber dabei hast Du soviel Kraft, Energie, Liebe und auch Mühsal daran verschwendet, daß Du ein anderes nicht mehr wirst schreiben können. Deine Arbeitskraft und Dein dramatisches Talent sind eigentlich einer größeren Tätigkeit und eines größeren Rahmens würdig. Wenn Du willst, werde ich Dir einmal über Dein Drama etwas seriöser und ausführlicher schreiben, jetzt aber bitte ich Dich nur um Vergebung für die Grobheit, mit der ich Dir das gesagt habe. Ich weiß, daß Dir das unangenehm ist, aber da kann man nichts machen – Du hast gefragt, ich habe geantwortet, und etwas anderes könnte ich Dir nicht schreiben, weil ich Dich nicht betrügen könnte, wenn es um die besten Äußerungen Deiner Seele geht. ‚An den Rechten geraten' ist in einer wunderbaren Sprache geschrieben und sehr charakteristisch für jede der dort aufgeführten Personen, aber das Sujet ist recht seicht. Dieses Dein letztes Schriftstück habe ich Kollegen vorgelesen, Leuten mit Geschmack, und ich habe es als mein eigenes ausgegeben. In allen Fällen war die Antwort: Der Stil ist prachtvoll, Talent ist vorhanden, aber wenig Beobachtungsgabe und keine Lebenserfahrung. Mit der Zeit, qui sait?, kann ein tüchtiger Schriftsteller daraus werden!"

Es läßt sich denken, daß es Anton Pawlowitsch nicht leichtgefallen ist, diese höfliche, doch ihrem Wesen nach vernichtende Kritik zu lesen. In welchem Maße sie gerechtfertigt war, können wir, da die Stücke nicht überliefert sind, leider nicht beurteilen. 1923 publizierte N. F. Beltschikow erstmals ein unbekanntes Drama, das, wie Untersuchungen ergaben, von Tschechow nicht später als 1881 geschrieben wurde. Ist es das von Alexander Pawlowitsch so streng abgekanzelte Sück? Eine solche Vermutung wurde mehrfach ausgesprochen und am ausführlichsten 1963 von M. P. Gromow begründet.

Zweifelsfrei kann nur gelten, daß „Vaterlosigkeit" im Gegensatz zu „An den Rechten geraten" von Tschechow als ernstes Werk aufgefaßt wurde.

Das Grundthema des 1923 veröffentlichten Dramas ohne Titel ist eine ernste Klage über die junge Generation, die zwar den Überzeugungen und der Lebensweise ihrer Väter – des von der Bühne abgetretenen, verarmten Adels, der erfolgreichen Geschäftemacher der neuen Zeit, wie den kläglichen Lamentationen der liberalen Idealisten – gleicherweise abschwört, ohne etwas Eigenes dagegensetzen zu können. Kläglich und hilflos, verdienen sie nach Meinung des Autors gleichermaßen Mitgefühl wie Tadel, weil sogar die besten von ihnen sich letztlich nur zu Handlungen fähig erweisen, die nach ihrer eigenen Überzeugung scheußlich sind. Sie sind eine neue Generation „überflüssiger Menschen".

Die auffälligste und widersprüchlichste Gestalt unter ihnen ist Platonow. Er hatte an der Universität studiert, aber das Studium nicht beendet, er beteiligte sich an der studentischen Bewegung, versuchte Gestrauchelten und Unglücklichen zu helfen, vergeudete aber seine Kräfte und seinen Glauben. Jetzt verharrt er in einem Zustand geistiger Paralyse, und nicht grundlos nennt er sich einen lächerlichen, absonderlichen Halunken. Seine Abenteuer, sein Verhalten zu den Freunden, zu seiner Gattin, zu den Frauen, die ihn lieben, überschreiten die Grenzen, die man einem „anständigen" Menschen erlaubt.

In dem frühen Stück wechselt psychologische Tiefe mit melodramatischer Zuspitzung der Leidenschaften. Die Überfülle der handelnden Personen, der Themen und Probleme gebiert eine unaufhörliche Kette sich überstürzender Episoden, eröffnet Dimensionen, die ein dramatisches Werk überfordern.

Tschechow hat nie daran gedacht, diese Jugendarbeit zu veröffentlichen oder gar aufzuführen, obwohl es ein erstaunliches Depot von Themen, Problemen und Konflikten darstellt, auf das der Autor immer wieder zurückgriff.

So ist das Drama „Iwanow" die unmittelbare Fortsetzung des Stückes ohne Titel, dessen Themen auch im „Kirschgarten" wiederkehren. Eine Vielzahl von Reminiszenzen gibt es auch in „Onkel Wanja", den „Drei Schwestern" oder der „Erzählung eines Unbekannten".

Ist das etwa keine phänomenale Erscheinung? Natürlich ist kaum anzunehmen, daß Tschechow später unmittelbar Texte seines ersten großen Stücks, in dem wir die Bilanz der Taganroger Periode seines Lebens und Schaffens sehen, verwandte, obwohl dem möglicherweise auch so sein könnte. Wesentlicher ist, daß es bereits dem jungen Autor gelang, Themen von solcher Bedeutung anzupacken, für deren Bearbeitung er dann Jahre brauchte.

Um die Stärken und Schwächen des Stücks ohne Titel besser verstehen zu können, muß man den bereits zitierten Brief Anton Pawlowitschs an seinen Bruder Michail vom April 1879 heranziehen, in dem ein Verzeichnis der Bücher enthalten ist, die zu lesen Tschechow seinen Brüdern empfahl. An erster Stelle wurden da „Don Quichotte" von Cervantes und „Hamlet und Don Quichotte" von Turgenjew genannt. Interessant ist der Hinweis, daß Turgenjew Cervantes „beinahe mit Shakespeare auf eine Stufe" stelle. In „Hamlet und Don Quichotte" (1860) hatte Turgenjew diese beiden Gestalten der Weltliteratur als Verkörperung zweier grundsätzlich konträrer Züge der menschlichen Natur interpretiert. „Analyse und Egoismus und deshalb Unglaube ... Geradezu mit Wollust macht sich Hamlet Selbstvorwürfe, beobachtet sich dabei ständig, sieht dauernd in sich hinein. Er kennt alle seine Fehler, und zwar sehr genau, und er verachtet sie; er verachtet sich selbst, doch gleichzeitig, so könnte man sagen, lebt er und nährt er sich von dieser Verachtung. Er glaubt nicht an sich – und ist eitel; er weiß nicht, was er will und wofür er lebt – und hängt am Leben ..." Hamlet ist die personifizierte Negation, aber er negiert das Böse und hat damit Anspruch auf Sympathie und Mitgefühl, und wenn er am Guten zweifelt, so nur deshalb, weil er nicht an dessen Wahrheit glaubt. Er greift es an, weil es verfälscht ist und nur das Böse, die Lüge verdeckt.

Genau in diesem Sinn verkörpert Tschechows Platonow nicht nur die Ungewißheit der zeitgenössischen Gesellschaft, sondern veranschaulicht gleichsam auch die Turgenjewsche Charakteristik Hamlets.

Dagegen ist Don Quichotte nach Turgenjew der Typ eines Menschen, den vor allem Selbstverleugnung und Glaube an ein Ideal auszeichnen. Er ist die Symbolfigur des „Glaubens an etwas Ewiges, Unerschütterliches, kurz gesagt des Glaubens an die Wahrheit, die außerhalb des einzelnen Menschen existiert, die sich ihm nicht so leicht erschließt, die Einsatz und Opfer verlangt, durch ständigen Einsatz und Opfer aber erreicht werden kann ... Don Quichotte ist ein Enthusiast, ein Diener der Idee und deshalb von ihrem Glanz umstrahlt ...“.

In der russischen Gesellschaft seiner Zeit vermochte der junge Dramatiker keine Don Quichottes im Sinne Turgenjews zu sehen. In seinem Stück kommen auch solche Gestalten nicht vor. Das heißt aber nicht, daß sich Tschechow selbst als Skeptiker, als Turgenjewscher Hamlet verstand. Die Schuld jener Gesellschaft, die er schilderte, lag darin, daß sie amorphe und schwankende „Helden“ hervorbrachte, denen die skeptischen Hamlets weitaus mehr entsprachen als die Don Quichottes.

So wurden Turgenjew und durch ihn Shakespeare Quellen von Tschechows Schaffen, offenbar, weil er in Turgenjews Aufsatz Erklärungen für seine Beobachtungen und Überlegungen fand. Vor allem reizte den jungen Dramatiker anscheinend die Aufgabe, eine Symbolfigur zu schaffen, eine moderne konkret-historische Variante des von Turgenjew beschriebenen Typs. Daß er sich dabei zu eng an das literarische Vorbild hielt, zeigt die Schwäche dieses Frühwerks, seine Stärke liegt in der Wahrnehmung und Verallgemeinerung zentraler Probleme des gesellschaftlichen Lebens im Rußland der beginnenden achtziger Jahre.

In dieser Zeit waren große Ideen und ein unerschöpflicher Vorrat von Beobachtungen in Tschechow lebendig. Er brauchte Zeit, seine Gedanken über die zeitgenössische Wirklichkeit zu vertiefen und zu klären. In dem Maße, wie das geschah, begannen sie in seinen literarischen Figuren zu Fleisch und Blut zu werden. Es war ein langer und schwieriger Weg, jenen Ideen, an die er sich in seinem ersten großen Stück jugendlich keck und unbekümmert gewagt hatte, dichterische Gestalt zu geben.

Bald nach seiner Ankunft in Moskau wurde Anton Pawlowitsch Tschechow als Oberhaupt der Familie anerkannt. Die Grundlage dafür war ohne Zweifel seine moralische Autorität. Rückblickend auf die Ankunft des Bruders schrieb Maria Pawlowna (1863–1957): „Sein praktischer Sinn, seine Besonnenheit zwangen alle Familienmitglieder, ungeachtet seiner Neigung zu Humor und Scherz, seiner Meinung Gehör zu schenken und sich seinem Wort zu unterwerfen. Auch der Vater begann, als er zu uns gekommen war, die neue Stellung Antoschas zu begreifen, und er büßte allmählich seinen früheren Einfluß ein. Und als wir später wieder zusammenlebten, erkannte mein Vater in Anton Pawlowitsch stillschweigend den Hausherrn an, und er versuchte nicht mehr, wieder die Leitung des Familienlebens zu übernehmen.“

Anton Pawlowitsch verschaffte neuen moralischen Maßstäben Geltung. „In unserer Familie“, schrieb Michail Pawlowitsch, „tauchten plötzlich mir bis dahin unbekannte abgerissene Bemerkungen auf: ‚Das ist nicht wahr', ‚Man muß gerecht sein', ‚Man darf nicht lügen', und so weiter."

Schon im April 1879 schrieb Anton aus Taganrog an seinen jüngsten Bruder und späteren Biographen Michail: „Nur eines gefällt mir nicht, warum betitelst Du Deine Person mit ‚nichtiger, unbedeutender kleiner Bruder'? Bist Du Dir Deiner Nichtigkeit bewußt? Nicht alle Mischas, Bruder, müssen gleich sein. Deiner Nichtigkeit mußt Du Dir bewußt werden, aber weißt Du wo? Vor Gott, meinetwegen auch vor dem Verstand, der Schönheit, der Natur, aber nicht vor den Menschen. Unter den Menschen muß man sich seiner Würde bewußt sein."

Noch in der Taganroger Zeit hatte aber auch die Entfremdung zwischen Anton und Alexander begonnen. „Ich entsinne mich", schrieb Alexander am 17. Januar 1886, „wie Du noch in der Vorbereitungsklasse warst ... Hier trat zum erstenmal Dein selbständiger Charakter in Erscheinung, und mein Einfluß begann, obwohl ich der ältere war, zu schwinden. Wie dumm ich auch damals war, das merkte ich langsam doch. Nach der Logik der damaligen Altersstufe und um Dich mir wieder zu unterwerfen, hieb ich Dir eine Blechbüchse an den Kopf. Du wirst Dich sicher daran erinnern. Du gingst aus dem Laden und suchtest den Vater auf. Ich erwartete eine Tracht Prügel, aber einige Stunden später schrittest Du majestätisch mit einem Auftrag des Vaters an der Ladentür vorbei und hattest nicht einmal einen Blick für mich übrig. Ich sah Dir lange nach, als Du Dich entferntest, und ich fing an zu weinen und wußte nicht warum ...

Dann fällt mir Deine Ankunft in Moskau ein ... Ich denke noch daran, wie wir zusammen die Straße entlanggingen, ich glaube, es war die Snamenka ... Ich trug einen Zylinder und bemühte mich, als zukünftiger Student in Deinen Augen so vorteilhaft wie möglich zu erscheinen. Für mich war es in meinem damaligen Alter wichtig, durch irgendetwas vor Dir aufzufallen. So rülpste ich einer alten Frau direkt ins Gesicht. Das aber machte auf Dich nicht den Eindruck, den ich erwartet hatte. Der Vorfall stieß Dich ab. Mit verhaltenem Vorwurf sagtest Du zu mir: ‚Du bist noch so ungehobelt, wie Du immer warst.'"

Alexander begriff zeitig die moralische Überlegenheit seines jüngeren Bruders, was jedoch kaum Einfluß auf ihn hatte. Ihm behagte die Situation in der Familie schon lange nicht.

Tschechows Briefe aus Taganrog an seinen Bruder Alexander sind verlorengegangen. Der Charakter ihrer Kontroversen läßt sich aber an Hand späterer Briefe beurteilen. Am 2. Januar 1889 schrieb Anton Pawlowitsch über die unhaltbaren Zustände, die Alexander, nachdem er eine eigene Familie gegründet hatte, in sein Haus einführte: „Ewige Schimpferei niedrigster Art, lautes Gebrüll, Vorwürfe, Launen während des Frühstücks und am Mittagstisch, ewige Klagen über das Zuchthausleben und die verwünschte Arbeit – ist das alles nicht Ausdruck eines groben Despotismus? ... Die schwere Lage und der schlechte Charakter der Frauen, mit denen Du leben mußt, die Idiotie der Köchinnen, schwerste Arbeit, ein verwünschtes Leben und dergleichen können Deinen Despotismus nicht rechtfertigen. Besser ein Opfer zu sein als ein Henker." Dann folgt die für den Bruder vernichtende Erwähnung des Despotismus ihres Vaters, den Alexander so bissig zu entlarven liebte. Er erinnert daran, daß Despotismus wie Lüge die Jugend der Mutter zugrunde richteten. Sie hätten auch ihre eigene Kindheit „in solchem Grade verdorben, daß es widerlich und furchtbar ist, sich daran zu erinnern. Erinnere Dich an den Schrecken und Abscheu, den wir einst jedesmal empfanden, wenn der Vater am Mittagstisch wegen einer versalzenen Suppe einen Wutanfall bekam oder die Mutter eine Närrin schimpfte. Der Vater kann sich das alles jetzt noch nicht verzeihen."

Während Alexander nach Taganrog Briefe schickte, die voller Empörung, Unwillen und Spott über die Eltern waren, äußerte Anton schon in seinem ersten Brief an Michail Michailowitsch die Bitte, der Vetter möge seiner, Antons, Mutter Unterstützung zuteil werden lassen. „Sei so gut", heißt es, „tröste meine Mutter auch weiterhin, sie ist physisch und moralisch gebrochen... Meine Mutter hat einen solchen Charakter, daß jedwede moralische Unterstützung von anderer Seite eine starke und wohltätige Wirkung auf sie ausübt... Für uns gibt es nichts auf dieser boshaften Welt, das uns teurer wäre als die Mutter, und deshalb ist Dein untertänigster Diener Dir aufs äußerste verpflichtet, wenn Du seine halbtote Mutter tröstest."

Keiner der Brüder rebellierte gegen die despotischen Sitten im Hause Pawel Jegorowitschs so heftig wie Alexander. Es war eine Ironie des Schicksals, daß gerade er selbst diese Sitten wiederaufleben ließ, jetzt aber im eigenen Haus und mit noch abstoßenderen Mitteln.

Anton Pawlowitsch dagegen setzte in seinem persönlichen Verhalten und mit seinen moralischen Auffassungen den Kampf der Vorfahren für persönliche Freiheit und Unabhängigkeit fort. Er verwarf kleinbürgerliche Einstellungen, die Vorstellung von der Unwandelbarkeit bestehender Regelungen, festverwurzelter Sitten, etwa die – schon im „Brief an einen gelehrten Nachbarn" parodierte – Maxime seines Vaters über Herrschaft und Unterordnung, die er seinem Sohn Michail so erklärte: „Wenn Du erwachsen bist, wirst Du ein Mensch mit Wort und Tat sein, dann wirst Du selbst über andere herrschen müssen, anders kann es nicht sein, davon hängt die gesamte Ordnung für alle ab, die auf Erden leben!" Anders kann es nicht sein – gegen diese Ideologie zog dann der junge Anton Pawlowitsch zu allererst zu Felde, gegen sie und gegen alles, was die bestehenden Verhältnisse rechtfertigen und verewigen konnte.

Gegen Ende seiner Taganroger Zeit besaß Tschechow nicht nur bestimmte Überzeugungen, es hatten sich auch die wesentlichen Seiten seines Charakters herausgebildet. Um das zu veranschaulichen, kehren wir zurück zu Turgenjews Don Quichotte – ein Mensch mit Ideen, kompromißlos und aktiv, unerschütterlich bei der Verteidigung seiner Überzeugungen –, der Anton Pawlowitsch ganz offensichtlich imponierte.

Bei aller Sympathie standen ihm jedoch bei weitem nicht alle Züge dieses Helden nahe. Turgenjew sah die Stärke Don Quichottes in seiner Naivität, seiner blinden Besessenheit. Im Unterschied zu Hamlet weiß er wenig, aber er braucht auch nicht viel zu wissen. „Es ist belanglos", schreibt Turgenjew, „daß schon sein erster Versuch, die Unschuld von ihrem Peiniger zu befreien, zu einem doppelten Unglück für den Unschuldigen wird ... Was macht es schon, daß Don Quichotte, in der Annahme, es mit schändlichen Riesen zu tun zu haben, nützliche Windmühlen angreift ... Wer, zur Selbstaufopferung bereit, erst alle Folgen und den möglichen Nutzen seiner Handlungen zu berechnen und abzuwägen gedenkt, dürfte kaum zur Selbstaufopferung fähig sein ... Die Hauptsache ist die Aufrichtigkeit und die Stärke der Überzeugung selbst ... das Resultat liegt in des Schicksals Hand. Dieses allein kann uns zeigen, ob wir mit Gespenstern oder mit wirklichen Feinden gekämpft haben, und mit welcher Wehr wir unsere Häupter bedeckt haben ..."

Diese eigenartige Philosophie ist das Resultat quälerischer Gedanken über das Scheitern der bürgerlichen Revolutionen von 1848/49 in einer Zeit, als in Rußland die stürmischen Ereignisse der sechziger Jahre heranreiften. Obwohl Skeptizismus unverkennbar ist, bleibt Hochachtung vor jenen Menschen, die sich an die Aufgabe gewagt hatten, „das Böse zu korrigieren und die Unterdrückten auf der ganzen Erde zu verteidigen".

Wie verhielt sich Tschechow zu dieser Philosophie? Ziemlich kühl. Sie entsprach nicht seiner sowohl opferbereiten als auch nüchternen Natur, nicht seinem starken Glauben an die Kraft des menschlichen Willens und der Vernunft, der ihn befähigte, mit Konsequenz seine Ideale zu verteidigen.

Natürlich verfügte Tschechow gegen Ende der siebziger Jahre noch nicht über

Nikolai Pawlowitsch (Mitte sitzend) in der Künstler-Werkstatt des „Wecker" (T. Simow, 1885)

eine ausgebildete Weltanschauung; ihre Besonderheiten waren jedoch schon erkennbar. An der Schwelle der achtziger Jahre war manches in seinen Anschauungen noch voller Widersprüche, vieles jugendlich naiv und unausgereift.

1889 sprach Tschechow in einem Brief an den Verleger Suworin mit tiefer Bitterkeit davon, daß die Rasnotschinzen[1] um den Preis ihrer Jugend sich das erringen müssen, was den Adligen in den Schoß gefallen ist. Er schlug Suworin vor, eine Erzählung zu schreiben, „wie ein junger Mann, Sohn eines Leibeigenen, früher Ladenjunge, Chorsänger, Gymnasiast und Student, erzogen zur Ehrfurcht vor der Rangordnung, zum Küssen von Popenhänden und zur Verehrung fremder Gedanken, der sich für jedes Stück Brot bedankte, der oft geschlagen wurde, der ohne Überschuhe zu den Stunden ging, der sich prügelte, Tiere quälte, der gern bei reichen Verwandten zu Mittag aß, der vor Gott und den Menschen ohne jede Notwendigkeit heuchelte – schreiben Sie, wie dieser junge Mann tropfenweise den Sklaven aus sich herauspreßt und wie er eines schönen Morgens aufwacht und fühlt, daß in seinen Adern nicht mehr Sklavenblut, sondern echtes Menschenblut fließt".

Obwohl Tschechow hier nicht nur von sich selbst spricht, von seinem Leben, sondern vor allem davon, was für seinen Umkreis charakteristisch war, bezeugt dieser Brief, bei aller Vorsicht der Bewertung, daß er – noch zehn Jahre nach Taganrog – glaubte, das „Gefühl persönlicher Freiheit" habe ihn gerade erst durchdrungen.

Wieviel in Taganrog auch schon erreicht war, das Schwierigste lag noch vor Anton Pawlowitsch Tschechow – ein Weg unermüdlichen Suchens und angestrengter Arbeit, großer Erfüllungen und bitterer Enttäuschungen, der die russische und die Weltliteratur auf ungeahnte Höhen führte.

---

1 Rasnotschinzen: Angehörige einer gesellschaftlichen Schicht im Rußland des 19. Jh., vorwiegend Kaufleute, Kleinbürger und Geistliche.

Zwischen Wissenschaft und Kunst

Endlich war es erreicht – Tschechow erhielt das langersehnte Reifezeugnis. Das Gymnasium lag hinter ihm, aber er übersiedelte nicht sofort nach Moskau. Bevor Anton Pawlowitsch sich auf den Weg nach Moskau machte, gab es diese Episode. Die Taganroger Stadtverwaltung hatte ein Stipendium für gebürtige Taganroger ausgesetzt, die zur Hochschule gehen wollten. Das Stipendium war nicht hoch – 25 Rubel monatlich –, aber für die Familie Tschechow eine wesentliche Unterstützung. Nach allerlei Scherereien war die Angelegenheit im August 1879 endlich perfekt. Nun fuhr Anton Pawlowitsch nach Moskau: Er kam nicht mit leeren Händen. Das Stipendium wurde für vier Monate im voraus gezahlt, so daß die Tschechows hundert Rubel auf einmal in die Hand bekamen. Das Taganroger Kleinbürgeramt hatte Anton – zur Erlangung einer Aufenthaltsgenehmigung in Moskau – am 2. August 1879 einen Freistellungsschein folgenden Wortlauts ausgestellt: „Vorzeiger dieses, der Kleinbürger aus dem Gouvernement Jekaterinoslaw, Stadt Taganrog, Anton Pawlowitsch Tschechow, wird aus dem Taganroger Kleinbürgeramt zur Wohnsitznahme in verschiedenen Gouvernements Rußlands in einer Frist von einem Monat, vom untenangegebenen Datum an gerechnet, entlassen. Falls er im Laufe des eingeräumten Monats nicht erscheint, wird entsprechend dem Gesetz verfahren." Folgende Kennzeichen wurden vermerkt: Alter – 19, Größe: 2 Arschin 9 Werschok (etwa 1,82 m), Haare und Augenbrauen – blond, Augen – braun, Nase und Mund – mäßig groß, Gesicht – länglich, bartlos.

Die Tschechows lebten damals in einer Kellerwohnung eines der Kirche gehörenden Hauses in der Gratschewka (in der Nähe der Sadowaja-Straße und des Samotetschnaja-Platzes).

Anton Pawlowitsch brachte am 8. August 1879 nicht nur das Stipendium, sondern auch drei Kostgänger mit, die an der Moskauer Universität studieren wollten. Die Familie hatte sich mit einemmal sehr vergrößert, aber in materieller Hinsicht wurde das Leben leichter. „Die Mutter nahm ihnen nur sehr wenig ab und bemühte sich, sie alle satt zu machen." Der Mittagstisch wurde zweifellos besser und reichhaltiger.

Im Herbst desselben Jahres noch übersiedelte die Familie in das Haus von

Sawitzki auf der Gratschewka, wo sie sich im zweiten Stock einquartierte. In zwei Zimmern wurden die künftigen Studenten untergebracht, im dritten Anton, Nikolai und Michail, im vierten Jewgenia Jakowlewna und Mascha; das fünfte Zimmer war der gemeinsame Salon.

Die erste Bekanntschaft mit dem Tempel der Wissenschaft war entmutigend. Die Anträge wurden im alten Gebäude an der Mochowaja-Straße in einem engen, schmutzigen und verrauchten Zimmer entgegengenommen, das mit jungen Leuten vollgestopft war. „Wahrscheinlich hatte Anton von der Universität etwas Großartiges erwartet", bemerkt Michail Pawlowitsch, „denn die Umgebung, in die er hier geriet, machte auf ihn einen recht ungünstigen Eindruck." Der erste Eindruck war nachhaltig. Später wird Professor Nikolai Stepanowitsch in der „Langweiligen Geschichte" Tschechows Gedanken und Empfindungen aussprechen: „Dort ist auch schon das düstere, lange nicht renovierte Tor der Universität; davor der gelangweilte Hausknecht im Bauernpelz, der Besen, die Schneehaufen ... Auf einen frischen Jungen, der aus der Provinz gekommen ist und sich einbildet, der Tempel der Wissenschaft sei tatsächlich ein Tempel, kann ein solches Tor keinen günstigen Eindruck machen. Überhaupt nehmen die Baufälligkeit der Universitätsgebäude, die düsteren Korridore, der Ruß an den Wänden, der Mangel an Licht, das traurige Aussehen der Treppen, Kleiderständer und Bänke in der Geschichte des russischen Pessimismus den ersten Platz unter den prädisponierenden Ursachen ein ... Der Student, dessen Stimmung überwiegend von der Umgebung bestimmt wird, sollte dort, wo er studiert, auf Schritt und Tritt nur Hohes, Starkes und Schönes vor sich sehen ... Bewahre ihn Gott vor dürren Bäumen, zerschlagenen Fenstern, grauen Wänden und Türen, die mit zerrissenem Wachstuch bezogen sind!"

Wie schon in Taganrog beschlossen, reichte Tschechow den Aufnahmeantrag

Die Moskauer Universität (1880)

bei der Medizinischen Fakultät ein. Er studierte fünf Jahre und wurde nach dem Abschlußexamen am 15. September 1884 als Kreisarzt bestätigt.

Um die von Tschechow in diesen Jahren geleistete Arbeit richtig zu würdigen, darf man nicht übersehen, daß seine literarischen Arbeiten neben Vorlesungen, praktischen Übungen und Laborversuchen entstanden. Am Ende seines Studiums hatte er unter schwierigsten Zuständen eine ansehnliche Zahl von Skizzen, Kurzgeschichten und Feuilletons geschrieben, wie sie selbst für einen professionellen Schriftsteller selten war.

Im August 1883, als der Student A. P. Tschechow seinem Redakteur das regelmäßige Quantum neuer Werke übersandte, klagte er im Begleitbrief: „Ich schreibe unter den übelsten Bedingungen. Vor mir liegt meine nichtliterarische Arbeit, die mir unbarmherzig ans Gewissen klopft, im Nebenzimmer schreit das kleine Kind eines zu Besuch weilenden Verwandten, in einem anderen Zimmer liest mein Vater der Mutter laut aus dem ‚Versiegelten Engel' von Leskow[1] vor ... Jemand hat eine Spieldose aufgezogen, und ich muß mir die ‚Schöne Helena' anhören ... Mein Bett ist von dem zugereisten Verwandten belegt, der ab und an zu mir kommt und das Gespräch auf die Medizin bringt. ‚Meine Tochter hat wahrscheinlich Leibschmerzen, deshalb schreit sie so ...' Ich habe das Unglück, Mediziner zu sein, und es gibt kein Individuum, das es nicht für notwendig hielte, sich mit mir über Medizin zu unterhalten. Wem es über ist, über Medizin zu reden, der bringt das Gespräch auf die Literatur. Eine beispiellose Situation."

Ein anderer Brief datiert vom Januar 1886; er ist mit leichter Hand geschrieben und voller scherzhafter Bemerkungen und scharfsinniger Sentenzen: „Ich muß schlafen", heißt es darin. „Über meinem Kopf wird getanzt. Ein Orchester spielt. Eine Hochzeit. In der Beletage wohnt ein Küchenmeister, der sein Zimmer für Hochzeiten und Leichenschmause zur Verfügung stellt. Mittags Leichenschmaus, nachts eine Hochzeit ... Tod und Empfängnis ... Jemand rennt gerade über meinem Kopf, wobei er mit den Füßen stampft wie ein Pferd ... Wahrscheinlich der Brautführer. Das Orchester dröhnt ..."

Und das alles bei anhaltender Sorge um das tägliche Brot. „Das Schreiben bringt mir nichts außer Unruhe ein", schrieb Tschechow 1883. „Die hundert Rubel, die ich im Monat bekomme, wandern in den Magen, und ich bin nicht imstande, meinen grauen, unansehnlichen Gehrock gegen etwas weniger Abgetragenes auszuwechseln." Vom Oktober 1885 gibt es diese Zeilen: „Allah allein weiß, wie schwer mir das Balancieren fällt und wie leicht ich das Gleichgewicht verlieren und abstürzen kann. Verdiene ich im nächsten Monat zwanzig bis dreißig Rubel weniger, so ist sicher die Balance zum Teufel, und ich komme aus dem Konzept." Die Balance ging ziemlich oft zum Teufel. Mal waren die Honorare nicht so hoch wie erwartet, mal wurden sie von Redakteuren aus wer weiß welchen Gründen zurückgehalten.

[1] Nikolai Semjonowitsch Leskow (1831–1895), Vertreter des russischen Realismus.

Volksbelustigungen am 1. Mai im Sokolniki-Park (N. P. Tschechow, 1882)

1886, als die Familie Tschechow in ihr bestes Quartier, das Haus von Kornejew in der Sadowo-Kudrinskaja-Straße umsiedelte, schrieb Anton Pawlowitsch: „Arbeit von früh bis spät und wenig Nutzen ... Geld – soviel die Katze auf dem Schwanz wegträgt ... Ich weiß nicht, wie es bei Zola und Schtschedrin ist, bei mir ist es kalt, und es riecht nach Kohlendunst ... Ich wiederhole es, Geld ist weniger vorhanden als Talent zum Verseschmieden. Die Einnahmen beginnen erst vom 1. Oktober an, bis dahin kann ich mich vor die Kirche stellen und um milde Gaben bitten ...

Ich schreibe viel und lange, aber ich hetze mich ab wie ein Besessener – ich beginne etwas Neues, wenn das Alte noch nicht beendet ist ... Das Arztschild habe ich bis heute noch nicht wieder anbringen lassen, trotzdem aber muß ich Kranke behandeln! Brrr ...

Ich kränkle ein bißchen und verwandle mich allmählich in das Skelett einer Grille. Wenn ich früher sterbe als Sie, dann seien Sie so gut und händigen den Schrank meinen direkten Erben aus, die in seinen Fächern ihre Zähne ablegen werden."

Natürlich ist hier vieles im Scherz gesagt. „Ich kränkle ein bißchen" muß jedoch entschlüsselt werden. Erste Anzeichen für Tuberkulose stellten sich bei Anton Pawlowitsch 1884 ein. „Nun ist es schon drei Tage her, daß mir gänzlich unangebracht Blut aus der Kehle rinnt ... Der Grund ist wahrscheinlich ein geplatztes Gefäß." Hatte er sich am 10. Dezember dieses Jahres noch damit getröstet, so nicht mehr im April 1886. „Ich bin krank", bekannte er. „Blutspeien und Schwäche... Ich kann nicht schreiben... Wenn ich morgen nicht zum Schreiben komme, dann verzeihen Sie mir – ich werde dann zu Ostern keine Erzählung schicken können... Ich müßte nach dem Süden fahren, habe aber kein Geld dazu... Ich fürchte mich davor, von Kollegen sondiert zu werden... Plötzlich werden sie so etwas wie verlängertes Ausatmen oder eine Dämpfung entdecken! Mir scheint, bei mir ist nicht die Lunge schuld, sondern der Rachen... Fieber habe ich keines."

Ein erstaunliches Dokument! Natürlich wußte Tschechow Bescheid über die Ursache seiner Krankheit. Weshalb hätte er sonst den Süden erwähnt! Aber was sollte er mit diesem Wissen in seiner elenden materiellen Lage anfangen? In den Süden zu reisen, hatte er kein Geld. So hielt er an der Version von dem „geplatzten Blutgefäß" oder anderen Ausreden fest, die zu glauben Tschechow nicht nur seine Umgebung, sondern auch sich selbst zwang.

Das Verblüffendste sind die Leichtigkeit, Ungezwungenheit und Eleganz, mit der Tschechow trotz aller Bedrängnisse arbeiten und leben konnte. Er machte niemals den Eindruck eines durch übermäßige Arbeit versklavten Menschen, der sich im Namen der Pflicht verleugnet. Er zeigte sich gesellig, lebensfroh und heiter, unerschöpflich im Ausdenken von Scherzen und Späßen. Bekannte sahen in ihm den sorglosen Spaßvogel, der von sich selbst sagte, „Ich liebe alle möglichen Volksvergnügungen... mit Reigen und Tänzen und mit Weintrinken." Wenigen gelang es, in seine verborgene, nach außen gezügelte Welt komplizierter geistiger Erlebnisse Einblick zu nehmen. Ilja Repin (1844 bis 1930) allerdings schrieb nach der ersten Begegnung 1884: „Eine scharfe, unerbittliche, echt russische Analyse beherrschte in seinen Augen den gesamten Ausdruck des Gesichts. Ein Feind von Sentiments und hochtrabendem Enthusiasmus, hielt er sich, so schien es, an der Kandare kalter Ironie, und er spürte mit Vergnügen an seinem Körper das Panzerhemd der Tapferkeit."

Tschechows Bescheidenheit und Zurückhaltung waren der Grund, weshalb seine Kommilitonen kaum etwas von seiner literarischen Tätigkeit wußten, wie umgekehrt die Mitarbeiter der periodischen Presse und die Redakteure keine Ahnung von seinen studentischen Angelegenheiten hatten. A. S. Lasarew-Grusinski[1] zitiert in seinen Erinnerungen Tschechows Worte: „Sie wissen, ich habe die Moskauer Universität absolviert. Auf der Universität begann ich seit dem ersten Studienjahr an Zeitschriften mitzuarbeiten, und während meines Studiums konnte ich Hunderte von Erzählungen unter dem Pseudonym ‚A. Tschechonte' drucken lassen, einem Namen, der, wie Sie sehen, meinem richtigen sehr ähnlich ist. Und tatsächlich hat keiner von meinen Kommilitonen gewußt, daß ich A. Tschechonte war, niemand von ihnen interessierte sich dafür. Sie wußten, ich schrieb irgendwo irgendwas, und damit hatte sich's. Meine Schreibereien gingen sie nichts an."

[1] Alexander Semjonowitsch Lasarew (1861–1927), Pseudonym A. Grusinski, Schriftsteller.

„*Poetische Träume*“ (*A. Lebedew*, „*Splitter*“, *1883*)

Und in einem Brief (1886) an D. W. Grigorowitsch (1822–1899) schrieb Tschechow: „Alle meine Freunde haben sich meiner Schriftstellerei gegenüber herablassend verhalten und mir unentwegt freundschaftlich geraten, ich solle meine richtige Arbeit nicht damit vertauschen, Papier vollzuschmieren. Ich habe in Moskau Hunderte von Bekannten, darunter ungefähr zwei Dutzend Schriftsteller, aber ich kann mich an keinen einzigen erinnern, der mich gelesen oder in mir einen Künstler gesehen hätte.“

Nach den wenigen überlieferten Angaben zu urteilen, war A. P. Tschechow ein gewissenhafter Student und verträglicher Kommilitone, der die Vorlesungen pünktlich besuchte, an den studentischen Versammlungen und offiziellen Festakten von der Art der geräuschvollen Feiern am Tatjanatag, dem Gründungstag der Moskauer Universität, teilnahm. Dem gesellschaftlichen Leben der Studenten gegenüber blieb er ein skeptischer Beobachter.

Das freiheitsliebende studentische Milieu lag Tschechow. Er wußte freilich, wie buntscheckig es war, und vergaß nicht, daß Gestalten wie Dyba und Udaw[1] aus Saltykow-Schtschedrins Buch „Im Ausland“ ebenfalls die Universität absolviert hatten: Daher sein skeptisches Verhalten gegenüber der studentischen Bewegung, die zudem während seiner Studienzeit wenig in Erscheinung trat. Interessant sind einige Zeilen aus einem Brief an N. A. Lejkin, den Herausgeber der Zeitschrift „Oskolki“ (Splitter). Tschechow schreibt: „Ich schicke Ihnen eine Kurzgeschichte ... Darin werden Studiosi aufs Korn genommen, aber Unliberales ist nichts dabei. Es ist auch an der Zeit, die Förmlichkeiten beiseite zu lassen ...“

Anton Pawlowitsch gehörte weder zu jenen, welche die Studenten von reaktionär-konservativen Positionen aus des „Aufruhrs“ und „rebellischer Gedanken“ verdächtigten, noch scheute er sich auszusprechen, was ihm an studentischen Sitten nicht gefiel. So handelt die Erzählung „Anjuta“ von Herzlosigkeit

[1] Aus „Im Ausland“; Repräsentanten der zaristischen Autokratie.

Porträtstudien von 1883/84 (N. P. Tschechow; I. I. Lewitan)

und Egoismus äußerst unbekümmerter Studenten, die das demütig duldende Mädchen Anjuta ausnutzen, um sie dann wegzuschicken. So verhalten sich auch ihre anderen Liebhaber, die bereits ihr Studium beendet haben, etwas geworden sind und sie als „anständige Menschen" natürlich längst vergessen haben. Einer von ihnen lebt in Paris, zwei sind Doktoren, der vierte ist Künstler, der fünfte soll es sogar zum Professor gebracht haben. Für jeden von ihnen war sie sowohl Zimmergenossin als auch geduldige Mitarbeiterin – ein „Mädchen für alles". Gegen solche Unmenschlichkeit empörte sich Tschechow.

Die Professoren der Moskauer Universität, vor allem die der Medizinischen Fakultät, die damals über eine bemerkenswerte Plejade hervorragender Gelehrter verfügte, übten mit ihrem Fachwissen und ihren aufklärerischen Ansichten großen Einfluß auf Tschechow aus; sie erzogen ihn auch zu tiefer Achtung vor der Wissenschaft.

In der „Langweiligen Geschichte" wird als einer der bedeutendsten Wissenschaftler der Begründer der Moskauer histologischen Schule, A. I. Babuchin, erwähnt, dessen Arbeiten für die Konsolidierung der materialistischen Weltanschauung in Rußland von großer Bedeutung waren.

Neben solchen hervorragenden Wissenschaftlern wie A. A. Ostroumow, G. A. Sacharjin und F. F. Erisman schätzte Tschechow besonders den glänzenden Gelehrten und Publizisten K. A. Timirjasew, einen unermüdlichen Kämpfer für die materialistische Naturauffassung.

In seinem Aufsatz „Parodie der Wissenschaft" hatte Timirjasew die himmelschreienden Zustände angeprangert, die auf der botanischen Versuchsstation des Moskauer Zoologischen Gartens herrschten. Tschechow schrieb bald darauf das Feuilleton „Taschenspieler", eine noch schärfere Anklage gegen die Herabwürdigung der Wissenschaft.

Tschechow verurteilte Scharlatanerie, war aber voller Ehrfurcht vor der Wissenschaft. Von Darwin und dessen Methode war er begeistert. 1886 schrieb er: „Ich lese Darwin. Welche Pracht! Ich liebe ihn maßlos."

Als Student im vierten Studienjahr trug sich Tschechow, schon Autor einer Vielzahl von Kurzgeschichten, mit der Absicht, eine große wissenschaftliche Arbeit in Angriff zu nehmen. Im April 1883 schrieb er an seinen Bruder Alexander: „Ich bearbeite jetzt und auch in Zukunft eine kleine Frage – die Frauenfrage. Aber lache nicht gleich. Ich stelle sie auf eine wissenschaftliche Grundlage und verfasse eine ‚Geschichte der geschlechtlichen Autorität'". Im weiteren werden die Hauptgedanken der künftigen Arbeit dargelegt, und dem Bruder wird vorgeschlagen, sich an der Bearbeitung des Themas zu beteiligen.

Eine „kleine Frage" – das war natürlich in scherzhaftem Ton gesagt. Nein, Tschechow erkannte sehr wohl das Gewicht der begonnenen Arbeit, die ein Beitrag zur Lösung eines der kompliziertesten sozialen Probleme seiner Zeit sein sollte.

Bemerkenswert an diesem nicht verwirklichten Vorhaben ist die Kühnheit der Fragestellung, der wagemutige Versuch, den zeitgenössischen Wortgefechten der „emanzipierten weiblichen Publizisten" und den pseudowissenschaftlichen Erörterungen der „Schädelmesser", gestützt auf Darwin und seine Methoden, eine wissenschaftliche Untersuchung gegenüberzustellen.

Natürlich irrte Tschechow, wenn er meinte, man könne ein soziales Problem durch eine naturgeschichtliche Analyse lösen. Diese Auffassung teilte er mit vielen Zeitgenossen, Anhängern des sog. Sozialdarwinismus, ohne dessen antidemokratische Tendenzen mitzuvollziehen.

Der Meinungsstreit um die Emanzipation der Frau entfaltete sich in Rußland in der zweiten Hälfte der achtziger Jahre und wurde von Autoren wie Timirjasew und N. G. Tschernyschewski wesentlich beeinflußt. Interessant ist es, besondere Ideen des Medizinstudenten Tschechow kennenzulernen.

„Die Natur selbst", schreibt er und zieht dabei einen Analogieschluß zur geschlechtlichen Autorität bei der Evolution der Tierwelt, „duldet keine Ungleichheit. Sie korrigiert Abweichungen von der Regel bei passender Gelegenheit. Im Streben nach dem vollkommenen Organismus sieht sie keine Notwendigkeit von Ungleichheit, von Autorität, und die Zeit wird kommen, da sie gleich Null sein wird." Tschechow meint, daß „der vollkommene Organismus etwas schafft, aber die Frau noch nichts geschaffen hat"; aber er zieht daraus den Schluß: die Natur strebt zur Gleichheit. „Man darf die Natur nicht hindern – das wäre unvernünftig, weil ebenso dumm wie machtlos. Man muß der Natur helfen, wie die Natur den Menschen hilft . . ."

Natürlich war das keine wissenschaftliche Arbeit, sondern eher eine Zusammenfassung elementarer Gedanken und Beobachtungen eines Studenten (die naiven Ansichten, derer es in dem Brief viele gibt, lassen wir außer Betracht).

Tschechow war sich wohl kaum bewußt, in welchem Verhältnis sich seine Gedanken zum antihumanen Sozialdarwinismus befanden. Ihm ging es vor allem um die Frauenfrage.

Seine wissenschaftlichen Ambitionen erschöpften sich nicht in diesem Versuch über die Frauenfrage. 1884 und 1885 begann er über das Thema „Das Gesundheitswesen in Rußland" zu arbeiten. Eine originelle Untersuchung, die, wenn auch unvollendet, von wissenschaftlicher Seriosität zeugt. Aufmerksamkeit verdienen auch die sorgfältigen Aufzeichnungen folkloristischer Materialien, die Exzerpte aus Chroniken, aus der „Geschichte des Russischen Reiches" von N. M. Karamsin.[1]

Den Gedanken an eine wissenschaftliche Betätigung gab Tschechow auch später nicht auf. Es ist sehr bezeichnend, daß er sein Buch „Die Insel Sachalin" (1893) in diesem Sinn betrachtete. Am 2. Januar 1894 schrieb er: „Die Medizin kann mir jetzt nicht Untreue vorwerfen: Ich habe der Gelehrsamkeit den schuldigen Tribut entrichtet und das getan, was die alten Schriftsteller Pedantismus nannten, und ich bin froh, daß in meiner belletristischen Garderobe auch dieser grobe Arrestantenkittel hängen wird."

Nach den Erinnerungen eines Kommilitonen, des späteren Professors der Neuropathologie G. J. Rossolimo, wollte Anton Tschechow sogar eine Lehrtätigkeit auf medizinischem Gebiet an der Universität aufnehmen, er fand, er könne einen originellen Vorlesungszyklus veranstalten, in dem er „sein Auditorium so tief wie möglich in das Gebiet der subjektiven Empfindungen des Patienten einzuführen gedachte". Rossolimo wurde von ihm bevollmächtigt, mit dem Dekan der Medizinischen Fakultät Verhandlungen darüber zu führen (sie blieben erfolglos). Als Dissertation, die für eine Anstellung notwendig war, sollte die „Insel Sachalin" vorgelegt werden. Das Studium an der Universität hatte Tschechow Hochachtung vor der Wissenschaft und das Streben nach wissenschaftlicher Tätigkeit vermittelt. Aus den wissenschaftlichen Ambitionen aber wurde nichts, und er richtete, nachdem auch der Versuch, eine offizielle Arztstelle zu erhalten, gescheitert war, eine Privatpraxis ein. Im August 1884 scherzte er in einem Brief an den Schriftsteller N. M. Lejkin (1841–1906): „Ach ... vor kurzem habe ich bei einem Fräulein einen Zahn behandelt; für die nicht abgeschlossene Behandlung erhielt ich fünf Rubel. Einen Mönch heilte ich von der Dysenterie und bekam einen Rubel; eine Moskauer Schauspielerin kurierte ich vom Magenkatarrh und erhielt drei Rubel. Diese Erfolge auf meinem neuen Arbeitsgebiet haben mich in solches Entzükken versetzt, daß ich alle diese Rubel zusammenlegte und sie in die Schenke von Bannikow schickte, aus der ich für meine Tafel Wodka, Bier und weitere Medikamente erhalte."

Wie Rossolimo berichtet, war Anton Pawlowitsch als Arzt ein aufmerksamer und verständnisvoller Helfer. Er liebte es, ärztliche Ratschläge zu erteilen,

---

[1] Nikolai Michailowitsch Karamsin (1766–1826), Schriftsteller und Historiker.

„und er verfolgte die Entwicklung der Medizin in Wissenschaft und Praxis an Hand der periodischen Literatur. Sein Verhalten zu den Patienten war von rührender Sorge und Milde. Das Menschliche hatte bei ihm als Arzt eine hohe Stufe erreicht, die Fähigkeit, mit dem Patienten zu fühlen und seine Leiden mitzuerleben."

Die Ausübung ärztlicher Arbeit war für Tschechow nicht nur berufsmäßige Pflicht. Im September 1885 teilte er Lejkin mit, bei ihm seien im Laufe des Sommers mehrere Hundert Patienten gewesen, er habe aber nicht einen Rubel verdient. Tschechows ärztliche Tätigkeit nahm einen immer ausgeprägteren sozialen Charakter an. Seit Ende der achtziger Jahre arbeitete Anton Pawlowitsch kaum noch als Arzt, abgesehen davon, daß er ihm nahestehenden Menschen seinen Rat gab. Bauern aber behandelte er weiterhin, auch wenn die Bezahlung ausblieb.

Die Erfahrungen, die A. P. Tschechow als Arzt machte, waren ohne Zweifel von großem Einfluß auf seine literarische Tätigkeit. Sie erweiterten den Kreis seiner Beobachtungen beträchtlich, bereicherten ihn mit Materialien. Doch hatte die Kenntnis der Medizin für ihn auch prinzipielle Bedeutung. In einem Brief an den Arzt G. I. Rossolimo schrieb er am 11. 10. 1899: „Ich zweifle nicht daran, daß meine Beschäftigung mit der Medizin bedeutenden Einfluß auf meine literarische Tätigkeit gehabt hat; sie hat in bedeutendem Maße meinen Horizont erweitert und mich mit Kenntnissen bereichert, deren Wert für mich als Schriftsteller nur der ermessen kann, der selbst Arzt ist. Diese Beschäftigung mit der Medizin hatte auch richtungweisende Bedeutung ..." Gemeint ist offenbar Tschechows materialistische Überzeugung. „Außerhalb der Materie gibt es keine Erfahrung, kein Wissen und folglich auch keine Wahrheit", bekannte er. Die Bedeutung dieser bemerkenswerten Feststellung ist kaum zu überschätzen. Das Bekenntnis zum Materialismus, die Treue zur wissenschaftlichen Methode bewahrten ihn vor Irrtümern, waren ihm eine Hilfe beim Suchen nach Antworten auf wichtige Fragen der Gegenwart.

Aus dieser Haltung lehnte Tschechow eine Gegenüberstellung von Wissenschaft und Kunst entschieden ab. Bereits 1889 schrieb er: „Die Anatomie und auch die schöne Literatur haben die gleiche hohe Herkunft, sie haben ein und dieselben Ziele, ein und denselben Feind – den Teufel, und sie haben bestimmt keinen Anlaß, Krieg zu führen. Der Kampf ums Dasein ist ihnen fremd. Wenn der Mensch die Lehre vom Blutkreislauf kennt, so ist er reich; wenn er dazu noch die Geschichte der Religion und die Romanze ‚Ein Augenblick ist mein gewesen' lernt, so wird er nicht ärmer, sondern reicher – also haben wir es nur mit Vorteilen zu tun. Darum haben die Genies nie Krieg geführt, und in Goethe hat sich der Dichter ausgezeichnet mit dem Naturforscher vertragen." Auch später betonte Tschechow immer wieder, wie hoch er die Wissenschaft schätze. „Für die Wissenschaft und für allgemeine Ideen zu arbeiten", schrieb er, „das ist auch persönliches Glück."

Arzt und Zeitungsschreiber

Nach den Erinnerungen seines Bruders Michail begann Anton Pawlowitsch Tschechow um die Jahreswende 1879/80 ein gesteigertes Interesse für die Petersburger humoristische Zeitschrift „Strekosa" zu bekunden. Er kaufte sie regelmäßig und durchblätterte sie bereits auf dem Heimweg von der Universität. Bald schon wurde der Grund für dieses Interesse offenkundig.

Die humoristischen Zeitschriften hatten eine Rubrik, in der die Antworten auf bei der Redaktion eingegangene Briefe und Manuskripte veröffentlicht wurden. In der „Strekosa" hieß sie Briefkasten. Diese Rubrik überflog Tschechow immer als erste.

Die Antworten der Redaktion waren oft recht bissig, auch der Briefkasten sollte die Leser erheitern. Tschechow faßte Mut und schickte Arbeiten an die Zeitschrift. Als er im zweiten Heft des Jahrgangs 1880 las: „Dratschewka, Herrn A. Tsche. –. Gar nicht übel. Wir bringen die Einsendung", konnte er aufatmen. Bald darauf traf die offizielle Zusage des Redakteurs Wassilewski ein: „Gnädiger Herr! Die Redaktion hat die Ehre, Ihnen mitzuteilen, daß die von Ihnen eingesandte Kurzgeschichte nicht übel geschrieben ist und in der Zeitschrift gebracht wird. Die Redaktion schlägt ein Honorar von 5 Kopeken je Zeile vor."

Die Redaktion hielt Wort. In Nr. 10 (März) wurden der „Brief des Gutsbesitzers vom Don Stepan Wladimirowitsch N. an den gelehrten Nachbarn Doktor Friedrich" und „Was man meist in Romanen, Novellen usw. antrifft" gedruckt.

Dem erfolgreichen Beginn folgten die Enttäuschungen. In Nr. 51 der „Strekosa" mußte er im Briefkasten lesen: „Sie verwelken schon, ohne aufgeblüht zu sein. Schade. Man soll nicht schreiben ohne kritische Einstellung zu sich selbst."

Einige Monate schrieb Tschechow nichts mehr. Dann begann eine sich immer mehr verstärkende Mitarbeit an den Moskauer humoristischen Zeitschriften „Sritel" (Der Zuschauer) und „Budilnik" (Der Wecker), später auch an anderen Blättern wie „Moskwa", „Mirskoi tolk" (Die Weltmeinung), „Swet i teni" (Licht und Schatten), „Nowosti dnja" (Tagesneuigkeiten), „Sputnik"

„Größte Armut" (A. Lebedew, „Splitter", 1884) · „Brief des Gutsbesitzers . . ." (N. P. Tschechow, 1883)

(Der Gefährte), „Russki satiritscheski listok" (Russisches satirisches Blatt), „Raswletschenije" (Zerstreuung) und „Swertschok" (Das Heimchen). Während 1880 neun Kurzgeschichten Tschechows publiziert wurden, waren es 1883 bereits mehr als hundert.

Tschechow kam zur Literatur, als sich die Bewegung der „Volkstümler"[1] in einer Krise befand. Der „Gang ins Volk" war gescheitert. Nachdem der durch das Attentat der Narodnowolzen[2] getötete Zar Alexander II. durch Alexander III. abgelöst worden war, wurde die Organisation „Narodnaja wolja" zerschlagen. Es begannen die schweren achtziger Jahre, eine Zeit der härtesten politischen Reaktion.

Die humoristische Zeitschrift „Swet i teni", herausgegeben von dem damals populären Satiriker Nikolai Lukitsch Puschkarjow (1841–1906), äußerte sich auf ihre Weise zu der Abrechnung der Regierung mit den Narodnowolzen, indem sie eine Karikatur des jungen Künstlers M. M. Tschemodanow brachte. W. A. Giljarowski[3] erzählt: „Über eine ganze Seite der Zeitschrift erschien eine Zeichnung – in zwei Tintenfässern, die auf einem Tisch standen, steckten zwei Gänsefedern, zwischen denen in Form einer geschwungenen Linie zu lesen war: Unsere Waffe für die Lösung aktueller Fragen. Die Federn und die Inschrift stellten, genau betrachtet, zwei Säulen mit einem Querbalken dar. Die Balkeninschrift war handschriftlich angefertigt und mit Schnörkeln versehen, und einer der Schnörkel, inmitten der Federn, ähnelte einer hängenden Schlinge.

---

1 Volkstümler (Narodniki): Bürgerlich-demokratische, hauptsächlich von Studenten getragene Bewegung im Rußland der zweiten Hälfte des 19. Jh. Sie verkannten die Gesetzmäßigkeit der kapitalistischen Entwicklung und hielten die bäuerliche Dorfgemeinde für das Ziel des Sozialismus. In den siebziger Jahren versuchten sie vergeblich, „unter das Volk zu gehen" und die Bauern zur revolutionären Erhebung aufzurufen.

2 Narodnowolzen: Mitglieder der Organisation „Narodnaja wolja" (Volkswille), einer Nachfolgerin der Volkstümler, die den individuellen Terror vertrat. Ein Narodnowolze verübte am 1. März 1881 das tödliche Attentat auf Alexander II.

3 Wladimir Alexejewitsch Giljarowski (1853–1935), Schriftsteller und Journalist; veröffentlichte Erinnerungen an Tschechow.

Das Publikum erkannte sofort einen Galgen ... Die aufgebrachten Machthaber begannen die Redakteure zu verhören, sie unterbanden den Verkauf des Heftes und entließen den Zensor ... Diese Entlassung wirkte sich sehr auf die übrigen Zensoren aus, sie fielen über die Presse her, und ihre Eingriffe steigerten sich ins Absurde."

Man muß hier anmerken, daß dieser Vorgang eine Ausnahme war. Doch die Zeiten der kämpferischen satirischen Organe der sechziger Jahre, des „Swistok" (Die Pfeife) und der „Iskra" (Der Funke), waren längst vorbei; die neue Generation humoristischer Zeitschriften trug hauptsächlich unterhaltenden, kommerziellen Charakter. Nach einer treffenden Bemerkung Giljarowskis gab es in der legalen Presse der achtziger Jahre zwei Lager – zum einen die „Ritter mit Furcht und Tadel", zum anderen die „Ritter ohne Furcht und Tadel".

Blätter, die irgendwelche politischen Anspielungen zu machen versuchten, sich dabei einer äsopischen Sprache bedienten, galten als liberal, bei den staatlichen Sicherheitsorganen sogar als aufrührerisch und schädlich. Ihre Existenz hing ständig an einem seidenen Faden. Einzelne Nummern konnten konfisziert und vernichtet werden, das Erscheinen der Zeitschrift konnte überhaupt eingestellt oder für eine bestimmte Zeit unterbunden werden. So war die Lage bei den nichtzensierten Zeitungen und Zeitschriften. Bei denen, die eine Vorzensur durchlaufen mußten, konnte anstößiges Material irgendwelcher Art nur bei Unachtsamkeit des Zensors durchkommen.

Zusammenbrüche von Verlagen waren eine alltägliche Erscheinung. 1883 schrieb Tschechow an seinen Bruder Alexander: „Wir leben erträglich – wir haben zu essen und zu trinken. Wir haben ein Piano und schöne Möbel. Erinnerst Du Dich an die Möbel der Utkina? Jetzt stehen sie alle bei uns ..." Das war nichts anderes als die scherzhafte Erwähnung des Bankrotts einer Zeitschrift. L. N. Utkina, die Herausgeberin des „Budilnik", stand ohne Geldmittel da und bezahlte ihre Mitarbeiter Nikolai und Anton Tschechow mit den Möbeln, die in der Redaktion standen.

1882 war man auf A. P. Tschechow als einen außerordentlich talentierten jungen Schriftsteller aufmerksam geworden. Auf Empfehlung des Dichters L. I. Palmin (1841–1891), mit dem die Brüder Tschechow in der Redaktion bekannt geworden waren, interessierte sich Lejkin, der Herausgeber der Petersburger humoristischen Zeitschrift „Oskolki", für ihn. Er bot Tschechow für die äußerst günstige Honorierung von 8 Kopeken je Zeile die Mitarbeit an der Zeitschrift an.

Nikolai Alexandrowitsch Lejkin war in der journalistischen Welt der achtziger Jahre eine bedeutende Gestalt. Seine literarische Karriere hatte er zwanzig Jahre zuvor als humoristischer Schriftsteller und Mitarbeiter verschiedener Zeitschriften begonnen. 1882 wurde er Redakteur der „Oskolki". Als Schriftsteller war er erstaunlich fruchtbar – jahrzehntelang schickte er zahllose Szenen und Skizzen an die Redaktionen. Er verfaßte auch viele Romane, Novellen und Theaterstücke. Als Herausgeber und Redakteur der „Oskolki" bewies Lej-

Anton Pawlowitsch (2. v. li.) in der Redaktion des „Wecker"
(M. M. Tschemodanow, 1885)

kin ungewöhnliches Geschick. Obwohl er ein berechnender, geiziger und schlauer Unternehmer blieb, verhielt er sich bei den Abrechnungen mit den Autoren korrekt. Die Zeitschrift war regierungstreu, wenn auch nicht frei von einer liberalen Nuance. Lejkin stöhnte über den Druck der Zensur und beklagte sich ständig über sein bitteres Schicksal, obwohl er über genügend Stehsatz verfügte, um Zensurschwierigkeiten überbrücken zu können. Die Mitarbeiter brachten dem Redakteur Wohlwollen entgegen, und – was besonders wichtig war – sie wurden vorsichtiger und anpassungsfähiger. In manchen Fällen schob Lejkin allerdings redaktionelle Eigenmächtigkeiten der Zensur in die Schuhe. In einem Brief an Anton Pawlowitsch aus dem Jahr 1883 hat er das auch zugegeben: „Verzeihen Sie auch, daß ich in Ihrer Geschichte ... den Schluß beschnitten habe. Ich will nicht lügen: Das war nicht der Zensor, sondern ich ..."

Unter den humoristischen Blättern der achtziger Jahre waren die „Oskolki" immer noch das anständigste, und Tschechow konnte in der ersten Zeit von den hervorragenden Qualitäten der Zeitschrift wie ihres Herausgebers noch fest überzeugt sein.

Seitdem Iwan Pawlowitsch seine Anstellung in dem Städtchen Woskressensk erhalten hatte, ergab sich für die Familie Tschechow die Möglichkeit, im Sommer zu verreisen. Woskressensk war damals eine kleine Stadt mit einer Pfarrschule. Kurator dieser Schule war der reiche Fabrikant Zurikow, der viel für die Ausstattung der Schule tat, und so erhielt Iwan Tschechow eine geräumige, gut eingerichtete Dienstwohnung. So fuhren die Tschechows sofort hierher, als für Mascha und Michail das Schuljahr zu Ende war. Anton jedoch blieb zu Beginn der achtziger Jahre in Moskau, wo ihn die Arbeit als Schriftsteller und Reporter festhielt.

In den Zeitungsredaktionen lernte Tschechow interessante Menschen kennen. Einer von ihnen war Wladimir Alexejewitsch Giljarowski, eine der farbigsten Gestalten der Moskauer Zeitungswelt.

Giljarowski, bekannt unter dem Namen „Onkel Giljai", führte ein Leben voll unwahrscheinlichster Abenteuer. Er hatte eine Vielzahl von Berufen ausgeübt, vom Wolgatreidler bis zum Schauspieler, ehe er Schriftsteller wurde. Gewaltige physische Kraft verband sich bei ihm mit einem nicht weniger gesunden Geist und außergewöhnlicher Lebensfreude. Er liebte es, ungewöhnliche Schwierigkeiten zu überwinden, wobei er wahre Unerschrockenheit an den Tag legte. Das machte Giljarowski zum ungekrönten König der Moskauer Reporter und veranlaßte Tschechow, ihn „Alleswisser" zu titulieren. Giljarowski war Stammgast bei allen vornehmen Empfängen, er war ebenso im prüden aristokratischen Englischen Klub zu Hause wie in den dunkelsten Spelunken und Räubernestern, wobei er die Leser mit sensationellen Korrespondenzen überraschte.

Im August 1882 prangten in Moskau Anschlagzettel, auf denen mitgeteilt wurde, daß am 3. September der Luftschiffer Berg einen Ballonflug durchführen werde. Onkel Giljai, der sich natürlich unter den Reportern befand, schlug sich zu dem Ballon durch und erklärte dort, der Gehilfe Bergs habe in letzter Minute auf den Flug verzichtet. Damit das Unternehmen nicht abgebrochen werden müsse, sei er bereit einzuspringen, und so verwandelte sich der Reporter in einen Luftschiffer und schwebte einige Minuten später über Moskau.

Bewundernd äußerte sich Konstantin Paustowski über diesen ungewöhnlichen Menschen: „Er war in allem malerisch – in seiner Biographie, seinem Äußeren, seiner Art zu sprechen, seiner Burschikosität, seiner vielseitigen, überschäumenden Talentiertheit ... Giljarowski hätte zur Zeit der Saporoger Setsch[1] leben müssen, wo verwegene Burschen von unbändiger Tapferkeit unglaublich kühne Raubzüge unternahmen ..."

Trotz finanzieller Schwierigkeiten, aufreibender Arbeit und beginnender Krankheit waren Tschechows Kräfte in diesen produktiven, für ihn schönen Jahren schier unerschöpflich; die ersten Erfolge waren vielversprechend, und was die Hauptsache war, ihn verließ die Schaffensfreude nicht, die Leichtigkeit seines sprudelnden Talents.

„Wissen Sie, wie ich meine kleinen Geschichten schreibe?" fragte er einmal

---

[1] Saporoger Setsch: Kosakensiedlung auf der Dneprinsel Chortiza bei Saporoshje, deren Angehörige (16.–18. Jh.) gegen die Türken, Krimtataren, Polen und feudalen ukrainischen Gutsbesitzer kämpften.

Korolenko[1]. „Er betrachtete den Tisch", erzählt Korolenko, „nahm das erste Ding in die Hand, das ihm in die Augen fiel, einen Aschbecher, stellte ihn vor mich hin und sagte: Wenn Sie wollen, haben Sie morgen eine Geschichte mit der Überschrift ‚Der Aschbecher'. Und seine Augen glänzten fröhlich. Es sah so aus, als formten sich zu dem Aschbecher bereits unbestimmte Bilder, Sätze, Abenteuer, die noch nicht die endgültige Form gefunden hatten, aber bereits mit der nötigen humoristischen Stimmung ... Die Bilder drängten sich bei ihm zu einer fröhlichen, leichtfüßigen Schar ... Sie erfüllten das gemütliche Quartier, und es schien, als seien sie Gäste der ganzen Familie. Anton Pawlowitschs Schwester erzählte mir, ihr Bruder, dessen Zimmer von ihrem Schlafzimmer nur durch eine dünne Scheidewand getrennt war, habe des Nachts oft an die Wand geklopft, um ihr ein Thema mitzuteilen; einmal war es sogar eine fertige Geschichte, die plötzlich in seinem Kopf entstanden war. Und beide freuten sich immer über unerwartete Kombinationen ..."

Und auch das Leben begann sich im großen und ganzen zu regeln, wenngleich Geldsorgen bis zu seinem Lebensende über Anton Tschechow wie ein Damoklesschwert hängen sollten. Trotzdem lebte seine Familie jetzt nach dem Umzug in einer weitaus besseren Umgebung. Es erweiterte sich der Bekanntenkreis der Tschechows. Unweit von Woskressensk, wo die Tschechows auf dem ehemaligen Herrensitz Tschikino den Sommer verbrachten, befand sich das Landkrankenhaus, das von dem bekannten Semstwoarzt[2] Pawel Arsenjewitsch Archangelski geleitet wurde. Tschechow praktizierte in diesem Krankenhaus und wurde mit dem Chefarzt bekannt. „Das Krankenhaus von Tschikino galt als musterhaft eingerichtet", berichtet Michail Pawlowitsch. „Pawel Arsenjewitsch selbst war ein sehr geselliger Mann, um ihn scharte sich ständig die ärztliche Jugend, aus der später viele Leuchten der Medizin hervorgingen. Oft versammelten sie sich nach einem arbeitsreichen Tag bei dem alleinstehenden Archangelski, es wurden Abendgesellschaften veranstaltet, auf denen viel Liberales geredet und über literarische Neuerscheinungen diskutiert wurde. Man sprach viel über Schtschedrin, man las intensiv Turgenjew. Man sang im Chor Volkslieder und deklamierte mit Genuß Nekrassow."[3]

In Babkino, nicht weit von Woskressensk entfernt, lag das Landgut von A. S. Kisseljow. Mit ihm und dessen Frau Maria Wladimirowna, einer Tochter des

---

[1] Wladimir Galaktionowitsch Korolenko (1853–1921), kritisch-realistischer Schriftsteller und Publizist; war mit Tschechow eng befreundet.

[2] Semstwoarzt: Die Semstwos waren von 1864 bis 1917 Selbstverwaltungsorgane aus gewählten Vertretern des Adels, der Bourgeoisie und der wohlhabenden Bauern in den Kreisen und Gouvernements Zentralrußlands; sie befaßten sich vorwiegend mit Maßnahmen zur Hebung von Volksbildung und Volksgesundheit sowie mit wirtschaftlichen und administrativen Fragen von lokaler Bedeutung.

[3] Nikolai Alexejewitsch Nekrassow (1821–1878), Lyriker; gehörte zur Gruppe der revolutionären Demokraten; er gab der russischen Poesie eine betont sozialkritische und volkstümliche Richtung.

Direktors der Moskauer Kaiserlichen Theater Begitschow, wurden die Tschechows bekannt, und sie mieteten bei ihnen eine Ferienwohnung. Hier lebten sie im Sommer der Jahre 1885 bis 1887.

Tschechow berichtete an Lejkin nach Petersburg: „Ich werde in den Zimmern wohnen, in denen im vorigen Sommer B. M. Markewitsch[1] gewohnt hat. Sein Geist wird mir des Nachts erscheinen! Ich habe die Sommerwohnung mit Möbeln, Gemüse, Milch usw. gemietet ... Das Gutshaus, sehr schön, steht am Steilufer eines Flusses ... Dieser selbst ist reich an Fischen, hinter dem Fluß ragt ein riesiger Wald, auf dieser Seite des Flusses ist ebenfalls Wald ... Um den Sommersitz herum befinden sich Orangerien, Blumenbeete et cetera. Ich liebe den Maibeginn auf dem Lande ... Es ist angenehm zu verfolgen, wie das Grün sich entfaltet, wie die Nachtigallen zu schlagen beginnen ... In der Nähe des Gutshauses wohnt niemand, wir werden ganz allein sein ... Kisseljow und seine Frau, Begitschow, der frühere Tenor Wladislawlew, der Geist Markewitschs und meine Familie – das sind alle Sommerfrischler ... Im Mai kann man herrlich angeln, besonders nach Karauschen und Schleien ... und auf dem Gut gibt es auch Teiche ..."

Gerade in diesen Jahren der Sommeraufenthalte bei den Kisseljows in Babkino blühte das Talent Tschechows auf. „Ganz zu schweigen von der wirklich bezaubernden Natur", schrieb der Bruder Michail, „wo uns ein großer englischer Park, der Fluß, Wälder und Wiesen zur Verfügung standen, die Menschen selbst kamen in Babkino wie extra ausgesucht zusammen ... Der Schwiegervater von Kisseljow, W. P. Begitschow, den Markewitsch in seinem Roman ‚Vor einem Vierteljahrhundert' unter dem Namen Aschanin beschrieben hat, war ein ungewöhnlich reizender Mensch, feinfühlig gegenüber Kunst und Literatur, und wir, die Gebrüder Tschechow, saßen stundenlang in seinem nach Frauenart eingerichteten Zimmer und hörten zu, wie er von seinen Abenteuern plauderte, die er in Rußland und im Ausland erlebt hatte ..."

In Babkino stand man früh auf, und schon um sieben Uhr begann Anton Pawlowitsch zu arbeiten, wobei er an demselben Fenster saß, aus dem er zum erstenmal die Landschaft von Babkino erblickt hatte. Gegen ein Uhr wurde zu Mittag gegessen. Dann ging man im Wald spazieren, in dem es Pilze im Überfluß gab. Nach dem Teetrinken arbeitete Tschechow wieder an seinem Nähmaschinentischchen. Um acht Uhr aß man zu Abend, danach gingen alle in das Hauptgebäude zu den Kisseljows hinüber. „Das waren herrliche, unwiederholbare Abende", schreibt Michail Pawlowitsch. „Kisseljow und Begitschow saßen am Tisch und legten Patiencen. Jefremowa (die Gouvernante der Kinder Kisseljows) begleitete den Tenor Wladislawlew, und die Tschechows saßen um Maria Wladimorowna geschart und hörten zu, wie sie von Tschaikowski, Dargo-

[1] Boleslaw Michailowitsch Markewitsch (1822–1884), russischer Schriftsteller konservativer Richtung.

Zimmer in Babkino (M. P. Tschechow)

myshski[1], Rossi[2] und Salvini[3] erzählte. Ich kann durchaus bestätigen, daß Anton Tschechows Liebe zur Musik gerade hier geweckt wurde. An diesen Abenden wurde auch viel über Literatur und Kunst gesprochen, man genoß Turgenjew und Pissemski[4], und man las auch viel – hier wurden alle Literaturzeitschriften und viele Zeitungen gehalten."

Babkino und Umgebung regten Tschechows Phantasie an. Eine einsame Kirche am Walde brachte ihn auf den Gedanken, die Erzählungen „Die Hexe" und „Eine üble Tat" zu schreiben; „Die Aalraupe" ist dieser Landschaft verpflichtet und das Sujet der Erzählung „Wolodja" lieferte Begitschow. „Der Jäger Iwan Gawrilow, wie alle Jäger ein außergewöhnlicher Aufschneider, der Gärtner Wassili Iwanowitsch . . ., die Zimmerleute, die ein Badehaus bauten, die Bauern, die kranken Weiber, die regelmäßig kamen, um sich behandeln zu lassen, und schließlich die Natur selbst – das alles lieferte Anton die Sujets und brachte ihn in die nötige Stimmung."

Babkino stand in eindrucksvollem Gegensatz zu dem kleinkarierten Krämer- und Händlergeist, wie er in den Redaktionen der Moskauer periodischen Presse herrschte, seine Menschen und die Natur förderten die Entwicklung des Schriftstellers wesentlich.

Tschechow begann mit großer Strenge gegen sich selbst seine Mitarbeit an der humoristischen Presse zu überdenken und zu bewerten. In seinem bereits zitierten Brief an Grigorowitsch aus dem Jahre 1886 heißt es: „Bis jetzt habe ich mich zu meiner literarischen Arbeit sehr leichtsinnig, sorglos und unüberlegt

---

1 Alexander Sergejewitsch Dargomyshski (1813–1869), russischer Komponist.
2 Ernesto Rossi (1827–1896), italienischer Schauspieler.
3 Tomasso Salvini (1840–1916), italienischer Schauspieler, der in Rußland erfolgreiche Gastspiele gab.
4 Alexej Feofilaktowitsch Pissemski (1821–1881), russischer Schriftsteller, schrieb Romane und Dramen mit überwiegend demokratischer Tendenz.

verhalten. Ich kann mich an keine einzige Erzählung erinnern, an der ich länger als vierundzwanzig Stunden gearbeitet hätte, und den ‚Jäger‘, der Ihnen so gefallen hat, habe ich in der Badeanstalt geschrieben. Wie die Reporter ihre Notizen über Brände schreiben, so schrieb ich meine Erzählungen – mechanisch, halb unbewußt, ohne Rücksicht auf den Leser und auf mich selbst.“

Bereits im Mai 1883 hatte er seinem Bruder Alexander geschrieben: „Ich, Bruder, habe soviel erduldet und soviel Haß empfunden, daß ich wünschte, Du würdest Dich von einem Namen lossagen, den die Utkin und Kitschejew tragen. Zeitungsschreiber bedeutet zumindest ‚Gauner‘, davon konntest Du Dich selbst des öfteren überzeugen. Ich bin in ihrer Gesellschaft, arbeite mit ihnen zusammen, drücke ihnen die Hand und habe schon angefangen, wie es heißt, von ferne einem Gauner ähnlich zu werden. Ich bedaure das und hoffe, daß ich mich früher oder später isolieren kann ... Ich bin ein Zeitungsschreiber, weil ich viel schreibe, aber das nur zeitweilig. Ich werde nicht als solcher sterben.“

Die Selbstanschuldigungen, die Anton Tschechow in seinem Brief an Grigorowitsch vorbringt, sind offensichtlich übertrieben. Trotz äußerer Sorglosigkeit führte er nach wie vor ein vielschichtiges geistiges Leben, in dem die literarische Arbeit einen immer wichtigeren Platz einnahm. Ihren Resultaten gegenüber verhielt er sich durchaus nicht gleichgültig, und er dachte sehr wohl an seine Leser, wie er auch seine Verantwortung als Schriftsteller empfand. Ein anschaulicher Beleg hierfür findet sich in seiner Korrespondenz mit Lejkin.

Tschechow war erst seit einigen Monaten Mitarbeiter der „Oskolki“, als er bereits Lejkin bat, den ihm gesetzten engen Rahmen („nicht mehr als 100 Zeilen“) um der künstlerischen Qualität willen zu erweitern. Im Mai 1883 folgte eine weitere Bitte – ihn nicht zu zwingen, unbedingt komische Sachen zu schreiben. Tschechow versuchte Lejkin zu überzeugen, daß kurzgefaßte ernste Erzählungen der Zeitschrift nicht zum Schaden gereichen würden: „Um die Wahrheit zu sagen, es ist schwer, dem Humor nachzujagen! Man ist ihm manchmal auf der Spur, schreibt aber etwas zusammen, daß einem selber schlecht wird.“

Einen Monat später heißt es: „Der ‚Strekosa‘ und dem ‚Budilnik‘ gegenüber verhalte ich mich indifferent, aber ich bin betrübt, wenn ich in den ‚Oskolki‘ etwas nicht Gelungenes sehe, sei es von mir oder von einem anderen – ein Zeichen, daß mir Ihre Sache am Herzen liegt, eine Sache, die Sie, wie mir durch Wort und Tat bekannt ist, mit Energie und Zuversicht betreiben.“

Von 1884 an wird Tschechows Kritik an der Zeitschrift ernsthafter: „Die Zeitschrift ist gut, wenigstens ist sie besser als alle anderen humoristischen Zeitschriften. Aber meinen Sie nicht auch, daß die ‚Oskolki‘ etwas trocken sind?“ In der niveaulosen Einförmigkeit der vielen Feuilletons und der ungenügenden Würdigung der Belletristik, die „nichts Halbes und nichts Ganzes“ sei, sieht er wesentliche Gründe. „Mehr Eleganz wäre nötig!“ Aus Woskressensk schrieb er im Juni des Jahres: „Die ersten Pflaumen aus der Sommerfrische sind offenbar madig ... Die Erzählung ist schlecht gelungen. ‚Die Beamtenprüfung' ist ein nettes Thema, als Alltagsthema mir auch vertraut, aber die Ausführung erfordert keine Arbeit von einer Stunde und nicht 70–80 Zeilen, sondern ein bißchen mehr ... Beim Schreiben habe ich da und dort gestrichen, damit es nicht zu umfangreich wurde. Ich strich bei den Fragen der Examinatoren und bei den Antworten des Postanwärters – an dem Wesentlichen des Examens also."

Lejkin hatte Tschechow das Programm der Feuilletonrubrik „Splitter aus dem Moskauer Leben", – die Tschechow dann von 1883 bis 1885, obwohl er bald darum bat, ihn von dieser Aufgabe zu befreien, gewissenhaft leitete – verlockend dargestellt: Man müsse über alles sprechen, „was es in Moskau Auffallendes in puncto Unordnung" gebe, man müsse es „lächerlich machen, geißeln, aber nichts loben, sich von nichts weich machen lassen". Dies war ein irreales Programm, das Lejkin wenig später relativierte: „Ereignisse gibt es tatsächlich wenig. Das heißt, es gibt welche, aber sie sind wenig für eine Bearbeitung geeignet. Was tun? Manchmal muß man auch unbedeutende Fakten nehmen. Dreschen Sie bummelnde Kaufleute und Raufbolde, wobei Sie sie beim Namen nennen, versteht sich. Bisweilen ist das nicht schlecht. Dreschen Sie die Schauspieler ... Es wäre gut, wenn Sie eine treffende Charakteristik aller privaten Moskauer Theater und Klubs gäben ... Dort braucht es Parodie, Karikatur, Ausgefallenheiten und Namen. Es ist merkwürdig, daß alle diese Streiche um so besser herauskommen, je dümmer sie sind." Doch wenn schon Theater vorgenommen würden, dann natürlich nur die privaten. Um Himmelswillen nur nicht die kaiserlichen erwähnen! Dann folgte eine Warnung: „Die Duma[1] darf man nicht dreschen." Natürlich nicht deshalb, weil dies das Organ der Moskauer Geldsäcke war, mit denen zu streiten Lejkin nicht für opportun erachtete. O nein! Die Duma dürfe man deshalb nicht anrühren, weil man nicht gegen die Selbstverwaltung vorgehen, nicht dem Ministerium in die Hände arbeiten könne!

Übrig blieben schließlich die Verhöhnung betrunkener Kaufleute, Witzeleien und „Ausgefallenheiten" zur Belustigung des Publikums (obwohl die behandelten Ereignisse oft genug durchaus nicht lustig waren). Tschechow tat alles Mögliche, um mit dieser im großen und ganzen unlösbaren Aufgabe fertig zu werden. Aber er mußte sich von der Ausweglosigkeit aus dieser Situation überzeugen.

Ein Feuilleton von 1883 über die „Lehrjungen" ist einer der sozial schärfsten Artikel Tschechows. Sie werden an ihren freien Tagen, „wenn der Laden geschlossen ist, Geschirr und Samoware säubern, Spülwasser hinaustragen, die herrschaftlichen Kinder betreuen und dafür noch Kopfnüsse einstecken müssen ... Kinder darf man verprügeln, so oft und wofür man will. Möchte man nicht mit der Hand schlagen, dann mit dem Rutenbesen, dem Feuerhaken oder

[1] Duma: hier (Moskauer) Stadtduma, Selbstverwaltungsorgan im vorrevolutionären Rußland, dessen Mitglieder auf der Grundlage des Zensuswahlrechts gewählt wurden.

einem nassen Bastwisch, wie das die Hausfrauen und Köchinnen tun. Die Jungen gehen um Mitternacht schlafen und müssen um fünf Uhr aufstehen. Sie nähren sich von Speiseresten, tragen zerrissene Lumpen und schlafen ein, wenn sie die Stiefel der Gehilfen putzen. Tagsüber halten sie sich in einem kalten, feuchten und dunklen Laden auf, nachts in der Küche oder auf dem kalten Flur, neben dem eiskalten Waschbecken. Und von ihnen gibt es nicht zehn, nicht hundert, sondern Tausende!"

Tschechow wußte, worüber er schrieb, kannte er doch das alles aus Taganrog. Daß ein solches Feuilleton überhaupt erscheinen konnte, war ein Wunder. Dagegen kam ein Posten Glossen, den Tschechow am 30. September 1885 an Lejkin schickte, nicht durch die Zensur. Diese Feuilletons sind überliefert; man kann sich kaum etwas Unschuldigeres vorstellen. Glossiert werden ein neueröffnetes „Allgemeinzugängliches Theater" in der Nähe des Puschkin-Denkmals, Meinungsverschiedenheiten bei der Bewertung einer wissenschaftlichen Arbeit durch Gelehrte in Moskau und Charkow, die unpünktliche Gehaltszahlung bei der Alexandrow-Truppe und bei der Redaktion der Moskauer völkisch-liberalen Zeitung „Shisn" (Das Leben). In der letzten Glosse schließlich witzelt Tschechow über ein von der Moskauer Stadtduma erbautes Hundeheim, in dem, wie sich herausstellte, nur 22 Hunde untergebracht, für dessen Unterhalt jedoch fünftausend Rubel bewilligt worden waren, was ihn zu der bissigen Bemerkung veranlaßte, viele Menschen hätten allen Grund zu bedauern, daß sie keine Hunde seien. Das war dem Zensor zuviel: „Der Aufsatz kann nicht zugelassen werden, weil er aus Anschuldigungen besteht, die sich nicht auf einfache Wiedergabe der Fakten beschränken, sondern von ihrer Erörterung begleitet sind."

Tschechow antwortete auf Lejkins übliche Anweisungen und Ratschläge: „Der Pogrom gegen die ‚Oskolki' wirkte auf mich wie ein Schlag mit dem Hammer ... Einerseits tut es mir leid um meine Arbeit, andererseits ist mir schwül und unheimlich zumute ... Natürlich haben Sie recht: lieber sich beschränken und Bast kauen, als mit Risiko für die Zeitschrift etwas mit Gewalt erreichen wollen. Man muß abwarten und sich in Geduld fassen ... Ich glaube aber, man muß sich gewaltig beschränken. Was heute erlaubt wird, dafür wird man morgen zum Komitee vorgeladen, und die Zeit ist nicht mehr ferne, da sogar der Rang eines Kaufmanns eine verbotene Frucht ist. Ja, die Literatur ist ein unsicheres Brot, und Sie taten klug daran, daß Sie früher geboren sind als ich, als es sich noch leichter atmen und schreiben ließ ..."

Lejkin bezahlte die Feuilleton-Glossen wie auch die Kurzgeschichten, Tschechow gab aber die Leitung der „Splitter aus dem Moskauer Leben" auf. Im März 1886 schrieb Tschechow einen programmatischen Brief an seinen sich ruinierenden Bruder Nikolai, dem er das Verhalten guterzogener Menschen darlegt:

„Erstens: Sie achten die menschliche Persönlichkeit, und darum sind sie immer nachsichtig, sanft, höflich und nachgiebig ...

Zweitens: Sie sind mitleidig, und das nicht nur zu Bettlern und Katzen. Sie sind seelisch krank auch von dem, was man mit bloßem Auge nicht sieht: Wenn Pjotr zum Beispiel weiß, daß Vater und Mutter vor Gram graue Haare bekommen und nachts nicht schlafen, nur weil sie den Pjotr selten sehen (und wenn sie ihn sehen, dann betrunken), so eilt er zu ihnen und pfeift auf den Schnaps . . .

Drittens: Sie achten fremdes Eigentum, deshalb bezahlen sie ihre Schulden.

Viertens: Sie sind aufrichtig und fürchten die Lüge wie das Feuer. Selbst in Kleinigkeiten lügen sie nicht. Die Lüge ist beleidigend für den Zuhörer und erniedrigt in seinen Augen den Sprechenden . . . Sie sind nicht schwatzhaft und drängen sich mit ihren Freimütigkeiten nicht auf, wenn sie nicht gefragt sind. Aus Respekt vor fremden Ohren schweigen sie meist.

Fünftens: Sie erniedrigen sich nicht zu dem Zweck, bei anderen Mitgefühl hervorzurufen . . ., weil das alles auf billigen Effekt zielt, abgeschmackt, veraltet und unecht ist.

Sechstens: Sie sind nicht eitel. Falsche Brillanten sowie Bekanntschaften mit Berühmtheiten . . . interessieren sie nicht . . . Wirkliche Talente sitzen immer im Dunkeln, in der Menge, und sie sind weit davon entfernt, sich zur Schau zu stellen. Krylow sagte, man höre ein leeres Faß mehr als ein volles.

Siebentens: Wenn sie Talent besitzen, so achten sie es. Sie opfern ihm zuliebe die Ruhe, die Frauen, den Wein und die Eitelkeit. Sie sind stolz auf ihr Talent . . .

Achtens: Sie erziehen sich zur Ästhetik. Sie können nicht in den Kleidern schlafen, in Wandritzen Wanzen sehen, schlechte Luft atmen, über einen bespieenen Fußboden gehen . . . Sie bemühen sich nach Möglichkeit, den Geschlechtstrieb zu bändigen und zu veredeln . . . Sie brauchen von einer Frau nicht das Bett, nicht den tierischen Schweiß . . . Sie brauchen, besonders wenn sie Künstler sind, Frische, Eleganz, Menschlichkeit, die Fähigkeit, nicht Hure, sondern Mutter zu sein. Sie trinken nicht im Vorbeigehen Schnaps und schnüffeln nicht in den Schränken herum, weil sie wissen, daß sie keine Schweine sind . . . Und so weiter. So sind die guterzogenen Menschen. Um sich zu erziehen . . . genügt es nicht, nur die ‚Pickwickier' zu lesen und den Monolog aus dem ‚Faust' auswendig zu lernen . . . Hier sind ununterbrochene Tages- und Nachtarbeit, dauerndes Lesen, Studium und fester Wille nötig. Hier ist jede Stunde Gold wert."

Tschechow brachte keine abstrakten Thesen vor, sondern er legte sein Credo dar, ein Programm, das er selbst unablässig verfolgte, weil er den Sklaven tropfenweise aus sich herauspressen, in sich selbst das kleinbürgerliche Fleisch zügeln mußte, das bei ihm wie bei Nikolai unter den gleichen Prügeln und mit den gleichen Almosen gewachsen war.

„Bunte Geschichten"

Tschechows erste publizierte Arbeiten waren Parodien. Die Skizze „Was man meist in Romanen, Novellen usw. antrifft" wie die Parodien auf Romane von Victor Hugo („Tausend und eine Passion oder Eine schreckliche Nacht") und Jules Verne („Fliegende Inseln") zeigen ein bereits ausgeprägtes Stilempfinden und die verblüffende Gabe, typische Besonderheiten der Konstruktion unterschiedlichster literarischer Erscheinungen zu erfassen. Ein Zeugnis dafür ist auch der Roman „Ein unnützer Sieg". Er entstand auf Grund einer Wette mit A. D. Kurepin, dem Redakteur des „Budilnik". Tschechow hatte sich verpflichtet, einen Roman zu schreiben, der nicht schlechter sei als die populären Übersetzungsromane, und er gewann. Es gibt Briefe, in denen gefragt wurde, ob der Roman nicht von M. Jókai[1] oder F. Spielhagen sei.

Ein glänzendes Beispiel für Tschechows Kunst der stilistischen Parodie ist das „Schwedische Zündholz". Die von ihm selbst als Parodie auf Kriminalromane bezeichnete Erzählung überschreitet das Parodistische durch die Erfindung des *komischen Detektivs*, der nicht nur in parodistischer Funktion auftritt, sondern auch satirische Aufgaben hat, sowohl das Figurensystem als auch den kompositorischen Bau der Erzählung bestimmt. Die komischen Untersuchungen des ständig genarrten, obwohl geschickt ermittelnden Provinz-Sherlock-Holmes Djukowski, eines unersättlichen Lesers von Kriminalromanen, enden für ihn mit einem konfusen Finale und für den Leser mit einem satirischen Sitten- und Charakterbild.

Bemerkenswert ist auch die erste von Tschechow publizierte Parodie – „Brief an einen gelehrten Nachbarn" –, die nicht nur den Briefstil eines ungebildeten Provinzbewohners lächerlich macht, sondern auch das satirische Bild eines streitbaren Reaktionärs und Gutsbesitzers zeichnet.

Tschechow beherrschte die traditionellen Genres der zeitgenössischen humoristischen Journalistik von Bildunterschriften bis zur Anekdote und Skizze. Er habe, sagte er später, in der ersten Hälfte der achtziger Jahre außer Gedichten und Denunziationen in der Literatur alles durchprobiert. Unzweifel-

[1] Mór Jókai (1825–1904), ungarischer Romanschriftsteller.

haft durchlief er in der humoristischen Presse eine harte Schule, die sich auf sein Schaffen in einem gewissen Grade positiv auswirkte.

Die Zeitungswelt hat ihre unumstößlichen Gesetze: Aktualität und Kürze. Auch zwang die miserable Bezahlung dazu, schnell und viel zu schreiben. Man mußte mit der Zensur rechnen und war der unumschränkten Macht des Redakteurs ausgeliefert. Unter diesen Bedingungen war Vielschreiberei, besonders für einen angehenden jungen Schriftsteller gefährlich. Tschechow widerstand der Versuchung, ein bedenkenloser Vielschreiber zu werden! „Ich habe keine Erpressung verübt“, schrieb er Anfang 1890, „habe weder Schmähschriften noch Denunziationen geschrieben, ich habe nicht geschmeichelt, nicht gelogen und niemanden beleidigt, kurz, ich habe zwar viele Erzählungen und Leitartikel verfaßt, die ich wegen ihrer Untauglichkeit gern aussondern würde, aber es gibt keine einzige Zeile, deretwegen ich mich schämen müßte.“

Jahre später lehnte es Tschechow entschieden ab, Dutzende seiner frühen Werke „wegen ihrer Untauglichkeit“ in seine Gesammelten Werke aufzunehmen, und die er aufnahm, wurden von ihm auf das sorgfältigste redigiert.

Schon 1882, bei der Vorbereitung des Sammelbandes „Unfug“[1], korrigierte er gründlich alle ausgewählten Werke. Noch strenger redigierte er den ersten veröffentlichten Sammelband „Märchen der Melpomene“ (1884). Als er zwei Jahre darauf den nächsten Sammelband zusammenstellte, nahm er 77, meist zwischen 1884 und 1886 entstandene Erzählungen auf, von denen 1891, bei Neuauflage unter dem Titel „Bunte Geschichten“, 35 Erzählungen ausgesondert wurden. Tschechow sonderte aus, was seinerzeit auf das Konto der Vielschreiberei zu buchen war. Schablonen und Kuriosa im fremden Stil zu finden, ist nicht schwer. Viel schwieriger ist es dagegen, eine eigene Schreibweise zu entwickeln, den eigenen Stil, das Genre zu finden. Das zu tun war nötig, wobei er auch gegen den Geschmack seiner Arbeitgeber ankämpfen mußte. Lejkin zum Beispiel konnte nicht begreifen, weshalb Tschechow seine Erzählungen korrigierte und überarbeitete. „Über sich selbst ist niemand Richter, aber ich bin mit dem, was Sie schreiben, zufrieden.“

Es verdient Bewunderung, daß Tschechow unter äußerst ungünstigen Bedingungen so schnelle künstlerische Fortschritte machte. 1886 lagen bereits viele Erzählungen vor, die heute zu den klassischen Werken der russischen Literatur gezählt werden, so „Der Tod des Beamten“, „Die Tochter Albions“, „Der Dicke und der Dünne“, „Das schwedische Zündholz“, „Das Beschwerdebuch“, „Chirurgie“, „Die Beamtenprüfung“, „Ein Chamäleon“, „Die Maske“, „Die Aalraupe“, „Des Hauptmanns Uniform“, „Unteroffizier Prischibejew“, „Der Übeltäter“, „Gram“ oder „Der Jäger“.

Tschechow wählte für seine ungestüme schöpferische Entwicklung nicht Lejkin oder Nikolai Pastuchow (1831–1911), Romanautor und Herausgeber der Zei-

---

1 Dieser Band wurde für den Druck vorbereitet und von Tschechows Bruder Nikolai illustriert, von der Zensur jedoch nicht genehmigt.

„Der Dicke und der Dünne“ (B. Kalauschin, 1954)
„Unteroffizier Prischibejew“ (S. S. Boim)
„Chirurgie“ (Kukryniksy, 1940/41)
„Ein Chamäleon“ (D. Kardowski, 1910)

tung „Moskowski listok“, als Lehrer, sondern Gogol und Schtschedrin, Herzen und Turgenjew. Das bezeugt schon die Sammlung „Bunte Geschichten“.

In einem Brief an seinen Bruder Alexander schrieb Tschechow 1883: „Du, ein starker, gebildeter, entwickelter Mensch, mußt alles hervorheben, was lebendig, was dauerhaft ist, was nicht auf kleinliche Gefühle, sondern auf ein wirklich menschliches Empfinden einwirkt." Dieses Bestreben, aus der Buntheit des Lebens Probleme aufzugreifen, die von gesellschaftlicher, ja allgemeinmenschlicher Bedeutung sind, das zu betonen, was auf ein „wirklich menschliches Empfinden einwirkt", war die Voraussetzung für die Entfaltung von Tschechows schriftstellerischem Talent.

Der junge Schriftsteller erfaßte feinfühlig wichtige soziale Prozesse des damaligen Rußlands, das in die Periode der kapitalistischen Entwicklung eintrat. In seinen frühen satirischen Werken schildert Tschechow, wie millionenschwere Fabrikanten („Die Maske"), Ladenbesitzer und Kneipenwirte sich des öffentlichen Lebens bemächtigten, Leute, die sich feudalen Grundbesitz aneigneten („Der wohltätige Schankwirt", „Die Tochter des Kommerzienrats") und denen nachgeahmte Sitten und Gebräuche des Adels zu Kopf steigen, („Das Kulakennest", „Das Gericht"), und er beschreibt immer wieder die alles verschlingende Macht des Geldes („In unserem praktischen Zeitalter, da ... usw." „Brüderchen", „Der Dieb"). Schonungslos nahm er auch den verarmten Adel auf's Korn („Schwätzer", „Für Äpfel", „Die Tochter Albions", „Trifon" u. a.), und unerbittlich geißelte er den Opportunismus gegenüber der herrschenden Ordnung.

In Tschechows Erzählung „Der Tod des Beamten" (1883) kommt ein kleiner Beamter, der den sprechenden Namen Tscherwjakow[1] trägt, durch unvorsichtiges Niesen im Theater in einen scheinbar traditionellen Konflikt, wie er bereits in Gogols „Mantel" beschrieben ist. Ein General will Tscherwjakows Entschuldigungen nicht annehmen, schreit auf den Beamten ein, und das ist ausreichend, um ihn zu vernichten. „In Tscherwjakows Leib zerriß etwas. Er sah und hörte nichts mehr, er wich zur Tür zurück, trat auf die Straße und schleppte sich davon ... Ganz mechanisch kehrte er nach Hause zurück, legte sich, ohne die Uniform auszuziehen, auf das Sofa und ... starb."

Obwohl uns das Sujet bekannt vorkommt, gibt es doch wesentliche Veränderungen. Der Beamte langweilt den General mit seinen Entschuldigungen nicht deshalb, weil er von ihm abhängig ist. Er entschuldigt sich vielmehr aus prinzipiellen Überlegungen, da er meint, Achtung vor „großen" Persönlichkeiten sei die heilige Grundlage des gesellschaftlichen Lebens. Daß seine Entschuldigungen nicht angenommen werden, entmutigt ihn zutiefst. Als der General ihn zum wiederholten Mal mit den Worten „Sie machen sich über mich lustig, mein Herr!" abwehren will, wird Tscherwjakow ernstlich böse. „Wieso denn lustig? dachte Tscherwjakow ... Daran ist überhaupt nichts Lustiges! Er ist General und kann es nicht begreifen!" Tscherwjakow ist keine Neuauflage von Gogols Akaki Akakijewitsch.[2] Er verkörpert etwas völlig Neues.

1886 schrieb Tschechow an Alexander: „Um Allah willen! Tu mir die Liebe und laß Deine unterdrückten Kollegienregistratoren laufen! Kannst Du denn

---

[1] tscherwjak: (russ.) Wurm.

[2] Der Held von Gogols „Der Mantel".

nicht wittern, daß dieses Thema schon überlebt ist und nur ein Gähnen verursacht? ... Nein, Sascha, es ist an der Zeit, die unterdrückten Beamtenseelen ins Archiv zu stecken und die gejagten Korrespondenten dazu ... Realer ist es heute, Kollegienregistratoren zu schildern, die ihre Exzellenzen und Korrespondenten nicht leben lassen, die fremde Existenzen vergiften ..."

Als solcher erweist sich Tscherwjakow. Er symbolisiert die komische Wendung des traditionellen Themas. Er stirbt nicht vor Schreck oder aus Angst. Sein Tod ist das tragikomische Finale eines Mannes, der die Verletzung (für ihn) heiliger Prinzipien durch eine hochgestellte Person, einen General, nicht ertragen kann. Tschechow verwandelt eine harmlose Anekdote in eine Satire über die herrschenden Sitten und Gebräuche. Die Komik des Geschehens wird getrübt durch die Herabwürdigung und tragische Verarmung eines Menschen.

Wie Puschkins „Der Postmeister", Gogols „Der Mantel" und die „Armen Leute" Dostojewskis sind auch Tschechows Werke voller Protest gegen die Verstümmelung der menschlichen Persönlichkeit unter dem Druck herrschender gesellschaftlicher Sitten. Sein Haß auf die Sklavenphilosophie befähigte ihn, ein so farbiges und entlarvendes Gesellschaftsbild zu schaffen und in seinen Geschichte beinahe symbolische Charaktere und Situationen darzustellen.

Ist denn der Polizeiaufseher Otschumelow, der Held der Kurzgeschichte „Ein Chamäleon", nicht etwa eine symbolische Figur? Er ist doch deshalb ein Chamäleon, das je nach den Umständen augenblicklich seine Farbe ändert, weil er in sich die Zweigleisigkeit der von ihm personifizierten Welt verkörpert, in der jeder ein stummer Kriecher, ein zitternder Sklave, zugleich aber ein inappellabler Richter und Ankläger sein muß. Janusköpfigkeit ist nicht nur das Wesen Otschumelows, sondern auch der meisten Menschen, die unter diesen Bedingungen leben müssen.

In dieser Welt, in der die Menschen sich der herrschenden, gewalttätigen Ordnung unterwerfen müssen, gibt es Sieger und Besiegte. Aber das ist nicht das Wesentliche. Wesentlicher ist, daß Tschechows Figuren ihr menschliches Gesicht verloren haben. Sie sind Januskopf und Chamäleon, Tyrann oder Knecht, und sie sind so austauschbar wie ihre Meinungen. Darin liegt der Sinn der Kurzgeschichte „Der Triumph des Siegers". Alexej Iwanowitsch Kosulin, gestern noch Opfer, verspottet heute seinen früheren Tyrannen: „Jetzt sieht er so armselig wie ein Würmchen aus, aber was war er früher! Ein Neptun! Öffne dich, Himmel! Lange hat er mich gequält!" Und er läßt diesen ehemaligen Neptun auf Geheiß des Siegers um den Tisch herumlaufen und wie einen Hahn krähen. Und freiwillig trippelt hinter ihm sein Sohn; er denkt dabei: Ich werde bestimmt einmal Schriftführergehilfe! Alle können Opfer sein oder auch Tyrannen.

Beglückt empfängt der Schneider Merkulow für „Des Hauptmanns Uniform" einen Schlag mit dem Billardqueue über den Rücken. Während Merkulows Frau einer Ohnmacht nahe ist, sieht sie zu ihrem großen Erstaunen: Auf Merkulows Antlitz schwamm „ein seliges Lächeln, und in seinen lachenden Augen glänzten Tränen ... ‚Man erkennt doch gleich die wirklichen Herrschaften!‘ murmelte er. ‚Delikate, gebildete Menschen ... Genau so war's, auf derselben Stelle, als ich Baron Putzel den Pelz brachte, zu Eduard Karlytsch ... Haben ausgeholt und – krach! Und Herr Unterleutnant Sembulatow auch ...‘“

So gebärdet sich auch die städtische Intelligenz, die auf einem zu wohltätigen Zwecken veranstalteten Maskenball versammelt ist („Die Maske“). Jemand randaliert im Lesesaal des Klubs und empört die Anwesenden aufs äußerste. Als der Rowdy jedoch die Maske abnimmt und sich den Gästen als der erbliche Ehrenbürger Pjatigorow, Millionär des Ortes, zu erkennen gibt, verwandelt sich ihre Empörung augenblicklich in Verwirrung und Niedergeschlagenheit. Befreit von ihrer Schuld fühlen sie sich erst, nachdem sie ihren Fehler wiedergutmachten, indem sie den völlig betrunkenen Pjatigorow auf dessen Aufforderung aufhalfen und zu seiner Equipage führten.

Tschechow strebte bewußt danach, die freiwillige Unterwerfung, die Knechtschaft aus Überzeugung aufzudecken. Glänzend gelang ihm das schon in Dutzenden seiner frühen Geschichten. In der ursprünglichen Fassung der Kurzgeschichte „Der Dicke und der Dünne“ aus dem Jahre 1883 begann der Dünne auf Befehl des Dicken sich zu winden und zu liebedienern – eine herkömmliche, banale Situation. Bei der Vorbereitung der „Bunten Geschichten“ nahm Tschechow scheinbar nur kleine Änderungen vor, aber sie machten die Geschichte zu einem Meisterwerk. Jetzt ist der Dicke gutmütig, er freut sich ehrlich über die unverhoffte Begegnung mit seinem Schulkameraden. Er gibt diesem keinerlei Veranlassung zu zittern und zu zagen. Aber allein die Tatsache, daß er sich bis zum Geheimrat hochgedient hat und schon zwei Ordenssterne trägt, reicht aus: „Der Dünne erblaßte plötzlich und stand wie erstarrt da, aber bald verzog sich sein Gesicht nach allen Seiten zu einem breiten Grinsen, es schien, als sprühten Funken aus seinen Augen und seinem Gesicht. Er selber schrumpfte zusammen, er bückte sich, wurde schmaler ... Seine Koffer, Bündel und Pappkartons schrumpften ebenfalls zusammen und bekamen Runzeln ... Das lange Kinn seiner Frau wurde noch länger; Nafanail nahm Haltung an und knöpfte seine Uniform zu ...“ Nach erneuter Vorstellung der Hausgenossen wollte der Dicke eigentlich etwas erwidern, „... aber das Gesicht des Dünnen drückte soviel Ehrfurcht, Wonne und säuerliche Unterwürfigkeit aus, daß dem Geheimrat übel wurde. Er wandte sich von dem Dünnen ab und reichte ihm die Hand zum Abschied.

Der Dünne drückte drei Finger, verbeugte sich mit dem ganzen Körper und kicherte wie ein Chinese: ‚Hihihi‘. Seine Frau lächelte. Nafanail machte einen Kratzfuß und ließ die Mütze fallen. Alle drei waren angenehm überrascht.“

Tschechows Haß auf die Knechtseligkeit seiner Mitmenschen, die in den Jahren der politischen Reaktion besonders scheußliche Züge annahm, wurde unerbittlich. Auf den Spuren von Saltykow-Schtschedrin brandmarkte er mit allen Mitteln die für die damalige Zeit charakteristische Manie der freiwilligen polizeilichen Durchsuchung. In den „Philosophischen Definitionen des Lebens“

(1882) gleicht das Leben jenem Wahnsinnigen, „der sich selbst auf das Polizeirevier abführt und sich selbst denunziert". In der Skizze „Fälle von mania grandiosa"[1] ist ein ehemaliger Landpolizeimeister, nun Hauptmann a. D., von dem Gedanken besessen, daß „Aufläufe verboten" seien: „Und nur deshalb, weil Aufläufe verboten waren, legte er seinen Wald um, aß er nicht mit seiner Familie zu Mittag, ließ er nicht die Viehherde des Bauern auf seinen Grund und Boden usw." Ein anderer, auch früherer Landpolizist, ist dem Wahn verfallen, alles arretieren zu müssen: „Er setzt Katzen, Hunde und Hühner in einen Koffer und hält sie zu bestimmten Zeiten unter Verschluß. In Flaschen sitzen bei ihm Schaben, Wanzen und Spinnen. Und wenn er Geld hat, geht er im Dorf umher und dingt Interessenten, um sie in Arrest zu setzen." Die satirische Miniatur „Die Oberschichten" teilt einen Vorfall aus „regierungstreuen Schichten" mit: „Uns wird geschrieben, daß kürzlich ein Mitarbeiter des ‚Kiewer', ein gewisser T., der zuviel in Moskauer Zeitungen gelesen hatte, in einem Anfall von Zweifel bei sich selbst eine Haussuchung durchführte. Obwohl er nichts Verdächtiges fand, führte er sich zum Polizeirevier ab."

Tschechow gab sich mit solchen Miniaturen nicht zufrieden. 1885 schrieb er die Kurzgeschichte „Der außeretatmäßige Aufseher", die von der Zensur verboten wurde. Im selben Jahr wurde sie unter dem Titel „Der Denunziant" veröffentlicht. Erheblich überarbeitet fand sie dann als „Unteroffizier Prischibejew" Aufnahme in die Gesammelten Werke. Prischibejew, mit runzligem, stachligem Gesicht, einer heiseren dumpfen Stimme und Glotzaugen, ist die Verkörperung eines freiwilligen Polizeischutzes. Er kann überhaupt nicht verstehen, wofür man ihn aburteilen will. Gewiß, er hat sich ereifert und Amtspersonen geschlagen, doch soll man dem Volk etwa seinen Willen lassen? Kann man denn das Volk von der Obrigkeit ohne Ehrerbietung sprechen lassen? Darum geht es doch! „Mich hat die Wut gepackt", versucht er dem Friedensrichter zu erklären, der offenkundige Wahrheiten offenbar nicht begreift. „Es hat mich gekränkt, daß sich das hiesige Volk in Eigensinn und Ungehorsam vergessen hat. Ich holte zum Schlag aus ..." Ganz mutlos macht ihn die Bemerkung des Richters, es sei nicht seine Sache, über die Ordnung zu wachen. „Was? Wieso nicht meine Sache?" fragt Prischibejew empört. „Komisch ... Die Leute treiben Unfug, und das ist nicht meine Sache! Soll ich sie denn etwa loben? Sie beklagen sich bei Ihnen, daß ich ihnen verbiete, Lieder zu singen ... Was gibt's denn Gutes an diesen Liedern? Statt sich mit was zu beschäftigen, singen sie Lieder ... Und sie haben auch eine Mode eingeführt, abends bei Licht zu sitzen. Man muß schlafen gehen, aber bei ihnen hört man Gespräche und Lachen. Ich habe alles notiert!" Diese Besessenheit des Unteroffiziers, die Wahnidee, die von ihm Besitz ergriffen hat, ließ das Wort „Prischibejewtum" entstehen.

Bemerkenswert ist der Schluß der Erzählung. Bereits in der Fassung von

[1] mania grandiosa: (lat.) Größenwahn.

1885 wurde Prischibejew in völliger Isolierung gezeigt. Das Volk murrt und lacht über ihn, und selbst der Friedensrichter ist nicht auf seiner Seite. In der endgültigen Version ist das beibehalten, aber durch einen neuen Zug ergänzt. So isoliert er auch sein mag – Unteroffizier Prischibejew bleibt Unteroffizier Prischibejew. Verurteilt und blamiert, begegnet er beim Verlassen des Verhandlungsraumes Bauern, die sich zusammendrängen und über etwas reden ... Da „legt er nach alter Gewohnheit die Hände an die Hosennaht und schreit mit heiserer, böser Stimme: ‚Wegtreten, Leute! Nicht zusammenrotten! Nach Hause gehen!'"

Heiter, gleichsam sorglos über entsetzliche Dinge zu sprechen, ohne erkennbaren Zorn und entlarvendes Pathos mit den abscheulichsten Erscheinungen des gesellschaftlichen Lebens abzurechnen, allein durch die Kraft des Lachens, durch fröhliches Lächeln – das hat vor Tschechow und nach ihm niemand vermocht. Deshalb verspüren wir eine gewisse Unsicherheit, wie man Erzählungen wie „Der Tod des Beamten" einordnen soll, unter Satire oder Humor? Dem Wesen nach sind das natürlich vernichtende Satiren im Sinne Saltykow-Schtschedrins; dem Ton nach sind sie heiter, humorvoll und daher keineswegs den Werken Saltykows oder Gogols ähnlich. Diese Leichtigkeit der Schreibweise irritierte. Älteren Zeitgenossen, wie z. B. Gleb Uspenski (1843 bis 1912), erschien der junge Schriftsteller deshalb als unseriös und leichtsinnig.

Korolenko, der Uspenski und Michailowski[1] nahestand, schrieb über die „Bunten Geschichten": Dieses ganze Buch, „noch durchdrungen von jugendlicher Sorglosigkeit und vielleicht auch einer etwas leichtfertigen Einstellung zum Leben und zur Literatur, funkelt vor Humor und Heiterkeit, bisweilen auch vor unverfälschtem Scharfsinn und ungewöhnlicher Verdichtung und Darstellungskraft". Sogar Korolenko, der wirkliche Sympathie für Tschechow empfand, hatte unaufmerksam oder voreingenommen gelesen. Dafür gibt es ein bezeichnendes Zeugnis. Er schrieb, dies sei noch „der sorglose Antoscha Tschechonte, der heitere, vom Glück verwöhnte Schriftsteller, der bereit war, zum Beispiel über einen gescheiten Hausknecht zu spotten, welcher dem Küchenpersonal empfahl, Bücher zu lesen, oder über einen Friseur zu lachen, der beim Haareschneiden erfährt, seine Braut heirate einen anderen, und der daraufhin den Kopf des Kunden halbgeschoren im Stich läßt" (Kurzgeschichte „In der Barbierstube", 1883). Wir sehen, daß selbst ein wohlwollender, literarisch gebildeter Leser an der Hauptsache vorbeisieht, die darin besteht, daß der Hausknecht seine Einstellung zur Bildung ändert.

In seinen Erinnerungen berichtet Korolenko über seinen erfolglosen Versuch, Uspenski und Tschechow einander nahezubringen: „Jetzt verstehe ich, daß die Heiterkeit des damaligen Tschechow, des Autors der ‚Bunten Geschichten',

[1] Nikolai Konstantinowitsch Michailowski (1842–1904), bedeutendster russischer Literaturkritiker der Volkstümlerbewegung.

Uspenski fremd und peinlich war. Er selbst war ja einmal von einem tiefen und eigenartigen Humor erfüllt gewesen, wobei der Witz sehr bald in Bitterkeit überging ... und ich entsinne mich, mit welch schmerzerfülltem Befremden Uspenskis tiefliegende Augen auf dem offenen, lebensfrohen Gesicht dieses talentierten, gleichsam aus einer anderen Welt gekommenen jungen Schriftstellers verweilten, einer Welt, in der man noch so sorglos lachen konnte."

Nach dem Zusammenbruch der revolutionären Volkstümlerbewegung begann der Prozeß ihrer liberalen Umgestaltung. Hartnäckig an alten, überholten Dogmen festhaltend, unternahm die Volkstümler-Intelligenz den Versuch, sie unter legalen Bedingungen weiterzuführen. Es entstanden immer neue, stets utopische Projekte für eine „Vervollkommnung" und „Gesundung" des Lebens.

Viele der Volkstümler, besonders diejenigen, die das Vermächtnis ihrer revolutionären Bewegung nicht vergessen konnten, widerte der liberale Praktizismus an. Ihr Unglück bestand darin, daß sie keine neuen Wege für die gesellschaftliche Umgestaltung erkennen konnten.

Unfähig, der utopischen Hoffnung auf die Erneuerung des Lebens durch die Bauerngemeinde zu entsagen, sah man in ihr weiterhin das Unterpfand für die „Rettung" Rußlands vor dem Krebsgeschwür des Kapitalismus, und die eine wie die andere Gruppe der Volkstümler befand sich in den achtziger Jahren in einem unversöhnlichen Konflikt mit der Geschichte, dem Gang der historischen Entwicklung, in deren Verlauf die patriarchalischen „Grundpfeiler" der Bauerngemeinde unaufhaltsam zerstört wurden. Der Unterschied bestand nur darin, daß die einen – die Optimisten – durch neue Projekte noch Veränderungen zu bewirken hofften, während die anderen – die Pessimisten – in der Tiefe ihres Herzens ihre Ohnmacht einsahen. Beide verband das pessimistische Einvernehmen darüber, daß es für Rußland um so schlechter sei, je länger die Dinge so liefen, wie es der Fall war. Dies war auch die tiefere Ursache für die schwermütige Stimmung Uspenskis und sein reserviertes Verhältnis zu Tschechow.

Tschechow war frei von den Dogmen und Überzeugungen der Volkstümler in die Literatur gekommen, und diese Unabhängigkeit des jungen Autors wurde sehr unterschiedlich aufgenommen. Empfand Korolenko Tschechows „Freiheit von den Parteien" durchaus positiv, so reagierte der schwermütige Uspenski reserviert, und der Literaturkritiker A. M. Skabitschewski (1838–1910) meinte in seiner Rezension zu den „Bunten Geschichten", die 1886 in der Zeitschrift „Sewerny westnik" (Bote des Nordens) erschien, daß Tschechow sich an Nichtigkeiten verschwende, und er verhalte sich zu dem, was er schreibe, absolut gleichgültig. Das ganz Buch bezeuge „das tragische Schicksal des Selbstmords eines jungen Talents".

Antoscha Tschechontes alles besiegendes Lachen, das seine gestrengen Kritiker so reizte, hatte das Fundament in seiner spontanen demokratischen Gesinnung, seiner geistigen Beweglichkeit, im Optimismus, seiner Jugend, dem Glauben an seine Kraft.

„Ein Unglück"
(M. Jefimow,
1903)

In dieser Zeit entstanden nicht nur satirische, sondern auch humoristische Werke im eigentlichen Wortsinn – heiter, gut gelaunt. Diesen Geschichten liegt stets irgendeine komische Situation zugrunde; Mehrdeutigkeiten suchen wir vergebens. In der Kurzgeschichte „Die Aalraupe" stoßen Zimmerleute, damit beschäftigt, ein Badehaus zu bauen, auf einen Fisch, der sich unter einem im Wasser liegenden Baum verkrochen hat. Es beginnt ein ergötzliches Spektakel, in das immer mehr Personen einbezogen werden, die den widerspenstigen Fisch zu fangen versuchen. Als der Fisch endlich hervorgezogen wird und alle sich davon überzeugen, was für ein schöner Bursche das ist, macht er eine heftige Bewegung und ist wieder verschwunden. Worin liegt der Reiz dieser Geschichte? Er liegt in dem lebensfrohen Humor, der lakonischen, eindrucksvollen Zeichnung der Personen, der dynamischen Entwicklung der Handlung, den harmonischen Proportionen.

Tschechow hatte einen lakonischen Kurzgeschichtentyp ausgebildet, der meist von einer kleinen Episode ausgeht, wie etwa die klassische Szene „Chirurgie". Noch lakonischer ist die Skizze „Ein schwieriger Fall"; sie hat auch eine unerwartete, humorvolle Schlußpointe.

In gleicher Art sind die Kurzgeschichten „Der Name mit Pferd", „Die Irrläufer", „Pech" und andere komische kleine Werke der achtziger Jahre geschrieben. So bemerkenswert diese scherzhaften Geschichten auch sein mögen, man darf nicht übersehen, daß sie in Tschechows Schaffen nicht dominieren, daß freilich in ihrer Heiterkeit ein Optimismus aufblitzt, der sich auf den Glauben an die alles überwindende Macht des menschlichen Intellekts und damit auf die Traditionen der russischen Aufklärung gründete.

Tschechow verstand sich als Erbe der Aufklärungsideen. Wie Belinski, Herzen, Tschernyschewski oder Schtschedrin bekämpfte er die Widernatürlichkeit der herrschenden sozialen Ordnung, und mit schriftstellerischem Genie schuf er aus gewöhnlichsten Erscheinungen des Alltags die größte und originellste Sittenkomödie seiner Zeit. Nicht die sprudelnde Empörung und vernichtende Ironie des Herzens oder die furchterregende satirische Groteske Schtschedrins waren ihm eigen, sondern glänzender Humor und eine frappierende Unmittelbarkeit der Darstellung, die, wie in den Parodien, nach Zuspitzung der Charakterzüge seiner Helden strebt und – trotz der Nichtigkeit der Anlässe, um welche die Handlung sich gruppiert – auch der Situationen und Ereignisse.

Belinski schrieb, daß „die komische Komödie aus den unaufhörlichen Widersprüchen der Erscheinungen mit den Gesetzen der höheren Verstandestätigkeit“ entspringe. Als Tschechow seine nichtigen und trügerischen Idealen nacheifernden Menschen schilderte, mußte er davon ausgehen, daß die Gesetze „der höheren Verstandestätigkeit“ bekannt sind. Nur so konnte und können seine Geschichten als komische gelesen werden. Die Ideen der Aufklärung waren dabei gleichsam die philosophische Grundlage der künstlerischen Struktur seines Humors und seiner Satire.

Nicht alle Erzählungen der „Bunten Geschichten“ waren satirisch oder scherzhaft. Erzählungen wie „Späte Blumen“, „Im Altersheim“, „Worte, Worte, nichts als Worte“, „Der Dieb“, „Eine schlimme Geschichte“ oder „Im Alter“ zeigen einsame, unglückliche Menschen, deren schweres Schicksal der junge Autor mitfühlend, wenn auch nicht frei von literarischen Schablonen beschrieb.

Mitte der achtziger Jahre wurde Tschechow in der Wahl seiner Stoffe anspruchsvoller; es änderte sich der Charakter seiner Prosa. Es entstanden Werke, in denen verwickelte, echt dramatische Situationen abgehandelt werden, so die Erzählungen „Der Jäger“, „Ein Unglück“, „Gram“, „Die Seelenmesse“, „Anjuta“.

Ein unsympathischer Mensch steht im Mittelpunkt der Erzählung „Die Seelenmesse“. Dem reichen Dorfkrämer und früheren Lakaien ist plötzlich die Tochter verstorben. An Stelle der neutralen, verwaschenen Porträts leidender Menschen tritt ein scharfes, charakteristisches Bild: Der Mann mit feistem, narbenbedecktem Gesicht und verschwommenen Augen „trägt einen Tuchmantel mit gelben Elfenbeinknöpfen, lange blaue Hosen und solide Halbstiefel, jene Art von mächtigen, plumpen Stiefeln, die man nur bei einem Mann mit Verstand, festen Grundsätzen und religiöser Überzeugung findet“. Nach dem gerade beendeten Mittagsgottesdienst steht er vor der Kirche und wartet, bis sich das Gotteshaus geleert hat. Sein Gesicht drückt „zwei einander entgegengesetzte Gefühle aus: Demut vor dem Unerforschlichen und stumpfen grenzenlosen Hochmut gegenüber den langschößigen Männerröcken und bunten Tüchern, die an ihm vorübergehen“.

Das „Unerforschliche“ ist nicht nur der Tod seiner blühenden jungen Tochter, noch mehr deprimiert den Händler, daß sie als Dirne gestorben ist. Wie anders kann man es denn nennen, da sie zum Theater gegangen ist? Schauspielerinnen sind eben Dirnen. Er erinnert sich: Vor drei Jahren, als sie ihn besuchte, bat sie um einen gemeinsamen Spaziergang am Ufer des Flusses. „Und so peinlich es ihm auch war, am hellichten Tag vor den Augen aller anständigen Leute mit seiner Tochter, einer Schauspielerin, spazierenzugehen, er gab ihrer Bitte nach . . .“ Und nun betet er für sie, obwohl sie eine Dirne war, und er hat sogar eine Seelenmesse für sie lesen lassen.

Im Gegensatz etwa zu „Der Tod des Beamten“ gibt es hier nichts Komisches. Nur an einer Stelle erlaubt sich der Autor ein leicht ironisches Lächeln, wenn er seinen Helden als „zur Intelligenz von Werchnije Saprudy gehörig“ bezeichnet. Und dennoch steht „Seelenmesse“ Kurzgeschichten wie „Die Maske“ und „Der Tod des Beamten“ nahe, nicht nur, weil Tschechow auch hier gegen schändliche Sitten ankämpft, diesmal gegen Selbstgefälligkeit und väterlichen Despotismus, sondern auch, weil wir kein Wort einer direkten Verurteilung des Helden finden. Tschechow vertraute darauf, daß der Leser sich in der Situation zurechtfinden und sein Mitgefühl weniger dem Vater als der offenbar einsamen Tochter geben wird.

Je intensiver sich Tschechow in die einfachsten Ereignisse und Situationen des Lebens vertiefte, um so unerwarteter wurden seine Schlußfolgerungen. Traditionelle humoristische Situationen verwandelt er in Dramen, und umgekehrt enthüllte er in scheinbar dramatischen Kollisionen die Farce. Mit der dafür notwendigen psychologischen Analyse begann die Geburt der neuen Tschechowschen Erzählkunst, die auf komische Zuspitzungen verzichtet.

Die neuen Erzählungen, wenngleich den satirischen Miniaturen nahestehend, sind lyrisch getönt, in der Regel nachdenklich und schwermütig, weil darin von wirklich tragischen Ereignissen und Umständen die Rede ist. Die Zeitgenossen sprachen von der Geburt eines „neuen Tschechow“, der sorglose Heiterkeit mit unbewußter Schwermut und Verzagtheit vertauscht habe. Korolenko bemerkte Ende 1886 in seinen Erinnerungen „die Note der Nachdenklichkeit, des Lyrismus und einer besonderen, nur Tschechow eigenen Traurigkeit, die sich bereits durch die strahlende Heiterkeit bemerkbar machten, sie verdüsterten die jugendliche Ausgelassenheit dieser tatsächlich ‚bunten‘ Geschichten“. Korolenko registrierte eine „unerwartete Veränderung“: „Der Mann, der noch vor kurzem dem Leben mit frohem Lachen und mit Scherzen gegenübertrat, der sorglos heiter und scharfsinnig war, fand sich bei genauerem Hinsehen auf die Unergründlichkeit des Lebens unerwartet als Pessimist wieder.“

Wie wir sehen – die Legende von dem leichtsinnigen, sorglosen Tschechow zog die von dem pessimistischen Tschechow nach sich, eine Auffassung, die das richtige Verständnis Tschechows noch lange komplizieren und erschweren sollte.

Seine frühen Werke hatte der Autor mit den verschiedensten Pseudonymen gezeichnet – „Der Arzt ohne Patienten“, „Der Mann ohne Milz“, „Hitzkopf“, „G. Baldakow“[1], „Der Bruder meines Bruders“ und andere mehr. Am häufig-

[1] Abgeleitet von (russ.) „balda“: Dummkopf, Tölpel.

sten aber wählte er den Spitznamen, der ihm von dem Taganroger Oberpriester Pokrowski verliehen worden war und der als Autorenname auf dem Einband der „Bunten Geschichten" stand – „Antoscha Tschechonte".

Seit Mai 1885 arbeitete Tschechow an der „Petersburger Zeitung" mit, und Anfang 1886 erhielt er eine Einladung von A. S. Suworin, dem Herausgeber der Zeitung „Nowoje wremja" (Neue Zeit). Hier erschien im Februar 1886 „Die Seelenmesse", die Tschechow auf Bitten der Redaktion schließlich mit seinem richtigen Namen zeichnete.

Schon im Dezember 1885 war Tschechow nach Petersburg gefahren. In der Redaktion der „Petersburger Zeitung" wurde er nach seinem Bericht empfangen „wie der Schah von Persien". Tschechow hatte literarisches Ansehen gewonnen. So kam der Brief Grigorowitschs vom 25. März 1886 für ihn nicht völlig unerwartet. Dennoch machte er auf den jungen Schriftsteller einen gewaltigen Eindruck. Tschechows Antwort ist ungewöhnlich. In seiner großen Korrespondenz schrieb er weder vorher noch nachher an irgendjemanden so erregt und herzlich: „Ihr Brief, mein guter, heißgeliebter Freudenkünder, hat mich wie ein Blitz getroffen. Ich fing beinahe zu weinen an, wurde ganz aufgeregt und fühle jetzt, daß er in meiner Seele tiefe Spuren hinterlassen hat. So wie Sie meiner Jugend geschmeichelt haben, so möge Gott Ihnen ein hohes Alter schenken, ich aber finde keine Worte und kann auch nichts tun, um Ihnen zu danken."

„Der persische Orden"
(W. N. Massjutin, 1922)

Was hatte Tschechow so erschüttert? Grigorowitsch, einer der ältesten Schriftsteller, umglänzt von literarischem Ruhm aus den vierziger Jahren, war zu jener Zeit für einen jungen Autor eine bedeutende Autorität. Und dieser für Tschechow beinahe schon legendäre Mann schrieb ihm, während die ihm nahestehenden Menschen seine schriftstellerische Beschäftigung nicht sehr ernst nahmen und seine schreibenden Kollegen ihn nicht lasen, schwarz auf weiß: „... Sie besitzen wirkliches Talent – ein Talent, das Sie aus dem Kreis der Literaten der jungen Generation hoch emporhebt." Tschechow mußte sich eingestehen, daß er selbst sein Talent nicht gebührend schätzte. Dabei war er, nach allem zu urteilen, völlig aufrichtig. Weshalb? Weil er nie mit dem schon Erreichten zufrieden war, und auch, weil er in die Periode einer wesentlichen, wenn ihm auch selbst noch nicht vollends bewußten Umgestaltung seiner Methode eingetreten war.

Die „Bunten Geschichten" spiegeln exakt diesen eigenartigen Zustand des Schriftstellers, als er sich von seinem „Dieb" und ähnlichen Werken noch nicht losgesagt hatte, ihre Unvollkommenheit noch nicht klar erkannte, gleichzeitig aber schon die Erzählungen „Die Hexe", „Agafja", „Der Alpdruck" geschrieben hatte, Werke, in denen er seine neue Schreibweise entwickelte. Es ist daher nicht erstaunlich, daß er sich in einer Zeit schärfster Überprüfung alles bisher Geschaffenen befand, darunter auch der eben zusammengestellten „Bunten Geschichten". So konnte Tschechow an Grigorowitsch schreiben: „Mein Buch gefällt mir gar nicht. Es ist ein Mischmasch, ein ungeordneter Packen kleiner Studentenarbeiten, die von der Zensur und den Redakteuren der humoristischen Zeitschriften gerupft wurden." Diese Selbstkritik ist ungerecht. Vergessen wir nicht, daß in diesem Buch neben tatsächlich unreifen Arbeiten echte Meisterwerke stehen. Grigorowitsch hatte empfohlen, das Pseudonym durch den richtigen Verfassernamen zu ersetzen. Und Tschechow folgte diesem Rat und tat, was zum Zeitpunkt des Drucks noch getan werden konnte: Auf dem Umschlag der „Bunten Geschichten" blieb „A. Tschechonte" stehen. Auf dem Schmutztitel aber stand „A. Tschechonte (An P. Tschechow)".

„Subjektivität – eine gräßliche Sache"

Die Erregung, die der Brief Grigorowitschs bei Anton Pawlowitsch verursacht hatte, legte sich allmählich; aber es folgten noch weitere angenehme Ereignisse. Ein neuer, ebenso erfreulicher Brief von Grigorowitsch traf ein, dazu ein Bild mit der Widmung „Einem jungen Talent von einem alten Schriftsteller".

Ende April – Anfang Mai 1886 weilte Tschechow erneut in Petersburg. Am 10. Mai schrieb er an Alexander: „Ich bin soeben aus Petersburg zurückgekehrt, wo ich zwei Wochen war. Die Zeit habe ich dort herrlich verbracht. Ich habe mich mit Suworin und Grigorowitsch eng angefreundet ... Übrigens habe ich mit den fünf Erzählungen, die ich in der ‚Nowoje wremja' untergebracht habe, in Petersburg Aufsehen erregt, wovon ich wie berauscht war."

Nach seiner Rückkehr aus Petersburg zog man erneut in die Sommerfrische nach Babkino. Ende Mai schreibt Tschechow: „O Gott, wie ich faulenze! Schuld ist das Wetter: es ist so schön, daß man nicht die Kraft hat, auf einem Platz sitzenzubleiben." Und weiter heißt es: „Bei mir sind viele Patienten. Rachitische Kinder und alte Frauen mit Ausschlag ... Eine 75jährige Greisin mit Armrose ist auch dabei ..."

Von diesem Sommer in Babkino berichtet Michail Pawlowitsch: „Dank der Lebensfreude unserer liebenswürdigen Wirtsleute waren wir alle, und so auch mein Bruder Anton, sehr fröhlich. Er schrieb, die Kritiker lobten ihn, wenn auch Skabitschewski ihm prophezeit hatte, er werde betrunken an irgendeinem Zaun sterben, aber er glaubte an seine Begabung, und er war bislang noch gesund. Manchesmal trieb er auch Unfug. Es kam vor, daß er und Lewitan sich an einem Sommerabend bucharische Schlafröcke überzogen, worauf er sich Ruß ins Gesicht schmierte und einen Turban aufsetzte. Dann nahm er eine Flinte und ging hinaus auf die andere Seite des Flusses. Lewitan ritt auf einem Esel dorthin, stieg ab, breitete einen Teppich auf der Erde aus und begann wie ein Moslem gen Osten zu beten. Plötzlich schlich sich aus dem Gebüsch der Beduine Anton an ihn heran und feuerte mit der Flinte eine blinde Ladung auf ihn ab. Lewitan fiel auf den Rücken – ein richtiges orientalisches Bild.

Manchmal wurde Lewitan der Prozeß gemacht. Kisseljow war der Gerichtsvorsitzende, mein Bruder Anton der Staatsanwalt, wofür er sich besonders schminkte. Beide waren in goldgewirkte Uniformen gekleidet, die Kisseljow und Begitschow gehörten. Anton hielt eine Anklagerede, bei der alle Anwesenden vor Lachen brüllten. Manchmal wieder mimte Anton einen Zahnarzt, während ich als Stubenmädchen verkleidet wurde. Die Patienten bedrängten mich so mit ihren Liebenswürdigkeiten, daß ich meine Rolle nicht durchhielt und ihnen vor Lachen ins Gesicht prustete."

Von diesen Scherzen und der heiteren, gelösten Stimmung in Babkino berichtete auch Anton Pawlowitsch selbst. Am 8. Juni 1886 schreibt er an den Architekten F. O. Schechtel[1]: „Bei uns ist es herrlich: die Vögel singen, Lewitan malt einen Tschetschenzen, das Gras duftet, Nikolai trinkt ... In der Natur ist soviel Atmosphäre und Ausdruck, daß man es gar nicht beschreiben kann ... Kommen Sie, nicht nur auf eine Woche oder zwei – kommen Sie auf drei Wochen. Sie werden es nicht bereuen ... Wir brauchen Sie sehr. Die Sache ist die, daß wir (Kisseljow, Begitschow und ich) uns anschicken, nach allen Regeln der Jurisprudenz den Kaufmann Lewitan abzuurteilen, der beschuldigt wird, a) sich der Militärpflicht zu entziehen, b) insgeheim Schnaps zu brennen (Nikolai trinkt offenbar bei ihm, da es nirgendwo sonst etwas zu trinken gibt), c) eine geheime Darlehenskasse zu unterhalten, d) sich sittenlos zu benehmen, usw. Bereiten Sie eine Rede als Zivilkläger vor ..."

Im Herbst 1886 zogen die Tschechows in ein zweistöckiges Haus in der Sadowaja-Kudrinskaja-Straße. Hier wohnten sie bis zum Jahre 1890.

„Ich war damals noch Student", berichtet Michail Pawlowitsch. „Das Leben sprudelte in mir, meine Schwester Mascha wuchs zu einem bezaubernden, zartfühlenden, gebildeten jungen Mädchen heran. Anton war erst 26 Jahre alt, und unsere Wohnung war voll von jungen Menschen. Interessante Mädchen – Lika Misinowa, Dascha Mussina-Puschkina, Warja Eberle; dauernd spielten und sangen junge Musiker und andere Leute ... Mein Bruder Anton wurde von diesen Tönen und Menschen inspiriert, er war unten, wo sich sein Arbeitszimmer befand, am Schreiben. Er schrieb und kam dann nach oben, um Witze zu reißen oder mit den anderen zusammen Späße zu treiben ..."

Am 18. Januar 1887 schrieb Anton Pawlowitsch an seinen Onkel Mitrofan Jegorowitsch: „Ich muß Ihnen sagen, daß ich in Petersburg jetzt der Modeschriftsteller bin. Das ersieht man aus den Zeitungen und Zeitschriften, die sich am Ende des Jahres 1886 mit mir befaßten, auf alle mögliche Weise meinen Namen strapazierten und mich über Gebühr lobten ... Meine Erzählungen werden öffentlich auf Abendveranstaltungen gelesen, überall, wo ich auch nur erscheine, zeigt man mit Fingern auf mich, die Bekanntschaften haben mich mit ihrer Fülle überwältigt, usw. usf."

---

[1] Franz Ossipowitsch Schechtel (1859–1926). Aus den Jahren 1885–1900 sind 42 Briefe Tschechows an ihn bekannt.

Das Haus in der Sadowaja-Straße 6 (A. W. Sredin)

Ende November 1886 und im März 1887 war Tschechow erneut nach Petersburg gereist. S. N. Chudekow, der Redakteur der „Petersburger Zeitung“, erhöhte endlich sein Honorar. Er erhielt statt bisher sieben bis zum Jahresende zehn, von 1887 an sogar 12 Kopeken je Zeile. „Stellen Sie sich vor“, schrieb Tschechow daraufhin an Maria Kisseljowa, „ich bekomme gerade einen Brief von der ‚Petersburger Zeitung‘, sie sind mit einer Zulage einverstanden, die Bestien. Da sieht man, was es heißt, geduldig, bissig und frech zu sein! Mit Sanftmut kommt man nicht weit...“

Das blieb so ziemlich das einzige Mal, daß Tschechow so etwas wie Hartnäckigkeit in Gelddingen an den Tag legte. Anfang 1887, als er versuchte, seine journalistische Tätigkeit einzuschränken und bemüht war, sich das Recht vorzubehalten, nicht mehr regelmäßig für ‚Oskolki‘ zu schreiben, bat er sogar Lejkin, die zusätzlichen Kopeken zu streichen, die ihm die Zeitschrift als ständigem Mitarbeiter zahlte. Im August 1888 schrieb er an Suworin: „Ich sage Ihnen offen und unter uns: Als ich an der ‚Nowoje wremja‘ mitzuarbeiten begann, fühlte ich mich wie in Kalifornien (vorher hatte ich nicht mehr als 7–8 Kopeken je Zeile bekommen), und ich gab mir das Wort, so häufig wie möglich zu schreiben, um mehr zu bekommen – darin liegt nichts Schlechtes; als ich aber mit Ihnen bekannt wurde und Sie für mich eine Vertrauensperson wurden, da begann mein Mißtrauen sich zu regen, und die Arbeit an der Zeitung, begleitet von Honorareinnahmen, verlor für mich ihren wahren Wert, und ich begann mehr zu reden und zu versprechen als zu tun. Ich begann zu fürchten, unsere Beziehungen könnten durch irgendwelche Gedanken verdüstert werden, daß ich Sie als Verleger und nicht als Mensch brauchte, usw. usf.“ Und er erklärte, er sei verdorben, da er in einer Umwelt aufwuchs, in der „das Geld eine unanständig große Rolle spielt.“

Doch Tschechow wußte nur zu gut, daß er unverschämt ausgebeutet wurde. „Ein Glück für diesen Lejkin!" schrieb er an seinen Bruder im Februar 1886. „Durch ein glückliches Spiel des Zufalls sind *alle* seine Mitarbeiter infolge ihrer Wohlerzogenheit Waschlappen, die vom Honorar als von einer heiklen Angelegenheit sprechen, während Lejkin selbst nach dem Kaviar schnappt." Nicht besser als Lejkin war Suworin, der Tschechow regelrecht bestahl. Im Oktober 1887 heißt es in einem Brief an Alexander: „Die ‚Russkije wedomosti' (Russische Nachrichten) zahlen fünfzehn Kopeken für die Zeile. Der ‚Sewer' (Norden) bemüht sich um mich und verspricht: Sie bekommen, was Sie wollen. Auch die ‚Russkaja mysl' (Russisches Denken) und der ‚Sewerny westnik' (Bote des Nordens) wollen mich heranziehen. Suworin würde nicht schlecht handeln, wenn er mir das Honorar erhöhen würde. Da Kotschetow dreihundert Rubel monatlich und Atawa neben seinem Gehalt zwanzig Kopeken für die Zeile bekommt, wäre es, solange ich noch bei Kräften bin, keine Sünde, mich menschenwürdig zu bezahlen und mich nicht mit Kopeken abzuspeisen. Ich bestehle mich selbst, wenn ich für Zeitungen arbeite. Für den ‚Flüchtling' habe ich vierzig Rubel bekommen, in einer dicken Zeitschrift würde man mir dafür aber wie für einen halben Druckbogen bezahlen. Übrigens ist das alles belanglos."

Tschechow arbeitete dort weiter, wo er war. Die Versprechungen der „dicken Zeitschriften" erwiesen sich gleichfalls als Lügen. Als Tschechow seine erste größere Arbeit an den „Sewerny westnik" schickte, wollte die Redaktion selbst den bescheidenen Betrag von zweihundert Rubel für den Druckbogen, der dem Zeilenhonorar in der „Nowoje wremja" entsprach, nicht zahlen, und Tschechow mußte mit 150 Rubel je Bogen einverstanden sein.

Tschechow hatte einen Widerwillen, sich den Gesetzen des Geschäftemachens anzupassen. Und so beherrschte wie früher Geldmangel sein Leben. Im November 1886 schrieb er an Schechtel: „Wenn Sie diese künstlerische Darstellung meines Geschickes nicht rührt, dann haben Sie kein Herz. Franz Ossipowitsch! Die Sache ist die, daß ‚Doktor A. P. Tschechow & Co.' zur Zeit eine finanzielle Krise durchmacht ... Wenn Sie mir nicht bis zum Ersten 25–30 Rubel borgen, dann sind Sie ein unbarmherziges Krokodil." Und im April 1888 heißt es in einem Brief an Leontjew-Schtscheglow: „Sie haben eine Frau, die Ihnen Geldmangel verzeihen wird, ich aber habe ein Regime, das einstürzen wird, wenn ich nicht eine bestimmte Menge Rubel im Monat verdiene."

Es entstand eine aussichtslose Lage. Im Namen seiner Unabhängigkeit und seiner moralischen Prinzipien lehnte Tschechow literarische Brotarbeit entschieden ab. Auf den Vorschlag Suworins, zum Beispiel nicht nur Erzählungen an die Zeitung zu schicken, sondern sich auch an der Redaktionsarbeit zu beteiligen und den Literaturteil der ‚Nowoje wremja' zu leiten, antwortete er: „Als guter Bekannter will ich mich bei der Zeitung und dem Enzyklopädischen Wörterbuch herumdrücken, ich werde pour plaisir in dem letztgenannten irgendeine Rubrik übernehmen, werde hin und wieder, einmal im Monat, eine Sonnabendgeschichte schreiben, aber fest an die Zeitung zu gehen kann ich mich um keinen Preis entschließen, und wenn Sie mich zerreißen."

Doch Tschechow brauchte Geld – seiner Familie zuliebe –, und wie sehr er auch davon träumte, die tägliche Zeitungsarbeit aufzugeben, so blieb die Vielschreiberei vorläufig die einzige Möglichkeit. Im September 1886 teilte er Frau Kisseljowa mit: „Ich schreibe ein Stück für Korsch[1] (hm!), eine Erzählung für die ‚Russkaja mysl', Kurzgeschichten für die ‚Nowoje wremja', die ‚Petersburger Zeitung', die ‚Oskolki', den ‚Budilnik' und für weitere Blätter. Ich schreibe viel und lange, aber ich hetze mich ab wie ein Besessener – ich beginne bereits etwas Neues, wenn das Alte noch nicht beendet ist..."

Obwohl Tschechows Eintritt in die große Literatur längst vollzogen war, auch erste Stücke aufgeführt wurden, blieb er in seiner Lage noch ein Zeitungsschreiber, fruchtbar wie früher, aber vielseitiger. 1886 war das Lustspiel „Über die Schädlichkeit des Tabaks" gedruckt worden, 1887 das Stück „Schwanengesang", das er für W. N. Dawydow, einen der populärsten Moskauer Schauspieler, geschrieben hatte. Am 19. November 1887 fand im Theater von Korsch die Premiere des Dramas „Iwanow" statt.

Die Vielschreiberei und auch die Abhängigkeit von der Willkür der Redakteure dauerte an: „Sie haben den Schluß des ‚Rosastrumpf' verlängert. Ich habe nichts dagegen, zusätzlich acht Kopeken für jede zusätzliche Zeile zu bekommen, aber meiner Meinung nach ist ‚Mann' am Schluß nicht angängig ... Es handelt sich hier nur um die Frauen ... Übrigens ist alles egal ..." Alles egal: Von solchen Eigenmächtigkeiten Lejkins oder anderer Redakteure erfuhr der Autor selbstverständlich erst, als er die Zeitschrift erhielt.

Mit Tschechows Gesundheit stand es zu dieser Zeit nicht zum besten. Am 10. Oktober 1888 teilte er A. N. Pleschtschejew[2] mit, er sei in schlechter Stimmung, weil er Bluthusten habe. In einem Brief an Suworin heißt es: „Zunächst über das Bluthusten ... Erstmalig bemerkte ich es vor drei Jahren auf dem Kreisgericht; es dauerte etwa drei bis vier Tage und verursachte in meinem Herzen und in meiner Wohnung allerlei Verwirrung. Es reichte. Das Blut floß aus dem rechten Lungenflügel. Danach bemerkte ich etwa zweimal jährlich bei mir Blut, mal floß es reichlich, mal weniger ... Vor drei Tagen oder früher, ich entsinne mich nicht mehr genau, bemerkte ich Blut, auch gestern, heute nicht mehr. In jedem Winter, Herbst und Frühjahr und in jedem feuchten Sommer huste ich. Aber das erschreckt mich nur dann, wenn ich Blut sehe – im Blut, das aus dem Mund fließt, liegt etwas Unheilverkündendes, wie bei einem Feuerschein am Himmel. Wenn aber kein Blut kommt, rege ich mich nicht auf und drohe der russischen Literatur nicht mit ‚einem weiteren Verlust'".

---

[1] Fjodor Adamowitsch Korsch (1852–1921), Gründer und Besitzer eines Privattheaters in Moskau.

[2] Alexej Nikolajewitsch Pleschtschejew (1825–1893), Schriftsteller und Übersetzer; leitete seinerzeit den Literaturteil der Zeitschrift „Sewerny westnik".

„Iwanow“
(Bühnenbild A. Simow,
Moskauer
Künstler-Theater,
1904)

Der heitere, sorglose Mensch, der Anton Pawlowitsch für seine Umgebung war, durchlitt zugleich eine recht schwere seelische Krise. „Weder Geld noch Gesundheit“ – dieser Gedanke überwältigte ihn nicht selten. Besonders schwer wurde es, wenn gewöhnliche familiäre Mißlichkeiten hinzukamen, etwa die Erkrankung der Angehörigen, vor allem Nikolais. Die fortschreitende tuberkulöse Krankheit seines Bruders mußte Tschechow als schlechtes Vorzeichen erscheinen. „Es lebt sich traurig“, schrieb er am 30. September 1886 an Lejkin. „Mir geht es selbst gesundheitlich schlecht, und ringsum sehe ich keinen glücklichen Menschen. Agafopod (Alexander Pawlowitsch Tschechow) lebt mit seiner Familie in Moskau und wird kaum satt, Nikolai war gestern und vorgestern ernsthaft und gefährlich krank. Unerwartet erbrach er reichlich Blut, es konnte kaum gestillt werden. Er ist abgemagert wie ein Typhuskranker ... Schrecklich, wieviel Unangenehmes ich in diesen Tagen durchgemacht habe, und dazu habe ich noch immer kein Geld!“

Einen Tag vorher finden wir in einem Brief an Maria Kisseljowa voller Scherze und guter Ratschläge für die Kinderschriftstellerin ein ernstes Postskriptum. „Das Leben selbst verwandelt sich allmählich in richtige Trübsal. Man lebt traurig dahin, glückliche Menschen sind nicht zu sehen ... Um ernsthaft zu sein, mir scheint, daß die Menschen, die eine Abneigung gegen den Tod hegen, unlogisch sind. Soweit ich die Ordnung der Dinge begreife, besteht das Leben nur aus Schrecken, Streitereien und Gemeinheiten, die einander abwechseln ...“

Es schien, als würden Tschechows persönliche Erfahrungen durch die Situation der achtziger Jahre bestätigt, die sich tagtäglich nicht nur durch die Willkür der Zensoren in Erinnerung brachte. Ihn schmerzte die allgemeine ideelle Kraftlosigkeit, insbesondere die Kleinkariertheit der journalistischen Umwelt mit ihren nichtigen Zänkereien. In einem Brief an Lejkin aus dem Jahre 1886 scherzt er darüber: „Bei uns herrscht nebliges Wetter. Auf der Straße ist der Nebel so dicht, daß man nicht nur keine Liberalen, sondern auch keine Konservativen mehr sieht!" Anfang 1888 äußert er sich in ernsthaftem Ton gegenüber J. P. Polonski[1] über jene „dicken Zeitschriften", an die man ihn rief: „Aber ist es nicht ganz gleich, ob die Nachtigall auf einem großen Baum oder auf einem Strauch singt? Die Forderung, begabte Menschen sollten *nur* an dicken Zeitschriften mitarbeiten, ist nebensächlich, riecht nach Beamten und ist schädlich wie alle Vorurteile. Dieses Vorurteil ist dumm und lächerlich. Es hatte Sinn nur zu einer Zeit, da an der Spitze der Blätter Menschen mit einer ausgeprägten Physiognomie standen, Menschen wie Belinski, Herzen usw., die nicht nur Honorar zahlten, sondern auch attraktiv wirkten, die Lehrer und Erzieher waren. Jetzt aber, da an der Spitze der Verlage statt literarischer Persönlichkeiten sich irgendwelche unbedeutenden Greise und Hundekragen aufhalten, ist der Unterschied zwischen einer dicken Zeitschrift und einer billigen Gazette nur ein quantitativer, d. h. vom Standpunkt des Künstlers verdient er keinerlei Beachtung. Die Mitarbeit an ‚dicken Zeitschriften' darf man allein aus Bequemlichkeit nicht ablehnen: eine lange Arbeit wird nicht zerstückelt, sondern im ganzen gedruckt. Wenn ich eine größere Sache schreibe, schicke ich sie an eine ‚dicke Zeitschrift', aber kleinere werde ich da veröffentlichen, wohin der Wind und meine Freiheit mich tragen."

Tschechow verfolgte stets das Prinzip der persönlichen Freiheit und Unabhängigkeit. Als man sich im April 1888 an ihn mit dem Vorschlag wandte, eine Vereinigung junger Schriftsteller zu bilden, um ihre Solidarität zu festigen, verweigerte er sich entschieden. Worum ging es? Der Schriftsteller K. S. Baranzewitsch[2] hatte vorgeschlagen, einen Sammelband herauszugeben, der dazu beitragen sollte, junge Schriftsteller zu vereinigen. „Für eine Vereinigung", antwortete Tschechow, „ist etwas anderes nötig; gebraucht werden, wenn nicht Liebe, so doch wenigstens Achtung voreinander, gegenseitiges Vertrauen und absolute Ehrenhaftigkeit in den Beziehungen ... Das alles kann aber ein Sammelband nicht geben!"

In einem anderen Brief erklärte er, er halte Solidarität in der Politik und in religiösen Angelegenheiten für nötig, unter jungen Literaten halte er sie aber für unmöglich. „Wir können nicht einheitlich denken und fühlen, wir haben unterschiedliche oder überhaupt keine Ziele, wir kennen einander wenig oder gar nicht, und es gibt infolgedessen nichts, was Solidarität dauerhaft zusammenhalten könnte ..."

Dies ist der Grundgedanke – Schriftsteller müssen einander nicht Solidarität garantieren, sondern auf Unabhängigkeit und einem achtungsvollen Verhalten zueinander bestehen.

Die Jahre 1886 und 1887 wurden für Tschechow eine Zeit angespanntesten,

---

[1] Jakow Petrowitsch Polonski (1819–1898), Lyriker; schätzte Tschechow sehr und schlug ihn für den von der Akademie der Wissenschaften verliehenen Puschkinpreis vor.

[2] Kasimir Stanislawowitsch Baranzewitsch (1851–1927), Schriftsteller; schrieb Erzählungen im Geiste der liberalen Narodniki.

intensiven Suchens. Ein Schriftsteller müsse das ganze Leben in sich aufnehmen, meinte er. Er könne verzweifeln und leiden, Gefühle wie Freud und Leid, Zuneigung und Abneigung empfinden, unter Einsamkeit leiden, er habe aber nicht das Recht, sich diesen Stimmungen und Gefühlen zu unterwerfen. In seinen Werken müßte er über momentane Erlebnisse und Stimmungen erhaben sein und sich nicht zu Urteilen hinreißen lassen, die nur von seinen „Nerven", nicht aber von höheren Eingebungen einer „höheren Warte" bestimmt seien. Wenn er sich Stimmungen überlasse, drohe ihm die Gefahr, in die Art der „Belletristik der Nowoje wremja" zu verfallen.

Schon 1883 hatte Tschechow an seinen Bruder Alexander geschrieben: „Bei Dir gibt es eine Erzählung, in der junge Eheleute sich während des ganzen Mittagessens küssen, nörgeln und leeres Stroh dreschen ... Kein einziges vernünftiges Wort, nur Sorglosigkeit! Aber Du hast nicht für den Leser geschrieben ... Du hast geschrieben, weil *Dir* dieses Geschwätz angenehm ist. Du mußt aber das Mittagessen beschreiben, mußt sagen, wie und was sie gegessen haben, was für eine Köchin sie haben, wie fade Dein Held ist, zufrieden mit seinem trägen Glück, wie fade Deine Heldin, wie lächerlich in ihrer Liebe zu diesem satten, vollgefressenen Gänserich mit der umgebundenen Serviette ... Jeder sieht gern satte, zufriedene Menschen, das ist wahr – aber es genügt nicht zu beschreiben, was *sie* gesprochen und wie oft sie sich geküßt haben ... Nötig ist etwas anderes: sich von dem persönlichen Eindruck zu lösen, den dieses ungetrübte honigsüße Glück auf einen jeden macht... Subjektivität ist eine gräßliche Sache."

Daraus folgt, daß der Schriftsteller nicht nur subjektive Beobachtungen und Gefühle mitteilen soll, sondern Erscheinungen des Lebens objektiv beleuchten, ihren Wert bestimmen, ihr objektives Wesen enthüllen muß.

Wie wir sehen, verbinden sich die Leontjew vorgeschlagene Haltung und Tschechows künstlerisches Selbstverständnis zu einer gewissermaßen einheitlichen Philosophie über das menschliche Sein. Persönliche Unabhängigkeit wird dabei sowohl Schutz vor dem Spießertum jeder Art wie auch Bekräftigung des Rechts und der Pflicht des schöpferischen Menschen, im Leben wie in der Literatur die Dinge von höherer Warte, also objektiv zu betrachten. Tschechows Auffassung von Objektivität besteht vor allem in der Forderung, die Erscheinungen der Wirklichkeit „von höherer Warte" zu beleuchten – verstanden als Prinzip künstlerischen Schaffens überhaupt. Zugleich in der Anwendung eines Schreibverfahrens, das die Einmischung des Autors weitgehend ausschließt, also Kommentare des Autors, direkte Wertungen und Urteile vermeidet.

Für die 1886/87 entstandenen Werke verwandte Tschechow sehr häufig häusliche, familiäre Beobachtungen. Vor allem griff er moralische Probleme auf, die ihn auch selbst berührten. Die handelnden Personen aber sind immer Produkte freier schöpferischer Phantasie, genährt von Eindrücken und Beobachtungen aus dem Alltagsleben. Beim Aufbau eines Sujets war Tschechow bestrebt, in der Handlung, im Zusammenprall der Charaktere so vollständig wie möglich das ihn bewegende moralische Problem offenzulegen, die künstlerische Verallgemeinerung untrennbar, in äußerster Einfachheit und daher besonders glaubwürdig mit der individuellen Wahrheit der Charaktere, ihren konkreten Konflikten zu verbinden.

1886 veröffentlichte „Nowoje wremja" Tschechows Erzählung „Schwere Naturen". Es genügt, an Briefe zu erinnern, in denen Tschechow von dem Despotismus seines Vaters und seines Bruders Alexander spricht, in denen er daran erinnert, daß Skandale wegen einer versalzenen Suppe das Leben der Menschen vergifteten, um zu verstehen, daß es sich hier um eine Wirklichkeit handelt, die dem Schriftsteller von Kindheit an wohl vertraut war. Indessen findet man in der Erzählung nichts, was dem Bild des eigenen Familienlebens ähnlich wäre, Tschechow verfolgte lediglich den ihm bekannten Konflikt und schildert ihn in seiner nacktesten dramatischen Form. Die Fabel selbst ist äußerst einfach: Der Sohn eines kleinen Gutsbesitzers, ein Student, muß nach den Ferien nach Moskau zurückkehren, hat jedoch keinen Mut, den jähzornigen Vater um das nötige Reisegeld zu bitten.

Die Situation in der Familie ist durch die Unentschlossenheit und Angst des Studenten ebenso gekennzeichnet, wie durch sein plötzliches Aufbegehren gegen den Despotismus des Vaters. Auch hier vertraut Tschechow dem Prinzip der Objektivität und vermeidet subjektive Lehrhaftigkeit, auch wenn er Gedanken seines Helden mitteilt. Mit einer kaum merklichen Abweichung von der ihm eigenen Denkstruktur, auch seinen intellektuellen Möglichkeiten, wachsen sie in allgemeine Reflexionen hinüber: Der erschöpfte, innerlich zerrissene Student ist von zu Hause fortgelaufen und schlendert ziellos durch die Felder in Erinnerung an die ihm zugefügte Kränkung. Als er eine ihm bekannte Gutsbesitzerin trifft, lächelt er ihr zu, als sei nichts gewesen. Aber er denkt, „wahrscheinlich habe die Natur selbst dem Menschen diese Fähigkeit zu lügen verliehen, damit er in schweren Momenten seelischer Spannung das Geheimnis des eigenen Nestes hüte, so wie es die Wildente und der Fuchs tun. Jede Familie hat ihre Freuden und Leiden, aber wie groß diese auch sein mögen, ein fremdes Auge wird sie schwerlich bemerken – sie sind Geheimnis."

Für den Autor ist es unwichtig, ob sein Held tatsächlich so gedacht hat. Wesentlich ist ihm, daß das Ereignis bei ihm solche Gedanken allgemeingültigen Charakters hervorrufen und er sie seinen literarischen Figuren unterlegen kann.

Diese Erzählweise, die Tschechow in den folgenden Jahren verfolgte, legt den Hauptaspekt seines Strebens nach Objektivität offen, er ist weltanschaulichen Charakters. Dabei trat die Einschaltung des Autors mehr und mehr zurück.

So brachte Tschechow bei der Straffung der Erzählung „Schwere Naturen" eine prinzipielle Korrektur an – er verwarf den Schluß, weil er unverkennbar das gezeichnete Bild, die Situation erheblich vereinfachte und der Erzählung eine Nuance trivialer Belehrung verlieh.

In der Erzählung „Talent", 1886 in den „Oskolki" erschienen, bewegen sich die handelnden Personen wiederum in äußerst einfachen Situationen. Am Ende des Sommers bereitet ein Maler, der in den letzten Monaten nicht gearbeitet hat, für den nächsten Tag seine Abreise aus der Sommerfrische vor. Dort war ihm alles zuwider, so auch die Tochter der Wirtin, ein zwanzigjähriges Mädchen, das bis über die Ohren in ihn verliebt ist, aber von dem Maler, der sich mit einer angemaßten Aureole künftigen Ruhms umgibt, hören muß, er könne sie nicht heiraten, da „ein Künstler frei sein" müsse. Die dümmliche, verliebte Katja, die stumm vor Entzücken den Nichtstuer anschaut, seinem Geschwätz und dem seiner Freunde zuhört, zweifelt keinen Augenblick daran, einem Menschen mit großer Perspektive begegnet zu sein.

„‚Ich denke daran, wie berühmt Sie sein werden ...', sagt sie beinahe im Flüsterton. Ich stelle mir immerzu vor, was für ein großer Mann Sie sein werden ... ‚Ich habe eben alle Ihre Gespräche gehört ... Ich träume ... träume ...'

Katja bricht in ein glückliches Lachen aus, weint und legt ehrfurchtsvoll die Hände auf die Schultern ihres Abgotts."

Die Erzählung endet sowohl mit einem komischen – was die objektive Aussage betrifft – als auch tragischen Mißverständnis für Katja, deren Tränen ein

Familie Tschechow mit Bekannten in Moskau (1890)

wenig an die des geschundenen und verzückten Schneiders Merkulow erinnern.

Die Aktivität des Erzählers ist auf ein Minimum herabgesetzt; er beschränkt sich auf eine betont ruhige Erzählweise, nur gelegentlich gibt es, und kaum bemerkbar, Ironie, selten einen Autorenkommentar. Die Charakterzüge der Helden und die Kollisionen sind so genau ausgewählt, daß sie für sich selbst sprechen. Tschechow schuf nicht wenige Werke, in denen der Autorkommentar vollständig fehlt. Bemerkenswert ist in dieser Hinsicht die Erzählung „Der Übeltäter", die 1885 in der „Petersburger Zeitung" erschien.

Als Gast Giljarowskis, der 1885 in dem Dorf Kraskowo in der Nähe von Moskau lebte, lernte Tschechow einen Angler kennen, der als Senkblei Schraubenmuttern benutzte, die er auf dem Gleiskörper der Eisenbahnlinie abgedreht hatte. Tschechow mühte sich vergeblich, diesem Mann zu erklären, daß dadurch ein Unglück verursacht werden könne. Der Angler war überzeugt, daß er mit Sachkenntnis gearbeitet habe und keinerlei Schaden entstehen könne. Man habe ihn wegen der abgeschraubten Muttern zum Landpolizisten gebracht, alles sei aber gut abgelaufen.

Tschechow reproduzierte diesen Vorfall nicht einfach, sondern diesmal sah er auch seine Aufgabe darin, die Aufmerksamkeit des Lesers auf ein wichtiges Problem des russischen Lebens zu lenken. In seiner Bearbeitung der Thematik steht ein hoffnungslos ungebildeter Bauer, der tatsächlich nicht erkennt, was er angerichtet hat, einem Untersuchungsrichter gegenüber, der Bürokratismus und behördliche Herzlosigkeit verkörpert. „Hör mal zu ... Der Artikel Tausendeinundachtzig des Strafgesetzbuches besagt: Für jede mit Vorbedacht verübte Beschädigung der Eisenbahn, wenn sie einen Transport, der auf dieser Bahn unterwegs ist, in Gefahr bringt und der Schuldige wußte, daß infolgedessen ein Unglück geschehen kann – verstehst du? Und du hast unbedingt wissen müssen, wohin dieses Abschrauben führt –, wird der Schuldige zu Verbannung und Zwangsarbeit verurteilt."

Beide geraten aneinander, bar jeder Möglichkeit, einander zu verstehen. Als der Bauer Denis als Antwort auf die gegen ihn erhobenen Beschuldigungen über die Gewohnheiten von Gründlingen spricht, scheint die Situation noch komisch zu sein. Die Drohung mit Verbannung und Zwangsarbeit läßt die Komödie umkippen in eine Tragikomödie von Unwissenheit, Einschüchterung und Rechtlosigkeit unter den Bedingungen zaristischer Gerichtspraxis.

Einmischung des Autors gibt es auch nicht in der Erzählung „Die Hexe", die 1886 in der „Nowoje wremja" erschien. Sie ist nicht nur markantes Beispiel für eine tiefe philosophische Analyse und strengen dramatischen Bau einer Szene, sondern auch ein hervorragendes Zeugnis für die Kunst Tschechowscher Naturbeschreibung.

„Meiner Meinung nach", schrieb der Autor an Alexander, „müssen Naturbeschreibungen ganz kurz sein und einen Charakter apropos tragen. Gemeinplätze in der Art wie: ‚Die untergehende Sonne, die sich in den Wellen des verdunkelten Meeres badete, war von rotem Gold übergossen', und so weiter ... solche Gemeinplätze muß man aufgeben. Bei Naturbeschreibungen muß man sich an kleine Einzelheiten halten und sie so gruppieren, daß man das Bild vor sich hat, wenn man nach dem Lesen die Augen zumacht. Zum Beispiel hast Du eine Mondnacht, wenn Du schreibst, daß auf dem Mühlendamm die Scherbe von einer zerbrochenen Flasche wie ein Sternchen flimmerte und der schwarze Schatten eines Hundes oder Wolfes wie eine Kugel vorbeirollte und so weiter."

„Die Hexe" zeigt, wie umfassend der Schriftsteller dieses „apropos" verstand. Die Natur bereitet, wie die Ouvertüre einer Oper, in dramatischer Zuspitzung darauf vor, was sich dann – im kirchlichen Wächterhaus – abspielen wird.

Der schlaflose Küster Gykin horcht in den Schneesturm: „Auf dem Feld war die reinste Schlacht im Gange. Es war schwer zu fassen, wer da draußen hinter wem herjagte und zu wessen Verderben man in der Natur diesen Höllenspektakel angestiftet hatte, aber nach dem unaufhörlichen, unheilvollen Brausen zu urteilen, wurde dort jemandem sehr übel mitgespielt. Eine übermächtige Kraft jagte auf dem Feld hinter irgendwem her, tobte durch den Wald und übers Kirchendach, trommelte mit den Fäusten gegen das Fenster, zerrte und riß, und irgendwer, der Unterliegende, heulte und jammerte ..."

In direkter Abhängigkeit von diesem Tumult der Natur beginnt die Haupthandlung. „Gykin horchte auf diese Musik und machte ein finsteres Gesicht." Schon längst war er zu dem Schluß gekommen, daß seine junge Frau eine Hexe sei, und er glaubt jetzt, auch der Sturm sei ihr Werk. Durch den Lärm des Unwetters wird wie ein feines, singendes Stöhnen der Ton eines Glöckchens herübergetragen, und plötzlich pocht es ungewöhnlich laut an das Fenster, – von dem Unwetter droht reale Gefahr, die verirrte Postkutsche ...

Tschechows Prinzip der Objektivität entstand unter komplizierten gesellschaftlichen Bedingungen. Saltykow-Schtschedrin und Gleb Uspenski setzten in diesen Jahren die Tradition der revolutionär-demokratischen Literatur fort. Gleichzeitig entstanden Werke, deren Autoren sich als Bewahrer des „Sowremennik"[1] von Nekrassow verstanden, während sie tatsächlich den schablonenhaften bankrotten Dogmen der liberalen Volkstümler verfallen waren. Dabei war die um ihren Führer und Patriarchen Michailowski gruppierte Kritik beharrlich bemüht, die Autorität gerade jener Schriftsteller, die angeblich das „Erbe der Väter", das heißt die Traditionen Belinskis, Dobroljubows und Tschernyschewskis fortsetzten, zu verteidigen.

In den Jahren der politischen Reaktion wurden die Anhänger der sogenannten „reinen Kunst" aktiv. Sie traten für eine tendenzfreie Literatur ein und be-

[1] „Sowremennik" (Der Zeitgenosse): literarische und gesellschaftspolitische Zeitschrift, von Puschkin gegründet, erschien in Petersburg und war in den fünfziger und sechziger Jahren des 19. Jh. das Publikationsorgan der revolutionären Demokraten; 1866 verboten.

mühten sich, Puschkin und Turgenjew zu Priestern der „reinen Kunst" zu erklären. Das brachte die Kritiker der Volkstümler noch mehr auf, obwohl sie nicht die großen Traditionen der russischen Kultur verteidigten, sondern drittklassige Schriftsteller, Anhänger der eigenen Bewegung.

Vor diesem Hintergrund ist die Bewertung Tschechows durch die zeitgenössische Kritik als auch eine Reihe seiner Äußerungen zu sehen. Er lehnt die Spekulation mit politischen Motiven im künstlerischen Schaffen entschieden ab. In jenem Brief vom Mai 1886 an seinen Bruder, in dem er auf „völliger Objektivität" besteht, sagte er, das erste Kennzeichen eines künstlerischen Werks müsse das Fehlen politischen Geschwätzes sein, es dürfe darin keinen „Wortschwall politisch-sozialökonomischen Charakters" geben. Das hieß nicht, daß er gegen die Tendenz in der Kunst eintrat. Als Saltykow-Schtschedrin 1889 starb, schrieb Tschechow: „Das war eine kraftvolle, starke Persönlichkeit. Jener elende Geist, der in einem kleinen, geistig zum Spitzbuben gewordenen russischen Intellektuellen mittlerer Güte wohnt, hat mit ihm seinen hartnäckigsten Feind verloren. Entlarven kann jeder Zeitungsschreiber, verspotten kann auch Burenin, aber offen verachten konnte nur Saltykow."

Anders war das Verhältnis Tschechows zu jenen, die mit der Autorität Saltykows eigene Beschränktheit und Talentlosigkeit zu bemänteln suchten. Seine ablehnende Haltung gegen die Doktrinäre der liberalen Volkstümler, die er wiederholt in Briefen zum Ausdruck brachte, läßt auch die Erzählung „Im Frühling" (1886) erkennen. Darin zitiert er eine Arzthelferin, Gesprächspartnerin des wenig erfolgreichen Schriftstellers Kurgusow, und urteilt darüber: „Das ist ein gebildetes und belesenes junges Mädchen, aber ihre Ansichten über die Literatur sind so beschränkt und nichtig wie die einer Popenfrau. Sie versteht nichts von der Form, den Bildern, der Wahrheit und jagt nur hinter dem Inhalt her. Wenn Kurgusow einen umfangreichen Roman schreibt, in dem der Held eine gefallene Frau rettet, ihr sein Vermögen gibt, sich selbst von Almosen ernährt und sich dann als betrogener Mann freiwillig zu den Soldaten meldet, und sei das alles nicht mit der Feder geschrieben, sondern mit einer Deichselstange, sie würde sich trotzdem in ihn verlieben ... Er hat ihr einmal ‚Die Sänger' aus den ‚Aufzeichnungen eines Jägers' vorgelesen, ohne Turgenjew als Autor zu nennen. Sie spitzte den Mund und sagte: ‚Welch ein Unsinn! Zahlt man denn dafür Geld?'"

Das Urteil der professionellen Kritik über Tschechows Schaffen unterschied sich kaum von der Meinung dieses offenbar ehrlichen, aber beschränkten Mädchens. Natürlich gab es rühmende Rezensionen; man lobte die unvergleichlich poetischen Bilder, zollte dem Talent des Autors Achtung, aber konnte oder wollte Sinn und Gehalt seines Schaffens nicht wahrnehmen. Im September 1887 schrieb Tschechow an Maria Kisseljowa: „Rezensionen gibt es viele, unter anderem im ‚Sewerny westnik'. Ich lese und kann nicht verstehen, ob man mich lobt oder meine verlorene Seele beklagt? ‚Talent, Talent! Aber trotzdem – Gott schenke seiner Seele Ruhe!', das ist der Sinn der Rezensionen."

Wladimir Nemirowitsch-Dantschenko[1] sagt in seinen Erinnerungen, Michailowski habe mit seinen kritischen Artikeln die junge Belletristik an die Kandare genommen. Gewiß, seine Urteile waren unanfechtbar – für Leser vom Typ der Tschechowschen Arztgehilfin. Doch die begabtesten Künstler der achtziger Jahre wie Tschechow, Korolenko oder Garschin gingen ihren Weg, der sich nicht in das Prokrustesbett der Kritik liberaler Volkstümler oder der in der Sammlung begriffenen russischen Dekadenz unter Minski[2] und D. S. Mereshkowski[3] einzwängen ließ.

---

1 Wladimir Iwanowitsch Nemirowitsch-Dantschenko (1858–1943), Schriftsteller und Regisseur, Begründer und mit Stanislawski Leiter des Moskauer Künstlertheaters; war mit Tschechow eng befreundet.

2 Minski – Pseudonym von Nikolai Maximowitsch Wilenkin (1855–1937), Schriftsteller.

3 Dmitri Sergewitsch Mereshkowski (1865–1941), Schriftsteller, Philosoph und Literaturwissenschaftler. Er und Minski waren entschiedene Verfechter der russischen Dekadenz.

Landschaften und Menschen

Nach seiner Rückkehr aus Petersburg, im März 1887, war Tschechow mit der Vorbereitung eines neuen Sammelbandes beschäftigt. Im August 1887 erschien Tschechows zweiter Erzählungsband „In der Dämmerung" mit einer Widmung für Grigorowitsch. Er enthält sechzehn Erzählungen, darunter „Träume", „Eine üble Tat", „Zu Hause", „Die Hexe", „Agafja", „Der Alpdruck". Die freundschaftlichen Ratschläge Grigorowitschs, Korolenkos und der Redaktion der „Russkaja mysl" liefen auf eines hinaus – man erwartete ein großes Werk, das nicht unter Termindruck verfaßt worden war. Tschechow war bereits auf der Suche nach Stoffen, die sich qualitativ von den Sonnabendgeschichten der „Nowoje wremja" unterscheiden würden. Am 2. April 1887 reiste er in seine Heimat, um die Eindrücke aus der Kindheit und Jugendzeit aufzufrischen und zu überprüfen.

Aber Taganrog wurde eine Enttäuschung. Seine Unkultur, sein muffiges, verschlafenes Leben wirkten niederdrückend auf Anton Pawlowitsch: „Ganz Asien! Ringsherum soviel Asien, daß ich meinen Augen nicht trauen mag. 60 000 Einwohner beschäftigen sich nur mit Essen, Trinken und Fortpflanzung – andere Interessen haben sie nicht. Wo man auch hinkommt, überall Osterkringel, Eier, Santurinowein, Säuglinge, aber nirgends Bücher oder Zeitungen ... Die Lage der Stadt ist prächtig in jeder Beziehung, das Klima wunderbar, Früchte der Erde gibt es in Fülle, doch die Bewohner sind maßlos träge ... Alle sind sie musikalisch, mit Phantasie und Scharfsinn begabt, feinfühlig und empfindsam, aber all das geht nutzlos zugrunde ... Es gibt keine Patrioten, keine Geschäftsleute, keine Dichter, nicht einmal anständige Bäkker ..."

Das Vaterhaus fand er leer und verwahrlost. „Es anzusehen ist uninteressant, und ich würde es um keinen Preis haben wollen. Ich wundere mich: wie haben wir bloß darin leben können ... In der ganzen Zeit meines Aufenthalts in Taganrog konnte ich lediglich folgenden Dingen Gerechtigkeit widerfahren lassen: den äußerst schmackhaften Kringeln auf dem Basar, dem Santurinowein, dem körnigen Kaviar, den prächtigen Droschken und der aufrichtigen Gastfreundschaft meines Onkels. Alles übrige ist schlecht und unerfreulich."

Von Taganrog fuhr Tschechow nach Nowotscherkassk, Rostow, Swerewo, Kramatorowka, Slawjansk und auf die Heiligen Berge. Über den Besuch bei seinem Taganroger Mitschüler Petja Krawzow, den er seinerzeit zur Aufnahme in die Kadettenschule vorbereitet hatte, schrieb er an Lejkin: „In der letzten Zeit wohnte ich . . . im Zentrum der sogenannten Donezker Gebirgskette. Berge, Schluchten, Wäldchen, Flüßchen und Steppe, Steppe, Steppe . . . Ich wohnte bei einem ehemaligen Kornett, der fern von den Menschen auf seinem Grundstück lebt. Man bewirtete mich mit Suppe aus Gänsefleisch, ließ mich auf einem hölzernen Diwan schlafen und weckte mich mit Gewehrschüssen (auf Hühner oder Gänse, die hier nicht geschlachtet, sondern geschossen werden) und dem Winseln bestrafter Hunde, aber trotzdem lebte ich herrlich. Eine Unmenge von Eindrücken."

Tschechow erlebte die deprimierende Finsternis des verschlafenen Provinzlebens, aber auch die Poesie der wunderbaren heimatlichen Landschaft. Schon auf dem Wege nach Taganrog, auf der Station Charzyskaja, war er von diesen poetischen, erinnerungsschweren Eindrücken überwältigt: „Das Wetter ist herrlich. Es riecht nach Steppe, und man hört die Vögel singen. Ich sehe alte Freunde – die Milane, die über die Steppe fliegen . . . Kleine Grabhügel, Wasserpumpen, Gebäude – alles ist mir bekannt und erinnerlich. Am Büfett eine Portion ungewöhnlich schmackhafter und fetter Kohlsuppe. Dann ein Spaziergang auf dem Bahnsteig. Junge Mädchen. Im äußersten Fenster der ersten Etage des Stationsgebäudes sitzt ein Mädchen (oder eine Dame, der Teufel mag es wissen) in weißer Bluse, verträumt und schön. Ich sehe sie an, sie sieht mich an . . . Ich setze das Pincenez auf, sie ebenfalls . . . O wundervolle Erscheinung! Ich bekam einen Herzkatarrh und fuhr weiter. Das Wetter ist verteufelt schön. Kleinrussen, Ochsen, Milane, weiße Hütten, südliche Flüßchen, die Windungen der Donezbahn mit einem einzigen Telegrafendraht daneben, die Töchter der Gutsbesitzer und Pächter, fuchsrote Hunde, Grün – das alles flimmert wie im Traum . . ."

Am 17. Mai 1887 kehrte Tschechow nach Moskau zurück und fuhr am folgenden Tag nach Babkino weiter. Die Moskauer Umgebung empfing ihn mit Kälte und Regen. Auch der Juni brachte keine Wärme.

Der Sommer verging in angespannter Arbeit. Übrigens hatte Tschechow die Arbeit auch nicht während seiner Reise nach dem Süden unterbrochen. Es entstanden u. a. die Erzählungen „Die Schlange und das Kaninchen", „Im Wald", „Im Frühling", „Der Kritiker".

Sein Schaffen in dieser Zeit ist sehr vielgestaltig. Tschechow schreibt weiter Erzählungen für Zeitschriften, sehr komische Sachen, wie zum Beispiel „Ein Drama", eine Kurzgeschichte über eine Frau Muraschkina, die den Journalisten Pawel Wassiljewitsch so sehr mit dem Vorlesen ihres Dramas quält, daß er sie tötet, aber von den Geschworenen freigesprochen wird.

Er veröffentlichte auch eine seiner ernstesten Erzählungen, „Seine erste Liebe" („Wolodja"), sowie die deprimierende Geschichte „Regenwetter" über einen

Das Geburtshaus in Taganrog

Advokaten, der mit einer Kaufmannstochter verheiratet ist und sowohl seine Frau als auch deren Mutter, die einen Narren an ihm gefressen haben, betrügt.

Eine dieser neuen Erzählungen wurde von einer Sonnenfinsternis angeregt. Am 11. August schreibt Tschechow an Lejkin: Aus dem Naturereignis wurde eine komische Erzählung darüber, wie die Bewohner eines entlegenen Dorfes die Ankunft zweier unbekannter Herren aufnehmen, denen am nächsten Morgen eine Sonnenfinsternis folgt („Die Missetäter").

Offenbar begann Tschechow im Sommer 1887 an einem Roman zu arbeiten. Nach den Erinnerungen des Schriftstellers A. S. Lasarew-Grusinski, mit dem Tschechow viele Jahre in freundschaftlicher Verbindung stand, hatte er ihm das Sujet schon Mitte Juli erzählt, als sie von der Bahnstation nach Babkino ritten. Im Oktober sprach Anton Pawlowitsch von einem fertigen Roman, der eintausendfünfhundert Zeilen umfasse und der nur noch abgeschrieben und an die „Nowoje wremja" geschickt werden müsse. Doch Ende des Monats erfährt Suworin von Tschechow, daß sich das Abschreiben hinziehe und er jetzt erst Erzählungen („Kaltes Blut", „Die Steppe") schreibe. Die Arbeit am Roman sei nur verschoben. Auch während der Arbeit an der Erzählung „Die Steppe" gab Tschechow den Gedanken nicht auf, seinen Roman fortzusetzen. Er wollte im Sommer darauf zurückkommen. „Dieser Roman", schrieb er – beide Vorhaben vergleichend – an Grigorowitsch, „umfaßt einen ganzen Kreis (Adel und Semstwo) und das private Leben einiger Familien."

Im Februar 1888 heißt es in einem Brief an Pleschtschejew: „Ich mache mich eilends an eine kleine Arbeit, aber ich brenne darauf, mich wieder mit etwas Großem zu befassen. Ach, wenn Sie wüßten, was für ein Romansujet in meinem Schädel sitzt! Was für wunderbare Frauen! Was für Totenfeiern, was für Hochzeiten! Hätte ich Geld, würde ich auf die Krim flüchten, mich dort unter eine Zypresse setzen und in ein bis zwei Monaten den Roman zu Ende schreiben. Ich habe schon drei Bogen fertig, können Sie sich das vorstellen? Übrigens lüge ich – hätte ich Geld in den Händen, ich würde außer Rand und Band geraten, daß alle Romane Hals über Kopf davonflögen.

Sobald ich den ersten Teil des Romans fertig habe, schicke ich ihn, wenn Sie erlauben, zuerst Ihnen zum Lesen und nicht dem ‚Sewerny westnik', denn mein Roman taugt nicht für eine der Zensur unterliegende Ausgabe. Ich bin unersättlich, lasse in meinen Werken gern viele Menschen auftreten, und daher wird mein Roman recht lang. Außerdem sind mir die Menschen, die ich darstelle, teuer und sympathisch, und wer einem sympathisch ist, mit dem möchte man sich möglichst lange beschäftigen."

Indessen verging der Sommer 1888, und Tschechow mußte gestehen, daß sein Roman am Einfrieren sei. „Er ist nicht länger geworden ... Ich habe auch schon beschlossen, daß der Roman in drei, vier Jahren fertig sein wird."

Ganz allmählich wurden Tschechow die Gründe dieser Verzögerung bewußt. Am 9. Oktober 1888 erläutert er Grigorowitsch: „Ich möchte einen Roman schreiben, ich habe ein wunderbares Sujet, zuweilen packt mich der leidenschaftliche Wunsch, mich hinzusetzen und damit anzufangen, aber meine Kräfte reichen offenbar nicht aus. Ich habe begonnen, und ich fürchte mich, die Arbeit fortzusetzen. Ich habe mich entschlossen, ohne Eile zu schreiben, nur in guten Stunden, verbessernd und abschleifend. Ich werde dazu mehrere Jahre brauchen, denn das Werk auf einen Zug, in einem Jahr fertigzuschreiben habe ich keinen Mut, meine Schwäche erschreckt mich, und es liegt ja keine Notwendigkeit vor, mich zu beeilen. Ich habe das Talent, in diesem Jahr das nicht zu lieben, was ich im vorigen geschrieben habe, und mir scheint, ich werde im nächsten Jahr stärker sein als jetzt; deshalb beeile ich mich jetzt nicht, etwas zu riskieren und den entscheidenden Schritt zu tun. Wird mein Roman schlecht, so ist meine Sache für immer verloren."

Die Geschichte des unverwirklichten Romanvorhabens ist bezeichnend für Tschechows komplizierte Entwicklung – eines Autors, der seine Erzählungen mit scheinbar so erstaunlicher Leichtigkeit geschrieben hatte.

Am 6. Juni 1887 erschien die Erzählung „Das Glück". Bald darauf schrieb Alexander Pawlowitsch an seinen Bruder: „Nun, Freundchen, Du hast ja mit Deinem letzten ‚Steppensubbotnik' Aufsehen erregt. Eine reizende kleine Sache. Man spricht nur noch davon. Heftigste Lobpreisungen. Ärzte bringen ihren Patienten die abgegriffene Nummer als Beruhigungsmittel. Burenin verfaßt schon die zweite Woche einen Panegyrikus für Dich und kann damit nicht fertigwerden ... In den Restaurants auf dem Newski-Prospekt, wo die Zeitungen täglich ausgewechselt werden, wird die alte Nummer mit Deiner Erzählung bis heute strapaziert ... Man lobt Dich, weil die Erzählung ohne bestimmtes Thema ist und dennoch einen starken Eindruck hervorruft. Die Strahlen der Sonne, die beim Sonnenaufgang über die Erde und die Grashalme gleiten, rufen Stürme der Begeisterung hervor, die schlafenden Schafe jedoch sind mit solcher wundersamen Kraft aufs Papier gebracht, daß ich überzeugt bin, Du bist selber zum Hammel geworden, als Du all diese Schafsgefühle aufs Papier brachtest. Ich gratuliere Dir zu dem Erfolg. Noch eine solche Sache und ‚Stirb dann, Denis, du wirst nichts Besseres schreiben ...'"

Am 30. Dezember 1887 sandte Grigorowitsch einen ausführlichen Brief aus Nizza an Tschechow. Darin finden wir diese Bemerkungen: „Die Erzählungen ‚Träume' und ‚Agafja' konnte nur ein wirklicher Künstler schreiben; drei Personen in der ersten und zwei in der zweiten werden kaum gestreift, aber man könnte nichts mehr hinzufügen, um sie noch lebendiger zu machen, um die Physiognomie und den Charakter eines jeden von ihnen noch plastischer zu gestalten. In keinem einzigen Wort, in keiner einzigen Bewegung spürt man Gesuchtheit – alles ist Wahrheit, alles muß tatsächlich so sein. Dasselbe ist bei der Beschreibung der Bilder und der Eindrücke der Natur der Fall; nur leicht gestreift – und doch sieht man alles ganz deutlich; solche Meisterschaft bei der Wiedergabe der Beobachtungen findet man nur bei Turgenjew und Tolstoi (ähnliche Beschreibungen in ‚Anna Karenina') ..." Dann folgt der Rat, eine große Sache zu schreiben: „Ist es nicht gleich für einen Mann wie Sie, zehn bis fünfzehn Erzählungen zu schreiben oder ebenso viele Kapitel, die durch ein gemeinsames Interesse, durch gemeinsame Personen miteinander verbunden sind ... Es kommt auf die Ausführung und auch auf die Aufgabe an, die Hauptaufgabe, weil man sich auf zehn Druckbogen bei der Zeichnung der Personen und der Naturbilder keine Beschränkung aufzuerlegen braucht, das Ziel zeichnet sich unwillkürlich ab, die Pflicht, irgendeine Schlußfolgerung zu ziehen, das moralische Bild eines Milieus oder einer Gegend darzubieten, irgendeinen gesellschaftlichen Gedanken zu äußern, ein psychologisches oder soziales Thema zu entwickeln, irgendwelche gesellschaftlichen Übelstände zu berühren usw."

Offenbar versuchte Tschechow ernstlich, Grigorowitschs Ratschläge zu befolgen. 1889 gab er seinem Roman den Titel „Erzählungen aus dem Leben meiner Freunde". Tschechow, noch in der Vorstellung befangen, daß ein großes Werk auch umfangreich sein müsse, arbeitete beharrlich an dem Roman, er war überzeugt, daß ein Mißerfolg im großen Genre, in dem man, wie Grigorowitsch schrieb, Schlußfolgerungen ziehen, ein psychologisches oder soziales Thema entwickeln oder irgendwelche gesellschaftlichen Übelstände berühren müßte, das Scheitern der Hoffnung bedeuten würde, einen Platz in der großen Literatur zu finden. Um so mehr bedrückte es den jungen Schriftsteller, daß auch gutmeinende Kritiker an seinen Geschichten und Erzählungen nur die vorzügliche Schilderung der Natur und ihrer Stimmungen hervorhebenswert fanden.

Sehr deutlich klingt dieser Verdruß in dem Antwortbrief an seinen Bruder Alexander an. „Der Steppen-Subbotnik ist mir am sympathischsten gerade durch sein Thema, das Ihr Dummköpfe nicht findet. Ein Produkt der Inspiration. Quasi eine Sinfonie."

Anton Pawlowitsch antwortete seinem Bruder nicht zufällig so schroff. Mit seiner, wie er meinte, besten Erzählung „Das Glück" hatte er den zweiten

Am Schreibtisch (1892)

Sammelband eröffnet. Darin wird, schrieb Tschechow dem Dichter Jakow Polonski, dem er diese Erzählung widmen wollte, „die Steppe dargestellt: die Ebene, Nacht, das blasse Frührot im Osten, eine Schafherde und drei menschliche Gestalten, die über das Glück sprechen".

Gerade diese Reflexionen über das Glück hatten die Kritiker Tschechows nicht beachtet oder wollten sie nicht bemerken, obwohl die Träume über das Wesen des Glücks das innere Thema und die künstlerische Struktur der Erzählung ausmachen. Die sie äußern sind ein steinalter Hirt, versunken in die Legenden und Überlieferungen der Steppe, ein junger Hirt, ebenso unwissend und ungebildet wie der Alte, aber empfänglich und wißbegierig, der berittene Wächter, ein bedächtiger Mann, der seinen Wert kennt und der gewohnt ist, mit Herrschaften und Verwaltern zu verkehren.

Der erste Frühwind, der Sonnenaufgang, die riesige Schafherde, der in Gedanken versunkene Wächter und die endlosen Erzählungen des alten Hirten über die in der Steppe verborgenen, verzauberten Schätze machen die Atmosphäre verträumt.

Vor dem Hintergrund der morgendlichen, nur mit Aquarellfarben gemalten Landschaft läuft das Gespräch ab. Die Steppe ist untrennbar und organisch verbunden mit den „Schafsgedanken" ihrer Menschen. Sie gebiert und verkörpert ewige Regungslosigkeit und Gleichgültigkeit gegenüber dem Schicksal der Menschen, ein träges Leben voller visionärer Erscheinungen, das sich abgrenzt von anderen, inhaltsreicheren Daseinsformen, irgendwo dort jenseits der Steppe, in der Ferne.

Der Wächter „setzte sich schwerfällig im Sattel zurecht und blinzelte in die Ferne, als hätte er etwas vergessen oder unausgesprochen gelassen. Dort, in der bläulichen Ferne, wo der letzte, gerade noch erkennbare Hügel im Nebel zerfloß, blieb alles still; die Befestigungs- oder Grabhügel, die hier und da am Horizont und in der grenzenlosen Steppe aufragten, blickten streng und leblos drein; in ihrer Regungslosigkeit und Stummheit fühlte man die Jahrhunderte und die völlige Gleichgültigkeit gegenüber dem Menschen ...

Weder im trägen Flug dieser langlebigen Vögel noch in dem Morgen, der sich so zuverlässig Tag für Tag wiederholt, noch in der Grenzenlosigkeit der Steppe war irgendein Sinn zu erkennen.

... Die Sonne war noch nicht aufgegangen, aber man sah bereits alle Hügel, sogar den fernen, einer Wolke ähnlichen Grabhügel Saur-Mogila mit seiner etwas spitzen Kuppe. Bestieg man diesen Hügel, dann sah man die Ebene vor sich, gleichmäßig und grenzenlos wie den Himmel, man sah Gutshöfe, Einzelgehöfte von Deutschen und Molokanen und Bauerndörfer; ein scharfäugiger Kalmük hätte wohl gar die Stadt und die Eisenbahnzüge erkannt. Nur von hier konnte man sehen, daß es auf dieser Welt neben der schweigsamen Steppe und den jahrhundertealten Grabhügeln auch noch ein anderes Leben gab, das sich um das vergrabene Glück und allerlei Schafsgedanken nicht kümmerte."

Der zweite, immer wieder unterbrochene und weitergeführte, ans reale Leben anknüpfende oder der Phantasie folgende Strang der Erzählung verläuft durch die Herzen der drei Gestalten, ihre verborgenen Träume von wahrem menschlichen Glück. Als der Alte seine Mär über den garstigen Shmenja beendet hat, der seine Geheimnisse und seine Talismane, die den Weg zu verwunschenen Schätzen öffnen, nicht mit anderen teilen wollte, wird das Thema der ungehobenen Schätze zum Hauptthema. „In dieser Gegend gibt es viele vergrabene Schätze", sagt der Aufseher. „Das Unglück ist nur, daß niemand sie heben kann", klagt der Alte und fährt fort: „Es gibt das Glück, aber was hat man schon von ihm, wenn's in der Erde vergraben liegt? Da verkommt denn das Hab und Gut nutzlos wie Spreu oder Schafmist! Und dabei gibt es so viel Glück, daß es für den ganzen Umkreis reichen würde, nur kriegt es keine Menschenseele zu sehen!" Unter diesen Worten erwachte „der Aufseher" aus seinen Grübeleien und warf den Kopf zurück. Er rüttelte mit beiden Händen am Sattel, tastete über den Sattelgurt und blieb, als könne er sich nicht zum Aufsitzen entschließen, wieder in Nachdenken versunken stehen.

„‚Ja', sagte er, ‚der Ellenbogen ist nahe, aber versuch mal reinzubeißen ... Es gibt das Glück, nur fehlt es an Verstand, es auch zu finden.'

Er wandte sich zu den Hirten um. Sein strenges Gesicht war traurig und spöttisch, er schien enttäuscht.

‚So wird man wohl sterben, ohne das Glück gesehen, ohne erfahren zu haben, wie es eigentlich ist ...', sagte er bedächtig und hob den linken Fuß zum Steigbügel. ‚Die Jüngeren werden es vielleicht noch erleben, während wir endlich aufhören sollten, auch nur daran zu denken.‘“

Welches Glück ist gemeint? Die Erfüllung einer unerfüllten Liebe? Der Autor sagt das nicht. Jede seiner Figuren ist unbefriedigt, sucht auf ihre Weise das Glück, träumt davon als von dem Wichtigsten im menschlichen Leben. Vielleicht trug diese Unbestimmtheit, die poetische Verschlüsselung einer großen allgemeinen Sehnsucht, in einer Zeit der politischen Gärung zur großen Resonanz bei, welche diese Erzählung – in gewissem Sinne die Bilanz von Tschechows künstlerischer Selbstverständigung in den Jahren 1885/87 – bei den Lesern erfuhr.

1887 waren die literarischen Sympathien Tschechows ziemlich festgelegt. Den ersten Platz unter den russischen Schriftstellern erkannte er ohne Zögern Lew Tolstoi zu; unter den Schriftstellern, die etwa seiner Generation angehörten, hob er Korolenko und Garschin heraus.

Darin äußerte sich ein starkes Interesse an sozialpsychologischen und moralischen Problemen, eine skeptische Einstellung zu den zeitgenössischen politischen Parteien und Bewegungen und – in Verbindung damit – zur Darstellung politischer und ökonomischer Probleme in künstlerischen Werken. Während Anton Pawlowitsch dem Talent Gleb Uspenskis die gebührende Achtung zollt, bewertet er dessen Schaffen – offensichtlich wegen der Verbindung von sozialökonomischer Dokumentation und poetischer Fiktion – mehr als kühl. Am 31. März 1888 schrieb er an Pleschtschejew: „‚Lebende Ziffern‘ ist ein Unsinn, der schwer zu lesen und zu verstehen ist.“ Obwohl er sich zu Schtschedrin mit uneingeschränkter Achtung verhielt, begegnete er dessen direkt politischen satirischen Werken kritisch; sie erschienen ihm einförmig und ermüdend.

„Ich bin fest davon überzeugt“, schrieb er am 12. Januar 1888 an Grigorowitsch, „daß man, solange in Rußland Wälder, Schluchten und Sommernächte existieren, solange noch die Schlammläufer schreien und die Kiebitze weinen, weder Sie noch Turgenjew oder Tolstoi vergessen wird, wie man auch Gogol nicht vergißt.“

Tschechow las damals viele Werke Lew Tolstois, und er zeigte sich bemüht, die Schreibmethode des großen Vorbilds in sich aufzunehmen, sie für sein eigenes künstlerisches Schaffen zu verarbeiten. Ein Beispiel ist die Erzählung „Im Gerichtssaal“: Die Beschreibung des Gerichts als erschreckend seelenlose, unerbittliche Maschinerie, welche gleichsam die gesellschaftliche Ordnung verkörpert, war so sehr der Art Tolstois gefolgt, daß sie als Antizipation der berühmten Schilderung des tragikomischen zaristischen Gerichtsverfahrens in dem Roman „Auferstehung“ verstanden wurde.

In den Erzählungen dieser Jahre reagierte Tschechow nicht selten auch auf diese oder jene Seite der Lehre Tolstois. Anfang 1887 teilte er mit, er habe kürzlich „die Lehre, dem Bösen nicht zu widerstehen, behandelt und das Publikum auch in Erstaunen versetzt“. Gemeint war die Erzählung „Die

Schwester" („Gute Menschen")[1] aus dem Jahre 1886. Die gleiche Frage wird in der Erzählung „Begegnung" berührt. Auch andere Werke, psychologische Skizzen („Ein Unglück", „Typhus", „Der Kosak") oder solche aus dem Alltagsleben, wie „Ein ernster Schritt" oder „Unheil", wurden im Geiste Tolstois geschrieben, bei dem Tschechow die psychologische Durchleuchtung von Menschen in zugespitzten Umbruchssituationen lernte. Die Erfahrung Tolstois half ihm, die Dramatik gesellschaftlich bedeutsamer, moralischer Kollisionen aufzulockern, die psychologische Analyse des menschlichen Lebens mit verallgemeinernder philosophischer Sicht zu verbinden.

Seine hohe Wertschätzung für Turgenjew, der ihm als Gradmesser der Feinfühligkeit und Menschlichkeit galt, brachte Anton Tschechow unzweideutig in der Kurzgeschichte „Im Landauer" (1883) zum Ausdruck.

Bemerkenswert ist, daß die Erzählung „Der Jäger" gleich an zwei Geschichten Turgenjews erinnert, an „Das Stelldichein" und „Jermolai und die Müllerin". Jede der drei Erzählungen handelt von einem Stelldichein zwischen einer liebenden Frau und einem sie nicht wiederliebenden Mann. Der tragische Konflikt entspringt jeweils einer herrschaftlichen Laune. Tschechows Originalität besteht vor allem darin, daß er das Sujetschema Turgenjews mit einem neuen sozialhistorischen und sozialpsychologischen Gehalt erfüllte und künstlerisch selbständig gestaltete.

Der Autor des „Jäger" war nicht nur in bezug auf die künstlerische Einbindung des zeitgenössischen Stoffs hellsichtiger, er vollzog auch feinfühlig jene Wandlungen der Literatur seiner Zeit mit. So empfand er die Landschaftsmalerei Turgenjews als veraltet, in vielem auch die Art der Darstellung von Menschen und des Volks. Das Pathos von Turgenjews „Aufzeichnungen eines Jägers", etwa in den Erzählungen „Das Stelldichein" und „Jermolai und die Müllerin", liegt in der Aufdeckung des seelischen Reichtums und der Schönheit des geknechteten russischen Bauern, der Begründung seines Rechts auf Freiheit und Gleichheit. Das war Tschechow vertraut und verständlich. Turgenjew war jedoch nicht frei von einer gewissen Einseitigkeit und Idealisierung, was von der Rasnotschinzen-Literatur der sechziger/siebziger Jahre entschieden abgelehnt wurde. Deren Vertreter stellten den lackierten Bauernbildern Turgenjews oder Grigorowitschs die furchtbare Wahrheit des widersinnigen bäuerlichen Lebens gegenüber, um die ganze Aufmerksamkeit auf die gesellschaftliche und ökonomische Wirklichkeit zu richten, die das geistige und moralische Antlitz des russischen Dorfs prägte.

Bei den Narodniki kam es auf andere Weise zu einer Idealisierung des Bauern, wobei man besondere Eigenarten des russischen Lebens in der „Macht des Bodens", der sog. „Brotarbeit" oder in den auf der Dorfgemeinde beruhenden, schwärmerisch christlichen Prinzipien zu erkennen meinte.

---

[1] Erzählung mit 2 Titeln; der in Klammern gesetzte Titel ist identisch mit der Werkausgabe.

Tschechows Schilderungen dagegen sind nüchtern, fern jeder Verklärung. „In mir fließt Bauernblut, und mit Bauerntugenden setzt man mich nicht in Erstaunen", sagte er später. In dieser Hinsicht griff er die Traditionen der sechziger Jahre auf. Er wollte bei dem unwissenden, unterdrückten Bauern die verborgenen, wahren menschlichen Werte und Reichtümer aufdecken. Dabei konnte er Turgenjew und dessen „Aufzeichnungen eines Jägers" nicht ignorieren.

Die in der Seele des Bauern verborgenen allgemeinmenschlichen Werte können sich nicht mit der Unsinnigkeit des dörflichen Lebens abfinden. Daraus entspringt ein unvermeidlicher Konflikt, Zeugnis für das Bestreben nach einem würdigeren menschlichen Leben. Das kann naiv und extrem sein, es kann auch unschöne Formen annehmen, die allein ungebildeten Menschen verständlich sind, dennoch äußert sich darin der Kampf gegen die herrschende Lebensordnung. Tschechow zeichnet aus dieser Sicht das vielschichtige Bild von Vagabunden und von Menschen, die aus ihrem Leben ausbrechen, auch von rastlosen Träumern.

Solche Verweigerer gibt es auch im Bereich der Gutsbesitzer und Beamten. Ihr Leben ist bei allem Unterschied zu dem der Bauern wahrer menschlicher Erfüllung ebenso feindlich und von bedrückender Unsinnigkeit. Der Jäger Jegor Wlassytsch gibt dafür ein Beispiel. „Aber wenn ich einen Widerwillen gegen eure Landarbeit habe", sagt er zu Pelageja, „so ist es nicht aus Übermut und nicht aus Stolz. Seit meiner Kinderzeit, weißt du, habe ich außer dem Gewehr und den Hunden keine andere Beschäftigung kennengelernt. Hat man mir das Gewehr abgenommen, nahm ich die Angel, hat man mir die Angel abgenommen, ernährte ich mich durch meiner bloßen Hände Arbeit. Nun, und mit Pferden habe ich auch Handel getrieben, habe mich auf den Jahrmärkten herumgedrückt, wenn ich Geld hatte, und du weißt doch selbst, wenn ein Bauer sich zu den Jägern oder Pferdehändlern gesellt, dann leb wohl, Pflug! Wenn sich der Geist der Freiheit erst einmal im Menschen festsetzt, kann man ihn mit nichts wieder austreiben. Das ist auch so, wenn irgendein Gutsherr zu den Schauspielern geht oder andere Künste betreibt – dann kann er weder Beamter noch Gutsbesitzer mehr sein."

Auf verschiedene Art werden Tschechows Helden vom „freien Geist" überwältigt. Die oft unansehnlichen Helden seiner Erzählungen sind Freunde und Kenner der Natur, Jäger („Er hat's begriffen", „Der Jäger", „Frühmorgens", „Die Hirtenflöte"), manchmal Maler („Die Kunst"), manchmal heimatlose Vagabunden („Träume") oder einfach Träumer („Das Glück").

Von der ersten Bekanntschaft Tschechows mit Korolenko an bis zum Tode von Anton Pawlowitsch waren die Beziehungen der beiden Schriftsteller ziemlich widersprüchlich. Nach Tschechows Hinscheiden schrieb Korolenko in sein Tagebuch: „Ich kannte Tschechow seit den achtziger Jahren und hegte für ihn aufrichtige Sympathie. Ich glaube, er auch für mich. Er war ein offener, aufrichtiger Mensch, und manche seiner Schreiben an mich atmeten geradezu persönliche Zuneigung. Im Schriftstellermilieu sind solche Beziehungen sehr oft nicht frei von Komplikationen. Am geringsten waren bei mir, wenn man von den persönlich und ihrer Richtung nach mir besonders nahestehenden Menschen absieht, solche Komplikationen Tschechow gegenüber, und das Gefühl, das ich für ihn hegte, kann man ohne Übertreibung Liebe nennen."

Korolenko irrte sich nicht – Tschechow hatte tatsächlich sehr viel für ihn übrig. Seine Ende der achtziger Jahre an Korolenko geschriebenen Briefe sind nicht frei von schmeichelhaften Äußerungen. Immerhin: Als Anton Pawlowitsch im Oktober 1888 zu Ohren kam, daß sein Buch „In der Dämmerung" für den Puschkin-Preis der Akademie der Wissenschaften nominiert worden war, nannte er als würdigeren Kandidaten vor allem den seiner Meinung nach von ganz Moskau und Petersburg gelesenen Korolenko, während in ihm, Tschechow, angeblich „nur zehn bis fünfzehn Petersburger Leser" ein Talent sähen.

Tschechow war sehr bedacht auf seine gesellschaftliche Reputation. Natürlich wußte er, daß die Aufnahme in den Literaturkurs von Michailowski, Skabitschewski und ihren Gesinnungsgenossen oder der Ausschluß aus ihm willkürlich und ungerecht gehandhabt wurden, aber diese Leute beherrschten nun einmal die literarische Szene. Unter ihnen war Korolenko nicht nur eine Autorität, sondern auch ein Mensch, dem er vertraute. Es ist daher nicht verwunderlich, daß das Problem des gegenseitigen Verstehens für Tschechow eine besondere Bedeutung hatte.

In den Überzeugungen Korolenkos und Tschechows und in ihrer Schreibweise gab es große Unterschiede. Anton Pawlowitsch legte sich darüber nüchtern Rechenschaft ab; er suchte jedoch auch nach Gemeinsamkeiten und wählte dafür unter den Werken Korolenkos solche aus, in denen ihre Verwandtschaft offensichtlich war. Am 17. Oktober 1887 schrieb er an Korolenko, daß er sich sehr über die Bekanntschaft mit ihm freue. „Ich sage das aufrichtig und aus reinem Herzen. Erstens schätze ich Ihr Talent hoch und liebe es sehr; es ist mir aus vielen Gründen teuer. Zweitens scheint mir, daß wir beide, Sie und ich, wenn wir noch zehn bis zwanzig Jahre auf dieser Welt leben, nicht ohne Berührungspunkte auskommen können. Von allen Russen, die jetzt erfolgreich schreiben, bin ich der leichtsinnigste und am wenigsten ernsthafte; ich bin für einen Verweis fällig. In der Sprache der Dichter würde das bedeuten, ich liebte meine reine Muse, aber ich achtete sie nicht, wurde ihr untreu und habe sie so manches Mal dorthin geführt, wo sie sich besser nicht zeigen würde. Sie aber sind ernst, stark und treu. Der Unterschied zwischen uns ist, wie Sie sehen, groß, trotzdem aber denke ich, wenn ich Sie lese und nachdem ich Sie kennengelernt habe, daß wir einander nicht fremd sind. Ich weiß nicht, ob ich recht oder unrecht habe, aber mir ist es angenehm, so zu denken."

Wie schon in seinem Brief an Grigorowitsch erklärt Tschechow Verschiedenheiten in gewisser Weise mit eigenen Sünden. Später ging er präziser vor, indem er darauf verwies, daß Korolenko sich seiner Meinung nach unnützerweise immer mit ein und demselben Thema befasse, daß er ein wenig konservativ sei und überlebte Formen beibehalte. Bei der Durchsicht der Erzählungen Korolenkos und beim Studium seiner Schreibweise redigierte er sogar eine dieser Erzählungen und entfernte dabei alles, was ihm stilistisch schwach und nicht vertretbar zu sein schien, vor allem die sentimental-romantischen Naturbeschreibungen.

Tschechow hatte recht mit seiner Auffassung, daß sie als Künstler einander nicht fremd seien. Gemeinsam war ihnen die Freiheitsliebe und die Überzeugung, der Mensch sei, nach den Worten Korolenkos, „für das Glück geschaffen wie der Vogel für den Flug", ein Gedanke, der beider Werk zugrundeliegt.

Als Tschechow seinen Erzählungszyklus über freiheitsliebende Menschen schuf, berücksichtigte er auch die Erfahrungen Korolenkos. Mehr noch, er trat mit ihm in einen intensiven, schöpferischen Wettstreit, aus dem die nach Korolenkos „Flüchtlingen von Sachalin" geschriebene Erzählung „Träume" hervorging.

Während die „Flüchtlinge" im Namen der Freiheit eine Odyssee durchleben, behandeln die „Träume" das gleiche Thema im Rahmen eines gewöhnlichen prosaischen Gesprächs zwischen einem Landstreicher und zwei bäuerlichen Begleitsoldaten.

In den nach Thematik und Stil unterschiedlichen Werken der Jahre 1885/87 nehmen die Erzählungen von dem unglücklichen, unwissenden Bauern, seinem tief im Herzen lebenden Traum von einem freien Leben einen zentralen Platz ein. Tschechow berührte hier mit Scharfsinn eines der wichtigsten Probleme des russischen Lebens und der russischen Literatur. Den verschiedenen Formen der Idealisierung des bäuerlichen Lebens und der patriarchalischen Bauernschaft stellte er die häßliche Wirklichkeit, die tatsächliche Lage im Dorf gegenüber. Den Utopien Tolstois und der Narodniki vom unvergänglichen Wert der besonderen Lebensgrundsätze des patriarchalischen Daseins setzte er den Traum des Volkes von Freiheit und Glück entgegen.

Der Übergang von der Erzählung zur Novelle machte Tschechow Schwierigkeiten. „Aus mangelnder Gewöhnung, lang zu schreiben", sagte er in einem Brief, „aus der ständigen, gewohnten Angst, Überflüssiges zu schreiben, verfalle ich ins andere Extrem. Alle Seiten werden bei mir kompakt, wie gepreßt; die Eindrücke drängen sich, türmen sich, quetschen einander... Im ganzen entsteht kein Bild, sondern ein trockenes genaues Verzeichnis von Eindrücken in der Art eines Entwurfs; statt einer künstlerischen Schilderung der Steppe aus einem Guß bringe ich dem Leser eine ‚Steppen-Enzyklopädie'".

Immer war Anton Pawlowitsch befangen, wenn von seinen Erfolgen die Rede war; auch dann, wenn er spürte, daß ihm etwas gelungen war, und er sich nicht enthalten konnte, das zu erwähnen, zog er das Gespräch sogleich ins Scherzhafte. Er hegte gern Zweifel und Befürchtungen und ein Gefühl ständiger Unzufriedenheit mit seiner Arbeit. Als Lasarew-Grusinski ihn während der Niederschrift der „Steppe" „trösten" wollte und schrieb, alles könne vorkommen und nicht immer gelinge alles, antwortete Tschechow ohne jeden

Scherz: An diese Erzählung „habe ich viel Saft, Energie und Phosphor verschwendet; ich habe unter Anspannung aller Kräfte geschrieben, mich sehr angestrengt und bis zum Umfallen gearbeitet. Ob sie mir gelungen ist, weiß ich nicht, aber auf jeden Fall ist sie mein Meisterwerk – etwas Besseres bringe ich nicht zustande, und deshalb kann Ihr Trost, daß ‚die Dinge sich manchmal nicht so fügen' (im Falle eines Mißerfolges) für mich kein Trost sein. Ein Debüt, die Unmenge von Energie, die Anspannung, ein gutes Sujet usw. – hier wird Ihr ‚manchmal' kaum passen. Wenn ich unter den gegebenen Bedingungen schlecht geschrieben habe, so werde ich bei weniger günstigen Bedingungen noch schlechter schreiben ..." Befürchtungen über Befürchtungen, aber mit den Ergebnissen seiner Arbeit war Tschechow in der Tiefe seines Herzens offenbar zufrieden. „Für das Debüt in einer dicken Zeitschrift", bekannte er Grigorowitsch, „habe ich die Steppe gewählt, die schon lange nicht mehr beschrieben worden ist. Ich schildere die Ebene, die violette Ferne, Schafzüchter, Juden, Popen, Nachtgewitter, Herbergen, Wagenzüge, Steppenvögel und anderes. Jedes einzelne Kapitel bildet eine gesonderte Erzählung, und alle Kapitel sind wie die fünf Figuren einer Quadrille eng miteinander verbunden. Ich bemühe mich, daß sie ein gemeinsames Aroma und einen gemeinsamen Ton haben, was mir um so leichter gelingen kann, als sich eine Gestalt durch alle Kapitel zieht. Ich fühle, daß ich vieles richtig bewältigt habe, daß es Stellen gibt, die nach Heu duften ..."

Unvergänglich werden die lilafarbene Weite der Steppe und die verzauberte Windmühle, das baumwollene Hemd Jegoruschkas, die einsame Schönheit der Pappel oder die Beschreibung des Gewitters bleiben. Ebenso vollendet ist die Porträtzeichnung. Nur für einen Augenblick erscheint vor unseren Augen der örtliche Aristokrat mit seinem nach oben gezogenen Bart, so wie ihn Jegoruschka erblickte, oder der unverhofft vor ihm auftauchende Junge Tit. Über die Fuhrleute könnte man sprechen, über Dymow, der vor Sehnsucht verschmachtet, über den mit den Händen gestikulierenden stummen Jemeljan, über den schwarzbärtigen dummen Kirjuch, den zwanzigjährigen ungestümen Deniska.

Der geheimnisvolle Zauber dieses Werks und seine künstlerische Kraft liegen in der Mehrsträngigkeit der Erzählweise, ihrer Musikalität und symphonischen Gestaltung.

Bis in feinste Schattierungen sind die Figuren beschrieben: bald streng und leidenschaftslos wird über den Weg Jegoruschkas berichtet, dann ist naiv und phantasievoll die Welt mit den Augen des Jungen gesehen, und dann schließlich zeigt sich der Autor als wissender Mensch, der nicht nur die Gegenwart kennt, sondern auch um die Zukunft Jegoruschkas weiß, aber der Erzähler vergißt auch nicht zu sinnieren, sich seiner eigenen Vergangenheit zu erinnern, zu träumen und zu philosophieren.

Als Tschechow seinem Bruder Alexander die Merkmale eines Kunstwerks aufzählte, stand am Schluß der Liste das Wort Herzlichkeit. Die ständige An-

„Die Steppe" (P. Filatow, 1908)

näherung des Erzählers an seinen Helden, die Fähigkeit, mit ihm zu fühlen, sein Herz zu enthüllen, nicht zuletzt die Erinnerung an die eigene Kindheit, das alles sind Quellen dieser Herzlichkeit, die sich für den Leser als bezaubernde, gefangennehmende Intimität des Erzählens darbietet.

Die Intimität und Vielschichtigkeit der Tschechowschen Erzählkunst gründet sich unverkennbar auf eigene Erlebnisse und Erinnerungen. „Man fährt eine Stunde und noch eine ... Unterwegs begegnet man einem schweigsamen alten Hünengrab oder einem steinernen Götzenbild, das Gott weiß wann und von wem aufgestellt worden ist; lautlos fliegt ein Nachtvogel über die Erde, und nach und nach kommen einem die Legenden der Steppe in den Sinn, die Erzählungen derer, denen man begegnet, die Märchen der aus der Steppe stammenden Kinderfrau und all das, was man selbst gesehen und mit der Seele erfaßt hat. Und dann spürt man in dem Zirpen der Insekten, in den verdächtigen Gestalten und Hünengräbern, in dem blauen Himmel, im Licht des Mondes, im Flug des Nachtvogels, in allem, was man sieht und hört, den Triumph der Schönheit, die Jugend, ein Aufblühen der Kräfte und ein leidenschaftliches Verlangen nach dem Leben; die herrliche rauhe Heimat findet Widerhall in der Seele, und man möchte mit dem Nachtvogel über die Steppe dahingleiten. In dem Triumph der Schönheit aber und in dem Überfluß an Glück fühlt man Spannung und Wehmut, als merke die Steppe, daß sie einsam ist, daß ihr Reichtum und ihre Begeisterung nutzlos zugrunde gehen müssen, von niemandem besungen und niemandem vonnöten, und man hört durch das freudige Brausen ihren schwermütigen, hoffnungslosen Ruf: Einen Sänger! Einen Sänger!

‚Brrr! 'n Abend, Pantelej! Alles in Ordnung?'

‚Gott sei Dank, Iwan Iwanytsch!'
‚Jungens, habt ihr nicht Warlamow gesehen?'
„Nein, haben wir nicht.'
Jegoruschka erwachte und öffnete die Augen. Die Kalesche hielt."

In diesem Brief an Alexander Pawlowitsch, in dem Tschechow sagt, daß Naturbeschreibungen „einen Charakter apropos tragen" müssen, erwähnte er auch die Kunst der Beseelung der Natur, was er dann vielfältig in der „Steppe" demonstrierte. Solche Personifizierung der Steppenlandschaft befähigt den Leser nicht nur, die Steppe in ihrem Wesen zu erleben, sondern sich auch in die geistige Welt Jegoruschkas, ihre kindlich-unmittelbare Bildhaftigkeit, zu versetzen. („Die Steppe verbarg sich in der Dunkelheit wie die Kinder von Moissej Moissejitsch unter der Bettdecke", „Die Bastmatte und der Regen begannen, als verstünden sie einander, über irgend etwas schnell, fröhlich und äußerst widerwärtig zu schwätzen, ganz wie zwei Elstern.") Der Autor personifiziert auch dann, wenn Poesie mit philosophischen Überlegungen und Verallgemeinerungen wechselt.

So zeichnen sich in der „Steppe" zwei Handlungsstränge ab, der reale und der poetische. Auf der poetischen Ebene führt die Steppe, mit dem Bild der Heimat verschmelzend, ein eigenes Leben voller Dramatik: schön und erfüllt von ungeahnten Kräften, die von niemandem besungen und genutzt werden. Zuweilen versucht diese Steppe, das Joch der sie unterdrückenden Kräfte abzuschütteln. „Es schien nur noch einer kleinen Anstrengung zu bedürfen, und die Steppe hätte gesiegt. Doch eine unsichtbare drückende Kraft fesselte allmählich den Wind und die Luft und zwang den Staub zu Boden; dann trat, als sei nichts gewesen, wieder Stille ein. Die Wolke verschwand, die sonnenverbrannten Hügel verfinsterten sich, die Luft erstarrte demütig, und nur die aufgeschreckten Kiebitze weinten und klagten über ihr Schicksal."

Schwer und eintönig ist das Leben der Menschen, das Tschechow in der realen Steppenwelt darstellt. Unbefriedigt und in Sehnsucht vergehend, leben sie, wie auch die Helden der Erzählung „Das Glück", elend dahin. Während einer Rast am nächtlichen Lagerfeuer stößt ein Mensch zu ihnen, der vor Glück ganz durcheinander ist: Da „wurde es allen weh ums Herz, denn sie sehnten sich ebenfalls nach Glück".

Als sich der Glückliche vom Lagerfeuer entfernt hat, alle von Wehmut ergriffen sind, schlägt Jemeljan vor, „etwas Göttliches" zu singen. „Alle weigerten sich; da wollte Jemeljan allein singen. Er fuchtelte mit beiden Armen, nickte und öffnete den Mund, aber aus seiner Kehle drang nur ein heiserer klangloser Hauch. Er sang mit den Händen, mit dem Kopf, mit den Augen und sogar mit seiner Beule, er sang leidenschaftlich und voller Schmerz, aber je mehr er seine Brust anstrengte, um wenigstens einen Ton herauszubringen, desto klangloser wurde sein Atem."

Die Schicksalsgemeinsamkeit unglücklicher Menschen, die sich im Bild der erschöpften, verbrannten Steppe spiegelt, kommt auch in dem Gesang einer

Steppenbewohnerin zum Ausdruck, dem Jegoruschka lauscht. Ihre schwermütigen Klagelaute empfindet er als den Gesang des Grases, dem „unsäglich traurig zumute" sei und das sich selbst bemitleide. Gleiche Gedanken kommen ihm beim Anblick des ungewöhnlich breiten, reckenhaft kühnen Steppenweges. „Seine Breite verblüffte Jegoruschka und brachte ihn auf phantastische Gedanken. Wer fährt auf so einem Weg? Wer braucht so einen breiten Raum? Das war unbegreiflich und seltsam. Man konnte tatsächlich meinen, in Rußland seien die riesenhaften, weit ausschreitenden Recken wie Ilja Muromez und der Räuber Solowej noch nicht verschwunden und auch die Heldenrösser noch nicht ausgestorben. Jegoruschka betrachtete den Weg und stellte sich sechs hohe, nebeneinander dahinjagende Streitwagen vor, gleich jenen, die er auf den Bildern der Heiligen Schrift gesehen hatte. Diese Streitwagen waren jeweils mit sechs wilden, rasenden Pferden bespannt; mit ihren hohen Rädern wirbelten sie Staubwolken zum Himmel auf; gelenkt aber wurden diese Pferde von Menschen, die einem nur im Traum erscheinen oder die man vor sich sieht, wenn man an Märchen denkt. Und wie gut würden diese Gestalten zur Steppe und dem Weg passen, wenn es sie gäbe!"

In Wirklichkeit aber rollt durch die Steppe die klägliche Kalesche von Iwan Iwanowitsch Kusmitschow, von dessen Gesicht nicht der Ausdruck geschäftlicher Nüchternheit weicht, schleppen sich Wagenzüge mit Wolle dahin, stehen bei den Herden Warlamows alttestamentarische Hirten. Und ewig kreist darüber wie ein Geier der unerreichbare, von jedem gebrauchte Kaufmann Warlamow – wie Kusmitschow ein unansehnlicher Mensch, gezeichnet mit dem gleichen Siegel geschäftlicher Nüchternheit, nur einen Rang höher, gewöhnt an seine Macht über die Menschen und die Steppe.

Der Aufrührer Solomon, Bruder von Moissej Moissejitsch, charakterisiert dieses Leben: „‚Was ich treibe?' fragte Solomon abermals und zuckte mit den Achseln. ‚Dasselbe wie alle anderen ... Sie sehen doch: ich bin ein Lakai. Ich bin der Lakai meines Bruders, mein Bruder ist der Lakai der Durchreisenden, die Durchreisenden sind die Lakaien von Warlamow, und wenn ich zehn Millionen hätte, dann wäre Warlamow mein Lakai.'"

Vor diesem Gesetz ist Solomon geflohen. „Ich brauche kein Geld, kein Land, keine Schafe, und keiner braucht sich vor mir zu fürchten und die Mütze abzunehmen, wenn ich vorbeifahre. Das heißt, ich bin gescheiter als Ihr Warlamow und habe mehr Ähnlichkeit mit einem Menschen!"

Indessen ist Solomon in diesem Leben nur ein hilf- und schutzloser Wunderling, dem eins mit der Peitsche zu versetzen Warlamow sich nicht scheut. Seine Ansichten über die Beziehungen zwischen den Menschen erscheinen seinen Gesprächspartnern so fremd, daß sie davon kein einziges Wort verstehen.

Wo noch findet ein so krasser, unvermuteter Wechsel der poetischen, philosophisch-verallgemeinernden Ebene der Erzählung mit der demonstrativ irdischen, alltäglich-prosaischen statt? Bekannte Stellen aus Gogols „Toten Seelen" kommen einem in den Sinn, vor allem die große lyrische Abschweifung über die Heimat, die mit den Worten endet: „O welche funkelnde, wundersame, unirdische Ferne! Rußland!" Und gleich danach: „‚Halt, halt, du Trottel!' rief Tschitschikow Selifan zu." Immerhin, es ist schwierig, Gogolsche Töne am Anfang der Erzählung zu bemerken. Tschechow besaß ein absolutes Stilgefühl und -gehör. Im zitierten Fall handelt es sich ohne Zweifel um eine bewußte, demonstrative Wiederholung. Daß dem so ist, belegt ein Brief Tschechows. Am 5. Februar 1888 schrieb er an Grigorowitsch: „Ich weiß, Gogol wird mir im Jenseits zürnen. In unserer Literatur ist er der Steppenkönig. Ich bin ... in sein Hoheitsgebiet eingedrungen."

Der „Sewerny westnik" brachte über „Die Steppe" eine ausgezeichnete Rezension von Pleschtschejew, der den Literaturteil der Zeitschrift redigierte. „Ich las sie (die Erzählung) begierig", schrieb er. „Nachdem ich mit der Lektüre begonnen hatte, konnte ich mich nicht mehr losreißen. Korolenko ging es ebenso ... Das ist eine solche Anmut, ein solcher Abgrund von Poesie, daß ich Ihnen nichts anderes sagen und keinerlei Bemerkungen machen kann – außer der, daß ich wahnsinnig vor Entzücken bin ... Was für unvergleichliche Naturbeschreibungen, was für plastische sympathische Gestalten." Auch Garschin und Saltykow-Schtschedrin fanden begeisternde Worte.

Die poetischen Vorzüge der Erzählung wurden über die Maßen gelobt, niemand erwähnte auch nur mit einem Wort die Probleme von ernsthafter gesellschaftlicher Bedeutung, die Tschechow aufgeworfen hatte. In einem Brief von Michailowski wird das besonders deutlich. Er schrieb an Tschechow: „Ich war zuerst verblüfft über Ihre Unverdorbenheit, weil ich keine Schule kannte, die schlechter ist als die, die Sie in der ‚Nowoje wremja', den ‚Oskolki' usw. durchlaufen haben. Dann begriff ich, daß es anders nicht sein konnte – dieser Schmutz konnte nicht bis zu Ihnen gelangen. Die Schule hat jedoch bewirkt, was sie vermochte – sie hat Sie an das Fragmentarische gewöhnt und an das Spazieren auf der Straße, ohne zu wissen wohin und wozu."

In seinen Erinnerungen berichtete der Maler Ilja Repin davon, wie Garschin einmal Künstlern „Die Steppe" vorlas. „Die Mehrheit der Zuhörer, darunter auch ich", schrieb Repin, „griff Tschechow an wegen seiner damals neuen Manier, ‚sujetlose' und ‚inhaltlose' Sachen zu schreiben ... Damals lebten unsere Literaten noch nach den Regeln Turgenjews. ‚Was ist das: keine Ganzheit, keine Idee in dem allen!' kritisierten wir Tschechow."

Der Publikumserfolg der „Steppe" entsprach augenfällig der für Tschechow betrüblichen Erkenntnis, daß er einigen hochgeschätzten Zeitgenossen unverständlich blieb. Die einen konnten ihn nicht begreifen, und die anderen wollten es nicht.

Kreuzwege

Nicht lange nachdem Tschechow die ersten Briefe Grigorowitschs erhalten hatte, schrieb er am 4. April 1886 an W. W. Bilibin[1]: „Mein Lieber, sind wir denn wirklich schon bald dreißig Jahre alt? Das ist doch eine Schweinerei! Jenseits der 30 beginnt das Alter . . ."

Nach Beendigung der „Steppe" schrieb Tschechow am 22. Februar 1888 an J. P. Polonski: „Ich ging aus einer Ecke in die andere oder las meine medizinische Lektüre. ‚Die Steppe' hat mich soviel Saft und Energie gekostet, daß ich mich noch lange nicht wieder an etwas Ernsthaftes werde machen können." In dem Brief erwähnte er auch, daß er „aus Langeweile" das „ganz nichtssagende" Lustspiel „Der Bär" geschrieben habe, und klagte halb im Ernst, halb im Scherz: „Ach, wenn man beim ‚Sewerny westnik' erfährt, daß ich Lustspiele schreibe, wird man mich mit einem Bannfluch belegen! Aber was soll ich tun, wenn es in den Fingern juckt und man irgendetwas vollbringen möchte, tru-la-la! So sehr ich mich auch bemühe, ernsthaft zu sein, es kommt nichts heraus dabei, und bei mir wechselt immer das Ernste mit dem Platten ab. Das ist wohl mein Schicksal."

Trotz aller Bemerkungen, daß bei ihm völlige Ruhe herrsche, daß er nach der „Steppe" nichts mehr tue und sich kaum so schnell an etwas „Ernsthaftes" machen werde, begann Tschechow doch etwas Neues, Ernstes, kaum daß er die „Steppe" abgeschickt hatte. Das wird in den bereits zitierten Briefen erwähnt. „Ich wollte mich an eine düstere Geschichte machen", schreibt er an Polonski, „ich schrieb etwa einen halben Bogen (und nicht besonders schlecht), dann habe ich es aber bis März liegenlassen." Indessen kam die Arbeit an dem neuen Werk auch Anfang März nicht voran, und am 13. März 1888 fährt Tschechow nach Petersburg, ohne das neue Werk beendet zu haben.

Zu dieser Zeit bildete sich um Tschechow ein großer Bekanntenkreis: Im Dezember 1887 wurde er mit Iwan Leontjewitsch Leontjew bekannt und bald auch eng befreundet. Leontjew wirkte zu jener Zeit als Dramatiker und Belle-

[1] Wiktor Wiktorowitsch Bilibin (1859–1908), Pseudonym I. Grek, Schriftsteller und Redakteur der Zeitschrift „Oskolki".

Der Petersburger Newski-Prospekt
(N. P. Tschechow, „Der Zuschauer", 1881)

trist unter dem Pseudonym Iwan Schtscheglow und berechtigte zu großen Hoffnungen. Der Briefwechsel zwischen beiden dauerte bis zu Tschechows Tod.

Schnell und leicht freundete sich Tschechow auch mit Alexej Nikolajewitsch Pleschtschejew an, der als Dichter, Belletrist und Übersetzer bekannt war. In seinen Jugendjahren war er wegen Beteiligung am Petraschewzen-Zirkel[1] verurteilt worden und hatte eine längere Strafe verbüßt. Dann wurde er Mitarbeiter der demokratischen Zeitschrift „Otetschestwennyje sapiski" (Vaterländische Annalen) und leitete 1887 ein Ressort am „Sewerny westnik". Im Dezember desselben Jahres wurde Tschechow auch mit Ilja Jefimowitsch Repin näher bekannt, dessen Schaffen er mit wachsender Aufmerksamkeit und reger Anteilnahme verfolgte.

Gute Beziehungen unterhielt Anton Pawlowitsch zu Modest Iljitsch Tschaikowski (1859–1908), dem Bruder des Komponisten, den Tschechow im Dezember 1888 kennenlernte. Tschechow gehörte längst zu den Verehrern des großen Komponisten, während Tschaikowski sich lobend über Tschechows Talent geäußert hatte.

---

[1] Petraschewzen: Kreis um den Revolutionär Petraschewski, der sich Mitte der vierziger Jahre in Petersburg gebildet hatte und in dem Ideen über den Sturz der Selbstherrschaft, die Bauernbefreiung usw. diskutiert wurden.

Die gegenseitige Bewunderung und Sympathie nahm von Jahr zu Jahr zu. Als Tschechow 1889 den Komponisten um die Erlaubnis bat, ihm seinen neuen Sammelband „Düstere Menschen" zu widmen, kam Tschaikowski zu ihm, um ihm persönlich seine Dankbarkeit zu bezeugen. Es war eine herzliche Begegnung, in deren Ergebnis Tschechow beinahe zu einem Librettisten geworden wäre. Sie kamen überein, daß Anton Pawlowitsch das Libretto für die Oper „Bela", die Tschaikowski komponieren wollte, schreiben sollte. Leider wurde dieses Vorhaben nicht verwirklicht.

In jenen Jahren bildeten sich auch enge Beziehungen zwischen Tschechow und Alexej Sergejewitsch Suworin (1834–1912) heraus. Auch diesmal nahm Anton Pawlowitsch, der mit Lejkin nach Petersburg gefahren war und in einem Hotel logierte, Suworins Einladung an und übersiedelte in dessen Wohnung.

Suworin verstand seinen Gast zu bezaubern. Der Besuch Tschechows endete damit, daß sein Gastgeber ihm allen Ernstes vorschlug, fünf oder sechs Jahre nicht zu heiraten, sondern zu warten, bis seine minderjährige Tochter herangewachsen sei; als Mitgift versprach er ihm die Hälfte von seinen Einnahmen aus der „Nowoje wremja". Tschechow nahm diesen Vorschlag mit Humor auf, aber die langen Gespräche mit Suworin hatten auf ihn sichtlich starken Eindruck gemacht.

Zu fragen wäre, wie sich die Mitarbeit an der reaktionären „Nowoje wremja", die Suworin herausgab, mit Tschechows fortschrittlichen Überzeugungen vertrug.

Als Anton Pawlowitsch die ersten Geschichten in der Zeitung veröffentlichte, war der Ruf der „Nowoje wremja" nicht der beste. Schtschedrin hatte die Zeitung wegen ihrer Kriecherei vor den reaktionären Kreisen mit dem Spitznamen „Wie belieben?" versehen. Die lakaienhafte Liebedienerei vor den Hofschranzen und der Regierungsbürokratie brachte Suworin jedoch ausgezeichnete Profite ein. Zur Zeit seiner Bekanntschaft mit Tschechow war er bereits ein schwerreicher Mann.

Zu Beginn seiner Mitarbeit an Suworins Zeitung war Tschechow davon überzeugt gewesen, daß seine Ansichten mit dem politischen Profil der „Nowoje wremja" nichts gemein hatten und unter keinen Umständen haben konnten. In der Folgezeit stellten sich aber Illusionen ein. Im Oktober 1887 überredete Anton Pawlowitsch seinen Bruder Alexander, nicht mit der Redaktion der „Nowoje wremja" zu brechen. „Dich braucht die ‚Nowoje wremja'", behauptete Anton Pawlowitsch. „Du wirst noch nötiger sein, wenn Du nicht vor Suworin verbergen wirst, daß Dir vieles an der ‚Nowoje wremja' nicht gefällt. Man braucht eine Partei als Gegengewicht, eine junge, frische und unabhängige Partei ... Ich spreche bei jedem Treffen offen mit Suworin und glaube, daß diese Offenheit nicht nutzlos ist. ‚Das gefällt mir nicht!' – das genügt schon, um seine Selbständigkeit und folglich auch Nützlichkeit zu erklären."

Dieser Irrtum war sowohl auf Tschechows politische Unerfahrenheit als auch auf einige Besonderheiten Suworins zurückzuführen.

Der Verleger war ein ungewöhnlicher Mensch, zudem Tschechow ernsthaft zugetan. Er schätzte dessen Talent und begriff, daß Tschechow für seine Zeitung eine Zierde war. „Beide stammten sie aus dem Volk", schrieb Michail Pawlowitsch, „beide waren Enkel von Leibeigenen, beide von der Natur mit großartiger Begabung ausgestattet; außerordentlich gebildet, fühlten sie füreinander starke Sympathie."

Suworin tat alles, um Tschechow glauben zu lassen, daß er nach wie vor ein liberaler Journalist sei. In Wirklichkeit hatte er mit der Genehmigung zur Herausgabe der „Nowoje wremja" auch seine Gesinnung gewechselt.

An seinen Bruder Alexander schrieb Tschechow: „Ich erhielt von dem guten Alten einen langen Brief. Er schreibt mir: ‚Ich habe keinen freien Zugang zur Kasse, ich entnehme ihr Geld immer nur mit einem unfreien Gefühl, als sei es nicht mein eigenes. Bis zum vorigen Jahr hatte ich nur 10 000 Rubel eigenes Geld, die vom Verkauf des Gutes übriggeblieben waren. Man sagte mir, das sei meines, und ich war froh, aber im vorigen Jahr verteilte ich dreitausend ohne Rückzahlung, den Rest bezahlte ich für das Grundstück in Feodossija'." Der Brief Suworins gipfelte in dem Wunsch, einen Gewinn zu machen, um eigenes Geld zu haben. Das schrieb ein Mann, der in Feodossija eine Villa und in Petersburg eine Druckerei und ein neues Haus bauen ließ. Ein armer Millionär also! Das Verblüffendste ist Tschechows Wertung dieses Briefes: „Ungewöhnlich sympathische Briefe, die dieses gute Menschlein kennzeichnen", schrieb er.

Es mußte noch viel Zeit vergehen, ehe Tschechow Suworins Spiel durchschaute. Erst 1901 wird er zu seinem Bruder Michail sagen: „Suworin ist furchtbar verlogen, insbesondere in den sogenannten aufrichtigen Minuten, d. h. er spricht vielleicht aufrichtig, aber man kann nicht dafür garantieren, daß er sich nach einer halben Stunde nicht gerade umgekehrt äußert."

Michailowski versuchte mehrmals, Tschechow zum Bruch mit der „Nowoje wremja" zu bewegen. Doch Tschechow war offenbar der Meinung, daß seine Erzählungen der Zeitung Nutzen bringen könnten. Diese Illusionen verwarf Michailowski. „Sie schreiben, die Leser der ‚Nowoje wremja' mögen lieber Ihre indifferente Erzählung lesen als irgendein ‚unwürdiges schmähendes Feuilleton'. Das wäre ohne Zweifel besser, wenn Sie damit tatsächlich irgendetwas Dreckiges ersetzen würden. Das kann und wird aber niemals der Fall sein. Wegen Ihrer Erzählung werden weder eine böse Verleumdung von Burenin[1] noch die Zuchthausbriefe des ‚Shitel'[2] noch die ‚patriotische' Wissenschaft von Elpe[3] weggelassen ... Sie können mit Ihrem Talent nur zusätzliche Abonnen-

[1] Wiktor Petrowitsch Burenin (1841–1926), Feuilletonist der „Nowoje wremja".

[2] Shitel: Pseudonym des Journalisten Alexander Alexandrowitsch Djakow (1845–1895), ständiger Mitarbeiter der „Nowoje wremja".

[3] Elpe: Pseudonym des Journalisten Lasar Konstantinowitsch Popow (1851–?), ebenfalls Mitarbeiter der „Nowoje wremja".

ten und vielleicht Leser für Burenin, Shitel und Elpe gewinnen, die Sie nicht ersetzen werden, und für verschiedene niederträchtige Leitartikel, die Sie auch nicht zu ersetzen wünschen. Schwankende Geister werden, zum Teil dank Ihnen, auch diesen Brei schlucken und, daran gewöhnt, werden sie finden, er sei gar nicht so übel ... Ihre Erzählungen in der ‚Nowoje wremja' sind nicht indifferent – sie dienen geradezu dem Bösen."

Die Logik ist unwiderlegbar, aber Tschechow beendete die Mitarbeit an Suworins Zeitung trotzdem erst zu Beginn der neunziger Jahre. Zu eng waren die Beziehungen zwischen ihm und dem „großen Menschen", dem Emporkömmling aus dem Volk mit großzügigen, unabhängigen Ansichten, wie es Tschechow schien. Es war für Tschechow schwer zu verstehen, wie seine Werke, in die er seine Seele hineingelegt hatte, dem Bösen dienen sollten! Man darf nicht vergessen, daß Michailowski, nachdem er die „Steppe" gelesen hatte, Tschechow vorwarf, er wisse nicht, in wessen Namen er schaffe. Wie sollte Anton Pawlowitsch da nicht an dem Urteil über die Wirkung seiner Mitarbeit an der „Nowoje wremja" zweifeln und es nicht für eine Folge parteilicher Enge und Voreingenommenheit halten?

Großen Ärger bereitete ihm außerdem ein gnadenloser und äußerst dummer Verriß der „Steppe" in der „Russkaja mysl", einer Zeitschrift, die als Zitadelle des Liberalismus galt. Am 24. April war Lasarew-Grusinski bei Tschechow, und beide unterhielten sich lange über die „Russkaja mysl". Den Inhalt dieses Gesprächs legte Lasarew am nächsten Tag in einem Brief an N. M. Jeshow[1] dar. „Tschechow hat sich mit dem Sekretär der ‚Russkaja mysl' überworfen", schrieb er, „und seine ‚Steppe' hat man im Aprilheft verrissen. Wie gemein das ist ... Tschechow sagte in irgendeiner Gesellschaft ... dem Sekretär Popow, daß die ‚Russkaja mysl' nicht talentiert, ehrenhaft, gut sei, nein, Talent gebe es da überhaupt keines. Der wurde wütend, überbrachte alles Golzew[2] ... Golzew wurde auch wütend, und die Tinte floß in Strömen."

Kurz vor diesem Zwischenfall schrieb Tschechow an den Belletristen A. N. Maslow: „Alle diese Golzews sind gute Menschen, aber äußerst unliebenswürdig. Sie sind unerzogen oder begriffsstutzig, oder aber ein billiger Erfolg hat ihnen die Augen getrübt – der Teufel mag es wissen, nur einen Brief erwarten Sie nicht von ihnen. Erwarten Sie von denen weder Teilnahme noch einfach Beachtung ...

Ich will Ihnen nicht verschweigen, daß ich mich zu ihnen als Menschen gleichgültig verhalte, vielleicht sympathisiere ich noch mit ihnen, weil sie allesamt Pechvögel sind, Unglückliche, die in ihrem Leben nicht wenig gelitten haben ... Aber als Redakteure und Literaten kann ich sie nicht ertragen. Ich habe nicht

[1] Nikolai Michailowitsch Jeshow (1862–1941), Schriftsteller und Journalist, Mitarbeiter der „Nowoje wremja".

[2] Wiktor Alexandrowitsch Golzew (1850–1906), Publizist und Redakteur der „Russkaja mysl".

noch einmal bei ihnen drucken lassen und nicht ihre traurige Zensur erfahren, aber mein Herz fühlt, daß sie zugrunde gehen, daß sie ersticken, daß sie bis über die Ohren in ihren und in fremden Lügen stecken... Man ruft mich längst an die ‚Russkaja mysl‘, aber ich werde nur im Falle der äußersten Not dorthin gehen. Ich kann nicht!!!“

„Unter der Flagge von Kunst und Wissenschaft und des unterdrückten Freidenkertums“, schrieb er etwas später an Pleschtschejew, „werden bei uns in Rußland solche Kröten und Krokodile herrschen, wie sie selbst Spanien zur Zeit der Inquisition nicht gekannt hat. Sehen Sie nur! Beschränktheit, große Ansprüche, übertriebene Eigenliebe und völliges Fehlen eines literarischen und gesellschaftlichen Gewissens werden das ihre tun. Alle diese Golzew & Co. werden eine derartige Schwüle hereinlassen, daß jeden anständigen Menschen die Literatur anwidert wie sonst etwas, und jeder Scharlatan und Wolf im Schafspelz wird wissen, wo er lügen, heucheln und ‚in Ehren sterben‘ kann.“ In diesen Urteilen lag viel Ungerechtigkeit.

Die „Russkaja mysl“ war in diesen Jahren ein konsequent liberales Blatt von weitestgehend demokratischer Orientierung. In der zweiten Hälfte der achtziger Jahre und in den neunziger Jahren zählte die Zeitschrift viele angesehene Schriftsteller, Publizisten und Kritiker zu ihren Mitarbeitern. In ihr publizierten Uspenski, Garschin und Korolenko, später Tschechow selbst, und auch Gorki. Die Redaktion, die mit der Volkstümlerbewegung sympathisierte, stellte ihre Seiten auch den revolutionären Demokraten zur Verfügung und legte dabei gehörige Zivilcourage an den Tag. Das bezog sich in erster Linie auf die Veröffentlichung der „Materialien für eine Biographie von N. A. Dobroljubow“ und andere Arbeiten Tschernyschewskis, der in der Zeitschrift unter einem Pseudonym publizierte.

Später wird Tschechow seine Einschätzung der Zeitschrift und ihrer Redaktion überprüfen, doch einstweilen fügten sich die Umstände so, daß die Beziehungen zu den Vertretern der „Russkaja mysl“ sich nicht normalisierten, sondern noch gespannter wurden. Das trug dazu bei, daß Anton Pawlowitsch seiner Suworin-Legende treu blieb. Man darf auch nicht vergessen, daß kein anderer als Grigorowitsch es war, der Tschechow mit Suworin zusammengeführt hatte.

Die Idee der Unabhängigkeit hatte von Tschechow derart Besitz ergriffen, daß er in einem Brief an Michailowski eingestand, nicht einmal eine bestimmte Weltanschauung zu haben; davon zeugen die folgenden Zeilen aus dem Antwortbrief Michailowskis: „Ich kann nichts gegen das Fehlen eines bestimmten Glaubens bei Ihnen einwenden – wo nichts ist, gibt es auch keinen Richter.“ Und an Grigorowitsch schrieb er am 9. Oktober 1888: „Ich habe noch keine politische, religiöse und philosophische Weltanschauung; ich wechsele sie jeden Monat.“

Tschechow verstand der Wahrheit ins Auge zu sehen. Er besaß eine solide Basis für eine demokratische, materialistische Weltanschauung, hatte auch

Das Landgut der Lintwarjows (M. P. Tschechow, 1889)

feste moralische Überzeugungen, den politischen, sozialen und philosophischen Kämpfen seiner Zeit stand er jedoch fern. Tschechow hatte es bewußt vermieden, in der politischen Auseinandersetzung Partei zu ergreifen, nun zwang ihn die Logik der künstlerischen Entwicklung zur Eindeutigkeit.

Nach der „Steppe" eröffneten sich für sein weiteres Schaffen zwei Wege – entweder sich auf seinen Lorbeeren auszuruhen und unter Umgehung direkter gesellschaftlicher Probleme weiter die Goldader der lyrischen Prosa auszubeuten oder die ausgetretenen Pfade zu verlassen und sich ihnen zu stellen. Er entschied sich für den zweiten Weg.

Am 22. März 1888 aus Petersburg zurückgekehrt, befaßte sich Anton Pawlowitsch mit der Vorbereitung eines neuen Sammelbandes unter dem Titel „Erzählungen". Er erschien im selben Jahr und enthält: „Das Glück", „Typhus", „Wanka", „Die Hirtenflöte", „Männertreu", „Die Aufgabe", „Die Steppe", „Morast", „Der Geheimrat", „Der Brief" und „Der Kuß".

Doch mit dem neuen Werk kam Tschechow nicht voran. „Ich habe das gesamte Gebäude der Novelle umgebaut und nur das Fundament belassen. Mir hat die ganze Novelle nicht gefallen, nicht nur einzelne Stellen. Da sitzt man, ohne es zu wollen, statt eines Monats volle drei." Die „Steppe" war nach einem Monat abgeschlossen, und die Erzählung „Schlafen, nur schlafen", eines seiner besten Werke, schrieb er an einem halben Tag!

„Ich kam auf den Einfall, ein wenig zu philosophieren", schrieb er an Leontjew-Schtscheglow, „und herausgekommen ist Kolophonium mit Essig. Ich überlese das Geschriebene und spüre Speichelfluß vor Übelkeit – widerlich!" Gemeint ist die Erzählung „Lichter", die er am 25. April beendete und über die er halb scherzend klagte: „Sie ist langweilig wie die Statistik des Kreises Solwytschegodskoje."

Bereits im Winter hatte Tschechow beschlossen, sich von Babkino zu trennen. Es zog ihn in neue Gegenden, und die Familie mietete eine Sommerwohnung in der Ukraine, im Gouvernement Charkow, auf dem altertümlichen Landgut der Familie Lintwarjow in Luka.

„Ich lebe am Ufer des Psjol", schrieb Tschechow an Suworin, „in einem Nebengebäude des alten Gutshofes. Ich hatte die Sommerwohnung, ohne sie vorher zu sehen, auf gut Glück gemietet und brauchte das bis jetzt noch nicht zu bereuen. Der Fluß ist breit und tief, überreich an Inseln, Fischen und Krebsen, die Ufer sind schön, es gibt viel Grün. Die Hauptsache aber, alles ist dermaßen weit, daß es mir vorkommt, ich hätte für meine hundert Rubel das Recht erhalten, in einer Weite zu leben, deren Ende nicht abzusehen ist. Die Natur und das Leben sind eben nach der Schablone eingerichtet, wie sie heute so veraltet ist und von den Redaktionen als unbrauchbar abgelehnt wird – ganz zu schweigen von den Nachtigallen, die Tag und Nacht schlagen, von dem Hundegebell, das aus der Ferne zu hören ist, von den alten verwilderten Gärten, von den fest vernagelten, sehr poetischen und tristen Herrenhäusern, in denen die Seelen schöner Frauen leben, ganz zu schweigen von den alten, am Rande des Grabes stehenden leibeigenen Dienern, von den Jungfrauen, die sich nach der allerbanalsten Liebe sehnen – unweit von mir gibt es sogar eine so abgedroschene Schablone wie eine Wassermühle (mit sechzehn Rädern), mit einem Müller und seiner Tochter, die ständig am Fenster sitzt und offenbar auf etwas wartet. Alles, was ich jetzt sehe und höre, kommt mir so vor, als sei es mir aus alten Märchen und Erzählungen längst bekannt."

Die Erzählung „Lichter" war der Versuch, zu konkreten Problemen des zeitgenössischen Lebens vorzudringen. Der Schriftsteller wählte das Problem des Pessimismus, das durch die zunehmende Reaktion im Lande und die Krise der Volkstümlerbewegung weit verbreitet war und mit dem Selbstmord W. M. Garschins eine tragische Zuspitzung erfuhr. Am 19. März 1888 stürzte sich W. M. Garschin aus dem vierten Stockwerk des Hauses, in dem er wohnte, in den Treppenschacht. Fünf Tage später starb er. Tschechow hatte Garschins Talent sehr geschätzt, ihn aber nicht persönlich kennenlernen können. „Zweimal war ich bei Garschin", schrieb er am 31. März an Pleschtschejew, „und beide Male traf ich ihn nicht an. Ich sah nur die Treppe ... Leider kannte ich ihn als Mensch überhaupt nicht. Ich hätte mit ihm nur einmal sprechen müssen, und sei es nur flüchtig."

Garschins Tod löste zahlreiche Reaktionen in der Presse aus, die auf eine scharfe Polemik über Fragen des Pessimismus hinausliefen. Im Mittelpunkt dieser Polemik stand Gleb Uspenskis Artikel über „Garschins Tod", der am 12. April 1888 in der „Russkije wedomosti" erschien. Das grundlegende Anliegen dieses Aufsatzes bestand darin zu beweisen, daß die Wirklichkeit mit ihrer Unbeweglichkeit, ihrer Starrheit, ihren erschreckenden Eindrücken Garschin, der sein Leben allein dem Gedanken der „Wahrheit oder Unwahrheit des uns umgebenden Lebens" geweiht hatte, umgebracht hatte.

Der erschütternde Artikel Uspenskis war ein klarer Widerhall auf die allgemeine Lage im Lande und zugleich eine Beschreibung jener Sackgasse, in der sich die radikal gesinnte Intelligenz befand, die den Volkstümlern nahestand. In der Begründung der Unvermeidlichkeit des Todes von Garschin lag die schwache Seite dieses Aufsatzes, was sich Uspenskis Opponenten auch unverzüglich zu Nutze machten.

Garschins Tod und der Nachruf Uspenskis belebten und aktualisierten das Problem des Pessimismus, das in den achtziger Jahren fest mit dem Bild des Volkstümler-Intellektuellen verbunden war, der in seinem Herzen die Leiden des Volkes und die ganze Schwere der „Unwahrheit des uns umgebenden Lebens" aufspeicherte.

All diese Probleme ergaben das wesentliche Umfeld der Erzählung „Lichter". Ihre Bewältigung mißlang dem Autor jedoch. Der beste Beweis dafür ist die Tatsache, daß Tschechow die „Lichter" nicht in seine Gesammelten Werke aufnahm.

Der Erzähler bemerkt am Schluß des Streites über die Frage des Pessimismus: „Man begreift nichts auf dieser Welt!" Auf die kritische Bemerkung Schtscheglows erwiderte Anton Pawlowitsch am 9. Juni 1888: „Es ist nicht Sache des Psychologen, das verstehen zu wollen, was er nicht versteht. Mehr als das, er darf sich nicht den Anschein geben, als verstünde er das, was niemand versteht. Wir wollen nicht hochstapeln, sondern direkt erklären, daß man auf dieser Welt nichts begreift."

Ähnlich äußerte sich der Autor gegenüber Suworin: „Sie schreiben, daß weder das Gespräch über den Pessimismus noch die Kissotschka-Erzählung die Frage des Pessimismus löse oder auch nur voranbringe. Mir scheint, Fragen wie Gott, Pessimismus usw. sollten nicht von Belletristen gelöst werden." Ein solcher Gesichtspunkt war für den Schriftsteller nicht neu. Als er seine Erzählung „Die Schwester" („Gute Menschen", 1886) schrieb, ging er von der gleichen Überzeugung aus. Er legte dar, daß die Frage, dem Übel nicht zu widerstreben, derart kompliziert und „dunkel" sei, daß der Versuch, sie im ersten Ansturm zu lösen, wie dies der Held der Erzählung versucht, zu nichts Gutem führen könne. In seinem Brief führte Tschechow diesen Gedanken fort: „Sache des Belletristen ist es, zu schildern, von wem, wie und unter welchen Umständen über Gott und Pessimismus gesprochen wurde. Der Künstler soll nicht der Richter seiner Personen und ihrer Gespräche sein, sondern nur ihr unparteiischer Zeuge."

Tatsächlich aber war Tschechow in der Erzählung „Die Schwester" kein leidenschaftsloser Zeuge, sondern verurteilte den Helden der Erzählung Ljadowski, indem er seine Inkompetenz und die Verderblichkeit seines Selbstbewußtseins nachwies. Der Leser ist Zeuge, wie der Streit zwischen Schwester und Bruder entbrennt und wie sie im Verlauf des Streits immer unduldsamer und hartherziger wird. Damit wurde in der Erzählung eine ganz wesentliche moralische Frage aufgeworfen und zu lösen versucht. Der Autor trat nicht nur als Richter seiner Helden auf, sondern bekräftigte den für ihn wichtigen Gedanken, daß jegliche fanatische Besessenheit den Menschen unduldsam und herzlos mache. Tschechow hatte seine Helden auch in allen anderen Werken, einschließlich der „Steppe", in dieser oder jener Weise verurteilt.

Doch die Überzeugungen, die Tschechow nach dem Mißerfolg der „Lichter" zum Ausdruck brachte, widersprachen den Besonderheiten seines früheren Schaffens. Jetzt war nicht mehr von Objektivität die Rede, sondern von der kontemplativen Teilnahmslosigkeit des Künstlers. Eine solche Position aber stand auch der Natur des Künstlers fern und konnte nicht von Dauer sein.

Alles in Tschechow empörte sich normalerweise gegen eine pessimistische Weltanschauung, die völlig unvereinbar war mit Fortschritt, Wissenschaft und einer gesunden menschlichen Psyche. In der Erzählung „Lichter" beweist das überzeugend Ananjew. Indem er erzählt, wie schändlich Kissotschka von ihm betrogen wurde, macht er es möglich, sich davon zu überzeugen, daß die „hohe" Philosophie des Pessimismus sich leicht mit der allerniedrigsten Prosa verbindet. Der Tod Garschins, der Aufsatz Uspenskis und die Angriffe reaktionärer Kritiker und Publizisten auf ihn erlaubten Tschechow jedoch offenbar nicht, seinen Gedanken bis zu Ende vorzutragen. Der gleiche Ananjew beginnt im Widerspruch zu sich selbst, die Idee eines gewissen humanen, altruistischen Pessimismus zu entwickeln. Im Ergebnis zeugt die Erzählung nicht von der Kompliziertheit des Problems, sondern höchstens von der Ratlosigkeit des Autors. Die Unklarheit der ideellen Absicht mußte sich auch auf die Form der Erzählung auswirken. Es kam etwas heraus, was nicht nur gedanklich verworren, sondern auch von seichter Erbaulichkeit ist. Die eingefügte Kissotschka-Episode erwies sich als unverhohlen illustrativ. Die bei der Arbeit an der lyrischen Prosa gesammelten Erfahrungen wurden nicht genutzt, und eine neue Form hatte Tschechow noch nicht gefunden.

Nach dem Mißerfolg wandte er sich wieder dem vertrauten Genre der Sonnabendgeschichte zu. Er schrieb die Kurzgeschichte „Alltäglichkeiten", in der er seine Lebenskenntnisse und Erfahrungen nutzte und zur objektiven Darstellungsweise zurückfand. Die Erzählung wurde zu einem seiner tiefsten und zornigsten Werke. Sie war durchdrungen von Schmerz und Mitgefühl mit den Menschen als Opfer einer festgelegten Ordnung. Schrecklich ist die Lage des Arztes, der durch die sogenannten „Alltäglichkeiten des Lebens" bis zur Raserei gebracht wird, aber noch tragischer ist die Lage des sogenannten „Durchschnittsmenschen", der kein Bauer und kein Intellektueller ist. „Wir jagen ihn", heißt es in der Erzählung, „schelten ihn, schlagen ihn ins Gesicht, aber man muß sich doch in seine Lage versetzen. Er ist weder Bauer noch Gutsherr, weder Fisch noch Fleisch; seine Vergangenheit ist bitter, in der Gegenwart hat er nur 25 Rubel im Monat, eine hungrige Familie und eine untergeordnete Stellung, in der Zukunft ebenfalls 25 Rubel und eine abhängige Lage, und wenn er hundert Jahre dienen sollte ... Sagen Sie selbst, wie soll man sich hier nicht betrinken, nicht stehlen? Wo soll man sich hier an Prinzipien halten!"

Die Kurzgeschichte „Alltäglichkeiten" erschien am 3. Juni 1888 in der „Nowoje wremja"; am 13. Juni begab sich Tschechow nach Bakumowka. Es war eine interessante Reise durch die Ukraine, die jedoch den Ärger über den Mißerfolg und das Moskauer Literatengezänk nicht übertönen konnte. Am 21. Juni berichtete er Lejkin: „Ich war in Lebedino, in Gadjatsch, in Sorotschinzy und in vielen durch Gogol berühmt gewordenen Ortschaften. Was für Ortschaften! Ich war regelrecht bezaubert. Zu meinem Glück herrschte die ganze Zeit über prachtvolles, warmes Wetter, ich reiste in einer bequemen, gut gefederten Kutsche und kam in das Gouvernement Poltawa, als dort gerade die Heuernte begonnen hatte. Ich legte mit der Kutsche vierhundert Werst zurück und übernachtete in zehn Orten ... Alles, was ich sah und hörte, war so neu, schön und gesund, daß mich den ganzen Weg über ein reizvoller Gedanke nicht losließ – die Literatur aufzugeben, die mir zum Halse heraushing, mich in irgendeinem Dorf am Psjol niederzulassen und mich dort der Medizin zu widmen. Wäre ich allein, ich würde im Gouvernement Poltawa bleiben, weil mich mit Moskau keinerlei Sympathie verbindet. Im Sommer würde ich in der Ukraine leben, und zum Winter würde ich nach dem lieben Petersburg fahren."

„Was für Hochzeiten wir unterwegs trafen", schreibt er in einem anderen Brief, „was für eine wundervolle Musik in der abendlichen Stille zu hören war und wie stark es nach frischem Heu duftete! Man könnte seine Seele dem Teufel verschreiben für das Vergnügen, auf den dunklen Abendhimmel zu schauen, auf die Flüßchen und kleinen Tümpel, in denen sich matt und trübe der Sonnenuntergang spiegelt ..."

In diesem Sommer hielt sich Tschechow an keinem Ort lange auf. Bald nach der Rückkehr von Bakumowka fuhr er als Gast Suworins ans Schwarze Meer, nach Feodossija. Das Meer „war so schön, daß ich, als ich dort eintauchte, ohne jeden Grund zu lachen anfing".

Doch bereits am 22. Juli teilte Anton Pawlowitsch seinen Angehörigen mit, daß er am folgenden Tag aus Feodossija abreisen werde. „Es ist meine Trägheit, die mich aus der Krim vertreibt. Ich habe keine einzige Zeile geschrieben und nicht eine Kopeke verdient; wenn mein schändlicher Lenz noch 1–2 Wochen andauert, so bleibt mir keine Kopeke mehr und die Familie Tschechow muß in Luka überwintern. Ich hatte davon geträumt, auf der Krim ein Stück und 2–3 Erzählungen zu schreiben, aber es zeigte sich, daß es unter dem südlichen Himmel bedeutend leichter ist, lebend in den Himmel zu fliegen als auch nur eine Zeile zu schreiben. Ich stehe um 11 Uhr auf und gehe um 3 Uhr nachts schlafen, den ganzen Tag esse, trinke und spreche ich, ich spreche ohne Unterlaß. Ich habe mich in eine Sprechmaschine verwandelt. Suworin tut auch nichts, und wir beide haben alle Fragen der Reihe nach behandelt. Ein sattes Leben, voll wie ein Kelch ... Das Faulenzen am Strand, Chártreuse, Bowlen, Raketen, Baden, heitere Abendmahlzeiten, Fahrten, Romanzen – das alles macht die Tage kurz und kaum bemerkbar; die Zeit fliegt dahin, und der Kopf döst unter dem Rauschen des Meeres und will nicht arbeiten ... Die Tage sind heiß, die Nächte schwül wie in Asien ... Nein, ich muß abreisen!"

Tschechow fuhr mit Suworins Sohn auf einem Dampfer an die Kaukasusküste. Nach einem Aufenthalt auf dem Neuen Athos ging es weiter nach Suchumi, dort gab es einen erneuten Aufenthalt und begeisterte Briefe. „Die Natur ist bis zur Verzückung wunderbar. Alles ist neu, märchenhaft, dumm und poetisch. Eukalyptusbäume, Teesträucher, Zypressen, Palmen, Esel, Schwäne, Büffel, blaugraue Kraniche, und die Hauptsache – Berge, Berge, Berge ohne Ende ... Ich glaube, wenn ich auch nur einen Monat in Abchasien lebte, ich würde ein halbes Hundert bezaubernde Märchen schreiben. Aus jedem Strauch, aus allen Schatten und Halbschatten auf den Bergen, vom Meer und vom Himmel schauen Tausende von Sujets. Ich bin ein Schurke, weil ich nicht zeichnen kann."

Weiter ging es mit dem Dampfer nach Poti. Man fuhr nachts; bei Seegang wäre man beinahe mit einem entgegenkommenden Dampfer zusammengestoßen. Über Batumi und den Suramski-Paß führte die Reise nach Tbilissi, von dort nach Baku. „Der Weg von Batumi nach Tiflis", schrieb Tschechow an Lejkin, „mit dem berühmten Suramski-Paß ist originell und poetisch; die ganze Zeit blickt man aus dem Fenster und staunt: Berge, Tunnel, Felsen, Flüsse, Wasserfälle und -fällchen. Der Weg von Tiflis nach Baku aber ist eine abscheuliche Einöde, eine mit Sand bedeckte Glatze ...

Von Baku aus wollte ich über das Kaspische Meer nach Usunada auf die Straße jenseits des Meeres, nach Buchara und nach Persien, aber ich mußte die Deichselstange umdrehen: mein Gefährte ... erhielt ein Telegramm vom Tode seines Bruders und konnte nicht weiterfahren ...

Den Kaukasus haben Sie gesehen, anscheinend auch die Grusinische Heerstraße. Wenn Sie noch nicht auf dieser Straße gefahren sind, so verpfänden Sie Ihre Frauen und Kinder und die ‚Oskolki' und fahren Sie los ... Das ist kompakte Poesie, keine Straße, sondern eine wunderbare phantastische Erzählung, geschrieben von einem Dämon, der in Tamara verliebt war."

Am 7. August kehrte Tschechow nach Sumy zurück. Die Überfülle an Eindrücken hatte seine Probleme verdrängt, aber nicht gelöst. Am 13. August schrieb er an Pleschtschejew: „Nun sitze ich am Fenster, schaue hinaus auf das sonnenüberflutete Grün und ahne verzagt die Prosa des Moskauer Lebens. Ach, wie ungern ich von hier wegfahre! Die Kanaille Psjol wird absichtlich mit jedem Tag schöner, das Wetter ist herrlich; vom Feld wird Getreide eingefahren . . . Moskau mit seiner Kälte, seinen schlechten Theaterstücken, Büfetts und russischen Gedanken erschreckt meine Phantasie . . . Ich würde den Winter gern fern von Moskau verbringen."

Am folgenden Tag schreibt er an Schtscheglow: „Ach lieber Kapitän, wenn Sie wüßten, wie faul ich bin, wie ungern ich schreibe und nach Moskau fahre! Wenn ich in der Zeitung die Moskauer Chronik lese, die Theateranzeigen, Annoncen usw., so kommt mir das alles wie ein Katarrh vor, den ich bereits überstanden habe. Warum leben wir beide nicht in Kiew, in Odessa, auf dem Lande, sondern ausgerechnet in der Hauptstadt? Es wäre gut, die Reize der Hauptstadt zu genießen, aber wir hocken doch bloß in der Stube, bleiben in unseren vier Wänden sitzen! Wir versäumen das Leben . . ."

In diesem Sommer hatte Tschechow einen unerwarteten Einfall: „Wenn ich reich sein werde", schreibt er am 28. Juni 1888, „dann kaufe ich mir am Psjol oder Chorol ein Gehöft, wo ich eine ‚Klimastation' für Petersburger Schriftsteller bauen werde." Tschechow war nicht wiederzuerkennen. Er, der ein Leben auf Pump wie das Feuer fürchtete, war plötzlich bereit, bei Suworin 1 500 bis 2 000 Rubel zu borgen.

Eben erst nach Luka zurückgekehrt, schrieb er an Baranzewitsch: „Es wird sich ergeben, daß ich ein Gehöft kaufe, d. h. nicht kaufe, sondern die Schulden des Eigentümers übernehme. Ich werde eine Klimastation für die literarische Zunft bauen. Der Ort ist schön und komisch: Kreis Mirgorod, Gouvernement Poltawa. Wieviel Krebse! Wenn Sie nicht kommen, dann sind wir Feinde." Am 27. August teilte er Pleschtschejew mit: „Ich will mit allerlei Tricks und Geschäften mit der Bank etwa 20 Deßjatinen mit Garten und Fluß erwerben. Das Gehöft kostet 3 000 Rubel. Ich werde Zinsen zahlen, aber dann den Kredit nach und nach ablösen. In den Preis habe ich noch nicht eingewilligt, aber wahrscheinlich werde ich das tun, und der trübe Oktober wird noch nicht begonnen haben, da werde ich so unterschreiben: ‚Der Poltawaer Gutsbesitzer, Arzt und Literat Antoine Schponka'.

Das ist auch eine Neuigkeit, die Sie betrifft. Sie werden es doch nicht ablehnen, bei mir auf dem Gehöft Aufenthalt zu nehmen? Das Gouvernement Poltawa ist hundertmal wärmer und schöner als die Krim; es ist eine gesunde, heitere, satte, bevölkerte Gegend . . . Wohnen Sie bei mir, zwei, drei Monate, Sie werden nach Sorotschinzy und nach Mirgorod fahren, zu den Smagins, nach Luka usw. Ich kaufe das Gehöft deshalb, damit Sie und alle meine guten Bekannten, von denen ich ehrlich gesagt, bis jetzt nur Gutes kennengelernt habe, mein schäbiges Gehöft als Ihr Eigentum ansehen und einen Platz zur Erholung besitzen. Wenn ich tatsächlich den Kauf tätigen kann, dann baue ich am Ufer des Chorol Nebengebäude und lege den Grundstein für eine literarische Kolonie."

Am 29. August berichtete Tschechow über das gleiche Gehöft Suworin: „Ein sehr gemütliches, bequemes Plätzchen. Prächtiger Boden, Wiesen, der Chorol, ein Teich, ein Garten mit einer Menge Obstbäume darin, ein Setzteich für Fische und eine Lindenallee. Das Gehöft liegt zwischen sehr großen Dörfern ..., wo es keinen einzigen Arzt gibt, so daß es auch eine schöne Sanitätsstelle sein kann ... Ich bin mit dem Besitzer, einem Kosaken, noch um 300 Rubel uneinig. Mehr als ich ihm vorgeschlagen habe, kann und werde ich nicht geben, weil seine Forderung nicht gerechtfertigt ist. Für den Fall, daß er einverstanden ist, gebe ich einem Freund Vollmacht, den Kaufvertrag abzuschließen, und vielleicht ist es noch nicht Oktober, und ich stoße zu der Schar der Schponka und Korobotschka[1]."

Der Kosak wollte jedoch nichts nachlassen, und das Geschäft kam nicht zustande. Wie ist dieses ungewöhnliche Verhalten Tschechows zu verstehen?

Nach seinem Mißerfolg in Moskau stellte sich Tschechow der Literaturbetrieb als Literatengezänk und Prinzipienlosigkeit dar, was soweit ging, daß er mit seiner „Klimastation" alle Schriftsteller jener Atmosphäre entziehen wollte.

Am 28. Juni 1888 schrieb er an Suworin: „Wenn man wochenlang nichts sieht außer Bäumen und dem Fluß, wenn man sich ab und zu vor einem Gewitter versteckt oder sich gegen bissige Hunde verteidigt, dann nimmt man, ob man will oder nicht und wie klug man auch sei, neue Gewohnheiten an, und alles Ungewohnte verursacht im Organismus eine Reaktion, die stärker ist als die Rezepte von Dr. Bertenson. Unter dem Einfluß des weiten Raumes und der Begegnungen mit Leuten, die in ihrer Mehrzahl prächtige Menschen sind, werden alle Petersburger Tendenzen ungewöhnlich kurzschwänzig und blaß. Wer sich in Petersburg den Abgang von Michailowski aus dem ‚Sewerny westnik' zu Herzen genommen hat, oder wer Michnewitsch[2] haßte oder auf Burenin böse war, oder wer sich über die Unaufmerksamkeit oder das Fehlen einer Kritik beklagt hat usw., der wird hier, fern der heimatlichen Tundren, an Petersburg nur in den Augenblicken denken, wenn er, mit der Weite und den Menschen bekannt geworden, mit lauter Stimme ausruft: ‚Nein, wir schreiben nicht das, was nötig ist!'"

---

[1] Schponka und Korobotschka: Gestalten aus Erzählungen von Nikolai Gogol, deren Handlung in der Gegend spielt, in der sich Tschechow ansiedeln wollte.

[2] Wladimir Ossipowitsch Michnewitsch (1841–1899) Journalist.

Einflüsse und Abgrenzungen

Tschechow pflegte des öfteren über seinen Junggesellenstand zu scherzen und während seiner regelmäßigen finanziellen Krisen auch über eine mögliche Heirat. Im Februar 1888 schrieb Anton Pawlowitsch an A. S. Kisseljow: „Ich habe kein Geld. Meine ganze Hoffnung liegt in der Ziehung vom 1. März. Ich habe Seriennummer 9145, Losnummer 17. Wenn ich gewinne, dann kann ich Ihnen 100 Rubel borgen.

Ach, wenn man doch eine reiche Frau heiraten könnte!! Wenn ich eine reiche Kaufmannsfrau heirate, dann werden wir beide, das verspreche ich Ihnen, ihr das Fell über die Ohren ziehen. Kein nasser Fleck soll übrigbleiben."

Oft war hinter den Scherzen ein bitterer Ton zu hören. „Man gab mir in Petersburg aus irgendeinem Grund den Spitznamen Potjomkin, obwohl ich doch keine Katharina habe. Offenbar hält man mich für einen Günstling der Musen.

Es arbeitet sich schlecht. Ich möchte mich verlieben oder heiraten, oder mit einem Luftballon fliegen."

Im Juni 1888 heirateten fast gleichzeitig zwei Bekannte Tschechows – Lasarew-Grusinski und Jeshow. In einem Brief an Lasarew erklärte Anton Pawlowitsch, darin eine gesetzwidrige Demonstration der dem Dienstalter nach jüngeren Literaten zu sehen, die gegen ihn, den Junggesellen Tschechow, gerichtet sei. Er wende sich mit allerlei Prosa an den Bräutigam, obwohl dieser – und das sei das Schicksal aller Bräutigame – jetzt nur im Mondschein seufzen, mit erhobener Stimme sprechen und an Blumen riechen sollte. „Ich aber", schrieb Tschechow, „soll nach wie vor allein bleiben, ein alter verrosteter Junggeselle."

Aus der Sommerfrische zurückgekehrt, stürzte sich Tschechow Hals über Kopf in die Arbeit. „Ich werde mich bemühen", schrieb er an Schtscheglow, „mit aller Kraft zu schreiben, hier und dort, krumm und schief, ich werde meinen Körper nicht schonen, bis ich es über habe; ich werde an die ‚Petersburger Zeitung', an die ‚Oskolki' und die übrigen Wiegen meines Ruhmes zurückkehren, ich werde zum ‚Sewer', zur ‚Niwa' und sonst noch wohin gehen ... Geld, Geld!" Doch das Vergangene zurückzuholen gelang ihm nicht.

Tschechow begann mit der Erinnerungsskizze „Die Schönen", in der er erneut Eindrücke und Begegnungen seiner Jugendjahre auffrischte und die bekannten Motive von Schwermut und Glück auferstehen ließ. „Neben unserem Wagen, auf das Geländer der Plattform gestützt, stand der Schaffner und blickte zu dem schönen Mädchen hin, und sein welkes, unangenehm sattes, von schlaflosen Nächten und dem Schlingern der Wagen erschöpftes Gesicht drückte Rührung und tiefste Trauer aus, als erblicke er in dem Mädchen seine Jugend, sein Glück, seine Nüchternheit und Reinheit, seine Frau, seine Kinder, als bedauere und fühle er mit seinem ganzen Wesen, daß dieses Mädchen nicht ihm gehöre und daß er mit seinem vorzeitigen Altern, seiner Plumpheit und seinem feisten Gesicht von dem gewöhnlichen menschlichen Glück der Reisenden so weit entfernt war wie vom Himmel."

Sein Hauptinteresse widmete Tschechow im September jedoch der Arbeit am „Namenstag" – einer neuen großen Erzählung für den „Sewerny westnik". Am 15. September 1888 schrieb er an Pleschtschejew: „Im Novemberheft wird eine Erzählung von mir enthalten sein – das steht außer Zweifel (falls Sie sie nicht als unbrauchbar ablehnen). Ich schreibe sie, ohne mich dabei zu übereilen, sie kommt zornig heraus, weil ich selbst schrecklich zornig bin."

Schrecklich zornig! – dieser Gedanke tauchte auch in den folgenden Briefen auf. Am 7. Oktober schickte er an Suworin den Artikel „Moskauer Heuchler" und schrieb dazu: „Ich war aufgebracht, Alexander Sergejewitsch, und habe probiert, einen kleinen Artikel für die erste Seite hinzukritzeln." Im November teilte er mit, in der laufenden Saison wolle er Erzählungen „im protestierenden Ton" schreiben.

Es gelang Tschechow, die seelische Unruhe des Sommers zu meistern. Er kehrte mit neuen Vorstellungen über die Aufgaben des künstlerischen Schaffens nach Moskau zurück, die er leidenschaftlich in einem Artikel zum Gedenken an den berühmten Reisenden und Erforscher von Zentralasien Prshewalski vortrug.

Menschen wie dieser große Forscher waren für Tschechow die reale Verkörperung eines Ideals. „Ihr Ideengut, ihr edler Ehrgeiz, der in der Ehre der Heimat und der Wissenschaft wurzelt, ihre Beharrlichkeit, ihr durch keinerlei Entbehrungen, Gefahren und Versuchungen des persönlichen Glücks zu besiegendes Streben nach dem einmal gesteckten Ziel, ihr Reichtum an Kenntnissen und an Fleiß, ihre Gewöhnung an Hitze, Hunger, Heimweh, an zehrendes Fieber, ihr fanatischer Glaube an die christliche Zivilisation und an die Wissenschaft lassen sie in den Augen des Volkes zu selbstlosen Streitern werden, die die höchste moralische Kraft verkörpern."

„Ihre Persönlichkeiten", so schrieb Tschechow weiter, „sind lebendige Dokumente, die der Gesellschaft zeigen, daß es außer Menschen, die über Optimismus und Pessimismus disputieren, die vor Langerweile belanglose Erzählungen, unnütze Projekte und billige Dissertationen schreiben, die im Namen der Lebensverneinung ein ausschweifendes Leben führen und um eines Stückes

Brot willen lügen, daß außer Skeptikern, Mystikern, Psychopathen, Jesuiten, Philosophen, Liberalen und Konservativen noch Menschen anderen Schlages existieren, Menschen der Tat, des Glaubens und eines klar erkannten Zieles."

Hatte Tschechow nach dem Mißlingen der Erzählung „Lichter" apodiktisch behauptet: „... wir wollen nicht hochstapeln, sondern direkt erklären, daß man auf dieser Welt nichts begreift", so belehrten ihn die eigenen künstlerischen Erfahrungen bald eines Besseren. „Es ist übel, wenn sich der Künstler an etwas wagt, das er nicht versteht."

Der Schriftsteller suchte von neuem nach einer Definition der allgemeinen Aufgaben des künstlerischen Schaffens.

In seiner Polemik mit Suworin vom 18. Oktober entwickelte er ausführlich den Gedanken eines wissenschaftlichen Herangehens an die Erscheinungen der Wirklichkeit, das er dem spießbürgerlichen, kleinlichen Blick auf die Dinge gegenüberstellte. Dabei kehrte er zu jenen Überlegungen zurück, mit denen er sich einige Monate zuvor in einem Brief an Schtscheglow für das Prinzip der Objektivität entschieden hatte. „Wir beide sind subjektiv", schrieb Tschechow an Suworin. „Spricht man mit uns beispielsweise allgemein über Tiere, fallen uns sofort Wölfe und Krokodile ein oder aber Nachtigallen und schöne Rehe; für den Zoologen besteht jedoch kein Unterschied zwischen Wolf und Reh – für ihn ist er zu unbedeutend ... Sie haben sich den allgemeinen Begriff zu eigen gemacht; daher ist Ihnen die Arbeit mit der Zeitung gelungen; die Menschen aber, die nur die Einzelheiten richtig erfassen konnten, erlitten einen völligen Mißerfolg ... In der Medizin ist es genau das gleiche. Wer nicht medizinisch denken kann, sondern nach den Einzelheiten urteilt, der negiert die Medizin; Botkin, Sacharjin, Virchow und Pirogow jedoch, ohne Zweifel kluge und begabte Menschen, glaubten an die Medizin wie an Gott, weil sie zu dem Begriff ‚Medizin' emporgewachsen waren. Das gleiche ist auch in der Belletristik der Fall. Der Terminus ‚tendenziös' hat als Grundlage gerade das Unvermögen der Menschen, sich über die Einzelheiten zu erheben."

Bis auf einige Modifikationen kehrte der Schriftsteller in der Hauptsache zu den Fundamenten seiner Poetik zurück. Einige Ideen nahmen jetzt eine neue Färbung an. Wesentlich ist, daß das Problem dieser oder jener Beleuchtung der Wirklichkeit durch ihre Aufgliederung in wesentliche und unwesentliche ersetzt wird. Zur Erklärung dieses Gedankens schrieb Tschechow: „Wäre Jesus Christus radikaler gewesen und hätte gesagt: ‚Du sollst deinen Feind lieben wie dich selbst', dann hätte er nicht das gesagt, was er sagen wollte. Der Nächste ist ein allgemeiner Begriff, der Feind ein spezieller. Das Übel liegt doch nicht darin, daß wir die Feinde hassen, von denen wir nur wenige haben, sondern darin, daß wir unsere Nächsten nicht genügend lieben, von denen wir so viele haben wie Sand am Meer. ‚Du sollst deinen Feind lieben wie dich selbst', hätte Christus vielleicht gesagt, wenn er eine Frau gewesen wäre. Die Frauen greifen gern aus allgemeinen Begriffen treffende, in die Augen fallende Einzelheiten heraus. Christus jedoch, der über seinen Feinden stand und sie nicht bemerkte, eine männliche Natur, gelassen und großzügig denkend, maß dem Unterschied, der in den Einzelheiten des Begriffes ‚Nächster' steht, keine Bedeutung bei."

Kleinlichkeiten und Zänkereien keine Beachtung schenken, sondern in weitgespannten allgemeinen Kategorien zu denken, war der Ausweg, den Tschechow für sich sah. Er war jedoch durch viele neue Mißverständnisse, Irrtümer und Kümmernisse bedroht. Die Aufgliederung der Wirklichkeit in wesentliche und unwesentliche Erscheinungen brachte, bedingt durch die Einseitigkeit, den Schematismus und die Voreingenommenheit eines solchen Vorgehens, ernste Nachteile mit sich. Da er „sehr zornig" war, zählte er neben Pessimismus und Optimismus, denen er vor kurzem noch selbst Tribut gezollt hatte, auch die politischen Überzeugungen der Konservativen und der Liberalen zu den unwesentlichen Erscheinungen der Gesellschaft, wobei er sie mit Mystikern und Skeptikern, Philosophen und Jesuiten in eine Reihe stellte.

In der Erzählung „Der Namenstag" fanden diese Anschauungen ihren literarischen Niederschlag.

Nach Beendigung der „zornigen" Geschichte schrieb Tschechow an Pleschtschejew, es sei „etwas Langes (2 Bogen), etwas Langweiliges, aber Lebensechtes und, stellen Sie sich vor mit einer ‚Richtung'" herausgekommen. Dieses „Stellen Sie sich vor", hat einen besonderen Sinn. Pleschtschejew hatte im Frühling desselben Jahres an Tschechow geschrieben, daß verschiedene Personen Anton Pawlowitsch beschuldigt hätten, die Sympathien und Antipathien des Autors nicht erkennen zu können. „Die einen", schrieb Pleschtschejew, „schreiben das übrigens dem Wunsch zu, objektiv zu sein, einer absichtlichen Zurückhaltung, andere dem Indifferentismus, der Teilnahmslosigkeit." Indessen war Pleschtschejews Antwort auf Tschechows Ankündigung, in „Der Namenstag" sei eine „Richtung" zu erkennen, enttäuschend.

„Was die ‚Richtung' betrifft, von der Sie in einem Ihrer letzten Briefe schrieben", antwortete er, „so kann ich in Ihrer Erzählung keinerlei Richtung erkennen. In prinzipieller Hinsicht gibt es hier nichts, was gegen den Liberalismus und nichts, was gegen den Konservatismus gerichtet ist."

Tschechow reagierte mit bitterem Erstaunen. „Ist es denn möglich, daß man in der letzten Erzählung keine Richtung sieht? Sie sagten mir einmal, in meinen Erzählungen fehle das protestierende Element. Ich zeigte in ihnen keine Sympathien und keine Antipathien. Protestiere ich denn nicht in meiner Erzählung von Anfang bis Ende gegen die Lüge? Ist das keine Richtung? Nein? Nun, das bedeutet: ich verstehe nichts vom Beißen, oder ich bin ein Floh."

Am 7. Oktober, einen Tag nach Pleschtschejews Brief, erhielt Tschechow den Puschkin-Preis der Akademie der Wissenschaften zuerkannt. „Der Preis ist natürlich für mich ein Glücksfall", schrieb er an Grigorowitsch, „und würde ich sagen, daß mich das nicht bewegt, so würde ich lügen. Ich habe ein Gefühl, als hätte ich einen Ausbildungsgang beendet, nach dem Gymnasium und der Universität noch irgendwo an einem dritten Ort. Gestern und heute laufe ich von einer Ecke in die andere wie ein Verliebter, arbeite nicht und überlege nur."

Von einer gewissen seelischen Konfusion spricht ein Brief vom 9. Oktober an Jelena Michailowna Lintwarjowa: „Der Preis, Telegramme, Glückwünsche, Freunde, Schauspieler, Schauspielerinnen, Theaterstücke – das alles hat mich aus dem Geleise gebracht. Das Vergangene nebelt im Kopf herum, ich bin ganz durcheinander; der Sumpf und der Teufelskram der städtischen und literarischen Hektik umschlingen mich wie eine achtfüßige Krake. Alles ist hin. Leb wohl, Sommer, leb wohl, mein schöner hellblauer Anzug ... Wenn einmal eine leidenschaftliche Liebe Sie aus Gegenwart und Vergangenheit gerissen hat – fast das gleiche empfinde ich jetzt. Ach, wie unschön ist das alles, Doktor, wie unschön!"

Auch am Tag seines erträumten, wenn auch nie für möglich gehaltenen Sieges mußte Tschechow Mißverständnisse klären und sein Werk kommentieren. Er fürchte diejenigen, die in ihm unbedingt einen Liberalen oder einen Konservativen sehen wollten, schrieb er an Pleschtschejew: „Ich bin kein Liberaler, kein Konservativer, kein Verfechter allmählicher Reformen, kein Mönch, kein Indifferenter. Ich möchte ein freier Künstler sein und nichts weiter und bedaure nur, daß Gott mir nicht die Kraft gegeben hat, ein solcher zu werden. Ich hasse die Lüge und die Gewalt in jeder Form ... Pharisäertum, Stumpfsinn und Willkür herrschen nicht nur in Kaufmannshäusern und in Gefängnissen; ich bemerke sie in der Wissenschaft, in der Literatur, unter der Jugend. Darum hege ich gleichermaßen geringe Vorliebe für Gendarmen, Fleischer, Gelehrte, Schriftsteller oder für die Jugend. Die Firma und das Etikett halte ich für ein Vorurteil. Mein Allerheiligstes ist der menschliche Körper, sind Gesundheit, Verstand, Talent, Begeisterung, Liebe und absolute Freiheit, Freiheit von Gewalt und Lüge, wie sich diese beiden auch immer äußern mögen. Das ist das Programm, an das ich mich halten würde, wenn ich ein großer Künstler wäre."

Unabhängigkeit von Parteien und politischen Strömungen bedeutete für ihn nicht, frei sein von gesellschaftlichen Verpflichtungen. Im „Namenstag" versuchte er seine Vorstellungen über die wahren Werte des menschlichen Daseins darzustellen. Er war gezwungen zu erklären, was nach seiner Meinung auch ohne Erläuterungen hätte verstanden werden müssen. „Wenn mir meine Heldin Olga Michailowna sympathisch ist, eine liberale Frau, die die Frauenkurse besucht hat, so verberge ich das in der Erzählung nicht, was, wie ich meine, klar genug ist. Ich verhehle auch nicht meine Achtung vor dem Semstwo, den ich liebe, und vor dem Schwurgericht. Allerdings ist in meiner Erzählung das Streben nach dem Ausgleich von Plus und Minus verdächtig. Aber ich versuche ja nicht, Konservatismus und Liberalismus auszugleichen, die für mich nicht das Wesentliche darstellen, sondern die Lüge der Helden mit ihrer Wahrheit."

Die Traditionen seines frühen Schaffens fortsetzend, entwarf Tschechow ein düsteres Bild vom Triumph falscher Interessen und gekünstelter Gefühle. Ein Bild menschlicher Beziehungen, denen immer wieder die Lüge zugrunde liegt. Pjotr Dmitritsch ist durch dienstliche Unannehmlichkeiten tief verärgert, indessen paradiert er mit seiner Gleichgültigkeit, und sein Bravourstück ist die Lüge, von der er sich nicht einmal in den Beziehungen zu seiner Frau freimachen kann. Auch sein dienstlicher Konflikt ist aus einer Pose entstanden, aus dem Paradieren mit seinen konservativen Überzeugungen, obwohl er eigentlich gar keine Überzeugungen hat. Olga Michailowna leidet unendlich, wenn sie ihren Mann beobachtet, aber sie lügt ständig mit. Sie lügt, wenn sie Leuten, die sie nicht achtet, liebenswürdige Worte sagt, sie lügt, während sie auf ihrem Gesicht das gekünstelte Lächeln, das so gar nicht ihrer Stimmung entspricht, zu bewahren versucht.

Tschechow wollte die Menschen nicht einteilen in Konservative, Liberale, Ukrainophile, Tolstojaner usw. Das Streben des Menschen, sich zu irgendeiner dieser „Firmen" zu zählen, erklärt sich in allen Fällen aus der Abkehr von sich selbst. Fehlerhaft ist nach Tschechow auch die Einteilung der Menschen nach den Etiketten, die sie sich selbst anheften.

Pleschtschejew schrieb an Tschechow: „Ihnen ist vor allem die Heuchelei verhaßt – bei den Liberalen wie bei den Konservativen. Das ist sehr schön; und jeder ehrliche und aufrichtige Mensch kann dem nur zustimmen. Aber in Ihrer Erzählung spotten Sie über einen ... Menschen der sechziger Jahre, der bei den Ideen dieser Epoche stehengeblieben sei – warum eigentlich? Sie fügen selbst hinzu, er sei aufrichtig und spreche nichts Böses. Anders wäre die Sache, wenn er Ideen vertreten würde, ohne von ihrer Richtigkeit überzeugt zu sein, oder wenn er mit ihnen eine niederträchtige Handlungsweise zu bemänteln suchte. Solche muß man tatsächlich brandmarken."

Was konnte Tschechow auf solche Vorwürfe erwidern? Im großen und ganzen immer dasselbe. Daß er „Firma" und „Etikett" für ein Vorurteil hielt. Aber nicht nur das. Schrieb er doch, daß in seiner Erzählung der Versuch, Plus und Minus auszugleichen, verdächtig sei. Also existierte für ihn die Einschätzung des Konservatismus als Minus und des Liberalismus als Plus. Was aber nicht hieß, daß er ihnen erstrangige Bedeutung zuerkannte. So versuchte er den Spott über den „Menschen der sechziger Jahre" damit zu erklären, daß für ihn die sechziger Jahre eine heilige Zeit seien, und er deshalb nicht wolle, daß „dumme Zieselmäuse" sie banalisierten. „Das ist eine verblichene untätige Talentlosigkeit, die die sechziger Jahre usurpiert hat; in der 5. Klasse des Gymnasiums hat sie fünf, sechs fremde Gedanken aufgeschnappt, ist bei ihnen stehengeblieben und wird sie bis zu ihrem Tode hartnäckig im Munde führen. Das ist kein Scharlatan, sondern ein Dummkopf, der an das glaubt, was er redet, aber er versteht wenig oder gar nichts von dem, was er sagt. Er ist dumm, taub und herzlos. Sie hätten hören sollen, wie er im Namen der sechziger Jahre, die er nicht versteht, über die Gegenwart herzieht, die er nicht erkennt; er verleumdet die Studenten, die Gymnasiastinnen, die Frauen, die

Schriftsteller und alles Heutige, und darin sieht er das Wesentliche des Menschen der sechziger Jahre. Er ist langweilig wie eine Grube, und schädlich für alle, die ihm glauben – wie eine Zieselmaus."

Im „Namenstag" findet sich kein Anhaltspunkt, der diese Position des Autors verdeutlichen könnte. Die gewöhnlichen Themen der Gespräche des Mannes im Havelock verdienen in keiner Weise eine Verurteilung. Er spricht unaufhörlich „von Idealen, von der Emanzipation der Frauen, über den Fortschritt, über dunkle Kräfte, über die Wissenschaft, die Literatur; er deklamiert gefühlvoll Verse, in denen sich oft die Worte finden: Morgenröte, Untergang, Fabel, Seufzer; er urteilt über Zeitungen und Zeitschriften, Verleger und Redakteure, die einen lobend, die anderen der Wankelmütigkeit bezichtigend, die dritten als Schufte bezeichnend". Er trauert um die helle Vergangenheit und negiert die Gegenwart. Wenn man bedenkt, daß die Gegenwart die Jahre der finstersten Reaktion waren, ist darin kaum etwas Anstößiges zu sehen. „Er spricht im wesentlichen nichts Böses, und wahrscheinlich ist er immer aufrichtig", schrieb Tschechow.

Warum also die vernichtende Einschätzung des „Menschen der sechziger Jahre" durch die Heldin der Erzählung? Ihr scheint es so, als ob „jedesmal, kaum daß er den Mund öffnet und mit seiner Grabesstimme die Rede auf die Emanzipation der Frauen oder auf die Ideale bringt, von seiner ganzen Gestalt ein Geruch wie aus einem alten, vermoderten Keller ausgeht". Aus all dem kann der Leser nicht einmal erraten, daß, wie Tschechow an Pleschtschejew schrieb, die sechziger Jahre für ihn eine „heilige Zeit" waren.

Und wie sollte er auch, ließ doch selbst der Brief das Widersprüchliche in Tschechows Ansichten eher hervor- als zurücktreten. „Wenn ich solche Figuren darstelle", schrieb er, „oder von ihnen spreche, dann denke ich weder an Konservatismus noch an Liberalismus, sondern an ihre Dummheit und ihre Prätentionen."

Pleschtschejews diesbezügliche Einwände wollte Tschechow, wie schon dessen Kritik an den „Lichtern", nicht wahrhaben. „Nein", schrieb er, „ich werde weder den Ukrainophilen noch diesen Gänserich streichen, der mich gelangweilt hat! Er hat mich schon im Gymnasium gelangweilt, er langweilt mich auch jetzt!"

Und trotzdem begriff der Schriftsteller im Grunde seines Herzens, daß Pleschtschejew recht hatte. Kurz darauf bat er ihn, die Korrekturen zu schicken. „Ich werde nichts hinzufügen", erklärte er, „aber vielleicht etwas verbessern und streichen." Es ist schwer zu sagen, was Tschechow verändert hätte, wäre es dafür nicht schon zu spät gewesen. Die Erzählung befand sich bereits im Druck. Tschechow ließ den „Namenstag" lange nicht mehr auflegen, und als er ihn 1893 für eine besondere Ausgabe vorbereitete, tilgte er gewissenhaft alle anfechtbaren Stellen.

Dem „Namenstag" liegt eine ausgewogene Konzeption der Beziehungen zwischen den Menschen zugrunde. Tschechow war überzeugt, daß die Menschen ihre Natur verstümmeln und mit Füßen treten. Pjotr Dmitritsch spielt eine ihm fremde Rolle, die seine menschlichen Züge und Gefühle verdunkelt und verdirbt. Er liebt seine Frau, aber die Lüge und die Pose, die ihn versklavt haben, entfernen ihn immer mehr von ihr.

Wie sehr sein Generalsgehabe in der dienstlichen Sphäre gekünstelt ist, läßt sich an seinem Verhalten in der Familie erkennen. Hier ist er kein Konservativer mehr, sondern ein müder, verbitterter Mensch, der in der Tiefe seines Herzens begreift, daß er sich in einem Lügengewebe verrannt und Dummheiten begangen hat. Er findet jedoch nicht die Kraft, sich zu befreien.

Opfer der allgemeinen Verlogenheit ist auch Olga Michailowna. Obwohl sie sich die Lügen ihres Mannes sehr zu Herzen nimmt, lügt sie selbst, und je mehr sie sich darin verstrickt, desto schärfer tritt der dramatische Konflikt hervor. Allmählich überträgt sie den Haß auf Lüge und Falschheit auf ihren Mann, den sie abgöttisch liebt.

Als die Entfremdung und der angestaute Haß zwischen beiden Partnern zum Ausbruch kommen und in dem ungeborenen Kind ihr Opfer fordern, begreifen die Figuren, wie nichtig ihr bisheriges Leben war. „‚Olga!', sagte er händeringend, und aus seinen Augen stürzten plötzlich große Tränen. ‚Olga! Ich brauche weder deinen Zensus noch Gerichtssitzungen' – er schluchzte auf – ‚ich brauche keine besonderen Meinungen, nicht diese Gäste, nicht deine Mitgift . . . nichts brauche ich! Weshalb haben wir nicht auf unser Kind achtgegeben? Ach, wozu noch reden!'"

Die verlogene gesellschaftliche Sphäre erzeugte Scheinwerte wie „Firma" und „Etikett", säte Zwietracht, Entfremdung und Haß, die schließlich diese Liebe zerstörten.

Die Idee der allgemeinen Liebe als einzig möglicher Basis des menschlichen Zusammenlebens ging auf die Morallehre Lew Tolstois zurück. Davon zeugen die „tolstojanischen" Erzählungen Tschechows aus den Jahren 1886/1887. Tschechow betrachtete verschiedene Aspekte der Lehre Tolstois, kehrte aber zur Kollision von gefühls- und verstandesmäßiger „Wahrheit" zurück, wobei er der ersteren immer bestimmter den Vorzug gab. In der Erzählung „Der Kosak" treffen junge Eheleute in der Steppe zu Ostern einen kranken Menschen, der sie um Osterbrot bittet. Die junge Frau erklärt sehr vernünftig, daß man das gerade in der Kirche geweihte Osterbrot in der Steppe nicht zerkrümeln dürfe, weil es Unheil bedeute. Der Ehemann begreift, daß sie ein herzloser Mensch ist, und schon ist es vorbei mit dem ungetrübten Glück. In der Erzählung „Der Bettler", die offenbar unter dem Einfluß von Tolstois „Albert" entstand, prallen erneut zwei „Wahrheiten" aufeinander – die „Wahrheit" des vernünftigen Herrn, der es unternommen hat, den Trunkenbold Luschkow auf den rechten Weg zu bringen, und die „Wahrheit" der guten, mitfühlenden Köchin Olga, die den Trunkenbold zwar beschimpft, aber die ihm die vom Herrn übertragene Arbeit ausführt. Luschkow wird, wie der Autor erklärt, unter dem Einfluß der scheinbar unsinnigen, aber guten Taten der Köchin geläutert.

Die alles besiegende Kraft der nicht vom Verstand beherrschten Liebe ist

Tschechow am Scheideweg zwischen epischer und dramatischer Laufbahn (M. M. Dalkewitsch, „Splitter", 1889)

Thema der Erzählung „Liebe" aus dem Jahre 1886. Eine stumpfsinnige, unsaubere, faule Frau wird von ihrem Mann so geliebt, daß er ihr alles verzeiht. „In den Tagen meines Junggesellenlebens verließ ich, wie ich mich entsinne, die Frauen wegen eines Flecks auf dem Strumpf, wegen eines einzigen dummen Wortes oder wegen ungeputzter Zähne, aber hier verzeihe ich alles: das Kauen, das Theater mit dem Korkenzieher, die Unordentlichkeit und das lange Gerede über ungelegte Eier. Ich verzeihe das alles beinahe unbewußt, ohne mich zwingen zu müssen, gleichsam als seien Saschas Fehler die meinigen, und vieles, woran ich vordem Anstoß nahm, ruft jetzt bei mir Rührung oder gar Entzücken hervor. Die Motive einer solchen allgemeinen Verzeihung sind in meiner Liebe zu Sascha, aber wo die Motive der Liebe selbst sind – das weiß ich wirklich nicht."

Die Übernahme der Moraltheorie war mit der Annäherung Tschechows an Tolstois künstlerisches Schaffen verbunden. Bereits Pleschtschejew hatte im „Namenstag" Parallelen zu „Anna Karenina" bemerkt. Tschechow gab zu, er sehe diese Kongruenz, fände aber nicht die Kraft, darauf zu verzichten. Anna Karenina und Olga Michailowna durchleben ein ähnliches Drama. Beide, jede auf ihre Art, werden in den Strudel der Lüge hineingezogen und haben nicht die Kraft, dagegen anzukämpfen, sie werden Opfer ihrer sie beherrschenden Gefühle.

Nach dem Puschkin-Preis sah sich Tschechow veranlaßt, sein literarisches Schaffen ernsthaft zu überprüfen und zu bewerten. Selbstkritisch bis selbstzerstörerisch zog er am 10. Oktober 1888 Bilanz: „Die Zeitungsbelletristen zweiter und dritter Klasse sollten mir ein Denkmal errichten oder mir wenigstens ein silbernes Zigarrenetui überreichen; ich habe ihnen den Weg in die dicken Zeitschriften gebahnt, den Weg zu Lorbeeren und zu den Herzen anständiger Menschen. Einstweilen ist das mein einziges Verdienst, alles aber, was ich geschrieben habe und wofür man mir einen Preis verliehen hat, wird nicht einmal zehn Jahre im Gedächtnis der Menschen fortleben." Den gleichen Gedanken wiederholte er am 20. Oktober: „Alles, was ich geschrieben habe, wird in fünf bis zehn Jahren vergessen sein, aber die Wege, die ich bahnte, werden heil und unversehrt bleiben – darin liegt mein einziges Verdienst."

Am 27. Oktober stimmte er Suworin darin zu, daß der Held des „Namenstag" eine sorgfältigere Gestaltung verdient hätte. Dann folgt die bittere Bemerkung, nach seiner Meinung „schlachte" er seine Helden infolge der Terminarbeit. „Ich hätte gern mit Vergnügen, Gefühl und Bedacht meinen Helden beschrieben, seine seelische Verfassung während der Entbindung seiner Frau, das Gericht über ihn, seine niedrigen Gefühle nach dem Freispruch; ich hätte beschrieben, wie die Hebamme und die Ärzte nachts Tee trinken, ich hätte den Regen beschrieben ... Das hätte mir Freude gemacht."

Tschechow klagte, durch harte Termine genauso behindert zu sein, wie durch den Gedanken, daß der „Sewerny westnik" wenig Geld habe und schwerlich ein größeres Werk bezahlen könne. Das alles zwinge zur Eile und zur Kürzung des Materials. Die Hauptsache aber sei seiner Meinung nach, daß es ihm infolgedessen auch nicht gelingen werde, die neue Form der größeren Erzählung zu meistern.

„Wenn man an einer Erzählung arbeitet, bemüht man sich vor allem um den Rahmen: aus der Menge der Helden und Nebenfiguren greift man eine einzige Person heraus – eine Frau oder einen Mann; diese Person stellt man vor einen Hintergrund und zeichnet nur sie, man betont sie, und die anderen verteilt man nur über die Fläche wie kleine Münzen, und es ergibt sich etwas von der Art des Himmelsgewölbes: ein großer Mond und um ihn eine Menge sehr kleiner Sterne. Der Mond gelingt aber nicht, weil man ihn nur dann verstehen kann, wenn auch die anderen Sterne verständlich sind, aber die Sterne sind nicht ausgeführt. Und so kommt bei mir keine Literatur heraus, sondern so etwas wie ‚Trischkas Rock'[1]. Was tun? Ich weiß es wirklich nicht. Ich werde mich auf die Zeit verlassen, die alles heilt."

Es ist interessant, daß Tschechow, als er präzise das Schema einer größeren

[1] Trischkas Rock: Anspielung auf eine Fabel von Krylow, in der Trischka, um die Ärmel seines Rockes zu flicken, das Kleidungsstück an einer anderen Stelle zerschneidet.

Erzählung umriß, sich darüber beklagte, er sei von der traditionellen Erzählform abgewichen, obwohl gerade darin das spezifisch Neue bestand. Auch bei der Einschätzung seines „Namenstages", den er mit den „Lichtern" gleichsetzte, war er im Unrecht. Konnte er auch die globalen Ziele nicht erreichen, die er sich gestellt hatte, so schuf er doch, im Unterschied zu den „Lichtern", ein leidenschaftliches, beeindruckendes Werk, das gegen die Lüge und die Falschheit in den menschlichen Beziehungen gerichtet war.

Die offenkundige Unterschätzung seines Werkes half ihm eher, als daß sie ihn hinderte, voranzukommen. Im gleichen Brief an Suworin vom 27. Oktober 1888 schrieb er: „Wenn ich weiter ehrlich sein soll, so habe ich meine literarische Tätigkeit noch gar nicht begonnen, obwohl ich einen Preis erhalten habe ... Ich habe eine ganze Armee von Menschen im Kopf, die ins Freie wollen und nur auf das Kommando warten. Alles, was ich bis jetzt schrieb, ist Unsinn im Vergleich zu dem, was ich schreiben möchte und was ich mit Entzücken schreiben würde ... Mir gefällt es nicht, daß ich Erfolg habe. Die Stoffe, die in meinem Kopf sitzen, sind ärgerlich und eifersüchtig auf das, was schon geschrieben ist. Es kränkt mich, daß dummes Zeug schon fertig ist, während das Gute im Lager herumliegt wie Bücherkram."

So oder so – zum Zeitpunkt dieser Reflexionen arbeitete Tschechow bereits an einem neuen Werk, für einen Sammelband zu Ehren Garschins.

Am 15. September, auf dem Höhepunkt der Arbeit am „Namenstag", hatte Anton Pawlowitsch an Pleschtschejew geschrieben: „Was den Sammelband für Garschin betrifft, so weiß ich nicht, was ich Ihnen sagen soll. Keine Erzählung liefern – das will ich nicht. Erstens liebe ich solche Menschen wie den verstorbenen Garschin von ganzem Herzen, und ich halte es für meine Pflicht, öffentlich meine Sympathie für ihn zu bekunden; zweitens hat sich Garschin in den letzten Lebenstagen viel mit meiner Person beschäftigt, was ich nicht vergessen kann; drittens heißt, sich von der Teilnahme an dem Sammelband fernhalten, nicht kollegial handeln, sich vielmehr wie ein Schuft benehmen. Das alles fühle ich bis ins Mark hinein, aber können Sie sich meine peinliche Lage vorstellen! Ich habe durchaus keine Themen, die auch nur einigermaßen für diesen Band geeignet sind." Doch am 11. November schrieb er an Suworin: „Heute habe ich die Erzählung für den Garschinschen Sammelband abgeschlossen – mir ist ein Stein vom Herzen gefallen. In der Erzählung habe ich meine eigene, niemandem nötige Meinung über solche seltenen Menschen wir Garschin gesagt. Ich habe an die 2 000 Zeilen zusammengeschmiert. Ich spreche viel von der Prostitution. ... Weshalb schreibt man in Ihrer Zeitung nichts über die Prostitution? Sie ist doch ein furchtbares Übel. Unsere Sobolewgasse ist ein Sklavenmarkt."

Tschechow wollte mit der Schilderung dieses modernen „Sklavenmarktes" die eigenartige geistige und psychische Verfassung eines „Menschen von Garschins Veranlagung" aufdecken. Nicht die Gestalt Garschins sollte dargestellt werden, sondern eine charakteristische sozialpsychologische Erscheinung. Diese Aufgabe wurde dadurch erschwert, daß bereits von Garschin selbst eine Vielzahl literarischer Personen eigenen Typs existierten. Sollte Tschechow noch einen Helden Garschinscher Mentalität erschaffen? Eine solche Aussicht hätte ihn kaum gereizt.

Tschechow wußte sehr wohl, daß sich die künstlerischen Erfolge Garschins, die ihn mit den hervorragendsten russischen Schriftstellern in eine Reihe stellten, aus der Gestaltung des Konfliktes herleiteten, wie er sich aus dem Reagieren von erhöhter menschlicher Sensibilität auf soziale Ungerechtigkeit zwangsläufig ergibt.

Tschechow übernahm deshalb Garschins Fabulierschema, das durch die radikale Besonderheit der sozialpsychologischen Struktur des Helden bestimmt war. Wie Garschins stößt auch Tschechows Held, der Student Wassiljew, auf ein zur Gewohnheit gewordenes soziales Übel, die Prostitution, das ihn plötzlich in der Tiefe seines Herzens erschüttert.

Garschin hatte über dieses Thema zwei Erzählungen geschrieben („Eine Begebenheit", „Nadeshda Nikolajewna"). Tschechow behielt Garschins Konfliktkonstellation bei, erfüllte sie jedoch mit neuem Inhalt.

In Tschechows Erzählung „Der Anfall" glaubt Wassiljew, obgleich er zum erstenmal ein Bordell betritt, die gefallenen Frauen gut zu kennen. Er ist überzeugt, daß sie, Opfer bestimmter schicksalhafter Umstände, sich ihrer Sünden bewußt sind und auf Rettung hoffen. Tschechow läßt keinen Zweifel daran, daß Garschins Helden aus dem Studenten sprechen. Seiner Phantasie entsteigen Garschins sündige, traurige Geschöpfe mit dunkler Kleidung und bleichen Gesichtern.

Doch die reale Wirklichkeit, mit der Tschechow seinen Helden konfrontierte, erweist sich als entschieden schrecklicher. „Niemand hatte es eilig, niemand verbarg sein Gesicht hinter dem Kragen, niemand schüttelte vorwurfsvoll den Kopf ... Und in dieser Gleichgültigkeit, in dem Wirrwarr der Klavier- und Geigentöne, in den hellen Fenstern, in den weit geöffneten Türen spürte man etwas recht Ungeniertes, Unverschämtes, Kühnes und Großzügiges. Wahrscheinlich war es seinerzeit auf den Sklavenmärkten ebenso heiter und geräuschvoll zugegangen, und Gesicht und Gang der Menschen hatten ebensolche Gleichgültigkeit gezeigt."

Besonders abstoßend waren die Unverschämtheit und die Geschmacklosigkeit, die in allem offenbar wurden, am meisten bei den Frauen selbst. Wie oft Wassiljew auch in ihre Gesichter blickte, er sah nichts außer dem stumpfen Ausdruck „gewöhnlicher, fader Langeweile und Zufriedenheit. Dumme Augen, ein dummes Lächeln, schrille dumme Stimmen, herausfordernde Bewegungen – weiter nichts." Der Student begreift, daß all dies noch viel schlimmer ist, als es ihm die Bücher berichtet hatten. Er hatte zum Beispiel einmal gelesen, wie ein anständiger junger Mann sich in eine Dirne verliebte und ihr den Vorschlag machte, seine Frau zu werden; sie aber nahm Gift, da sie sich eines solchen Glückes für unwürdig hielt. Hatte nicht jener von einer gefallenen Frau gesprochen, wie sollte man diese nennen, die nicht einmal mehr „im Begriffe waren zugrunde zu gehen – sie waren bereits gestorben". Als nicht minder schrecklich empfindet der verständnisvolle Wassiljew die Verarmung der eigenen Gefühlswelt, die lediglich mit Abscheu und Haß reagiert.

Dann wird der Haß von einem heftigen Gefühl des Bedauerns abgelöst, und hier beginnt auch die für einen Menschen Garschinscher Prägung typische seelische Krise. Niedergedrückt von der Unermeßlichkeit des Übels, geplagt von Schuld- und Mitleidgefühlen, erwacht in ihm die Verantwortlichkeit für das Schicksal der Menschen, in deren Mitte er sich befindet. Er sieht seine Freunde, die ihm noch kürzlich mit ihrer Unbefangenheit imponiert hatten, in einem anderen Licht. „Sie ... singen und lachen, sie reden vernünftig, aber haben sie denn nicht soeben erst Hunger, Unwissenheit und Stumpfsinn ausgenutzt?"

Bei der Erzählung „Der Anfall" berücksichtigte Tschechow augenscheinlich die Fehler, die er beim Schreiben der „Lichter" gemacht hatte. Jetzt negierte er nicht mehr seine künstlerischen Erfahrungen, die er bei der Arbeit an der lyrischen Prosa gesammelt hatte. Im Gegenteil, er stützte sich auf diese Erfahrungen. Tschechow folgte in der Naturschilderung dem „Prinzip apropos" und stellte die Erzählung in den Rahmen einer abendlichen Winterlandschaft, die eine optische Widerspiegelung der seelischen Verfassung des Helden ist.

Als Wassiljew aus seinem Haus tritt, entschlossen, ebenso unbefangen zu sein wie seine Freunde, fällt der erste Schnee, „und alles in der Natur wurde von diesem frischen Schnee beherrscht. Die Luft roch nach Schnee, Schnee knirschte weich unter den Füßen, die Erde, die Dächer, die Bäume und die Bänke auf den Boulevards – alles war weich, weiß und frisch; daher sahen auch die Häuser anders aus als am Vortag, die Laternen brannten heller, die Luft war durchsichtiger, die Fahrzeuge ratterten gedämpfter, und in das Herz strömte mit der klaren, leichten Frostluft ein Gefühl, das dem frischen, flockigen Schnee ähnelte."

Wassiljew gefallen seine Freunde, die frostige Abendluft, besonders aber „jener durchsichtige, zärtliche, naive, gleichsam jungfräuliche Ton".

So eingestimmt, lenkte er seine Schritte in die Sobolewgasse. Als er vor den gräßlichen Eindrücken aus dem Freudenhaus auf die Straße floh, betrachtete er den Schneefall mit anderen Augen. „Blickte man hinauf in diese Dunkelheit, so sah man, daß der schwarze Hintergrund ganz mit tanzenden weißen Pünktchen besät war – es schneite. Die Flocken tanzten, wenn sie in den Lichtschein gerieten, träge in der Luft wie Daunenfedern, und noch träger fielen sie zur Erde. Unmassen von Schneeflocken umkreisten Wassiljew und blieben in seinem Bart und an den Wimpern und Brauen hängen ... Droschkenkutscher, Pferde und Passanten – alles war weiß.

Wie kann der Schnee in diese Gasse fallen! dachte Wassiljew. Verflucht seien diese Häuser!"

Auf dem Weg nach Hause klagt Wassiljew seine Freunde an, sie aber sind befremdet und nennen ihn einen Trottel und Strohkopf. Nachdem sie sich getrennt haben, wandelt sich seine seelische Verfassung erneut. Das Bild des winterlichen Abends nimmt nun den Charakter eines unheilverkündenden Alptraums an. „Ihn bedrückten die Dunkelheit und auch der Schnee, der in dichten Flokken auf die Erde fiel und, so schien es, die ganze Welt einhüllen wollte; ihn bedrückte das Licht der Laternen, das bleich durch die Schneewolken schimmerte. Sein Herz war von unbewußter, kleinmütiger Furcht erfüllt. Bisweilen begegneten ihm Passanten, er aber wich ihnen scheu aus. Ihm war, als kämen von überallher Frauen, und als blickten ihn von überallher Frauen an, nichts als Frauen...

Es geht wieder los, dachte er, der Anfall beginnt."

Wassiljews seelische Erschütterungen erinnerten, wenn man dem Zeugnis Uspenskis Glauben schenken will, an Anfälle von Geisteskrankheit, wie sie Garschin in analogen Situationen durchlebt hat.

Je auswegloser Wassiljews Nachdenken über die Beseitigung des sozialen Übels ist, desto quälender und unerträglicher wird ihm sein Dasein, „ein dumpfer, gegenstandsloser, unbestimmter Schmerz, ähnlich wie Schwermut, hochgradige Angst und Verzweiflung zusammengenommen". Im Bemühen, diesen Schmerz zu betäuben, trinkt er Wodka wie Garschin, der seinerzeit gläserweise Rigaer schwarzen Balsam getrunken hatte; das aber erleichtert seine Qualen in keiner Weise. Schließlich entblößt er, weinend und vor Kälte zitternd, seine Brust und bietet sie dem feuchten Schnee und dem Wind dar. „Aber auch das linderte nicht den Schmerz. Darauf beugte er sich über das Brückengeländer und schaut hinunter auf die schwarze, stürmische Jausa, und er hätte sich kopfüber hineinstürzen mögen, nicht aus Ekel vor dem Leben, nicht um des Selbstmords willen, sondern um sich wund zu stoßen und durch den einen Schmerz den anderen zu betäuben."

Starb nicht so Garschin, sprang er nicht in einem solchen Zustand über das Treppengeländer in die Tiefe? Tschechows Antwort auf die Frage, wie Garschin starb, ähnelt der Schlußfolgerung, zu der Uspenski in seinem Aufsatz „Garschins Tod" gekommen war, der in demselben Sammelband zu Garschins Gedenken abgedruckt wurde.

Auch dem „Anfall" liegt die Idee der allgemeinen Liebe zugrunde, die Erzählung ist ebenso wie der „Namenstag" voller Zorn und Protest. In eigenartiger Weise wird hier das Wichtige und Unwichtige im gesellschaftlichen Leben einander gegenübergestellt.

„‚Vielleicht habt ihr auch alle recht!', sagte Wassiljew, stand auf und begann von einer Ecke in die andere zu gehen. ‚Vielleicht! Aber für mich ist das alles merkwürdig! Daß ich an zwei Fakultäten war, darin erblickt man eine Heldentat; dafür, daß ich über gefallene Frauen nicht so gleichgültig sprechen kann wie über diese Stühle hier – dafür kuriert man mich, nennt mich verrückt und bedauert mich!'"

Zugleich aber unterscheiden sich die beiden Erzählungen in vielem. Das Neue besteht darin, daß die Hinwendung zu einem konkreten Problem des sozialen Übels sich als sehr ernste Prüfung für die Idee der allgemeinen Liebe erweist.

Wassiljew will das von ihm geschaute Übel überwinden. Er weiß, „daß diese Frage keine fremde, sondern seine eigene“ ist. So ergibt sich das Hauptproblem – „Was tun?“

Im „Anfall“ tritt diese Idee in der tolstojanischen Interpretation auf. Wassiljews Betrachtungen enthüllen das mit äußerster Klarheit. Von der Position des Tolstojanertums aus entsagt er der Hoffnung auf Wissenschaft und Literatur. „Wie hoch auch die Wissenschaften und die Künste zu stehen scheinen, sie sind trotzdem Werke von Menschenhand, sie sind Fleisch von unserem Fleische, Blut von unserem Blut. Sie leiden an der gleichen Krankheit wie wir, und in ihnen spiegelt sich in erster Linie unser Verderben. Beuten denn nicht Literatur und Kunst den nackten Körper und die käufliche Liebe aus? Lehrt denn nicht die Wissenschaft, die gefallenen Frauen nur als eine Ware anzusehen, die man, wenn notwendig, aussondert?“

Im orthodoxen Tolstojanertum sieht er auch das, wie ihm anfangs scheint, einzige Mittel des Kampfes gegen das Übel der Prostitution. „Und er träumte davon, wie er schon am nächsten Abend an der Ecke jener Gasse stehen und zu jedem Passanten sagen würde: ‚Wohin gehen Sie und weshalb? Sie sollten Gott fürchten!‘

Er würde sich an die gleichgültigen Droschkenkutscher wenden und ihnen zurufen: ‚Wozu steht ihr hier? Weshalb empört, entrüstet ihr euch nicht? Ihr glaubt doch an Gott und wißt, daß es Sünde ist, daß die Menschen dafür in die Hölle kommen, weshalb schweigt ihr da? Natürlich, sie sind euch fremd, aber auch sie haben Väter und Brüder, genau solche Menschen wie ihr ...‘“

Nach diesen Reflexionen durchlebt Wassiljew eine Ekstase, die jenem Zustand gleicht, in dem sich der Held von Garschins Erzählung „Die rote Blume“ befindet, der sich das Ziel stellte, mit seinen persönlichen Bemühungen alles Übel der Welt auszurotten.

Im Unterschied zu Garschin interessierte Tschechow jedoch nicht nur dieser edle Ausbruch von Begeisterung, sondern die Antwort auf die Frage „Was tun?“. Bei der Überprüfung, wie real und unerbittlich das soziale Übel war, kam Tschechow zu dem Schluß, daß es eine unwiderlegbare Antwort nicht gibt. Wassiljew nimmt sich vor, in der Sobolewgasse die Liebe zum Nächsten zu predigen, muß aber erkennen, daß zur selben Zeit in Smolensk und Saratow, in Nishni Nowgorod und Warschau, in London und Hamburg immer neue Scharen unglücklicher Frauen verführt werden.

Tschechow schrieb: „Die Frauen von London, Hamburg und Warschau bedrückten ihn durch ihre große Menge, wie die Berge das Land bedrücken. Er verzagte vor dieser Menge und verlor den Mut; ihm war eingefallen, daß er nicht die Gabe der Rede besaß, daß er furchtsam und kleinmütig war, daß die gleichgültigen Menschen ihn kaum anhören und verstehen würden, ihn, den Jurastudenten aus dem dritten Studienjahr, einen schüchternen, unbedeutenden Menschen, und daß wahrhaftes Aposteltum nicht allein in Predigten, sondern auch in Taten bestehe ...“

Der Moskauer Trubnaja-Platz (um 1880)

Später, zu Beginn der neunziger Jahre, berichtete Tschechow, daß ihn Tolstois Philosophie sieben, acht Jahre lang beherrscht habe, mit der Einschränkung, daß nicht die Grundprinzipien des Tolstojanertums auf ihn wirkten, sondern „die Art Tolstois sich auszudrücken, seine Besonnenheit und wahrscheinlich eine Art Hypnose".

Die Annäherung zwischen Tschechow und Tolstoi war ein Prozeß voll tiefer Widersprüche. Das wurde besonders deutlich, als der Schriftsteller spürte, daß er sehr „zornig" sei, als er beschloß, Erzählungen im protestierenden Ton zu schreiben, Erzählungen mit einer „Richtung". Der geniale Künstler hatte Tschechow mit der Furchtlosigkeit hypnotisiert, mit der er der zeitgenössischen Gesellschaft alle und jegliche Masken herunterriß, und Verlogenheit, Pharisäertum und Unmoral der herrschenden Klassen bloßstellte.

An und für sich war die Entlarvung von Falschheit und Widernatürlichkeit in den herrschenden sozialen Beziehungen für Tschechow nichts Neues. Mit diesem Anspruch war er in die russische Literatur eingetreten. Was ihm seiner Meinung nach fehlte, war ein harmonisches System von Ansichten, das ihm erlaubte, sicher über all jene Fragen und Probleme zu urteilen, für die seine Zeitgenossen lebten und die er so erfolglos in den „Lichtern" zu gestalten versucht hatte. Die sittliche Lehre Tolstois beeindruckte Tschechow durch ihre Universalität.

Bei alledem konnte der Materialist und Atheist Tschechow, der unerschütterlich an Vernunft und Wissenschaft glaubte, die Lehre Tolstois nicht vorbehaltlos annehmen. Tschechows Rationalismus war unvereinbar mit dem Tolstojanertum, mit dem, was Tschechow selbst die Grundprinzipien der Philosophie Tolstois nannte. Daher die unausweichliche Verstärkung der Kritik am Tolstojanertum gerade in der Zeit der Annäherung an die Morallehre Tolstois. Die Leitsätze des Tolstojanertums – die christliche Predigt, der Asketismus und die Idee, dem Bösen nicht mit Gewalt zu widerstehen – waren für Tschechow unannehmbar geworden. Somit war der Prozeß der Annäherung an Tolstois Philosophie zugleich ein Prozeß der konsequenten Freilegung ihrer humanistischen Grundlage, die den aufklärerischen Anschauungen Tschechows nahestand. Das wurde bereits während der Arbeit am „Anfall" deutlich.

Die hypnotische Kraft von Tolstois Idee der allgemeinen Liebe tritt in der tiefen Sympathie Tschechows für den Menschen Garschinscher Prägung zutage, der selbstlos von dieser Idee ergriffen ist. Wie im „Namenstag" gab der Autor auch hier den moralischen Fragen den Vorzug. Das Hauptübel liegt ja letztendlich darin, daß die Menschen ihre sittlichen Pflichten vergessen, daß sie gleichgültig und teilnahmslos werden. Das alles stand mit Tolstoi in vollem Einklang.

Im Unterschied zum „Namenstag" wurde diese Idee jetzt jedoch nicht mehr uneingeschränkt akzeptiert. Der Autor des „Anfalls" verschmolz nicht mit seinem Helden, wie das bei Garschin der Fall war. Obwohl Tschechow mit Wassiljew sympathisierte, blickte er gleichsam von der Seite auf ihn, zeigte er nicht nur seine starken, sondern auch seine schwachen Seiten. Die schwache Seite Wassiljews ist seine Kraftlosigkeit, deren er sich selbst bewußt ist. Dabei wird in erster Linie das Utopische enthüllt, das Illusionäre der tolstojanischen Anwandlungen Wassiljews, das in der Idee des Aposteltums liegt. Im „Anfall" ist die potentielle Möglichkeit angelegt, weiter zu gehen und die Haltlosigkeit der Idee der allgemeinen Liebe selbst zu erkennen. Tschechow nutzte vorläufig diese Möglichkeit nicht, aber die Hinwendung zu dem konkreten Problem des sozialen Übels und die Fragestellung der Notwendigkeit des Kampfes haben im „Anfall" in vielem die tolstojanische Gegenüberstellung der moralischen und gesellschaftspolitischen Probleme neutralisiert, die Tschechow im „Namenstag" zu einer Reihe übereilter Urteile veranlaßte. Dieses Mal herrscht das humanistische Pathos ohne die spezifisch tolstojanische Färbung vor.

Tschechow charakterisiert im „Anfall" seinen Helden wie folgt: „Einer seiner Freunde hatte einmal von Wassiljew gesagt, er sei talentiert. Es gebe schriftstellerische, schauspielerische, künstlerische Talente, er aber habe ein besonderes Talent, das menschliche. Er verfüge über ein wunderbar feines Gefühl für den Schmerz im allgemeinen. Wie ein guter Schauspieler fremde Bewegungen und eine fremde Stimme wiedergibt, so verstehe es Wassiljew, in seiner Seele fremden Schmerz nachzufühlen." Wie sich später herausstellte, schenkte Maxim Gorki dem „Anfall" besondere Beachtung. Er berichtet in seinen Erinnerungen, daß er nach dieser Erzählung Tschechow für einen Schriftsteller gehalten habe, der „in Vollendung ein menschliches Talent, ein feines, prächtiges Gespür für den Schmerz und die Kränkung an den Menschen" besitze.

Nachdem Tschechow die Erzählung abgeschlossen hatte, schrieb er am 11. November 1888 an Suworin: „Ich spreche viel über die Prostitution, aber ich entscheide nichts."

Indem er seine bereits früher formulierten Ansichten präzisierte, schrieb Tschechow, daß es nicht Sache des Künstlers sei, Fragen zu lösen, sondern nur richtig zu stellen, und er fügte hinzu: „In ‚Anna Karenina' und ‚Onegin' ist keine einzige Frage gelöst, aber beide Werke befriedigen uns völlig, nur deshalb, weil alle Fragen darin richtig gestellt sind." Dieser Gedanke bedeutete die Rückkehr zur Idee der Objektivität des künstlerischen Schaffens, die nach Meinung Tschechows die Beleuchtung der Erscheinungen der Wirklichkeit von einer höheren Warte fordert und daher in keiner Weise der Absicht widersprach, „zornige Erzählungen" zu schreiben.

Tschechow konnte weder das Problem der Prostitution lösen noch konnte er praktische Maßnahmen zu ihrer Ausrottung empfehlen. Doch das Begreifen jener unbestreitbaren Wahrheit, daß es unmöglich sei, dieses von der Gesellschaft zugelassene Übel durch gute Wünsche und Gefühlsausbrüche zu beseitigen, war eine richtige Fragestellung. Daher konnte Tschechow, als er zugab, diese Frage nicht lösen zu können, gleichzeitig über die Erzählung „Der Anfall" schreiben: „Man wird sie mit Nutzen lesen ..."

Wozu schreiben?

Wenn man sich die Liste der Werke ansieht, die Tschechow 1889 publizierte, könnte der Eindruck entstehen, daß ein krasser Abfall seiner schöpferischen Aktivität eingetreten war. In der Neujahrsnummer der „Nowoje wremja“ wurde die Ende 1888 geschriebene Erzählung „Die Wette“ veröffentlicht, fast gleichzeitig mit der Erzählung „Der Schuster und der Teufel“, die in der „Petersburger Zeitung“ im Dezember 1888 erschienen war. Im Märzheft des „Sewerny westnik“ wurde das Drama „Iwanow“ abgedruckt, das im November 1887 in Moskau Premiere gehabt hatte. Im März 1889 brachte die „Nowoje wremja“ die Erzählung „Die Fürstin“ heraus, die noch im November 1889 begonnen worden war. Dann folgte eine größere Pause, nach der im November 1889 im „Sewerny westnik“ „Eine langweilige Geschichte“ und in der „Nowoje wremja“ die Erzählung „Spießer“ erschien.

Tschechow verneinte scherzhaft Suworins Frage, ob er faul geworden sei. Jedenfalls sei er nicht fauler geworden als er früher schon war. „Ich arbeite jetzt ebensoviel, wie ich vor 3–5 Jahren gearbeitet habe. Zwischen 9 Uhr morgens bis mittags und vom Abendtee bis zum Schlafengehen zu arbeiten und das Aussehen eines arbeitenden Menschen zu haben, ist bei mir zur Gewohnheit geworden, in dieser Beziehung bin ich ein Beamter.“

Tschechows Arbeit war vielseitiger geworden. Mit wachsender Popularität hatte sich der Kreis seiner Bekannten erweitert und die Korrespondenz war angewachsen. In der Hauptsache erreichten ihn Bitten um Durchsicht von Manuskripten. Im Sommer verbrachte Tschechow drei Wochen in Jalta. In einem Brief teilte er mit: „Ich bleibe selten allein ... Zu mir kommen Studenten, die ihre gewichtigen Manuskripte mitbringen. Verse überwiegen. Alles ist prätentiös, gescheit, edel und talentlos.“

Wie dem auch sei, Tschechow las nicht nur, sondern er redigierte in allen möglichen Fällen, um die Manuskripte druckreif zu machen. Im Oktober schreibt Tschechow an Suworin: „Ich habe gelernt, Manuskripte zu korrigieren und zu beschmieren. Wissen Sie was? Wenn Sie die Entfernung und die Langeweile nicht schrecken, dann schicken Sie mir per Einschreiben alles Belletristische, was Sie in Händen haben und von Ihnen ausgesondert wurde ... Ich lese schnell.

Ich erinnere mich, wie ich in einer Winternacht, als ich bei Ihnen saß, aus einer abgelehnten Erzählung von Koni eine ‚Sonnabendgeschichte' gemacht habe, die am nächsten Tag vielen gefallen hat." Suworin ging natürlich sofort auf dieses Angebot ein, und nach Moskau flogen Pakete. Tschechow redigierte die Manuskripte und sandte sie unverzüglich zurück. Was für eine Arbeit das war, davon zeugen die Begleitbriefe. So erklärt Tschechow am 20. November bei der Rückgabe ihm übersandter Erzählungen: „In der ‚Sängerin' habe ich die Mitte an den Anfang gestellt und den Anfang in die Mitte; den Schluß habe ich völlig neu gestaltet. Das Mädchen wird einen Schreck bekommen, wenn sie das liest."

Am 25. März 1889 wurde Tschechow zum Mitglied des Komitees der Gesellschaft russischer Dramenschriftsteller gewählt.

Seit dem Jahre 1887 nahm das Theater in Tschechows künstlerischer Tätigkeit einen immer breiteren Raum ein. Er beurteilte die Lage des Theaters kritisch, bisweilen sogar recht scharf, und das nicht etwa deshalb, weil es keine talentierten Schauspieler gegeben hätte. Im Gegenteil, der Schriftsteller fand selbst bei Theatertruppen an den abgelegensten Orten interessante und talentierte Menschen. Ihn beunruhigte vielmehr, daß in den Provinztheatern, aber auch in den privaten Moskauer Theatern die Macht in den Händen ungebildeter Geschäftsleute lag, die nur an ihren Profit dachten. Ihn beunruhigte die fehlende Schulung der Schauspieler, der Mangel an Bildung, an Lebenskenntnis, an Erziehung. Die Folgen waren ein entsetzliches Repertoire und schlechte Darbietungen bedeutender Werke. So wurde ein eigenartiger Aufruf Tschechows geboren: „Rettung des Theaters durch die Literaten". Er versuchte auf jede Art, für die Arbeit am Theater Schriftsteller heranzuziehen, die ihm interessiert und begabt schienen.

Auch die unmittelbare schöpferische Verbindung Tschechows zum Theater wird enger. So paradox es klingen mag, aber die Annäherung erfolgte vor allem über das erzählerische Schaffen des Schriftstellers. Gerade hier erarbeitete er sich das Handwerkszeug eines Dramatikers.

Durch zahlreiche Erzählungen aus der ersten Hälfte der achtziger Jahre, die in Form dramatischer Szenen geschrieben sind, und szenische Erzählungen, in denen der erzählende Anteil auf ein Minimum reduziert ist und eigentlich nur eine erweiterte Bühnenanweisung darstellt, hatte Tschechow gelernt, die Charaktere und die Psyche seiner Helden im Laufe der Handlung zu enthüllen und sie so anzulegen, daß sie ohne Erläuterungen des Autors verständlich waren. Daher konnte Tschechow auch den späteren Lustspielen seine Erzählungen zugrunde legen. So entstanden die dramatischen Miniaturen „An der Landstraße", „Kalchas" („Schwanengesang"), „Die Hochzeit", „Tragöde wider Willen", „Das Jubiläum".

Durch die Aufführung der Lustspiele, besonders aber des „Iwanow", konnte Tschechow das Theater näher kennenlernen und dessen Mängel genauer erfassen. 1887 schrieb er anläßlich der Vorbereitung einer Aufführung am Theater

Das Theater von F. A. Korsch (1887)

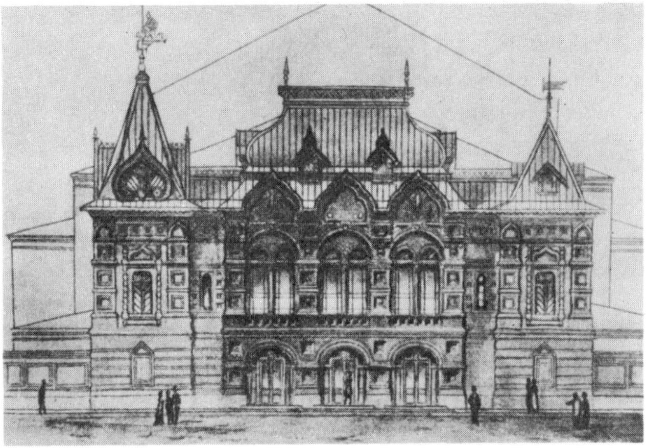

von Korsch: „Vor allem: Korsch versprach mir zehn Proben, er hat aber nur vier gemacht, von denen man aber nur zwei Proben nennen kann, weil die anderen beiden Turniere darstellten, auf denen sich die Herren Schauspieler in Wortgefechten und Schimpfkanonaden übten. Ihre Rolle kannten nur Dawydow und Glama, die übrigen spielten dem Souffleur und ihrer inneren Überzeugung nach ... Kisseljowski, auf den ich große Hoffnungen setzte, sprach keinen einzigen Satz richtig ... Im ganzen – Erschöpfung und ein Gefühl des Ärgers ..."

Am 25. November 1889 schrieb er an Suworin: „Sasanow spielt im ‚Bären' scheußlich. Das ist sehr begreiflich. Die Schauspieler beobachten niemals gewöhnliche Menschen. Sie kennen weder Gutsbesitzer noch Kaufleute, weder Popen noch Beamte. Dafür können sie ausgezeichnet Markköre, Mätressen und ausgemergelte Falschspieler darstellen, überhaupt alle solche Individuen, die sie zufällig beobachten, wenn sie sich in Kneipen und in Gesellschaft von Junggesellen herumtreiben. Eine schreckliche Ignoranz."

Um so erfreulicher waren Ausnahmen – die Bekanntschaft mit talentierten und zugleich intelligenten Menschen. 1889 schloß Anton Pawlowitsch enge Freundschaft mit den Schauspielern Lenski vom Kleinen Theater sowie mit Dawydow und Swobodin vom Alexandra-Theater.

Michail Pawlowitsch erinnerte sich, daß Swobodin Tschechow mehrmals in Luka besuchte. „Nach einer Aufführung des ‚Iwanow' in Petersburg im Jahre 1889 ... faßte dieser Schauspieler Zuneigung zu meinem Bruder Anton, und die beiden freundeten sich miteinander an. Pawel Matwejewitsch oder, wie wir ihn im Scherz auf französisch nannten, Paul-Mathias, und mein Bruder Anton, beide hervorragende Humoristen, erheiterten die ganze Bevölkerung von Luka mit ihren scharfsinnigen Streichen, sie arrangierten komische Fischzüge, zu denen Swobodin in Frack und Zylinder erschien, und sie waren unerschöpflich im Späßemachen. Man muß sich nur einen Menschen an einem schilfbewachsenen

Flußufer auf dem Lande vorstellen, in Frack, Zylinder und weißen Handschuhen, mit weißem Vorhemd und weißer Schleife, mit der ernsten Miene eines Anglers ... Die ganze Gesellschaft fuhr nach Achtyrka, damals ein abgelegenes Provinzstädtchen, wo man in einem Hotel abstieg und Swobodin sich für einen Grafen und meinen Bruder für seinen Lakaien ausgab, womit sie die Bediensteten in nicht geringe Verwirrung versetzten ..."

Am 31. Januar 1889 fand in Petersburg auf der Bühne des Alexandra-Theaters die zweite Premiere des „Iwanow" statt. Tschechow hatte das Stück 1887 sehr leicht und schnell geschrieben. Dann kamen die mit der Vorbereitung der Aufführung verbundenen Aufregungen und schließlich die Premiere im Theater von Korsch. Nach der Vorstellung lud Tschechow die Schauspieler zum Abendessen ein. Dem jungen Dramatiker wurden viele schöne Worte gesagt, doch was die Premiere selbst betraf, so war der Eindruck recht widersprüchlich. Es gab Beifall, aber es wurde auch ziemlich laut gezischt. Anfangs schrieb Tschechow vieles der mangelhaft vorbereiteten Aufführung zu, aber je mehr die Ansprüche des Schriftstellers wuchsen, um so deutlicher begann er zu verstehen, daß „Iwanow" vor allem durch sein Verschulden unverständlich war. Im Herbst 1888, als der „Iwanow" in Petersburg aufgeführt werden sollte, arbeitete Tschechow sein Stück um, was sich fast bis zur Premiere hinzog.

Im Oktober 1888 schrieb er an Suworin: „Im ‚Iwanow' habe ich den 2. und den 4. Akt radikal umgestaltet. Iwanow habe ich einen Monolog gegeben, Sascha habe ich retuschiert usw. Wenn man meinen ‚Iwanow' jetzt nicht versteht, dann stecke ich ihn in den Ofen und schreibe eine Erzählung ‚Genug!'" Im Dezember mußte Tschechow erkennen, daß seine Befürchtungen berechtigt waren – wieder wurde das Stück nicht so verstanden, wie er es wollte. Am Ende des Jahres 1888 erklärte Anton Pawlowitsch sein Vorhaben auf das ausführlichste, und dann, schon im Januar 1889, arbeitete er das Stück abermals um. Am 15. Januar, vier Wochen vor der Premiere, schrieb Tschechow an Pleschtschejew: „Ich habe mich abgequält, und kein Honorar kann die gewaltige Anspannung aufwiegen, die ich in der letzten Woche verspürte. Früher habe ich meinem Stück keinerlei Bedeutung beigemessen, ich verhielt mich zu ihm mit herablassender Ironie: es ist geschrieben – zum Teufel mit ihm. Jetzt aber, nachdem es so plötzlich und unerwartet in Gang gekommen ist, habe ich begriffen, wie schlecht es gearbeitet ist. Der letzte Akt ist erstaunlich schlecht. Eine ganze Woche habe ich über dem Stück gesessen, habe Varianten, Verbesserungen, Zusätze hingeschrieben, ich habe eine neue Sascha gemacht (für die Sawina), den 4. Akt habe ich bis zur Unkenntlichkeit verändert, an Iwanow selbst gefeilt und mich abgequält; ich habe mein Stück derart hassen gelernt, daß ich bereit bin, mit den Worten Keans zu schließen: Prügelt den Iwanow, prügelt ihn!"[1]

---

[1] Abgewandeltes Zitat aus dem Drama „Kean ou désordre et génie" von Alexandre Dumas père (1836)

„Der Bär im Theater Korsch" („Splitter", 1889)

Am 19. Januar 1889 traf Tschechow in Petersburg ein. Es begannen die Aufregungen, die mit der Neuinszenierung verbunden waren. An seinen Bruder Michail schrieb er: „Die Schauspieler agieren schlecht; aus dem Stück wird nichts Vernünftiges herauskommen; mit dem faden Dawydow streite und versöhne ich mich zehnmal am Tag. Das ist langweilig. Es gibt wirklich nichts zu tun. Das Stück wird höchstens viermal gegeben – die Sache ist der Mühe nicht wert. Mascha braucht gar nicht herzukommen."

Indessen waren Tschechows Befürchtungen diesmal unbegründet. Nach dem Zeugnis von Iwan Schtscheglow waren die Rollen in dem Stück unter den besten Kräften „ohne Unterschied von Rang und Eigenliebe" verteilt. Dafür hatte F. A. Fjodorow-Jurkowski, Regisseur am Alexandra-Theater, gesorgt, da das Stück als Benefizvorstellung für ihn gegeben wurde. Die Premiere ging mit großem Erfolg über die Bühne, Autor und Schauspielern wurden große Ovationen dargebracht. „Iwanow", bemerkte Schtscheglow, „hat trotz vieler szenischer Unklarheiten durch seine Frische und Originalität durchaus für sich eingenommen."

Am 3. Februar kehrte Tschechow nach Moskau zurück. „Ich bin aus Petersburg geflüchtet", schrieb er an Baranzewitsch. „Ein Rausch hat mich ergriffen. Ich bin erschöpft, und die ganze Zeit schämte ich mich. Wenn ich kein Glück habe, bin ich tapferer als wenn ich Glück habe. Während eines Erfolges fürchte ich mich und verspüre ein starkes Verlangen, mich unter dem Tisch zu verstecken." Am nächsten Tag gestand er Suworin: „Mir ist traurig zumute, und ich möchte niemandem die Hand geben. Aus der Sphäre des bengalischen Feuers bin ich in eine halbdunkle Kammer geraten und kneife die Augen zu. Ich verspüre ein starkes Verlangen nach meiner bescheidenen, sanften Belletristik, aber mein ganzer Körper ist so von Faulheit durchzogen, daß es einfach ein Unglück ist. Ich durchlebe einen Katzenjammer."

Jetzt, da die Streitigkeiten und Mißverständnisse, die mit der Vorbereitung der Aufführung verbunden waren, hinter ihm lagen, war Tschechow voll guter Gefühle den Darstellern gegenüber. „Nachdem die Schauspieler meinen ‚Iwanow' gespielt haben", schrieb er in dem gleichen Brief, „sind sie mir alle wie Verwandte. Sie stehen mir ebenso nahe wie die Patienten, die ich behandelt habe, oder die Kinder, die ich einstmals unterrichtete. Ich kann nicht vergessen, daß die Strepetowa nach dem 3. Akt geweint hat und daß alle Schauspieler vor Freude umherwanderten wie Schatten. Vieles kann ich nicht vergessen, obwohl ich vorher so grausam war beizustimmen, daß es für einen Literaten unpassend sei, Hand in Hand mit einem Schauspieler auf die Bühne zu treten und sich vor den Applaudierenden zu verbeugen. Zum Teufel mit dem Aristokratismus, wenn er lügt."

Als Tschechow nach der Premiere den Abdruck des Stückes im „Sewerny westnik" vorbereitete, brachte er neue Verbesserungen an, und in den neunziger Jahren nahm er eine erneute Redigierung vor. In der Hauptsache war die Arbeit jedoch abgeschlossen. Am 18. Februar 1889 schrieb er an Schtscheglow: „Ich habe getan, was ich konnte – folglich stimmt es: die Bäume wachsen nicht in den Himmel; ich habe über mein Verdienst bekommen, mehr als nötig. Shakespeare mußte nicht solche Reden hören wie ich sie gehört habe. Was brauche ich Waldteufel denn noch?"

Im „Iwanow" nahm der Autor das Thema seines Stückes ohne Titel wieder auf. Erneut geht es um das Leben auf einem Landgut, um den heruntergekommenen Adel, um die spießbürgerliche Entartung von „Menschen mit Hochschulbildung". Vieles war jetzt jedoch komplizierter geworden. Das Alltagsleben, die Charakteristik der Personen, die dramatischen Umstände, in denen sich die Helden befinden, alles ist verändert durch die Erfahrungen, die der Autor inzwischen gesammelt hatte. Die Probleme, die dem Stück zugrundeliegen, sind eine eigenartige Verschmelzung jener allgemeinhistorischen Fragen, die Tschechow damals, an der Grenze der siebziger und achtziger Jahre, im Geist der Interpretation von Hamlet und Don Quichotte durch Turgenjew zu erläutern suchte, und der Fragen, die ihn jetzt bewegten.

Bei der Gestalt Iwanows behielt Tschechow das von Turgenjew verwendete Schema Hamlets bei; eines Menschen, zerrüttet durch Selbstanalyse und Skepsis, der aber zugleich ein konsequenter Gegner des Bösen ist. „Wenn das Publikum das Theater mit dem Bewußtsein verläßt, daß die Iwanows Schufte sind, ... so bin ich gezwungen, meinen Abschied zu nehmen und die Feder wegzuwerfen", resümierte Tschechow in einem Brief vom 30. Dezember 1888 an Suworin. Nach dem „Namenstag" war es für Tschechow besonders wichtig, seine

Sympathien für Iwanow als einen liberalen Semstwo-Vertreter nicht in Zweifel ziehen zu lassen. Zugleich mußte er in der Figur Iwanows jenen gesellschaftlichen Verfall widerspiegeln, jenen Prozeß der Degeneration, den in seinen Augen die liberale Volkstümlerbewegung durchmachte. Im „Iwanow" kam auch Tschechows skeptische Einstellung zur gesellschaftspolitischen Problematik zum Ausdruck. Im Ergebnis verschiebt sich der Schwerpunkt von gesellschaftspolitischen Fragen zur moralischen Sphäre. „Iwanow ist erschöpft", schrieb er in dem erwähnten Brief vom 30. Dezember 1888, „er begreift sich selbst nicht, aber das Leben geht das nichts an. Es stellt ihm seine gesetzmäßigen Forderungen, und ob er will oder nicht, er muß die Fragen lösen. Die kranke Frau ist eine Frage, der Haufen Schulden ist eine Frage, Sascha hängt sich ihm an den Hals, auch das ist eine Frage ... Menschen wie Iwanow lösen keine Fragen, sie brechen unter der Last zusammen. Sie verlieren die Geistesgegenwart, schlagen vor Verwunderung die Hände zusammen, werden nervös, klagen, machen Dummheiten, und zum Schluß, wenn sie ihren schlappen, undisziplinierten Nerven freien Lauf gelassen haben, verlieren sie den Boden unter den Füßen und treten ein in die Reihen der ‚Zusammengebrochenen' und ‚Unverstanden' ..."

Doch Tschechows Landhamlet fängt sich in letzter Minute. Für kurze Zeit erwacht in ihm der frühere Iwanow, und um den Prozeß seines Abgleitens in den Sumpf spießbürgerlicher Entartung zu verhindern, beendet der Held sein Leben durch Selbstmord.

Im Unterschied zu seinem Jugendstück war Tschechow jetzt bemüht, auch die Figur eines neu aufgetauchten Don Quichotte zu gestalten. In Verbindung damit mußte er tiefer in die Sphäre des zeitgenössischen gesellschaftspolitischen Lebens eindringen. Mit der Gestalt des Doktor Lwow, des Antagonisten Iwanows, wandte sich Tschechow erneut dem für ihn schmerzhaften Thema der doktrinären Enge der liberalen Volkstümler zu.

Bei der Erläuterung des Charakters des Doktors betonte der Autor, dies sei der Typ eines ehrlichen, geraden, hitzigen, aber eng begrenzten, nicht nach links und rechts sehenden Menschen. Durch die Belletristik der Volkstümler erzogen, ist Lwow das fremd, was Tschechow „Weite des Blickfelds" nennt. „Wer da ruft: ‚Bahn frei für die ehrliche Arbeit!', den betet er an. Wer das aber nicht ruft, ist ein Schuft und Kulak." „Daher auch seine schreiende Ungerechtigkeit – der Kampf mit den Windmühlen." Tschechow war sehr besorgt, daß man ihn richtig verstand. Der Gedanke, daß Lwow den Traditionen der Volkstümler-Belletristik entsprechend als positiver Held aufgefaßt werden könnte, als „großer Mensch", erschreckte ihn ebenso sehr wie die Möglichkeit einer bedingungslosen Verurteilung Iwanows. Der Autor vergaß nicht, daß sein Held im Namen des Guten mit eingebildeten Gegnern kämpft. Darin besteht seine Ähnlichkeit mit Don Quichotte. Diesen Gedanken verteidigend, erinnerte Anton Pawlowitsch an die jüngste Vergangenheit von Helden des Typs Lwow. „Lwow ist ehrlich", schrieb er in demselben umfangreichen Brief,

„aufrichtig und nimmt kein Blatt vor den Mund, und er ist schonungslos gegen sich selbst. Wenn nötig, könnte er unter die Kutsche eine Bombe werfen, den Inspektor in die Schnauze schlagen und das Wort ‚Schuft' ausstoßen. Er macht vor nichts halt ... Solche Menschen braucht man, und sie sind meistens sympathisch. Sie als Karikatur zu zeichnen, wenn das auch im Interesse der Bühne läge, ist unanständig und auch nicht nötig. Natürlich ist eine Karikatur viel schärfer und darum verständlicher, aber es ist besser, eine Zeichnung nicht zu beenden, als sie zu verschmieren."

Im „Iwanow" gelang es Tschechow, beeindruckende typische Charaktere zu schaffen und ein grelles Bild des spießbürgerlichen Provinzlebens zu zeichnen. Tschechow blieb im Rahmen des traditionellen Aufbaus eines dramatischen Werkes. Die Handlung entwickelt sich aus einer klar zum Ausdruck gebrachten Intrige, die sich um den Házpthelden konzentriert. Zugleich aber erscheinen bereits die Elemente eines neuen dramatischen Systems, das Tschechow in den neunziger Jahren entwickeln und endgültig ausformen wird.

Der Erfolg seines Stückes in Petersburg dämpfte offensichtlich das heftige Gefühl des Unbefriedigtseins, das Tschechow bis kurz vor der Premiere verspürt hatte. Damals, als er sagte, er sei an den „richtigen Punkt" gelangt, äußerte der Schriftsteller auch seine große Unzufriedenheit mit der künstlerischen Umsetzung seines Vorhabens, und er schloß daraus: „Man sollte warten." Ein Schriftsteller brauche außer Talent und Frische noch Reife und jenes „Gefühl der persönlichen Freiheit", das erst vor kurzem in ihm aufzulodern begonnen hatte. Seinen Gedanken erläuternd, schrieb Tschechow die bekannten Zeilen über den schwierigen Weg des Rasnotschinzen in die Literatur, der „auf Kosten seiner Jugend" das erkaufen mußte, was die adligen Schriftsteller „von der Natur umsonst" bekommen haben.

Und trotzdem hatten diese ernsthaften Zweifel und Überlegungen von der erfolgreichen Petersburger Premiere kaum übertönt werden können. „Bei der Gelegenheit etwas über Erfolg und Ovationen", schreibt er am 18. Februar 1889 an Schtscheglow. „Das ist alles so geräuschvoll und so wenig befriedigend, daß im Ergebnis nichts anderes herauskommt als Müdigkeit und der Wunsch, weit wegzulaufen ..." Etwas früher informierte er Suworin über einen langen Brief an Swobodin (der Brief ist leider verlorengegangen), in dem er bewiesen habe, daß „Unzufriedenheit eine grundlegende Eigenschaft jedes wirklichen Talents bildet".

Tschechows Zweifel an der erschöpfenden Behandlung des im „Iwanow" aufgeworfenen Themas schienen begründet zu sein. Der Schriftsteller hatte zwar die Charakterzüge der zeitgenössischen Hamlet- und Don-Quichotte-Figuren richtig erfaßt, verstand sie allerdings noch nicht als sozialhistorische Erscheinung, die im Prozeß des Scheiterns der Volkstümler-Ideologie entstanden war. In seinem Brief über den „Iwanow", in dem er den Typus seines Helden erläuterte, sprach Tschechow vor allem über eine gewisse besondere Form von Reizbarkeit, die dem russischen Menschen eigen sei. „Es gibt keinen oder fast keinen russischen Gutsherrn oder Akademiker, der nicht mit seiner Vergangenheit renommiert. Die Gegenwart ist immer schlechter als die Vergangenheit. Warum? Weil die russische Reizbarkeit eine spezifische Eigenschaft hat: sie wird bald von einer Ermüdbarkeit abgelöst."

Mit dieser Eigenart des russischen Menschen versuchte Tschechow auch die charakteristischen Besonderheiten der gesellschaftlichen Lage der achtziger Jahre zu erklären. „Verzweiflung, Apathie, nervliche Schlaffheit und Erschöpfung sind die unvermeidbare Folge einer außergewöhnlichen Reizbarkeit, und solche Reizbarkeit ist unserer Jugend in höchstem Maße eigen. Nehmen Sie die Gegenwart ... Der Sozialismus ist eine Form der Reizbarkeit. Wo ist er denn? Er ist in dem Brief Tichomirows[1] an den Zaren. Die Sozialisten haben geheiratet und kritisieren den Semstwo. Wo ist der Liberalismus? Selbst Michailowski sagt, alle Schachfiguren seien durcheinander geraten ..."

Tschechow sah sehr wohl die charakteristischen Erscheinungen der achtziger Jahre, die er als anormal und krankhaft bezeichnete und vom Standpunkt der medizinischen Wissenschaft aus zu interpretieren versuchte. Die sich daraus erklärende schicksalhafte Unvermeidlichkeit dieser Erscheinungen mußte den Schriftsteller beunruhigen und das Gefühl der Unzufriedenheit mit seiner Lebenssicht verstärken. Überlegungen über den Sinn und die gesellschaftliche Bedeutung der künstlerischen Tätigkeit erschienen in Tschechows Briefen jener Zeit immer häufiger.

„Es gibt Augenblicke", schrieb er am 23. Dezember 1888, „in denen ich wirklich den Mut verliere. Für wen und wofür schreibe ich? Für die Leser? Aber ich sehe sie nicht und glaube an sie weniger als an einen Hausgeist: sie sind ungebildet, schlecht erzogen, und ihre besten Elemente sind uns gegenüber gewissenlos und unaufrichtig. Ob diese Leser mich brauchen oder nicht, kann ich nicht beurteilen. Burenin sagt, man brauche mich nicht und ich beschäftigte mich mit Lappalien. Die Akademie gab mir einen Preis – das versteht selbst der Teufel nicht. Für Geld schreiben? Aber Geld habe ich nie, und weil ich es nicht gewohnt bin, welches zu haben, läßt es mich fast gleichgültig. Fürs Geld arbeite ich kaum. Um gelobt zu werden? Aber Belobigungen ärgern mich nur. Die Literarische Gesellschaft, die Studenten, die Jewreinowa, Pleschtschejew, die Mädchen und alle übrigen lobten meinen ‚Anfall' über den grünen Klee, aber die Beschreibung des ersten Schnees hat allein Grigorowitsch bemerkt. Und dergleichen mehr. Hätten wir eine Kritik, so wüßte ich bei der Zusammenstellung des Materials – ganz gleich, ob es sich um gutes oder schlechtes handelt –, daß ich für die Menschen, die sich dem Studium des Lebens widmen, genau so nötig bin wie für den Astronomen die Sterne. Ich würde mich dann bemühen zu arbeiten, und ich würde wissen, wofür ich arbeite. Aber jetzt

[1] L. A. Tichomirow, ein führendes Mitglied der revolutionären Organisation „Narodnaja wolja", hatte 1888 eine Ergebenheitsadresse an den Zaren gerichtet, in der er sich von der revolutionären Tätigkeit lossagte.

ähneln wir, Sie, ich, Murawlin und so weiter, Besessenen, die Bücher und Theaterstücke zum eigenen Vergnügen schreiben."

Auf Kritiken reagierte Tschechow im allgemeinen nicht, es sei denn, er mußte sich gegen besonders gehässige Auslassungen zur Wehr setzen. „Eine seltsame Sache!" schrieb er einmal aus Anlaß einer derartigen Kritik. „Ein Gerichtsreporter bemüht sich, wenn er einen Angeklagten beschreibt, sich eines allgemein üblichen, verbindlichen Tones zu bedienen; die Herren Kritiker aber, wenn sie uns, die wir doch keine Räuber oder Diebe sind, heruntermachen, lassen solche Ausdrücke los wie Gesindel, Grünschnabel, Bengel ... Wieso sind wir schlimmer als Angeklagte?"

Was das Publikum betrifft, so spottete Tschechow wiederholt über seine Unerzogenheit und Allesfresserei, aber schließlich schrieb er doch an Suworin: „Es empört Sie, daß es über seichte Witze lacht und tönenden Phrasen applaudiert; aber dieses selbe dumme Publikum füllt doch für ‚Othello' die Kassen, und bei der Oper ‚Eugen Onegin' weint es, wenn Tatjana ihren Brief schreibt. Das Publikum, so dumm es auch ist, im allgemeinen ist es doch klüger, aufrichtiger und gutmütiger als Korsch, die Schauspieler und die Dramatiker ..."

Im April 1889 deutete sich ein Ausweg an: „Wir alle wissen, was eine ehrlose Handlung ist, aber was Ehre ist, das wissen wir nicht. Ich werde mich an einen Rahmen halten, der dem Herzen nähersteht und schon von Menschen erprobt wurde, die stärker und klüger sind als ich. Dieser Rahmen ist die absolute Freiheit des Menschen, Freiheit von Gewalt, von Vorurteilen, von Unwissenheit und Übel, Freiheit von Leidenschaften und so weiter."

Das war der erneute Versuch, in den Kreis moralischer Probleme Grundfragen der Zeit einzubeziehen.

Als Tschechow an der Erzählung „Die Fürstin" arbeitete, stand er offensichtlich vor folgendem Problem: Wie sollte er das Gefühl des in ihm reifenden sozialen Protestes, des Protestes eines Rasnotschinzen, der immer stärker das Gefühl der persönlichen Freiheit empfand, mit der Idee der allgemeinen Liebe verbinden? „Ich schreibe für die ‚Nowoje wremja' eine Erzählung", teilte Tschechow Suworin mit. „Ich beschreibe eine widerwärtige Frau." Doch schon im nächsten Brief schrieb er, daß „die Erzählung steckengeblieben" sei. „Ich will in dieser Saison Erzählungen im protestierenden Ton schreiben, ich muß das lernen, aber da ungewohnt, ist das langweilig, und ich komme ins Schwanken."

Dadurch, daß Tschechow als Hauptperson eine steinreiche Gutsbesitzerin wählte, sah er sich mit scharfen sozialen Problemen konfrontiert, die in der Erzählung sichtbar werden. Doktor Michail Iwanowitsch durchschaut die Fürstin. Er weiß, daß sich ihre Gutsverwalter „von früh bis spät auf den Zehntausenden von Deßjatinen herumtreiben und bemüht sind, von einem Ochsen drei Felle abzuziehen". Bei alledem beschuldigt sich die Fürstin keineswegs der Beraubung der Bauern. Das ist, wie sich zeigt, nur eine besondere Erscheinungsform ihrer Hauptschuld – der mangelnden Liebe zu den Menschen. „Die einfachen Leute gelten bei Ihnen nicht als Menschen. Und auch die Fürsten, Grafen, Bischöfe, die zu Ihnen kamen, waren für Sie nur Dekoration, keine lebenden Menschen.“ Um der Fürstin Wera Gawrilowna ihre Schuld zu erklären, spricht der Doktor von dem allgemeinen Geist, der auf allen ihren Gütern herrscht, über den „Abscheu gegen die Menschen, den man unbedingt in allem spürt. Auf dieser Abneigung beruht bei Ihnen der ganze Zuschnitt des Lebens. Abneigung gegen die menschliche Stimme, die Gesichter, die Nacken, die Schritte ... mit einem Wort – gegen alles, was den Menschen ausmacht.“

Aber wenn es gerade um die Liebe zu den Menschen als solche geht, wie steht es denn mit der Entlarvung dieser wunderlichen, verlogenen, leichtsinnigen und „widerwärtigen“ Frau? Der Doktor versteht das, und deshalb sieht er sich schließlich genötigt, um Verzeihung zu bitten. „Verzeihen Sie mir um Gottes willen ...“, sagt er zu der Fürstin. „Ein ungutes, rachsüchtiges Gefühl hat mich gestern übermannt, und ich habe Ihnen Dummheiten gesagt.“

Die Person des Autors verschmolz in dieser Erzählung keineswegs mit der des „Entlarvers“. Und trotzdem ist nicht nur der Doktor, sondern auch der Autor inkonsequent, denn die Überzeugungen, die Michail Iwanowitsch veranlassen, sich zu entschuldigen, waren zu jener Zeit auch dem Autor vertraut. In einem seiner Briefe schrieb er: „Die ganze Woche bin ich böse wie ein Hundesohn ... Bosheit ist Kleinmut eigener Art. Ich gebe das zu und tadle mich selbst.“ Und trotzdem war Tschechow nicht völlig von der Erzählung überzeugt. Als er sie Suworin übersandte, schrieb er am 5. März 1889: „Ich schicke Ihnen die ‚Fürstin‘, lieber Alexej Sergejewitsch. Zum Teufel mit ihr, sie hat mich gelangweilt – die ganze Zeit lag sie auf meinem Schreibtisch herum und bedrängte mich, ich solle sie beenden. Nun, ich habe sie beendet, aber nicht sehr harmonisch.“

Mit der „Fürstin“ begann eine lange Pause in den Publikationen, doch Tschechow arbeitete unermüdlich weiter, vorwiegend an dem vor langer Zeit begonnenen Roman. Dabei trat ein produktiver Widerspruch zutage. Als er an dem Roman arbeitete, wurde er sich bewußt, daß sein wahres Element die Kürze war. Im November 1888 schrieb er halb im Scherz: „Mir scheint, wenn ich keinen Sprachfehler hätte, wäre aus mir ein passabler Advokat geworden. Ich kann kurz über lange Dinge sprechen.“ Bald nach der erfolgreichen Premiere des „Iwanow“ in Petersburg erklärte er: „Mein Herz ist voller Faulheit und eines Gefühls der Freiheit. Das macht das Blut, es gerät im Frühling in Wallung. Ich befasse mich trotzdem mit einer Sache. Ich habe das Material für mein drittes Büchlein zusammengesucht. Erbarmungslos wird gestrichen. Es ist seltsam, ich habe jetzt eine Manie für alles Kurze. Was ich auch lese, sei es Eigenes oder Fremdes, alles erscheint mir nicht kurz genug.“ Im April 1889 drückte er den gleichen Gedanken noch bestimmter aus. „Ich arbeite nicht, sondern lese“, schrieb Tschechow, „oder ich schreite aus einer Ecke in die andere. Übrigens bedaure ich gar nicht, daß ich Zeit zum Lesen habe. Lesen ist lustiger als Schreiben. Ich glaube, wenn ich noch 40 Jahre leben und diese ganzen 40

Jahre lesen, lesen und nochmals lesen und dabei lernen würde, talentiert, das heißt kurz zu schreiben, so würde ich auf Euch alle mit einer so großen Kanone feuern, daß der Himmel erzittern würde. Jetzt aber bin ich ein ebensolcher Liliputaner wie alle."

Gleichwohl reifte in Tschechow die Überzeugung, einen eigenen, nicht der Tradition verhafteten Weg gehen zu müssen. „Ich brauche Einsamkeit und Zeit", hatte er bereits im Oktober 1888 nach der Preisverleihung gesagt. Die Zeit verging, aber eine Einsiedlerzelle, wo er in Ruhe hätte nachdenken und seine bisherigen Werke überarbeiten können, gab es für ihn nicht.

Im Sommer des Jahres 1889 häuften sich auf Tschechows Schreibtisch die unvollendeten Arbeiten.

Recht unerwartet schrieb er im Frühjahr 1889 sein nächstes Stück. Am Vorabend der „Iwanow"-Aufführung im Alexandra-Theater hatte er, müde und erschöpft, geschrieben: „Wenn mein ‚Bolwanow' fertig ist, werde ich etwas für den ‚Sewerny westnik' schreiben, die Belletristik ist eine friedliche, heilige Angelegenheit. Die erzählende Form ist die angetraute Gattin, die dramatische Form eine effektvolle, lärmende, freche, anstrengende Geliebte."

Im April 1889 erklärte Anton Pawlowitsch: „Da ich nicht die Möglichkeit habe, einen Roman zu schreiben, habe ich aus Langeweile mit dem ‚Waldteufel' begonnen. Es kommt etwas so Langweiliges heraus wie ‚Nathan der Weise'. Trotz allem versichere ich Ihnen, daß ich früher oder später der Direktion 5–6 Tausend in einer Saison abknöpfen werde. Ach, wie hochnäsig werde ich dann auf Sie herabblicken!" Das war ein Scherz an die Adresse Suworins gerichtet, der fast gleichzeitig, nur in Moskau, mit seinem Stück „Tatjana Repina" Premiere hatte.

Den „Waldteufel" hatte Tschechow bereits 1888 konzipiert und sich im Sommer darangemacht, das Stück auf der Krim auszuarbeiten. Seine Absicht, am Ufer des Schwarzen Meeres ein „lyrisches Drama" zu schreiben, wurde nicht verwirklicht. Offenbar hatte Tschechow Suworin von seinem Vorhaben berichtet und ihn eingeladen, das Stück gemeinsam zu erarbeiten. Er machte gern solche Vorschläge. Suworin war einverstanden, man begann mit der Arbeit und diskutierte ausführlich über die Charaktere der handelnden Personen, dann aber zog sich der Mitautor von der weiteren Arbeit zurück. Am 15. November 1888 fragte Tschechow bei ihm an: „Weshalb weigern Sie sich, mit mir zusammen den ‚Waldteufel' zu schreiben? Wenn das Stück nicht gelingen oder wenn es nicht nach Ihrem Geschmack sein sollte, so gebe ich Ihnen mein Wort, es niemals aufführen oder drucken zu lassen." Zugleich machte er neue Vorschläge: „Schreiben wir eine Tragödie ‚Holofernes' nach Motiven der Oper ‚Judith', in der wir Judith sich in Holofernes verlieben lassen ... Sujets gibt es viele. Man kann über Salomo schreiben, man kann Napoleon III. und Eugenie nehmen oder Napoleon I. auf Elba." Diese Vorschläge wurden mit Rücksicht auf Suworins Interesse an historischen Themen gemacht. Aber auch diesmal kam es nicht zu einer gemeinsamen Arbeit. Tschechow befaßte sich mit dem

„Iwanow", Suworin mit seiner „Tatjana Repina". Und nun, im Frühjahr 1889, macht sich Tschechow erneut an sein Stück. Er schreibt, doch auch diesmal bleibt es unvollendet.

Im Frühjahr 1889 blieb noch eine weitere Arbeit unvollendet. „Ach, was für eine Erzählung ich begonnen habe!" schrieb Tschechow. „... Ich schreibe an einem Thema über die Liebe. Ich habe eine feuilletonistisch-belletristische Form gewählt. Ein ordentlicher Mensch hat einem anderen ordentlichen Menschen die Frau entführt und schreibt seine Meinung darüber; er lebt mit ihr – seine Meinung; er trennt sich von ihr – wieder seine Meinung. Ein wenig spreche ich über das Theater, über das Vorurteil der ‚Uneinheitlichkeit der Überzeugungen', über die Grusinische Heerstraße, über das Familienleben, über die Unfähigkeit des heutigen Intellektuellen zu einem solchen Leben, über Petschorin, Onegin, über den Kasbek ... Ein solcher Salat, daß Gott behüte. Mein Hirn bewegt die Schwingen, aber wohin es fliegen wird, weiß ich nicht."

Bald darauf änderte sich das Sujet, und die spätere „Langweilige Geschichte" war im Entstehen. Es ging darum, daß „ein sinnvolles Leben ohne eine bestimmte Weltanschauung kein Leben, sondern eine Last und ein Schrecken" ist. Die Erzählung war im Dezember beendet worden und in Suworins Drukkerei gesetzt, da forderte Tschechow das Manuskript zurück, und es blieb auf seinem Schreibtisch liegen. Im März 1889, nach Beendigung der „Fürstin", teilte Anton Pawlowitsch mit, daß er mit Begeisterung an einer anderen Erzählung arbeite. Bald darauf war von einer neuen Fassung der „Langweiligen Geschichte" die Rede. „Das Sujet der Erzählung ist neu: das Leben eines alten Professors, eines Geheimrats. Sehr schwer zu schreiben. Manchmal muß man ganze Seiten umschreiben, weil die ganze Erzählung von der scheußlichen Stimmung verdorben ist, von der ich mich den ganzen Sommer über nicht freimachen konnte."

Um den 25. März war sein Bruder Nikolai an Bauchtyphus erkrankt. Die Erkrankung wurde durch einen tuberkulösen Prozeß der Lunge verschlimmert. Zunächst fuhr Tschechow zu seinem Bruder, dann ließ er ihn nach Hause in die Sadowaja-Kudrinskaja-Straße überführen. Es wurde ein Ärztekonsilium einberufen, das die schlimmen Befürchtungen Anton Pawlowitschs bestätigte. „Einen kranken Bruder zu haben", schrieb Tschechow, „ist ein Unglück; als Arzt neben dem kranken Bruder zu leben, ist doppeltes Unglück." „... Es gibt Augenblicke, in denen ich mich aufrichtig gräme, daß ich Mediziner und kein Ignorant bin."

Ende April wurde der Kranke nach Sumy übergeführt. „Ich lebe schon in der Sommerfrische ...", schreibt Tschechow an seinen Bruder Alexander. „Das Wetter ist prächtig, die Vögel singen, der Faulbaum und alle Lilien des himmlischen und irdischen Lebens umkreisen die Nase mit angenehmem Duft, doch die seelische Stimmung ist flau. Ich bin gleichgültig, was ich teils meinem Alter, teils dem kranken Nikolai zu verdanken habe, der bei mir wohnt und Tag und Nacht unaufhörlich hustet."

„Der Todesstunde können wir nicht entgehen", hatte Tschechow schon im September 1888 an Alexander geschrieben, „wir haben nicht mehr lange zu leben." Und im Oktober 1888 folgte in einem Brief an Lasarew-Grusinski das Eingeständnis: „Erstens bin ich ‚von Glückes Gunst verzogen', in der Literatur bin ich ein Potjomkin, entsprungen dem Schoß von ‚Raswletschenije' und ‚Wolna', ich bin ein Kleinbürger inmitten der Adligen, und solche Menschen halten sich nicht lange, wie eine Saite, die man zu hastig gespannt."

Als Alexander eintraf, um den Bruder am Krankenlager abzulösen, fuhr Tschechow zusammen mit Freunden zu Smagin in das Gouvernement Poltawa. Müde und durchnäßt langten sie in der Nacht an. Am Morgen kam ein Telegramm – Nikolai war am 17. Juni verstorben. „Daheim", schrieb Anton Pawlowitsch, „traf ich Kummer an. Unsere Familie kannte noch nicht den Tod, und einen Sarg bekamen wir zum erstenmal bei uns zu sehen. Wir richteten dem Maler ein ausgezeichnetes Begräbnis aus. Wir trugen ihn auf unseren Händen, mit einer Kreuzfahne usw. Wir begruben ihn auf dem Dorffriedhof unter Honiggras; das Kreuz ist weithin sichtbar. Es scheint, er liegt sehr bequem."

Um nach dem Begräbnis neuen Mut zu fassen, brachte Tschechow seine Familie nach Achtyrka, dann lebte er für eine Woche in der Sommerfrische, anschließend reiste er ins Ausland, wohin ihn Suworin gerufen hatte. Doch in Odessa gastierte das Kleine Theater aus Moskau, Lenski lud ihn dorthin ein, und Tschechow änderte seine Reiseroute und fuhr nach Odessa. Nachdem er

„Eine langweilige Geschichte"
(A. W. Wanezian)

dort zwölf Tage verbracht hatte, machte er sich von neuem auf die Reise. Vom Dampfer „Olga" schrieb er am 16. Juli an seinen Bruder Iwan: „Ich fahre nach Jalta und weiß buchstäblich nicht, wozu und wohin ich fahre. Ich müßte nach Tirol, nach Konstantinopel und nach Sumy fahren; alle Länder der Welt sind in meinem Kopf durcheinandergeraten, in meiner Phantasie wimmelt es von Städten, und ich weiß nicht, womit ich dieser Fülle Einhalt gebieten kann. Und hier herrscht immer noch Trägheit, eine Abneigung, irgendwohin zu fahren, Gleichgültigkeit und Zusammenbruch ... Ich lebe mechanisch, ohne zu überlegen."

In Jalta ließen ihn seine zahlreichen Bekannten nicht arbeiten, und seine Stimmung besserte sich nicht.

Am 11. August 1889 kehrte Tschechow in die Sommerfrische zurück, am 5. September war er wieder in Moskau. Es begann die Terminarbeit zur Druckvorbereitung der „Langweiligen Geschichte", die von all dem befreit werden sollte, was, wie Tschechow meinte, durch seine gedrückte sommerliche Stimmung hineingetragen worden war.

In die „Langweilige Geschichte" flossen Erlebnisse, Meinungen und Reflexionen ein, die Tschechow seit seiner Studentenzeit selbst durchlebt beziehungsweise durchdacht hatte.

Selbst allerpersönlichste Erfahrungen läßt Tschechow seinen Professor Nikolai Stepanowitsch aussprechen, der beispielsweise darüber nachdenkt, was geschehen wird, wenn er sich von seinen Arztkollegen untersuchen läßt; es würde ihn seiner letzten Hoffnung berauben. „Und wer hat denn keine Hoffnungen? Jetzt, wo ich mir selbst die Diagnose stelle und mich selbst behandle, hoffe ich manchmal, daß ich mich täusche ..." Analoge Gedanken hatte Anton Pawlowitsch in einem seiner Briefe geäußert. Nikolai Stepanowitsch entschließt sich, nach Charkow zu fahren. „Soll ich nach Charkow fahren, dann fahre ich eben nach Charkow, denkt der Professor. Außerdem ist mir in letzter Zeit alles so gleichgültig geworden, daß es mir völlig einerlei ist, wohin ich fahren soll – nach Charkow, nach Paris oder nach Berditschew." Das klingt wie ein Zitat aus Tschechows Briefen nach dem Tod seines Bruders Nikolai.

Suworin, dem Anton Pawlowitsch häufig seine geheimsten Gedanken anvertraute, war der Meinung, daß Tschechow in seinem neuen Werk in erster Linie als Publizist auftrat, um seine Gedanken und Vorstellungen zu bekräftigen. Tschechow, der seine Erregung darüber nur schlecht verbergen konnte, widersprach einer so flachen Auslegung der „Langweiligen Geschichte" entschieden. „Ich habe mir überhaupt nicht angemaßt, Sie mit meinen erstaunlichen Ansichten über Theater, Literatur usw. zu frappieren; ich wollte nur meine Kenntnisse nutzen und jene ausweglose Lage beschreiben, in die ein guter und kluger Mensch bei all seinem Willen geraten ist, das Leben so von Gott anzunehmen wie es ist und über alles auf christliche Art zu denken, wie er murrt und knurrt wie ein Sklave und die Menschen sogar in den Augenblicken heruntermacht, in denen er sich zwingt, sich gut über sie zu äußern. Er will für die Studenten eintreten, aber es kommt dabei nichts heraus als Heuchelei und gewöhnliches Geschimpfe ..."

Nikolai Stepanowitsch lebt sein Leben anscheinend völlig makellos. Er war und ist der Wissenschaft grenzenlos ergeben und vertritt die sittlichen Prinzipien, die Tschechow zuvor in seinem Panegyrikus an Prshewalski gelobt hatte. Tatsächlich glaubt der Professor am Ende seines Lebens, daß „die Wissenschaft das Wichtigste, Schönste und Notwendigste im Leben des Menschen ist, daß sie immer die höchste Offenbarung der Liebe war und sein wird und daß nur durch sie allein der Mensch die Natur und sich selbst besiegen kann".

Sein ganzes Leben lang war der Professor gütig, willfährig und nachsichtig. Ganz konsequent die Idee der allgemeinen Liebe propagierend, erfaßt er die tiefen Grundlagen dieser Philosophie, wenn er meint, daß Tugend und Reinheit sich wenig von dem Laster unterscheiden, wenn sie nicht frei von einem bösen Gefühl sind. Nikolai Stepanowitsch ist Tschechow auch dann ähnlich, wenn er, seine geheimsten Wünsche definierend, sich eingesteht, daß er vor allem wolle, daß „unsere Frauen, Kinder, Freunde und Schüler in uns nicht den Namen lieben, nicht die Firma und nicht das Etikett, sondern den gewöhnlichen Menschen". So hat der Professor scheinbar allen Grund, sein Leben für eine „schöne, talentiert gemachte Komposition" zu halten. Aber darin besteht auch das Drama, das Tschechow erzählt. Am Ende seines Lebens ist Nikolai Stepanowitsch überzeugt, daß er das Finale verderben werde.

Der Professor selbst meint, das Drama bestehe darin, daß ihn böse Gedanken beherrschen, die seine Lebensphilosophie zerschlagen; indessen glaubt er weiter an deren Richtigkeit. „Das beste und heiligste Recht der Könige", sagt er zu Katja, „ist das Recht der Begnadigung. Und ich habe mich immer als König gefühlt, weil ich dieses Recht ohne jede Einschränkung ausgeübt habe. Ich habe niemals gerichtet, war nachsichtig und habe gern allen und allem verziehen. Wo andere protestierten und aufbegehrten, da habe ich nur geraten und überzeugt ... Jetzt aber bin ich kein König mehr. In mir geht etwas vor, was sich nur für Sklaven schickt. Tag und Nacht wandern schlimme Gedanken durch meinen Kopf, und in meinem Herzen haben sich Gefühle eingenistet, wie ich sie vordem nicht kannte. Ich hasse, ich verachte, ich zürne, ich begehre auf, ich fürchte mich."

Bestrebt zu begreifen, was mit ihm vorgeht, denkt Nikolai Stepanowitsch gequält: „Ist denn die Welt schlechter geworden und ich besser, oder war ich früher blind und gleichgültig?" Bei Katja gibt es in dieser Hinsicht keine Zweifel – sie ist fest überzeugt, daß sich Nikolai Stepanowitsch endlich die Augen geöffnet haben. Vieles sieht er erstmals in richtigem Licht. Jetzt erfaßt er mit aller Schärfe die Lüge und Falschheit, die ihn umgab. Er sieht, wie falsch die sinnlosen Zeremonien zu Hause und in den Beziehungen zu seinen Kollegen sind. Da ist zum Beispiel das Mittagessen. „Auf dem Gesicht meiner Frau malt sich Feierlichkeit, gespielte Wichtigkeit ... Lisa lacht stoßweise und kneift die Augen zusammen." Es kommt ein Kollege von der Universität. „Zunächst", erzählt Nikolai Stepanowitsch, „sind wir bemüht zu zeigen, daß wir beide ungewöhnlich höflich sind und uns sehr freuen, uns zu sehen. Ich placiere ihn in einen Sessel, und er placiert mich in einen anderen, dabei streichen wir einander vorsichtig über die Taille, berühren die Knöpfe, und es sieht aus, als betasteten wir einander und fürchteten dabei, uns zu verbrennen. Wir lachen beide, obwohl wir nichts Komisches sagen." Die gleichen Zeremonien auch bei der Verabschiedung. Als der Diener die Tür öffnet, „versichert mir der Kollege, ich würde mich erkälten, und ich gebe mir den Anschein, als sei ich bereit, ihm sogar bis auf die Straße zu folgen. Und wenn ich endlich in mein Arbeitszimmer zurückkehre, dann lächelt mein Gesicht noch immer, wahrscheinlich nach dem Trägheitsgesetz." Ähnliches erlebt auch Olga Michailowna in der Erzählung „Der Namenstag".

Ein Mensch, der am Vorabend seiner Todesstunde die ihn umgebende Lüge erkennt – schon die Zeitgenossen bemerkten, daß dies der Situation nahekommt, in der sich Iwan Iljitsch in der gleichnamigen Erzählung von Lew Tolstoi befindet. Wie schon bei Garschin bedeutete für Tschechow eine solche Nähe durchaus keine Nachahmung, sondern einen Akt der künstlerischen Selbstbesinnung und des schöpferischen Wettstreits. Die Hinwendung zu Stoffen ihm vertrauter Schriftsteller zeugte von Tschechows Wunsch, mit seinen eigenen künstlerischen Mitteln tiefer in die Problematik einzudringen und sie schärfer zu durchleuchten als es seine Vorgänger vermochten.

Die Originalität, mit der Tschechow das Thema Tolstois behandelte, besteht vor allem darin, daß der Held seine Angehörigen nicht nur mit anderen Augen sieht, sondern auch begreift, daß ihr inneres Leben sich schon längst seiner Wahrnehmung entzogen hat, und er infolgedessen schuld daran ist, daß die Prüfungen des Lebens seine Frau, seine Tochter und auch Katja bis zur Unkenntlichkeit verändert haben.

Schon im Mai 1889 hatte Tschechow, als er von den Verhältnissen in seiner Sommerwohnung berichtete, erläutert: „Die Natur ist ein echtes Beruhigungsmittel. Sie besänftigt, das heißt, sie macht den Menschen gleichgültig. Und auf dieser Welt muß man gleichgültig sein. Nur gleichgültige Menschen sind fähig, klar auf die Dinge zu sehen, gerecht zu sein, und – natürlich – zu arbeiten. Das bezieht sich nur auf kluge und edle Menschen; Egoisten aber und Hohlköpfe sind ohnehin ziemlich gleichgültig." Und das war kein falscher Zungenschlag. Einige Tage später entwickelte Anton Pawlowitsch den gleichen Gedanken in einem anderen Brief. Und nun gelangt er zu der festen Überzeugung, daß all dem gar nicht so sei. „Es heißt, denkt Nikolai Stepanowitsch, Philosophen und wahre Weise seien gleichgültig. Das stimmt nicht – Gleichgültigkeit ist Paralyse der Seele, vorzeitiger Tod."

Und trotzdem liegt das wirkliche Drama des Professors nicht in dem Zusammenbruch der Weltanschauung, die ihm makellos schien, sondern in dem, was diesem Zusammenbruch folgt, in jenen sehr bösen Gedanken, die ihn am Ende seines Lebensweges beherrschen.

Bei der Darstellung der inneren Zerrissenheit Nikolai Stepanowitschs stützte sich Tschechow erneut auf seine persönlichen Erlebnisse. Im Dezember 1888 schrieb er: „Überhaupt ist mein Leben langweilig, ich beginne zeitweise zu hassen, was mir früher nicht passierte. Lange, sinnlose Gespräche, Gäste, Bittsteller, Almosen von ein-, zwei- oder dreihundert Rubel, Ausgaben für Droschken um der Patienten willen, die mir nicht einen Groschen geben – mit einem Wort, ein solches Tohuwabohu, daß es zum Weglaufen ist. Man leiht sich bei mir Geld und gibt es nicht zurück, man klaut mir Bücher, man achtet meine Zeit nicht ... Es fehlt mir nur noch eine unglückliche Liebe." Der Schriftsteller hielt depressive Stimmungen für Anzeichen einer seelischen Schwäche. So denkt auch Nikolai Stepanowitsch, der die Vorstellung nicht verscheuchen kann, er sei ungerecht geworden, denn die Menschen verdienten ein nachsichtiges Verhalten. Als er die Mängel seiner Kinder erkennt, bemerkt er, daß ähnliche Gedanken ihn vergiften. „Was sollen sie?" fragt der Professor zweifelnd. „Ein böses Gefühl heimlich gegenüber gewöhnlichen Menschen deswegen hegen, weil sie keine Helden sind, das kann nur ein beschränkter oder verbitterter Mensch." Und trotzdem kann er nichts mit sich anfangen: „Früher", gesteht er, „habe ich nur das Geld verachtet, jetzt aber verachte ich nicht das Geld, sondern die Reichen, als wären sie schuldig; früher haßte ich Gewalt und Willkür, jetzt hasse ich die Menschen, die Gewalt anwenden ..."

Nikolai Stepanowitschs Befürchtungen sind begründet. Allmählich wird er immer mehr in die abendlichen Gespräche bei Katja hineingezogen, wo offenbar sogar die Luft mit Klatsch getränkt ist, wo Verleumdung und gewöhnliches Geschimpfe an der Tagesordnung sind. Es entwickelt sich eine wahrhaft tragische Situation. Einerseits droht seine Philosophie unter dem Druck des Lebens zu zerbrechen, andererseits lauert die Gefahr fruchtloser Nörgelei.

„Meiner leidenschaftlichen Hingabe an die Wissenschaft", schließt der Professor, „meinem Wunsch zu leben, dem Hocken auf einem fremden Bett und dem Bestreben, mich selbst zu erkennen, allen Gedanken, Gefühlen und den Begriffen, die ich mir über alles gebildet habe, fehlt etwas Gemeinsames, was dies alles zu einem Ganzen verbinden würde. Jedes Gefühl und jeder Gedanke existiert gesondert in mir, und in allen meinen Urteilen über Wissenschaft, Theater, Literatur und Schüler, und in all den Bildern, die meine Phantasie sich ausmalt, würde selbst der geschickteste Analytiker nichts von dem finden, was man eine allgemeine Idee oder den Gott des lebendigen Menschen nennt."

Indessen ist das nicht nur Nikolai Stepanowitschs Unglück. Als er darüber nachdenkt, wie er Katjas Frage „Was soll ich denn tun?" beantworten soll, geht der Professor in Gedanken die grundlegenden und populärsten Ideen der achtziger Jahre durch und kommt zu dem Schluß, daß sie ihm nicht helfen können. „Es sagt sich leicht ‚Arbeite!' oder ‚Gib dein Hab und Gut den Armen!' oder ‚Erkenne dich selbst!', und gerade weil sich das so leicht sagt, weiß ich nicht, was ich antworten soll."

Nikolai Stepanowitschs Drama war das Drama einer ganzen Generation, einer Jugend, die, wie das Schicksal Katjas zeigte, unter den Bedingungen der achtziger Jahre zugrunde ging.

In sechs Kapiteln der Erzählung geht der Autor gerade diesem anscheinend ausweglosen Drama nach. Als der Professor über Katjas Schicksal nachdenkt, kommt er am Ende seiner Beichte zu der sehr traurigen Schlußfolgerung, daß „die Seele dieses armen Menschenkindes keine Zuflucht gekannt hat und sie ihr ganzes Leben lang nicht kennen wird – ihr ganzes Leben lang!" Trotzdem widerspiegelt die Erzählung nicht nur das Drama der Ausweglosigkeit eines düsteren Jahrzehnts, sondern auch das heranreifende Selbstbewußtsein denkender Menschen, das deutliche Gefühl des Unbefriedigtseins mit dem Ideengut ihrer Generation, jenes Gefühl, das auch das erste Anzeichen für das nahe Ende der Epoche der Reaktion war.

Tschechow schuf ein Werk, das die höchste Verkörperung des Dramas der russischen demokratischen Intelligenz jener schweren Jahre ist.

Tschechows Erfolg war nicht nur durch die Originalität der Idee bestimmt. Meisterhaft setzte er seine künstlerischen Mittel ein. Hier findet sich keine lokale Szene aus dem Alltagsleben mehr, wie das in den vorhergehenden Werken meist der Fall war. Die künstlerische Konstruktion ist komplizierter geworden. Ein Sujet im gewöhnlichen Sinne gibt es in dieser Erzählung nicht. Die Beichte des Helden wird als freie Folge charakteristischer Lebensszenen, philosophischer Reflexionen und Erinnerungen aufgebaut. Indessen ist die äußerlich vollkommen frei erzählende Darstellung sorgfältig konstruiert und streng der konsequenten Aufdeckung des seelischen Dramas des Helden untergeordnet. In Fortsetzung der europäischen Tradition der philosophischen Novelle schuf Tschechow ein seiner Form nach einmaliges Werk, das in seiner Kraft und Tiefe ohne jede Einschränkung in einer Reihe mit den künstlerischen Meisterwerken seiner großen Vorgänger steht.

Die seelischen Qualen, die Tschechow durchlebte, machten sich bezahlt, wurden aber nicht weniger. Wie früher stand der Schriftsteller vor dem gleichen Dilemma wie sein Held – auf der einen Seite die Idee des Friedens und der Liebe unter den Menschen, auf der anderen, so schien es ihm damals, fruchtlose gehässige Nörgelei. Unter diesen Bedingungen deklarierte er erneut kategorisch die Idee der allgemeinen Liebe.

Am 13. Oktober heißt es: „Kaum hatte ich die Erzählung fertigbekommen und war erschöpft, da nahm ich einen Anlauf und schrieb aus Gewohnheit den vieraktigen ‚Waldteufel', ich schrieb ihn neu und vernichtete alles, was im Frühjahr geschrieben wurde. Ich arbeitete mit großem Vergnügen, sogar mit Genuß, obwohl mir vom Schreiben der Ellbogen wehtat und es mir vor den Augen flimmerte."

Interessant ist ein Detail. Zwei Wochen vorher hatte Tschechow im Hinblick auf den „Waldteufel" mitgeteilt, er schriebe eine große „Romankomödie". „In der Komödie", präzisierte er, „führe ich gute, gesunde Menschen vor, die zur Hälfte sympathisch sind . . . Der allgemeine Ton – kompakte Lyrik."

Im Frühjahr 1889 schrieb Tschechow über seinen Roman: „Diesem Roman lege ich das Leben guter Menschen zugrunde, ihre Gesichter, Taten, Worte, Gedanken und Hoffnungen; mein Ziel ist es, zwei Fliegen mit einer Klappe zu schlagen: das Leben wahrheitsgetreu zu schildern und dabei zu zeigen, wie sehr dieses Leben von der Norm abweicht."

Es ist anzunehmen, daß Tschechow seinen „Waldteufel" nicht zufällig eine „Romankomödie" nannte. Dieses Stück war, so paradox das klingen mag, die Beendigung der Arbeit an seinem Roman, die Folge des Entschlusses, „kurz über einen langen Gegenstand zu sprechen". Der „Waldteufel" war die eigenartige Quintessenz eines Planes, den Tschechow in einem Roman verwirklichen wollte. Unzweifelhaft ist jedoch nur eins: im „Waldteufel" versucht der Schriftsteller, konsequent seine Absicht zu realisieren, „das Leben wahrheitsgetreu zu schildern und dabei zu zeigen, wie sehr dieses Leben von der Norm abweicht".

Im Bestreben, so zu verfahren, brach Tschechow entschlossen mit dem Kanon der dramatischen Schreibweise. Die alltägliche Situation der Handlung, die betont alltäglichen Gespräche, die zahlreichen Pausen – all das rief den Eindruck einer demonstrativen Zerstörung der Bühnenbedingungen hervor, und das Stück, das für eine Aufführung im Petersburger Alexandra-Theater vorgesehen war, wurde vom Theater- und Literaturkomitee unter Grigorowitschs Vorsitz abgelehnt. Am 21. Oktober schrieb Tschechow an Pleschtschejew: „Von meinem Stück hört man kein Sterbenswort. Ob es die Mäuse gefressen haben, ob die Direktion es der Öffentlichen Bibliothek gespendet hat, ob es aus Scham über die Lüge Grigorowitschs, der mich liebt wie seinen Sohn, verbrannt ist – alles kann sein, aber mir ist *nichts* bekannt. Von niemandem habe ich irgendeine Nachricht oder Begründung erhalten, ich weiß nichts, aber ich frage nicht nach, weil mir eine solche Nachfrage als Bitte oder als der unbedingte Wunsch ausgelegt werden kann, ich wolle mich mit alexandrinischen Lorbeeren schmükken. Ich bin doch ehrgeizig . . ."

Das Stück wurde als wunderbare dramatische Erzählung akzeptiert, aber als ungeeignet für die Bühne betrachtet. Doch niemand beeilte sich, Tschechow das offiziell mitzuteilen und diese Meinung zu begründen. Der Schauspieler Lenski vom Moskauer Kleinen Theater zeigte sich entschlossener. Nachdem er den „Waldteufel" gelesen hatte, riet er Tschechow, über dieses Thema eine Erzählung zu schreiben, da der Autor seiner Meinung nach sich „der Bühne und der dramatischen Form gegenüber zu geringschätzig verhält". Schließlich verkaufte Tschechow, nachdem er einige Korrekturen vorgenommen hatte, sein Stück an das Privattheater der Frau Abramowa; dort fand am 27. Dezember 1889 die Premiere statt.

Das künftige Schicksal des Stückes wurde jedoch nicht von seinen formalen Eigenarten, sondern von seinem ideellen Gehalt bestimmt. Nach der „Langweiligen Geschichte" verwirklichte Tschechow diesmal sein Ideal mit aller Bestimmtheit und Offenheit. Die Norm im „Waldteufel" ist der Friede zwischen den Menschen, die Abweichung von der Norm sind allerlei kleinliche Zänkereien, das voreingenommene Verhalten zueinander, wenn man im Menschen nicht den Menschen sucht, sondern die „Firma" und das „Etikett", wenn man in ihm „einen Volkstümler, einen Psychopathen, einen Phrasendrescher sieht, alles was gefällt, nur nicht einen Menschen!" Daher auch der Haß und die Feindschaft selbst zwischen guten Menschen. Zum Schluß triumphiert die bestätigte Norm, und zwischen den Helden stellen sich Beziehungen des Friedens und der Liebe ein. Das ergab sich folgerichtig und harmonisch, kam aber recht schulmeisterlich und tendenziös heraus. Daher auch die unausbleiblichen psychologischen Übertreibungen, besonders am Schluß.

Unverhüllt erwies sich die Konzeption der allgemeinen Liebe als Prokrustesbett, in dem das Leben mit seiner realen Widersprüchlichkeit nicht unterzubringen war. Das entschied offenbar auch über das endgültige Schicksal des Stückes. Tschechow wurde der „Waldteufel" allmählich immer gleichgültiger; zunächst noch unentschlossen, lehnte er es dann aber kategorisch ab, es drucken zu lassen, und nahm es weder in einen Sammelband noch in seine Gesammelten Werke auf.

Unterdessen begann der Geist des Protestes Tschechow immer stärker zu beherrschen. Er ließ sich aus dem Ausland in Rußland verbotene Bücher und Zeitungen mitbringen. Noch im Frühjahr entspann sich zwischen ihm und Suworin eine heftige Polemik um den Roman „Der Schüler" von Bourget, in deren Verlauf Anton Pawlowitsch scharf mit der tendenziösen Attacke des französischen Schriftstellers gegen den Materialismus ins Gericht ging. Im Dezember äußerte Tschechow in Fortsetzung dieser Polemik eine ausgesprochen negative Einschätzung des „Schülers" und anderer Neuerscheinungen der zeitgenössischen Literatur. „Von der Höhe schriftstellerischer Erhabenheit herab", meint Tschechow, behandelten Bourget und ähnliche Schriftsteller „geringschätzig Gewissen, Freiheit, Liebe, Ehre, Moral und flößen der Menge die Überzeugung ein, daß all das, was das Tier in ihnen unterdrückt, was sie vom Hund unterscheidet und was in jahrhundertelangem Kampf der Natur abgerungen wurde, leicht durch ‚Experimente' diskreditiert werden kann, wenn nicht heute, dann in der Zukunft. Zwingen denn solche Autoren, ‚das Beste zu suchen, zwingen sie, zu denken und anzuerkennen, daß das Schlechte tatsächlich schlecht ist'? Nein, sie zwingen Frankreich zu degenerieren, und in Rußland helfen sie dem Teufel, jene Würmer und Asseln zu vermehren, die wir Intelligenz nennen."

Immer häufiger finden sich in Tschechows Briefen an Suworin scharfe kritische Bemerkungen. Empört wies er seinen Briefpartner auf gewisse Materialien hin, die in der „Nowoje wremja" gedruckt wurden. Anton Pawlowitsch hatte schon früher mit Suworin gestritten, neu aber war der Ton dieser Dispute, die Konsequenz, mit der Tschechow gegen die philosophischen und gesellschaftspolitischen Ansichten seines früheren Gesprächspartners auftrat. Suworin hatte mit einer Bemerkung Anstoß erregt, die Tschechow wohl verständnisvoll aufnehmen sollte, als er schrieb, daß etwas Verächtlicheres als die liberale Opposition nicht zu denken sei. Sogleich folgte die Antwort: „Nun, und diejenigen, die nicht die Opposition bilden? Sie sind doch kaum besser."

Im ganzen gesehen, blieben Tschechows Ansichten zutiefst widersprüchlich. Ein anschauliches Beispiel bietet die Erzählung „Spießer", die Tschechow im November an die „Nowoje wremja" gesandt hatte. Später wurde diese Kurzgeschichte, die das honigsüße Glück von Neuvermählten behandelt, der erste Teil der Erzählung „Der Literaturlehrer", die das trügerische, kleinbürgerliche Glück seines Nimbus entkleidet. Vorerst aber verwies nur der Titel „Spießer" auf eine solche Möglichkeit. Tschechow schrieb an Suworin: „Übrigens hat diese Erzählung eine komische Geschichte. Ich hatte vor, sie so zu beenden, daß an meinen Helden kein trockener Faden mehr bleibt, aber der Teufel ritt mich, sie meinen Angehörigen vorzulesen, und alle flehten mich an: Schone sie, schone sie! Ich schonte meine Helden, daher ist die Erzählung so unbefriedigend."

Er wollte sich nicht der Idee der allgemeinen Liebe entziehen, doch begann das relativ harmonische System seiner Ansichten, das sich unter dem Einfluß der Morallehre Tolstois herausgebildet hatte, zu wanken. Ein qualvoller Prozeß, den Tschechow als Krisis wertete, nicht nur in geistiger, sondern auch in künstlerischer Hinsicht. Am 14. September 1889 sprach er davon, daß er sich an einem Scheideweg befände, an dem „Fortuna entscheidet, wohin sie uns führen soll – aufwärts oder hinab auf die schiefe Ebene". Im November schrieb er: „In meinem Kopf häufen sich die Sujets. Es hat sich soviel Unsinn aller Art angesammelt, daß man in naher Zukunft einen Bergsturz befürchten muß." Und im Dezember heißt es: „Ich muß lernen, alles von Grund auf lernen, weil ich als Schriftsteller ein ausgemachter Ignorant bin; ich muß gewissenhaft schreiben, mit Gefühl, mit Sinn und Verstand, und nicht fünf Druckbogen in einem Monat, sondern einen Bogen in fünf Monaten."

Etwa um diese Zeit las Tschechow die Lektionen über Strafrecht und Gefängniswesen, mit denen sich sein Bruder Michail auf die Universitätsexamen vorbereitete. Er faßte den unerwarteten und unverständlichen Entschluß, auf die Insel Sachalin zu fahren. „Die Reise", schrieb Michail Pawlowitsch, „wurde ganz zufällig ausgedacht. So plötzlich und unerwartet schickte mein Bruder sich an, in den Fernen Osten zu fahren, daß anfangs schwer zu begreifen war, ob er im Ernst sprach oder nur scherzte."

Tschechow führte die Logik der künstlerischen Entwicklung unerbittlich in diese Richtung, an einen „Ort unerträglicher Leiden, deren nur der freie und der abhängige Mensch fähig sind".

Dort auf der Zuchthausinsel, im Sammelbecken unerhörter Leiden, wollte Tschechow seine Lebensansichten überprüfen. Fast symbolisch entsprach dieser Entschluß dem Gebot der Zeit, die eine Belebung des gesellschaftlichen Lebens in Rußland ankündigte.

Die Sträflingsinsel

Tschechow befaßte sich sehr sorgfältig mit wissenschaftlicher Literatur und las alles über die Geschichte der Eroberung von Sachalin, seine Wirtschaft, Geographie, Fauna und Flora. In der Liste der Bücher und Artikel, die Tschechow studierte, finden sich mehr als hundert Titel, unter ihnen historische Untersuchungen, Erinnerungen von Reisenden, die nicht nur Sachalin selbst betreffen, sondern auch die angrenzenden Gebiete – den Amurbezirk, Kamtschatka, Sibirien insgesamt und Japan. Tschechow studierte auch spezielle Arbeiten, beispielsweise über praktische Navigation und nautische Astronomie. Dazu kommt noch Literatur über Strafrecht und Gefängniswesen und über die Lage auf der Insel selbst.

„Ich sitze daheim, ohne das Zimmer zu verlassen, und lese, wieviel im Jahre 1863 die Sachaliner Kohle je Tonne kostete und wieviel die von Schanghai, ich lese von den Amplituden und vom Nordost, Nordwest, Südwest und den übrigen Winden, die mich anblasen werden, wenn ich meine eigene Seekrankheit an der Küste von Sachalin beobachten werde. Ich lese vom Boden, vom Untergrund, vom sandigen Lehm und lehmigen Sand. Übrigens habe ich den Verstand noch nicht verloren ...“ Dieser Brief stammt vom 16. März des Jahres 1890, und es gibt darin keine Übertreibungen.

Zur Erfassung des wissenschaftlichen Materials gehörte auch die Lektüre von Korrespondenzen in der Presse, bei deren Bewertung er großen Scharfblick und beneidenswerte Nüchternheit an den Tag legte. „Ich muß die Zeitschriftenliteratur über Sachalin möglichst genau kennenlernen“, schrieb er an seinen Bruder Alexander, „sie interessiert mich nicht allein wegen der Kenntnisse, die sie vermittelt. Natürlich sind Kenntnisse, für sich genommen, nötig ..., aber auch die historische Beleuchtung der Fakten, die das Wesen dieser Kenntnisse bilden, ist wichtig. Die Aufsätze wurden entweder von Leuten geschrieben, die niemals auf Sachalin waren und von der Sache nichts verstehen, oder aber von interessierten Leuten, die aus der Sachalinfrage Kapital geschlagen und dabei ihre Unschuld bewahrt haben. Die Kühnheit der ersten und die Gerissenheit der zweiten müssen als verdunkelnde und hemmende Elemente für den Forscher wertvoller sein als alle jene Informationen, die in der Mehrzahl der Fälle nicht stimmen; diese Elemente charakterisieren sehr gut das Verhalten unserer Gesellschaft zu der Sache im allgemeinen und zum Gefängniswesen im besonderen."

Da jede solide wissenschaftliche Arbeit mit einer Einleitung beginnt, in der in der Regel die Geschichte des Problems dargestellt wird, machte sich auch Tschechow daran, eine solche zu schreiben. Halb im Ernst, halb im Scherz teilte er am 4. März mit, er habe schon begonnen, über Sachalin zu schreiben. „Ich habe schon etwa fünf Seiten über die ‚Forschungsgeschichte' geschrieben. Es machte sich ganz leidlich, gleichsam klug und autoritativ. Ich begann mit der Geographie, mit Graden und Kaps ... Auch ganz leidlich. Ich zitiere ausländische Autoren mit fremder Stimme, aber es kommt bei mir so eingehend und in solch einem Ton heraus, als ob ich selbst ausgezeichnet in allen Sprachen spreche. Eine ausgemachte Gaunerei." „Tag für Tag lese und schreibe, lese und schreibe ich ... Je mehr ich lese, desto fester wird meine Überzeugung, daß ich in zwei Monaten nicht ein Viertel dessen schaffen werde, was ich mir vorgenommen habe, und länger als zwei Monate kann ich doch nicht auf Sachalin sitzen – die schurkischen Dampfer warten nicht!"

Groß war die Zahl der Fragen, die auf den Forscher einstürmten. Tschechow beschäftigte sich gewissenhaft mit jeder von ihnen, doch verlor er dabei keinen Augenblick das Hauptziel aus den Augen, das klar über den Rahmen selbst großer Spezialuntersuchungen der Probleme Sachalins hinausging.

Die Pläne des Schriftstellers begannen kaum bekannt zu werden, da wandte man sich schon mit Fragen und Ratschlägen an ihn. Tschechows Antworten waren recht widersprüchlich. Mal sagt er, er habe beschlossen, sich selbst zu dressieren, weil er angeblich in letzter Zeit faul geworden sei, mal beruft er sich auf den Wunsch, wenigstens zwei oder drei Tage zu erleben, an die er sich das ganze Leben erinnern würde. Oft tat er die Sache mit einem Scherz ab, weil er offenbar nicht vertraulich werden wollte, und wenn er von etwas sprach, dann nicht von der Hauptsache. In zwei Fällen jedoch äußerte der Schriftsteller ziemlich bestimmt seine wahre Meinung.

Suworin sprach in ironischem Ton von Tschechows Entschluß und versuchte, ihm die Reise auszureden. Dabei behauptete er, Tschechows Vorhaben sei nutzlos, da Sachalin für niemanden nötig oder interessant sei. Das brachte Anton Pawlowitsch aus der Fassung. „Ist das denn richtig?" fragte er empört. „Vor nicht mehr als fünfundzwanzig, dreißig Jahren haben unsere Russen, als sie Sachalin erforschten, erstaunliche Heldentaten vollbracht, für die man einen Menschen vergöttern kann; und wir haben das nicht nötig, wir wissen nicht, was für Menschen das sind, sitzen nur in unseren vier Wänden und klagen, daß Gott den Menschen schlecht erschaffen hat. Sachalin ist ein Ort unerträglicher Leiden, deren nur der freie und der abhängige Mensch fähig sind. Die mit Sachalin zu tun haben und dort arbeiten, standen und stehen jetzt noch vor unheimlich verantwortungsvollen Aufgaben. Ich bedaure, daß ich nicht sentimental bin, sonst würde ich sagen, daß wir nach Orten wie Sachalin wallfahrten müßten wie die Türken nach Mekka ... Aus den Büchern, die ich gelesen habe und noch lese, ist zu ersehen, daß wir *Millionen* von Menschen in den Gefängnissen unnötig verfaulen ließen, ohne Überlegung, auf barbarische Art. Wir trieben die Menschen gefesselt in der Kälte Zehntausende von Werst weit, wir steckten sie mit Syphilis an, demoralisierten sie und schoben alles den rotnäsigen Aufsehern in die Schuhe."

Am 22. März schrieb Tschechow an Leontjew-Schtscheglow: „Wenn die Kritik, auf deren Autorität Sie sich berufen, weiß, was wir beide nicht wissen, warum schweigt sie dann bis heute und offenbart uns nicht die Wahrheit und die unwandelbaren Gesetze? Wenn sie sie wüßte, glauben Sie mir, dann hätte sie uns schon längst den Weg gewiesen, und uns wäre bekannt, was wir zu tun hätten ..., uns allen wär jetzt nicht so unerträglich schwer zumute. Sie würde es nicht ins Theater und mich nicht nach Sachalin ziehen."

Im Unterschied zu den Helden der „Langweiligen Geschichte" konnte sich der Schriftsteller nicht mit der ideellen Gestaltlosigkeit seiner Zeit zufriedengeben. Die wahrhaft grandiose Aufgabe, die er sich stellte, war das Finden jener allgemeinsten Idee, mit der sich gesellschaftliches Denken erklären ließ.

Trotz seiner Skepsis gegenüber dem studentischen Milieu verfolgte Tschechow aufmerksam die Studentenunruhen in Moskau und die Zusammenstöße der Studenten mit der Polizei, die er als charakteristische Zeichen der Zeit wertete.

„Man sagt", schrieb Tschechow an Suworin, „man habe nachts einen Haufen Studenten ins Gefängnis abgeführt, aber am Passionskloster habe der Plebs die Gendarmen angegriffen, um ihnen die Studenten zu entreißen. Der Plebs habe angeblich dabei geheult: ‚Ihr habt für uns nur Prügel übrig, aber sie setzen sich für uns ein!'"

Im selben Brief kritisiert er Suworins Sohn dafür, daß dieser kein einziges Mal die Publizisten der „Nowoje wremja" angegriffen habe, daß er träge sei, weil er „lässig protestiert, bald die Stimme senkt, bald einverstanden ist, und man im ganzen den Eindruck hat, als sei er überhaupt nicht am Kampf interessiert, das heißt, er nimmt an einem Hahnenkampf als Zuschauer teil, ohne einen eigenen Hahn zu besitzen. Und einen eigenen Hahn muß man haben, sonst ist das Leben uninteressant."

Als Tschechow seine Sachalinreise vorbereitete, hatte er angenommen, diese Arbeit würde sich bis zum März hinziehen, und danach werde er sich „an Erzählungen setzen" können. Indessen konnte er sich nicht von der wissenschaftlichen Arbeit losreißen. Bis zur Abreise schrieb er nur noch die Erzählung „Teufel" („Diebe"), die am 1. April 1890 erschien. Mit großer Kraft erklang hier das Thema der Freiheit von den herrschenden Sitten und Ordnungen, die die menschliche Persönlichkeit versklaven und verweichlichen.

Tschechow ließ den romantischen Helden seines Jugendstückes, den Pferdedieb Ossip in der dramatischen Miniatur „An der Landstraße", unter dem Namen Merik wieder auferstehen. Der Pferdedieb Ossip in der Erzählung

„Diebe“ war eine erneute Hinwendung des Schriftstellers zum „freien Menschen“. Der wesentliche Unterschied zwischen dem neuen und dem früheren Helden war seine Integrität. In der Erzählung wird ein verstockter, unbarmherziger Räuber gezeigt, der ohne zu zittern seine Geliebte berauben und erstechen kann. Eine ganzheitliche Natur ist auch der Pferdedieb Kalaschnikow. „Kalaschnikow hatte solide Manieren wie ein gesetzter, besonnener Mann, er sprach umständlich, und wenn er gähnte, bekreuzigte er jedesmal den Mund, und niemand hätte denken mögen, dies sei ein Dieb, ein herzloser Dieb, der schon zweimal im Gefängnis gesessen hatte und über den von der Gesellschaft schon das Urteil gesprochen war, er sollte nach Sibirien verschickt werden; jedoch sein Vater und sein Onkel, ebensolche Diebe und Halunken wie er, hatten ihn losgekauft.“ Wie Kalaschnikow und Merik ist auch Ljubka ein ungewöhnliches Wesen, deren eigenartige Schönheit sich am klarsten in ihrem verwegenen Tanz zeigt. Sie weiß, daß Merik nicht im Scherz gesprochen hat, als er sie fragte, wo das Geld ihrer Mutter versteckt sei. Und sie zweifelt keine Sekunde daran, daß er ihr samt ihrer Mutter die Kehle durchschneiden wird, sobald er es herausbekommen hat. Doch das wird später sein, jetzt interessiert sie nur eines – daß Merik in dieser Nacht bei ihr bleiben möge.

Als Suworin die Erzählung las, schickte er Tschechow einen empörten Brief, in dem er ihn der Gleichgültigkeit gegenüber Gut und Böse zieh und das Fehlen von Ideen und Idealen bemängelte. Tschechow erwiderte, es sei auch ohne ihn bekannt, daß Pferdediebstahl etwas Böses ist, er habe aber nur zeigen wollen, was Pferdediebe für Menschen seien. „Ich schreibe: Sie haben es mit Pferdedieben zu tun, so mögen Sie wissen, daß es keine Bettler sind, sondern satte Menschen, die einen Kult daraus machen, und daß der Pferdediebstahl kein einfacher Diebstahl ist, sondern Leidenschaft.“ Indessen bringt die Erzählung noch etwas zum Ausdruck – diese „freien Menschen“ sind dem Untergang geweiht, wenn nicht heute, so werden sie morgen die Reihen der Sträflinge auffüllen. Die Erzählung „Diebe“ kann man deshalb als Kulminationspunkt der vorbereitenden Forschungen Tschechows bezeichnen.

Die exakte sozialpsychologische Charakteristik der Personen brachte wesentliche Korrekturen in die Darstellung der „freien Menschen“, wie sie in den Erzählungen Korolenkos, vor allem in den „Flüchtlingen von Sachalin“ gestaltet sind. Tschechow brach nicht mit dieser Tradition. Die wilde Schönheit des Lebens der „Aussteiger“, die die allgemeingültige Moral ablehnen, wurde von ihm vielleicht mit noch größerer Kraft reproduziert als bei Korolenko. Doch Tschechows Helden werden in keiner Weise idealisiert. Über sie wird Wahrheit gesprochen, so schrecklich sie auch sein mag.

Zur Erläuterung seiner Position bemerkte Tschechow, daß die Form der kurzen Erzählung ihn zwinge, die ganze Zeit im Tone seiner Helden zu sprechen und in ihrem Sinne zu fühlen. Obwohl es angenehm wäre, „die Kunst mit der Predigt zu verbinden“, sei das für ihn persönlich „außerordentlich schwer und technisch fast unmöglich“. „Andernfalls, wenn ich noch Subjektivität beifüge, verschwimmen die Gestalten, und die Erzählung wird nicht so kompakt, wie es für alle kurzen Erzählungen notwendig ist." Tschechow überwand diese Schwierigkeiten, indem er zu der von ihm schon erprobten Methode des indirekten subjektiven Prinzips griff.

Natürlich wäre zu erwarten, daß die dem Autor nahestehenden freiheitsliebenden Ideen traditionsgemäß den „freien Menschen" zukämen. Das könnte jedoch ihre sozialpsychologische Struktur beeinträchtigen und jene romantische Überhöhung hervorrufen, die Tschechow immer zu vermeiden suchte. Er fand einen anderen Ausweg. In den Mittelpunkt des Werkes wurde der Heilgehilfe Jergunow gestellt – ein trunkenes, verlogenes, nichtswürdiges Geschöpf, seiner Natur nach vor der Gefahr einer irgendwie gearteten Idealisierung geschützt. Gerade ihn befrachtete Tschechow mit freiheitsliebenden Gedanken. Übrigens blieb der Autor auch hier seiner Orientierung treu, ständig im Sinne seiner Helden zu sprechen, zu denken und zu fühlen. So werden auch die Gedanken über die Freiheit in recht eigenartiger Form ausgesprochen; einer Form, wie sie allein dem weichlichen, aus dem Geleise geworfenen Jergunow möglich ist.

„Er gelangte aufs freie Feld hinaus. Dort roch es nach Frühling, es wehte ein warmer, sanfter Wind. Still und sternenklar blickte der Nachthimmel auf die Erde herab. Mein Gott, wie endlos war der Himmel und wie unermeßlich weit breitete er sich über der Welt! Gut geschaffen ist die Welt, dachte der Heilgehilfe, aber weshalb und wieso teilen die Menschen einander in nüchterne und betrunkene ein, in angestellte und entlassene und so fort? Warum schläft der Nüchterne und Satte ruhig in seinem Haus, während der Betrunkene und Hungrige über das Feld schlendern muß und keine Bleibe hat? Warum muß der, der nicht arbeitet und kein Gehalt empfängt, unbedingt hungrig und ohne Kleidung und Schuhe sein? Wer hat sich das ausgedacht? Die Vögel und die Tiere des Waldes arbeiten auch nicht und bekommen kein Gehalt und leben doch zu ihrem Vergnügen?"

Tschechow blieb seinem Prinzip „apropos" bei Naturbeschreibungen treu. Gerade das Bild des endlosen Himmels, der sich unermeßlich weit über die Welt spannt, erläutert den philosophischen Sinn der naiven Sentenzen des betrunkenen Jergunow.

Auf diese Weise vertiefte sich das grundlegende Prinzip der künstlerischen Methode Tschechows – das Prinzip der Objektivität, und es wurden immer neue Möglichkeiten zur Lösung des schwierigsten künstlerischen Problems gesucht – der Verbindung von objektiver Erzählweise mit der Subjektivität oder, wie Tschechow sagte, mit der Predigt.

Anton Pawlowitsch war sich darüber klar, daß der Weg nach Sachalin nicht nur schwierig, sondern auch gefährlich sein würde. Als er Leontjew-Schtscheglow von seiner geplanten Reiseroute berichtete, schrieb er: „Wenn mich auf Sachalin nicht Bären oder Gefangene auffressen, wenn ich nicht in den Taifunen vor Japan zugrundegehe oder vor Hitze in Aden, dann werde ich im

Dezember zurück sein und mich auf meinen Lorbeeren ausruhen, auf mein Alter warten und gar nichts mehr tun." Vor der Abreise schrieb Tschechow an Suworin: „Ich habe ein Gefühl, als wenn ich mich in den Krieg begebe, obwohl ich keine Gefahren vor mir sehe außer Zahnschmerzen, die ich unterwegs unbedingt bekommen werde." Und nebenbei bemerkt er: „Im Falle meines Ertrinkens oder etwas in der Art behalten Sie im Auge, daß alles, was ich besitze oder in Zukunft besitzen werde, meiner Schwester gehört; sie wird auch meine Schulden bezahlen."

Wie ernst Tschechow die ihm bevorstehenden Gefahren einschätzte, bezeugt auch sein Brief an W. M. Lawrow, den Herausgeber und Redakteur der „Russkaja mysl". Anlaß für diesen Brief war das Märzheft dieser Zeitschrift, in deren bibliographischer Rubrik Tschechow als „Adept des prinzipienlosen Schreibens" bezeichnet wurde. Nachdem Tschechow diese Stelle zitiert hatte, fügte er hinzu: „Man antwortet gewöhnlich nicht auf Kritiken, aber in diesem Falle kann man nicht von einer Kritik, sondern nur von Verleumdung sprechen. Ich hätte wohl auch auf die Verleumdung nicht geantwortet, doch in den nächsten Tagen fahre ich für lange Zeit aus Rußland weg, vielleicht komme ich auch niemals zurück, und ich bin nicht stark genug, mich einer Antwort zu enthalten." Dann folgte die bereits früher zitierte Bewertung seines künstlerischen Schaffens. „Wenn man annimmt", schrieb er weiter, „daß Sie unter Prinzipienlosigkeit den traurigen Umstand verstehen, daß ich, ein gebildeter Mensch, der oft publiziert hat, nichts für die getan habe, die ich liebe, daß meine Tätigkeit spurlos vorübergegangen ist – für die Semstwoverwaltung beispielsweise, überhaupt für die Freiheit und so weiter, so muß mich in dieser Hinsicht die ‚Russkaja mysl' gerechterweise für ihren Gefährten halten, aber mich nicht beschuldigen, weil sie bis jetzt in der obengenannten Richtung nicht mehr getan hat als ich – und daran sind wir beide nicht schuld."

Der Brief verwandelt sich in eine eigenartige Beichte. „Wenn man über mich, wie über einen Schriftsteller überhaupt, rein äußerlich urteilt, so verdiene ich kaum die öffentliche Beschuldigung der Prinzipienlosigkeit. Bis jetzt habe ich ein zurückgezogenes Leben geführt und in meinen vier Wänden gehockt; wir beide treffen uns einmal in zwei Jahren ... – daraus mögen Sie ersehen, wie oft ich aus dem Haus gehe. Ich habe mich immer hartnäckig der Teilnahme an literarischen Abenden, Abendgesellschaften, Sitzungen und so weiter entzogen, ohne Einladung bin ich in keiner Redaktion erschienen, ich habe mich immer bemüht, daß meine Bekannten in mir mehr den Arzt als den Schriftsteller sehen, kurz gesagt, ich war ein bescheidener Schriftsteller, und dieser Brief, den ich jetzt schreibe, ist die erste Unbescheidenheit in meiner zehnjährigen Tätigkeit."

Der Brief endet in schroffem Ton: „Daß nach Ihrer Anschuldigung zwischen uns nicht nur geschäftliche Beziehungen unmöglich sind, sondern selbst die übliche Grußbekanntschaft – das versteht sich von selbst."

Am 21. April 1890 reiste Anton Pawlowitsch mit der Bahn nach Jaroslawl, von wo er mit dem Dampfer auf Wolga und Kama bis nach Perm fuhr. Tschechow führte ein Reisetagebuch und machte von seinen Eindrücken ausführlich in Briefen Mitteilung. Später begann er seine Tagebücher umzuarbeiten und Reisenotizen an die „Nowoje wremja“ zu senden; sie bildeten den Zyklus „Aus Sibirien“.

Von Jekaterinburg aus fragte Tschechow in Tjumen wegen des Abfahrtstermins für den Dampfer nach Tomsk an. Aus der Antwort ging hervor, daß er nicht auf dem Flußwege weiterfahren konnte, sondern den Pferdewagen benutzen mußte. Am 3. Mai, früher als Tschechow angenommen hatte, begannen die wirklichen Schwierigkeiten – die Fahrt mit Postpferden über die im Frühling fürchterlich aufgeweichten Wege. Am 5. Juni schrieb Anton Pawlowitsch aus Irkutsk an Pleschtschejew: „Alles Sibirische, das ich erlebt habe, teile ich in drei Abschnitte: 1. von Tjumen nach Tomsk, 1500 Werst, schreckliche Kälte Tag und Nacht, Halbpelz, Filzstiefel, kalter Regen, Wind und verzweifelter Kampf mit den Hochwasser führenden Flüssen; die Flüsse haben Wiesen und Wege überschwemmt, und ich vertauschte ab und zu den Wagen mit dem Boot und schwamm dahin wie ein Venezianer mit der Gondel ... dazu gab es noch ganz unheimliche Augenblicke, besonders wenn plötzlich Wind aufkam und gegen das Boot zu peitschen begann. 2. von Tomsk nach Krasnodarsk, 500 Werst, unpassierbarer Schmutz; wie oft habe ich das Fahrzeug kaputtgemacht ... wieviel Werst bin ich zu Fuß gegangen, wieviel Kleckse gab es auf meiner Physiognomie und meiner Kleidung! ... Ich fuhr nicht, sondern planschte durch den Schmutz. Da habe ich aber geschimpft! Mein Hirn konnte nicht mehr denken, sondern nur schimpfen. Ich quälte mich bis zur Erschöpfung ab und war heilfroh, als ich in der Poststation von Krasnodarsk eintraf. 3. von Krasnodarsk nach Irkutsk, 1566 Werst, Hitze, Rauch von Feuern im Walde und Staub; Staub im Mund, in der Nase, in den Taschen; man besieht sich im Spiegel, und es sieht aus, als sei man geschminkt.“ In einem weiteren Brief unter dem selben Datum zog Tschechow eine Bilanz seiner „Pferdewanderfahrt“, auf der sein Leben mehrfach buchstäblich am seidenen Faden hing. „Trotzdem aber bin ich zufrieden und danke Gott“, bekannte er Lejkin gegenüber, „daß er mir die Kraft und die Möglichkeit gegeben hat, diese Reise zu unternehmen ... Viel habe ich gesehen und viel erlebt, und alles ist außerordentlich interessant und neu für mich, nicht als Schriftsteller, sondern einfach als Mensch. Der Jenissej, die Taiga, die Poststationen, die Kutscher, die unberührte Natur, das Wild, die physischen Anstrengungen, verursacht durch die Unbequemlichkeiten der Reise, der Genuß, den die Ruhepausen bieten – all das zusammen ist so schön, daß ich es gar nicht beschreiben kann.“ „... Aber es wird noch schwerer, wenn man bedenkt“, schrieb er in einem anderen Brief, „daß dieser scheußliche, pockennarbige Streifen Land fast die einzige Ader ist, die Europa mit Sibirien verbindet! Und durch diese Ader, heißt es, fließt die Zivilisation nach Sibirien!“

So trostlos auch die Eindrücke auf der Fahrt waren, über vieles, was er in

Sibirien sah, schrieb Tschechow mit großer Wärme, manchmal sogar mit echter Begeisterung. Er vermerkte die Häuslichkeit, die Arbeitsamkeit, die moralische Sauberkeit und Ehrlichkeit der Sibirier, ihre Neigung zu Kultur und Kunst. Das Unglück war nur, daß niemand diese Nachfrage befriedigen konnte, so daß sie zur Ausschmückung ihrer Behausungen bestenfalls einfache Holzschnitte verwenden konnten, meist aber nur Bonbonpapier und Etiketts von Schnapsflaschen und Zigaretten.

Tschechow schwärmte von der unübersehbaren, grenzenlosen Taiga. „Die Kraft und der Zauber der Taiga liegt nicht in den gigantischen Bäumen und nicht in der Grabesstille, sondern darin, daß wohl nur die Zugvögel wissen, wo sie endet." Er dachte auch daran, wieviel Geheimnisse die Taiga in sich birgt, wieviel Schleichpfade zwischen den Bäumen locken, von denen man nicht weiß, wohin sie führen. „Und welch eine unbekümmerte, verführerische Freiheit weht einem von diesem rätselhaften Pfad entgegen!"

Überwältigt von der Größe der sibirischen Natur und von der geistigen Gesundheit ihrer Bewohner, schrieb Tschechow über das Sibirien der Zukunft. „Die eifersüchtigen Bewunderer der Wolga mögen es mir nicht verübeln, wenn ich sage, daß ich in meinem Leben keinen prächtigeren Fluß als den Jenissej gesehen habe. Wenn die Wolga eine elegante, bescheidene und schwermütige Schönheit ist, so ist der Jenissej ein mächtiger, ungestümer Recke, der nicht weiß wohin mit seiner Kraft und Jugend. An der Wolga begann der Mensch mit Kühnheit und endete mit einem Stöhnen, das den Namen Lied trägt ..., am Jenissej aber begann das Leben mit Stöhnen und endet mit einer Kühnheit, von der man nicht einmal träumen kann. Das wenigstens dachte ich, als ich am Ufer des breiten Jenissej stand und gebannt in sein Wasser blickte, das mit furchtbarer Schnelligkeit und Kraft in das rauhe Eismeer jagt ... Ich stand da und dachte: Was für ein reiches, kluges und kühnes Leben wird einmal diese Ufer erhellen!"

Von Irkutsk fuhr Anton Pawlowitsch am Ufer der Angara entlang zum Baikalsee, überquerte ihn und gelangte dann mit dem Pferdewagen nach Sretensk, wo er gerade eine Stunde vor der Abfahrt des Dampfers „Jermak" eintraf. Damit begann die Schiffsreise auf dem Amur.

Der Baikal, das Gebiet jenseits des Sees und der Amur machten auf Tschechow einen nicht weniger tiefen Eindruck. „Eigentlich beginnt vom Baikal an die sibirische Poesie, bis zum Baikal war es Prosa. Das Baikalgebiet", schrieb er an Lejkin, „ist prachtvoll. Das ist eine Mischung aus Schweiz, Don und Finnland."

Auf dem Dampfer „Jermak" gab es ebenfalls Reiseabenteuer, jedoch weitaus harmlosere. Vor allem vibrierte das kleine Schiff während der Fahrt so stark, daß es gänzlich unmöglich war zu schreiben. Bei Ust-Strelka lief der Dampfer gegen einen Stein, erhielt mehrere Lecks, nahm Wasser auf und setzte auf Grund. „Die Matrosen pumpen, und wir Passagiere spazieren auf dem Deck herum, schwatzen, essen, trinken, schlafen; der Kapitän und sein Stellvertreter

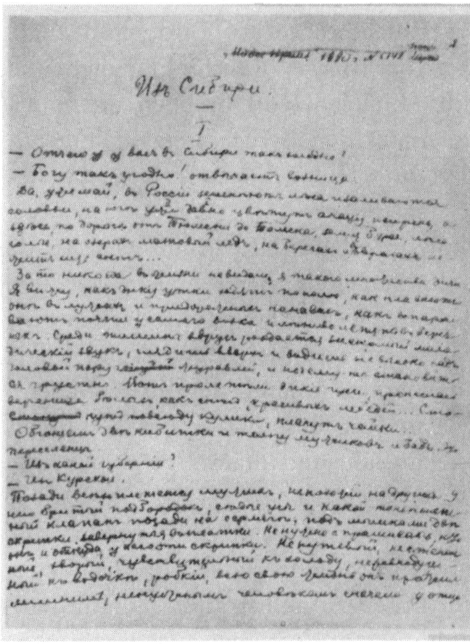

Изъ Сибири.

I

„Aus Sibirien“ (1890) · „Die Deportierten“ (K. A. Müller, 1924)

tun das gleiche wie die Passagiere und übereilen sich nicht. Rechts liegt das chinesische Ufer, links die Staniza Pokrowskaja mit Amurkosaken; wenn man will, kann man in Rußland bleiben, wenn man will, ein bißchen nach China fahren, das ist nicht verboten.

Der Amur ist eine außerordentlich interessante Gegend, äußerst originell. Das Leben brodelt hier so, darüber kann man sich in Europa keinen Begriff machen. Es erinnert mich an Erzählungen aus dem amerikanischen Leben. Die Ufer sind derart unberührt, ursprünglich und üppig, daß man für immer hier leben möchte.“ Am meisten nahm ihn jedoch die gesellschaftliche Atmosphäre ein, die für Tschechow vom Geist der Unabhängigkeit und Freiheit durchdrungen war. „Ich bin in den Amur verliebt“, schrieb er an Suworin, „gerne würde ich hier zwei Jahre leben. Es ist schön, weit, frei und warm hier. Die Schweiz und Frankreich haben solch eine Freiheit nie gekannt. Der letzte Verbannte atmet am Amur leichter als der allererste General in Rußland.“ Sogar auf dem Dampfer war diese für Rußland so ungewöhnliche Atmosphäre zu spüren, so daß „die Luft von den Gesprächen knisterte“. Und er erläuterte: „Hier fürchtet man sich nicht, laut zu reden. Festgenommen wird hier niemand und verschickt auch nicht, man kann liberal sein, soviel man will.“

Der Insel Sachalin näherte er sich gegen Abend. „Als wir in der neunten Stunde Anker warfen, brannte am Ufer an fünf Stellen in großen Flammen die Taiga. Durch die Dunkelheit und den Rauch, der sich über das Meer hinschlängelte, konnte ich Anlegestelle und Gebäude nicht sehen und konnte nur die trüben Postenfeuer unterscheiden... Ein schreckliches Bild, grob zugeschnitten aus Dunkelheit, den Silhouetten der Berge, Rauch, Flammen und feurigen Funken, das phantastisch wirkte. Linker Hand brennen die ungeheuerlichen Feuer, über ihnen die Berge; hinter den Bergen steigt flammendroter Feuerschein von fernen Brandstellen zum Himmel empor; es sieht aus, als brenne ganz Sachalin."

Beim Betreten der Insel wurde Tschechow in erhebliche Unruhe versetzt, da der Offizier, der die Soldaten nach Sachalin begleitete, der Meinung war, ihm als nicht im Staatsdienst stehender Person sei es nicht erlaubt, sich der Katorga zu nähern. Doch die Befürchtungen waren unbegründet. Bereits einen Tag nach der Ankunft wurde Tschechow vom Kommandanten der Insel, General Kononowitsch, empfangen. Am gleichen Tag noch besuchte er das Gefängnis von Alexandrowsk. Es begann eine anstrengende und mühselige Arbeit, die sich über zwei Monate hinzog.

Am 11. September fuhr Anton Pawlowitsch mit dem Schiff nach Südsachalin. Von Bord schrieb er an Suworin: „Auf Nordsachalin habe ich genau zwei Monate zugebracht. Ich wurde von der örtlichen Administration außerordentlich liebenswürdig empfangen, obwohl Galkin kein Wort über mich geschrieben hat. Weder Galkin noch die Baronesse Wychuchol noch die anderen Geister, an die ich die Dummheit hatte, mich mit der Bitte um Hilfe zu wenden, haben mir irgendwie geholfen; ich war gezwungen, auf eigene Gefahr zu handeln."

Tschechow irrte sich. Der Chef der Hauptgefängnisverwaltung, M. N. Galkin-Wraski, hatte an den Inselkommandanten geschrieben, und die bevorstehende Ankunft Tschechows war auf der Insel bekannt. Die Sorge war jedoch nur darauf gerichtet, dem Schriftsteller die Begegnung mit politischen Verbannten und Sträflingen nicht zu gestatten. Die Maßnahmen blieben aber ohne Erfolg. Wie M. L. Semanowa in ihren Untersuchungen nachgewiesen hat, kam Anton Pawlowitsch doch mit einigen von ihnen zusammen.

Als Tschechow über seinen Aufenthalt in Nordsachalin Bilanz zog, schrieb er an Suworin: „Ich weiß nicht, was dabei herauskommt, aber ich habe nicht wenig gearbeitet. Es würde für drei Dissertationen reichen. Ich stand jeden Tag um fünf Uhr früh auf, ging spät zu Bett und war alle Tage von dem Gedanken, daß ich noch nicht viel getan habe, in starke Spannung versetzt...

Nebenbei bemerkt, hatte ich die Geduld, eine Zählung der ganzen Bevölkerung von Sachalin durchzuführen. Ich bereiste alle Siedlungen, besuchte jedes Bauernhaus und sprach mit jedem einzelnen; bei der Zählung benutzte ich ein Karteisystem, und ich habe schon ungefähr zehntausend Zuchthäusler und Strafkolonisten notiert... Besonders gelungen ist mir die Zählung der Kinder, worauf ich nicht wenig Hoffnung setzte."

In seinem Buch „Die Insel Sachalin" berichtet Tschechow über die Geschichte jeder Siedlung, über ihre Bewohner, deren rechtliche Lage, Beschäftigung und soziale Psychologie. Dabei stützt er sich auf die Arbeiten seiner Vorgänger, auf offizielle Dokumente und statistische Daten, die er in allen Fällen sorgfältig überprüfte, präzisierte, ergänzte und bisweilen auch nach den Ergebnissen seiner eigenen Untersuchungen widerlegte. Ebenso sorgfältig beschrieb er alle Gefängnisse von Sachalin. Er analysierte den Bestand der Bevölkerung nach Kategorien, den Bestand an Verbannten nach Geschlecht, Alter und Beschäftigungsart. Er äußerte sich über ihre Lebensbedingungen und untersuchte Fragen der Sittlichkeit, der Morbidität und der Sterblichkeit der Verbannten. Ein besonderes Kapitel widmete er den Flüchtlingen.

Anschmieden der Sträflinge auf Sachalin (1890)

Diese Arbeit erwies sich als außerordentlich kompliziert. Sie erforderte nicht nur sorgfältige Bearbeitung der gesammelten Materialien, sondern auch neue Studien. Die größte Schwierigkeit jedoch bestand darin, die Methode der Präsentation des Materials zu bestimmen. Stilistische und kompositorische Probleme verursachten zusätzliches Kopfzerbrechen, da die Arbeit nicht nur die allgemeine Zensur, sondern auch die Zensur der Gefängnisverwaltung passieren mußte. Tschechow strebte eine Darbietungsform an, die zwei scheinbar einander ausschließende Bedingungen erfüllte. Das Buch sollte mit Ruhe und Zurückhaltung geschrieben sein, die Beobachtungen aber nicht nur mit äußerster Vollständigkeit, sondern auch absolut kompromißlos dargelegt werden. Um die Fakten in jeder Beziehung für sich sprechen zu lassen, vermied er gewissenhaft jede Subjektivität.

Recht schnell fand der Schriftsteller die richtige Tonart für die Beschreibung der Natur. Das unheilverkündende Bild des nächtlichen Feuers war eine eindrucksvolle Ouvertüre für den Bericht über die Zuchthausinsel. Auch in anderen Fällen war Tschechow bemüht, dem Leser nicht nur die notwendigen Angaben, sondern auch die nötige Stimmung zu vermitteln. Am 18. Mai 1891 berichtete er Suworin: „Gestern habe ich mich den ganzen Tag mit dem Klima auf Sachalin abgemüht. Es ist schwer, über solche Dinge zu schreiben, aber schließlich habe ich den Teufel beim Schwanz gepackt. Ich gab ein solches Bild von dem Klima, daß einem beim Lesen kalt wird." Und er fügte hinzu: „Wie widerlich es ist, in Zahlen zu schreiben!"

Noch komplizierter war es, einen stilistischen Schlüssel für die Darstellung der sozialen Probleme zu finden. Diese Schwierigkeiten zogen die Arbeit an dem Buch, das ursprünglich im Herbst 1891 abgeschlossen sein sollte, bis zum Jahre 1893 hin. Am 28. Juli 1893 schrieb Tschechow: „Vergessen Sie, was Sie einmal bei mir gelesen haben, denn es ist unrichtig. Ich habe lange geschrieben und lange gespürt, daß ich nicht auf dem richtigen Wege war, bis ich endlich den Fehler erkannt habe. Der Fehler bestand nämlich darin, daß ich gleichsam mit meinem ‚Sachalin' jemanden belehren wollte und mich zugleich zurückhielt und etwas verbergen wollte. Als ich aber darzulegen begann, als was für einen Solderling ich mich auf Sachalin fühlte und was für Schweine dort sind, wurde es mir leichter und meine Arbeit ging flott vonstatten."

Gerade das konsequente Prinzip der Objektivität machte die Abkehr von dem anfänglich angewandten Stil des vielsagenden Schweigens notwendig. Um die Beamten und das Regime auf Sachalin so darzustellen, wie sie waren, konnten Schweine nicht als Schweine bezeichnet werden. Es war nur notwendig, daß der Leser selbst zu solchen Schlüssen gelangte. Hier ein Beispiel dafür, wie Tschechow diesen Eindruck zu erreichen suchte. „Der Morgen war grau, trübe und kalt. Unruhig rauschte das Meer. Ich entsinne mich, daß wir auf dem Weg von der alten zur neuen Grube bei einem alten Kaukasier stehenblieben, der in einer tiefen Ohnmacht auf dem Sand lag; zwei Landsleute hielten ihn an den Armen und schauten sich hilfesuchend und fassungslos um. Der Alte war bleich, die Hände kalt, der Puls schwach. Wir sagten ein paar Worte und gingen weiter, ohne daß ihm ärztliche Hilfe zuteil wurde. Als ich zu dem mich begleitenden Arzt bemerkte, es wäre gut, dem Alten wenigstens Baldriantropfen zu geben, erwiderte er, daß der Heilgehilfe im Gefängnis von Wojewodsk keine Arzneien habe."

Natürlich beschränkte sich Tschechow nicht allein auf Beschreibungen. Auch zahlreiche Schlußfolgerungen, die die Ansichten zu vielen, darunter auch recht scharf gestellten Fragen verallgemeinern, finden sich im Text. Tschechow strebte bei aller Offenheit seiner Gedanken nach äußerster Zurückhaltung, wenn er gegen Autoren oder offizielle Materialien polemisierte. „Einige Autoren", schrieb er zum Beispiel im fünfzehnten Kapitel, „haben in Rykowskoje Reigentänze gesehen und Harmonikaspiel und ausgelassene Lieder gehört; ich habe nichts dergleichen gesehen und gehört und kann mir auch keine Mädchen vorstellen, die in der Nähe des Gefängnisses Reigen tanzen. Selbst wenn ich außer dem Klirren der Ketten und dem Schreien der Aufseher noch ein keckes Lied gehört hätte, so wäre das für mich nur ein schlechtes Zeichen gewesen; denn ein gutherziger und mitleidiger Mensch wird nicht in der Nähe eines Gefängnisses singen." Es folgt eine Schilderung der Umstände, unter denen die Kolonisten zu leben gezwungen sind. „Bauern und Siedler sowie ihre freien Frauen und Kinder bedrückt das Gefängnisregime; dieses Gefängnisleben, das mit seiner außerordentlichen Härte und unausbleiblichen Bevormundung durch die Obrigkeit an Militär erinnert, hält sie in ständiger Spannung und Angst; die Gefängnisverwaltung nimmt sich von ihnen die Wiesen, die besten Fischgründe, den besten Wald; Flüchtige, Gefängniswucherer und Diebe setzen ihnen zu; der Gefängnisscharfrichter, der durch die Straße spazierengeht, hält sie in Schrecken; die Aufseher verführen ihre Frauen und Töchter, und, was das wichtigste ist, das Gefängnis mahnt sie jede Minute an ihre Vergangenheit und daran, wer sie sind und wo sie sind."

Die zurückhaltende Schreibweise, die Tschechow für seinen Bericht über die Schrecken der Zuchthausinsel wählte, zeichnet sich nicht nur durch innere Energie und Spannung aus. Sie half zugleich dem Forscher, trotz der Fülle persönlicher Eindrücke und Emotionen, dem Prinzip der objektiven, wissenschaftlichen Beleuchtung der Fakten treu zu bleiben. Was für himmelschreiende Gemeinheiten – Willkür, Nötigung, Machtmißbrauch, Betrügereien u. ä. – mußte Tschechow mit ansehen. Man kann sich vorstellen, wie groß die Versuchung war, all diese Schurken und Gauner aus der Sachaliner Verwaltung an den Pranger zu stellen. Dieser Versuchung mußte sich der Schriftsteller jedoch enthalten, wobei er nicht nur die Zensur im Auge hatte. Enthüllungen solcher Art gab es auch vor Tschechow nicht wenige. Der Forscher wertete von Anfang an diese Form der Enthüllung richtig, indem er darauf hinwies, wie gern Verbrechen, die mit der Regierungspolitik verbunden sind, auf die „rotnäsigen Aufseher" abgewälzt werden. Tschechow nahm diesem Mythus von den „rotnäsigen Aufsehern" konsequent und mit Nachdruck den Nimbus, indem er erläuterte, daß sie durch intelligente junge Beamte in neuen Uniformröcken ersetzt wurden, aber die Greueltaten im wesentlichen die gleichen geblieben sind. Es ist ganz natürlich, daß der Schriftsteller vorzog, nicht so sehr von den Verbrechen selbst zu sprechen, als vielmehr von den Bedingungen, die solche schrecklichen Erscheinungen unerbittlich hervorbrachten. „Gemäß seiner Pflicht und seinem Diensteid, seinen Nächsten zu bestrafen", schrieb er als Bilanz seiner Beobachtungen, „imstande zu sein, jederzeit in sich Widerwillen und Abscheu zu überwinden, die Abgelegenheit des Dienstortes, die unwürdige Bezahlung, die Langeweile, die ständige Nähe rasierter Köpfe, von Fesseln, Henkern, Gezänk, Pfennigfuchserei, und, was die Hauptsache ist, das Bewußtsein der völligen Machtlosigkeit im Kampf mit dem Bösen ringsum – all das zusammengenommen hat schon immer den Dienst in der Verwaltung der Katorga und der Verbannungslager außergewöhnlich schwer und unattraktiv gemacht. In früheren Zeiten dienten in der Katorga vorwiegend gewissenlose Menschen, die vor nichts zurückschreckten und denen es völlig gleich war, wo sie dienten, wenn sie nur essen, trinken, schlafen und Karten spielen konnten. Ordentliche Menschen kamen aus Not hierher und quittierten dann bei der ersten Gelegenheit den Dienst, oder sie ergaben sich dem Trunk, verloren den Verstand, verübten Selbstmord, oder aber die Umstände zogen sie allmählich in den Schmutz wie eine achtfüßige Krake, und sie fingen ebenfalls an zu stehlen und grausam zu prügeln . . ."

„In der neueren Geschichte Sachalins", betonte Tschechow, „spielen die Vertreter der späteren Formation eine bemerkenswerte Rolle, eine Mischung aus Dershimorda[1] und Jago, Herrschaften, die im Verkehr mit Untergebenen nichts anerkennen außer den Fäusten, Ruten und unflätigem Schimpfen, und die ihre Vorgesetzten durch ihre Intelligenz und sogar ihren Liberalismus versöhnen."

Im Jahre 1902 formulierte der Publizist A. Bogdanowitsch die Bewertung des Buches „Die Insel Sachalin" durch die fortschrittliche Öffentlichkeit folgendermaßen: „Ohne zu übertreiben und durchaus nicht bestrebt, den Punkt aufs I zu setzen, zeichnet der Autor durch die ausgezeichnete Gruppierung der Fakten und seiner persönlichen Beobachtungen ein so erschütterndes Bild des Lebens auf Sachalin, daß man völlig niedergeschlagen und tief beschämt das Buch zuklappt und sich lange nicht von den erhaltenen Eindrücken freimachen kann. Wenn Herr Tschechow nichts weiter als dieses Buch geschrieben hätte, sein Name würde für immer in die Geschichte der russischen Literatur aufgenommen und würde in der Geschichte der russischen Verbannung niemals vergessen werden."

Vorläufig lag die Arbeit an dem Buch noch vor Tschechow. „Ich weiß jetzt sehr vieles", schrieb er rückblickend an Suworin, „habe aber ein ungutes Gefühl mitgebracht. Solange ich auf Sachalin lebte, empfand ich nur eine gewisse Bitterkeit wie von ranziger Butter; jetzt aber, in der Erinnerung, erscheint mir Sachalin als eine ausgemachte Hölle."

Auf Südsachalin verbrachte Tschechow einen Monat, bis zum 12. Oktober 1890. Immer stärker wurde seine Sehnsucht nach seiner Familie, und ungeduldig erwartete er den Dampfer nach Odessa. „Es sind nun schon drei Monate, daß ich niemanden sehe außer Zuchthäuslern oder solchen Personen, die über nichts als über Katorga, Riemenpeitschen und Zuchthäusler zu sprechen verstehen. Ein trostloses Leben."

An Bord des Dampfers „Petersburg" trat Tschechow am 13. Oktober 1890 die Heimreise an. Nachdem er in Wladiwostok einen Auslandspaß erhalten hatte, fuhr er vorbei an Japan, wo zu dieser Zeit die Cholera wütete, über Hongkong, Singapur, Ceylon, das Rote Meer, den Suezkanal und Konstantinopel nach Odessa, wo er am 1. Dezember eintraf.

Alles war neu für den Schriftsteller. Die Reiseeindrücke konnten jedoch seine gedrückte Stimmung nicht übertönen. „Singapur habe ich in schlechter Erinnerung", schrieb er an Suworin, „weil ich, als ich in der Stadt herumfuhr, aus irgendeinem Grunde traurig war, benahe hätte ich geweint." Der stärkste Ein-

---

[1] Dershimorda: Typ eines grobschlächtigen Polizisten aus Gogols Komödie „Der Revisor".

druck während der Seereise war der Tod zweier Passagiere. Die Verstorbenen wurden ins Meer geworfen. „Wenn man so mit ansieht", heißt es dazu, „wie ein toter Mensch, in Segeltuch eingewickelt, purzelnd ins Meer fliegt, und wenn man bedenkt, daß es bis zum Grund einige Werst sind, so wird einem angst und bange, und irgendwie bildet man sich ein, daß man selbst stirbt und ins Meer geworfen wird."

Dieser unangenehme Zwischenfall verschmolz in Tschechows Bewußtsein mit dem auf Sachalin Gesehenen und erzeugte schwermütige Gedanken über die Sinnlosigkeit des Lebens. In dieser Stimmung wurde auch die Erzählung „Gussew" konzipiert, die er am 12. November während des Aufenthalts in Colombo zu schreiben begann. Einer der Helden, der Rebell und Sonderling Pawel Iwanytsch, dem Tschechow unverkennbar seine Gedanken in den Mund legte, sagt zu seinem an der Schwindsucht sterbenden Nachbarn: „Einen Menschen aus der Heimat herausreißen, ihn fünfzehntausend Werst weit wegschleppen, ihm dann die Schwindsucht an den Hals jagen und ... und wofür das alles, fragt man sich? Um aus ihm einen Burschen für irgendeinen Hauptmann Kopejkin oder Leutnant Dyrka zu machen. Welche Logik!"

Philosophische Lebensbetrachtungen verband Tschechow wie früher mit Naturbeschreibungen. „Das Meer hat weder Vernunft noch Mitleid. Wäre der Dampfer kleiner und nicht aus dickem Eisen, die Wogen würden ihn erbarmungslos zerschlagen und alle Menschen verschlingen, ohne zwischen Gerechten und Ungerechten zu unterscheiden. Der Dampfer macht einen ebenso sinnlosen und grausamen Eindruck. Dieses spitznasige Ungeheuer drängt vorwärts und zerschneidet auf seinem Weg Millionen von Wellen; es fürchtet weder Dunkelheit noch Wind, noch die endlose Weite und die Einsamkeit, ihm macht das alles nichts aus, und wenn der Ozean seine eigenen Menschen hätte, dieses Ungeheuer würde sie zerdrücken, ebenfalls ohne Rücksicht auf Gerechte und Ungerechte."

Das war möglicherweise eine Quintessenz der niederschmetternden Eindrücke und Reflexionen. Doch die Erzählung schließt mit einem versöhnlichen Ton: „Aus den Wolken tritt ein breiter grüner Strahl und zieht sich bis zur Mitte des Himmels hin; wenig später taucht daneben ein violetter Strahl auf, neben diesen ein goldener, dann ein rosafarbener ... Der Himmel wird zart lila wie Flieder. Der Ozean schaut zunächst finster drein, als er den prächtigen, zauberhaften Himmel sieht, bald aber nimmt er selbst zärtliche, fröhliche, leidenschaftliche Farben an, die man nur schwer mit Worten wiedergeben kann."

Nein, die schweren Eindrücke und bitteren Reflexionen hatten Tschechow nicht zum Pessimisten gemacht, aber sie zwangen ihn, vieles in seinen Anschauungen zu präzisieren und zu überprüfen. Vor allen anderen wußte das Tschechow selbst. „Wie unrecht Sie hatten, als Sie mir rieten, nicht nach Sachalin zu fahren", schrieb er am 17. Dezember 1890 an Suworin. „Jetzt habe ich ein Bäuchlein ... und Myriaden von Mücken im Kopf, dazu eine Unmenge Pläne und allerlei andere Dinge, aber was für ein Sauertopf wäre ich, hätte ich zu

Hause gesessen. Vor der Reise war für mich die ‚Kreutzersonate' ein Ereignis, jetzt aber kommt sie mir lächerlich und sinnlos vor." Ja, sie war ein Ereignis – Tschechow hatte den gewaltigen Eindruck dieses Werkes beinahe noch am Vorabend seiner Abreise in den Fernen Osten leidenschaftlich verteidigt. Eine solche Metamorphose von Ansichten kam für den Schriftsteller selbst so unerwartet, daß er erstaunt bemerkte: „Sei es, daß ich durch die Reise reifer geworden bin, sei es, daß ich den Verstand verloren habe – weiß der Teufel."

Unmittelbar nach seiner Rückkehr hatte Tschechow am 9. Dezember geschrieben: „Schön ist die Welt Gottes! Eines nur ist nicht gut, und das sind wir. Wir haben wenig Gerechtigkeitsgefühl und wenig Demut; wie schlecht verstehen wir den Patriotismus! Ein betrunkener, verbrauchter Wüstling liebt seine Frau und seine Kinder, aber was für einen Sinn hat diese Liebe? Man schreibt in den Zeitungen, daß wir unser großes Vaterland lieben, aber wie äußert sich diese Liebe? Statt Wissen – Frechheit und maßlose Einbildung, statt Arbeit – Faulheit und Gemeinheit. Es gibt keine Gerechtigkeit, der Ehrbegriff geht nicht über die ‚Uniformehre' hinaus, die Ehre einer Uniform, die zur tagtäglichen Ausschmückung unserer Anklagebänke dient. Man muß arbeiten, zum Teufel mit allem anderen! Die Hauptsache ist, gerecht zu sein, alles andere ergibt sich daraus."

Gerade für Tschechows Arbeit hatte sich aber viel ergeben. Liebe im Namen der Liebe? Jetzt konnte Tschechow nicht mehr über die alles verzeihende Liebe einer Frau zu ihrem Trunkenbold von Mann („Ein Unglück") oder über die unvernünftige Liebe zu einer schlampigen und faulen Kleinbürgerin („Liebe") schreiben. Die Hauptthese seiner Ethik, der Begriff der Gerechtigkeit, wurde korrigiert und präzisiert.

Tschechow verzichtete niemals auf die Kritik an herrschenden Sitten, sie fiel im Gegenteil immer schärfer und tiefgehender aus. Er verzichtete auch nicht auf moralische Kriterien. Sie blieben die wichtigste Grundlage seiner Ansichten über die Menschen und das Leben in der menschlichen Gemeinschaft. In Zweifel zog er nur die Gegenüberstellung der persönlichen und der gesellschaftlichen Sphäre und damit die Vorstellung von individueller Moral und den Kriterien ihrer Bewertung.

„Wenigstens ein Stückchen gesellschaftliches und politisches Leben“

Die Mutter und der Bruder Michail fuhren Tschechow bei seiner Heimkehr von Sachalin bis Tula entgegen. „Als wir Tula erreichten“, erzählte Michail Pawlowitsch, „war der Schnellzug, mit dem Anton reiste, bereits aus dem Süden eingetroffen, und mein Bruder aß auf dem Bahnhof zu Mittag, und zwar in Gesellschaft des Schiffsfähnrichs Glinka, der aus dem Fernen Osten nach Petersburg zurückkehrte, und eines seltsam aussehenden Menschen ... mit einem platten, breiten Gesicht und schmalen schielenden Äuglein. Das war der leitende Geistliche der Insel Sachalin, der Mönchpriester Irakli, ein Burjäte, der zusammen mit Tschechow und Glinka nach Rußland gekommen war ... Anton Pawlowitsch und Glinka hatten aus Ceylon als Haustiere Mungos mitgebracht, und beim Mittagessen standen die beiden Tiere auf den Hinterbeinen und schauten ihnen auf die Teller. Der Mönch aus Sachalin und die Mungos sahen so absonderlich aus, daß sich ringsum eine Menge von Leuten eingefunden hatten, die sie anstarrten und den Mund aufrissen.“

Während Tschechows Abwesenheit war die Familie in Moskau umgezogen; die neue Wohnung war ein kleines zweistöckiges Seitengebäude in der Malaja Dmitrowka. Hier richtete sich Anton Pawlowitsch ein. Am 10. Dezember 1890 schrieb er an Lejkin: „Ich wohne jetzt in der Malaja Dmitrowka; die Straße ist schön, das Haus einzelstehend und hat zwei Etagen. Bisher ist es noch nicht langweilig, aber die Langeweile schaut schon durchs Fenster und droht mir mit dem Finger. Ich werde angestrengt arbeiten, aber allein von der Arbeit wird der Mensch auch nicht satt.“ Der Übergang von unerhörter physischer und psychischer Anspannung zu einem ruhigen, gemessenen Leben in dem Moskauer Häuschen fiel Tschechow nicht leicht. Er erkrankte; offenbar handelte es sich um eine Verschärfung des tuberkulösen Prozesses, Tschechow aber meinte, es sei eine Erkältung. „Eine seltsame Geschichte“, schrieb er am 24. Dezember. „Als ich nach Sachalin und zurück fuhr, fühlte ich mich vollkommen gesund, jetzt aber, daheim, passiert mit mir weiß der Teufel was. Zeitweiliger Kopfschmerz, Trägheit am ganzen Körper, leichte Ermüdbarkeit, Gleichgültigkeit, und die Hauptsache – unregelmäßiger Herzschlag. Jede Minute bleibt das Herz für einige Sekunden stehen und schlägt *nicht*.“

Tschechow arbeitete viel. Er beendete die Erzählung „Gussew" und begann mit der Novelle „Das Duell". Daneben ordnete er die Sachaliner Materialien, bemühte sich um Hilfe für die Schulen auf Sachalin – trieb Schulprogramme und Bücher auf. Das alles konnte jedoch seine melancholische Stimmung nicht mildern, und die Arbeit ging ihm offenbar nicht von der Hand. Es zog ihn nach Petersburg, aber sein schlechter Gesundheitszustand verhinderte die Reise. Anfang das Jahres 1891 berichtete er: „Die Feiertage habe ich scheußlich verbracht. Erstens gab es Störungen; zweitens kam mein Bruder Iwan zu Besuch, und der Ärmste erkrankte an Typhus; drittens erscheint mir nach den Mühen auf Sachalin und den Tropen mein Moskauer Leben jetzt derart spießbürgerlich und langweilig, daß ich mich beißen könnte; viertens hindert mich die Arbeit um das liebe Brot daran, mich mit Sachalin zu beschäftigen; fünftens fallen mir die Bekannten lästig, usw."

Schließlich riß er sich am 7. Januar 1891 los und fuhr nach Petersburg, doch auch dort fühlte er sich, im Gegensatz zu seinen früheren Reisen, nicht recht wohl.

„Ich bin erschöpft wie eine Ballerina nach fünf Akten und acht Bildern", schrieb er seiner Schwester am 14. Januar. „Mittagessen, Briefe, auf die zu antworten ich zu faul bin, Unterhaltung und allerlei Unsinn. Jetzt muß ich zum Essen auf die Wassiljew-Insel fahren, aber ich habe keine Lust, und ich muß auch arbeiten. Ich bleibe noch drei Tage, ich werde sehen, ob das Ballett weitergeht, sonst fahre ich nach Hause oder zu Iwan ...

Mich umgibt eine stickige Atmosphäre böser Empfindungen, die äußerst unbestimmt und für mich unverständlich sind. Man füttert mich mit Mittagessen und singt mir abgeschmackte Dithyramben und ist zugleich bereit mich aufzufressen. Wofür? Weiß der Teufel. Wenn ich mich erschießen würde, so würde ich damit neunmal neunzig meiner Freunde und Verehrer ein großes Vergnügen bereiten. Und wie kleinlich drücken sie ihre kleinlichen Gefühle aus! Burenin schilt mich im Feuilleton, obwohl es nirgends üblich ist, in den Zeitungen seine eigenen Mitarbeiter zu schelten ... Schtscheglow berichtet mir allen Klatsch, der über mich im Umlauf ist usw. All das ist schrecklich dumm und fade. Das sind keine Menschen, sondern irgendwelche Schimmelpilze."

Nicht zum erstenmal stieß Anton Pawlowitsch auf eine derartige Atmosphäre von Mißgunst und Heuchelei. Unter seinen Bekannten gab es nicht wenige, die in ihm lediglich den Kollegen der täglichen Zeitungsarbeit sahen. Je mehr die gesellschaftliche Autorität des Schriftstellers wuchs, desto stärker schlugen ihm Gefühle des Hasses, des Befremdens und der Gereiztheit, ja der Entrüstung entgegen. Allerlei Klatsch wurde geboren, der die „aufgeblasene Autorität" eines „geriebenen Karrieristen" bloßstellen sollte.

Es gab leider auch solche „Freunde", die die Größe von Tschechows Begabung und die Ausstrahlungskraft seiner Persönlichkeit zwar erkannten, die ihm aber gerade das nicht verzeihen konnten. Bereits am 24. Juli 1890, während Anton Pawlowitsch noch auf Sachalin weilte, hatte der Schriftsteller W. A.

Tichonow in sein Tagebuch geschrieben: „Was für eine mächtige, elementare Kraft ist Anton Tschechow ... Da ist er nun nach Sachalin gefahren und schreibt von unterwegs seine Korrespondenzen, man liest sie, und es wird einem leichter: wir sind noch nicht verarmt, wir besitzen ein Talent, das jeder Epoche zur Ehre gereichen würde ... Und wieviel Neider unter den Literaten haben sich angefunden: Albow, Scheller, Golizyn und viele andere! Und sie sehen nicht, daß sie sich damit nur selbst erniedrigen ..."

Bald kehrte Tschechow nach Moskau zurück, wo er sich weiter um verschiedene Materialien und Bücher für die Schulen von Sachalin kümmerte. Er bereitete die zweite Auflage der „Bunten Geschichten" vor, las und korrigierte zahlreiche Manuskripte und arbeitete beharrlich am „Duell". Am 5. Februar schrieb er nach Petersburg: „Ich schreibe, ich schreibe! Ehrlich gesagt, ich habe gefürchtet, daß die Sachalinreise mich des Schreibens entwöhnt hat, nun sehe ich aber, daß dem nicht so ist. Ich habe schon viel geschrieben, ich schreibe weitschweifig ... Ich will tausend Silberrubel schnappen." Allerdings arbeitete er offenbar mit letzter Kraft. Schon in Petersburg hatte er geklagt, daß er eigentlich Ruhe nötig habe: „Ich sollte jetzt nicht schreiben und nicht fahren und nicht klug reden, sondern vier Monate auf einer Stelle sitzen und angeln."

Ende Februar fuhr er für einige Tage zu den Kisseljows nach Babkino, und gleich nach seiner Rückkehr faßte er den Entschluß, ins Ausland zu reisen. „Ja, Maria Wladimirowna!", schrieb er an Frau Kisseljowa – wie immer halb im Scherz: „In der Schrift steht geschrieben: Er brachte kein Ach und Weh mehr heraus, da machte ihm schon der Bär den Garaus. So geht es auch mir: Ich konnte nicht einmal Weh und Ach rufen, da zieht mich eine unsichtbare Kraft schon wieder in eine geheimnisvolle Ferne. Heute fahre ich nach Petersburg, von da nach Berlin und weiter. Wenn ich den Vesuv ersteige oder in Spanien mir einen Stierkampf anschaue, dann werde ich Ihrer in meinen frommen Gebeten gedenken. Auf Wiedersehen!"

Heftige Anfälle von Ruhelosigkeit, die „Lust zum Ortswechsel" waren bei Tschechow immer mit kritischen Perioden seines geistigen Lebens verbunden, sie waren immer Symptome für Veränderungen, die in der Tiefe seines Herzens heranreiften, Anzeichen für ein verstärktes Unbefriedigtsein mit seiner Arbeit und seinem Leben.

Am 11. März 1891 fuhr Anton Pawlowitsch wieder nach Petersburg. Aber auch dort konnte er sein seelisches Gleichgewicht nicht finden. Offenbar beschäftigten ihn noch immer die Sachaliner Eindrücke.

Am 17. März reiste Tschechow für anderthalb Monate ins Ausland; es war seine erste Reise durch Westeuropa. Er besuchte Wien, Venedig, Bologna, Florenz, Rom, Neapel, Nizza, Monte-Carlo und Paris.

Das politische Leben in Italien und Frankreich interessierte den Schriftsteller wenig, obwohl er in Paris Zeuge recht stürmischer Ereignisse wurde. So nahm er als Beobachter an einer Tagung der Deputiertenkammer teil, auf der man vom Innenminister Aufklärung über die brutale Niederwerfung der Unruhen in Fourmies forderte; er sah, wie die Polizei mit Demonstranten abrechnete, und geriet einmal sogar selbst in eine Polizeiaktion. Doch obwohl Tschechow all das sorgsam in seinem Gedächtnis fixierte, blieb er ein Außenstehender, jemand, der sich das Leben in der Fremde interessiert anschaut.

Nach Briefen und Tagebucheintragungen zu urteilen, waren die entscheidenden Eindrücke mit der Kunst verbunden. „Italien ist", schrieb er seiner Schwester aus Rom, „abgesehen von der Natur und der Wärme, das einzige Land, wo man sich überzeugen kann, daß die Kunst tatsächlich Herrscher über alles ist, und diese Überzeugung gibt Kraft und Mut." Am 24. März 1891 schrieb Tschechow aus Venedig an seinen Bruder Iwan: „Das ist ein einziger Zauber, Glanz, eine einzige Lebensfreude ...

Und erst der Abend! Ach du mein Gott! Am Abend möchte man, da alles so ungewohnt ist, vergehen. Man fährt in einer Gondel ... Wärme, Stille, Sterne ... Ringsum schwimmen die Gondeln ... Da gleitet eine mit Laternen behängte Gondel vorbei. Darin sitzen ein Kontrabaß, Violinen, eine Gitarre, eine Mandoline und ein Pistonkornett, zwei oder drei Damen, einige Männer – und man hört Gesang und Musik. Sie singen aus Opern. Was für Stimmen! Man ist ein Stückchen weiter gefahren, da kommt wieder ein Boot mit Sängern, und dort wieder eins, und bis Mitternacht ist die Luft erfüllt von Tenören, Geigen und allerlei anderen ans Herz greifenden Tönen."

„Hier bestattet man die großen Künstler wie Könige in Kirchen", heißt es weiter. „Hier wird die Kunst nicht verachtet wie bei uns; die Kirchen beherbergen Statuen und Bilder, wie nackt sie auch sein mögen."

Bedeutet das, daß Venedig mit seinen Eindrücken Sachalin und das russische Leben aus dem Bewußtsein des Schriftstellers verdrängte? Im Gegenteil: Die Intensität der Eindrücke im Ausland erklärte sich vor allem durch den Vergleich mit dem Leben in seiner Heimat. „Dem armen und gedemütigten russischen Menschen", schrieb er aus Venedig, „fällt es hier in einer Welt der Schönheit, des Reichtums und der Freiheit nicht schwer, verrückt zu werden. Man möchte für immer hier bleiben, und wenn man in der Kirche steht und die Orgel hört, möchte man den katholischen Glauben annehmen."

Welche Gedanken den Reisenden unablässig verfolgten, zeigt am besten eine Bemerkung, die er in Rom in sein Notizbuch schrieb: „Die dümmer und schmutziger sind als wir, die sind das Volk, aber wir sind nicht das Volk. Die Verwaltung teilt ein in Steuerpflichtige und Privilegierte. Aber keinerlei Einteilung taugt etwas, denn wir alle sind das Volk, und all das Beste, was wir tun, ist Sache des Volkes."

Obwohl Tschechow von der Natur und den wunderbaren Schöpfungen des menschlichen Genius begeistert war und mit Schmerz an die Erniedrigung und Armut des russischen Menschen dachte, nahm er doch die westeuropäische Wirklichkeit recht nüchtern zur Kenntnis. Nachdem er die prächtigen Kasinosäle und die luxuriösen Restaurants von Monte-Carlo gesehen hatte, schrieb er aufgebracht: „Herr du mein Gott, in welchem Grade elend und verachtenswert ist doch dieses Leben mit seinen Artischocken, Palmen und seinem Pomeranzengeruch! Ich liebe Luxus und Reichtum, aber der hiesige Roulettenprunk macht auf mich den Eindruck eines luxuriösen Watercloset. In der Luft hängt etwas, was, wie man spürt, unsere Anständigkeit beleidigt, die Natur, das Rauschen des Meeres, den Mond banalisiert." In sein Notizbuch trug er ein: „Wenn der Fürst von Monaco ein Roulette hat, dann dürfen die Zuchthäusler erst recht dem Kartenspiel frönen."

Tschechows Begeisterung für Italien kühlte ziemlich schnell ab. Nur die Erinnerungen an Venedig verblaßten nicht. Ein koloriertes Foto der Stadt, das Tschechow mitnahm, begleitete ihn nach Moskau, nach Melichowo, nach Jalta. Die Exotik der anderen italienischen Städte verlor jedoch mehr und mehr ihren Reiz. Rom erschien ihm bald Charkow ähnlich, Neapel lediglich als eine schmutzige Stadt. Aus Paris schrieb er: „Menschlein, die sich mit Schlangen umgürten, Damen, die die Beine bis an die Zimmerdecke heben, fliegende Menschen, Löwen, Kabaretts, Frühstück und Mittagessen beginnen mich anzuwidern. Es ist Zeit heimzukehren. Ich möchte arbeiten."

Nach seiner Rückkehr aus dem Ausland reiste die ganze Familie in die Sommerfrische. Man hatte eine Unterkunft in der Stadt Alexin (Gouvernement Tula) am Ufer der Oka gemietet, wo zu dieser Zeit Tschechows jüngster Bruder Michail seinen Dienst aufnahm. Das Quartier war unbequem: „Drinnen ist es ziemlich eng", scherzte der Schriftsteller, „draußen weit." Bereits nach zwei Wochen brach man den Aufenthalt ab. Der örtliche Gutsbesitzer – mit dem beinahe „Tschechowschen" Namen Bylim-Kolossowski – schickte, als er erfuhr, daß sich in der Nähe ein Schriftsteller niedergelassen habe, zwei Troikas und lud die Familie Tschechow zu sich ein. Man brachte sie auf ein wunderbares Landgut – nach Bogimowo.

Hier arbeitete Anton Pawlowitsch viel und angespannt. Er stand jeden Morgen spätestens um fünf Uhr auf, trank Kaffee und machte sich ans Schreiben. Bis elf Uhr arbeitete er in seinem riesigen Zimmer am Fenster, von dem man in den Park sehen konnte. Danach ruhte er sich etwas aus, ging in den Wald Pilze suchen oder angelte. Um eins wurde zu Mittag gegessen, um drei Uhr setzte er sich erneut an den Schreibtisch, nun bis zum Abend.

Wie immer beeinträchtigte die angestrengte Arbeit nicht die heitere, ungezwungene Atmosphäre. In der Nachbarschaft hatte die Familie des Malers A. A. Kisseljow ihre Sommerwohnung. Dessen halbwüchsige Töchter verehrten Tschechow sehr und inszenierten nach seinen Erzählungen häusliche Theateraufführungen. Anton Pawlowitsch verewigte diese Aufführungen durch eine scherzhafte Rezension, die in seine Gesammelten Werke Aufnahme fand.

Im Hause wurde auch ein Roulette aufgebaut. Am 27. Mai schrieb er an Suworin: „Eine Neuigkeit – wir haben uns ein Roulette eingerichtet. Der Einsatz ist nicht höher als eine Kopeke. Die Einnahmen aus dem Roulette dienen einer gemeinsamen Sache, der Veranstaltung von Picknicks. Ich bin der Croupier."

Der Versuchung des Roulettespiels war Tschechow, als er in Monte-Carlo weilte, erlegen. Damals hatte er seinen Angehörigen berichtet: „Wir sind gestern hier angekommen und haben jeder 500 Franken mitgenommen. Vom ersten Einsatz an gewann ich mehrere Goldstücke, dann noch und noch, das Gold zog meine Westentaschen herunter; ich hatte französische Münzen aus dem Jahre 1808, ferner belgische, italienische, griechische und österreichische in Händen ... Niemals zuvor habe ich soviel Gold und Silber gesehen. Um 5 Uhr begann ich zu spielen, und um 10 hatte ich keinen einzigen Franken mehr in der Tasche, und mir blieb nur eins: die Befriedigung darüber, daß ich mir eine Rückfahrkarte nach Nizza gekauft hatte. So ist es, meine Herrschaften! Ihr werdet natürlich sagen: Welche Gemeinheit! Wir darben, und er spielt dort Roulette. Völlig richtig, und ich erlaube Euch, mich zu töten. Aber ich persönlich bin sehr zufrieden mit mir. Wenigstens kann ich jetzt meinen Enkeln erzählen, daß ich Roulette gespielt und das Gefühl kennengelernt habe, das durch dieses Spiel hervorgerufen wird."

Unter den Sommergästen in Bogimowo befand sich auch der spätere Professor an der Moskauer Universität W. A. Wagner, der hier an seiner Dissertation arbeitete. Mit ihm führte Tschechow an den Abenden ausgedehnte Gespräche, hauptsächlich über philosophische Probleme des Sozialdarwinismus. Im übrigen verdankte er auch das Thema seines Artikels „Taschenspieler", in dem er die empörende Profanierung der Wissenschaft im Moskauer Zoologischen Garten entlarvte, einer Anregung Wagners.

In Bogimowo befaßte sich Tschechow weiter mit den Sachaliner Materialien. „Da ich mit den Hühnern aufstehe", schrieb er am 27. Mai 1891, „stört mich niemand beim Arbeiten, und es geht flott voran, obwohl es eine zähflüssige, mühselige Sache ist, die der Mühe nicht lohnt – wegen einer einzigen schäbigen Zeile muß man eine ganze Stunde in den Papieren wühlen und allerlei langweiliges Zeug durchlesen. Über das Klima zu schreiben oder aus Bruchstücken eine historisch-kritische Skizze über die Katorga zusammenzustellen – wie langweilig ist das, o mein Gott!"

Tschechows Klagen sind nicht nur auf die ungewohnte wissenschaftliche Arbeit zurückzuführen. Andere Probleme bedrängten den Autor: Jene Bilder des russischen Lebens, die ihm am Herzen lagen und die er durch das Erlebnis der Zuchthausinsel in neuem Licht sah, wollten zu Papier gebracht werden. So wurde die Arbeit an dem wissenschaftlichen Buch schließlich zugunsten der lebendigen Reflexionen des Künstlers über die zeitgenössische Wirklichkeit in den Hintergrund gedrängt.

Ein erstes Ergebnis war die Erzählung „Weiber", die er am 16. Juni 1891 nach Petersburg schickte. Nicht ohne Wehmut scherzte er daraufhin: „Es ist langweilig, über das bäuerliche Leben zu schreiben. Man sollte sich lieber mit Generalen befassen."

Dennoch zeichnete sich hier eine neuerliche Hinwendung des Autors zu Fragen aus dem Leben des Volkes im Geiste eines Pissemski, Leskow oder Lew

„Weiber"
(M. Lissmann, 1951)

Tolstoi ab. Erstmals war Tschechow diesem Themenkomplex in der Kurzgeschichte „Die Gutsherrin" zu Leibe gerückt. Der seelisch saubere und integre Stepan, die lasterhafte Gutsherrin, die ein Verhältnis mit ihm anstrebt, Vater und Bruder, die nur daran denken, welchen Vorteil ihnen die Leidenschaft der Gutsherrin einbringen kann, die unglückliche Ehefrau Stepans – das sind die Kräfte, die in diesem Drama aufeinanderstoßen. Am Schluß steht ein grausamer, sinnloser Mord, den der gequälte, verzweifelte Stepan begeht.

Die russische Literatur hat mehr als einmal die dramatische Kollision des Individuums mit der despotischen Macht moralischer Standesvorschriften gestaltet. Das Anliegen all dieser Werke bestand darin, die Widernatürlichkeit von Normen, die der menschlichen Persönlichkeit Fesseln anlegten, aufzudecken. Man kann jedoch in der Vielfalt individueller menschlicher Schicksale, mit denen uns die russische Literatur der zweiten Hälfte des 19. Jahrhunderts bekannt macht, zwei grundlegende typologische Muster erkennen. In dem einen Fall handelt es sich um ein Drama in sozusagen reiner Form, wo der einzelne direkt betroffen ist von den beengenden Fesseln der Standesmoral, wo er in dem ungleichen Kampf zugrundegeht, weil die überlebten Normen sich einstweilen noch als unüberwindbare Macht erweisen. Mit größter Kraft wurde ein solcher Konflikt in Ostrowskis „Gewitter" anhand der Figur der Katerina gestaltet.

Der andere Dramentyp stellt in den Mittelpunkt Menschen, die, wenn sie in Widerspruch zu den Standesnormen geraten und gezwungen werden, für ihr menschliches Glück zu kämpfen, nicht nur die überlebten Vorschriften, sondern auch höchste moralische Prinzipien des menschlichen Daseins verletzen. Nicht selten tritt in diesen Stücken die soziale Problematik zugunsten gewisser ewiger moralischer Prinzipien in den Hintergrund. Der Gipfel dieses Dramentyps ist „Die Macht der Finsternis" von Lew Tolstoi.

Die Erzählung „Weiber“ steht ihrem dramatischen Konflikt nach Ostrowskis „Gewitter“ nahe. Ihre charakteristische Besonderheit besteht darin, daß es Tschechow gelang, gleichsam die Quintessenz dieser für die russische Literatur nicht neuen Form der sozialen Tragödie wiederzugeben.

Alles geht äußerst sparsam vor sich. Maschenka ist höflich, sauber gekleidet, trägt im Sommer einen Sonnenschirm, ganz wie ein Fräulein. Ihre zufällige Ehe, der ungeliebte Mann, die Einsamkeit, die plötzlich aufflammende Liebe – das alles reproduziert das traditionelle Schema von Pissemski, Leskow, Ostrowski und Tolstoi. Dort sind jedoch die Helden von Personen umgeben, die die lebendige Verkörperung des noch obsiegenden „finsteren Reiches“ darstellen. Bei Tschechow ist diese Umwelt in Maschenkas Liebhaber personifiziert. Die kühne Zerstörung des traditionellen Sujetschemas erlaubte Tschechow, es äußerst kompakt zu gestalten und bei überaus sparsamer Verwendung der künstlerischen Mittel eine besondere Dichte und Ausdruckskraft zu erreichen. Zugleich gewann der Autor damit die Möglichkeit, einen originellen und prägnanten Charakter zu schaffen, der nach Erscheinen der Erzählung als ein Tolstoi nahestehender „Typ eines Tartüff aus dem Volk, eines Verführers, Heuchlers und Frömmlers“ aufgefaßt wurde.

Die Dichte und Ausdruckskraft der Erzählung wird auch durch die neuartige Erzählform erreicht: Wir erfahren die Geschichte von Maschenkas unglücklicher Liebe und ihrem Untergang aus dem Munde des Menschen, der sie auf dem Gewissen hat. Zugleich ist diese Beichte – der ungezwungene Bericht des Matwej Sawwitsch – auch Mittel zur Charakterisierung dieser Figur. So fährt Matwej, nachdem er vom Entstehen seiner Liebesgefühle gegenüber Maschenka erzählt hat, sogleich fort: „Viel Böses kommt auf dieser Welt vom weiblichen Geschlecht und allerlei Unheil. Nicht nur wir Sünder, auch heilige Männer haben sich verführen lassen. Maschenka wies mich nicht zurück. Statt an ihren Mann zu denken und auf sich zu halten, verliebte sie sich in mich.“ In diesem Geist ist der gesamte Bericht Matwejs gehalten. Dabei ist es tatsächlich eine Beichte, was den Einwand begründet, daß man ihn nur bedingt einen Tartüff nennen könne. Er ist durchaus kein Heuchler, er glaubt ehrlich, was er sagt. Die ungeheuerliche Lästerung ist die Konsequenz seiner Überzeugungen und moralischen Prinzipien. Er bekennt nicht aus Furcht, sondern aus seinem Gewissen heraus. Ein ähnlicher Charakter ist Djudja, der mit tiefem Mitgefühl seinem Herbergsgast zuhört. Besonders an dieser Figur zeigt sich die Sparsamkeit und Ausdruckskraft der Erzählweise Tschechows. Djudja äußert nur einige kurze Repliken während Matwej Sawwitschs Beichte, doch sie charakterisieren ihn so erschöpfend, daß man ihnen im Grunde genommen nichts hinzufügen könnte. Hier ein Beispiel: Matwej erzählt, wie Maschenka sich weigerte, mit ihm zu brechen und zu ihrem Ehemann zurückzukehren: „Das reinste Strafgericht! Sie fiel mir um den Hals, weinte und flehte: ‚Um Gottes willen, laß mich nicht im Stich, ich kann nicht ohne dich leben!‘ – ‚So ein gemeines Luder!‘ warf Djudja seufzend ein.“

Auf diese Weise, eigenständig, sparsam und ausdrucksvoll, zeichnet Anton Tschechow die soziale Umwelt seiner Hauptfigur. Gerade Djudjas Verhalten, der als Mensch vom Schicksal Maschenkas unberührt bleibt, erweist beispielhaft die Alltäglichkeit der Sitten, an denen die Heldin zugrunde geht.

Dieses aktive Zusammenwirken ist für alle Elemente der künstlerischen Struktur der Erzählung typisch. Die wenigen Äußerungen Djudjas machen eine spezielle Charakterisierung der Lage in seiner eigenen Familie überflüssig. Das Drama der Schwiegertöchter Sofia und Warwara, schweigende Zuhörerinnen der Beichte des Reisenden, wie auch das des Waisenknaben Kuska, den Matwej Sawwitsch „zur Rettung der Seele" zu sich genommen hat und der in der Erzählung kein einziges Wort sagt, werden von selbst klar.

Über Menschen wie Maschenka, die nicht nach den grausamen Gesetzen von Matwej Sawwitsch und Djudja leben können, schwebt der Schatten der Katorga – des Zuchthauses. Den Schwiegertöchtern Djudjas kommt nach allem, was sie erlebt und gehört haben, plötzlich der Gedanke, den verhaßten Djudja und seinen Sohn, den buckligen Aljoschka, umzubringen, um auf diese Weise ihrer alltäglichen Marter ein Ende zu setzen.

Eine besondere Rolle bei der Aufdeckung des menschlichen Dramas spielt der betont alltägliche, versöhnliche Rahmen der Handlung. Der stille Sommerabend, die am Fenster sitzende und Sonnenblumenkerne knabbernde Frau, die beiden Männer, die friedlich und wohlanständig ein Gespräch führen, die im Mondlicht liegende Landschaft, die einsame Frau auf der Bank am Tor, die morgendliche Geschäftigkeit auf dem Hof Djudjas – dieses Bild eines scheinbar völlig harmonischen Daseins erlangt auch deshalb explosive Kraft, weil es in absolutem Gegensatz zu der dahinter verborgenen Tragödie steht. Das äußerlich friedliche Leben erweist sich mehr und mehr als spannungsgeladen durch die in seinem Schoß genährten Kräfte der Feindschaft, des Hasses und der Empörung. „Die eine Seite der Straße war in Mondlicht getaucht, die andere lag im Dunkel der Schatten; die langen Schatten der Pappeln und der Starkästen zogen sich über die ganze Straße hin, und der Schatten der Kirche, schwarz und Angst einflößend, legte sich breit auf Djudjas Tor und auf die eine Hälfte des Hauses. Es war still und menschenleer."

In Bogimowo beendete Tschechow auch die Arbeit an der Novelle „Das Duell", in der der Autor zu seinen Kaukasus-Eindrücken von 1888 zurückkehrt. Dabei kamen Tschechow seine studentischen Reflexionen über Sinn und Richtung des naturgeschichtlichen Evolutionsprozesses wie auch die Materialien der publizistischen Polemik über Fragen des Sozialdarwinismus zustatten. Die philosophischen Konzeptionen des Zoologen von Koren, ein eigenartiges Sammelsurium von Gedanken über den Sozialdarwinismus, beruhten auch auf neueren Quellen, auf den Disputen mit dem Nachbarn Wagner. Nach den Erinnerungen von Michail Pawlowitsch waren das Debatten „über die damals moderne Degeneration, über das Recht des Stärkeren, über die Auslese und

„Das Duell“
(I. Bodjanski 1904)

so weiter, die dann der Philosophie von Korens zugrunde lagen ... Es ist interessant, daß Anton Pawlowitsch, nachdem er auf Sachalin gewesen war, bei solchen Gesprächen immer die Meinung vertrat, daß die Kraft des menschlichen Geistes immer die in ihm als Erbe vorhandenen Mängel zu besiegen vermag. Wagner behauptete: Wenn die Degeneration erst einmal vorhanden ist, dann gibt es natürlich kein Zurück mehr, denn die Natur scherzt nicht. Tschechow entgegnete: So groß die Degeneration auch sein mag, sie kann immer durch den Willen und durch die Erziehung besiegt werden.“ Im wesentlichen formte dieser Gedanke Tschechows auch die gesamte künstlerische Struktur der Novelle „Das Duell“.

Der Autor schont Lajewski und seine Geliebte Nadeshda Fjodorowna nicht. Die grundlegende Sujetlinie des Werkes schließt eine Kette von Ereignissen ein, die vom immer tieferen Fall der Helden zeugen; immer anschaulicher legen sie deren moralische Unsauberkeit bloß und zeigen, wie sie sich im Lügengestrüpp verfangen.

Parallel zu dieser Linie und in Verbindung mit ihr verläuft die Entwicklung der philosophischen Dispute. Je offensichtlicher es wird, wie unschön das Leben Nadeshda Fjodorownas und Lajewskis ist, desto beharrlicher und überzeugter legt von Koren seine Gedanken über die natürliche Auslese und den Kampf ums Dasein dar, behauptet er, die Gesellschaft sei verpflichtet, sich von minderwertigen Menschen wie Lajewski zu befreien, das heißt, sie zu vernichten oder bestenfalls zu isolieren – sie zur Zwangsarbeit oder in irgendeine andere Korrektionsanstalt zu schicken. So spitzt sich das Geschehen allmählich zu – die Beziehungen zwischen Lajewski und von Koren werden immer gespannter, schließlich kommt es zum Zerwürfnis und zur Duellforderung. Dieser Kulminationspunkt des Sujets wird von der Krise in den Beziehungen Lajewskis zu Nadeshda Fjodorowna begleitet, hervorgerufen durch eine häßliche Szene im Hause Mjuridows in der Nacht vor dem Duell.

Die philosophischen Ansichten von Korens, so logisch aufgebaut sie auch sind, finden bei den Helden der Novelle keine Zustimmung. „,Wenn man die Menschen ertränken und aufhängen wollte', sagt Samoilenko, ,dann zum Teufel mit deiner Zivilisation, zum Teufel mit ihr!'" Ebenso unannehmbar erscheinen sie dem lachlustigen Diakon, ganz zu schweigen von Lajewski, dem Hauptopponenten von Korens. Als dieser die Pistole in der Hand hält, sieht sich von Koren vor die Notwendigkeit gestellt, seine Überzeugung in die Tat umzusetzen und seine wiederholten Beteuerungen, im Falle einer Notwendigkeit würde ihm die Hand nicht zittern, vor aller Augen zu bestätigen.

So verbindet sich am Kulminationspunkt des Sujets die Linie des Alltagslebens mit der Linie der philosophischen Dispute. Der grundlegende ideelle Plan bestimmt nicht nur die innere Wechselbeziehung dieser beiden Linien, sondern auch die eigenartige Lösung der Konfliktsituation.

In der Tat, wie sich auch die Beziehungen zwischen von Koren und Lajewski oder anderer Personen der Novelle gestalten, alles läuft im Endergebnis auf das Problem der inneren Wechselbeziehungen der Menschen hinaus. Ohne Kenntnis dieser Wechselbeziehungen, davon war Tschechow überzeugt, kann man keine gesicherte Antwort auf die Probleme geben, um die in der Novelle philosophische Dispute geführt werden, und zugleich auch nicht die Glaubwürdigkeit der Beteiligten nachweisen. Daher ist nicht das Duell als solches der eigentliche Kulminationspunkt der Handlung, sondern die damit verbundene seelische Krise, die die Helden, in erster Linie Lajewski und Nadeshda Fjodorowna, durchleben.

Im Zustand einer tiefen seelischen Erschütterung am Vorabend des Duells gelangt Lajewski zu der Erkenntnis, daß sein ganzes Leben eine Lüge war, daß er niemals etwas für die Menschen getan, sondern nur immer zerstört hat. Jetzt sieht er, daß der Fall Nadeshda Fjodorownas seiner Hände Werk ist, das ihre Liebhaber, Kirilin und Atschmianow, lediglich vollendet haben. Damit zerbröckeln auch alle seine philosophischen Ansichten, die sein unschönes Lebens rechtfertigen sollten – seine Berufung auf die berüchtigte Degeneration, auf das Schicksal eines „überflüssigen Menschen" oder eines Hamlet seiner Zeit, auf die tolstojanische Kritik der Zivilisation und schließlich auf Tolstois „Kreutzersonate".

Die innere Welt von Lajewski und Nadeshda Fjodorowna ist voller Widersprüche. Beide sind verlogen, unaufrichtig, machen vor den Menschen und vor sich selbst Ausflüchte und geraten in immer stärkere Gewissenskonflikte. Daher auch der schroffe Stimmungswechsel und die labile körperliche Verfassung der Helden, daher auch die Motivierung für jene reinigende seelische Krise, die sie in der Gewitternacht vor dem Duell durchleben.

Das Aufzeigen der Fruchtlosigkeit und Schwäche der Ideen einer allgemeinen Liebe, die Polemik auf die „Kreutzersonate", der Protest gegen die erniedrigende und abhängige Lage der Frau in der Gesellschaft – all das bedeutete eine weitere Abkehr Tschechows vom Moralismus Tolstois. Je konsequenter er sich jedoch vom tolstojanischen Einfluß freimachte, desto bemerkbarer äußerten sich die positiven Resultate der „Lehre“, die er als Künstler bei Tolstoi absolviert hatte. Im „Duell“ wird das vielleicht besonders deutlich sichtbar. Zur komplizierten und originellen künstlerischen Struktur des „Duells“ gehört die besondere Methode der psychologischen Analyse, die sich bis zur tolstojanischen „Dialektik der menschlichen Seele“, der Entlarvung moralischer Falschheit und Lüge, steigert.

In der seelischen Krise gelangt Lajewski scheinbar zu der gleichen Ansicht über sein Leben, wie sie bis dahin von Koren vertreten hat. Doch dieser scheinbare Sieg des Zoologen ist in Wirklichkeit seine völlige Niederlage, denn Stein um Stein bröckelt von seinen logischen Konstruktionen, die nicht auf dem Glauben an den Menschen, sondern auf die Idee der Gewalt gegründet sind. Das Duell macht die Niederlage offenbar. Nach der sittlichen Läuterung Lajewskis und seiner Versöhnung mit Nadeshda Fjodorowna wird klar, daß die Konsequenz und Unbeugsamkeit von Korens frevelhaft ist. Tatsächlich rettet ihn nur der unerwartete Aufschrei des Diakons vor einem Mord. Das Schlußkapitel fixiert die Niederlage des Zoologen und damit auch den Zusammenbruch seiner philosophischen Konstruktionen.

Die Erzählung „Das Duell“ war der Beginn einer frontalen Musterung der geistigen Lage seiner Zeitgenossen, die Tschechow in den neunziger Jahren unternahm. Die Schlußfolgerungen waren traurig genug. Der Autor sympathisierte zweifellos mit Lajewski, wenn er diesen zu dem Schluß kommen läßt: „Niemand kennt die echte Wahrheit“ – das heißt, niemand kennt unstreitige Antworten auf die brennenden Fragen des Lebens. Aber das Leben schreitet voran. Die Wellen schleudern von Korens Boot vorwärts und wieder zurück. Trotzdem kommt es voran und die Ruderer erreichen ihr Ziel. So, denkt Lajewski, geht es auch den Menschen, die ungeachtet aller Fehler „der Durst nach der Wahrheit und der hartnäckige Wille“ unentwegt nach vorn treibt. Das war auch die wichtigste philosophische Schlußfolgerung, die der Autor seinen Lesern vermitteln wollte.

Im „Duell“ wandte sich der Autor im Grunde genommen den gleichen Fragen zu, die ihn auf der Zuchthausinsel und in der Erzählung „Weiber“ bewegt hatten. Wie die Novelle zeigt, unterschied sich die Moral der Intelligenz nur wenig von der anderer Schichten der russischen Gesellschaft.

Von Koren fordert Repressivmaßnahmen gegen Lajewski und seine Geliebte wie auch gegen andere, die „von der Norm abweichen“. Wie erfaßt man diese „Norm“? „Daß Mädchen ihre unehelichen Kinder erwürgen und in die Katorga gehen, daß Anna Karenina sich unter den Zug geworfen hat und daß man in den Dörfern Tore mit Teer[1] beschmiert“, das alles scheint dem Zoologen natürlich. „Das ist, mein Bester“, erklärt er, „das einzige, was von der natür-

[1] Eine alte russische Sitte: Häuser, in denen Mädchen mit liederlichem Lebenswandel wohnten, wurden mit Teer beschmiert.

lichen Zuchtwahl übriggeblieben ist, und wenn es diese dunkle Kraft, die die Beziehungen der Geschlechter regelt, nicht gäbe, wäre die Menschheit in zwei Jahren entartet." Unterscheidet sich das wesentlich von den Überzeugungen eines Matwej Sawwitsch oder von den Prinzipien, die auf Sachalin herrschten? Und wodurch hebt sich Djudja von der gütigen Marja Konstantinowna ab, die aufrichtig überzeugt ist, daß Nadeshda Fjodorowna die Jugend Lajewskis verdorben hat, weil „immer die Frauen schuld" sind? Ihnen ähnelt auch die Köchin Olga, die sich, weil sie „ordentlich verheiratet" ist, besser und höherstehend dünkt als Nadeshda Fjodorowna. Letztlich sind die Soldatenfrau Maschenka („Weiber") und Nadeshda Fjodorowna, die Spencer gelesen hat, gleichermaßen recht- und schutzlos.

Wer ist verantwortlich für die bestehenden Moralnormen? Natürlich die Menschen selbst, meint der Autor. Zu dieser Erkenntnis läßt er auch Lajewski gelangen: „Die Güte und Großmut Samoilenkos rettet einen ebensowenig wie die Lachlust des Diakons oder von Korens Haß", schließt er. „Die Rettung muß man in sich selbst suchen, und wenn man sie nicht findet, wozu dann noch Zeit verlieren – dann muß man sich töten, das ist alles . . ." Dieses Fazit war für Tschechow so wichtig, daß er es wenig später in einem publizistischen Aufsatz noch einmal mit äußerster Bestimmtheit und Härte aufgriff. Unmittelbar nach Erscheinen der Erzählung „Das Duell" veröffentlichte er in der „Nowoje wremja" das Feuilleton „In Moskau", eine scharfe Satire auf die „Moskauer Hamlets", auf Menschen wie Lajewski.

Der Held dieses Pamphlets kommt, nachdem er die unerfreulichen Besonderheiten seines Lebens – die kollektiven Züge der „Moskauer Hamlets" – aufgezählt hat, zu einer sehr nüchternen Selbsteinschätzung.

„Indessen hätte ich doch lernen und alles wissen können; wenn ich den Asiaten abgelegt hätte, hätte ich die europäische Kultur, Handel, Handwerk, Landwirtschaft, Literatur, Musik, Malerei, Architektur, Hygiene studieren und lieben können; ich hätte in Moskau ausgezeichnete Straßen bauen, in China und Persien Handel treiben, die Sterblichkeitsquote verringern, gegen Unwissenheit, Verkommenheit und Scheußlichkeiten aller Art, die uns so sehr am Leben hindern, kämpfen können; ich hätte bescheiden, entgegenkommend, fröhlich, herzlich sein können; ich hätte mich aufrichtig über jeden fremden Erfolg freuen können, weil jeder, sogar ein kleiner Erfolg, schon ein Schritt zu Glück und Wahrheit ist.

Ja, ich hätte, ich hätte! Aber ich bin ein Waschlappen, ein Taugenichts, ein Sauertopf, ich bin ein Moskauer Hamlet. Bringt mich nach Wagankowo."

Zum Schluß erinnert sich der „Moskauer Hamlet" an einen Rat, der ihm einstmals gegeben wurde:

„Nehmen Sie ein Stück Telefondraht und hängen Sie sich am erstbesten Telegrafenmast auf! Weiter bleibt Ihnen nichts übrig."

Offenbar fürchtete Tschechow noch immer, die in der Erzählung geschilderte seelische Läuterung Lajewskis könnte von den realen „Moskauer Hamlets" zu ihren Gunsten interpretiert und ein zusätzliches Argument zur Rechtfertigung ihres abstoßenden Lebens werden. Das Feuilleton sollte eine solche Deutung ganz und gar ausschließen.

Aus der Sommerfrische zurückgekehrt, erschien dem Schriftsteller das Moskauer Leben besonders bedrückend. Diesem Gefühl tiefen Unbefriedigtseins verlieh er in einem Brief vom 19. Oktober 1891 beredten Ausdruck:

„Ach, liebe Freundinnen, wie langweilig ist es! Wenn ich Arzt bin, so brauche ich Patienten und ein Krankenhaus; wenn ich Literat bin, so muß ich unter dem Volk leben und nicht in der Malaja Dimitrowka mit einem Mungo. Ich brauche wenigstens ein Stückchen gesellschaftliches und politisches Leben, wenigstens ein kleines Stückchen, dieses Leben aber in den vier Wänden, ohne Natur, ohne Menschen, ohne Vaterland, ohne Gesundheit und Appetit – das ist kein Leben ..."

Tschechows Gesundheit verschlechterte sich. Am 18. November schrieb er: „Ich fahre fort abzustumpfen, zu verblöden, gleichgültig zu werden, dahinzusiechen und zu husten, und ich fange schon an mir einzubilden, daß meine Gesundheit nicht zu ihrem früheren Zustand zurückkehren wird. Übrigens liegt alles bei Gott. Die Behandlung und die Sorge um meine physische Existenz flößen mir so etwas wie Widerwillen ein. Behandeln werde ich mich nicht lassen. Wässerchen und Chinin werde ich einnehmen, aber abhorchen lasse ich mich nicht." Nicht zufällig erwähnte er das „Abhorchen": Welche katastrophalen Auswirkungen seine Krankheit haben konnte, daran mahnte ihn der Tod seiner Tante Fedossija Jakowlewna Dolshenko, die Opfer der Schwindsucht geworden war.

Doch wie immer ließ sich Anton Pawlowitsch nicht von düsteren Gedanken überwältigen. Die Krankheit hinderte ihn nicht, sich immer aktiver in jene gesellschaftliche Tätigkeit einzuschalten, über deren Fehlen er sich so beklagt hatte.

Der unfruchtbare Sommer des Jahres 1891 war ein schwerer Schlag für die geknechtete russische Bauernschaft. Schon im Herbst wurde klar, daß die Mißernte für die Menschen in einigen Gouvernements den Hungertod bedeutete.

Diese nationale Katastrophe schreckte die fortschrittliche russische Öffentlichkeit auf. Viele Menschen versuchten, gegen den Widerstand der zaristischen Behörden, weitmöglichste Hilfe für die Hungernden zu organisieren. Ihnen schloß sich auch Tschechow an. Er beteiligte sich an der Sammlung von Geldmitteln, reiste in die Gouvernements Nishni-Nowgorod und Woronesh und führte eine lebhafte Korrespondenz über Fragen der Hilfeleistung. Aufmerksam beobachtete er alles, was im Lande vor sich ging. Im Oktober reagierte er zornig auf einen Beschluß der Regierung, der private Initiativen zur Unterstützung der Hungernden untersagte. Zugleich äußerte er sich begeistert über die Tätigkeit Tolstois, der in einem Aufsatz detaillierte Hinweise und praktische Ratschläge für die Hilfeleistung gegeben hatte: „Alle ließen den Kopf hängen und wurden mutlos; der eine wurde wütend, der andere wusch

Foto von 1894 · „Hilfe für die Hungernden“ (W. J. Makowski, 1891)

sich einfach die Hände in Unschuld. Man muß die Kühnheit und die Autorität Tolstois besitzen, um allen Verboten und Stimmungen zum Trotz das zu tun, was die Pflicht gebietet.“

Auch er selbst schonte sich nicht. Während einer Reise durch das Gouvernement Nishni-Nowgorod im Januar 1892 geriet er in einen Schneesturm und zog sich eine starke Erkältung zu. Krank kehrte er nach Moskau zurück, doch ohne sich die Zeit für eine vollständige Ausheilung zu nehmen, fuhr er erneut los, diesmal in das Gouvernement Woronesh.

Das Notizbuch Tschechows aus jener Zeit bewahrt Aufzeichnungen, die erkennen lassen, wie sorgfältig er die Lage der Dinge an Ort und Stelle studierte. Eine der Eintragungen lautet: „Im Oktober kamen nacheinander vierhundert Mann zu Jegorow mit der Bitte um eine Beihilfe. Mann, Frau, Mutter und fünf Kinder aßen fünf Tage lang Meldesuppe. Zwei bis fünf Tage ohne Essen – das ist keine Ausnahme. Während ich bei Jegorow war, kamen ein Bauer und eine Bäuerin im Schneesturm aus einem acht Werst entfernten Dorf, um Hilfe zu erbitten.“

Künstlerischen Widerhall fand die Not des Volkes in der Erzählung „Meine Frau“, die Tschechow im November 1891 schrieb. Die Schlußfolgerungen des Doktor Zobel aus dem, was er während der Zeit des Hungers beobachtet hat, geben auch das Urteil des Autors wieder: „Solange unsere Beziehungen zum Volk den Charakter gewöhnlicher Wohltätigkeit tragen wie in Waisenhäusern und Invalidenheimen, solange werden wir nur klügeln, ausweichen und uns selbst betrügen, weiter nichts ... Nach bescheidenster Rechnung, wenn man sieben Kopeken pro Kopf und fünf Personen pro Familie annimmt, braucht man dreihundertfünfzig Rubel pro Tag. Mit dieser Zahl sind unsere obligatorischen geschäftlichen Beziehungen zu tausend Familien festgelegt. Indessen geben wir nicht dreihundertfünfzig pro Tag, sondern nur zehn und sagen, das sei eine Unterstützung, eine Hilfe, deshalb seien Ihre Gattin und wir alle außergewöhnlich prächtige Menschen, und es lebe die Humanität. So ist es doch, mein Bester! Ach, wenn wir doch weniger von Humanität reden und dafür mehr rechnen, überlegen und uns gewissenhafter unseren Verpflichtungen gegenüber verhalten würden! Wieviele humane, mitfühlende Menschen gibt es unter uns, die aufrichtig mit Sammellisten von Hof zu Hof laufen, aber ihre Schneider und Köchinnen nicht bezahlen! In unserem Leben gibt es keine Logik, das ist es! Keine Logik!"

Tschechows Urteile über das russische Leben zeigen, daß er mehr und mehr die Notwendigkeit einer konsequenten gesellschaftlichen Umgestaltung erkannte. Trotzdem tat der Schriftsteller alles, was in seinen Kräften stand und ihm seine Mittel erlaubten, um dem Volk zu helfen. Er verachtete gleichgültige und hartherzige Menschen und war überzeugt, daß die Sorge um die Nöte des Volkes elementarer Ausdruck der Menschlichkeit ist. Nicht weniger aber verachtete er die satten und selbstgefälligen Wohltäter, die in der Wohltätigkeit ein Allheilmittel für alles Übel sahen.

„Flattergeist“ und keine Illusionen

Tschechow schrieb die Erzählung „Flattergeist“ im November 1891. Wie das „Duell“, so ist auch das neue Werk von tiefer Verachtung gegenüber der nutzlosen Vergeudung des menschlichen Lebens und von Hochachtung vor zielstrebiger, aufopferungsvoller Arbeit durchdrungen. Nicht zufällig lautete sein ursprünglicher Titel „Ein großer Mensch“. Tschechow änderte ihn, weil er ihm zu prätentiös erschien und offenbar auch als dem lyrisch-ironischen Charakter der Erzählung widersprechend.

Tschechow hatte schon in früheren Werken verschiedene Formen einer ironischen Erzählweise einfließen lassen, im „Flattergeist“ nun wurde sie zum grundlegenden Strukturprinzip. Zunächst zeichnet der Schriftsteller – mit ihr gleichsam verschmelzend – das Leben seiner Heldin so hell und freudig, wie es ihr selbst erscheint. In rührenden Tönen beschreibt er ihr Haus, ihren Salon, ihre Umgebung, ihre Jagd nach Berühmtheiten. Nur einzelne, flüchtig hingeworfene Sätze lassen die verborgene bittere Ironie des Autors erkennen.

Allmählich jedoch verändert sich der Charakter der Erzählweise, die Idylle wandelt sich zu einem Bild des wirklichen Lebens der flatterhaften Frau – erbärmlich, geistig armselig, ohne Sinn. Tschechow hat dabei keinen entlarvenden Ton mehr nötig. Ihn ersetzt die innere Energie der verborgenen Entrüstung und Verachtung, deren ironischer Sinn nunmehr offenkundig wird. Gerade der Zusammenstoß der äußerlichen Friedfertigkeit mit dem fragwürdigen Lebensinhalt des „Flattergeistes“ führt uns zum Finale der Erzählung, wo jeder der Helden in seiner wahren Gestalt vor uns steht.

Das Echo auf die Erzählung war recht eigenartig. In den Moskauer literarischen Kreisen schenkte man weder dem Sinngehalt noch den künstlerischen Vorzügen dieses neuen Tschechowschen Meisterwerkes Beachtung. Dafür gab es endlose Klatschereien um die Prototypen des „Flattergeist“. Am 29. April 1892 schrieb der Autor nach Petersburg: „Können Sie sich vorstellen, eine meiner Bekannten, eine zweiundvierzigjährige Dame, hat sich in der zwanzigjährigen Heldin meines ‚Flattergeist‘ ... wiedererkannt, und ganz Moskau beschuldigt mich, ein Pasquill geschrieben zu haben. Das wichtigste Beweisstück ist die äußere Ähnlichkeit: die Dame malt, ihr Mann ist Arzt, und sie lebt mit einem Maler." Diese Dame war Frau Kuwschinnikowa. Aber nicht nur sie allein wollte sich wiedererkannt haben; auch der Maler Lewitan fand sich in der Erzählung porträtiert und fühlte sich schwer beleidigt. Nach den Erinnerungen Michail Pawlowitschs wäre es beinahe zu einer Duellforderung gekommen. Lewitan brach seine früheren freundschaftlichen Beziehungen zu Tschechow ab. Der Bruch dauerte mehrere Jahre an.

Tschechow sprach so gut wie nie über seine Beziehung zu Frauen. Zweifellos jedoch gefiel er ihnen. „Eine intelligente russische Frau", schrieb Nemirowitsch-Dantschenko, „konnte sich bei einem Mann von nichts so hinreißen lassen wie von seinem Talent. Ich glaube, er konnte bezaubernd sein ..." Bunin sah eine tiefere Ursache: „Erstaunlich gut kannte er das Herz der Frau, feinfühlig und lebhaft spürte er das Weibliche, unter den Gestalten, die in seiner Phantasie geboren wurden, gibt es bezaubernde Figuren, es gab viele, die ihn liebten, und selten verstand es einer so wie er, mit Frauen zu sprechen, sie zu rühren und mit ihnen in Beziehungen einer Seelenverwandtschaft zu treten ..."

Die Frauen aus Tschechows Umgebung, die ihm am nächsten standen, waren die Freundinnen seiner Schwester. Der junge Schriftsteller, der schnell große Popularität errungen hatte, ein fröhlicher, bezaubernder Mensch, wurde die Seele dieser lebensfrohen Gesellschaft.

Im Oktober 1889 gesellte sich Lidija Stachijewna Misinowa, eine angehende Russischlehrerin und Kollegin Maria Pawlownas am Gymnasium der Rshew-

Lika Misinowa

skaja, zum Kreis um Tschechows Schwester. Das neunzehnjährige Mädchen gefiel den Gebrüdern Tschechow sofort. „Lidija Misinowa, genannt Lika", schrieb Frau Schtschepkina-Kupernik[1], „war ein Mädchen von ungewöhnlicher Schönheit, eine wirkliche ‚Schwanenprinzessin' aus dem russischen Märchen. Ihr aschblondes lockiges Haar, die wunderbaren grauen Augen unter den dunklen Brauen, eine ganz ungewöhnliche Weichheit und ein unbeschreiblicher Liebreiz in Verbindung mit völligem Fehlen von Affektiertheit und sogar eine etwas rauhe Schlichtheit ließen sie bezaubernd erscheinen. Sie schien gleichsam nicht zu begreifen, wie schön sie war, oder sie schämte sich und war gekränkt, wenn die Rede darauf kam; aber wie sehr sie sich auch bemühte, sie konnte nicht verhindern, daß man sich auf der Straße nach ihr umdrehte und sie im Theater unverwandt anschaute." Obendrein war sie ein sehr geselliger Mensch. Fröhlich und scharfsinnig, konnte sie geistreich und ungezwungen plaudern, scherzen und Scherze parieren. Bald wurde die „schöne Lika" der allgemeine Liebling und ständiger Gast im Hause Tschechow. Nach einem Buch mit persönlicher Widmung zu urteilen, das ihr Tschechow schenkte, müssen sich zwischen beiden schon bald nähere Beziehungen entwickelt haben. Im Frühjahr 1890 besuchte sie häufig eine Bibliothek, um für Tschechow Exzerpte aus seltenen Büchern anzufertigen. Auf dem Jaroslawler Bahnhof in Moskau befand sie sich unter den Leuten, die Tschechow zu seiner weiten Reise verabschiedeten.

Tschechows Briefe aus Bogimowo im Frühjahr 1891 setzten scheinbar jenes ungezwungene Verhältnis fort. Unter fröhlichen Gesprächen und freundschaftlichen Sticheleien gestalteten sich ihre Beziehungen jedoch recht kompliziert.

Viel später, 1898, schickte Lika aus Paris Tschechow ihr Foto und schrieb auf die Rückseite folgende Strophe:

„Meine Tage, sie seien hell oder trübe,
Mag ich bald schon mein Leben beenden –
Ich weiß nur das eine – bis hin zum Grabe
Sind meine Gedanken, Gefühle und Lieder
Nur alle für Dich!"

Es folgte der Nachsatz: „Ich konnte das vor acht Jahren schreiben, ich schreibe es jetzt und werde es in zehn Jahren wieder schreiben."

Hinter beiden lagen damals Jahre voll unerfüllter Hoffnungen, verdeckter und offener Polemik.

Leonid Grossman, Autor der Abhandlung „Der Roman der Nina Saretschnaja", akzeptierte auf der Suche nach einem Schlüssel für diese Beziehung vorbehaltlos die Version Likas, die darauf hinauslief, daß Tschechow nicht die Gefühlsstärke und seelische Spannweite besaß, um ihre aufrichtige und

---

[1] Tatjana Lwowna Schtschepkina-Kupernik (1874–1953), Schriftstellerin und Übersetzerin.

tiefe Liebe zu erwidern. „Das ‚goldgelockte' Mädchen mit dem originellen Charakter", schrieb Grossman, „gefiel ihm zweifellos. Aber er konnte sich nicht entschließen, die Grenzen zu überschreiten, da er untrennbare Verbindungen fürchtete. Erst sehr viel später erschien ihm die Ehe als Lebensnotwendigkeit, das aber erst im Angesicht des nahenden Todes." Es handelte sich folglich nicht um den Charakter der Beziehung zwischen Tschechow und Lika, sondern um seine negative Einstellung zu den Fesseln der Ehe überhaupt. „Daher", schlußfolgerte Grossman, „gab es keinen Roman, es gab nur Likas unglückliche Liebe. Das geht unanfechtbar aus ihren späteren Briefen an Tschechow hervor, Briefen voller Vorwürfe, Empörung und gramvoller Ironie. Sie entrüstet sich mit Lermontow:

‚Des Herzens Glut, vergeudet in der Wüste . . .'"

Dieselbe Version Likas wurde von Grossman noch in einer anderen Variante dargelegt. „Aus den Briefen der Misinowa geht hervor, daß bei ihren Beziehungen zu Tschechow die bekannte ‚Turgenjewsche' Situation bestand: Ein kühnes Mädchen erklärt dem geliebten Mann offen ihre Gefühle für ihn, er aber entsagt dem Glück um der Aufrechterhaltung seiner Unabhängigkeit willen (‚Asja', ‚Rudin')."

Tschechows Standpunkt ist aus vielen Gründen schwer zu erfassen, unterschied sich aber von Likas Version. Und was die Hauptsache ist – die Entwicklung ihrer Beziehung hatte eine eigene Logik, die weder Tschechow noch Lika verändern konnten.

Likas erster Brief an Anton Pawlowitsch datiert vom 9. Januar 1891. Der Brief ist nervös und verworren, wie ihre Stimmung augenscheinlich auch. So berichtet sie, sie habe ihm am Morgen einen Brief geschrieben, der ein „einziges Wehklagen" gewesen sei, sie habe ihn aber vernichtet, und nun schreibe sie schon in einem anderen Ton, sie schreibe und könne selbst nicht begreifen, wie sie am Morgen einen „so düsteren Brief" habe schreiben können. Jetzt komme es ihr so vor, als sei das „alles Unsinn".

Tschechows Antwortbrief beginnt mit einem Scherz. „Stadtschreiber!" redete er Lika an, die zu dieser Zeit in der Stadtduma Dienst tat. Der Brief ist ein Feuerwerk von Scherzen, in vielen Farben schillernd. So dankte er ihr zum Beispiel für das ihm übersandte Lehrprogramm für die Sachaliner Schulen. Er teilte ihr mit, er werde das Programm schon am nächsten Tag „in die Katorga" schicken, und erklärte: „. . . das heißt nach Sachalin. Vielen Dank und tiefe Verbeugung." Hier verhüllte der Scherz nur leicht aufrichtige Dankbarkeit und vielleicht auch so etwas wie Zärtlichkeit.

Dann sprach er von dem Teil des Briefes, in dem sie auf ihre Weise die Petersburger Reise Tschechows charakterisierte, wobei sie völliges Unverständnis für die seelische Verfassung ihres Korrespondenzpartners an den Tag legte. Was sollte er dazu sagen? Tschechow schrieb: „Was das betrifft, daß ich schon fünfmal zu Mittag und zu Abend essen konnte, so irren Sie sich: Ich habe schon vierzehnmal zu Mittag und zu Abend gegessen. Die Trübsal aber habe ich, Ihren Beobachtungen zuwider, nicht in Moskau gelassen, sondern mit nach Petersburg genommen." Das war eine neue Spielart des Scherzens. Diesmal sollte er das Gefühl des Ärgers abschwächen und einen verdeckten Vorwurf in äußerst delikater Form abmildern.

Über ihre seelische Verfassung sprach Lika nicht nur verworren, sondern vielleicht auch etwas gekünstelt. Mußte dieser Teil ihres Schreibens Tschechow nicht an die „Fräulein" von Taganrog erinnern? So oder so, hier scherzte er auf andere Weise. Er versprach zum Beispiel, für Lika und ihren „Barzalus oder Bucephalus" Freikarten zu besorgen. Tschechow brachte absichtlich den Namen von Likas Verehrer Jewgeni Ballas mit dem Namen eines Moskauer Theaterschaffenden und dem eines Pferdes aus dem antiken Mythos durcheinander. Der „Stadtschreiber" träumte von einer Theaterkarriere. 1890 versuchte Lika zur Bühne zu kommen, fiel aber mit großem Krach durch. Dann begann sie in der Moskauer Theaterschule von Fedotow Unterricht zu nehmen, wozu sich Tschechow sehr skeptisch verhielt, mit vollem Recht, wie sich später zeigte. Schauspieltalent, und sei es auch nur ein sehr bescheidenes, besaß Lika nicht.

Nach diesem schwierigsten Teil des Briefes ändert sich der Ton. Teilnahmsvoll, sogar zärtlich, fragte Tschechow: „Weshalb blasen Sie morgens Trübsal? Und weshalb haben Sie den Brief mißachtet, den Sie mir am Morgen geschrieben hatten? Ach, Likischa, Likischa!" Erinnert das nicht ein wenig an den Ton, in dem ein guter Onkel mit einem halbwüchsigen Mädchen spricht? Lika war am 8. Mai 1870 geboren, also zehn Jahre jünger als Anton Pawlowitsch.

Trotzdem war der Brief vielversprechend. Und daß Lika ihm gegenüber nicht gleichgültig war, das begriff Tschechow natürlich. Was war aber der Grund für die manchmal unangenehmen Eigentümlichkeiten dieses intelligenten jungen Mädchens? War es die Ungeschicklichkeit der Jugend oder etwas Ernsteres, das in ihrer Natur und in ihrem Charakter lag?

Tschechow konnte sich diese Frage lange nicht mit völliger Sicherheit beantworten. Likas Gestalt schillerte in verschiedenen Farben, sie war fließend und nicht zu fassen. Aber auch in der Verschwommenheit ihrer Charakterzüge lag etwas, das Tschechow zutiefst fremd war. Das prädestinierte offenbar auch ihre späteren Beziehungen.

Im Januar 1891 begann Lika in ihren Briefen an Tschechow vielsagend Lewitan als ihren Verehrer zu erwähnen. Sie hatte Lewitan etwa zur gleichen Zeit wie die Gebrüder Tschechow kennengelernt. Sie traf ihn oft im Salon der Laienkünstlerin Sofja Petrowna Kuwschinnikowa, die sich für eine Schülerin Lewitans hielt und seit dem Ende der achtziger Jahre zu sommerlichen Studien mit ihm zu verreisen pflegte. Sie war die Gattin eines Polizeiarztes, zeichnete sich weder durch Schönheit noch Jugend aus, war aber eine ungewöhnliche, talentierte Frau. Lewitan war lange Zeit ihr unzertrennlicher Begleiter. Das hinderte ihn übrigens nicht an anderen Romanzen, die manchmal recht stürmisch verliefen. Lewitan hatte bei Frauen großen Erfolg und wußte das auch.

Nicht ohne Absicht war Lika zu Tschechow so offen. „Wissen Sie, wenn Lewitan Ihnen nur ein wenig ähnlich wäre, ich würde ihn zum Frühstück einladen." Leonid Grossman erklärte diese ganze Geschichte mit Likas Wunsch, Tschechows Kälte zu besiegen. „Der übliche Trick zur Erregung von Eifersucht", schrieb Grossman.

Wenn wir auch Grossmans Version zustimmen wollen, so muß man doch zugeben, daß Lika in diesem Fall zur Erreichung ihres Zieles die schlechteste Variante wählte.

Tschechow antwortete auf ihren Brief am 21. Januar: „Ich beeile mich, Ihnen eine Freude zu bereiten, hochgeehrte Lidija Stachijewna: ich habe für Sie für 15 Kopeken solches Papier und Umschläge gekauft. Mein Versprechen ist erfüllt. Ich denke, dieses Papier wird den auserlesenen Geschmack der großen Welt befriedigen, zu der Lewitan, Fedotow und die Schaffner der Pferdebahn gehören.

Zugleich gestatten Sie, daß ich Sie betrübe, hochgeehrte Lidija Stachijewna: ich komme nicht eher als Mitte der nächsten Woche.

Entschuldigen Sie, daß der Brief so nachlässig geschrieben ist; ich bin aufgeregt, zittere und fürchte, von unserem Briefwechsel könnte die große Welt erfahren."

Wie unähnlich ist dieser Brief den vorhergehenden! Es gibt Scherze, aber weder Herzlichkeit noch Zärtlichkeit. Nicht mehr „Likuscha", sondern „hochgeehrte Lidija Stachijewna". Natürlich war das auch ein Scherz, aber im Ton völlig anders. Offenbar war Tschechow nicht nur betrübt und schockiert, sondern verärgert über den von Lika gewählten Ton.

Dann kehrte Tschechow nach Moskau zurück, und alles lief wie früher. Nach wie vor war Lika gerngesehener Gast im Hause der Tschechows. Während neuer Reisen nach Petersburg und ins Ausland machte sich Anton Pawlowitsch wieder über Lika lustig. Inzwischen entwickelten sich die Beziehungen zwischen ihr und Lewitan offensichtlich weiter, so daß sich Tschechow nicht wunderte, als sie in Alexin mit dem Maler eintraf. Die Begegnung verlief in der für das Haus Tschechow üblichen Atmosphäre – heiter und ungezwungen. Michail Pawlowitsch schilderte diese Episode so: „Sie kam zu uns mit dem Dampfer über Serpuchow zusammen mit Lewitan, und offen gesagt wußten wir nicht, wo wir die beiden unterbringen sollten. Es gab Gelächter, unerschöpfliche Witze von seiten Anton Pawlowitschs, verliebte Seufzer Lewitans, der vor den Damen gern ein wenig affektiert tat."

Darauf war Lika verschwunden. Sie antwortete weder auf einen Brief Tschechows vom 17. Mai noch auf einen weiteren vom 23. Mai, in dem Anton Pawlowitsch sich auf einen Auftrag seiner Schwester berief und Lika mitteilte, diese warte auf Briefe von ihr. Nach einer Pause schickte ihr Anton Pawlowitsch dann am 12. Juni einen weiteren Brief, dessen Anfang wie folgt lautet:

„Liebreizende, bezaubernde Lika! Hingerissen von dem Tscherkessen Lewitan haben Sie ganz vergessen, daß Sie meinem Bruder Iwan das Versprechen gegeben haben, am 1. Juni zu uns zu kommen, und Sie antworten überhaupt nicht auf die Briefe meiner Schwester. Ich habe Ihnen ebenfalls nach Moskau geschrieben und Sie eingeladen, aber auch mein Brief blieb die Stimme eines Rufers in der Wüste."

Likas Aufenthaltsort war Tschechow zu dieser Zeit bereits bekannt. Anfang Juni befand sie sich auf dem Gut ihrer Tanten in Prokowskoje im Gouvernement Twer. Dort wurde sie schon von Lewitan erwartet, der sich zusammen mit seiner ständigen Begleiterin Kuwschinnikowa in der Nähe des Gutes niedergelassen hatte. Das hatte Tschechow von Lewitan erfahren.

„Ich schreibe Dir", hatte ihm Lewitan Ende Mai mitgeteilt, „aus einem bezaubernden Fleckchen Erde, wo alles, von der Luft bis, Gott verzeih mir, zum letzten Käferchen von ihr durchdrungen ist, von ihr, der göttlichen Lika!

Sie ist noch nicht da, aber sie wird hier sein, denn sie liebt nicht Dich flachsblonden, sondern mich, den vulkanischen brünetten Mann, und sie kommt nur dahin, wo ich bin. Es wird Dich schmerzen, das zu lesen, aber aus Liebe zur Wahrheit konnte ich das nicht verheimlichen."

Und Lika kam, was Tschechow aus Lewitans nächstem Brief erfuhr. Er teilte mit, daß er Tschechows Erzählungen lese und darüber entzückt sei, besonders über die Erzählung „Das Glück", und schrieb dann: „Ich habe gestern diese Erzählung Sofja Petrowna und Lika vorgelesen, und sie waren beide begeistert. Du merkst, wie großmütig ich bin, ich lese Lika Deine Erzählungen vor und begeistere mich daran. Das ist doch wirkliche Tugend."

Tschechow versäumte nicht, in seinem Brief Lika klarzumachen, daß er über den Gang der Ereignisse auf dem laufenden war. „Grüßen Sie Lewitan", schrieb er. „Bitten Sie ihn, er solle nicht in jedem Brief von Ihnen schreiben. Erstens ist das von seiner Seite nicht großmütig, und zweitens geht mich sein Glück gar nichts an ... Seien Sie gesund und glücklich und vergessen Sie uns nicht."

Tschechow wußte um die Schwächen Lewitans, dessen Talent zu bewundern er nicht müde wurde. Als Lewitan einmal in Babkino vor Maria Pawlowna auf die Knie gefallen und ihr leidenschaftlich seine Liebe erklärt hatte, war sie ganz verstört mit dieser Neuigkeit zu ihrem Bruder gelaufen. Tschechow hatte ihr gesagt: „Du kannst ihn natürlich heiraten, wenn du willst, aber beachte dabei, daß er Frauen im Balzacschen Alter braucht und nicht solche wie dich."

„Es war mir peinlich", schrieb Maria Pawlowna, „meinem Bruder zu gestehen, daß ich nicht wußte, was eine ‚Frau im Balzacschen Alter' ist, und eigentlich verstand ich nicht den Sinn des Satzes von Anton Pawlowitsch, aber ich fühlte, daß er mich vor irgend etwas warnen wollte." Und das genügte Maria Pawlowna.

Lika klagte in weiteren Briefen erneut über ihre Gesundheit, und am 20. Juni schickte ihr Tschechow einen Brief mit besorgten, ausführlichen ärztlichen Ratschlägen, der mit den Worten endete: „Mehr werde ich Ihnen nicht schreiben.“ Offenbar glaubte er, Lika werde in nächster Zeit nach Bogimowo kommen.

Das weitere ist nicht ganz klar, weil die beiden nächsten Briefe Tschechows nicht datiert sind. Wahrscheinlich wurden sie geschrieben, als es offensichtlich wurde, daß Lika nicht gewillt war, der Warnung Gehör zu schenken, und Tschechow wählte wieder den üblichen Weg des Scherzes, diesmal aber eines ungezügelten Scherzes, der bis zur Posse ging. Die folgenden Briefe an Lika sind in ebendiesem Stil geschrieben.

„Liebe Lika!

Wozu Vorwürfe?

Ich schicke Dir meine Fratze. Morgen sehen wir uns. Vergiß nicht Deinen Petka. Ich küsse Dich 1 000 mal!!!

Ich habe Tschechows Erzählungen gekauft; welch ein Liebreiz!

Kauf Du auch.

Grüße Mascha Tschechowa.

Was bist Du für ein Herzchen!“

Und hier ein zweiter Brief, ebenfalls aus Bogimowo:

„Liebe Lidija Stachijewna!

Ich liebe Sie leidenschaftlich wie ein Tiger und biete Ihnen meine Hand.

Der Anführer der Hofhunde Golowin-Rtischtschew.“

Und so lief alles auf eine Posse hinaus.

Obendrein vergaß Tschechow niemals, daß er viel älter war als Lika, und das brachte in seine Beziehungen zu ihr eine Spur von Mitleid und Bedauern, wie sie ein Erwachsener unweigerlich empfindet, wenn er die Fehler der unerfahrenen Jugend bemerkt. Offenbar wurde er von dieser ganzen Gefühlsskala beherrscht, als er die Erzählung „Flattergeist“ schrieb.

Tschechow spottete nicht ohne Grund darüber, daß die vierzigjährige Kuwschinnikowa sich in der Heldin der Erzählung wiedererkennen wollte. Nichts gemein hatte auch ihr Gatte mit der Gestalt Dymows. Er war ein gewöhnlicher Polizeiarzt, der mit keinerlei Talenten glänzte. Der andere Held der Erzählung, Rjabowski, war Lewitan nur insoweit ähnlich, als er ebenfalls Maler war. Und trotzdem „erkannten“ sich sowohl Lewitan als auch Frau Kuwschinnikowa. Ähnlich war vor allem der Salon der Kuwschinnikowa. Der Autor hatte augenscheinlich speziell dafür gesorgt, denn die Merkmale dieses Salons wurden ziemlich genau wiedergegeben. Es gab noch eine weitere, wichtigere Ähnlichkeit – die Ähnlichkeit des ethischen Niveaus der Beziehungen, wie sie sich zwischen dem Ehepaar Kuwschinnikow, Lewitan und der Misinowa herausgebildet hatten.

Eine Frau „Balzacschen Alters“ war die Kuwschinnikowa, die dreizehn Jahre älter als Lewitan war und um die Eigenarten des Malers natürlich nicht schlechter als Tschechow wußte. Daher rührte ein charakteristischer Zug ihres Benehmens: Sofja Petrowna hatte nicht nur keine Angst vor der Nebenbuhlerschaft

Anton Pawlowitsch in Melichowo (1897)

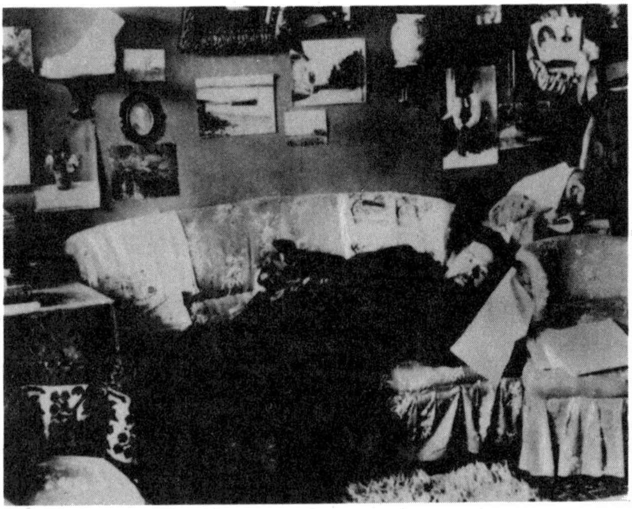

junger Mädchen, sondern liebte es im Gegenteil, wie Frau Schtschepkina-Kupernik schrieb, „sich mit jungen Persönchen zu umgeben".

Eine weitere wichtige Nuance im Sujet des „Flattergeist" läßt sich erklären: der Zusammenbruch einer leichtfertigen und schwachen jungen Frau, die in einer Welt billiger Interessen und Gefühle in den Strudel einer trügerischen Existenz hineingezogen wird und erst zum Schluß erkennt, daß sie echte Werte gegen Flitter eingetauscht hat. Nun war aber die Kuwschinnikowa ein gänzlich anderer Frauentyp. Sie war eine willensstarke und sehr zielstrebige Natur, die sehr wohl wußte, was sie brauchte; sie verstand es ausgezeichnet, ihre Ziele zu erreichen und ihre Position im Hause und bei Lewitan aufrechtzuerhalten, auch nach dem Skandal, der durch das Erscheinen der Erzählung „Flattergeist" hervorgerufen worden war. Nein, Tschechow hatte schon allen Grund, darüber zu spotten, daß Sofja Petrowna sich in der neunzehnjährigen Heldin der Erzählung wiedererkennen wollte. Wenn jemand Anton Pawlowitsch auf dieses betrübliche Thema bringen konnte, dann war es Lika Misinowa.

Nach Veröffentlichung der Erzählung „Flattergeist" war nicht nur Lewitan gekränkt, sondern auch Lenski, ein anderer Freund Tschechows. Er war ebenfalls oft im Salon der Kuwschinnikowa zu Gast und glaubte sich nun in der Person des dicken Schauspielers wiederzuerkennen. Die Familie Lenski brach alle Beziehungen zu Anton Pawlowitsch ab. Lika Misinowa dagegen war seit dem Frühjahr 1892 ein besonders häufiger Gast der Tschechows. Damit begann eine neue Phase in den komplizierten Beziehungen zwischen dem Schriftsteller und der Misinowa. In einem Brief vom 27. März 1892 heißt es: „Lika, nicht Dich liebe ich so heiß. Ich liebe in Dir die vergangenen Leiden und meine entschwundene Jugend." Scherze über das Dreiecksverhältnis Kuwschinnikowa – Lewitan – Misinowa herrschen auch in den folgenden Briefen vor. Dabei nennt er Lika – Melitta, die Kuwschinnikowa – Sappho.

Leonid Grossman schrieb: „Im Sommer 1892 entschließt sich Lidija zu einem kühnen Schritt. Sie ist bereit, mit Tschechow eine große gemeinsame Reise durch die Krim und den Kaukasus zu unternehmen. Die Reiseroute ist schon detailliert ausgearbeitet: Moskau – Sewastopol – Batum – Tiflis – Grusinische Heerstraße – Wladikawkas – Mineralnyje Wody – Moskau."

Am 18. Juni 1892 schrieb Lika an Tschechow: „... Fahrkarten in den Kaukasus werden wir haben, d. h. für Sie und für mich verschiedene ... Ich fahre auf jeden Fall – allein oder nicht, aber ich fahre." Die Frage wurde durch die herannahende Choleraepidemie entschieden. Vielleicht ist es aber richtiger zu sagen: sie unterstützte die Entscheidung. Am 23. Juni, als sich Tschechow auf die Bekämpfung der Cholera vorbereitete, bat er sie, auf weitere Bemühungen wegen der Fahrkarten zu verzichten.

Lika war empört und schickte Tschechow einen gereizten Brief, der mit dem Ausruf begann: „Immer Ausflüchte!" Darauf erwiderte Tschechow: „Edle, sittsame Lika! Als Sie mir schrieben, meine Briefe verpflichteten mich zu nichts, da seufzte ich erleichtert auf, und nun schreibe ich Ihnen einen langen Brief, ohne zu fürchten, daß irgendein Tantchen, wenn sie diese Zeilen sieht, mich mit solch einem Scheusal wie Sie es sind verheiratet. Ich meinerseits beeile mich ebenfalls, Sie zu beruhigen, daß Ihre Briefe in meinen Augen nur die Bedeutung duftender Blumen, nicht aber die von Dokumenten haben. Übermitteln Sie dem Baron Stackelberg, Ihrem Kusin und den Dragoneroffizieren, ich werde ihnen nicht hinderlich sein. Wir Tschechows hindern junge Mädchen nicht zu lieben, im Gegensatz zu ihnen, den Ballas. Das ist unser Prinzip. So sind Sie also frei."

Hier ist dem Scherz schon ein Schuß Ironie beigemischt. Dann war von Lewitan die Rede. „Träumen Sie von Lewitan mit seinen schwarzen Augen voller afrikanischer Leidenschaft? Erhalten Sie noch immer Briefe von Ihrer siebzigjährigen Rivalin und antworten ihr heuchlerisch?" Das ging auf die Kuwschinnikowa. Dann folgt ein scherzhafter, zugleich aber sehr ernstgemeinter Satz: „In Ihnen steckt ein großes Krokodil, Lika, und eigentlich handele ich gut, wenn ich auf den gesunden Menschenverstand höre und nicht auf das Herz, das Sie gebissen haben." Dann folgen auf einmal recht bravouröse Zeilen, vielleicht deshalb, um den bitteren Geschmack des Geständnisses, das Tschechow entschlüpfte, zu mildern: „Hinweg von mir! Oder nein, Lika, meinetwegen: Lassen Sie meinen Kopf von Ihrem Parfüm schwindlig werden und helfen Sie mir, die Schlinge, die Sie mir schon um den Hals geworfen haben, fester anzuziehen."

Diesmal verstand Lika ihren Briefpartner richtig. Anfang Juli schrieb sie ihm: „Wie gern möchte ich (wenn ich könnte) die Schlinge zuziehen! Feste! ... Das erstemal im Leben habe ich damit kein Glück!" Die Erwähnung Lewitans wies sie mit unverhohlenem Ärger zurück. „Weshalb wollen Sie", schrieb sie

Melichowo

am 2. Juli, „mich so heftig an Lewitan und meine angeblichen ‚Träume' erinnern? Ich denke an *niemanden*, ich will niemanden ..."

In der späteren Korrespondenz rückte allmählich ein anderes Thema in den Vordergrund – die liederliche Lebensweise Likas. Sie hätte arbeiten sollen, aber sie fing mal dies, mal jenes an, ohne etwas zu Ende zu führen. Sie klagte über ihre schlechte Gesundheit, aber sie rauchte; jammerte über Langeweile, aber verbrachte ganze Nächte in fröhlicher Gesellschaft; sie beteuerte, sie nehme keinen Tropfen Wein in den Mund, aber sie trank.

Seit ihrer Kindheit kannte Lika Fremdsprachen. Nun beschloß sie, sich mit Übersetzungen zu befassen. Tschechow beschaffte ihr unverzüglich Arbeit, doch es stellte sich heraus, daß sie die Arbeit weitergereicht hatte. Tschechow schrieb ihr im Juli 1892: „Sie haben die Übersetzung des Stückes an eine Deutsche abgegeben? Stellen Sie sich vor, ich habe das erwartet, Sie haben überhaupt kein Bedürfnis nach richtiger Arbeit. Daher sind Sie krank, niedergeschlagen und heulen ... Ich habe Ihnen einen langen Schmähbrief geschrieben, habe dann aber darauf verzichtet, ihn abzuschicken. Weshalb? Er würde Sie nicht beeindrucken, sondern nur Ihre Nerven zerrütten."

„Ich führe ein leichtsinniges Leben", schrieb Lika am 8. Oktober 1892, „kommen Sie und helfen Sie mir, je eher, desto besser ... Ach, retten Sie mich und kommen Sie! Auf Wiedersehen. L. Misinowa. Ach, wie schmutzig und gemein alles ist."

Immer stärker trat in den Briefen Tschechows die Sorge um Lika in den Vordergrund. Bereits im Juli 1892 hatte Anton Pawlowitsch geschrieben: „Lika, kommen Sie für den Winter zu uns! Wirklich, wir werden gut miteinander leben. Ich werde mich mit Ihrer Erziehung befassen und die schlechten Angewohnheiten aus Ihnen herausprügeln. Und was die Hauptsache ist, ich schütze Sie vor Sappho."

Lika lernte nicht, so scheint es, den ihr so teuren Menschen zu verstehen. Sie warf Anton Pawlowitsch alles mögliche vor, darunter auch Egoismus. „Ich esse, schlafe und schreibe zu meinem Vergnügen?" fragte Tschechow Lika im September 1893. „Ich esse und schlafe, weil alle essen und schlafen, selbst Ihnen ist diese Schwäche nicht fremd, trotz Ihres Federgewichtes. Was das Schreiben zum eigenen Vergnügen betrifft, so haben Sie, meine Bezaubernde, das nur gezwitschert, weil Ihnen die Erfahrung fehlt, welch ein Gewicht und welch bedrückende Kraft dieser Wurm hat, der das Leben untergräbt, wie unwichtig er Ihnen auch erscheinen mag."

In Tschechow wuchs das Gefühl des Unbefriedigtseins und die „Lust zum Ortswechsel". Das Verlangen, „unter dem Volk zu leben", und andererseits die immer deutlichere Einsicht, daß sich seine Gesundheit ständig verschlechterte, führten Tschechow zu dem festen Entschluß, Moskau zu verlassen. Am 16. Dezember 1891 schrieb er an A. I. Smagin: „Wenn ich in diesem Jahr nicht in die Provinz umsiedle und wenn der Kauf eines Gutes aus irgendeinem Grund nicht gelingt, so führe ich mich meiner Gesundheit gegenüber wie ein Bösewicht auf. Ich glaube, daß ich schon ausgetrocknet bin wie ein alter Schrank und daß, wenn ich in der nächsten Saison in Moskau leben und Papier vollschmieren werde, Giljarowski ein sehr schönes Gedicht lesen wird, wo er meinen Abgang in jenes Gehöft begrüßen wird, in dem man nicht sitzen, stehen oder niesen kann, sondern nur liegen und weiter nichts. Aus Moskau wegzuziehen ist für mich *unumgänglich.*"

Smagins Versuche, in der Ukraine ein Landgut für Tschechow zu kaufen, schlugen jedoch fehl, und so begann man, in Mittelrußland zu suchen. Im Februar 1892 hatten sie Erfolg. „Ich bin der Ukraine, ihren Liedern und Krebsen untreu geworden", schrieb Tschechow am 23. Februar 1892 an seinen Bruder Alexander. Das gekaufte Gut liegt im Kreis Serpuchow, neun Werst von der Station Lopasnja entfernt. Vernimm: 213 Deßjatinen, davon 160 Wald, zwei Teiche, ein erbärmlicher Fluß, ein neues Haus, ein Obstgarten, ein Musikflügel, drei Pferde, Kühe, ein Reisewagen, Renndroschken, Schlitten, Treibhäuser, zwei Hunde, Starkästen und anderes mehr, was Dein Feuerwehrgeist nicht erfassen kann." Alexander Pawlowitsch war zu jener Zeit im Begriff, Redakteur der Zeitschrift „Der Feuerwehrmann" zu werden.

Am 4. März 1892 siedelte Tschechow auf das Gut um und wählte es zu seinem ständigen Wohnsitz. Damit begann in seinem Leben und Schaffen die Periode von Melichowo.

„Krankenzimmer Nr. 6“
Symptom der Wirklichkeit

Die Übersiedlung nach Melichowo war für Tschechow mit Scherereien und Aufregungen verbunden. Der frühere Besitzer des Gutes, der Maler Sorochtin, betrog den neuen Eigentümer auf Schritt und Tritt und verleitete sogar die Bauern zum Diebstahl.

„Wie schrecklich es ist, mit Lügnern zu tun zu haben!“ schrieb Tschechow. „Der Verkäufer, der Maler, lügt und lügt, dumm und ohne Notwendigkeit – das Ergebnis sind jeden Tag Enttäuschungen ... Man ist gewohnt zu schreiben und zu sagen, nur die Kaufleute betrügen beim Messen und Wiegen, aber man sollte mal die Adligen sehen! Es ist widerlich, das mit anzusehen. Das sind keine Menschen, sondern gewöhnliche Kulaken, sogar schlimmer als Kulaken, denn der Bauer als Kulak nimmt und arbeitet, aber mein Maler nimmt und frißt nur und schimpft mit dem Gesinde. Können Sie sich vorstellen, seit dem Sommer haben die Pferde kein Körnchen Hafer und kein Fuder Heu gesehen, sie fressen nur Stroh, obwohl sie für zehn arbeiten. Die Kuh gibt keine Milch, weil sie Hunger hat. Die Ehefrau und die Geliebte leben unter einem Dach. Die Kinder sind schmutzig und abgerissen. Es stinkt nach Katzen. Wanzen und riesige Küchenschaben ... Es ist schändlich, daß dieses ganze hungrige und schmutzige Pack meint, daß ich genauso um jede Kopeke zittere wie sie, daß ich ebenso geneigt bin zu betrügen.“

Das Gut mußte in Ordnung gebracht werden. Die Fußböden wurden erneuert, die Räume gestrichen, die Gerätschaften vervollständigt, Frühbeete eingerichtet, und Tschechow legte selbst einen Teich an und setzte Fischbrut aus.

Das Gut war für dreizehntausend Rubel gekauft worden, wovon viertausend bar gezahlt werden mußten. Für die Restsumme wurden Schuldverschreibungen gegenüber dem früheren Eigentümer und der Bank ausgestellt. Etwa tausend Rubel gingen für die formale Seite des Kaufes drauf. Insgesamt mußte Tschechow fünftausend Rubel leihen. Er hielt das für günstig, da die laufenden Zahlungen geringer waren als die Miete für Wohnung und Landhaus. Die Rechnung ging nicht auf, denn Tschechow mußte das von Suworin gepumpte Geld mit allen Einnahmen aus neuen Büchern und Neuauflagen zurückzahlen.

In einer festgelegten Frist war auch die Restschuld bei Sorochtin zu begleichen. Dazu kamen unvorhergesehene Ausgaben, die mit der Renovierung, dem Kauf von Inventar, Sämereien und so weiter verbunden waren, all das, was man als „Erstausstattung" bezeichnet. Für die nächsten Jahre blieb der Schriftsteller erneut ohne Geldmittel. Doch seine Bücher gingen gut. Nach weniger als zwei Jahren bat Sorochtin, die Schuld vorfristig zu begleichen, wofür er einen Nachlaß gewährte. Das Gut wurde verpfändet, die Rechnung mit Sorochtin beglichen, dann auch mit Suworin, und tatsächlich blieben nur noch die Verpflichtungen gegenüber der Bank offen, das heißt die regelmäßig zu zahlenden Zinsen. Die Atempause war jedoch nur kurz. Kaum waren die Schulden getilgt, da sah sich Tschechow mit weiteren Ausgaben konfrontiert.

Vom ersten Tag an gestaltete sich das Leben in Melichowo nicht als Sommerfrische, sondern als Arbeitsalltag. Für jeden wurden Pflichten festgelegt. Maria Pawlowna befaßte sich mit dem Gemüsegarten, Michail Pawlowitsch mit der Feldwirtschaft, Anton übernahm das Setzen von Bäumen und die Anlage von Blumenbeeten. Pawel Jegorowitsch war ebenfalls von früh bis spät auf den Beinen – er beaufsichtigte die Arbeiter und säuberte die Fußwege im Garten. Bis zu seinem Tode führte er gewissenhaft die berühmt gewordenen Tagebücher von Melichowo. Tschechows Mutter sorgte sich um das Haus.

Man stand bei Sonnenaufgang auf, um 12 Uhr wurde zu Mittag gegessen, um 10 Uhr abends legte man sich schlafen. „Den neuen Gutsbesitzer", schrieb Michail Pawlowitsch über seinen Bruder, „begeisterte alles – das Pflanzen von Zwiebeln, die Ankunft der Saatkrähen und der Stare, die Aussaat von Klee und auch die Gans, die gelbe flaumige Gössel ausgebrütet hatte. Vom frühen Morgen an, manchmal schon seit vier Uhr, war Anton Pawlowitsch auf den Beinen. Nachdem er Kaffee getrunken hatte, ging er hinaus in den Garten und betrachtete lange jeden Obstbaum ... und beschnitt ihn, oder aber er hockte neben dem Stamm und beobachtete irgendetwas." Später enthüllte Tschechow in einem Brief das Geheimnis seines Benehmens. Er konnte sich im Hause nicht konzentrieren. „Um Nachdenken und schaffen zu können, muß ich in den Garten gehen und dort das arme Gras auszupfen, das doch niemanden stört." Allmählich wurde es zur Gewohnheit, zum Überlegen in den Garten oder zum Angeln zu gehen, schließlich sogar während lebhafter Unterhaltungen. Seine Augen sollen in solch einem Fall einen abwesenden Ausdruck angenommen haben, was seine Gesprächspartner manchmal schockierte.

Begierig nahm Tschechow den unvergleichlichen Reiz der mittelrussischen Landschaft in sich auf. „Die Nachtigallen schlagen schon wie verrückt", schrieb er im April 1892, „und der Mond schmachtet die ganze Nacht wie ein Liebhaber." „Wir haben so viele Kirschen", schrieb er drei Monate später, „daß wir nicht wissen wohin damit. Es ist auch niemand da, der die Stachelbeeren pflückt. Noch nie war ich so reich. Ich stehe unter einem Baum und esse Kirschen, und es kommt mir seltsam vor, daß mich niemand wegjagt. Früher, in der Kindheit, zog man mich jeden Tag wegen Beeren an den Ohren." In einem späteren Brief an seinen Bruder Alexander bilanzierte er sein Landleben: „Nachdem wir die Früchte der Erde geerntet haben, sitzen wir nun auch da und wissen nicht, was wir tun sollen. Schnee. Kahle Bäume. Die Hühner drängen sich an einem Platz zusammen. Sich den Bauch vollschlagen und schlafen hat seinen Reiz verloren; weder gebratene Ente noch eingesalzene Pilze erfreuen den Blick. Aber so seltsam das auch sein mag – Langeweile haben wir überhaupt keine. Erstens ist es geräumig, zweitens gibt es Schlittenfahrten, drittens belästigt einen niemand mit Manuskripten und mit Gesprächen, und viertens – wieviel Träumerei über den Frühling! Ich habe 60 Kirschbäume und 80 Apfelbäume gepflanzt. Wir haben einen neuen Teich ausgehoben, im Frühjahr wird er über zwei Meter hoch mit Wasser gefüllt werden. In den Köpfen wimmelt es von Plänen. Ja, der Atavismus ist eine große Sache. Wenn die Väter und Vorväter auf dem Land gelebt haben, dann können die Enkel nicht ungestraft in der Stadt leben. Eigentlich ist es ein Unglück, daß wir von Kindheit an kein eigenes Fleckchen gehabt haben."

In diesem Brief ist bei weitem nicht alles aufgezählt, was das Leben Anton Pawlowitschs in jenem ersten Sommer von Melichowo ausfüllte.

Das erste, was Tschechow nach seiner Ankunft in Melichowo bemerkte, war: „Die Bauern sind niedergedrückt, verschreckt und gereizt." Anton Pawlowitsch kam den Bauern entgegen. Nach den Erinnerungen von Michail Tschechow ordnete Anton Tschechow nach einer schlechten Ernte an, den Bauern Mehl zu verkaufen und dabei statt einem Pud anderthalb Pud abzuwiegen. Das wurde bemerkt, und man hielt die neuen Herren für „einfältig". Doch durch

Die Familie Tschechow in Melichowo (1892)

die medizinische Behandlung nahm Tschechow die Bauern für sich ein. Bereits im Mai 1892 schrieb er: „Die Bauern und die Krämer habe ich schon in der Hand, ich habe gesiegt. Bei dem einen kam Blut aus der Kehle, der zweite hat sich an einem Baum die Hand verletzt, bei dem dritten ist das Töchterchen erkrankt... Es kam heraus, daß sie sich ohne mich aufhängen könnten. Sie grüßen mich so ehrerbietig wie die Deutschen ihren Pastor, und ich gehe zartfühlend mit ihnen um – und alles läuft bestens."

Schon bei der Vorbereitung auf die Umsiedlung hatte er mitgeteilt, er werde eine ganze Fuhre Medikamente mitnehmen. Die Bauern behandelte er unentgeltlich, und auch die Medikamente brauchten sie nicht zu bezahlen.

Der Sommer des Jahres 1892 war voller Unruhe. Von Süden her bewegte sich die Cholera auf Moskau zu. Man begann zur Abwehr Sanitätsbezirke einzurichten; Tschechow übernahm die Organisation des Bezirks Melichowo. Dazu gehörten 25 Dörfer, 4 Fabriken und ein Kloster. Das Semstwo bewilligte keine Mittel für diese Zwecke, auf Gehalt hatte Tschechow verzichtet. Er mußte sich alles Notwendige bei den Reichen erbetteln. „Es gibt sehr dumme und erniedrigende Situationen", schrieb Anton Pawlowitsch im August 1892. „Vor der Abreise des Grafen Orlow-Dawydow traf ich mich mit seiner Frau. In den Ohren riesige Brillanten, Turnüre und Unfähigkeit sich zu benehmen. Eine Millionärin. Bei solchen Personen hat man ein dummes Gefühl wie ein Seminarist, unbedacht möchte man ihnen Grobheiten sagen."

Schlechte Gesundheit, ekelhafte Wege, schlechte Pferde, „die Bauern grob, unsauber, unzuverlässig", die Reichen hochmütig und knauserig, ans Schreiben war überhaupt nicht zu denken. Es ist nicht verwunderlich, daß Tschechows Briefe zuweilen wie Verzweiflungsschreie klingen. „Man gehört nicht mehr sich selbst, denkt nur noch an Durchfälle, schreckt nachts auf von Hundegebell und Klopfen ans Tor (ob sie dich holen) ..." Dauernd mußte er auch daran denken, was werden solle, wenn die Epidemie bis zu seinem Bezirk heranfluten und wenn er der Cholera ganz allein, ohne irgendwelche Helfer, gegenüberstehen sollte. Das alles war wirklich sehr schwer. Aber es stellen sich auch Gedanken ein über die gewaltige Bedeutung der hingebungsvollen Arbeit Tausender intelligenter Menschen, durch die die Zahl der Opfer der Epidemie auf ein Minimum reduziert wurde. „In Nishni Nowgorod", schreibt Tschechow, „haben die Ärzte und überhaupt die kultivierten Menschen wahre Wunder vollbracht. Ich bin außer mir vor Begeisterung..." Im Oktober 1892 heißt es in einem Brief: „Im Sommer war das Leben beschwerlich, aber jetzt scheint es mir, ich habe noch keinen Sommer so schön verlebt wie diesen. Trotz der Scherereien mit der Cholera und dem Geldmangel, der mich bis zum Herbst in seinen Klauen hielt, hat es mir gefallen und ich war voller Lebensfreude." Dazu kam noch das Gefühl der Zufriedenheit mit dem, was auf dem Gut selbst geschaffen wurde. „Wieviel Bäume ich gepflanzt habe! Dank unserem ‚Kulturträgertum' hat sich Melichowo in unseren Augen bis zur Unkenntlichkeit verändert und kommt uns jetzt ungewöhnlich schön und gemütlich vor..." Und

„Der Mustergärtner" („Der Wecker", 1904) · Arbeitszimmer in Melichowo (A. A. Chotjanizewa, 1897)

als Schlußfolgerung: „Es liegt schon Schnee und es ist kalt, aber nach Moskau zieht es mich nicht."

Die Cholera bedrohte auch im folgenden Jahr das Gebiet. Im August 1893 schrieb Tschechow: „Der Sommer war im allgemeinen nicht fröhlich, dank der vertrackten Cholera. Ich bin wieder Bezirksarzt, und wieder fange ich die Cholera am Schwanz, kuriere die Patienten, besuche die Sanitätspunkte und reise durch grasreiche Gegenden. Aber ich habe nicht das Recht, das Haus auch nur für zwei Tage zu verlassen." Ende September hieß es in einem Brief an seinen Bruder Alexander: „Es ist Morgen. Sprechstunde für die Patienten. Gerade habe ich Nr. 686 empfangen. Es ist kalt und feucht. Kein Geld."

Die angespannte Beschäftigung konnte Tschechows alte Leidenschaft, viele Menschen im Hause zu haben, nicht unterdrücken. Von den ersten Tagen an schickte er Einladungen an seine zahlreichen Bekannten. Und die Gäste kamen, zuerst die gebetenen, dann die ungebetenen. „Ich diente im Semstwo, war auf Sitzungen des Gesundheitsrates, fuhr durch die Fabriken – und das gefiel mir. Man rechnet mich schon zu den guten Bekannten und übernachtet bei mir, wenn man durch Melichowo kommt."

Bald nach der Übersiedlung nach Melichowo erfolgte die Aussöhnung mit der Redaktion der Zeitschrift „Russkaja mysl". Den Grund dazu legte der Schauspieler Swobodin, der die Tschechows besucht hatte und auf der Rückreise in Moskau mit dem Redakteur Lawrow zusammentraf. Am 23. Juni 1892 erhielt Tschechow von ihm einen Brief „voller delikater Gefühle und Beteuerungen", wie sich Anton Pawlowitsch ausdrückte. Lawrow versicherte, die Zeitschrift habe stets mit größter Anteilnahme die künstlerische Tätigkeit Tschechows verfolgt, er habe das Tschechow noch vor dessen Abreise nach Sachalin schreiben wollen. „Jetzt nehme ich die mir gebotene Gelegenheit wahr und beeile mich, als glühender Anhänger Ihres Talents, Ihnen das zu sagen, was mich Umstände, die nicht in meiner Macht lagen, zu sagen hinderten, und Sie zu bitten, an die Aufrichtigkeit meiner Verehrung für Sie zu glauben."

Tschechow nahm diese Beteuerungen mit Genugtuung entgegen. Nur kurze Zeit wird vergehen, und er unterhält wieder die freundschaftlichsten Beziehungen zu Lawrow, Golzew und der „Russkaja mysl".

Mit der Wiederannäherung an die „Russkaja mysl" werden Tschechows Urteile über die „Nowoje wremja" besonders scharf. Schon als das „Duell" in der „Nowoje wremja" publiziert wurde und ihm der Redaktionsklatsch zu Ohren kam, daß ihm in der Zeitung zuviel Platz eingeräumt werde, schrieb Tschechow an Alexander: „Bitte Suworin, er solle mir die Mittwochspalten erlassen – brauche ich sie denn etwa? Sie sind für mich ebensowenig notwendig wie meine Mitarbeit in der ‚Nowoje wremja', die mir als Literaten nichts als Übles eingetragen hat." Später warnt er den Bruder: „Halte Dich abseits von diesen Hundesöhnen und lobe sie nicht. Das ist ein niederträchtiger Haufen."

Im Frühjahr 1893 erschien in Frankreich eine Korrespondenz, in der es hieß, die „Nowoje wremja" sei in den Finanzskandal im Zusammenhang mit dem Bau des Panamakanals verwickelt. Suworins Sohn versuchte die Mitteilung zu dementieren, wobei er nicht im Namen der „Nowoje wremja", sondern der ganzen russischen Presse auftrat. Als Antwort darauf erschien in der „Russkaja mysl" ein Artikel von Protopopow, der die russische Presse entschieden von der „Nowoje wremja" abgrenzte und dieser Zeitung eine vernichtende Bewertung gab. Nach dieser Publikation fuhr Suworins Sohn nach Moskau und gab dem Redakteur Lawrow eine Ohrfeige. „Mit Suworin ist bei mir schon alles zu Ende", schrieb Tschechow daraufhin. „Der Hundesohn, der jeden Tag schimpft und flucht und sich dessen noch rühmt, hat einen Menschen dafür geschlagen, daß man ihn ein wenig gescholten hat. Eine schöne Gerechtigkeit. Gemein ist das." Doch die reuevollen Briefe des alten Suworin, der sich von seinem Sohn distanzierte, begannen offenbar zu wirken, und die Beziehungen zwischen Tschechow und Suworin wurden aufrechterhalten. Tschechow glaubte noch immer, daß Suworin eine Sache für sich und die „Nowoje wremja" mit Shitel und Burenin eine andere Sache seien. Anton Pawlowitsch versuchte Suworin zu überreden, nicht in die Polemik mit der Zeitschrift einzugreifen und schrieb dabei unter anderem: „... Lawrow und Golzew sind an den Schreibereien von Protopopow ebenso schuld wie Sie an den Schreibereien von Burenin ..."

Im März beendete Tschechow die Erzählung „In der Verbannung" und schickte sie an die Redaktion der Zeitschrift „Wsemirnaja illustrazija" (Das Weltbild). Im März/April schrieb er „Krankenzimmer Nr. 6". Am 7. April übersandte er drei Kurzgeschichten an die „Oskolki": „Fragment", „Geschichte eines Handelsunternehmens" und „Aus dem Notizbuch eines alten Pädagogen im Ruhestand". Einige Tage später folgte die Erzählung „Fischliebe". Auch das alte Pseudonym bei den „Oskolki" („Der Mann ohne Milz") feierte Wiederauferstehung. Im Juni entstand die Erzählung „Die Nachbarn". Dann begann eine längere Pause; die ärztliche Tätigkeit verschlang seine Zeit.

„In der Verbannung“ erinnert der Form nach an die Erzählung „Weiber“. Die Handlung spielt in Sibirien, am Ufer eines kalten, unfreundlichen, breit dahinströmenden Flusses. Bei der Arbeit an der Erzählung durchlebte Tschechow offenbar von neuem all das, was er durchmachen mußte, als er auf der Reise nach Sachalin die Unwegsamkeit des sibirischen Frühlings überwand. Er beschreibt die Barke mit den Fährleuten, die auf Zuruf zum anderen Ufer rudern: „In der Dunkelheit sah es so aus, als säßen die Männer auf einem vorsintflutlichen Tier mit langen Pfoten und führen in ein kaltes, trostloses Land, wie es einem manchmal als Alptraum erscheint.“

Diesmal sind die Helden der Erzählung nicht wohlsituierte Spießbürger, sondern Verbannte, die als Fährleute arbeiten. Ihr Leben fern der Heimat, in einer kläglichen kalten Hütte in der Abgeschiedenheit Sibiriens, ist schrecklich. Und trotzdem – am schrecklichsten scheint nicht dieses Leben selbst, sondern seine Folgen.

Die Szene aus dem Alltagsleben ist ein Duell zweier Ansichten über den Menschen, über seinen Platz in der Welt. Nur streiten jetzt nicht Intellektuelle, sondern ungebildete einfache Menschen. Deren Philosophie, die von unmenschlichen Existenzbedingungen hervorgerufen wird, verkörpert in schlimmster Weise der alte Fährmann, der den Spitznamen „der Gescheite“ führt. Ihn bedrückt das tierische Leben überhaupt nicht. Er hat sich derart angepaßt, daß er es für natürlich hält. Er ist sogar der Meinung, daß nur unter diesen Bedingungen der Mensch völlig frei sein kann. Er sei an einem Punkt angelangt, erklärt er stolz, da er nackt auf der Erde schlafen und Gras essen könne. „Gott gebe einem jeden solch ein Leben“, ruft er aus. „Ich brauche nichts und fürchte niemand, und ich habe begriffen, daß es keinen Menschen gibt, der reicher und freier ist als ich.“

Zur Bekräftigung seiner Philosophie erzählt Semjon von dem Verbannten Wassili Sergejewitsch, der sich nicht mit seiner neuen Lage abfinden und nicht auf die Warnungen des Gescheiten hören wollte; sein Leben wurde eine unendliche Qual. Er bestellte die Ehefrau zu sich, sie kam und lebte eine Zeitlang mit ihm, dann brannte sie durch. Zurück blieb die Tochter, sie wuchs heran und bekam die Schwindsucht. Und nun eilt Wassili Sergejewitsch über Hunderte von Werst von Arzt zu Arzt. Und wieder jagt er dahin, vergebens, wie der Gescheite meint, denn die Tochter sei nicht zu retten.

Die Tragödie besteht auch darin, daß die Voraussagen des Gescheiten sich bewahrheiten. Semjons Philosophie dringt seinen Mitverbannten unerbittlich ins Bewußtsein. Mit ganzer Leidenschaft stürzt sich der Gesprächspartner des Gescheiten, ein junger verbannter Tatar, auf Semjon. „Du schlecht!“ schreit er diesen an, dabei mühsam nach den passenden Worten suchend „Der Herr hat gutes Herz, er sehr gut, aber du ein Tier, du schlecht! Der Herr lebt, aber du schon verreckt ... Gott schuf Menschen, damit er lebt, damit er Freude hat und Trauer hat und Kummer hat, aber du willst nichts, das heißt, du lebst nicht, du ein Stein, Lehm! Ein Stein braucht nichts, und du brauchst nichts“ ...

Die nicht sehr umfangreiche Erzählung, inspiriert durch unmittelbare Eindrücke auf der Zuchthausinsel, war gleichsam eine Vorstudie zu „Krankenzimmer Nr. 6". Der neuen philosophischen Novelle liegt das Problem des menschlichen Daseins zugrunde, das sich nicht mehr auf Ausnahmebedingungen der Verbannten, sondern auf die reale russische Wirklichkeit bezieht.

Die Hauptperson aus „Krankenzimmer Nr. 6" stützt sich in ihrer Lebensphilosophie nicht mehr auf den Selbsterhaltungsinstinkt, sondern auf gelehrte Abhandlungen, auf die teuer erworbene Lektüre über Philosophiegeschichte.

Doktor Ragin wird von dem Erzähler das erstemal im dritten Kapitel der Novelle erwähnt. Nach der Beschreibung des Krankenhauses und der Vorstellung der Insassen des Krankenzimmers Nr. 6, wobei besonders auf die Krankengeschichte von Iwan Dmitritsch Gromow eingegangen wird, erfahren wir, daß Doktor Andrej Jefimytsch Ragin den Kranken untersucht und kalte Umschläge sowie Kirsch-Lorbeer-Tropfen verordnet hat. Er geht, um nicht zurückzukehren, weil man „die Menschen nicht hindern solle, verrückt zu werden". Diese Äußerung des Doktors ist weder ein falscher Zungenschlag noch ein Scherz, sondern Ragins prinzipielle Position, zu deren Begründung er ein harmonisches System von Ansichten entwickelt, das er mit Zitaten der Stoiker belegt. „Mark Aurel sagte", behauptet Ragin, „‚Schmerz ist die lebendige Vorstellung vom Schmerz; steigere deine Willenskraft und ändere diese Vorstellung, weise sie von dir, hör auf zu klagen, und der Schmerz verschwindet.' Das ist richtig. Ein Weiser oder einfach ein ernsthafter, denkender Mensch zeichnet sich gerade dadurch aus, daß er das Leben verachtet; er ist immer zufrieden und wundert sich über nichts." Ähnliche Lebensweisheiten gab auch Semjon der Gescheite von sich. Jetzt sind sie gestützt durch die Autorität eines angesehenen Vertreters der neueren Stoiker, des römischen Kaisers Mark Aurel.

Anton Pawlowitsch war mit der Philosophie Mark Aurels gut bekannt. Das 1882 in Tula erschienene Buch „Betrachtungen des Kaisers Marcus Aurelius Antoninus darüber, was für sich selbst wichtig ist" wird noch heute im Tschechow-Museum in Jalta in einem Bücherschrank aus Mahagoni aufbewahrt.

Nach den unterstrichenen Stellen und den kurzen Randbemerkungen zu urteilen, war Mark Aurels Schrift offenbar das Handbuch des Schriftstellers, und das nicht zufällig. Einige der von Tschechow angestrichenen Gedanken standen seinen Ansichten nahe und fielen in frappanter Weise mit seinen Auffassungen und seiner Lebenspraxis zusammen. Hier einige der von Tschechow unterstrichenen Aussprüche: „Willkür gebiert Haß, Ehrlosigkeit und Heuchelei." „Drücke deine Gedanken aus, ohne zu beschönigen, schwatze nicht, klage nicht... Vermeide Schwur und Zeugnisabgabe." „Überlege dir jede deiner Handlungen auf der Grundlage höchster moralischer Prinzipien." „Eines nur im Leben ist wertvoll: die Wahrheit hüten und gerecht handeln; unaufhörlich mit der Lüge und der Ungerechtigkeit der Menschen zusammenstoßend – nicht müde werden, selbst sanftmütig zu sein." „Lebe so, als müßtest du sogleich vom Leben Abschied nehmen, als sei die Zeit, die dir noch verblieben, ein

„Krankenzimmer Nr. 6“ (H. Lindloff)

unerwartetes Geschenk." „Arbeite ständig, ohne die Arbeit für dich als ein Elend oder eine Last zu betrachten, und wünsche dir dafür nicht Lob und Anteilnahme. Das allgemeine Wohl – das ist der Hebel, durch den deine Tätigkeit gelenkt werden soll."

Tschechow nutzte die ihm ethisch vertrauten Gedanken Mark Aurels wie die Widersprüchlichkeit der stoischen Philosophie in „Krankenzimmer Nr. 6". Doktor Ragin zitiert Mark Aurel genau: „Der Mensch sündigt nicht allein durch seine Handlungen, sondern oft auch durch Untätigkeit." Oder: „Eine gute Tat so dicht zu der anderen fügen, daß zwischen ihnen auch nicht der geringste Zwischenraum bleibt, das nenne ich das Leben genießen."

Die Stoiker predigten die Selbstaufopferung des Menschen und gingen zugleich von dem Gedanken der schicksalhaften Vorherbestimmung des menschlichen Seins und der allgemeinen Unüberwindbarkeit der Weltordnung aus. Wenn daher der Mensch nicht wolle, daß das Schicksal ihn mit Gewalt beutele, so müsse er ihm freiwillig gehorchen. Tschechow unterstrich Mark Aurels Begründungen: „Erstens, weil das dein dir persönlich zugedachter Anteil ist, durch den du zum Teil des Ganzen, zum Kettenglied wirst, das dich mit der zugrundeliegenden Ursache verbindet. Zweitens, weil das dir bestimmte Schicksal oder dein Leben als Bestandteil des allgemeinen Ganzen notwendig, aber jede Zerstörung eines der untereinander verketteten Teilchen ein Anschlag auf die Unzerstörbarkeit des Ganzen ist." Der Schriftsteller unterstrich auch das härteste Urteil des Philosophen: „Jeder Mensch", erklärte Mark Aurel, „der den Prüfungen seines Lebens zornig und verbittert begegnet, gleicht einem Schwein, das zittert und quiekt, wenn man es zur Schlachtbank schleppt. Denke daran, daß die kennzeichnende Eigenschaft eines vernünftigen Wesens die freiwillige Unterordnung unter sein Schicksal ist und nicht der beschämende Kampf dagegen, wie er dem Tier eigen ist."

Anders gesagt, Ragin weicht zwar formal von der Lehre der Stoiker ab, übernimmt aber zugleich eine ganz wesentliche Seite dieser Lehre. Wenn schon alles vorherbestimmt und vernünftig ist, weshalb soll man sich da aufregen, in wessen Namen sich abmühen? „Ich diene einer schändlichen Sache", denkt er, als er sich über die furchtbaren Zustände in seinem Krankenhaus Rechenschaft ablegt. „Ich bekomme mein Gehalt von Menschen, die ich betrüge; ich bin unehrlich. Ich bin aber doch an und für sich ein Nichts; ich bin doch nur ein Teilchen des unumgänglichen sozialen Übels – alle Kreisbeamten sind Schädlinge und bekommen ihr Gehalt umsonst ... Folglich bin ich nicht schuld an meiner Unehrlichkeit, sondern die Zeit ... Wäre ich zweihundert Jahre später geboren, wäre ich anders." Gromow hat unbedingt recht, wenn er von einer Parodie spricht. Die Eigenart der Auffassungen Ragins besteht darin, daß sie sich auf die reaktionärste Seite dieser Lehre stützen, auf die These von der Vorherbestimmtheit des menschlichen Schicksals, und alles Übrige als unwesentlich beiseite lassen. Als Ergebnis kommt eine Philosophie heraus, die Gromow als „für einen russischen Faulpelz äußerst passend" kennzeichnet.

Ragins charakteristischsten Wesenszug lernen wir schon zu Beginn der Erzählung kennen. Nachdem er uns berichtet hat, wie Andrej Jefimytsch an die Arbeit gegangen ist, wie er sich schnell mit den im Krankenhaus herrschenden Zuständen abgefunden hat, bemerkt der Erzähler: „Andrej Jefimytsch liebt Vernunft und Ehrlichkeit über alle Maßen, um aber in seiner Umgebung ein vernünftiges und ehrliches Leben zu organisieren, besitzt er nicht genügend Charakter, nicht genügend Glauben an sein gutes Recht." Dazu kommt das Suchen nach einer Rechtfertigung für seine Charakterlosigkeit und Trägheit. Ragin interessierte Tschechow jedoch nicht nur als eine bestimmte Spielart des menschlichen Charakters, sondern auch als eine typische Erscheinung des russischen Lebens.

Dadurch, daß Ragin aus der Lehre der Stoiker die Idee des schicksalhaften Verurteiltseins des Menschen zu einer Existenz im Rahmen eines vorherbestimmten gesellschaftlichen Seins herausgriff, wurde es ihm möglich, sich auch auf andere Systeme zu stützen, die für das russische gesellschaftliche Leben aktueller waren. In einigen seiner Äußerungen klingen deutlich Gedanken Schopenhauers an, dessen Philosophie in den achtziger Jahren in Rußland populär wurde und Pessimisten vom Typ der Helden der Erzählung „Lichter" gern als Rüstzeug diente.

Noch wesentlicher ist jedoch die Verwandtschaft der Ansichten Ragins mit der Tolstojanerbewegung, die im Rußland jener Jahre sehr verbreitet war. Die Tolstojaner verfuhren mit den Ideen ihres Lehrers ebenso wie Ragin mit der Philosophie der Stoiker – sie machten sich gerade deren schwächste, reaktionärste Seiten zu eigen. In dieser Form waren sie auch für Ragin annehmbar.

Lenin bemerkte, als er die schwachen Seiten der Lehre Tolstois charakterisierte, daß dies sowohl eine Predigt des Quietismus „als auch der Verzicht auf gewaltsamen Widerstand gegen das Böse, sowohl die anklingenden Untertöne des Pessimismus als auch die Überzeugung, daß ‚alles nichts, alles ein materielles Nichts' sei . . ., ferner der Glaube an einen ‚Geist', ein ‚Urprinzip von allem', demgegenüber der Mensch nur ein ‚Arbeiter' sei, dazu angehalten, sich um sein Seelenheil zu bemühen usw."[1]

So ist Ragins Philosophie ein Konglomerat moderner philosophischer Themen. Ragin verkörpert gleichsam jene Kreise der liberalen Intelligenz, die bei all ihrer verbalen Schöngeisterei in der Realität nur um eines besorgt waren – mit allen aus allen möglichen Quellen entlehnten Mitteln ihre praktische Nutzlosigkeit, ihre moralische Faulheit, ihre sklavische Anpassung an die bestehende Ordnung und ihr feiges Zurückweichen vor dem Kampf zu rechtfertigen.

Der philosophische Disput in der Novelle wird über Kardinalprobleme der Geschichte des menschlichen Denkens und Daseins geführt. Indem Gromow beiläufig erwähnt, Ragin parodiere die Lehre der Stoiker, lenkt er die Auf-

[1] W. I. Lenin: L. N. Tolstoi und seine Epoche. Werke, Bd. 17, Berlin 1962, S. 35.

merksamkeit auf die antidemokratische Tendenz dieser Lehre, auf ihren Widerspruch zum Leben und in Verbindung damit auf ihren erstarrten Charakter. Diese Lehre, davon ist er überzeugt, war für die große Mehrheit der Menschen unverständlich und hatte keinerlei Perspektiven, weil von Anbeginn der Zeiten bis heute nicht die Verachtung des Lebens zum Fortschritt führe, sondern „der Kampf, das Schmerzempfinden, die Fähigkeit, auf einen Reiz zu reagieren". Was die Philosophie Ragins betrifft, so ist hier das Hauptargument für ihre vernichtende Kritik der Hinweis auf ihren schreienden Widerspruch zur Wirklichkeit. „Man hält uns hier hinter Gittern", sagt Gromow, „läßt uns verfaulen, mißhandeln, und das ist herrlich und vernünftig, weil zwischen diesem Krankenzimmer und einem warmen, gemütlichen Arbeitszimmer kein Unterschied besteht. Eine bequeme Philosophie: man braucht nichts zu tun, das Gewissen ist rein, und man hält sich für einen Weisen ... Nein, mein Herr, das ist keine Philosophie, kein Denken, kein Weitblick, sondern Faulheit, Scharlatanerie, Verschlafenheit."

Ein leidenschaftlicher Protest gegen die Unbeweglichkeit des russischen Lebens war auch das „Krankenzimmer Nr. 6". Im Zusammenhang damit legte Tschechow das Hauptaugenmerk auf die Charakteristik der sozialen Wirklichkeit. Entsprechend veränderte der Autor auch die früher von ihm verwendete künstlerische Struktur. Die grundlegende dramatische Kollision wurde aus der Sphäre des Innenlebens eines Menschen (die seelische Erleuchtung des Helden im „Duell") in die Sphäre der Beziehungen des Helden zu seiner sozialen Umwelt verlegt. Der Zusammenbruch der Philosophie Ragins erfolgt gerade unter dem Ansturm der Wirklichkeit. Das subjektive Moment, das im „Duell" von entscheidender Bedeutung war, tritt nun in den Hintergrund, es entfällt die Notwendigkeit zu filigranhafter psychologischer Analyse der menschlichen Seele. Die komplizierte Erzählweise im „Duell" wurde durch eine epische Berichtsform ersetzt, wobei der Erzähler als Augenzeuge der geschilderten Ereignisse fungiert. Daher die kennzeichnenden stilistischen Besonderheiten der Novelle.

Sie werden in erster Linie durch die kontrastierende Verknüpfung des ruhigen, gelassenen Erzähltons mit der zugespitzten dramatischen Spannung der beschriebenen Ereignisse bestimmt. Das Wesen dieser Erzählweise hat Tschechow während der Arbeit an der Novelle in einem Brief an die Schriftstellerin Lidija Alexejewna Awilowa (1865–1942) dargelegt. Als vorgeblichen „Rat eines Lesers" schrieb Anton Pawlowitsch: „... bemühen Sie sich kalt zu sein – das gibt fremdem Leid einen Hintergrund, vor dem es sich plastischer abzeichnet. Andernfalls weinen bei Ihnen auch die Helden, und Sie seufzen. Ja, seien Sie kalt." Etwas später, bereits beim Abschluß der Arbeit am „Krankenzimmer Nr. 6", betonte er erneut: „Je objektiver, desto stärker ist der Eindruck." Eine glänzende Bestätigung dieser These war „Krankenzimmer Nr. 6".

Nach wie vor bedeutete Objektivität für Tschechow keineswegs Teilnahmslosigkeit. Der Erzähler verhehlt nicht seine Sympathie für Gromow. Ihm gefällt sein Gesicht, „sein breites Gesicht mit den vorstehenden Backenknochen, das immer blaß und unglücklich aussieht . . .". „Er ist höflich, hilfsbereit und außergewöhnlich rücksichtsvoll . . .", und aus seinen Worten und aus seiner Stimme klingt „etwas überaus Gutes". Als soziale Ursache für Gromows Erkrankung bezeichnet der Erzähler dessen verhängnisvolle Begegnung mit zwei Arrestanten in Ketten, die von vier bewaffneten Soldaten begleitet wurden. Nach dieser Episode sah der Held nur noch Polizisten, und in jedem Passanten argwöhnte er einen Spitzel. Der Erzähler berichtet uns auch, daß Gromow, als er es nicht mehr aushalten konnte und irgendwohin lief, die Empfindung hatte, „als hätten sich alle Gewalten dieser Erde hinter seinem Rücken versammelt, um ihn zu verfolgen".

Gromows Krankengeschichte ist die eigenartige Ouvertüre zu den späteren Ereignissen, die beweisen, daß Willkür und Despotismus herrschende Prinzipien des gesellschaftlichen Lebens sind, daß man auch ohne Schuld schuldig werden kann und daß Gerechtigkeit nirgendwo zu finden ist. „Und ist es denn nicht komisch, an Gerechtigkeit zu denken, wenn alle Gewalt von der Gesellschaft als vernünftige und zweckmäßige Notwendigkeit angesehen wird und jeder Akt der Barmherzigkeit, ein Freispruch beispielsweise, einen Ausbruch unbefriedigter Rachegefühle hervorruft?"

Ragin hält durch seine Teilnahmslosigkeit und rechtfertigenden philosophischen Betrachtungen dieses Leben solange aufrecht, bis er selbst in das Krankenzimmer Nr. 6 gerät und am eigenen Leibe die Wucht der eisernen Fäuste des Wärters Nikita verspürt. Die Entwicklung der dramatischen Ereignisse führt dazu, daß der Arzt das Leben immer besser in den Griff bekommt, so daß er letztlich begreift, daß auch er zum Untergang verurteilt ist. Aber erst als er in das Krankenzimmer Nr. 6 geraten ist, erfaßt er bis zur letzten Konsequenz, was sich eigentlich in der ihn umgebenden Realität abspielt.

Am Beginn der Erzählung erwähnt Tschechow bei der Beschreibung des Krankenhauses ein scheinbar unbedeutendes Detail – den grauen, mit Nägeln besteckten Krankenhauszaun. „Diese Nägel, deren Spitzen nach oben gerichtet sind, der Zaun und das Gebäude selbst zeigen jenes eigentümliche, trostlose, verwünschte Aussehen, das bei uns nur Krankenhaus- und Gefängnisbauten haben." Das Bild des gefängnisähnlichen Krankenhauses, das unaufdringlich die ganze Erzählung durchzieht, wird zum Schluß unheilschwangeres Symbol für die Realität, in der sich Ragin befindet. Als der Doktor begriffen hat, daß er nicht mehr aus dem Krankenzimmer Nr. 6 herauskommen würde, geht er zum Fenster und blickt hinaus. In der dichter werdenden Dunkelheit, unweit des Krankenhauszaunes, erblickt er ein weißes, von einer Steinmauer umgebenes Haus, das Gefängnis. „Das ist sie, die Wirklichkeit! dachte Andrej Jefimytsch, und ihm wurde angst und bange."

So brechen Ragins Illusionen und mit ihnen sein philosophisches System beim Zusammenstoß mit der Realität zusammen. Statt des Happy end mit der Erneuerung des Helden wie im „Duell", gibt es hier ein dramatisches Finale, in dem der Held für seine tragischen Irrtümer mit dem Leben bezahlt. Als Nikita Ragin zwang, sein eigenes Blut zu schmecken, schoß ihm plötzlich „inmitten dieses Chaos deutlich ein furchtbarer, unerträglicher Gedanke durch den Kopf. Genau den gleichen Schmerz mußten jahrelang tagaus, tagein diese Menschen ertragen ... Wie konnte es geschehen, daß er über zwanzig Jahre nichts gewußt hatte und auch nichts wissen wollte? Er wußte nichts, hatte keine Vorstellung vom Schmerz, folglich war er auch nicht schuldig, aber sein Gewissen, genau so halsstarrig und grob wie Nikita, ließ ihn vom Scheitel bis zur Sohle vor Kälte erstarren." Das Ende stellt nicht nur den Charakter der Wirklichkeit bloß, in der Gewalt und Willkür herrschen, es beraubt nicht nur den Quietismus seines Nimbus, sondern es propagiert auch den Kampf gegen das Böse als allererste Pflicht des Menschen, als die wichtigste Grundlage der fortschrittlichen Entwicklung der menschlichen Gesellschaft.

Zunächst war „Krankenzimmer Nr. 6" für die Zeitschrift „Russkoje obosrenije" (Russische Rundschau) bestimmt; der Redakteur verstand jedoch die Novelle nicht und zögerte mit der Veröffentlichung.

Die Novelle erschien im Novemberheft der „Russkaja mysl" von 1892. Ende November entspann sich die übliche Polemik zwischen Tschechow und Suworin, in deren Verlauf sich Anton Pawlowitsch veranlaßt sah, eine Reihe prinzipieller Gedanken zu Fragen des künstlerischen Schaffens zu äußern.

Mit mehr Bitterkeit als früher sprach er in einem Brief an Suworin von der Unbeweglichkeit der zeitgenössischen Literatur, deren Ursachen er in dem mangelnden Glauben der Schriftsteller seiner Generation sah, zu denen er sich zählte. Suworin versuchte Tschechow zu „trösten" und bemühte sich, gestützt auf einen Brief einer Mitarbeiterin der „Nowoje wremja", einer gewissen Sasonowa, dem Schriftsteller einzureden, seine Beunruhigung sei grundlos, weil die Jagd nach höheren Zielen keinen Sinn habe. Im Antwortbrief erhielt er eine entschiedene Abfuhr.

Tschechows Lage war nach wie vor schwierig. Das, was er Mangel an einem bestimmten Glauben nannte, war für das russische gesellschaftliche Leben, das sich erst ganz allmählich von der drückenden Herrschaft der Reaktion in den achtziger Jahren zu befreien begann, charakteristisch. „Ich schreibe", hieß es in Tschechows Antwortbrief an Suworin, „es gibt keine Ziele, und Sie fassen das so auf, daß ich diese Ziele für unentbehrlich halte und sie gern suchen würde, aber die Sasonowa schreibt, man sollte den Menschen nicht mit allerlei Gütern locken, die er niemals bekommt. ‚Schätze das, was da ist' – nach ihrer Meinung liegt unser ganzes Unglück darin, daß wir alle irgendwelche höheren und entfernten Ziele suchen. Wenn das keine Weiberlogik ist, so ist es doch eine Philosophie der Verzweiflung. Wer aufrichtig meint, der Mensch brauche höhere und entfernte Ziele genausowenig wie eine Kuh, und in diesen Zielen liege ‚unser ganzes Unglück' – dem bleibt nur übrig, zu essen, zu trinken, zu schlafen oder, wenn das zu lästig wird, einen Anlauf zu nehmen und sich die Stirn an einer Truhe einzurennen."

Im gleichen Brief spottet Tschechow über die Sentenzen der Sasonowa, daß man „nicht nur leben kann, sondern sogar muß", und schrieb: „Sie unterstreicht ‚kann' und ‚muß', weil sie Angst hat, davon zu sprechen, was ist und womit man rechnen muß." Das heißt, sie verfuhr so, wie lange Jahre hindurch Ragin verfahren ist. Und Tschechow vollendete seine Gedanken mit den Worten: „Sie soll zuerst sagen, was ist, dann werde ich mir anhören, was man kann und was man muß."

In der gleichen Polemik formulierte Tschechow, in dem Bestreben, die Schädlichkeit des ideenlosen Schaffens aufzuzeigen, seine Auffassung von den Besonderheiten großer Kunst. „Erinnern Sie sich daran, daß Schriftsteller, die wir als ewig oder einfach als gut bezeichnen und die uns berauschen, ein gemeinsames und sehr wichtiges Kennzeichen haben: Sie gehen irgendwohin und rufen uns ebenfalls nach dort, und man fühlt es nicht mit dem Verstand, sondern mit dem ganzen Wesen, daß sie ein bestimmtes Ziel haben."

„Krankenzimmer Nr. 6" ist von allen Werken, die Tschechow in jener Zeit schrieb, das bedrückendste. Trotzdem hinterläßt die Erzählung nicht den Eindruck der Ausweglosigkeit, weil Tschechow nicht nur die Macht der Willkür und des Despotismus sah, sondern unbeirrt an eine andere Kraft glaubte – an die Macht der progressiven Entwicklung der menschlichen Gesellschaft. Dieser Glaube des Autors, der jede Zeile seiner Erzählung durchdringt, hebt die Empfindung der Ausweglosigkeit auf. Er gibt die Möglichkeit, Ragin nicht nur als Opfer der Umstände, sondern auch seiner eigenen Charakterlosigkeit zu zeichnen, als Opfer seines Quietismus; er bestimmt auch die Sympathien des Autors für Gromow, er hilft, in dessen zusammenhanglosen leidenschaftlichen Reden vom zukünftigen Triumph der Gerechtigkeit ein Potpourri von „alten, noch nicht zu Ende gesungenen Liedern" zu vernehmen. Aus diesem Grund versäumte Tschechow nicht, uns daran zu erinnern, daß neben dem abscheulichen Krankenhaus des Doktor Ragin, in dem ein Scheusal wie Nikita sich austobt, es auch großartige Erfolge der Wissenschaft gibt – die Antisepsis, Pasteur, Koch. So entsteht das Gefühl einer Widersinnigkeit der Realität, das Gefühl ihrer Lebensunfähigkeit. So wird auch die Philosophie Ragins ihres Nimbus entkleidet, mit ihrer Apologie des Fatalismus und des Quietismus, und der Gedanke, daß vom Anbeginn an „der Kampf, das Schmerzempfinden, die Fähigkeit, auf einen Reiz zu reagieren" leben bedeutet, wird in der Novelle zur bestimmenden Idee.

Tschechows Befürchtungen, die „Erzählung eines Unbekannten" könnte nicht durch die Zensur kommen, erwiesen sich letztendlich als unbegründet. Die bereits in den Jahren 1887/1888 begonnene Erzählung erschien im Februarheft der „Russkaja mysl" von 1893. Die Zensur ließ dieses Werk offenbar deshalb passieren, weil seine Helden – ein ehemaliger Sozialist und der Sohn des stellvertretenden Außenministers – in der Tat, wie Tschechow schrieb, „friedliche Burschen" sind und sich in der Erzählung nicht mit Politik befassen.

Der Zusammenbruch der Bewegung der Narodowolzen ging vor Tschechows Augen vor sich. Er wußte von den Prozessen gegen die Mitglieder dieser Bewegung, war persönlich mit vielen Teilnehmern bekannt und erlebte auch Fälle von Renegatentum. Diesen allgemeinen Zusammenbruch der Bewegung wollte Tschechow nicht unter politischen, sondern unter moralischen Aspekten untersuchen.

Man könnte meinen, die Abkehr von der terroristischen Tätigkeit an und für sich wie auch der Drang nach einem normalen menschlichen Leben, wie er mit Macht den Helden ergreift, seien natürlich. Indessen findet der Held auch in einem friedlichen Leben weder Glück noch seelische Ruhe. Der Aufgabe des früheren Glaubens, der ihn zu aufopferungsvollen Taten inspiriert hatte, folgt ein „Leben im Namen des Lebens" mit allen sich für ihn daraus ergebenden traurigen Folgen. Die frühere Selbstverleugnung des Helden wird abgelöst von ungehemmtem Egoismus und feiger Verlogenheit, von einer elementaren Unanständigkeit in den Beziehungen zu Sinaida Fjodorowna, was auch den Untergang dieser Frau, des einzigen ihm nahestehenden Menschen, herbeiführt. Wenn der Mensch seine Ideale verloren hat, verwandelt er sich unvermeidlich in einen Spießbürger – das ist der Grundgedanke der Erzählung. Unwichtig ist es dabei, ob der Mensch selbst seine Ideale über Bord wirft oder ob sie historisch bedingt zugrunde gehen. In dem einen wie dem anderen Fall ist dem Menschen die gleiche Tragik eines Lebens ohne Ideale bereitet.

Je gründlicher sich Tschechow in das Leben vertiefte – in das, was ist und womit man rechnen muß –, um so unheilvoller wurde die Zuchthausinsel. Sie wurde zu einem Symbol für triumphierende Willkür und Gewalt. Je schärfer der Schriftsteller die Struktur der gesellschaftlichen Verhältnisse als Gefängnisordnung empfand, desto entschiedener trat er gegen jegliche Form der Aussöhnung des Menschen mit dieser Ordnung auf. Seien es jene spießbürgerliche Sorglosigkeit, die spekulativen philosophischen Kunstgriffe Ragins oder die bewußtlose Lebensgier im Namen des Lebens – all das faßt Tschechow als unterschiedliche Erscheinungsformen eines sklavischen Geistes, als Kehrseite desselben Despotismus auf.

Seinem Kampf gegen „Verschlafenheit" und „Scharlatanerie" stellte Tschechow die Idee eines aktiven menschlichen Daseins gegenüber. Es wurde für ihn zur menschlichen Pflicht, dem Bösen und der Ungerechtigkeit mit Gewalt Widerstand zu leisten. Tschechow hatte seine Kriterien für die moralische Bewertung der menschlichen Persönlichkeit gefunden.

„Genug der Griesgrämigkeit!“

Der zweite Sommer in Melichowo war in künstlerischer Hinsicht wenig produktiv. Bereits im Frühjahr beklagte sich Tschechow: „Eine wunderbare Zeit. Alles war gut, nur eins ist schlecht: man läßt mich nicht allein. Die Gespräche habe ich schon satt, auch die Patienten, besonders die Bauersfrauen, die, wenn sie sich behandeln lassen, ungewöhnlich dumm und halsstarrig sind.“ Immer stärker machte sich Erschöpfung bemerkbar. „Sie möchten sich amüsieren“, schrieb Anton Pawlowitsch Ende Juli 1893 an Suworin. „Ich möchte das *schrecklich* gern auch. Es zieht mich höllisch ans Meer ... Ich möchte Freiheit und Geld. Man müßte an Deck sitzen, Wein kübeln und über Literatur sprechen, und abends Damen.“ Im Sommer beginnt erneut die Plackerei wegen der Seuche. „Die Cholera kommt von zwei Seiten. Ich aber möchte Zivilisation: mir neue Bekleidung kaufen, erster Klasse fahren und nicht über die Cholera reden. Ich bin richtig unter Arrest, oder besser – ich fühle mich als Aufseher eines Arrestantenhauses.“

Es ist nicht verwunderlich, daß er am Ende dieses schwierigen Sommers 1893 leidenschaftlich davon träumte, sich gänzlich schöpferischer Tätigkeit zu widmen. „Im Herbst lasse ich die Medizin fahren, im Januar beende ich ‚Sachalin‘ und dann werde ich mich bis über die Ohren in die Belletristik stürzen.“ Doch Tschechow blieb Tschechow; bis zu den letzten Tagen seines Aufenthalts in Melichowo erfüllte er alle Aufgaben des Hygienerates.

Ende Oktober riß er sich los, um für zwei Wochen nach Moskau zu fahren, wo er mit den laufenden Korrekturen der „Insel Sachalin“ beschäftigt war. Dort erfuhr er vom Tode Tschaikowskis. Am 27. Oktober telegraphierte er an den Bruder des Komponisten: „Die Nachricht erschütterte mich. Große Trauer ... Ich habe Pjotr Iljitsch hoch verehrt und geliebt, verdanke ihm viel. Mitfühle von ganzem Herzen. Tschechow.“

Die unerwartete Nachricht traf ihn um so schwerer, als Tschaikowskis Musik in Melichowo besonders oft erklang. Im Frühjahr hatte Tschechow geschrieben: „Bei mir spielt und singt man im Salon neben meinem Arbeitszimmer tagelang Romanzen, deshalb befinde ich mich ständig in elegischer Stimmung.“ Es musizierten Tschechows alte Freunde Iwanenko, Semaschko und Lika Misinowa. Lika trug sich zu dieser Zeit mit dem Gedanken, Opernsängerin zu werden. Obgleich sie eine gute Stimme hatte und mit Vorliebe Tschaikowskis Romanzen sang, blieb es bei dem Wunsch. In den Erzählungen „Jonytsch" und „Mein Leben" wird die Romanze „Weshalb lieb ich dich, du helle Nacht" erwähnt. Ein Lieblingswerk Tschechows war die Romanze „Wie früher bin ich wieder allein" nach dem Text von D. M. Rathaus. Tschaikowskis Musik erklingt auch in der „Erzählung eines Unbekannten". Auf Bitten von Sinaida Fjodorowna singt Grusin mit wunderbarem Ausdruck zwei Lieder aus den „Jahreszeiten" – „Barcarole" und „Schneeglöckchen".

Ende des Sommers erschien in Melichowo ein weiterer Laienmusiker in Gestalt des Schriftstellers Ignati Nikolajewitsch Potapenko. Tschechow hatte ihn im Jahre 1889 in Odessa kennengelernt, und Potapenko hatte auf ihn damals den Eindruck eines langweiligen und uninteressanten Menschen gemacht. Als sie sich jedoch Ende Juli 1893 in Melichowo wiedertrafen, war Anton Pawlowitsch angenehm überrascht. Sein Gast erwies sich als lebhafter, geselliger und dazu noch sehr musikalischer Mensch. Er konnte ausgezeichnet singen und Geige spielen. Es fanden sich auch gemeinsame literarische Interessen. Die beiden Schriftsteller kamen sich ziemlich schnell näher, gingen zum „du" über, und Potapenko wurde einer der beliebtesten Gäste der Familie Tschechow.

Wieder in Melichowo, schrieb Anton Pawlowitsch am 11. November 1893 an Suworin: „Vorgestern bin ich aus Moskau zurückgekehrt, wo ich zwei Wochen wie im Rausch lebte. Weil mein Leben in Moskau aus einer ununterbrochenen Kette von Gelagen und neuen Bekanntschaften bestand, nannte man mich scherzhaft Awelan. Nie zuvor habe ich mich so frei gefühlt ... und ... Mädchen, Mädchen, Mädchen."

Der Spitzname „Awelan" hat eine historische Ursache. „Zu jener Zeit", so erinnerte sich Maria Pawlowna, „war der Admiral K. F. Awelan zum Minister für Seefahrt ernannt worden. Das war die Zeit der Annäherung zwischen Rußland und Frankreich, und Awelan wurde die ganze Zeit gefeiert, sowohl in Frankreich, wo er mit einem russischen Geschwader zu Besuch weilte, als auch nach seiner Rückkehr in Rußland.

Wenn Anton Pawlowitsch von Melichowo nach Moskau kam, stieg er gewöhnlich nicht bei mir ab (ich hatte nur ein Zimmer gemietet), sondern im Hotel ‚Bolschaja Moskowskaja', wo er sogar sein eigenes Zimmer hatte. Von seiner Ankunft setzte er gewöhnlich irgendeinen in Kenntnis, und sogleich wurde das allen seinen Freunden bekannt: W. A. Golzew und W. M. Lawrow von den ‚Russkije wedomosti', F. A. Kumanin vom ‚Artist', I. N. Potapenko u. a. Sie kamen zu Anton Pawlowitsch und schleppten ihn mit in irgendeine Redaktion oder ein Restaurant. Dieser Gesellschaft schloß ich mich mit Lika, Tanja, der Jaworskaja nebst irgendwelchen Literaten und Redakteuren an, und es begannen die ‚Ehrungen' für Anton Pawlowitsch. Die Gesellschaft zog von einer Redaktion in die andere, von einem Restaurant in das andere:

Anton Pawlowitsch mit Tatjana Schtschepkina-Kupernik und Lidija Jaworskaja

hier gab es Frühstück, dort Mittagessen, dort Abendessen ... Schließlich nannte man Anton Pawlowitsch Awelan, seine Begleitung das Geschwader und die gemeinsamen Ausflüge Geschwaderfahrten."

Tanja war Tatjana Lwowna Schtschepkina-Kupernik, die mit den Tschechows durch Lika Misinowa bekannt geworden war. Sie freundete sich schnell mit Maria Pawlowna und dann auch mit der ganzen Familie Tschechow an. Frau Schtschepkina-Kupernik versuchte die Eigenart des „Geschwader Awelans" zu erklären. In ihren Freundinnen und sich selbst sah sie eine neue Generation jener Mädchen, die in den sechziger Jahren unbedingt an die medizinischen Fakultäten gingen und die es jetzt, an der Grenze der achtziger/neunziger Jahre, zur Kunst zog. Das war ein neuer Frauentyp, ungewohnt für die Männer, die nur Hausfrauen oder sogenannte „leichte Mädchen" kannten. „Wir konnten fröhlich sein", schreibt Schtschepkina-Kupernik, „einen Schluck Champagner trinken, eine Zigeunerromanze singen und kokettieren. Aber wir konnten auch über Nietzsche, Dostojewski und die Suche nach Gott sprechen; wir konnten ein Referat halten, Korrektur lesen usw. Mit der Freiheit der Sitten vereinigten wir das, was die Männer gewohnt waren, in ihren Müttern, Ehefrauen und Schwestern zu sehen: Anständigkeit, Wohlerzogenheit, Sauberkeit. Man wußte, daß man uns nicht ‚kaufen' konnte, daß wir die gleiche Achtung forderten wie die ‚Mütter, Ehefrauen und Schwestern', daß man aber gleichzeitig mit uns reden konnte wie mit Kameraden, ernsthaft und sachlich, wobei man aber jenes ‚Aroma der Weiblichkeit' spüren konnte, ohne das es langweilig wäre."

Tschechow hielt es für angebracht, Lika aus Melichowo nach Moskau zu berichten, was im „Geschwader" vorging. Die Misinowa war nicht so eng mit dieser Gesellschaft verbunden. Außerdem hatte sie sich wieder einmal verliebt, diesmal in Potapenko.

Es war noch nicht lange her, da kam Lika mit Lewitan zu Tschechow. Nun erschien sie mit Potapenko. „Kumanin fleht mich zum letztenmal an, mich mit ihm zu treffen", teilte sie Tschechow mit, „aber ich – ich bin endgültig verliebt ... in Potapenko! Was soll man da machen, Papachen?" Lika blieb eben Lika. Diese Zeilen wurden im Dezember geschrieben, aber nur wenige Monate zuvor hatte Lika Anton Pawlowitsch Briefe geschickt, die scheinbar von einem ernsten Gefühl ihm gegenüber bestimmt waren. Als sie sich mit dem Plan zu einer Auslandsreise trug, wo sie eine Gesangsschule absolvieren wollte, hatte sie mit einer gewissen Überspanntheit um ein Rendezvous gebeten, wobei sie Tschechow zu überzeugen suchte, daß ihr nur noch drei oder vier Monate blieben, um ihn zu sehen. Anton Pawlowitsch, der die Exaltiertheiten der Misinowa bereits kannte, hatte am 10. Oktober geschrieben: „Was für ein Unsinn, Lika? Wir werden uns nicht drei und nicht vier Monate sehen, wie Sie schreiben, sondern 44 Jahre, weil ich Ihnen nachfahren, oder noch einfacher, Sie nicht weglassen werde. Wir werden uns sehen, solange Sie mich nicht wegjagen."

L. Grossman kommentierte diese Ereignisse so: „Im Dezember faßt die Misinowa einen endgültigen Entschluß. Sie verzichtet auf den hoffnungslosen Kampf mit der Jaworskaja und findet einen Ausweg in der Zuneigung zu ihrem musikalischen Partner Potapenko." Wenn diese Version auch nur ein bißchen glaubwürdig wäre, würde das ein schlechtes Licht auf Lika werfen. Nein, Lika war absolut nicht fähig, berechnend zu handeln, weder im Guten noch im Bösen. Maria Pawlowna kennzeichnete Likas Besonderheit ganz lakonisch: „Sie war charakterlos, chaotisch." Bei einer anderen Gelegenheit drückte sie diesen Gedanken so aus: „... Charakterlosigkeit, Neigung zu einem Bohemedasein."

Tschechow kannte diese Besonderheit seiner Freundin seit langem, wie er auch längst begriffen hatte, daß er ihr nicht helfen konnte. Trotzdem wandte er sich nicht von ihr ab, sondern war ihr gegenüber erstaunlich nachsichtig und gutmütig, vor allem aber sehr um ihr Schicksal besorgt. Er kannte Potapenkos Frau sehr gut, und er kannte auch Potapenko selbst. Der versprach Lika, ein neues Leben zu beginnen und seine Familie, seine Frau und seine Kinder, zu verlassen. Aber Tschechow erwartete nichts Gutes, und er sollte recht behalten.

Im März 1894 fuhren Potapenko und Lika ins Ausland, aber sie sahen sich selten. In Paris fand sich auch Potapenkos Frau ein, die ihren Mann nicht freigab. Damit war für Lika alles zu Ende. Sie brachte ein Mädchen zur Welt, aber Potapenko kümmerte sich weder um Lika noch um seine Tochter.

Tschechow stimmte es traurig, daß das Schicksal dieser jungen Frau sich so unsinnig fügte. Er schrieb im September 1894: „Ich bin nicht ganz gesund. Ich huste fast ununterbrochen. Offensichtlich habe ich meine Gesundheit ebenso eingebüßt wie ich Sie verloren habe." Diesen Satz zitieren die Biographen oft und interpretieren ihn als aufrichtiges Bedauern des Schriftstellers über ein versäumtes Glück.

Reflexionen über das schwere Schicksal charakterloser Frauen, die sich nicht in einer im ganzen so günstigen Umgebung befanden wie Lika, sondern inmitten von Menschen, die sich in keiner Weise über die herrschenden Sitten erhoben, finden sich in der Erzählung „Wolodja der Große und Wolodja der Kleine".

Mit Lika hat die Heldin dieser Erzählung lediglich die Neigung zu schroffem Stimmungsumschwung und zu häufigen Tränen gemeinsam, sieht man von dem fatalen „par dépit" (aus Ärger), das die Misinowa im Jahre 1892 oft gebrauchte („Ich werde zugrundegehen, mit jedem neuen Tag und alles par dépit."), einmal ab. Lika lebte ein zwar unordentliches, aber doch selbständiges Leben – sie arbeitete und wollte etwas erreichen. Sofja Lwowna, die Heldin der Erzählung, hat dagegen kein eigenes Leben und ist von den Menschen, die sie umgeben, völlig abhängig. Jagitsch, Wolodja der Große, ein Kollege ihres Vaters, eines Militärarztes, und Wolodja der Kleine, der Sohn eines anderen Kollegen ihres Vaters – sie alle leben so, wie es seit alters her in ihren Kreisen üblich war. Zuerst Romanzen und Liebeleien, und dann, im „reifen Alter", die Ehe mit einem jungen Mädchen. So lebt auch Wolodja der Kleine, in den die Heldin hoffnungslos verliebt ist. Nach ihrer Verheiratung, einer Heirat par dépit, bekundet er Interesse an ihr, aber eine so eindeutige Art von Interesse, wie man es einer sittenlosen, zugänglichen Frau gegenüber hegt. Sofja Lwowna begreift das, aber ... es genügt schon, sie ein wenig zu locken, damit sie seine Geliebte wird. Allerdings nur auf einige Tage, dann hat Wolodja sie über und verläßt sie.

Trotzdem wird in der Erzählung nicht diese schwache, charakterlose Frau verurteilt, sondern ebenso wie im „Duell" die abhängige Lage, in der sie sich befindet. „Mein Leben ist nicht leicht", sagt sie zu Wolodja dem Kleinen. „Belehren Sie mich also ... Sagen Sie mir irgend etwas Überzeugendes. Sagen Sie wenigstens ein Wort."

„Ein Wort? Bitte: tararabumbija."

„Na schön", fährt sie fort, „ich bin eine unbedeutende, gemeine, prinzipienlose, beschränkte Frau ... Ich habe eine Unmenge von Fehlern, ich bin eine Psychopathin, ich bin verdorben, und man muß mich verachten. Aber, Wolodja, Sie sind zehn Jahre älter als ich, und mein Mann ist dreißig Jahre älter. Ich bin unter Ihren Augen groß geworden, und wenn Sie wollten, Sie könnten aus mir alles machen, was Ihnen beliebt, sogar einen Engel. Aber Sie (ihre Stimme zitterte), Sie behandeln mich schrecklich." In der Tat haben die Männer sie zu dem gemacht, was sie ist. Und nun bleibt ihr nichts anderes, als traurig daran zu denken, „daß es für Mädchen und Frauen ihres Kreises keinen anderen Ausweg gibt, als unaufhörlich Troika zu fahren und zu lügen oder aber ins Kloster zu gehen, um das Fleisch abzutöten".

Melichower Eindrücke des Jahres 1895 lieferten Tschechow in einem bestimmten Maße auch das Sujet für die Erzählung „Der schwarze Mönch", die im Juli 1893 geschrieben, aber von Tschechow umgearbeitet und erst im Januar 1894 veröffentlicht wurde. In Melichowo begann man eines Abends, wie Michail Pawlowitsch berichtet, als man den Sonnenuntergang beobachtete, darüber zu diskutieren, wie eine Luftspiegelung entsteht. Man phantasierte über die Möglichkeit, daß solche Luftspiegelungen ewig durch das Weltall geistern. Einmal hatte Anton Pawlowitsch einen Alptraum, und er erzählte seinem Bruder, er habe einen schwarzen Mönch gesehen. So entstand der Sujetkern der Erzählung, wobei auch der mittelrussische Frühling und die Musik eine Rolle spielen. In diesem Sommer, und später auch im Winter – bereits von Potapenko begleitet – sang Lika oft die „Walachische Legende" von Braga. „Es war immer sehr gelungen", schrieb Michail Pawlowitsch. „Im Hause wird eine schöne Romanze gesungen, und durch die geöffneten Fenster hört man Vogelgezwitscher und spürt man den wirklich betäubenden Duft der Blumen, die unsere Schwester Maria Pawlowna reichlich im Garten gepflanzt hatte.

Anton Pawlowitsch fand in diesem Lied etwas Mystisches voller schöner Romantik."

Das war die Quelle eines weiteren Sujetelements der Erzählung, der dramatischen Entwicklung und der tragischen Lösung. Unmittelbar nach dem Erklingen dieser bezaubernden Musik vollzieht sich die erste und letzte Begegnung Kowrins mit dem schwarzen Mönch.

In der Erzählung ist der Einfluß damals moderner Theorien über die Masse, über die Rolle der Ekstase, über Genie und Wahnsinn spürbar, die in der 1893 erschienenen Broschüre „Über die Ursachen des Verfalls und über neue Strömungen in der russischen Literatur" aus der Feder eines der Begründer der russischen Dekadenz, Dmitri Sergejewitsch Mereshkowski (1865–1941), zusammengefaßt waren. Der schwarze Mönch flüstert Kowrin eine Reihe ganz ähnlicher Gedanken zu (zum Beispiel: „Willst du gesund und normal sein, dann geh in die Herde"; „sagen doch die Gelehrten heut, daß das Genie dem Wahnsinn verwandt sei"). Das aber war nur das „Rohmaterial", aus dem Tschechow eine seiner poetischsten, von hohem philosophischem Sinngehalt erfüllte Erzählung schuf, die, besonders schwer in die Sprache logischer Kategorien und Definitionen zu übertragen, diametral entgegengesetzte Interpretationen auslöste.

Im März 1894, als Tschechow Suworin mitteilte, daß er endgültig mit der Philosophie Tolstois gebrochen habe, sagte er, daß er seit seiner Kindheit an den Fortschritt geglaubt und „kluge Menschen, die Nervosität, die Höflichkeit und den Scharfsinn" geliebt habe. Etwas später, im Juli des gleichen Jahres, erschien „Der Literaturlehrer" – eine Erzählung über das kurzlebige honigsüße Glück Nikitins und seiner jungen Frau Mascha in einem zweistöckigen unverputzten Haus zwischen langweiligen Töpfchen mit Sahne und Krügen mit Milch, aus dem sich für ihn allmählich etwas anderes entwickelte – „ein neues, nervöses und bewußtes Leben . . ., das mit Ruhe und persönlichem Glück nicht in Einklang stand".

Mit dem „Schwarzen Mönch" begann Tschechow die Bearbeitung dieses äußerst wichtigen Themas, das sich ganz natürlich aus seinem gesamten vorhergehenden Schaffen ergab. Der Autor grenzte sich von jenen ab, die ebenfalls vom Heil der Nervosität sprachen, die Menschen aber von der realen Wirklichkeit ablenken wollten, ihnen eine Welt kranker Phantasie und mystischer Riten vorgaukelten, die menschliche Vernunft kompromittierten und ihr die Allmacht der Intuition, der übersinnlichen Erleuchtung, der mystischen Ekstase gegenüberstellten. Tschechow hatte sich über diese idealistischen Konzeptionen längst sein Urteil gebildet. Er brachte es zum Ausdruck, als er schrieb, er würde einen Autor für verrückt erklären, der behaupten wollte, er schreibe eine Novelle ohne einen vorher gründlich bedachten Plan, nur nach Intuition, allein unter dem Einfluß eines Affekts, und als er sich darüber äußerte, daß der Schriftsteller Verstand ebenso nötig wie Talent brauche und ein für allemal seinen unerschütterlichen Glauben an die Wissenschaft und die menschliche Vernunft bekannte. Nicht weniger fremd war Tschechow auch die Vorstellung der Auserwähltheit. Daher ist es nicht verwunderlich, daß all diese Ideen in der Erzählung keine Billigung fanden.

Als man Kowrin ärztlich behandelt und er spürt, daß aus ihm eine gesunde Mittelmäßigkeit geworden ist, fragt er empört: Wozu habt ihr mich behandeln lassen? Doch ist das eine müßige Frage. Krankheit ist Krankheit, Wahnsinn ist Wahnsinn, und einen Kranken muß man behandeln. Für Tschechow als Arzt konnte das keine Frage sein. Eine andere Sache ist es, daß die Krankheit und ihre Behandlung, alle diese „Brompräparate, das Nichtstun, die warmen Bäder, die Aufsicht, die kleinmütige Angst bei jedem Schritt", all das, was in solchen Fällen notwendig und unausbleiblich ist, Kowrin zerbrochen, ihn zu spießbürgerlichem Schwachsinn geführt haben. Darin bestand auch das Drama.

Tanja und ihr Vater hielten Kowrin nicht nur für einen interessanten, talentierten, sondern auch für einen ungewöhnlichen Menschen. Und das nicht ohne Grund. Er war ein Wissenschaftler, der zu großen Hoffnungen berechtigte, er arbeitete viel, ihm war die Wunderwelt der Natur zugänglich. Als er ganz am Beginn seiner Erkrankung sah, wie besessen der alte Pessozki sich um sein Lebenswerk, den Obstgarten, bemühte, und als er dessen bissige polemische Aufsätze las, da dachte er: „Eine schöne, nette und gesunde Beschäftigung, doch auch hier gibt es Leidenschaften und Kampf . . . Wahrscheinlich sind alle Menschen, die einer Idee dienen, nervös und zeichnen sich durch eine erhöhte Empfindlichkeit aus. Offensichtlich muß das so sein." Die Erzählung bestätigt

– ja, das muß so sein. Erst dann liegt eine Welt offen vor dem Menschen, ist er fähig, Natur und Musik zu genießen, weiß er die Menschen zu lieben und zu verstehen.

Der Wahnsinn nähert sich Kowrin freundlich und listig. Kowrins Doppelgänger, der schwarze Mönch, ist von einschmeichelndem Wesen. Er beginnt damit, daß er die besten Gedanken und Absichten des Helden unterstützt. Er spricht von der Größe und Bedeutung seiner wunderbaren Wissenschaft, von der Freude der Erkenntnis, von dem heiligen Dienst an der „ewigen Wahrheit", von der glänzenden Zukunft, die die Menschheit erwarte. Unmerklich wechseln diese Gespräche zu einem anderen Thema über – der Auserwähltheit und den Auserwählten. Der Mönch beginnt Kowrin zu überzeugen, daß er ein Genie ist, ein Auserwählter Gottes, der der Herde der gewöhnlichen Menschen mit ihren kleinlichen Sorgen um den heutigen Tag und um ihre Gesundheit Widerstand leisten müsse. Nun trifft der Held immer häufiger mit dem Mönch zusammen, und das erschreckt ihn nicht, sondern entzückt ihn vielmehr, „denn er war bereits fest davon überzeugt, daß derartige Erscheinungen nur auserwählte, hervorragende Menschen heimsuchten, solche, die sich dem Dienst einer Idee geweiht haben". Und schon hat ihn der Größenwahn gepackt.

Nach der Genesung ist Kowrin ein anderer Mensch. Verspürte er vor seiner Erkrankung den Duft der Blumen und die Liebe zum Leben, erfaßte er die ungewöhnliche Begabung des alten Pessozki und den Liebreiz der unauffälligen Schönheit Tanjas, so verachtete er jetzt die Herdenmenschen wegen ihrer Nichtigkeit. Er bemerkt nicht mehr die prächtigen Blumen, und die düsteren Kiefern „flüsterten jetzt nicht miteinander, sondern standen unbeweglich und stumm, als hätten sie ihn nicht erkannt". Auf die Anwesenheit der Menschen, die er früher liebte, reagiert er gereizt, als sei er völlig von dem Gedanken des Mönchs über ihr elendes Herdendasein durchdrungen. Die Illusion der Auserwähltheit war mit der Krankheit geschwunden, aber die Liebe zu den Menschen war ausgelöscht. War die Vernichtung seiner Persönlichkeit das Werk des schwarzen Mönchs, der Brompräparate oder der Welt, die ebenso tot war wie er?

So oder so, als Kowrin zum Schluß erneut die Serenade von Braga hört und ihm der Mönch wieder mit neuen Vorwürfen und Verlockungen kommt, denkt er im Sterben nicht mehr an die Auserwähltheit, sondern „er rief Tanja, er rief den großen Garten mit den prachtvollen, vom Tau benetzten Blumen, rief den Park, die Kiefern mit den zottigen Wurzeln, das Roggenfeld, seine wunderbare Wissenschaft, seine Jugend, Kühnheit, Freude, rief das Leben, das so herrlich war".

Der Literaturwissenschaftler Grigori Abramowitsch Bjaly schrieb über einige Erzählungen Tschechows, darunter auch über den „Schwarzen Mönch", daß in ihnen „das Anomale sich als Norm für die zeitgenössischen Lebensverhältnisse und nicht als ihre Zerstörung erweist". Dieser Gedanke liegt in der Tat vielen Erzählungen Tschechows, die vor und nach dem „Schwarzen Mönch"

„Der schwarze Mönch“ (G. K. Sawizki, 1908)

geschrieben wurden, zugrunde. Eine Besonderheit dieser wunderbaren philosophischen Ballade besteht jedoch darin, daß Tschechow nicht so sehr von der Widernatürlichkeit der traditionellen Auffassung, von der Norm der Lebensverhältnisse spricht, wie er das zum Beispiel in „Krankenzimmer Nr. 6“ tat, als vielmehr seine eigene Norm des menschlichen Daseins bekräftigte – die Poesie der schöpferischen, begeisterten Arbeit, die dem Menschen die Freude der Kommunikation mit den Menschen und der Natur eröffnet, jene Poesie, die auch in der ruhelosen Arbeit des Gelehrten verborgen ist. Zu einem solchen Leben werden auch Nikitin und viele andere Helden der späteren Werke Tschechows gelangen.

Der „Schwarze Mönch“ war die erste Realisierung der den Schriftsteller quälenden „lebensfrohen Sujets“. Mit größerer Weite kommt diese Weltsicht in der Erzählung „Der Student“ zum Ausdruck, die im April 1894 erschien.

Auf vier Seiten dieses erstaunlichen Werkes zeigt der Autor, wie die zufällige Begegnung mit einfachen Bäuerinnen am Lagerfeuer die Stimmung des Helden kraß verändert. Unter dem Einfluß der Dämmerung und der unvermittelt hereinbrechenden Kälte – der zeitige Frühling war gleichsam erneut vom Winter abgelöst worden – war der Student der Geistlichen Akademie Welikopolski von ernsten Gedanken überwältigt worden. Es schien ihm, „daß der gleiche Wind auch zu Zeiten Rjuriks, Iwans des Schrecklichen und Peters des Großen geweht hatte und daß zu ihrer Zeit die gleiche grausame Armut und der gleiche Hunger geherrscht hatten, daß es die gleichen durchlöcherten Strohdächer, die gleiche Unwissenheit und Trübsal gegeben hatte, die gleiche Öde und Finsternis, das gleiche Gefühl der Unterdrückung – all diese Schrecken hatte es gegeben, es gab sie noch, und es würde sie auch in Zukunft geben; und auch in tausend Jahren würde das Leben nicht besser werden.“

Am Lagerfeuer erzählt der Student den Frauen die biblische Legende und sieht, wie tief sie jenes Drama miterleben, das sich nach dem Evangelium vor neunzehn Jahrhunderten zugetragen hat. Und es scheint ihm, als sei die ununterbrochene Kette von Ereignissen zutage getreten, die die Vergangenheit mit der Gegenwart verknüpft, und „er habe soeben die beiden Enden dieser Kette gesehen – er berührte das eine Ende, da erzitterte das andere“. Als er nach Hause geht, denkt er nicht mehr an den kalten Wind, nicht mehr an die sich verdichtende Dunkelheit, nicht mehr an die ärmliche Situation in seinem Vaterhaus, sondern nur noch daran, „daß die Wahrheit und Schönheit, die das menschliche Leben dort, im Garten und auf dem Hof des Hohenpriesters, geleitet hatten, sich ununterbrochen bis heute fortsetzten und offenbar die Hauptsache bildeten im menschlichen Leben und überhaupt auf Erden; und das Gefühl der Jugend, Gesundheit und Kraft – er war erst zweiundzwanzig Jahre alt – und die unaussprechlich süße Erwartung des Glücks, eines unbekannten, geheimnisvollen Glücks, übermannten ihn, und das Leben schien ihm bezaubernd, wunderbar und von einem tiefen Sinn erfüllt“.

Tschechow schätzte mit Recht die Erzählung „Der Student“ sehr hoch ein. Das in dieser lyrisch-philosophischen Miniatur angeschlagene Thema der Liebe zum Leben und der süßen Erwartung des Glücks wird mit den Jahren im Schaffen Tschechows immer größere Bedeutung gewinnen und immer überzeugender und nachdrücklicher gestaltet werden. Es ist bemerkenswert, daß die Gedanken vom Triumph der Wahrheit und vom künftigen Glück dem Helden im Umgang mit ungebildeten Bauersfrauen und nicht mit einem Propheten aufgingen. Das ist der Keim einer weiteren sehr wichtigen Besonderheit in Tschechows späterem Schaffen.

Die neuen „lebensfrohen Sujets“ waren das logische Resultat der künstlerischen Entwicklung des Schriftstellers und spiegelten zugleich wie ein empfindliches Barometer die gesellschaftlichen Veränderungen wider, die zu jener Zeit in Rußland vor sich gingen. Das zeigt sehr anschaulich der bereits erwähnte Brief Tschechows vom 27. März 1894.

Nachdem Tschechow erklärt hat, wie er sich von dem hypnotisierenden Einfluß der Philosophie Tolstois befreite, spricht er davon, daß er „Schwätzer wie Max Nordau“ (ein damals in Mode stehender Philosoph, der die Entartung und den Untergang der europäischen Zivilisation verkündete) „einfach mit Widerwillen“ lese. „Fiebernde Kranke wollen nicht essen“, fährt Tschechow fort, „aber etwas wollen sie doch, und diesen unbestimmten Wunsch drücken sie so aus: ‚Etwas Saures‘. So möchte ich auch etwas Saures. Und das ist nicht zufällig, denn genau die gleiche Stimmung bemerke ich ringsumher. Es sieht so aus, als seien alle verliebt gewesen, hätten jetzt aufgehört zu lieben und suchten neue Leidenschaften.“ Schließlich gibt er der Hoffnung Ausdruck, daß die materialistische Bewegung erneut, das heißt wie in den sechziger Jahren, die russischen Menschen begeistern wird. „Die Naturwissenschaften“, erläuterte Tschechow seinen Gedanken, „leisten jetzt Wunder, und sie können auf die

Menschen wirken wie Mamai[1] und sie mit ihrer Masse und Großartigkeit erobern."

Um die Zeilen, die Tschechow in Jalta schrieb, besser verstehen zu können, muß man wissen, daß sich sein Leiden, dessen Charakter bereits manchem seiner Bekannten klar geworden war, verschlimmert hatte. Schon im Oktober 1893 hatte Tschechow an seinen Bruder Alexander geschrieben: „Alle Unsrigen sind gesund. Ich auch. Ich huste ein bißchen, aber bis zur Schwindsucht ist es noch weit. Hämorrhoiden. Darmkatarrh. Bisweilen Migräne, manchmal an die zwei Tage. Herzbeklemmung. Trägheit und Nachlässigkeit." Einen Monat später schreibt er dann schon mit unverhohlener Gereiztheit an Suworin: „Ich habe keine Schwindsucht, und Blut kommt mir schon lange nicht mehr aus der Kehle. Weshalb verbreitet Lejkin in Petersburg alle diese seltsamen und überflüssigen Gerüchte, was nur Gott zukommt, der dafür Klatschmäuler und Schwachköpfe geschaffen hat." Tschechow hielt einstweilen noch standhaft an der von ihm einmal bezogenen Ansicht über seine Krankheit fest. Aber Husten bleibt Husten, und der wurde immer stärker. „Besonders quälte er ihn des Morgens", erinnert sich Michail Pawlowitsch.

So kam Tschechow im Februar 1894 zu der Erkenntnis, daß seine Gesundheit sich rasch verschlechterte. „Ich fahre auf die Krim", schrieb er an Suworin, „und zwar nicht Mitte März, sondern schon am ersten. Ich beeile mich, weil mir der Husten sehr zusetzt..."

Während der Schriftsteller in Jalta weilte, erinnerte sich Lika wieder an ihn. Als sie zu Potapenko nach Paris fuhr, noch voll guten Glaubens an die goldenen Berge, die ihr Liebhaber ihr versprochen hatte, und im Gefühl des Glücks, konnte sie sich nicht enthalten, Tschechow einen Brief zu schreiben, in dem sie sich beklagt, daß Anton Pawlowitsch sie angeblich verschmäht habe. Sie erging sich in Betrachtungen darüber, daß sie bald sterben und ihn nie mehr wiedersehen werde.

Nicht zum ersten- und nicht zum letztenmal versuchte Lika, Tschechow ihre Leidenschaften mit seiner Gleichgültigkeit zu erklären. Anton Pawlowitsch war schon daran gewöhnt. „Ich weiß sehr wohl, daß Sie nicht sterben werden und daß niemand Sie verschmäht hat", antwortete er. „Liebe Lika, wenn aus Ihnen eine große Sängerin wird und man Ihnen ein großes Gehalt gibt, so geben Sie mir Almosen; heiraten Sie mich und ernähren Sie mich auf Ihre Kosten, damit ich nichts zu tun brauche. Sollten Sie aber tatsächlich sterben, so wird das Warja Eberle tun ... Ich bin von den ständigen Gedanken an die obligatorische, unvermeidliche Arbeit dermaßen aufgerieben, daß mich schon seit einer Woche ununterbrochen ein unregelmäßiger Pulsschlag quält. Ein ekelhaftes Gefühl!"

In dieser psychischen und physischen Verfassung schrieb Tschechow einen

---

[1] Mamai: Chan der aus Tataren und Mongolen bestehenden Goldenen Horde, die im 13./14. Jh. die russischen Lande beherrschte und unterdrückte.

Brief über die neue Stimmung, die ihn durch die Wahrnehmung herannahender Veränderungen im russischen Leben erfaßt hatte. Er hatte sich dazu erzogen, seine eigenen Kümmernisse und Wunden zu ignorieren und sie zu den Kleinigkeiten zu rechnen, von denen sich ein Schriftsteller nicht beeinflussen lassen dürfe. So wird schon jetzt eine der charakteristischsten Besonderheiten Tschechows offenbar. Sein persönliches Leben wurde immer schwieriger, in seinem Schaffen aber trat der Glaube an das zu erwartende Glück der Menschen immer sichtbarer zutage.

Anfang April kehrte Tschechow nach Melichowo zurück, ohne seine Gesundheit wiederhergestellt zu haben. Für seine entbehrungsreiche Sachalinreise mußte der Schriftsteller einen hohen Preis zahlen. Die maßlose physische und nervliche Belastung der Reise hatte nicht nur eine Beschleunigung des tuberkulösen Prozesses, sondern auch eine krasse Störung der Herztätigkeit zur Folge. Bald nach seiner Rückkehr nach Melichowo berichtete er Suworin: „. . . neulich wäre ich beinahe hingefallen, und einen Augenblick dachte ich, daß ich sterbe: Ich gehe mit meinem Nachbarn, dem Fürsten, die Allee entlang und unterhalte mich – plötzlich reißt etwas in der Brust, ich habe ein Gefühl der Wärme und der Enge, in den Ohren rauscht es, und mir fällt ein, daß ich seit längerem unregelmäßigen Herzschlag habe – nicht umsonst, meine ich. Ich gehe schnell zu der Terrasse, auf der Gäste sitzen, und ein Gedanke bewegt mich: es ist irgendwie peinlich, in Gegenwart von Fremden umzufallen und zu sterben. Aber ich ging in mein Schlafzimmer, trank Wasser und kam wieder zu mir."

Im Sommer baute Anton Pawlowitsch den Seitenflügel seines Hauses aus, der zu einer Sehenswürdigkeit von Melichowo geworden ist. Das war eine Zufluchtsstätte, in die er sich zur Arbeit zurückziehen konnte. Der Strom der Gäste nahm immer mehr zu. Zu dieser Zeit beteiligte sich Tschechow an einem Kongreß der Landärzte des Moskauer Gebiets und wurde zum Mitglied der Semstwoversammlung von Serpuchow gewählt. Im Juli schloß „Russkaja mysl" die Publikation der „Insel Sachalin" ab, und es erschien „Der Literaturlehrer".

Im Juli 1894 hatte Tschechow halb im Scherz an Suworin geschrieben, vor zehn Jahren sei ihm auf einer spiritistischen Sitzung Turgenjew erschienen, der zu ihm gesagt habe: „Dein Leben geht zur Neige." „Und wirklich", fuhr Tschechow fort, „ich habe jetzt ein so großes Verlangen nach allem möglichen, als habe die Fastenzeit begonnen. Ich würde, glaube ich, alles verschlingen, auch das Ausland und einen guten Roman. Und irgendeine Macht treibt mich wie eine Vorahnung, daß ich mich beeilen soll. Aber vielleicht ist es auch keine Vorahnung, sondern es tut mir leid, daß das Leben so eintönig und träge vergeht. Ein Protest der Seele sozusagen."

Im August erhielt Tschechow eine Abrechnung von der Buchhandlung Suworins, die den Verkauf seiner Bücher durchführte. Seine Schulden hatten sich nicht verringert, sondern waren noch angewachsen. Obwohl der Schriftsteller gewöhnt war, seine Geldangelegenheiten auf der Basis des Vertrauens zu regeln, war er so schockiert, daß er Suworin gegenüber Verwunderung und Zweifel zum Ausdruck brachte.

Potapenko, der von seiner Auslandsreise zurückgekehrt war, machte sich daran, die Angelegenheit zu klären, und er hatte Erfolg. Auf der Krim erfuhr Tschechow, daß er Suworin nicht siebentausend Rubel schuldete, sondern weniger als tausend, und daß sich in der Buchhandlung noch viele unverkaufte Bücher befanden, die bereits an die Druckerei bezahlt waren. Unerwartet fühlte sich Anton Pawlowitsch reich und beschloß, ins Ausland zu fahren.

Die Reiseroute war im wesentlichen die gleiche wie bei seinem vorangegangenen Auslandsaufenthalt. Tschechow fuhr nach Wien, Abbazia, Venedig, Triest, Mailand, Genua, Nizza und Paris. Von den Sehenswürdigkeiten interessierten ihn besonders die Friedhöfe. Am 6. Oktober schrieb er aus Nizza: „Ich huste, huste, huste. Aber mein Befinden ist ausgezeichnet. Das Ausland wirkt erstaunlich aufmunternd." Trotz der häufigen Ortswechsel arbeitete er intensiv. Er schrieb einen „Roman aus dem Moskauer Leben", die spätere Erzählung „Drei Jahre".

Im Ausland wurde Tschechow hartnäckig von Lika mit Briefen attackiert. Ihre Lage war entmutigend. Als sie merkte, daß sie schwanger war, fuhr sie in die Schweiz. Ihre Briefe aus Montreux sind voller Klagen über Einsamkeit und Unwohlsein, Andeutungen über ihre Lage und Bitten, zu ihr zu kommen, sich über nichts zu wundern und sie nicht zu verurteilen. „Übrigens glaube ich nicht, daß Sie einen Stein auf mich geworfen haben. Mir scheint, Sie waren immer gleichgültig gegenüber den Menschen, ihren Mängeln und Schwächen." In einem anderen Brief heißt es: „An allem sind Sie schuld!"

Likas Briefe eilten Tschechow hinterher, erreichten ihn aber erst in Nizza, wo er sie am 2. Oktober 1894 alle auf einmal erhielt. Am gleichen Tag noch schrieb er seiner Schwester: „Ich hatte beabsichtigt, Lika in Paris zu treffen, aber es stellt sich heraus, daß sie in der Schweiz ist, aber dahin zu fahren paßt mir nicht in den Kram. Ich bin es auch schon über zu reisen ...

Potapenko ... ist ein Schwein."

Am gleichen Tag, als er Lika mitteilte, daß er nicht die Möglichkeit habe, zu ihr zu fahren, schrieb er: „Über meine Gleichgültigkeit gegenüber den Menschen sollten Sie nicht schreiben. Langweilen Sie sich nicht, seien Sie tapfer und hüten Sie ihre Gesundheit. Ich grüße Sie ergebenst und drücke Ihnen ganz fest die Hand. Ihr A. Tschechow."

Am 14. Oktober kehrte Anton Pawlowitsch nach Moskau zurück, am 19. war er wieder in Melichowo. Dort erwartete ihn die Nachricht von seiner Wahl zum Geschworenen für die laufende Sitzungsperiode des Kreisgerichts in Serpuchow und die Ernennung zum Kurator der Schule in dem Dorf Talesh.

Eine gesellschaftliche Wiederbelebung im Lande bedeutete nach Meinung Tschechows die Verschärfung der Unzufriedenheit mit dem Leben, wie es war, und zugleich das Streben nach einem Leben, wie es sein sollte. Diese Unzufriedenheit und dieses Streben können nicht gänzlich erfaßt werden, sie erinnern

Im Wartezimmer des Arztes („Der Flüchtling", Kukryniksy, 1940/41)

an Empfindungen, die ein Fieberkranker hat, der etwas möchte, aber nicht genau weiß – was. Der Künstler muß dem seelisch leidenden Menschen helfen, sich in sich selbst zurechtzufinden. Das erfordert eine immer tiefere und feinere Analyse der seelischen Welt des Menschen und der komplizierten Beziehungen zu seiner Umgebung – mit anderen Worten, dem Künstler stellt sich vor allem die Aufgabe, die menschlichen Charaktere als soziale zu betrachten.

Ein neuer Zyklus von Werken Tschechows wurde mit der Erzählung „Weiberwirtschaft" eingeleitet, die erstmals im Januar 1894 veröffentlicht wurde. Diese Erzählung legte den Grundstein für ein neues Thema in der russischen Literatur, das dann im Schaffen Maxim Gorkis bedeutende Weiterentwicklung erfuhr – das Thema des Menschen aus dem Volk, der auf den Weg des kapitalistischen Unternehmertums geraten ist oder, anders gesagt, des Menschen, der gezwungen ist, einen ihm fremden Weg zu gehen. Zugleich setzte diese Erzählung auch das Thema der lähmenden Kraft des Kapitals fort – eines der wichtigsten Themen der Weltliteratur des 19. Jahrhunderts.

Die russische Literatur führte im Laufe des 19. Jahrhunderts eine tiefschürfende und, so könnte es scheinen, allseitige Analyse der furchtbaren Macht des

Kapitals durch. Die russischen Schriftsteller – Puschkin und Gogol, Ostrowski und Schtschedrin, Gleb Uspenski, Dostojewski und viele andere – fanden ihren eigenen, individuellen Zugang zu diesem Thema. Dabei einte sie die Darstellung der Zerstörung der menschlichen Persönlichkeit, ihre Verkrüppelung und Deformierung durch die bürgerliche Gesellschaftsordnung. Mit besonderer, wahrhaft erschreckender Kraft wurde dieser Prozeß von Dostojewski sichtbar gemacht. Tschechow fand seinen eigenen Zugang zu diesem Thema.

Die zahlreichen Bemerkungen Tschechows über Dostojewski beweisen, daß Anton Pawlowitsch das Schaffen seines großen Zeitgenossen gut kannte, ihn aber nicht liebte. Als er Tolstoi den ersten Platz in der russischen Literatur zuwies, erwähnte er Dostojewski nicht einmal. Sein einziges direktes Urteil über Dostojewski stammt aus dem Jahre 1889. „Ich habe in Ihrer Buchhandlung Dostojewski gekauft“, schrieb Tschechow an Suworin, „und lese ihn jetzt. Gut, aber wirklich sehr lang und unbescheiden. Sehr prätentiös.“

Dieses kühle Verhältnis läßt sich auf Tschechows charakterliche Veranlagungen zurückführen. Fremd waren ihm jegliche „Abgründe“, gänzlich unannehmbar alles, was auf Irrationalität beruhte.

Als Künstler interessierte ihn weniger die Deformierung und seelische Verkrüppelung der menschlichen Persönlichkeit durch die Macht des Geldes als vielmehr der Konflikt des Menschen mit den Grundlagen der bürgerlichen Lebensordnung. Je vollständiger die Persönlichkeit ihre menschlichen Züge ausgebildet hat, desto schärfer und unversöhnlicher verläuft der Konflikt. Ein solches Herangehen zwang Tschechow, bei den ihrer Individualität beraubten Menschen nach Erscheinungsformen der Unterdrückung zu suchen und das Problem der Konfrontation des Menschen mit seiner Umwelt mit äußerster Klarheit zu gestalten.

Die Heldin von „Weiberwirtschaft“, Anna Akimowna, ist ganz zufällig Erbin des Millionenunternehmens ihres Onkels geworden. Ihren Vater hatte der Onkel noch stiefmütterlich in der Stellung eines Arbeiters gehalten, und erst drei Jahre vor seinem Tode hatte er Anna in die Obhut von Lehrern und Gouvernanten gegeben. So war das Mädchen in den gleichen Fabrikhäusern aufgewachsen, in denen die Arbeiter, jetzt ihre Arbeiter, hausten. Vielleicht wurde sie deshalb von dem Wunsch erfüllt „zu waschen, zu bügeln, in den Kaufladen und die Kneipe zu laufen, wie sie das jeden Tag getan hatte, als sie mit der Mutter zusammen lebte“.

Die seelischen Anwandlungen Anna Akimownas sind aufrichtig. Sie ist ein guter, verständnisvoller Mensch. Um so anschaulicher tritt die unerschütterliche Macht ihres Millionenunternehmens zutage, die Anna Akimowna zwingt, nicht so zu handeln, wie sie es möchte und wie ihr Gewissen es ihr eingibt, sondern so, wie ihre Stellung als Besitzerin es gebietet. Zur Gestaltung des Konflikts beschreibt Tschechow vierundzwanzig Stunden aus dem Leben der Heldin. Ausführlich und ohne Hast zeichnet er die Bräuche der Weiberwirtschaft in der Handels- und Greisenetage, dem sauberen, vornehmen Teil ihres

Domizils, er zeigt die Lakaien und Gnadenbrotempfänger, die sie umgeben, und den wahren Herrn des Werkes – den Direktor Nasarytsch mit seinen Handlangern, Bittstellern und Angestellten. Die Fabel der Erzählung bildet der ehrlich gemeinte Einfall Anna Akimownas, einen einfachen Menschen zu heiraten, den Schmied Pimenow. Dieser Einfall beruht auf den guten Absichten und den schönen Erinnerungen Anna Akimownas. Indessen kann sie nur vierundzwanzig Stunden mit diesem Gedanken leben. Es genügt schon, daß ihr Diener Mischenka, den sie verachtet, sich ironisch äußert, damit sie weiß, daß ihre Absicht nur eine Grille war. Sie begreift, „wenn es möglich wäre, diesen eben verlebten, langen Tag auf einem Bild darzustellen, so wäre alles Schlechte und Banale, wie zum Beispiel das Mittagessen, die Worte des Rechtsanwalts und das Kartenspiel, die Wahrheit – die Träumereien und die Gespräche über Pimenow dagegen wären fehl am Platz, sie würden sich von dem Ganzen als etwas Falsches abheben".

Tschechow nährt keinerlei Illusionen. Die Wahrheit besteht darin, daß Anna Akimowna die Gefangene ihres Unternehmens ist und bleibt. Dem Autor ist etwas anderes wichtig – er will zeigen, daß es neben der Wahrheit der Nasarytsch und Lissewitsch, die im Hause von Anna Akimowna herrschen, auch eine andere Wahrheit der menschlichen Beziehungen gibt, die unbedingt das Herz des Menschen rühren muß, wenn er noch nicht endgültig mit dieser Welt, die keine Gerechtigkeit kennt, verschmolzen ist.

In anderen Werken mit ähnlicher Thematik zeichnete der Schriftsteller nicht mehr den Widerschein des im Menschen verlöschenden Gefühls der Wahrheit, sondern im Gegenteil das Erwachen dieses Gefühls, die innere Befreiung von den falschen Vorstellungen und Gewohnheiten, die ihn so lange versklavten – das Erwachen des menschlichen Gewissens und Bewußtseins. So geschieht es auch mit Nikitin in der Erzählung „Der Literaturlehrer", als er plötzlich zu der Einsicht gelangt, „daß es außer dem milden Schein des Ikonenlämpchens, das einem traulichen häuslichen Glück zulächelte, außer dieser kleinen Welt, in der er und dieser Kater da so ruhig und angenehm lebten, auch noch eine andere Welt gab ... Und ihn verlangte plötzlich mit schmerzlicher Leidenschaft nach dieser anderen Welt, er wollte irgendwo in einer Fabrik oder in einer großen Werkstatt arbeiten, von einem Katheder herab sprechen, Aufsätze verfassen, publizieren, Aufsehen erregen, müde werden, leiden ... Ihn verlangte nach etwas, das ihn bis zur Selbstvergessenheit ergriff, bis zur Gleichgültigkeit gegenüber dem persönlichen Glück, dessen Empfindungen so einförmig waren." Und Nikitin zieht den Schluß, daß er unverzüglich aus dieser ruhigen häuslichen Gemütlichkeit, die für ihn zum Symbol einer kränkenden, langweiligen Plattheit geworden war, fliehen müsse.

Eine äußerst komplizierte Aufgabe löste Tschechow in der Erzählung „Rothschilds Geige". Die Gedanken des Sargtischlers Bronze über das sinnlos verbrachte Leben mußte er in der primitiven Form dieses ungebildeten Menschen zeigen, zugleich aber den Sinn und die Poesie dieser Gedanken sichtbar machen.

Erneut wandte sich der Schriftsteller dem Erzählprinzip zu, das er den Kurzgeschichten „Träume“, „Das Glück“ und den „Dieben“ zugrunde gelegt hatte. Auch in „Rothschilds Geige“ haben wir zwei Stränge vor uns: das Wehklagen Bronzes über die versäumten Möglichkeiten, Kapital zusammenzusparen, und die bitteren Zweifel an der allgemeinen Lebensordnung. „Warum taten die Menschen immer gerade nicht das, was nötig war? Warum hatte Jakow sein ganzes Leben lang geschimpft, gebrüllt, mit den Fäusten gedroht, seine Frau gekränkt... Weshalb hindern die Menschen einander überhaupt zu leben? Was für Verluste ergab das! Was für schreckliche Verluste! Gäbe es nicht soviel Haß und Bosheit, die Menschen hätten gewaltigen Nutzen voneinander!“ Und dann der Hauptgedanke: „Wozu war es auf Erden so sonderbar eingerichtet, daß das Leben, das dem Menschen nur ein einziges Mal gegeben war, ohne Nutzen vorüberging?“

Bronzes Vorgänger, der Held der Erzählung „Ein Unglück“, der ebenfalls seine Frau verloren hat und genauso über die schlecht verbrachten Lebensjahre meditiert, überdenkt nur sein eigenes Leben. Bronze dagegen bezieht die allgemeinen Lebensumstände mit ein. Seine Gemütsbewegungen finden den Weg zu den Menschen. Rothschild übernimmt Bronzes schwermütige Melodie, und jetzt hat sie Erfolg. Die Menschen lassen sich die Melodie zehnmal von Rothschild vorspielen. Bronzes Improvisationen, die er vor seinem Tode der Geige entlockte, fanden Widerhall und weckten die Sehnsucht nach einem anderen, einem sinnvollen Leben.

Die Novelle „Drei Jahre“ wurde von Tschechow bald nach dem Weggang Pawel Jegorowitschs aus dem Speicher von Gawrilow begonnen. Erste Entwürfe datieren aus dem Jahre 1891. Die endgültige Fassung lag in der zweiten Hälfte des Jahres 1894 vor.

Zweifellos wurde die Novelle konzipiert, um mit jenem „Speicherleben“ abzurechnen, das der Schriftsteller selbst in seinen Kinderjahren kennengelernt hatte und das einen erheblichen Teil des Lebens seines Vaters und seiner großen Brüder verdorben hatte. An dem Speicher der Laptews befinden sich ebensolche Gefängnisgitter wie vor Ragins Krankenzimmer. Neue künstlerische Erkenntnisse führten zu Veränderungen an den einzelnen Entwürfen, so daß in der endgültigen Fassung nicht mehr die Beschreibung der Folterkammer der Laptews im Vordergrund der Darstellung steht, sondern das Drama eines Menschen, der den zerstörenden Charakter seines Millionenunternehmens erkennt, aber nicht die Kraft findet, sich von ihm zu befreien. Dieses Drama vollzieht sich vor dem Hintergrund heißer Dispute, um ein Leben ohne freiwillige Selbstabtötung. Es wird von der heranwachsenden Generation gesprochen, die diesem Leben entgegengeht.

Laptew fühlt, daß er nicht auf dem richtigen Wege ist. Seine Kraftlosigkeit erklärt er damit, daß er ein Sklave ist, der Enkel eines Leibeigenen. „Bevor wir armen Hunde uns emporarbeiten“, sagt er zu Jarzew, „gehen viele von uns zugrunde.“ Für Jarzew aber ist das nur ein Beweis für den Reichtum und die Vielfältigkeit des russischen Lebens. „Wissen Sie“, erwidert er, „von Tag zu Tag überzeuge ich mich immer mehr davon, daß wir am Vorabend des größten Triumphes leben, und ich möchte das noch erleben und selbst dabeisein. Ob Sie mir glauben oder nicht, aber nach meiner Meinung wächst eine prächtige Generation heran. Wenn ich den Kindern Unterricht erteile, besonders den Mädchen, genieße ich das. Wunderbare Kinder!“ Er will sich mit immer neuen Dingen befassen – mit russischer Geschichte, Pädagogik, Musik, Literatur. „Ich will gar nicht etwas Besonderes werden, etwas Großes schaffen; ich will einfach leben, träumen, hoffen, überall dabeisein. Das Leben ist kurz, mein Lieber, und man muß es möglichst gut gestalten.“

Vielleicht war das der stärkste Ausdruck jener neuen Stimmung, die den Autor Mitte der neunziger Jahre erfaßt hatte.

Im Dezember 1894 äußerte er die gleichen Gedanken kurz und prägnant. Auf die Frage Suworins, was der russische Mensch nach Meinung Tschechows jetzt wünschen solle, antwortete Anton Pawlowitsch: „Nötig sind vor allem Verlangen und Temperament. Genug der Griesgrämigkeit!“

Über die Liebe

Um die Mitte der neunziger Jahre gingen im Schaffen Tschechows merkliche Veränderungen vor sich. In seinen Werken herrschte erneut das lyrische Prinzip vor.

In dem Stück „Die Möwe", das er 1895 schrieb, sind, wie der Dramatiker selbst es ausdrückte, „fünf Pud Liebe" enthalten. Zur gleichen Zeit entstand „Das Haus mit dem Zwischenstock" – eine der gefühlvollsten Erzählungen des Schriftstellers.

Das lyrische Prinzip ist schon in der Erzählung „Drei Jahre" von wesentlicher Bedeutung. Nicht umsonst nannte sie Tschechow in seinen Briefen einen „Roman". Und wirklich ist dieses Drama „aus dem Speicherleben" zugleich die Geschichte der Liebe Laptews. Die Erzählungen „Mein Leben", „Ariadna", „Die Gattin" und „Anna am Halse" sind gleichfalls Betrachtungen über die Liebe im Leben der Menschen. Eine Geschichte über das Werden und Scheitern einer Liebe ist auch die Erzählung „Der Literaturlehrer".

In Tschechows Werken gibt es keine glückliche Liebe. Alle genannten Erzählungen sind entweder Liebesdramen oder Tragikomödien eines liebelosen Zusammenlebens. Doch gerade in diesen Jahren wurde Tschechow zu einem gefühlstiefen Lyriker, zu einem unvergleichlichen Sänger der Liebe. Die Nacht, in der Laptews Liebe aufkeimt, und in der er das einzige Mal in seinem Leben glücklich war, die Liebe des Malers zu Missjus wie auch die kurze Szene des Wiedersehens zwischen Treplew und Nina im ersten Akt der „Möwe" – das alles gehört durch die Eindringlichkeit der Gestaltung und feinen Nuancierung zu den größten Leistungen der Literatur.

Das war kein Zufall. Anfang der neunziger Jahre trug Tschechow folgendes in sein Notizheft ein:

„Was wir empfinden, wenn wir verliebt sind, ist vielleicht der Normalzustand. Die Verliebtheit zeigt dem Menschen, wie er sein soll." Wie er sein soll, aber oft nicht ist. Darin sieht Tschechow auch das Drama der unterdrückten, unerwiderten oder verschmähten Liebe.

Vieles hatte Tschechow selbst erlebt oder beobachtet. So war zum Beispiel, wie sein Bruder Michail bezeugt, die Tragödie des ehemaligen Seminaristen, eines gutmütigen Burschen, den das Schicksal in die Familie eines aufgeschwemmten, an Wassersucht leidenden Geheimrats, unter die Fuchtel von dessen unverschämter, habgieriger Ehefrau verschlug („Die Gattin"), die fast buchstäbliche Wiederholung der Geschichte des ehemaligen Leiters des Kameralhofs von Jaroslawl, A. A. Sabin. Und Tschechow kannte sicher manche analoge Geschichte. Sie alle waren ihm Material für die immer eingehendere Erforschung der ihn umgebenden Realität. Dennoch muß gefragt werden, welche eigenen Erfahrungen des Verfassers in diese Werke eingingen. Es ist bekannt, daß Tschechow über seine innersten Erlebnisse Stillschweigen wahrte. Wenig helfen da auch jene seltenen Bekenntnisse, die zuweilen in seinen Briefen und Tagebuchnotizen zu finden sind. Eines davon, vielleicht das seriöseste, bezieht sich direkt auf den Beginn des Jahres 1895. Am 21. Januar schreibt er an Suworin:

„Die Frauen rauben die Jugend, nur nicht bei mir. Ich war in meinem Leben Gehilfe und nicht Chef, das Schicksal hat mich wenig verwöhnt. Ich hatte wenig Liebesromane, und ich bin der Katharina so ähnlich wie eine Nuß einem Panzerschiff ... Ich verspüre eine Neigung zur Bequemlichkeit, Ausschweifungen können mich nicht verlocken."

Andere Aussagen, so wichtig sie zum Verständnis der Persönlichkeit des Schriftstellers auch sein mögen, sind ebenfalls recht allgemein gehalten. Allerdings gibt es ein noch konkreteres Bekenntnis, aber es bleibt einstweilen rätselhaft. Am 26. November 1895 teilte Tschechow Frau Jelena Schawrowa mit, er arbeite an einer neuen Erzählung, und dabei macht er folgende Bemerkung:

„Ich hatte einmal eine Braut ... Meine Braut hieß so: Missjus. Ich habe sie sehr geliebt. Darüber schreibe ich."

Wie soll man diese Worte Tschechows verstehen? Nur als Mitteilung über das Sujet und darüber, daß die Erzählung in der ersten Person spielt? Oder handelt es sich um etwas persönlich Erlebtes und Empfundenes? Wäre nicht gerade daraus die poetische Innigkeit der Erzählung „Das Haus mit dem Zwischenstock" zu erklären?

Vorläufig können wir nur soviel sagen, daß der Gutshof der Belokurows, der große Säulensaal, in dem der Maler wohnt, ohne Zweifel von Erinnerungen an Bogimowo geprägt ist. Tschechow hatte in ebensolchem Saal gewohnt und auf einem ebenso breiten Sofa geschlafen, und er war offenbar ebenso erschrocken, als sich in der Nacht ein Gewitter entlud und alle Fenster plötzlich vom Blitz erleuchtet wurden. Wie Michail Tschechow bezeugt, sind die Eindrücke von Bogimowo auch für das Bild des Hausherrn, Malers und Gutsbesitzers Belokurow bestimmend. Bylin-Kolossowski trug ebenfalls ständig einen Mantel und war auch eine ganz mutlose Persönlichkeit. Nicht umsonst scherzte Tschechow so gern über die besonderen Beziehungen, die Bylin-Kolossowski zu seiner Haushälterin Animaissa Orestowna, einer bösartigen, beschränkten Person mit rotblondem Haar, unterhielt. Darin sind im Keim die Beziehungen des Gutsbesitzers Belokurow zu seiner gestrengen Hausgenossin angelegt.

Diese Erinnerungen an Bogimowo, wo auch Lika zur Zeit ihrer Leidenschaft zu Lewitan lebte, sind einstweilen alles, was man mit Sicherheit über die persönlichen Eindrücke des Schriftstellers sagen kann, die sich im „Haus mit dem Zwischenstock" widerspiegeln. Weit ergiebiger ist die Erzählung „Ariadna".

Die Heldin dieser Erzählung erhielt den Namen der Frau W. D. Starows, eines Lehrers am Gymnasium von Taganrog. Die Schüler liebten und verehrten ihren Lehrer, sein Leben aber gestaltete sich dennoch tragisch. Die schöne, kalte, anspruchsvolle und launenhafte Frau ruinierte ihren Mann bald und ließ ihn im Stich. Starow konnte diesen Prüfungen nicht standhalten – er ergab sich dem Trunk und starb bald darauf.

Die Zeitgenossen wollten in Tschechows Heldin einige Züge der Schauspielerin Lidija Borissowna Jaworskaja wiedererkennen. Diese leugnete nicht nur nicht eine Ähnlichkeit, sie war sogar beinahe selbst die Urheberin dieser Version. Indessen erkannte sich nicht nur die Jaworskaja. Auch Lika Misinowa wollte sich in der Heldin wiedererkennen.

Im November 1896, nach der Premiere der „Möwe", unterschrieb Lika einen Brief an Tschechow: „Die von Ihnen zweimal verschmähte Ar., d. h. L. Misinowa". Dabei ist „Ar." (Ariadna) durchgestrichen. Ähnlich verfuhr Lika in einem früheren Brief an Anton Pawlowitsch, der mit der Anrede „Ign.", d. h. Ignati (gemeint ist Potapenko), beginnt, die sie aber gestrichen und dafür Tschechows Namen eingesetzt hatte. Das war sowohl Koketterie als auch eine eigenartige Form des Eingeständnisses, aber kein Scherz. Auch in dem Brief vom November 1896 ist es Lika ernst, mit dem, was sie schreibt. Das bezeugt das Postskriptum des Briefes: „Ja, hier sagen alle, daß auch die ‚Möwe' aus meinem Leben entlehnt ist."

Lika hatte für eine solche Annahme ihre Gründe. Am augenscheinlichsten ist die Übereinstimmung des Sujets: die Reise ins Ausland mit einem Familienvater, die Einsamkeit und die Appelle zurückzukehren. Im Stück bittet Ariadna Schamochin darum, in der Wirklichkeit die Misinowa Tschechow. Das ist jene Situation, zu der Tschechow nach seiner Auslandsreise und nach Likas Briefen in sein Notizheft einträgt: „Aber weshalb sind Sie allein? Wie konnte er Sie allein lassen? (Sie ist schwanger.) – „Er ist um Geld nach Rußland gefahren."

Später, durch die bitteren Erfahrungen mit der Erzählung „Flattergeist" gewitzt, bemühte sich Tschechow, diese Ähnlichkeiten zu verwischen. Neben anderen Details strich er die Schwangerschaft der Heldin. „Ariadna" wurde im April 1895 geschrieben und an die Redaktion einer Zeitschrift abgesandt; Tschechow bat jedoch, den Abdruck der Erzählung aufzuschieben, so daß sie erst im Dezember veröffentlicht wurde – einige Monate, nachdem die Misinowa aus Paris zurückgekehrt und das Gerede über ihre Romanze mit Potapenko bereits etwas abgeebbt war.

Indessen hatte Lika noch andere Gründe, sich in Ariadna wiederzuerkennen. Nach dem Bekanntwerden der Briefe Likas an Tschechow bildete sich die Vorstellung heraus, sie sei ein gerader, offener, aufrichtiger Mensch gewesen (so auch bei Leonid Grossman: „... ein mutiges junges Mädchen erklärt dem geliebten Mann offen ihre Zuneigung ..."). Es genügt jedoch, sich etwas eingehender in die Briefe der Misinowa zu vertiefen, um an dieser Version entschieden zu zweifeln.

Im Februar 1895, als die Misinowa erfahren hatte, Potapenko habe alles Maria Pawlowna erzählt, schickte sie ihr die Beichtbriefe, in denen sie ausführlich alles beschreibt, was mit ihr geschehen ist, und was sie im Vorjahr erlebt hat. Die Briefe Likas sind Tschechow zweifellos bekannt geworden.

Tschechow hatte noch lebhaft die Briefe im Gedächtnis, die ihm Lika schrieb, als sie nach Paris gereist war. Sie waren in dem für sie typischen Ton gehalten, dem eines verschmähten, leidenden Wesens. Nun aber schrieb sie unter dem 5. Februar 1895 an Maria Pawlowna unter anderem folgendes:

„Ich leide nur an den Umständen ... Ich bin im Recht, weil ich nicht unüberlegt gehandelt, sondern gewußt habe, wo ich hingehe. Allerdings erschien uns alles leicht, alles erreichbar, nun aber hat sich gezeigt, daß das, was wir erhofften, unmöglich ist!"

Ein nicht weniger bedeutsamer Kommentar zu den gleichen leidvollen, später flehentlichen Briefen aus der Schweiz war auch der vorangegangene Brief der Misinowa vom 2. Februar 1895, der voller Gedanken über Potapenko ist. Sie schrieb: „Die Gattin hat den Wunsch geäußert, mir das Kind wegzunehmen und es zu sich zu nehmen, damit es Ignati nicht noch stärker an mich binden kann?! Wie gefällt Dir das? Ach, das ist alles ekelhaft, und wenn ich Dir alles erzählen werde, wirst Du Dich wundern, daß sich Ignati noch nicht erschossen hat. Er tut mir so leid, so qualvoll liebe ich ihn!" Eben diese Worte tauchen im letzten Akt der „Möwe" wieder auf. Das Eingeständnis, das Nina Saretschnaja entschlüpft, als sie Trigorin erblickt, ist jedoch gleichzeitig für Treplew eine Erklärung – es läßt ihn endlich begreifen, warum Nina nicht auf seine Briefe geantwortet hat, warum sie einem Wiedersehen auswich, warum sie sich auch jetzt gezwungen sieht, das Rendezvous abzubrechen. Anders ist es bei Lika, die die „qualvolle Liebe" zu Potapenko nicht gehindert hat, Tschechow mit vorwurfsvollen, flehenden Briefen zu überschütten. Kein Zweifel, Likas Briefe an seine Schwester mußten Tschechow nicht nur Kummer bereiten, sondern ihn auch in Verlegenheit bringen.

Für den Schriftsteller war nicht nur Likas Charakter rätselhaft. Im Frühjahr 1893 geriet die Familie Tschechow, vor allem Antons Bruder Michail Pawlowitsch, in eine recht unglückliche Situation. Eine Freundin Maria Pawlownas, die Gräfin Klara Iwanowna Mamuna, ging im Hause aus und ein und wurde schließlich Michails Braut. Plötzlich aber war es aus. Tschechow beschreibt diese Geschichte so: „Nun zu einem Kapitel aus einem Liebesroman. Das im Vertrauen. Mein Bruder Mischa hatte sich in eine kleine Gräfin verliebt, es

Schutzumschlag (M. Lissmann, 1951)

entspann sich eine Liebschaft, und kurz vor Ostern wurde er offiziell als Bräutigam anerkannt. Eine tolle Liebe, weitreichende Träume ... Zu Ostern schrieb die Gräfin, sie fahre zu ihrer Tante nach Kostroma. Bis zuletzt kamen keine Briefe von ihr. Der schmachtende Mischa fährt, als er gerüchtweise hört, sie sei in Moskau, zu ihr und – o Wunder! – er sieht, die Menschen drängen sich an Fenstern und Haustüren. Was ist los? Es stellt sich heraus, in dem Haus ist eine Hochzeit – die Gräfin heiratet einen Goldunternehmer. Was sagen Sie dazu? Mischa kehrt verzweifelt heim, hält mir die zärtlichen liebevollen Briefe der Gräfin unter die Nase und bittet mich, ich solle diese psychologische Aufgabe lösen. Der Teufel soll sie lösen! Ehe ein Weib seine Schuhe abträgt, hat es schon fünfmal gelogen. Übrigens hat das wohl bereits Shakespeare gesagt."

Tschechow wandelte das Shakespearesche Problem der weiblichen Treue in das Problem von Wahrheit und Lüge um. Und so kompliziert diese Frage auch sein mag („Der Teufel soll sie lösen!") – es wird die Stunde kommen, da der Schriftsteller sie beantwortet.

Es ist trotzdem nicht zu bezweifeln, daß sie für ihn in erster Linie ein Rätsel der Natur und des Charakters der Misinowa war. Bei der Mamuna wurde vieles durch das Auftauchen des Goldunternehmers vereinfacht. An der Jaworskaja mit ihrem offenkundigen Karrierismus und ihrer Unbekümmertheit in der Wahl der Mittel war wenig Rätselhaftes. Mit Lika war es weitaus komplizierter.

Die künstlerische Erforschung eines widersprüchlichen Frauencharakters in „Ariadna" war der Versuch, das „goldgelockte Mädchen" zu verstehen, eine so bezaubernde und so seltsame, anziehende und abstoßende, eine anscheinend so aufrichtige und zugleich unehrliche Frau, dem Mann gleichzeitig nah und fernstehend, eine Frau, deren Innenleben, deren wahre Gefühle immer verborgen blieben. Dazu aber war es notwendig, seine Beziehungen zu Lika von außen her zu betrachten, richtiger – jene Kollisionen, die sich dabei ergaben. So geht Tschechow auch vor.

„Ariadna“ ist vielleicht das einzige Werk des Schriftstellers, in dem das Bild des Erzählers dem des Autors nahekommt. Er trifft sich mit Schamochin auf einem Dampfer, auf der Fahrt von Odessa über Sewastopol nach Jalta. Auf diesem Weg kehrte auch Tschechow 1894 von seiner Auslandsreise zurück. Darauf sehen sie sich in Jalta, wo Anton Tschechow mehrfach weilte. Der Erzähler ist ein bekannter Schriftsteller. Schamochin, der ihn das erstemal sieht, erklärt, er kenne ihn gut. Ariadna hielt es, als sie mit dem Erzähler bekannt gemacht wurde, sogleich für notwendig, ihm für das Vergnügen zu danken, das er ihr mit seinen Werken bereite, obwohl sie diese nie gelesen hat.

Zugleich ist dem Erzähler, wie zu erwarten war, die Rolle eines beinahe stummen Beobachters zugedacht. Nur in einem Fall – als Schamochin meint, die Rückständigkeit einer intelligenten Frau, die sich in ein primitives Weibchen verwandle, sei für die menschliche Kultur eine große Gefahr – leistet sich der Erzähler eine Erwiderung, wobei er den Rat gibt, nicht zu verallgemeinern und von Ariadna nicht auf alle Frauen zu schließen. Dabei ist bemerkenswert, daß Tschechow Schamochin viele seiner Gedanken anvertraut. Da ist nicht nur das Urteil über die modischen bürgerlichen Kurorte, das mit Tschechows Ansicht übereinstimmt. Trotz der von Frauenhaß diktierten Tiraden Schamochins findet sich in seinem Verhältnis zur Liebe, zur Frau vieles von Tschechow selbst. Vor allem die Überzeugung, daß die Poetisierung der Liebe, die Zügelung der körperlichen Begierde, ein Glück sei, erreicht in jahrhundertelangem Kampf mit der Natur. So sei es ebenso natürlich und notwendig, daß der Mensch die Liebe vergeistige, wie die Tatsache, daß seine Ohrmuscheln unbeweglich sind oder daß sein Körper nicht mit Fell bedeckt ist.

„Natürlich“, sagte Schamochin, „wenn wir die Liebe poetisieren, dann glauben wir immer, daß diejenigen, die wir lieben, Vorzüge besitzen, die sie oft gar nicht haben, nun, das ist für uns dann die Quelle ständiger Irrtümer und ständigen Leidens. Doch ich denke, es ist besser so – das heißt, es ist besser zu leiden, als sich damit zufriedenzugeben, daß eine Frau eine Frau bleibt und ein Mann ein Mann.“ Tschechow ähnlich sind auch Schamochins Gedanken über die Notwendigkeit, die Frauen im Geist der vollen Gleichberechtigung mit dem Mann zu erziehen.

Der Erzähler, der dem Autor nahesteht und in der Rolle eines schweigenden Beobachters auftritt, der Held der Erzählung, der dem Autor völlig unähnlich, ihm aber trotzdem nahe ist und der in eine Situation gerät, die Tschechow so gut bekannt war – das alles ähnelt tatsächlich sehr dem Versuch, gleichsam von außen her etwas Schmerzliches, persönlich Erlebtes zu analysieren. Wenn man sich in die Erzählung einliest, bemerkt man unschwer noch andere Tatsachen, die diese Auffassung bestätigen.

Eine charakteristische Besonderheit Ariadnas war nach Schamochins Meinung ihre Verschlagenheit. „Sie war ständig unaufrichtig, fast in jedem Augenblick, und anscheinend ohne jede Notwendigkeit, nur rein instinktiv, aus demselben Grund, aus dem ein Spatz tschilpt und eine Schabe ihre Fühler bewegt." Bei der Heldin der Erzählung war diese Eigenart dem unbezähmbaren Streben nach Erfolg zuzurechnen, dem Wunsch zu gefallen, Eroberungen zu machen, im Mittelpunkt zu stehen. Aus diesem Grund betrachtete man auch die Jaworskaja als ihren Prototyp. Wenn sie jedoch in ihren Briefen Schamochin Vorwürfe macht, sich als verschmäht, verlassen oder vergessen bezeichnet, Hoffnungen weckt und ihn zu sich ruft, so tut sie das nicht lediglich aus Berechnung. Hierin äußert sich auch der Grundzug ihres Wesens – nicht das zu sagen, was tatsächlich ist, sondern ständig eine bestimmte Rolle zu spielen. Hier drängt sich abermals eine Parallele zu Lika auf.

Man kann noch weitere derartige Übereinstimmungen feststellen. Ariadna bezichtigt Schamochin der Unentschlossenheit und der Verstandeskälte, sie nennt ihn eine Schlafmütze. „Ein Mann", sagt sie, „muß sich begeistern, muß toll sein, Fehler machen, leiden!" Sie bittet ihn, mit ihr zu verreisen, aber Schamochin kann sich nicht dazu entschließen, er rät ihr, noch zu warten, das aber erbittert Ariadna, und so sagt sie zu ihm: „Sie sind ängstlich wie ein altes Weib!" Aber hat nicht Lika die gleichen Vorwürfe an die Adresse Tschechows gerichtet? Das geschah, als sie ihn bat, zu kommen und ihr zu helfen, „ein lockeres Leben zu führen", und ebenso, als sie ihm eine Reise in den Kaukasus vorschlug, und auch in vielen anderen Fällen, vorher und nachher.

Schamochin sagt von sich, er neige „mehr zu stillen, sozusagen idyllischen Vergnügungen: er angelte gern, liebte abendliche Spaziergänge und suchte gern Pilze". Das aber ist auch die Form der Erholung, die Tschechow am meisten zusagte. Lubkow aber, der Ariadna verführt, liebt andere, für sie attraktivere Zerstreuungen. In den Erinnerungen Maria Pawlownas wird ein gemeinsamer Spaziergang der Familie Tschechow mit Lika erwähnt, bei dem man Sauerampfer sammelte, der auf den benachbarten Wiesen reichlich wuchs. Lika hatte die Büschel, die die anderen sammelten, in Empfang zu nehmen. Alles endete damit, daß Lika wütend wurde und den Korb hinwarf. In den gleichen Erinnerungen wird weiter berichtet, mit welchem Vergnügen Lika musizierte und wie sie aus diesem Grund Potapenko näherkam, der, wie Michail Pawlowitsch schreibt, gerade „in jener Zeit sehr schöne Tage verlebte ... er sang, spielte Geige, scherzte, und es war wirklich lustig mit ihm". Was bei Ariadna Picknicks, Feuerwerke und Hetzjagden bewirkten, war bei Lika das gemeinsame Musizieren. Doch hier wie dort wurde dem Grellen, Auffälligen der Vorzug gegeben.

Noch eine Stelle in der Beichte Schamochins, vielleicht die interessanteste, lenkt die Aufmerksamkeit auf sich. Er spricht über Ariadnas Kälte, darüber, daß sie nur so tue, als ob sie ihn liebe. Selbst dann, als sie ihm Liebe schwört, kann er ihr nicht glauben. Er sagt: „Ich bin ein feinfühliger, empfindsamer Mensch;

wenn mich jemand liebt, dann merke ich das sogar auf größere Entfernung, ohne Beteuerungen und ohne Schwüre. Hier aber schlug mir nur Kälte entgegen, und wenn sie von Liebe sprach, schien es mir immer, als sänge eine metallene Nachtigall. Ariadna merkte selbst, daß ihr der Wind in den Segeln fehlte, sie ärgerte sich darüber, und oft sah ich sie deshalb weinen. Stellen Sie sich vor – eines Tages umarmte sie mich plötzlich heftig und küßte mich, das war abends, am Ufer des Flusses, aber an ihren Augen merkte ich, daß sie mich nicht liebte und mich bloß aus Neugier umarmt hatte, um sich zu prüfen: sie wollte einmal sehen, wohin das führt. Ich war entsetzt."

Was erinnert hier an die Jaworskaja, was an die Misinowa, und was entspringt der schöpferischen Phantasie des Schriftstellers? Diese Frage wäre unlösbar, gäbe es nicht zwei Menschen, die völlig überzeugt waren, daß Tschechow Lika liebte, aber nicht auf Gegenliebe stieß. Vor allem ist das Maria Pawlowna, die erzählte, sie sei, ehe die Briefe der Misinowa an ihren Bruder bekannt wurden, überzeugt gewesen, es sei auf Seiten ihres Bruders „mehr Gefühl gewesen als bei Lika".

Likas Briefe brachten Maria Pawlowna derart durcheinander, daß sie bereit war, bis zu einem gewissen Grad von ihren Beobachtungen abzurücken. Indessen bedürfen diese Briefe des Kommentars. Was kann wichtiger für ihr richtiges Verständnis sein als die lebendigen Beobachtungen der Beziehungen zwischen Lika und Tschechow? Alles geschah doch unter den Augen von Maria Pawlowna. Die Misinowa war nicht nur oft, sondern manchmal auch für längere Zeit in Melichowo zu Gast. Auch in Moskau waren sie oft zusammen.

Ein weiteres Zeugnis stammt von Frau Schtschepkina-Kupernik, die, nach ihren Erinnerungen zu urteilen, eine Frau von scharfer Beobachtungsgabe war. Ihr Urteil fällt noch eindeutiger aus. Sie ist der Meinung, daß „das junge Mädchen, zu dem er (Tschechow, d. Verf.) ein ernsthaftes, tiefes Gefühl hegte, nur schlecht verdeckt unter der ewig scherzhaften Maske, die er immer aufzusetzen pflegte, ihm nichts entgegenbrachte außer Freundschaft..." Ein andermal schrieb die Schtschepkina-Kupernik, Tschechow habe Lika zweimal einen Heiratsantrag gemacht, „sie aber empfand nur Freundschaft für ihn". Das ist zweifellos eine Legende, sicher aber ist, daß auch diese Zeugin nach ihren persönlichen Beobachtungen urteilte, und sie hatte auch reichlich Gelegenheit dazu, sowohl in Moskau als auch in Melichowo. Wie wir sehen, gleichen sich die Schlußfolgerungen aus diesen Beobachtungen.

Schamochin erzählt über das Entstehen seiner Liebe folgendes: „Sie nahm mein Herz schon am ersten Tag unserer Bekanntschaft gefangen – und anders konnte es auch nicht sein. Der erste Eindruck war so gewaltig, daß ich mich bis heute noch nicht von meinen Illusionen trennen kann und immer denken muß, daß die Natur, als sie dieses Mädchen schuf, etwas Großes und Erstaunliches mit ihr vorgehabt hat. Ariadnas Stimme, ihr Gang, ihr Hut und sogar ihre Fußspuren auf dem sandigen Ufer, wo sie Gründlinge angelte, weckten in mir Freude und einen leidenschaftlichen Lebenshunger. Von ihrem herrlichen Gesicht und ihren herrlichen Körperformen schloß ich auf ihr Inneres, und jedes Wort Ariadnas und jedes Lächeln entzückten mich und zwangen mich zu der Annahme, sie habe ein edles Herz. Sie war freundlich, gesprächig, fröhlich, einfach im Umgang, glaubte in einer poetischen Weise an Gott und urteilte auch sehr poetisch über den Tod. In ihrer Seele gab es einen solchen Reichtum an feinen Nuancen, daß sie es sogar fertigbrachte, ihren Fehlern etwas Besonderes und Liebenswertes zu verleihen."

Ariadnas Bild ist doppeldeutig. An einigen Stellen reproduziert es zweifellos Züge der Jaworskaja, aber in dem zitierten Text ist etwas ganz Neues vernehmbar. Man kann sich nur schwer des Eindrucks erwehren, daß die Zeilen durch die erste Bekanntschaft mit der Misinowa ausgelöst sind.

Unwillkürlich muß man darüber nachdenken, wie sehr Tschechow offenbar von Likas Liebesromanze mit Lewitan und später mit Potapenko betroffen war. „Ich bin sehr empfindlich", erklärte Tschechow selbst zu wiederholten Malen. Im Zusammenhang damit muß man unbedingt auch das ernste Eingeständnis sehen, das in einem Brief aus dem Jahre 1896 vernehmbar ist. „Wenn im Frühjahr Krieg ist", schrieb er am 2. Dezember 1896 an Suworin, „dann werde ich mitmachen. In den letzten 1½–2 Jahren war mein persönliches Leben so voller Zwischenfälle aller Art (neulich brach sogar im Hause Feuer aus), daß mir nichts anderes übrigbleibt als in den Krieg zu ziehen wie Wronski – aber natürlich nicht um zu kämpfen, sondern als Arzt. Der einzige Lichtblick in diesen 1½–2 Jahren war der Aufenthalt bei Ihnen in Feodossija, alles übrige aber kann man vergessen, so abscheulich ist das."

„Ariadna" endet mit einer komischen Szene. Der Erzähler trifft Schamochin in fröhlicher Laune, weil dieser die Möglichkeit wittert, endlich aus seiner freiwilligen Knechtschaft erlöst zu werden. Am Horizont ist Ariadnas früherer Bräutigam aufgetaucht. Ein possenhafter Schluß, scheinbar völlig unpassend zu den Überlegungen über Lika und ihren Charakter. Vergessen wir jedoch nicht, daß nicht von Lika, sondern von Ariadna die Rede ist. Und zweitens – Tschechow schrieb im Jahre 1892 an die Misinowa: „Sie denken unnötigerweise, Sie werden eine alte Jungfer. Ich wette, aus Ihnen wird mit der Zeit ein kreischendes, keifendes altes Weib, das Geld auf Zinsen ausleiht und den Jungen aus der Nachbarschaft die Ohren langzieht. Ein unglücklicher Titularrat in einem fuchsroten Schlafrock, der die Ehre hat, Sie seine Gattin zu nennen, wird Ihnen immer wieder Likör stehlen und mit ihm seinen häuslichen Kummer ertränken. Ich stelle mir oft vor, wie zwei ehrenwerte Personen – Sie und Sappho – am Tisch sitzen und Likör säuseln, wobei Sie sich der vergangenen Zeit erinnern, während im Nebenzimmer mit schüchterner, schuldbewußter Miene Ihr Titularrat und ein kleiner Jude mit einer großen Glatze, dessen Namen ich nicht nennen möchte, am Ofen sitzen und Dame spielen." Im Vergleich zu dem possenhaften Schluß von „Ariadna" klingt dieser Scherz wie ein richtiges Kompliment.

1897 hatte die Misinowa wieder einmal eine neue Idee. Diesmal trug sie sich mit dem Gedanken, eine modische Schneiderwerkstatt zu eröffnen. Am 9. Januar 1898 schrieb Tschechow aus Nizza an seine Schwester: „Was macht Lika und ihre Werkstatt? Sie wird ihre Meisterinnen anfauchen, denn sie hat einen unangenehmen Charakter. Dazu liebt sie grüne und gelbe Bänder und gewaltige Hüte, und mit solchen Geschmacksmängeln kann man keine Gesetzgeberin in Fragen der Mode und des guten Geschmacks sein." Und dann fügte er als Fußnote noch hinzu: „Ich bin aber nicht dagegen, daß sie eine Werkstatt eröffnet hat. Das ist doch eine Arbeit, sei es, wie es wolle." In Wirklichkeit hatte Lika keine Werkstatt aufgemacht. Statt dessen reiste sie im April 1898 erneut nach Paris, um dort Gesang zu studieren.

„Ariadna" ist nicht nur die künstlerische Analyse eines widersprüchlichen Frauencharakters. Die Erklärung seiner eigenartigen Logik und der ihn bestimmenden Prinzipien ist auch seine soziale Auslegung. Schamochin schließt seine Philippiken, die von Frauenhaß durchdrungen sind, mit Betrachtungen über die gesellschaftliche Lage und die Erziehung der Frau. Er sagt, daß Mädchen und Jungen gemeinsam erzogen werden und gemeinsam lernen sollten. „Die Frau müßte so erzogen werden, daß sie – genau wie der Mann – in der Lage ist, ihr Unrecht einzusehen, denn jetzt ist sie ihrer Meinung nach immer im Recht. Machen Sie einem Mädchen von den Windeln an klar, daß der Mann nicht in erster Linie ein Kavalier und Heiratskandidat ist, sondern ihr Nächster, der ihr in allem gleichgestellt ist. Bringen Sie ihr logisches Denken und die Fähigkeit zu verallgemeinern bei, und reden Sie ihr nicht ein, daß ihr Hirn weniger wiegt als das des Mannes ..." Es gibt keinen Zweifel, daß dieser Schlußteil der Beichte Schamochins auch Tschechows Antwort auf das Rätsel der Seltsamkeit des weiblichen Charakters ist, die ihn verblüffte. Eine Antwort ganz im Sinne der aufklärerischen, materialistischen Auffassung der Frauenfrage, eine Antwort, tief humanistisch und frei von Pessimismus. Gerade diese humanistische Einstellung erlaubte es Tschechow, kühn und kompromißlos die kompliziertesten Erscheinungen künstlerisch zu analysieren, ebenso kompromißlos, wie er gegen sich selbst war.

Lika tauchte im Frühjahr ohne ihre Tochter für kurze Zeit in Moskau auf und wohnte dann in Melichowo. Endgültig kehrte sie im Herbst zurück. Sie wohnte in Moskau, das Leben kam wieder in das alte Geleise. Und erneut war die Misinowa häufiger Gast in Melichowo.

Tschechows Erzählungen über die Liebe sind soziale Dramen, in denen nicht nur die Liebe, sondern auch die Wahrheit, die Poesie, das Gewissen geschändet sind. In allen Fällen ist das Drama, wie es sich auch abspielen mag, ein Triumph der herrschenden Sitten, die sowohl in einer kleinbürgerlich-kulakenhaften Umgebung als auch in der privilegierten Gesellschaft gleichermaßen unmenschlich und erdrückend sind.

Die Heldin der Erzählung „Wolodja der Große und Wolodja der Kleine" kommt zu der Einsicht, daß Frauen ihrer Kreise, die ihr Fleisch nicht im Kloster abtöten wollen, nur übrigbleibt, zu lügen und Troika zu fahren. Bei der

Heldin der Erzählung „Anna am Halse“ lagen die Umstände etwas anders. Für sie war die Realität die Armut, später die abhängige, erniedrigende Lage bei dem ungeliebten bürokratischen Mann. Die Alternative aber ist die gleiche – Troika und Lüge. Ist es denn erstaunlich, daß sie, als sie erst einmal ihre Macht gespürt hat, zu einem Leben ohne Skrupel kommt, bei dem sie Pflicht und Gewissen vergißt? Hier scheinen die Macht des sozialen Milieus und dessen erdrückende Kraft bis zum Extrem bloßgestellt.

In „Ariadna“ ist vieles komplizierter. Sicher wird Ariadna, wenn sie Schamochin verläßt und den nichtswürdigen Fürsten Maktujew heiratet, ebenso Paßgänger reiten, Troika fahren, lügen und kokettieren wie Anna. Für Ariadna ist das jedoch keine erzwungene, sondern eine bewußte Wahl, in erster Linie bestimmt durch die Eigenart ihres Charakters, durch ihre Natur, für die ein solches Leben sehr verlockend ist.

Mannigfaltig sind die Dramen der Liebe, die Tschechow zeichnete. Und jedesmal war es die Folge eines tieferen Erfassens menschlicher Charaktere, der sozialen Wirklichkeit in ihrer Ganzheit und zugleich das Resultat künstlerischen Suchens. „Das Haus mit dem Zwischenstock“ nimmt bei dieser Suche einen besonderen Platz ein.

Tschechow lehnte lange Zeit die politische Thematik ab, und zwar so entschieden, daß er das Fehlen von „Wortschwall“ für ein wesentliches Kriterium der Kunst hielt. Jetzt aber zeigte sich, daß die gesellschaftspolitischen Streitfragen, die in dieser Erzählung hohe Wellen schlagen, das lyrische Element überhaupt nicht stören, sondern im Gegenteil, organisch mit ihm verschmelzend, der Erzählung Kraft und Tiefe verleihen.

Lidija Woltschaninowa arbeitete als Lehrerin an einer Dorfschule und war gesellschaftlich tätig. Man sollte meinen, das müßte den Autor, der sich zu jener Zeit immer stärker selbst in die ländlichen Angelegenheiten vertiefte, für diese Frau einnehmen. Für Tschechow kamen zu den Aufgaben im Sanitätswesen seit 1894 die Sorgen und Pflichten eines Mitglieds der Semstwoversammlung, eines Geschworenen und schließlich noch eines Kurators der Dorfschulen in Talesh hinzu. Dabei nahm Tschechow alle diese Verpflichtungen äußerst gewissenhaft wahr. Im September 1895 sprach ihm die Kreisversammlung von Serpuchow ihren Dank für die Hilfe aus, die er der Schule von Talesh geleistet hatte. Die Hilfe für diese Schule kostete ihn nicht nur viel Zeit und Kraft, sondern auch größere Geldmittel. Das war jedoch lediglich der Beginn seiner Arbeit für die Volksbildung. Bald nahm Anton Pawlowitsch den Bau einer neuen Schule in Talesh in Angriff. Danach baute er eine Schule in Nowoselki und schließlich auch in Melichowo. Tschechows Bekanntenkreis erweiterte sich von Jahr zu Jahr durch Mitarbeiter der ländlichen Verwaltung. Trotz alledem sind seine Sympathien im „Haus mit dem Zwischenstock“ offenkundig nicht auf Seiten Lidas.

Bei all ihrem Verstand, ihrer Anständigkeit und Selbstlosigkeit ist Lida ein engherziger, kalter und gefühlloser Mensch. Obwohl sie auf einem wunderbaren, idyllisch gelegenen Landgut lebt, hat sie kein Gefühl für Schönheit und Poesie. Die Studien des Malers betrachtet sie geringschätzig, und für seinen Beruf hat sie nur kalte Ironie übrig. Ganz genauso verhält sich die Heilgehilfin aus der Erzählung „Im Frühling", die Turgenjew überhaupt nicht verstehen konnte und ehrlich verwundert war, wie man für Werke wie „Die Sänger" Geld ausgab.

Natürlich hat Lida recht, wenn sie erklärt, daß es doch besser sei, dem Volk ihren Kräften entsprechend zu helfen, als überhaupt nichts zu tun. So verhielt sich ja auch Tschechow. Ihre Beschränktheit besteht in der Unfähigkeit, über die wahre Lage des Volkes, über das wirkliche Ausmaß seines Elends nachzudenken, in der Selbstzufriedenheit über ihre Arbeit im Semstwo. Sie kann nicht begreifen, daß diese Arbeit unvermeidlich kleinkrämerisch ist, daß das Volk nicht nur lesen und schreiben lernen muß, sondern auch Universitäten braucht, daß es „Freiheit zur besten Entfaltung seiner geistigen Fähigkeiten" benötigt.

Die Ansichten des Malers sind recht widersprüchlich. Obwohl er sieht, daß die Bauern mit einer „großen Kette" gefesselt und von unmäßiger Arbeit erdrückt sind, meint er zugleich, daß eben diese Kenntnis des Lesens und Schreibens unter den obwaltenden Bedingungen nur ihrer Versklavung dienen würde, da sie zusätzliche Arbeit bedeutet. Daher auch seine Maximalforderung – alles oder nichts. Tschechow dachte nicht so. Im April 1895 schrieb er zum Abschluß eines Berichts über eine häßliche Szene, die er in Melichowo beobachtet hatte: „Die Aufklärung der ungebildeten Massen auf die lange Bank zu schieben ist eine Gemeinheit!" Und trotzdem vertraute der Schriftsteller gerade dem Maler seine geheimen Gedanken an.

Die Maximalforderungen, die sich dem Maler in der Hitze des Gefechts entringen, bestimmen allgemein gesehen nicht das Wesen seiner Natur. Wäre es anders, hätten wir nur eine neue Variante eines beschränkten, geradlinigen Menschen vor uns. Wenn er auch sagt, er wolle und werde nicht arbeiten, so arbeitet er doch. Als Maler erschließt sich ihm die Schönheit des Menschen und der Natur. Wie fehlerhaft seine Schlußfolgerungen auch sein mögen, wie utopisch seine Gedanken über die Aufteilung der schweren körperlichen Arbeit unter alle Menschen auch anmuten, die Grundlage seiner Ansichten bildet der Protest gegen die schonungslose Ausbeutung des geknechteten Volkes, der Traum von einem glücklichen Leben freier, gesunder und schöner Menschen, die Überzeugung, daß die Berufung jedes Menschen „in der geistigen Betätigung – in dem ständigen Suchen nach der Wahrheit und dem Sinn des Lebens" besteht.

Tschechows Ideal, das in der Erzählung bekräftigt wird, ist die organische Verbindung von Wahrheit und Schönheit. Lida ist ein schönes junges Mädchen. Das bemerkt der Maler schon bei der ersten Begegnung mit den Schwestern. „Die eine von ihnen", sagt der Held von Lida, „die etwas ältere, war schlank, blaß und sehr schön, sie hatte einen ganzen Schopf kastanienbrauner

Haare und einen kleinen, eigensinnigen Mund. Sie wirkte streng und beachtete mich kaum ..." Und je näher wir mit Lida bekanntwerden, desto klarer wird, daß Strenge, gepaart mit Kälte und Gleichgültigkeit zur Umwelt, der Wesenszug ihrer Natur ist. Ständig wird ihr Selbstbewußtsein und ihr kategorisches Verhalten unterstrichen, ihre Gewohnheit, laut zu sprechen, ihre Ungeduld, ihre verächtliche Einstellung zu allem, was über den Umkreis ihrer engen Vorstellungen und begrenzten Interessen hinausgeht. Sie ist schön, doch ihre Schönheit ist seelenlos, ihr ist Menschlichkeit fremd – wenn von der Lage des Volkes die Rede ist und auch dann, wenn es sich um die Beziehungen zu ihren Nächsten handelt.

Shenja dagegen ist ein feinfühliges, empfängliches junges Mädchen mit einer kindlichen, weltoffenen Seele. Diesen Charakter von „Missjus" hat der Maler ebenfalls während seiner ersten flüchtigen Begegnung mit den Schwestern erfaßt. Die folgenden Ereignisse verdeutlichen den zunächst skizzenhaft gezeichneten Kontrast zwischen den Schwestern immer deutlicher. Je schärfer Despotismus, Hartherzigkeit, Enge und Seelenlosigkeit bei Lida in Erscheinung treten, desto mehr nimmt uns Missjus gefangen, desto tiefer erfassen wir ihre unaufdringliche Schönheit. „Wie rührend schön", sagt der Maler, „waren ihr blasses Gesicht, ihr dünner Hals, ihre Schwäche, ihr Müßiggang, ihre Bücher." Uns bezaubert nicht nur ihre rührende Schutzlosigkeit, ihre kindliche Naivität, sondern hinter alledem sieht der Maler Missjus' seelische Schönheit. „Ich vermutete in ihr einen überdurchschnittlichen Verstand, mich entzückte die Großzügigkeit ihrer Anschauungen."

In den Wortgefechten mit der unbeirrbar selbstbewußten Lida, die gleichsam die ihm feindliche Welt personifiziert, fühlt der Maler sich besonders einsam, und das führt ihn letztendlich bis hin zu verzweifeltem Protest: „Und ich will und werde nicht arbeiten ... Nichts ist notwendig, mag die Erde zur Hölle fahren!"

Die Nähe Shenjas dagegen weckt in ihm starkes Verlangen und Schaffensfreude. „Ich gefiel Shenja als Künstler, ich hatte durch mein Talent ihr Herz erobert, und ich verspürte den leidenschaftlichen Wunsch, nur für sie zu malen, und träumte von ihr als von meiner kleinen Königin, die gemeinsam mit mir über diese Bäume und Felder, über den Nebel und die Himmelsröte herrschen wird, über diese wundersame, bezaubernde Natur, inmitten derer ich mich bis jetzt hoffnungslos einsam und unnütz gefühlt hatte."

Doch auch diesmal haben wir ein Drama vor uns. Missjus unterwirft sich dem Willen ihrer Schwester und verläßt den Maler. Und als der Erzähler auf demselben Weg nach Hause zurückkehrt, auf dem er einst zufällig hierher geriet, spürt er eine nüchterne Alltagsstimmung über sich kommen, und er schämt sich bereits all dessen, was er bei den Woltschaninows gesagt hat, und er wird wieder ein langweiliges, ödes Leben führen.

Wahrheit und Schönheit können zu Fall gebracht werden, aber man kann sie nicht auslöschen. Von dieser „höheren" Wahrheit lebt die Erzählung, und sie bestimmt das Finale. Alles wurde Vergangenheit, geriet in Vergessenheit; aber wenn der Maler sich in seiner Einsamkeit quält, erinnert er sich an seine kleine Königin, an das Haus mit dem Zwischenstock, an seine Verliebtheit, und dann will es ihm scheinen, daß auch sie sich seiner erinnere, daß sie ihn erwarte und daß sie sich sehen werden. Der Gedanke an diese zukünftige Begegnung ist untrennbar mit dem Traum vom Glück, vom Triumph der Menschlichkeit, der Poesie, der Wahrheit verbunden. Darin liegt auch das Geheimnis der unbezwingbaren Kraft, des besonderen Zaubers der Schlußzeilen der Erzählung.

Den Sommer des Jahres 1895 verbrachte Tschechow hauptsächlich in Melichowo, wo er freundschaftliche Beziehungen zu den Bauern unterhielt. Im Frühjahr schrieb er Suworin:

„Ich ging ins Dorf zu einem schwarzbärtigen Bauern, der Lungenentzündung hatte. Ich kehrte über die Felder zurück. Durch das Dorf gehe ich nicht oft. Die Weiber kommen mir freundlich und liebevoll entgegen, sie behandeln mich wie einen Narren in Christo. Alle sind sie um die Wette bemüht, mich vor einem Graben zu warnen, mich auf Schmutz aufmerksam zu machen oder einen Hund fortzujagen. Auf dem Feld singen Lerchen, im Wald schlagen Drosseln. Es ist warm und angenehm."

Zu dieser Zeit fand die erste Begegnung Tschechows mit Lew Nikolajewitsch Tolstoi statt, nachdem Tschechow sie immer wieder verschoben hatte. Ihn störte die aufdringliche Besorgtheit wohlmeinender Menschen. Er wollte Tolstoi ohne jeden Vermittler kennenlernen. Schließlich fuhr Tschechow nach Jasnaja Poljana und blieb den 8. und 9. August dort. Am zweiten Tag lasen I. I. Gorbunow und W. G. Tschertkow Kapitel aus „Auferstehung". Tschechow gefiel besonders die Gerichtsszene, er bemerkte aber, daß eine Verurteilung zu Zwangsarbeit nicht, wie bei Tolstoi dargestellt, für zwei Jahre ausgesprochen wird. Lew Nikolajewitsch schenkte dieser Bemerkung Gehör und nahm im Manuskript eine entsprechende Korrektur vor. Als Tolstoi am 4. September über die Begegnung mit Tschechow reflektierte, schrieb er, der Gast habe ihm gefallen, er sei sehr begabt und müsse ein gutes Herz haben.

In diesem Sommer begann Tschechow offensichtlich mit den Vorbereitungen für ein neues Theaterstück. Es werde „etwas Seltsames", hatte er bereits im Mai 1895 an Suworin geschrieben. Richtig an die Arbeit ging der Schriftsteller im Oktober 1895, und bereits am 18. November verkündete er, daß das Stück fertig sei und „Die Möwe" heiße. Im Dezember las er es bei der Jaworskaja vor und schickte es anschließend Suworin zur Begutachtung. Auch Nemirowitsch-Dantschenko machte er mit dem Stück bekannt. Es erhielt den letzten Schliff. Dann begann die langwierige Prozedur, das Stück durch die Zensur zu bringen. Darauf folgte das Theater- und Literaturkomitee. Dieses verhielt sich sehr kritisch, gab jedoch am 14. September 1896 die Genehmigung zur Aufführung. „Die Möwe" wurde vom Alexandra-Theater in Petersburg angenommen. Die Premiere fand am 17. Oktober 1896 statt und endete mit einem in der Geschichte des russischen Theaters beispiellosen Durchfall.

Begegnung mit Tolstoi in Gaspra (1901)

Tschechow war seit jeher von der Kritik nicht verwöhnt worden. Er mußte oft Artikel lesen, die bei ihm lediglich Verwunderung hervorrufen konnten und ihn kränkten. Er machte sich auch keine Illusionen über seine literarische Umwelt, die oft ein Gefühl der Bitterkeit in ihm wach werden ließ. Was der Schriftsteller aber am 17. Oktober und den darauffolgenden Tagen erleben mußte, war damit in keiner Weise zu vergleichen. Bei der Abreise aus Petersburg schrieb er an seinen Bruder Michail: „Das Stück ist mit großem Krach durchgefallen. Im Theater herrschte eine gespannte Stimmung aus Verlegenheit und Schmach. Die Schauspieler agierten abscheulich und dumm." Dieser Eindruck war von Dauer. Am 20. November schrieb er: „Das Theater atmete Bosheit, die Luft war stickig vor Haß, und ich flog nach den physikalischen Gesetzen aus Petersburg heraus wie eine Bombe."

Die Gefühle, die den Schriftsteller bewegten, als er aus dem Theater und anschließend aus Petersburg flüchtete, hat er in dem Brief an A. F. Koni vom 11. November 1896 geschildert. „Ich sah vom Zuschauerraum aus nur die beiden ersten Akte meines Stückes, dann saß ich hinter den Kulissen und spürte die ganze Zeit, daß die ‚Möwe' durchfallen würde. Nach der Vorstellung, nachts und am anderen Tag, hat man mir versichert, ich hätte nur Idioten ausgebrütet, mein Stück sei bühnenmäßig unbeholfen, es sei unklug, unverständlich, ja sogar sinnlos und so weiter und so fort. Können Sie sich meine Lage vorstellen – das war ein Durchfall, von dem ich nicht einmal träumen konnte! Es war mir peinlich, ich war ärgerlich, und ich reiste voller Zweifel aller Art aus Petersburg ab. Wenn ich ein Theaterstück geschrieben und aufgeführt habe, das offenkundig gewaltige Mängel hat, so habe ich, dachte ich mir, jede Feinfühligkeit verloren, und das bedeutet, meine Maschine ist endgültig verdorben."

Tschechow war sich bewußt, daß das Stück allen auf der Bühne geltenden Regeln widersprach. Es war das Stück eines Neuerers. Die lange angesammelten Elemente einer neuen, Tschechowschen Dramaturgie, die nicht auf der Entwicklung äußerer, sondern innerer Handlung beruht, fügten sich hier zu einem abgeschlossenen, harmonischen System. Die „Möwe" wurde wie ein Routinestück aus der Kategorie der gewöhnlichen Alltagsdramen des laufenden Repertoires inszeniert, in aller Eile und ohne sich darum zu kümmern, ob die Lösungen der Regie passend waren. Wenige Tage vor der Premiere waren die Rollenbesetzungen immer noch nicht endgültig festgelegt. Es ist nicht verwunderlich, daß die Schauspieler konfus und sich ihrer selbst nicht sicher waren, daß sie sich auf der Bühne, wie Tschechow sagte, einfach dumm benahmen.

Das alles war so offenkundig, daß Tschechows Zweifel an der Berechtigung seines Experiments hinter Gefühle des Ärgers und der Kränkung zurücktraten. Der skandalöse Durchfall der „Möwe" war ein Triumph für jene, die Tschechow übel gesonnen waren. Seine Neider mühten sich, die Bedeutung seines Schaffens herabzusetzen, tratschten über ihn, brüsteten sich bei der Premiere und konnten, wie es schien, ihren Jubel nur schlecht verbergen. Jedenfalls empfand der Autor diese Atmosphäre sehr deutlich. Im Dezember 1896 schrieb er an Suworin:

„Am 17. Oktober hat nicht mein Stück einen Mißerfolg gehabt, sondern meine Person. Während des ersten Aktes hatte mich ein Umstand verblüfft. Diejenigen, mit denen ich bis zum 17. Oktober freundschaftlich und vertraulich verkehrte, mit denen ich unbekümmert zu Mittag aß, für die ich Lanzen brach – sie alle hatten einen seltsamen, sehr seltsamen Gesichtsausdruck. Mit einem Wort, es passierte das, was Lejkin Veranlassung gegeben hat, mir im Brief sein Beileid auszudrücken, daß ich so wenig Freunde habe, der ‚Nedelja', zu fragen: Was hat Tschechow ihnen getan?, und dem ‚Teatral', eine ganze Korrespondenz darüber zu veröffentlichen . . ., als habe die gesamte schreibende Zunft mir im Theater einen Skandal gemacht. Ich bin jetzt ruhig, meine Stimmung ist wie gewöhnlich, aber ich kann dennoch nicht vergessen, was gewesen ist, so wie ich es nicht vergessen könnte, wenn man mich zum Beispiel geschlagen hätte."

Diese Ereignisse kamen Tschechow teuer zu stehen. Nach Melichowo zurückgekehrt, erkrankte er. Er hatte starken Husten und erhöhte Temperatur. Er schrieb, er habe sich erkältet. Es war aber keine Erkältung, sondern seine alte Krankheit hatte sich erneut verschlimmert. Übrigens begriff er das selbst sehr gut, wenn er auch aus Gewohnheit weiter von einer Erkältung sprach. Das geht aus dem Brief vom 18. Dezember 1896 an F. O. Schechtel hervor, in dem er offen von Bazillen spricht, die in ihm säßen.

In der „Möwe“ gibt es vieles, was der Schriftsteller selbst erlebt hat. Die dramatische Geschichte der Nina Saretschnaja hat Parallelen zu der Beziehung Lika Misinowas zu Potapenko. In Tschechows Umgebung wurde das sofort bemerkt, und Lika selbst zweifelte nicht daran, daß Tschechow in dem Stück keinen anderen als Potapenko „heruntermachte“. Die Möglichkeit einer solchen Assoziation hatte der Schriftsteller selbst vorhergesehen.

Schon im Dezember 1895 gestand er Suworin: „Mein Stück (‚Die Möwe‘) ist ohne Vorstellung durchgefallen. Wenn es tatsächlich so aussieht, daß Potapenko darin dargestellt ist, so kann man es natürlich weder aufführen noch drucken.“ Potapenko selbst wollte sich dagegen in dem Stück nicht wiedererkennen. Er war nicht nur nicht gekränkt wie seinerzeit Lewitan, sondern beteiligte sich im Gegenteil aktiv am Zustandekommen der Aufführung, indem er die schwierigen Verhandlungen mit dem Zensor auf sich nahm. Am Vorabend der Premiere der „Möwe“ schrieb Tschechow aus Petersburg an Maria Pawlowna: „Ich war bei Potapenko. Er hat eine neue Wohnung, für die er 1900 Rubel im Jahr bezahlt. Auf seinem Tisch steht eine wunderschöne Photographie seiner Frau Maria Andrejewna. Diese Person weicht nicht von ihm – sie ist unverschämt glücklich. Er selbst ist gealtert, er singt nicht, er trinkt nicht, er langweilt sich. In der ‚Möwe‘ wird er mit seiner ganzen Familie anwesend sein, und es kann passieren, daß seine Loge neben der unseren ist – und dann wird Lika Kopfnüsse bekommen.“

Anton Pawlowitsch liest den Schauspielern des Moskauer Künstlertheaters „Die Möwe“ vor

In literarischen Kreisen bemerkte man eine gewisse Ähnlichkeit zwischen der Arkadina und der Jaworskaja. Doch konnten selbst die Menschen, die Tschechow am nächsten standen, nicht ahnen, daß es unter den Zuschauern der „Möwe" noch eine Frau gab, die in den abgespiegelten Ereignissen Begegnungen aus ihrem Leben wiedererkannte. Das wurde erst viele Jahre später klar, als die Erinnerungen von Lidija Alexejewna Awilowa erschienen, die Geschichte einer Liebe, die nicht stattfand.

Sie hatte Tschechow 1889 in Petersburg kennengelernt, als im Alexandra-Theater die Premiere des „Iwanow" stattfand. Erst drei Jahre später sahen sich die beiden wieder. Sie phantasierten, daß sie sich während ihrer ersten Begegnung nicht erst kennengelernt, sondern nach langer Trennung gefunden hatten. Vor dieser Zeit – in einem anderen, vergessenen Leben – hätten sie sich nicht nur gekannt, sondern sie hätten einander geliebt. So begann ihr Briefwechsel, der bis zum Tode des Schriftstellers andauerte. Die Briefe der Awilowa sind unbekannt geblieben, ausgenommen jene, von denen sie in ihren Erinnerungen erzählt. Nach Tschechows Tod erbat Lidija Alexejewna sie zurück.

Tschechows Briefe an Frau Awilowa sind seit langem veröffentlicht. Es sind liebe, freundschaftliche Episteln, meist mit guten Ratschlägen zur Schriftstellerei und Hinweisen über künstlerische Meisterschaft versehen. Tschechow hatte ihr schon während ihres ersten Gesprächs, als er erfuhr, Lidija Alexejewna schreibe, seine Hilfe angeboten. Er bat sie, ihm Manuskripte zu schicken und las alles, was die Awilowa ihm schickte. Er geizte nicht mit Ratschlägen, auch wenn Lidija Alexejewna sie nicht immer verstand, oftmals sogar ärgerlich und beleidigt reagierte. „Einmal", so erinnerte sich die Awilowa später, „schrieb er mir: ‚Glauben Sie mir, Sie sind über Gebühr streng.' Das ist wohl der einzige Verweis, den er mir in der ganzen Zeit erteilte."

Im Februar 1895 trafen sie sich erneut. Nach Aussage der Awilowa habe er zu ihr gesagt: „Ich habe Sie geliebt. Ich glaubte, es gebe keine andere Frau auf der Welt, die ich so lieben könnte. Sie waren schön und rührend, in ihrer Jugendlichkeit war so viel Frische und Liebreiz. Ich habe Sie geliebt und nur an Sie gedacht." Nach den drei Jahren, die seit ihrer ersten Begegnung vergangen waren, sei sie ihm noch schöner vorgekommen. „Er saß", so schreibt Lidija Alexejewna, „mit zurückgeworfenem Kopf auf dem Sofa, ich ihm gegenüber auf einem Sessel. Er sprach leise mit seiner wundervollen Baßstimme..." Am nächsten Tag erhielt sie einen Erzählungsband mit der lakonischen Widmung „Für L. A. Awilowa vom Verfasser".

Bald nach dieser Begegnung bestellte die Awilowa für Tschechow in einem Juwelierladen eine Berlocke in Form eines Buches und ließ auf die eine Seite desselben „Novellen und Erzählungen. Werke von Ant. Tschechow", auf die andere: „Seite 267, Zeile 6 und 7" gravieren. Als er die entsprechende Buchstelle gefunden hatte, las er: „Wenn du jemals mein Leben brauchst, so komm und nimm es."

„Die Möwe": Regienotizen Stanislawskis (1898) · Programmheft (1973)

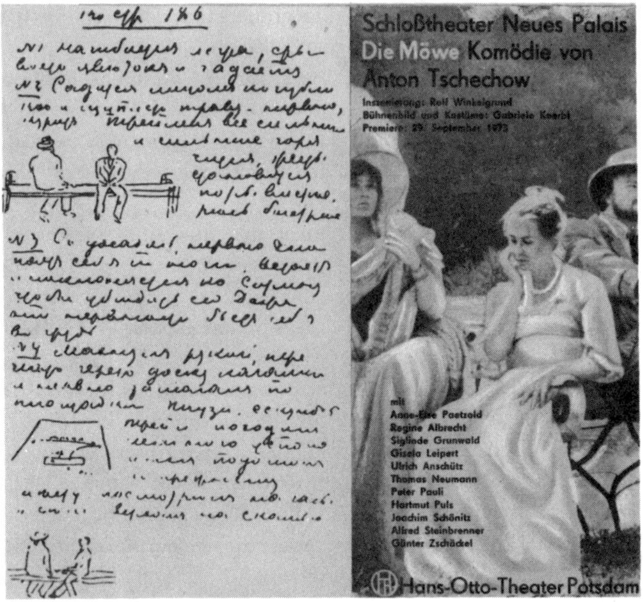

Am 27. Januar 1896 trafen sich die beiden in Petersburg zufällig auf einem Maskenball im Theater von Suworin. Lidija Alexejewna war maskiert, und Tschechow tat so, als erkenne er sie nicht. Sie verbrachten aber den Abend gemeinsam und dabei wurde sie von Anton Pawlowitsch gebeten, bei der Premiere der „Möwe" gut aufzupassen. Die Awilowa erzählt ausführlich von der Premiere, spricht über die Atmosphäre im Theater und davon, was sie durchmachte, als Nina Trigorin das Medaillon reichte. „Ich war zuerst ganz starr", schreibt Lidija Alexejewna, „ich wagte kaum zu atmen, weil es mir schien, als blicke sich der ganze Zuschauerraum wie ein Mann nach mir um und schaue mir ins Gesicht. In meinem Kopf rauschte es, mein Herz klopfte wie besessen. Aber ich versäumte die Stelle nicht, und ich habe sie auch nicht vergessen: Seite 121, Zeile 11 und 12. Die Ziffern waren andere, als ich sie auf die Berlocke hatte eingravieren lassen. Zweifellos, das war die Antwort." Sie kam nicht sofort darauf, wie sie das dechiffrieren sollte, dann aber fand sie die entsprechende Stelle in einem Band seiner Erzählungen. Die Antwort war ganz à la Tschechow: „Junge Mädchen sollten nicht auf Maskenbälle gehen."

Auch andere Passagen der „Möwe" lassen sich auf Persönliches zurückführen. Als Trigorin Nina erzählt, wie anstrengend und aufreibend die Arbeit des Schriftstellers sei, ist das als Antwort an Lika zu verstehen, die in ihrem Brief leichtfertig von der Arbeit des Künstlers „gezwitschert" hatte.

In einem Brief vom 27. November 1894 berichtete Tschechow von seiner Bekanntschaft mit einem Lehrer von der Dorfschule in Talesh. „Der Lehrer", schreibt er, „bekommt 23 Rubel im Monat, er hat eine Frau und vier Kinder und trotz seiner 30 Jahre schon graue Haare. Er ist durch die Not so niedergedrückt, daß er, worüber man auch mit ihm spricht, immer wieder auf die Gehaltsfrage zurückkommt. Nach seiner Meinung müßten alle Poeten und Prosaiker nur über eine Gehaltserhöhung schreiben, wenn der neue Zar einen Ministerwechsel vornehme, dann werde man sicher das Lehrergehalt erhöhen, und so weiter." Das ist schon fast ein fertiges Porträt des Lehrers Medwedenko.

„Die Möwe" widerspiegelt nicht nur den Kreis unmittelbarer Alltagsbeobachtungen und Eindrücke des Schriftstellers, sie ist auch Reflex auf brennende Probleme des geistigen Lebens der Gesellschaft seiner Zeit.

Besonders heftig wurde die Auseinandersetzung um Entwicklungsprobleme der modernen Kunst geführt. Man stritt um neue Formen und sprach von Verfall und Krise. Erregt diskutierte man über die Situation des Theaters. Scharf wurden das Repertoire und die Inszenierungen kritisiert. Alle diese Fragen bewegten auch Tschechow. Seit langem betrachtete er das routinierte und kulturlose Theater seiner Zeit sehr kritisch. Nicht weniger kritisch äußerte er sich über literarische Erscheinungen. Wie Zeitgenossen bezeugen, unterstützte Tschechow aktiv die Erörterungen über die Notwendigkeit neuer Formen in der Kunst. In den Philippiken Treplews, die gegen die Routine des Theaters gerichtet sind, in seinen flammenden Reden zur Verteidigung neuer Formen, lassen sich Tschechows Gedanken erkennen.

Der Kampf für eine Erneuerung der Kunst und die Verteidigung ihrer neuen Formen war kompliziert und widerspruchsvoll. Die einen waren bestrebt, die realistische, demokratische Kunst weiterzuentwickeln, sie kämpften dafür, daß die Kunst das Leben und Wachsen gesellschaftlichen Selbstbewußtseins tiefer und klarer widerspiegeln solle. Darin bestand auch das Pathos der Erzählungen und Aufsätze Maxim Gorkis. In einer solchen Atmosphäre entstanden die das Theater erneuernden Bestrebungen von Stanislawski, Nemirowitsch-Dantschenko und jener Schauspieler, die durch ihre Schule gingen.

Die anderen propagierten ebenfalls sehr nachdrücklich und augenfällig neue Formen. Sie verfolgten jedoch diametral entgegengesetzte Ziele. Sie bekämpften die realistische Kunst und nannten sie am Erdboden klebend und abgeschmackt. Ihr Ideal war die Kunst als Selbstzweck, eine Kunst, unabhängig vom Leben, ja ihm entgegenstehend. Eine solche dekadente Position war die Folge der wachsenden Krise der bürgerlichen Ideologie, des Aufkommens und der Aktivierung reaktionärer, antidemokratischer Stimmungen bei einem Teil der bürgerlichen und adligen Intelligenz sowie der Verzweiflung und Orientierungslosigkeit eines anderen Teils.

Das schöpferische Credo von Treplew, der Arkadina, Trigorin und Nina, die heftigen Auseinandersetzungen und Wortgefechte sind eine originelle Widerspiegelung dieser Diskussionen. Es gelang Tschechow, in dem bunten Kaleidoskop von Urteilen die wichtigsten, entscheidenden Probleme herauszuheben. Vor allem waren es die Fragen des Verhältnisses von Kunst und Wirklichkeit, die der Schriftsteller als Kardinalprobleme im Leben und Schaffen eines Künstlers betrachtete, und die für die Helden untrennbar mit ihrem Leben, ihrem Charakter und ihrer moralischen Verfassung verbunden sind. Sie dringen mit Macht in ihre gegenseitigen persönlichen Beziehungen ein. Die Betrachtungen über die Rolle von Kunst und Liebe im Leben der Menschen fließen in der „Möwe“ zu einer unauflöslichen Einheit zusammen. Sie tragen dazu bei, die persönlichen Dramen der Helden als soziale Dramen der Ungleichheit der Menschen zu verstehen, einer Ungleichheit, die in diesem Fall durch unterschiedliche Lebenspositionen, Ansichten und Übersetzungen bestimmt ist.

Treplew und Nina sind gleichermaßen unglücklich: sie haben beide die Bitterkeit einer unerwiderten Liebe kennengelernt. Aber Nina hat durchgehalten, während Treplew die Prüfungen des Lebens nicht besteht und den Tod sucht. In seinem Leben gibt es nichts außer dieser Liebe. Er fühlt sich zu schöpferischer Tätigkeit hingezogen, träumt von neuen Formen in der Kunst, aber schließlich muß er selbst begreifen, daß es nicht auf alte oder neue Formen ankommt, sondern darauf, daß er schreibt, ohne an irgendwelche Formen zu denken, „wie es sich frei aus seiner Seele ergießt“. Treplew war stets überzeugt, daß sich die Kunst nicht mit dem Leben des Menschen befassen solle, nicht wie es ist, und auch nicht, wie es sein soll. Das ist sein Fehler und sein Unglück, Grund und Folge seiner Einsamkeit.

Im Unterschied zu Treplew verstand Nina das Schaffen immer als Dienst an den Menschen. Anfangs träumt sie von lautem Ruhm, dann genießt sie das prosaische Leben einer Provinzschauspielerin. Aber auch da verliert sie nicht den Glauben, es verleiht ihr sogar Kraft. „Ich glaube“, sagt Nina zum Schluß, „und empfinde den Schmerz nicht mehr so stark, und wenn ich an meine Berufung denke, fürchte ich mich nicht vor dem Leben.“

Schon im ersten Akt der „Möwe“ sagt Dorn, auf den Treplews Drama einen tiefen Eindruck gemacht hat, zu ihm: „Sie müssen wissen, wofür Sie schreiben, denn wenn Sie diesen blumigen Pfad einschlagen, ohne ein bestimmtes Ziel zu verfolgen, dann verirren Sie sich, und Ihr Talent richtet Sie zugrunde.“ So geschieht es auch. Im letzten Akt sagt Treplew, als er Nina gehört hat: „Ich habe keinen Glauben und kenne meine Berufung nicht.“ Das ist auch der Urteilsspruch über sich selbst, den er einige Minuten später vollstreckt.

Sowohl die Liebe als auch das Talent können zu einer zerstörenden Kraft werden, wenn der Mensch kein sinnvolles Ziel für sich sieht.

Je tiefgründiger Tschechow das Leben erfaßte, desto offenkundiger wurde ihm, daß Liebe nur dann schön und erhebend ist, wenn sie sich mit der Wahrheit und mit gesellschaftlich verändernden Bestrebungen des Menschen verbindet.

Bilanz von Melichowo

Tschechow vollendete die Novelle „Mein Leben“ im Sommer 1896. Diese Novelle, die im Februar desselben Jahres begonnen wurde, erweckte Taganroger Erinnerungen zu neuem Leben. Die Charakteristik der Stadt, in der sich das Leben des Helden Missail so trübe gestaltet, erinnert an Tschechows Taganroger Eindrücke aus dem Jahre 1887. Zugleich enthält die Novelle vieles von dem, was er in Melichowo beobachtete und erlebte. Die Scherereien, Unannehmlichkeiten und Ärgernisse, mit denen Missail und Mascha beim Bau einer Schule konfrontiert werden, unterscheiden sich nur wenig von dem, was Tschechow selbst unter ähnlichen Umständen erleben mußte.

In der Novelle „Mein Leben“ entwickelte Tschechow die Probleme der Erzählung „Das Haus mit dem Zwischenstock“ weiter. Im Streit mit Lida äußerte der Maler die Überzeugung, daß die Menschen die schwere körperliche Arbeit gleichmäßig unter sich aufteilen müßten. Dieses Thema wird nun zu einem grundlegenden Gedanken der neuen Novelle.

Ende der achtziger und Anfang der neunziger Jahre war in den Kreisen der demokratischen Intelligenz, die den liberalen Volkstümlern und den Tolstojanern nahestanden, die Bewegung des „einfachen Lebens“ vielleicht die populärste gesellschaftliche Erscheinung. Sie nahm einen sehr weitgespannten Kreis von Ideen in sich auf. Die tolstojanische Predigt vom Segen der „Arbeit für das tägliche Brot“, eines Lebens durch „seiner Hände Arbeit“ und die Volkstümler-Theorien von der „Macht des Bodens“ als Quelle einer angeblich harmonischen Entwicklung der menschlichen Persönlichkeit, die vom Einbruch der kapitalistischen Zivilisation bedroht sei, verbanden sich mit dem Gedanken von der untilgbaren Schuld der Intelligenz gegenüber dem Volk und den utopischen Ideen eines von der Macht der bürgerlichen Ausbeutungsverhältnisse unabhängigen Landmanns. Denken wir daran, daß auch Lajewski („Das Duell“) mit den gleichen Vorstellungen in den Süden gefahren war. Mitte der neunziger Jahre wurde das Utopische dieser Ideen mit aller Deutlichkeit klar. Zwar entwickelten sich die Ackerbaukolonien der Intelligenz, die eine zeitlang wie Pilze aus dem Boden geschossen waren, zügig weiter, doch die Ideen von der Vereinigung der Intelligenz mit dem Volk ließen sich nicht aufrecht erhalten.

Dieses Thema schien historisch und künstlerisch ausgeschöpft, als ihm Tschechow neue künstlerische Möglichkeiten abgewann.

Missail Polosnew, der Held der Novelle, sieht in der körperlichen Arbeit ein wichtiges Mittel zur Beendigung der sozialen Ungleichheit. Im Disput mit Doktor Blagowo sagt er: „Die Starken müßten aufhören, die Schwachen zu unterdrücken, die Minderheit dürfte für die Mehrheit nicht mehr eine Art Parasit oder Pumpe sein und unablässig die besten Säfte aus ihr heraussaugen – um das zu erreichen, müßten alle ohne Unterschied, die Starken wie die Schwachen, die Reichen wie die Armen, am Existenzkampf teilnehmen, und zwar jeder für sich allein, und um das zu verwirklichen, gibt es kein besseres Nivellierungsmittel als die physische Arbeit in Form einer allgemeinen, für alle verbindlichen Pflicht."

Das sind die bekannten Gedanken des Malers aus dem „Haus mit dem Zwischenstock". Doch bei aller Naivität und Utopie gibt es im Denken Missails etwas, was auf einen wesentlichen Unterschied zu gewöhnlichen Anhängern dieser Bewegung hinweist. Nicht der traditionellen Idealisierung der körperlichen Arbeit wird das Wort gesprochen, auch keinen sentimentalen Volkstümler-Ideen über eine „Vereinigung" und untilgbare Schuld der Intelligenz vor dem Volk, sondern, und darin liegt das grundlegende Pathos Missails, der organischen Ablehnung der sozialen Ungleichheit, der Ausbeutung einer Minderheit durch die Mehrheit.

Missail konnte das für Menschen der privilegierten Klassen übliche Leben nicht mehr ertragen. Ihm blieb nichts anderes übrig, als sich seinen Lebensunterhalt mit seiner Hände Arbeit zu verdienen. Als er in verschiedenen Ämtern tätig war, wurde ihm eines klar: Diese Tätigkeit „erforderte keinerlei geistige Anstrengung, weder Talent noch persönliche Fähigkeiten, noch schöpferischen Schwung: es war etwas rein Mechanisches..." Eine solche Arbeit verachtete er und stellte sie noch unter die körperliche, da er nicht glaubte, „daß sie auch nur eine Minute lang als Rechtfertigung für ein faules, sorgloses Leben gelten kann, sie ist nichts anderes als ein Betrug, als eine Abart des Müßigganges".

Etwas anders verhält es sich mit der Tochter des Ingenieurs Dolshikow, mit der sich Missail anfreundet. Mascha reizt gerade die Idee der „Vereinigung". Sie drängt Missail auf den Weg der orthodoxen Bewegung des „einfachen Lebens" und fordert ihn zur „Arbeit für das tägliche Brot" auf: „Man müßte sich das Brot richtig verdienen, das heißt, man müßte pflügen, säen, dreschen..." Wie jeder orthodoxe Vertreter dieser Richtung hat auch sie sehr weitgespannte Pläne – eine rationelle Wirtschaft, Unterstützung der Bildung des Volkes und das übrige „Kulturträgertum" der Volkstümler. Typisch ist jedoch auch das Ende – die rasche Enttäuschung, das Bewußtwerden des utopischen Charakters ihrer Pläne, die Ergebnislosigkeit ihrer Bemühungen. „Wir haben viel gearbeitet", sagt Mascha zu Missail, „und viel nachgedacht, wir sind besser davon geworden – Ehre, wem Ehre gebührt! –, wir sind in unserer persönlichen Vervollkommnung weit vorangekommen. Doch haben diese Erfolge etwa einen merklichen Einfluß auf unsere Umgebung ausgeübt, haben sie irgend jemandem Nutzen gebracht? Nein. Die Unwissenheit, der Dreck und der Schmutz, die Trunksucht, die erstaunlich hohe Kindersterblichkeit – alles ist geblieben, wie es war, und daß du gepflügt und gesät hast und ich Geld ausgegeben und Bücher gelesen habe, hat niemandem geholfen." Als Mascha Bilanz über ihr Leben auf dem Dorf zieht, äußert sie viele richtige, vernünftige Gedanken. Unstreitig ist besonders ihre allgemeine Schlußfolgerung: „Hier sind andere Kampfmaßnahmen notwendig, und zwar starke, kühne und rasch wirkende." Und trotzdem sind es nicht diese Schlußfolgerungen, die sie nötigen, die Bauern und Missail zu verlassen.

Für Mascha war, wie für die meisten Anhänger dieser Bewegung, die Annäherung an das Volk ein Spiel, eine schnell vorübergehende Leidenschaft. Ihre Kopftücher und die einfachen Kleidchen, die sie in Dubetschnja trug, waren wie die Bauernkittel, Kaftane und Tolstoiblusen, die die Vertreter dieser Bewegung trugen, nur eine Maskerade. Missail urteilt schon ganz am Anfang völlig richtig, daß seine Frau eine begabte Schauspielerin sei, die begeistert eine Kleinbürgerin spiele. Das Leben auf dem Dorf bestätigt diese Einschätzung schnell. Alles hier ärgert Mascha – die Tschechow so gut bekannte Unwissenheit, die Trunksucht, die Bettelei, die ewigen Schimpfworte der Bauern. Mascha ist eine kluge, ungewöhnliche Frau, sie bleibt jedoch ein Fremdling aus einer anderen Welt, und je näher sie mit dem Leben des Volkes in Berührung kommt, desto klarer stellt sich heraus, daß es ihr unmöglich ist, das Volk so zu verstehen und zu nehmen, wie es in Wirklichkeit und nicht nach der Legende der Volkstümler und Tolstojaner ist.

Missail macht sich über die bäuerliche Arbeit keine Illusionen. Den von den Volkstümlern idealisierten Pflüger sieht er so, wie er tatsächlich ist. „Die Natur liebte ich innig", erzählt Missail, „ich liebte auch die Felder, Wiesen und Gärten, doch der Bauer, der mit seinem Holzpflug die Erde zerfurchte, seinen dürren Klepper antrieb, zerlumpt und durchnäßt war und den Kopf vorstreckte, war für mich der Inbegriff einer rohen, wilden, unschönen Kraft, und wenn ich seine schwerfälligen Bewegungen sah, dachte ich jedesmal unwillkürlich an jenes längst vergangene, legendäre Zeitalter, in dem die Menschen noch nichts vom Gebrauch des Feuers gewußt hatten." Er sieht auch die Trunksucht, er sieht die von den Bauern verübten Betrügereien aller Art, aber er vergißt dabei nicht, daß Maschas Vater nicht weniger trinkt und daß die Schlauheit der Bauern in keinem Vergleich steht zu den groß angelegten Gaunereien, der Bestechlichkeit und der Ignoranz, die er bei den privilegierten Spießern der Stadt und dem Ingenieur Dolshnikow beobachten konnte.

Im Unterschied zu Mascha versteht Missail das Volk nicht nur besser, sondern er stellt sich auch immer entschiedener auf dessen Seite. „Es gab in der Tat Schmutz, Trunksucht, Dummheit und Betrug, doch man spürte dabei, daß das Leben der Bauern einen kräftigen und gesunden Kern hatte. Wie sehr auch der Bauer einem plumpen Tier ähneln mochte, wenn er hinter dem Pflug herschritt, und wie sehr er sich auch mit Schnaps betäubte, man spürte trotz alledem, wenn man ihn von nahem besah, daß etwas Notwendiges und Wichtiges in ihm steckte, was zum Beispiel dem Doktor und Mascha fehlte, nämlich der Glaube, daß die Hauptsache auf Erden die Wahrheit sei und daß seine wie des ganzen Volkes Rettung einzig und allein in der Wahrheit liege ..."

Im Unterschied zu den modischen Überzeugungen der liberalen Narodniki sieht Missail den gesunden Kern nicht nur im bäuerlichen Leben, sondern im Leben des arbeitenden Volkes überhaupt. Deshalb fühlt er sich auch inmitten seiner Arbeitskollegen sehr wohl. In der Malerbrigade, in der man schuftet wie Lastpferde, gebraucht man nie das Wort „Arbeit". Aber Missail weiß um die Notwendigkeit seiner Arbeit und das erleichtert sein Leben, weil es ihn „von allen Zweifeln befreite". Intensiv verkörpert ihr Auftragnehmer, der Maler Rettich, den gesunden Kern dieses Arbeitslebens. Trotz allen Mißgeschicks, trotz der schreienden Ungerechtigkeit, mit der er jeden Tag konfrontiert wird, glaubt Rettich an die Wahrheit und ist von dem, was er sagt, fest überzeugt. „Die Blattlaus frißt das Gras, der Rost – das Eisen, doch die Lüge – die Seele!" Diesen seinen Lieblingsaphorismus wiederholt er oft. Spricht er mehr, so ist der Sinn seines Redens stets derselbe: es sei nötig zu werken und zu leiden, weil schlimme Vergeltung alle Satten und Starken, alle Reichen und Gläubiger erwartet – all jene, bei denen er aus finanziellen Nöten zu hohen Zinsen Geld leihen muß.

Mit der Gestalt des Missail, eines Menschen, der sich entschlossen vom Leben der privilegierten Klassen trennt, und mit der Figur des Arbeiters Rettich begann für Tschechow ein neuer Weg in seiner künstlerischen Entwicklung. Das bedeutete aber nicht, daß Tschechow die Position des einfachen Volkes einnahm, wie Tolstoi auf die Position der patriarchalischen Bauernschaft übergegangen war. Es bedeutete vielmehr die leidenschaftliche Verteidigung der Interessen des Volkes, die immer tiefere Entlarvung der bestehenden Ordnung von der Position eines demokratischen Schriftstellers aus, der die Ideen der russischen Aufklärung unter den vorrevolutionären Bedingungen konsequent weiterentwickelte.

Niemals vorher hatte Tschechow die zeitgenössische Gesellschaft so deutlich und kompromißlos in gegenüberstehende Lager geteilt. In „Mein Leben" stehen dem werktätigen Volk nicht nur die örtliche Aristokratie, nicht nur die zaristische Verwaltung vom Gouverneur bis zu den Gendarmen, nicht nur die in Wohlstand schwelgenden Geschäftemacher und erzreaktionären Kaufleute gegenüber, sondern auch der fortschrittliche Doktor Blagowo und selbst Mascha. „Unser Zusammentreffen und unsere Ehe waren nur eine Episode gewesen", überlegt Missail, „eine Episode, wie es noch viele im Leben dieser lebhaften und reichbegabten Frau geben würde. Das Beste der Welt stand ihr ... zu Diensten, sie erhielt es völlig umsonst, und sogar die Gedanken und die modernen Geistesströmungen dienten ihr zur Zerstreuung und gestalteten ihr

Leben abwechslungsreicher, ich aber war nur der Kutscher, der sie von einem Genuß zum andern fuhr."

Alle diese Konsumenten, die von fremder Arbeit schmarotzen, sind ungeachtet ihrer Verschiedenheit in Bildung und Erziehung gleich unverschämt, zynisch und frech, und zwar in gesellschaftlichen wie in persönlichen Dingen. So zum Beispiel Blagowo, der kaum seiner sterbenden Geliebten, der Schwester Missails, den Rücken gekehrt hat, als er schon von Petersburg und seiner wissenschaftlichen Karriere zu sprechen beginnt.

„Mein Leben" ist wie kein anderes Werk zuvor mit aktuellem publizistischem Material, mit zugespitzten gesellschaftspolitischen Urteilen und mit Einschätzungen der zeitgenössischen Wirklichkeit angereichert. Doch wie auch in seinen früheren Novellen und Erzählungen wahrte Tschechow streng das Prinzip der Objektivität, der scheinbaren Nichteinmischung des Autors. Der Hauptheld berichtet in der Ich-Form. Daher die organische Verbindung von Publizistik und Lyrismus, die lyrisch gefärbte Tonlage der schärfsten gesellschaftspolitischen Äußerungen, die sie nicht deklarativ und trocken erscheinen lassen, sondern ihnen eine besondere Glaubwürdigkeit und Eindringlichkeit verleihen; daher auch die organische Verschmelzung intimer persönlicher Erlebnisse mit einem zornig entlarvenden publizistischen Pathos.

Ein Beispiel möge dies verdeutlichen. Missail fühlt sich völlig vereinsamt und vernachlässigt. Seine Schwester kommt nicht, Rettich ist schwer krank, Doktor Blagowo ist nach Petersburg gefahren, Missails Stimmung ist schlecht.

„Vielleicht kam es daher, daß ich jetzt als Arbeiter unser Leben in der Stadt nur von der Kehrseite sah, fast jeden Tag mußte ich neue Entdeckungen machen, die mich beinahe an den Rand der Verzweiflung brachten. Mitbürger, über die ich früher keinerlei Meinung hatte oder die, äußerlich gesehen, einen durchaus anständigen Eindruck machten, erwiesen sich nun als niedrige, grausame Menschen, die zu jeder Gemeinheit fähig waren. Wir einfachen Leute wurden betrogen und übers Ohr gehauen, man zwang uns, stundenlang in kalten Fluren oder in der Küche zu warten, man beleidigte uns und behandelte uns äußerst grob ...

In den Läden drehte man uns Arbeitern stinkendes Fleisch, muffiges Mehl und schon einmal aufgegossenen Tee an; in der Kirche stieß uns die Polizei beiseite, in den Krankenhäusern bestahlen uns die Heilgehilfen und Pflegerinnen, und wenn wir ihnen unserer Armut wegen keine Trinkgelder geben konnten, bekamen wir aus Rache das Essen auf schmutzigen Tellern; auf der Post hielt sich der niedrigste Beamte für berechtigt, uns wie Tiere zu behandeln und uns grob und boshaft anzuschreien: ‚Warte! Was drängelst du!' Sogar die Hofhunde verhielten sich uns gegenüber unfreundlich und stürzten sich mit besonderer Wut auf uns. Doch die Hauptsache, das, was mich am meisten in meiner neuen Lage verblüffte, war das völlige Fehlen von Gerechtigkeit, eben das, was man im Volk ‚er kennt keinen Gott' nennt."

Hier noch eine weitere charakteristische Episode. Doktor Blagowo eilt am

„Die Bauern“
(I. J. Repin,
1898/99)

Bett seiner sterbenden Geliebten geschäftig hin und her. Rettich, der wohl begreift, daß dem Doktor an ihr gar nichts mehr gelegen ist, schämt sich und will ihn mit der Strafe Gottes erschrecken, der Arzt aber tut das mit einem Scherz ab. Plötzlich geht mit Missail etwas Seltsames vor sich – es scheint ihm, neben ihm stehe nicht Blagowo, sondern der Fleischer Prokofi, jener selbe, der so fest davon überzeugt ist, daß jeder Stand seine Wissenschaft hat, nur Missail sich nicht an seine Wissenschaft halte, und das dürfe man ihm nicht erlauben, und er wähnt, daß Prokofi nach Pfefferschnaps riecht und daß sie sich auf dem Schlachthof befinden, wo sie noch kürzlich am frühen Morgen gewesen waren, und wo Missail von dem Geruch nach Kadavern und Mist ganz benommen war und wo er sich nicht von dem Eindruck freimachen konnte, er wate die ganze Zeit durch Blutpfützen. Mit Willensstärke vertreibt er diese Vision, doch kaum ist sie verschwunden, da erscheint ihm wie im Traum eine weitere unangenehme Szene – er sieht sich zum Gouverneur gehen, um wegen seines ungebührlichen Benehmens eine Erklärung abzugeben. So verschmelzen Blagowo, Prokofi und der Gouverneur zu einer Person. Die schrecklichen Eindrücke, die er auf dem Schlachthof empfangen hatte, werden in seinem Wachtraum von allgemeiner Bedeutung für die Charakteristik der herrschenden Sitten.

Die wegen ihrer gesellschaftspolitischen Schärfe aufsehenerregende Novelle verblüffte die zeitgenössische Kritik und setzte sie in Verlegenheit. Sie ließ sich nur schwer mit der Vorstellung von Tschechow und seinem Schaffen verbinden, wie sie sich unter dem Einfluß von N. K. Michailowski und seiner Gesinnungsfreunde in der Kritik der neunziger Jahre eingebürgert hatte. Was für einen Mangel an Überzeugungen, was für einen Indifferentismus gab es hier! Die Novelle schockierte nicht nur die reaktionären Kreise, sondern auch die liberalen Volkstümler. Mit Tschechow zu streiten wagte jedoch niemand. Man entschloß sich, die Novelle im großen und ganzen totzuschweigen. Dafür entfesselte Tschechows nächstes Werk „Die Bauern" bei der Kritik einen wahren Sturm.

Die im April 1897 veröffentlichte Erzählung fand viele positive und sogar begeisterte Rezensionen, stieß aber auf Empörung im Lager der Volkstümler. Ein Artikel von P. Struwe in der Zeitschrift der legalen Marxisten „Nowoje slowo" (Neues Wort), in dem von einer gegen die Volkstümler gerichteten Tendenz in Tschechows Erzählung gesprochen wurde, brachte das Faß zum Überlaufen. N. K. Michailowski, der Patriarch der liberalen Volkstümler, trat selbst mit einem vernichtenden Artikel auf den Plan.

Struwe interpretierte die Erzählung in dem Sinne, daß sie anschaulich die Unhaltbarkeit der Idealisierung des Dorfes durch die Volkstümler demonstriere und überzeugend nachweise, daß selbst die städtische Wirtshaus-Zivilisation höher stehe als das armselige Leben der Bauern. Eine solche Interpretation der „Bauern" stimmte mit Struwes berüchtigter These überein, „unsere Kulturlosigkeit einzugestehen und beim Kapitalismus in die Lehre zu gehen".

Im Unterschied zu Struwe, der den Kapitalismus hemmungslos in den Himmel hob, erkannte Tschechow sehr wohl den Charakter der kapitalistischen Zivilisation. Auch in den „Bauern" wich der Schriftsteller nicht von seinen Überzeugungen ab. Die erhalten gebliebenen Entwürfe zu der Erzählung zeigen, daß Olga Tschikildejewa nach dem Tode des Mannes mit ihrer Tochter Sascha in die Stadt zurückkehrt, wo sie ein ebenso elendes Zuchthausleben erwartet wie auf dem Dorf. Die Hauptsache ist jedoch, daß für den Autor der „Bauern" das Problem des Kapitalismus auf dem Dorfe durchaus keine Randerscheinung, sondern im Gegenteil ein inneres Problem des bäuerlichen Lebens war. Alle Dorfgenossen der Tschikildejews haben schon längst die drückende Last der Ausbeutung nicht nur durch den Gutsherrn, sondern auch durch den Kapitalisten erkannt. Für einen armseligen Lohn verrichten sie Heimarbeit für die örtliche Fabrik. Sie haben sich in Knechte verwandelt, weil sie mehr für den Gutsherrn arbeiten als in ihrer eigenen kläglichen Bauernwirtschaft.

Trotz alledem machte sich Michailowski mit Wonne an die von Struwe vorgeschlagene Interpretation der „Bauern" und unterzog sie dabei einer vernichtenden Kritik. Das von Tschechow gezeichnete Bild des dörflichen Lebens wurde von dem angesehenen Kritiker als oberflächlich und zufällig und im wesentlichen verleumderisch hingestellt. Der Autor wurde beschuldigt, dieses Leben überhaupt nicht zu kennen, und Michailowski zog den Schluß, daß die Erzählung keinerlei Material für ernsthafte Schlußfolgerungen liefern könne. Die Gemüter waren derart erhitzt, daß Tschechow im Oktober 1897 bei den Wahlen zum Bund für gegenseitige Hilfe der russischen Schriftsteller und Gelehrten beinahe nicht als Mitglied gewählt worden wäre. Und das alles nur deshalb, weil er die Bauern nicht so geschildert hatte, wie sie nach Überzeugung der liberalen Narodniki gesehen werden müßten.

Tschechows Bauern waren tatsächlich den würdigen, wohlanständigen Gestalten nicht ähnlich, die seit langem dem Leser auf den Seiten der Volkstümler-Belletristik vertraut waren. Daher wurde offensichtlich auch nur ihren negativen Eigenschaften Beachtung geschenkt – der Unwissenheit, der schreienden Unkultiviertheit, der Bösartigkeit, dem Schmutz, der Trunksucht und dem unflätigen Schimpfen. Doch damit erschöpft sich die Lebensweise der Shukowoer Bewohner keineswegs. Entscheidend war das Elend der Bauern, ihre völlige Rechtlosigkeit, die schamlose Ausbeutung und als Folge dessen die materielle und seelische Armut. Das Ausmaß der seelischen Verkrüppelung Nikolais, der selbst als Lakai in der Stadt ruiniert wurde, wird in der kleinen Szene offenbar, als er, erregt von seinen lebhaften Erinnerungen, schließlich seinen abgetragenen Lakaienfrack aus der Truhe holt, ihn anzieht und zärtlich glattstreicht – das eigenartige Symbol seiner Vorstellungen vom wirklichen Leben und Glück.

Im Vergleich zu Nikolai sind die Interessen und Sorgen der niedergedrückten Bauern von Shukowo immer noch weitgespannter und inhaltsreicher. Sie streiten sich nicht um „Côtelettes Maréchal", sondern über das Leben vor und nach Aufhebung der Leibeigenschaft.

Besonders kennzeichnend ist die Gestalt der Babka, Nikolais Mutter, die man auf den ersten Blick für eine verwahrloste Frau halten könnte. Je mehr uns jedoch der Autor hilft, diese alte Frau genauer zu betrachten, desto klarer wird das Bild einer unermüdlich arbeitenden, gütigen Frau, einer vorzüglichen Erzählerin, der wie verzaubert dieselben Kinder lauschen, die sie eben noch wegen ihrer Strenge zur Hölle wünschten. Tragische Größe bekommt diese von dem unerträglichen Kampf gegen Not und Ungerechtigkeit erschöpfte Frau in dem Moment, als sie versucht, den wegen Steuerrückständen gepfändeten Samowar und zugleich auch die geschändete Ehre ihres Hauses zu verteidigen. Der Dorfälteste trägt den gepfändeten Samowar aus der Hütte, „sie aber rannte ihm nach, gebeugt und atemlos, wutentbrannt, nahe daran hinzufallen; das Kopftuch war ihr auf die Schultern gerutscht, die grünlichgrauen Haare flatterten im Wind. Plötzlich blieb sie stehen, schlug sich wie eine richtige Rebellin mit den Fäusten gegen die Brust und schrie noch lauter, mit weinerlich singender Stimme:

‚Rechtgläubige, die ihr auf Gott vertraut! Ihr Lieben, man tut uns unrecht! Man bedrückt uns! Oh, oh, nehmt uns in Schutz, ihr Guten!'"

Auch Olga ist eine ungebildete Frau. Sie liest gern im Evangelium, versteht aber nichts davon. Sie lebt dahin wie im Halbschlaf. Sie braucht sich nur kurz aus dem Haus zu entfernen, und schon vergißt sie Ehemann und Tochter. Doch unbedingt gehören ihr die Sympathie des Autors und des Lesers. Sie ist gutmütig und ehrlich davon überzeugt, „daß man niemandem auf der Welt etwas zuleide tun dürfe, weder den einfachen Leuten noch den Deutschen, den Zigeunern oder den Juden, und wehe dem, der kein Mitleid mit Tieren hatte..." Die Natur versetzt sie ständig in Rührung und bringt sie auf gute

Gedanken. Das bestimmt auch die besondere Rolle dieser Figur in der künstlerischen Struktur der Erzählung.

In dem komplizierten Gewebe der Darstellung geht der Autor des öfteren von Olgas Wahrnehmungen aus, die er fortsetzt und vertieft, bis schließlich beide Stimmen verschmelzen. So etwa, als Olga und Marja an den Fluß gehen und Fjokla baden sehen. „Über den Fluß führte ein schwankender Steg aus Balken, und darunter, im reinen klaren Wasser, tummelten sich Scharen von breitköpfigen Weißfischen. Auf den grünen Sträuchern, die sich im Wasser spiegelten, blitzte der Tau. Ein warmer, erquickender Hauch schlug ihnen entgegen."

Das alles konnte gerade Olga so sehen und empfinden. Schon am Tage ihrer Ankunft hat sie sich in die Umgebung des Dorfes verliebt: „Wie schön ist es hier bei euch! . . . Lieber Gott, wie weit und frei! Was für ein herrlicher Morgen!" „Herrlich" ist ein Wort, das sichtlich nicht aus Olgas Wortschatz stammt. Die weitere Beschreibung des Morgens wird lyrisch abschweifend. Wenn es sich auch formal um die Gedanken Olgas handelt, so ist der Erzähler hier offensichtlich vorherrschend. „Was für ein herrlicher Morgen! Und wie schön könnte das Leben auf der Welt sein, gäbe es nicht die Not, die schreckliche ausweglose Not, vor der man sich nirgends verkriechen konnte! Sie brauchten sich nur nach dem Dorf umzusehen, sofort stand das gestrige Erlebnis in aller Lebendigkeit vor ihnen, und die glückliche Verzauberung, die sie im Augenblick umgab, verschwand."

Nicht minder komplex und vielschichtig ist auch die bilanzziehende Reflexion über das bäuerliche Leben, die mit Olgas Erinnerungen an den vergangenen schrecklichen Winter verknüpft ist.

„Während der vergangenen Sommer- und Wintermonate hatte es oft Stunden und Tage gegeben, wo es ihr schien, daß diese Menschen schlimmer lebten als das Vieh, und das Zusammensein mit ihnen war schrecklich gewesen; sie waren roh, unehrlich, schmutzig, ewig betrunken, lebten uneinig und ständig miteinander im Streit, weil einer den anderen fürchtete und beargwöhnte, weil sie keine Achtung voreinander hatten. Wer war Eigentümer der Kneipen und machte das Volk betrunken? Der Bauer. Wer veruntreute und vertrank das Geld der Gemeinde, der Schule und der Kirche? Der Bauer. Wer bestahl den Nachbarn, wer war für eine Flasche Schnaps bereit zu Brandstiftung und falscher Aussage vor Gericht? Und wer erhob in den Semstwo-Versammlungen und anderswo als erster seine Stimme gegen den Bauern? Wer anders als der Bauer selbst! Ja, es war schrecklich, mit ihnen zu leben, aber sie waren doch Menschen, sie litten und weinten wie Menschen, und in ihrem Leben gab es nichts, wofür man keine Rechtfertigung oder Entschuldigung gefunden hätte. Da war ihre schwere Arbeit, von der ihnen in der Nacht der ganze Körper weh tat, die grausamen Winter, die dürftigen Ernten, die Enge. Und keine Hilfe. Woher sollte sie auch kommen? Die Reichen und Mächtigen konnten nicht helfen, weil sie selber roh und unehrlich waren und sich betranken, weil

Porträtstudie von 1898 (I. E. Bras) · Die Eltern in Melichowo

sie sich genauso unflätig beschimpften. Jeder kleinste Beamte oder Angestellte ging mit den Bauern um wie mit Landstreichern ... Ja, wie konnte man denn Hilfe oder ein gutes Beispiel von Leuten erwarten, die gewinnsüchtig, habgierig, lasterhaft und faul waren, die nur ins Dorf gefahren kamen, um zu plündern, zu beleidigen und einzuschüchtern?"

„Mein Leben" und „Die Bauern" waren die Quintessenz von Tschechows Leben unter dem Volk, die Bilanz eines aufmerksamen Studiums der bäuerlichen Sitten und Gewohnheiten. Seine Kenntnisse sammelte er bei seiner ärztlichen und gesellschaftlichen Tätigkeit, seiner engen Bekanntschaft mit Malern und Zimmerleuten, Maurern und Erdarbeitern, Semstwofunktionären und Vertretern der lokalen Verwaltung, Landgeistlichen und Lehrern. Die Erfahrungen von Melichowo sollten Tschechow auch späterhin als Material für viele Werke dienen. Indessen ging das Leben auf dem Land seinem Ende entgegen. Noch vor Veröffentlichung der „Bauern" machte sich der alte tuberkulöse Prozeß mit unerbittlicher Gewalt bemerkbar. Der Schriftsteller mußte daran denken, seine Lebensweise erneut zu ändern.

Am 21. März 1897 wollte Tschechow in Petersburg dem Maler Bras Modell sitzen. Mit Tschechows Einverständnis hatte der Kaufmann und Kunstmäzen Tretjakow bei Bras ein Porträt des Schriftstellers für seine Bildergalerie in Auftrag gegeben.

Am 22. März fand in Moskau eine Tagung der Moskauer Theaterschaffenden statt. Obwohl es Tschechow sehr schlecht ging, nahm er tagsüber an der Sitzung im Kleinen Theater teil, von wo er am Abend mit Suworin zum Essen in ein Restaurant ging. Dort begann plötzlich eine heftige Lungenblutung.

Tschechow bat um Eis, und ohne gegessen zu haben, fuhren sie zu Suworin in das Hotel „Slawischer Basar". Der Arzt Obolonski wurde gerufen, und an diesem Abend wurde der Schriftsteller erstmals einer ärztlichen Behandlung unterzogen.

Nach den Erinnerungen Suworins hörte sich Tschechow die Diagnose „Magenbluten" schweigend an und bemerkte dann, so spreche man gewöhnlich, um den Patienten zu trösten, er wisse aber sehr wohl, daß er die Schwindsucht habe. Am nächsten Tag um 6 Uhr morgens trat erneut ein heftiger Blutsturz ein. Doktor Obolonski erwirkte eine Einweisung in die Klinik von Professor Ostroumow, und noch am gleichen Tag wurde Tschechow dort eingeliefert. Fünfzehn Tage blieb er in der Klinik. Mit einem Stück Eis auf der Brust mußte er die ganze Zeit über schweigend daliegen. Die Krankenhausordnung wurde jedoch schlecht eingehalten; er bekam viel Besuch, um deren Einlaß er sich auch selbst bemühte. Zweimal war Frau Awilowa bei ihm. Die Ärzte hatten sie nicht zu dem Patienten lassen wollen, doch Tschechow bestand darauf.

Am 26. März kam Maria Pawlowna aus Melichowo zu Besuch. Sie zweifelte nicht daran, daß Frau Awilowa ihr ganzes langes Leben hindurch (sie starb im Jahre 1943) Anton Pawlowitsch geliebt hatte. Sie hielt es aber für eine schriftstellerische Erfindung, daß bei ihrem Bruder entsprechende Gefühle erweckt worden waren. Doch auf seinem Tischchen sollen nur die Blumen gestanden haben, die ihm Lidija Alexejewna geschenkt hatte. Am 28. März schrieb Tschechow an Frau Awilowa: „Ihre Blumen verwelken nicht, sondern werden immer schöner. Meine Kollegen haben gestattet, sie auf meinem Tisch zu belassen. Sie sind überhaupt gütig, sehr gütig, und ich weiß nicht, wie ich Ihnen danken soll."

Auch Lew Tolstoi besuchte Tschechow in der Klinik. Tolstoi erzählte Tschechow, er habe die Arbeit an dem Roman „Auferstehung" abgebrochen und schreibe jetzt nur noch über die Kunst. Tschechow schrieb später über diesen Besuch: „Er anerkennt die Unsterblichkeit im Sinne Kants; er meint, wir alle (Menschen und Tiere) werden in einem Prinzip (Verstand, Liebe) leben, dessen Wesen und Ziel für uns ein Geheimnis bildet. Mir aber erscheint dieses Prinzip oder diese Kraft als eine unförmige, gallertartige Masse; mein Ich, meine Individualität, mein Bewußtsein werden sich mit dieser Masse vermischen – eine solche Unsterblichkeit brauche ich nicht, ich begreife sie nicht, und Lew Nikolajewitsch war erstaunt, daß ich das nicht begreife." In einem anderen Brief kommentierte Tschechow Tolstois Gedanken über die Kunst: „Immer waren die Alten geneigt, das Ende der Welt zu sehen; sie sagten, die Moral sei bis zum nec plus ultra gesunken, die Kunst sei entartet und verbraucht, die Menschen seien schlapp geworden und so weiter und so fort. Lew Nikolajewitsch will in seinem Buch beweisen, daß die Kunst gegenwärtig in ihre Endphase eingetreten und in eine Sackgasse geraten sei, aus der es keinen Ausweg (nach vorn) gebe."

Zunächst freut sich Tschechow über die Vielzahl von Besuchern. „Man kommt dauernd zu mir", schrieb er am 1. April, „und bringt mir Blumen, Konfekt und Eßwaren. Mit einem Wort – Seligkeit." Selbst in den ersten Tagen seines Klinikaufenthalts, als es ihm besonders schlecht ging, vergaß Anton Pawlowitsch Melichowo nicht. Fast den ganzen Januar und Februar hindurch war er mit den verschiedenartigsten Geschäften befaßt gewesen, die mit dem Beginn des Schulneubaus in Nowoselki zusammenhingen. Bereits am 27. März schrieb er an den Lehrer Sabawin, lud ihn zum Kommen ein und gab ihm allerlei geschäftliche Hinweise und Ratschläge. Sein Gesundheitszustand war jedoch immer noch ernst, und Tschechow begriff das sehr wohl. Es genügt, darauf zu verweisen, daß er bei einer Körperlänge von 186 Zentimetern nur 62 Kilogramm wog. Außer einem ernsten Schaden an den Lungenspitzen stellten die Ärzte auch eine starke Anämie fest. Allmählich schienen auch seine Nerven nachzugeben, in seinen Briefen sind gereizte Töne vernehmbar. Am 7. April schrieb er unter anderem an Suworin: „Gestern hatte ich den ganzen Tag Besuch, einfach schrecklich. Sie kommen zu zweit, und jeder bittet mich, nicht zu sprechen, stellt aber gleichzeitig Fragen."

Offenbar dachte Tschechow darüber nach, wieviel Zeit ihm noch blieb. In einem Brief an seinen Bruder Alexander scherzt er: „Die Temperatur ist normal, kein Nachtschweiß, keine Schwäche, aber ich träume von Archimandriten, die Zukunft erscheint mir ganz unbestimmt, und obwohl der Prozeß noch nicht besonders weit fortgeschritten ist, macht es sich trotzdem notwendig, unverzüglich ein Testament zu schreiben, damit Du nicht mein Vermögen an Dich reißt."

Wichtig ist der Brief an Suworin vom 1. April: „Die Ärzte haben mir einen Wechsel der Lebensweise verordnet. Das erste verstehe ich, das zweite aber ist mir unverständlich, weil es beinahe unmöglich ist. Sie empfehlen mir, ich soll unbedingt auf dem Lande leben, aber das ständige Leben auf dem Dorf bringt doch ständige Scherereien mit den Bauern, dem Vieh und den Naturgewalten mit sich; sich auf dem Lande vor Sorgen und Aufregungen zu schützen ist ebenso schwer wie in der Hölle vor Brandwunden. Trotzdem aber will ich versuchen, mein Leben nach Möglichkeit zu ändern, und ich habe bereits Mascha gegenüber erklärt, daß ich die Praxis im Dorf aufgebe. Das wird für mich eine Erleichterung und ein großer Verlust sein. Ich lege sämtliche Ämter, die ich im Kreis habe, nieder, kaufe mir einen Schlafrock und werde mich in der Sonne wärmen und viel essen."

Am 10. April wurde Tschechow aus der Klinik entlassen; am 11. fuhr er mit seinem Bruder Iwan nach Melichowo. Am 17. April schrieb er: „Ich tue nichts, füttere die Spatzen mit Hanfsamen und beschneide jeden Tag einen Rosenstock. Nach meinem Schnitt blühen die Rosen prachtvoll. Mit der Wirtschaft befasse ich mich nicht." Tatsächlich gab Tschechow seine gesellschaftlichen Arbeiten nicht auf; weder die Bemühungen um den Neubau der Schule noch die Fahrten zu den Examen, an denen er als Kurator teilnehmen mußte. Im

Juli wurde er erneut für drei Jahre zum Mitglied der Semstwo-Versammlung gewählt, und noch während des Klinikaufenthaltes wurde er als Gehilfe des Adelsmarschalls von Serpuchow für die Aufsicht über die Volksschulen bestätigt. Im Juli saß er für Bras, der nach Melichowo gekommen war, Modell.

Den ganzen Sommer über war die Stimmung trübe. Mit Schreiben konnte er sich nicht befassen. Er bedauerte, daß die Sujets in seinem Kopf schmorten und faßte den Entschluß, am 31. August nach Moskau und von dort ins Ausland zu reisen.

Am 4. September war Tschechow in Paris, am 8. in Biarritz, am 23. in Nizza. In Biarritz traf er Wassili Michailowitsch Sobolewski, einen angesehenen Publizisten und Redakteur der Zeitschrift „Russkije wedomosti", der ihn nach Nizza begleitete. Dort logierte Tschechow in einer russischen Pension.

Im März 1898 kam I. N. Potapenko nach Nizza. Ob dieser Tschechow mit seiner Begeisterung ansteckte oder ob ihn Nizza schon langweilte, jedenfalls stürzte sich Anton Pawlowitsch in das Studium der Geheimnisse des Roulettespiels.

„Wir sammelten einen ganzen Berg von Bulletins", schrieb Potapenko, „besorgten uns sogar ein kleines Roulette und saßen stundenlang mit dem Bleistift in der Hand über den Papieren, die wir mit Zahlen vollschrieben. Wir wollten ein System ausarbeiten, wir suchten das Geheimnis ...

Wer von denen, die ihn kannten, wird glauben, daß in ihm ein Hasardeur steckte? Er vertiefte sich in die Zahlen, versuchte in das Wesen dieser seltsamen Kombinationen einzudringen und ihr Geheimnis herauszubekommen. Wir stritten uns, jeder von uns schlug sein eigenes System vor und verteidigte es. Er hatte auf diesem Gebiet scharfsinnige Gedanken, aber, was das wichtigste war – seine Erregung war eine rein sportliche, weil er eigentlich nur lächerliche Summen verspielte ...

Ich glaube, er hatte im Ergebnis aller dieser Versuche einen kleinen Gewinn. Das ist jener gefährliche Moment, wo der Spieler blind wird und sich Hals über Kopf in das Spiel stürzt. Bei ihm aber war das anders. Eines Tages erklärte er bestimmt, daß mit dem Roulette Schluß sei, und tatsächlich ging er danach nicht mehr dorthin ...

Tschechow besaß große Willenskraft, er hütete sie und mußte ihr nur selten zu Hilfe kommen, und manchmal bereitete es ihm Vergnügen, ohne sie auszukommen und sogar schwach zu sein ...

Aber wenn er fand, daß es notwendig sei, an den Willen zu appellieren, dann konnte ihn niemand betrügen. Beschließen bedeutete bei ihm auch handeln."

Potapenko verspielte alles, was er besaß, nahm bei einem Verleger einen großen Vorschuß, er rühmte sich seiner Fähigkeit, das tun zu können und verspielte auch den Vorschuß. Dann riß er sich schließlich mit Mühe und nicht ohne Tschechows Hilfe aus Nizza los und fuhr zurück nach Petersburg.

Tschechow ging viel spazieren. „Hier ist es sehr warm und sonnig", schrieb er am 25. September an die Frau seines Bruders Michail. „Die Mücken stechen grausam. Meer. Palmen, Eukalyptusbäume. Oleander. Frauen. Apfelsinen. Die Gesundheit ist ausgezeichnet."

Anfang Oktober verschlechterte sich das Wetter, und Tschechow begann nach langer Pause wieder zu arbeiten. Am 15. Oktober schrieb er: „Hier ist der König von Siam. Er sieht Iwanenko sehr ähnlich... Ich habe mich an die Arbeit gemacht. Ich stehe um 7 Uhr auf und gehe um 11 Uhr schlafen. Morgens um 7 Uhr bringt man mir eine riesige Tasse Kaffee, und das Zimmermädchen sagt lächelnd: ‚Bonjour, monsieur!'"

Die ersten in Nizza geschriebenen Erzählungen („Der Petschenege" und „In der Heimat") erinnern an die Donezsteppe. Inmitten der endlosen Steppe liegt das heimatliche Gut, zu dem Wera Kardina reist. In der Ferne zeichnen sich ein Grabhügel und eine Windmühle ab – ganz wie bei der Steppenreise Jegoruschkas. Doch die Zeiten sind nun andere. Die Gutsbesitzer sind verschwunden, und ringsum sind Fabriken und Bergwerke gebaut worden. Die neue Gesellschaft bilden Ingenieure, Ärzte, Steiger, was aber keine Wendung zum Besseren bewirkt hat. Allerdings gibt es Konzerte und Theateraufführungen, das Hauptvergnügen aber ist das Kartenspiel („In der Heimat").

Motive aus schon bekannten Erzählungen Tschechows werden neu verarbeitet. Wera erfüllen ähnliche Gedanken und Absichten wie den Literaturlehrer; sie weiß, wie schön es wäre, „Mechaniker, Richter, Schiffskapitän, Gelehrter zu sein, etwas zu tun, wobei man alle körperlichen und geistigen Kräfte anspannen müßte, um dann müde zu werden und nachts fest zu schlafen; sie müßte ihr Leben für etwas einsetzen, um ein interessanter Mensch zu sein..." Doch um ihr Leben so einzurichten, mangelt es Wera an Erfahrung, an Kenntnissen, an Kühnheit. Dazu kommt noch die völlige Einsamkeit, das Bewußtsein ihrer Ohnmacht. „Die ungeheure Weite, die langen Winter, die Eintönigkeit und Langeweile des Lebens erzeugten ein Bewußtsein der Hilflosigkeit, die Lage schien hoffnungslos, und sie wollte überhaupt nichts unternehmen – alles war nutzlos." Und die Steppe verzehrt Wera. Sie trennt sich von ihren Träumen und beschließt, so zu leben wie alle ringsum.

Im Unterschied zu dem Literaturlehrer Nikitin macht sich Wera keinerlei Illusionen über ihr Alltagsleben. Die Gedanken an ein inhaltsreiches, menschenwürdiges Leben, zu denen sich der sehend gewordene Nikitin durchgerungen hat, sind für die Heldin schon etwas Selbstverständliches. Das Motiv der Erleuchtung macht der Fragestellung Platz, ob der Mensch die Kraft findet, sein Leben real zu ändern. Die paradoxe Gestalt des „Petschenegen" in der gleichnamigen Erzählung war ein erster Versuch in dieser Richtung. Selbst ihm, der seine Söhne wie Wilde aufzieht und der weder seine Ehefrau noch andere Frauen für Menschen hält, sind die Gedanken nicht fremd, daß es nötig wäre, anders zu leben und daß es gut wäre, „mit diesem Müßiggang, der unmerklich und spurlos Tag um Tag, Jahr um Jahr verschlang, Schluß zu machen; man müßte sich eine große Tat ausdenken..." Doch diese Gedanken kommen und gehen, ohne daß sich irgend etwas im Leben des „Petschenegen" verändert.

Sein Reden über die allgemeine Sittenlosigkeit der Zeit, über die Nutzlosigkeit alles Neuen, das fern von seinem abgelegenen Gehöft in Erscheinung tritt, dient ihm zur Beruhigung. Er „aß dann etwas", heißt es zum Schluß, „ohne sich zu übereilen, trank fünf Glas Tee und legte sich schlafen".

Das neue, anspruchsvollere Verhältnis zu seinen Zeitgenossen entsprach den tiefgreifenden Prozessen der gesellschaftlichen Wirklichkeit Rußlands an der Grenze zweier Jahrhunderte und war deren eigenartige Widerspiegelung.

Der Zyklus der in Nizza geschriebenen Erzählungen führt die wichtigsten Themen der Arbeiten von Melichowo fort. Während seiner Kuratortätigkeit konnte Tschechow gründlich das menschenunwürdige Leben der Landschullehrer studieren. Überzeugend konnte er in der Erzählung „Auf dem Wagen" das persönliche Drama der Marja Wassiljewna als typisches Drama einer ganzen Armee von Mitarbeitern der Volksbildung im zaristischen Rußland darstellen. Das tragische Schicksal der Lehrerin ist hier nur Folge des erschreckenden Zustandes der Volksbildung, der Abhängigkeit des Lehrers von der Willkür ungebildeter, grober Vertreter der örtlichen Verwaltung, der armseligen Bezahlung und ähnlichem. Tschechow sah darin nur die spezielle Ausprägung allgemeiner Eigenarten der zeitgenössischen sozialen Realität.

Marja Wassiljewna fährt auf einem Bauernwagen in ihr Dorf zurück und trifft unterwegs den Gutsbesitzer Chanow mit seiner vierspännigen Kutsche. Das ist ein sonderbarer, allein auf seinem Gut lebender Mann, ein guter, aber untätiger Mensch, der äußerlich einen heruntergekommenen Eindruck macht und vor der Zeit zu altern beginnt. Diese Begegnung weckt Gedanken über die widersinnige Ungleichheit in den Beziehungen der Menschen. „Das Leben war so eingerichtet, daß er allein in seinem großen Gutshaus wohnte und sie allein in ihrem abgelegenen Dorf, doch schon der Gedanke, er und sie könnten einander nahe und gleich sein, schien irgendwie unmöglich und sinnlos. In Wirklichkeit waren das ganze Leben und die menschlichen Beziehungen so kompliziert und so unverständlich, daß einem, dachte man darüber nach, angst wurde und der Puls stockte."

Tschechows sozialpsychologisch genaue Erzählweise und die philosophischen Reflexionen über allgemeinste Prinzipien des Lebens in der feudal-bürgerlichen Klassengesellschaft sind klarer als je zuvor und erlangen welthistorische Bedeutung.

Aufmerksam verfolgte Tschechow das politische Leben in Frankreich. Er vervollkommnete seine Sprachkenntnisse und zitierte regelmäßig französische Zeitungen. Schon am 12. November teilte er seiner Schwester mit, er spreche zwar noch schlecht, lese aber gut und könne französische Briefe schreiben.

Zu dieser Zeit verfolgte man nicht nur in Frankreich, sondern auch im Ausland mit gespannter Aufmerksamkeit die „Affäre Dreyfus", den Fall des französischen Offiziers, der von den Machthabern beschuldigt wurde, geheime militärische Dokumente an Deutschland verraten zu haben, und der 1894 von einem Militärgericht zu lebenslänglicher Verbannung verurteilt wurde. Bald wurde bekannt, daß Dreyfus aufgrund eines Dokuments verurteilt worden war, das der Major Esterhazy fabriziert hatte. Das Kriegsministerium und der Generalstab widersetzten sich jedoch mit Unterstützung der französischen Regierung entschieden einer Revision des ungerechten Urteilsspruches und taten alles, um die Verteidiger Dreyfus' zu kompromittieren und den wahren Schuldigen reinzuwaschen, wobei sie chauvinistische und antisemitische Gefühle entfachten. Der Prozeß wurde verschleppt und endete erst 1906 mit der völligen Rehabilitierung von Dreyfus. Tschechow wurde Zeuge besonders heftiger Auseinandersetzungen in dieser Affäre. Im Dezember 1897 wurde Esterhazy von einem Militärtribunal freigesprochen, während der Oberst Picquart, als Spion entlarvt, ins Gefängnis kam und später aus Frankreich ausgewiesen wurde. Das alles veranlaßte Emile Zola, an den Präsidenten der französischen Republik den berühmten Brief „J'accuse" zu schreiben, in dem der Schriftsteller nicht nur Dreyfus verteidigte, sondern auch öffentlich die vielfältigen Machenschaften der Militärbehörden und der an diesem Skandal Schuldigen aufdeckte. Anfang 1898 fand ein erneuter Prozeß, diesmal gegen Zola, statt, der damit endete, daß der Schriftsteller zu einem Jahr Gefängnis und zu einer Geldstrafe verurteilt wurde. Dieser Prozeß hatte eine ungeheure Resonanz und polarisierte die öffentliche Meinung – es bildete sich das Lager der Reaktion und das Lager der progressiven Menschen verschiedenster Überzeugungen, die einmütig auf der Seite des großen französischen Schriftstellers standen.

Tschechow schloß sich bereits nach der ersten Bekanntschaft mit den Materialien der „Affäre Dreyfus" dem progressiv-demokratischen Lager an. „Ich lese den ganzen Tag Zeitungen", schrieb er am 4. Dezember 1897 aus Nizza, „und studiere die Affäre Dreyfus. Meiner Meinung nach ist Dreyfus unschuldig"; einen Monat später teilte er mit: „Die Dreyfusaffäre ist wieder aufgenommen worden und geht weiter, aber sie ist noch nicht ins Geleise gebracht. Zola ist eine edle Seele, und ich ... bin begeistert von seinem Zornesausbruch. Frankreich ist ein wunderbares Land, und es hat wunderbare Schriftsteller ..." Ende Januar 1898 hieß es: „Bei uns gibt es nur ein Gesprächsthema, nämlich Zola und Dreyfus. Die weit überwiegende Mehrheit der Intelligenz steht auf seiten Zolas und glaubt an Dreyfus' Unschuld. Zola ist um volle drei Arschin gewachsen; von seinen protestierenden Briefen geht gleichsam ein frischer Wind aus, und jeder Franzose fühlt, daß es Gott sei Dank noch Gerechtigkeit auf der Welt gibt und Menschen, die für einen unschuldig Verurteilten eintreten. Die französischen Zeitungen sind außerordentlich interessant, die russischen dagegen zum Wegwerfen. Die ‚Nowoje wremja' ist einfach widerlich."

Tschechow kannte die „Affäre" nicht nur aus Zeitungen, sondern aus dem stenographischen Protokoll. Im Februar hatte er Suworin seinen Standpunkt mitgeteilt. Am 23. Februar schrieb er an seinen Bruder Alexander: „In der Sache Zola hat sich die ‚Nowoje wremja' einfach gemein benommen. Aus diesem Anlaß habe ich mit dem Alten Briefe gewechselt (in sehr gemäßigtem Ton übrigens), und wir beide sind nun verstummt. Ich will nicht schreiben und will nicht seine Briefe, in denen er die Taktlosigkeit seiner Zeitung damit entschuldigt, daß er das Militär liebt – ich will nicht, weil mir das alles schon seit langem zuwider ist." Tschechows Brief änderte nichts an der Position von Suworins Zeitung.

Auch in Frankreich dachte Tschechow an Taganrog. Obgleich seine Finanzen nicht zum besten standen, kaufte er 319 Bände französischer Klassiker und schickte sie an die Bibliothek. Etwa zur selben Zeit erhielt er die Zustimmung des Bildhauers Antokolski zur Errichtung eines Denkmals für Peter I. in Taganrog.

Kurz vor seiner Rückkehr saß Tschechow erneut für Bras, der zu diesem Zweck extra nach Nizza gekommen war. Das erste Porträt war dem Maler nicht gelungen. Aber auch von dem zweiten Bild, das dann in der Tretjakow-Galerie Aufnahme fand, war Tschechow nicht begeistert. „Es heißt, ich und die Krawatte seien sehr ähnlich, aber wie im Vorjahr ist der Gesichtsausdruck so, als ob ich Meerettich geschnuppert hätte."

Der Herbst und der Winter, die Tschechow in Südfrankreich verbrachte, änderten wenig an seinem Gesundheitszustand. Das Blutspeien hielt wochenlang an. Er war in dieser Zeit so schwach, daß er sich gezwungen sah, aus der ersten Etage des Hotels in das Parterre umzuziehen.

Im Januar 1898, am Vorabend seines Geburtstages, schrieb er seiner Schwester: „Ich bin nun schon 38 Jahre alt, das ist etwas viel, wenn ich auch das Gefühl habe, schon 89 Jahre zu leben."

Die Bilanz seines Kuraufenthaltes war wenig tröstlich. „Ich bin gesund", heißt es am 13. März, „aber ich bin nicht gesünder geworden, als ich war; wenigstens habe ich kein Gramm zugenommen, und offenbar werde ich auch niemals zunehmen. Ich will nach Hause, ich habe es satt, untätig herumzulungern." Am 5. Mai 1898 war Tschechow wieder in Melichowo.

Im Frühjahr schrieb er „Jonytsch" und im Sommer die Trilogie „Der Mensch im Futteral", „Die Stachelbeeren" und „Von der Liebe".

Der Konflikt, der der Erzählung „In der Heimat" zugrunde liegt, wurde in „Jonytsch" weiterentwickelt. Hier haßt und verachtet der Held das Leben seiner spießbürgerlichen Umwelt, was ihn aber letztendlich nicht hindert, selber mitzumachen. Die Erzählung verfolgt den Degenerationsprozeß eines jungen denkenden Menschen zur unglückseligen Figur eines Spießbürgers, der alles Menschliche eingebüßt hat. Die ganze Geschichte der Verwandlung des jungen Arztes Dmitri Jonytsch Starzew in einen fett gewordenen raffgierigen Menschen, den alle nur noch Jonytsch nennen, nimmt weniger als zwanzig Textseiten ein.

Die Erzählung ist stufenweise aufgebaut. Im ersten Kapitel wird Starzews Ankunft in der Gouvernementsstadt S. erzählt, seine Ernennung zum Arzt im Semstwo-Krankenhaus und der Besuch der Turkins. Die Wiederholung des Besuches bei den Turkins nach über einem Jahr und das mißglückte Rendez-

„Der Mensch im Futteral" (S. S. Boim, 1954)

vous mit Katja auf dem Friedhof werden im zweiten Kapitel gezeigt. Das folgende Kapitel berichtet vom Ende der kurzzeitigen Verliebtheit des Helden – Katja hat seinen Heiratsantrag abgelehnt. Das vierte Kapitel umfaßt die Wiederbegegnung mit Katja, die nach vier Jahren aus dem Konservatorium zurückgekehrt ist. Das fünfte Kapitel schließlich zeichnet Jonytsch und sein Leben, wie es sich einige Jahre später endgültig gefügt hat.

Die ganze Erzählung ist von Anfang bis Ende in dem Tschechow eigenen ruhigen, gleichmäßigen Ton gehalten, ohne daß der Autor eine Bewertung des Dargestellten gibt. Unter strenger Beibehaltung des Prinzips der Objektivität arbeitete Tschechow zugleich mit einer betonten Verdichtung des Erzählkolorits und einer Figurenzeichnung, die sich konsequent der Metaphorik nähert. Im Prinzip hatte Tschechow nichts Neues erfunden, braucht man sich doch nur an Gogols „Nase" oder die Galerie grotesker Gestalten bei Saltykow-Schtschedrin zu erinnern. Allerdings fand Tschechow neue Möglichkeiten für eine satirisch zugespitzte Modellierung der Gestalten. Die Verknüpfung des verdichteten Erzählkolorits mit der lebensechten Glaubwürdigkeit der Gestalten, die durch die an Schattierungen erstaunlich reiche, aber betont gelassene Tonalität der Erzählweise verstärkt wird, kennzeichnen die Besonderheit der Tschechowschen Methode.

Einen erstaunlichen Effekt erreichte der Autor durch die Wiederholung eines bestimmten charakteristischen Details. Die Scherze Turkins, die Romane, die seine Gattin verfaßt und den Gästen vorliest, die einstudierte Replik Pawas „Stirb, Unglückliche!", das Klavierspiel Kätzchens gewinnen ihre entblößende Schärfe gerade dank ihrer ständigen Wiederholung und Unveränderlichkeit. Als Starzew einmal die Turkins verläßt, „da fiel ihm auf einmal alles wieder ein – Wera Jossifownas Romane, Kätzchens geräuschvolles Spiel, Iwan Petrowitschs Witze, Pawas tragische Pose – und er dachte: Wenn die talentiertesten Leute der Stadt so unbegabt sind, wie müssen dann erst die anderen sein".

Nach dem gleichen Prinzip verläuft die Entwicklung des Hauptthelden. Das erstemal kommt Starzew zu Fuß aus Djalish, wobei am Rande erwähnt wird, daß er keine Pferde besitzt. Nach gut einem Jahr hat der Doktor bereits ein Paar Pferde und den Kutscher Panteleimon, der eine Samtweste trägt, aber einstweilen noch denkt der Held, als er müde in die Kutsche steigt: „Ach, man sollte nicht dick werden!" Im nächsten Kapitel erfahren wir, daß Starzew in einer Troika mit Schellengeläut fährt, daß er dick geworden ist und schon ungern zu Fuß geht, und daß er an Atemnot leidet. Auch Panteleimon hat zugenommen, und er klagt, weil er das Fahren satt hat.

Das Schlußkapitel beginnt so: „Abermals sind einige Jahre vergangen. Starzew ist noch dicker, geradezu fett geworden, er atmet schwer und geht mit zurückgeworfenem Kopf. Wenn er, aufgedunsen und rot, in seiner Troika mit Schellengeläut vorüberfährt und Panteleimon, ebenfalls aufgedunsen und rot, mit feistem Nacken auf dem Kutschbock sitzt, die Arme gerade vorgestreckt, als wären es Holzstöcke, und den Entgegenkommenden ‚Rrrechts halten!' zuruft, so ist das ein eindrucksvolles Bild, und man meint, da fahre kein Mensch, sondern ein heidnischer Götze."

Tschechows kleine Trilogie war der Beginn eines Zyklus, von dem der Schriftsteller hoffte, ihn fortsetzen zu können. Aber er kam nicht mehr darauf zurück.

In der Trilogie wurde die bei der Arbeit an „Jonytsch" gefundene Methode der Personencharakteristik erweitert. Auch die Figur des Griechischlehrers Belikow, des „Menschen im Futteral", ist so gestaltet. Seine Ergebenheit gegenüber den Zirkularen, dem strengen Reglement, sein berüchtigtes „Wenn nur nichts daraus entsteht!" finden ihren sichtbaren Ausdruck in der Liebe des Helden zum Futteral, zur warmen Kleidung, dem Regenschirm, den Galoschen, der dunklen Brille. Die sich beharrlich wiederholenden äußeren Kennzeichen Belikows nehmen schließlich den Charakter von Symbolen nicht nur für die Geistesverfassung des Menschen im Futteral, sondern auch für das wie ein Futteral gestaltete Leben insgesamt an, für eine Wirklichkeit, in der das Leben zwar nicht durch Zirkulare verboten, aber auch nicht völlig erlaubt war.

Alles findet seinen Höhepunkt in der kurzen Beschreibung des verstorbenen Belikow: „Jetzt, wo er im Sorge lag, hatte sein Gesicht einen sanften, angenehmen, sogar vergnügten Ausdruck, gerade als sei er froh, daß man ihn endlich in ein Futteral gelegt habe, aus dem er niemals wieder herauskommen würde. Ja, er hatte sein Ideal erreicht!"

In den „Stachelbeeren" wird die Leidenschaft des Helden, ein Gut zu erwerben, auf dem seine eigenen Stachelbeeren wachsen würden, zu einem Symbol für ein beschränktes Leben. Schließlich hat sich sein Traum erfüllt – er ißt seine eigenen, auf seinem Gut gepflückten Beeren. „Die Beeren waren hart und sauer, aber wie Puschkin sagt, ‚teurer als die bittere Wahrheit ist uns der erhabene Wahn'. Ich sah einen glücklichen Menschen vor mir, dessen sehnlichster Wunschtraum ganz offensichtlich in Erfüllung gegangen war, der sein Ziel im Leben erreicht ... hatte ..." Und wieder das schon bekannte Prinzip der Personencharakterisierung und der Lebensbeschreibung: „Ich ging zum Haus, und mir entgegen kam ein fuchsroter feister Hund, der aussah wie ein Schwein. Er wollte bellen, war aber zu faul. Aus der Küche kam die Köchin, sie war barfuß und dick und sah ebenfalls aus wie ein Schwein. Sie sagte, der Herr halte gerade Mittagsruhe. Ich ging zu meinem Bruder hinein, er saß im Bett, die Knie mit einer Decke zugedeckt; er war alt geworden, dick, gleichsam aufgeschwemmt; seine Wangen, seine Nase und seine Lippen hatte es nach vorn gezogen, und es schien, als wolle er jeden Augenblick in die Bettdecke grunzen."

Das künstlerische System der Trilogie ist komplizierter als im „Jonytsch". Neben dem Erzähler gibt es noch drei weitere Personen mit Erzählerfunktion; drei intelligente Menschen, von denen jeder auf seine Art unzufrieden ist und intensiv über sein Leben und seine Umwelt nachdenkt. Das gab Tschechow die Möglichkeit, in breitem Umfang vor allem die lyrisch-philosophischen Reflexionen zu nutzen, die wie in „Mein Leben" und den „Bauern" eine zugespitzte gesellschaftspolitische Charakteristik der zeitgenössischen sozialen Realität enthalten.

„‚Sehen und hören, wie gelogen wird', sprach Iwan Iwanytsch und wälzte sich auf die andere Seite, ‚und du selber wirst noch ein Dummkopf genannt, weil du diese Lüge duldest; Kränkungen, Erniedrigungen ertragen, nicht offen erklären dürfen, daß du auf der Seite der ehrlichen, freien Menschen stehst, und selber lügen, lächeln, und das alles um des täglichen Brotes willen, wegen eines warmen Winkels, wegen irgendeines elenden Dienstgrades, der keinen Groschen wert ist – nein, so weiter zu leben ist unmöglich!'"

Ähnlich verfuhr der Autor in den „Stachelbeeren". Hier die Empörung gegen die satten, zufriedenen, glücklichen Menschen und der Protest gegen die Forderung, sich mit der Lage abzufinden und zu warten, bis das Leben sich von selbst ändert, und sogar Losungen und Aufrufe eigner Art, wie: „Es gibt kein Glück, und es soll auch keins geben, und wenn das Leben Sinn und Zweck hat, so liegt dieser Sinn und Zweck nicht in unserem Glück, sondern in etwas Vernünftigerem, Größerem. Tun Sie Gutes!"

Diese auf den ersten Blick paradoxe Formel – „Es gibt kein Glück und es soll auch keins geben"– war die organische Weiterentwicklung des schon im

„Literaturlehrer" ausgesprochenen Gedankens, daß der Mensch nach einem tätigen, inhaltsreichen Leben streben müsse, was mit Ruhe und persönlichem Glück nicht zu erreichen ist.

Tschechow stellte schonungslos das Tolstojanertum und das anspruchslose Leben bloß und erneuerte seine Forderung: „Der Mensch braucht nicht drei Arschin Erde, kein Landgut, sondern den ganzen Erdball, die ganze Natur, wo er alle Eigenschaften und Besonderheiten seines freien Geistes ungehindert entfalten kann."

Die Erzählung „Von der Liebe" bestätigt die gleichen Prinzipien für die Sphäre des persönlichen Lebens. So human und vernünftig die Vorstellungen Aljochins, der sich davor fürchtet, das familiäre Glück Anna Alexejewnas zu zerstören und die Verantwortung für ihr weiteres Schicksal auf sich zu nehmen, auch sind, schließlich begreift er doch, wie unnütz, kleinlich und trügerisch all das war, was die beiden hinderte, einander zu lieben. „Ich begriff, daß man, wenn man liebt, in seinen Überlegungen von dem Höchsten ausgehen muß, von etwas Wichtigerem, als es Glück oder Unglück, Sünde oder Tugend im landläufigen Sinne sind, oder man braucht überhaupt nicht zu überlegen."

Der letzte Sommer in Melichowo neigte sich seinem Ende zu. Der Herbst kam näher, und man mußte wieder an den Süden denken.

„Allein bei dem Gedanken, daß ich wegfahren muß", schrieb Tschechow an Lidija Alexejewna, „sinken mir die Arme herunter, und ich habe keine Lust mehr zu arbeiten. Mir scheint, wenn ich diesen Winter in Moskau oder Petersburg verbringen und dort in einer warmen Wohnung leben würde, ich würde völlig gesund werden, und was die Hauptsache ist, ich würde dort so arbeiten (d. h. schreiben), daß dem Teufel übel würde.

Dieses Wanderleben, noch dazu im Winter – der Winter im Ausland ist widerlich –, würde mich vollends aus dem Geleise werfen." Am 9. September 1898 fuhr Tschechow dann nach Moskau und von dort am 15. September nach Jalta.

Im Grunde nahm Tschechow von Melichowo Abschied. Schon am 25. Juni hatte er gestanden: „Ich muß viel schreiben, indessen erschöpft sich das Material merklich. Ich sollte Lopasnja verlassen und für eine Weile irgendwo an einem anderen Ort leben." Die Auswahl war jedoch nicht groß. Es war schwer, etwas Besseres als Jalta zu finden. Die notwendige Entscheidung wurde durch ein neues Unglück beschleunigt. Am 12. Oktober 1898 verstarb nach einer schweren Operation Pawel Jegorowitsch, Tschechows Vater. „Mein Vater ist gestorben. Das wichtigste Zahnrad aus dem Mechanismus von Melichowo ist ausgefallen, und ich glaube, für meine Mutter und meine Schwester hat das Leben in Melichowo jetzt jeden Reiz verloren, so daß ich jetzt für sie ein neues Nest einrichten muß." Sogleich begann Tschechow, in Jalta eine Parzelle zu besichtigen, und Ende Oktober schon war der Kauf perfekt. Das Grundstück lag zwanzig Minuten Fußweg von Jalta entfernt, in Autka.

Der Abschied von Melichowo zog sich jedoch in die Länge. Zu eng waren

Mutter und Schwester mit Moskau verbunden. Am 15. Mai 1899 schrieb Tschechow an Jordanow: „Ich weiß nicht, was ich machen soll. Ich baue ein Landhaus in Jalta, aber ich bin nach Moskau gekommen, hier hat es mir plötzlich gefallen, trotz des Gestanks, und ich habe ein Zimmer gemietet, für ein ganzes Jahr, jetzt bin ich auf dem Land, die Wohnung ist abgeschlossen, das Landhaus wird ohne mich gebaut – und heraus kommt irgendwelcher Blödsinn."

Sich von Melichowo zu trennen war nicht nur für die Tschechows schwer. Als Anton Pawlowitschs nahe Bekannte vom bevorstehenden Verkauf des Gutes erfuhren, machte das auf sie einen niederschmetternden Eindruck. Das Gutshaus von Melichowo war für sie so eng mit dem Namen des Schriftstellers verbunden, daß der Verkauf ihnen als ein nicht wiedergutzumachendes Unglück vorkam. Für Tschechow aber gab es keinen anderen Ausweg, und Anfang August 1899 ging Melichowo in die Hände eines neuen Eigentümers über.

„Wie Dreyfus auf der Teufelsinsel"

Tschechows erste Briefe aus Jalta waren schwermütig. Am 20. September klagte er: „Das Wetter in Jalta ist ganz sommerlich, meine Wohnung ist sehr schön, aber das Leben ist langweilig, wahrscheinlich deshalb, weil es mir schon über ist, in der Welt herumzuwandern." Und am 21. September: „Meine Gesundheit ist mal gut, mal schlecht. Schlecht in der Hinsicht, daß ich aus dem Geleise geworfen bin und fast gar nicht arbeite. Dieser erzwungene Müßiggang und das Herumschlendern durch die Kurorte sind schlimmer als jegliche Bazillen." Allmählich gewöhnte er sich jedoch ein, und so schrieb er am 24. Oktober an Lawrow: „In Jalta ist prächtiges, beinahe sommerliches Wetter, ich möchte nirgendwo anders hinfahren. Die Krim ist sehr schön. Niemals früher hat sie mir so gefallen wie jetzt."

In Jalta sammelten sich um Tschechow einige angesehene Künstler, deren Kreis sich später immer mehr erweiterte. Im September traf er mit den Sängern Schaljapin und Miroljubow, dem Komponisten Rachmaninow, dem Dichter Balmont sowie dem Arzt und Schriftsteller Jelpatjewski zusammen. Im Oktober 1898 schrieb ihm Maxim Gorki einen Gruß, und Anfang November schickte er ihm zwei Bände seiner Erzählungen und einen Brief – eine bewegende Liebeserklärung an den Schriftsteller.

„Offen gesagt – ich möchte Ihnen meine aufrichtige heiße Liebe erklären, die ich von Kindesbeinen an unerwidert für Sie hege, ich möchte meine Begeisterung über Ihr erstaunliches Talent zum Ausdruck bringen, das so wehmütig und herzergreifend, tragisch und zärtlich, und immer so schön, so fein ist ... Wieviel wunderbare Augenblicke habe ich über Ihren Büchern erlebt, wie oft habe ich darüber geweint und war ich wütend wie der Wolf im Fangeisen, und traurig lachte ich oft und lange."

Kurze Zeit später antwortete Tschechow. Er lobte Gorkis Erzählung „Jahrmarkt in Goltwa" und versprach, bald Ausführliches zu schreiben. „Sie fragen, welcher Meinung ich über Ihre Erzählung bin?" heißt es in dem Brief vom 3. Dezember. „Welcher Meinung? Ihr Talent ist unbestreitbar, es ist ein wirkliches, ein großes Talent. Es kommt beispielsweise mit ungewöhnlicher Stärke in der Erzählung ‚In der Steppe' zum Ausdruck, und ich wurde direkt von Neid ergriffen, daß nicht ich das geschrieben habe. Sie sind ein Künstler, ein kluger Mensch. Sie haben ein ausgezeichnetes Empfinden. Sie sind plastisch, das heißt, wenn Sie eine Sache darstellen, so sehen Sie sie vor sich und betasten sie mit den Händen. Das ist wirkliche Kunst." So begann eine der interessantesten Korrespondenzen in der russischen Literatur überhaupt.

Im März 1899 lernten sich dann Tschechow und Gorki in Jalta persönlich kennen. Sie waren oft zusammen, und ihre Gespräche zogen sich manchmal bis zum nächsten Morgen hin. Anfang April schrieb Gorki an seine Frau: „Mich rührt sein Vertrauen zu mir, und überhaupt bin ich überaus froh und sehr zufrieden darüber, daß er, den ich für ein gewaltiges und originelles Talent halte, einen von jenen Schriftstellern, die in der Literaturgeschichte und in den Strömungen der Gesellschaft Epoche machen – daß er in mir jemanden sieht, mit dem man rechnen muß. Das ist für mich nicht nur schmeichelhaft, sondern äußerst gut, denn es ist geeignet, mich zu zwingen, mich zu mir selbst strenger und anspruchsvoller zu verhalten. Er kann wunderbar lieb lachen – ganz wie ein Kind. Wir sehen uns jeden Tag." Die Begegnung im Frühjahr festigte ihre herzliche Freundschaft endgültig. Zur gleichen Zeit machte Tschechow auch zwei andere interessante Bekanntschaften – mit den jungen, damals gerade am Anfang ihrer Laufbahn stehenden Schriftstellern Alexander Kuprin und Iwan Bunin.

Die Melichower Sorgen verließen Tschechow auch in Jalta nicht; es kamen Briefe mit Bitten und Beschwerden. Welcher Art die Sorgen waren, zeigt ein Brief, den er zu Beginn des Jahres 1899 schrieb und in dem er bat, ihn endlich von den Pflichten eines Kurators der Schulen von Tschirkowo und Talesh zu entbinden. „... das ständige Gezänk in der Schule von Talesh, der Pope, die Bauern, die Glas zerschlagen, Frau Anissimowa mit ihrem Charakter, die Klagebriefe ihrer Gehilfin, die völlige Gleichgültigkeit von seiten der Behörde, ihre Berichte in Sachen Volksbildung ... Ich kann nicht mehr!"

Schon seit Herbst 1898 bemühte sich der Schriftsteller um den Schulneubau in Melichowo, er verschickte Briefe mit ausführlichsten Instruktionen und war damit beschäftigt, Geldmittel ausfindig zu machen. Im November schrieb er einer guten Bekannten, der Schriftstellerin Schawrowa: „Bei mir wird wieder eine Schule gebaut ... und ich brauche zweieinhalbtausend – man könnte sich aufhängen!" Zur selben Zeit kaufte Tschechow auf Pfandbrief eine Parzelle in Autka und lieh sich 5 000 Rubel für den Bau eines Landhauses. Trotzdem übergab er seiner Schwester Maria eine Verfügung, alles Geld, was von den Theatern für die Aufführung seiner Stücke einging, für den Bau der Schule in Melichowo zu verwenden.

Doch damit nicht genug der Sorgen. Eine Mißernte im Gouvernement Samara rief eine Hungersnot hervor; die furchtbaren Auswirkungen einer solchen Katastrophe waren Tschechow noch aus den Jahren 1891/1892 bekannt. Er verbreitete einen Aufruf, sammelte selbst Spenden für die hungernden Kinder, organisierte Liebhaberaufführungen zu wohltätigen Zwecken, veröffentlichte

Gorkis Besuch in Jalta (1900)

Rechenschaftsberichte. Bald wurde er – in der Sektion Jalta – zum Ordentlichen Mitglied der Russischen Gesellschaft des Roten Kreuzes gewählt. Auch in die Arbeit der Volksbildung war Tschechow einbezogen. Im Oktober ernannte man ihn zum Mitglied des Kuratorenrates des Mädchengymnasiums und bald darauf zum Kurator der Volksschule in Muchalatka. Die Semstwoverwaltung von Jalta lud den Schriftsteller auch zu den Sitzungen des medizinischen Rates ein.

Mit der Zeit bemühte sich Anton Tschechow immer mehr um die zahlreichen Tuberkulosekranken, die manchmal ohne jegliche Mittel in Jalta eintrafen. In eine besonders schwierige Lage geriet der Schriftsteller, als im August 1899 die von N. J. Efros herausgegebene Zeitung „Nowosti dnja" einen bösen Scherz mit ihm trieb. Sie veröffentlichte eine Mitteilung, daß Tschechow auf seinem Landgut ein Sanatorium oder eine Kolonie für Landärzte eröffnet habe, worauf es bei ihm Dankbarkeitsbezeugungen und Bitten um Aufnahme in das Sanatorium nur so hagelte. Bald begann Tschechow einen Aufruf zur Sammlung von Geldmitteln für notleidende Tuberkulosekranke zu verbreiten. Er schickte den Text seinem Bruder Michail mit der Bitte, ihn in einer Jaroslawler Zeitung abdrucken zu lassen und schrieb dazu: „Mich überwältigen hier die Kranken, die man aus allen Ecken und Enden hierher schickt – mit Bazillen, mit Kavernen, mit grünen Gesichtern, und ohne einen Groschen in der Tasche. Man muß mit diesem Alpdruck kämpfen und sich allerlei Tricks einfallen lassen." „Ihre Gesichter zu sehen", schrieb er an Gorki, „wenn sie bitten, und ihre erbärmlichen Bettdecken zu sehen, wenn sie sterben – das ist schwer."

Auf welche „Tricks" sich der Schriftsteller dabei einließ, geht aus den Erinnerungen des Journalisten Bestschinski hervor: „Mir persönlich ist genau bekannt, auf *welche Weise* Tschechow manchmal den Kranken half, sich ‚billig einzurichten'. Er bezahlte durch mich ihre Wohnung oder finanzierte ihre Aufnahme in das Krankenasyl der Wohltätigen Gesellschaft, und mir kam es zu, in seinem Auftrag die Kranken dort einzuliefern."

Einen wesentlichen Teil der Einkünfte bezog Tschechow aus dem Verkauf seiner Erzählungsbände, die Suworin herausgegeben hatte. Schon im August 1898 hatte er mit diesem über eine Herausgabe der Gesammelten Werke verhandelt. Dabei ließ sich der Schriftsteller weniger von materiellen Erwägungen als von der Sorge leiten, sein literarisches Erbe in Ordnung zu bringen. Er schrieb an Suworin: „Für dieses Vorhaben spricht auch die Überlegung, daß es besser ist, wenn ich selbst redigiere und herausgebe und nicht meine Erben." Suworin akzeptierte den Vorschlag, und die Vorbereitungen zur Herausgabe liefen an. Jedoch ging alles nur sehr zögernd vor sich. Die Aussicht auf finanzielle Einkünfte verschob sich auf unbestimmte Zeit, ganz zu schweigen davon, daß Tschechow völlig abhängig von Suworins schlecht geführter Buchhandlung war. Es war dem Autor praktisch unmöglich, die Zahl der verlegten wie auch die der verkauften Exemplare zu berechnen. Dazu kam das buchhalterische Durcheinander bei den Abrechnungen. Unter diesen Umständen begann der Schriftsteller wenig später, mit dem Verleger Adolf Fjodorowitsch Marcks (1838–1904) zu verhandeln, der ihm vorgeschlagen hatte, das Eigentumsrecht für seine Werke zu kaufen.

Im Auftrag Tschechows führte der Schriftsteller P. A. Sergejenko die Verhandlungen; sie waren Ende Januar 1899 im wesentlichen abgeschlossen. Für 75 000 Rubel, von denen der Autor 20 000 bei Unterzeichnung des Vertrages, den Rest im Verlauf von zwei Jahren erhalten sollte, übertrug Tschechow Marcks das Eigentumsrecht für alle seine Werke. Er selbst konnte jedes neue Werk in einer beliebigen Zeitschrift veröffentlichen, wonach es Eigentum des Verlegers wurde, der dem Autor 250 Rubel je Druckbogen zahlen sollte. Dies galt für die ersten fünf Jahre, für jedes weitere erhöhte sich die Bogensumme um je 200 Rubel. Die Einnahmen aus Theateraufführungen sollten Tschechow selbst bzw. nach seinem Tode den Erben zufallen. Auf diesem letztgenannten Punkt bestand der Schriftsteller besonders hartnäckig.

Zweifellos war auch dieser Vertrag versklavend – Tschechow war sich dessen bewußt, es blieb ihm jedoch kein anderer Ausweg. Während der Verhandlungen schaltete sich noch einmal Suworin ein, um, wie er später vorgab, Tschechow „aus der Patsche zu helfen". Nachdem er abgelehnt hatte, die Werke des Schriftstellers zu kaufen – noch dazu zu einem höheren Preis als Marcks –, teilte er Anton Pawlowitsch mit, er sei bereit, ihm sofort 20 000 Rubel zu übersenden. Tschechow wußte jedoch diese „großzügige Geste" nach Gebühr einzuschätzen und schlug das Ansinnen aus. Später schrieb er seinem Bruder Michail: „Ein Vorschuß von zwanzigtausend – das bedeutet, die Werke für zwanzigtausend zu kaufen, so daß ich niemals aus den Schulden herauskommen würde." Über seine Motive, das Angebot von Marcks anzunehmen, sagte er: „Die Gesamtausgabe meiner Werke hatte man bereits zu drucken begonnen, aber nicht fortgesetzt, weil dauernd meine Manuskripte verlorengingen, auf meine Briefe wurde nicht geantwortet, und man brachte mich durch dieses schlampige Verhalten in eine verzweifelte Lage; ich hatte Tuberkulose, ich mußte daran denken, meinen Erben nicht meine Werke in Form einer ungeordneten, wertlosen Masse zuzuschieben."

Die erste Zeit seines Jalta-Aufenthalts war für Tschechow in künstlerischer Hinsicht fruchtbar. Im November/Dezember 1898 wurden „Ein Fall aus der Praxis", „Auf der Dienstreise", „Das neue Landhaus" und „Herzchen" geschrieben. Jede dieser Erzählungen ist eine Weiterführung von Themen des Melichower Zyklus. „Das neue Landhaus" behandelt abermals das sinnentleerte Dasein der Menschen auf dem Lande und seine Ursachen – die hoffnungslose Armut und Unwissenheit der Bauern – sowie die Unmöglichkeit von Frieden und Eintracht zwischen Armen und Reichen. In der Erzählung „Auf der Dienstreise" geht es ein weiteres Mal um die soziale Ungleichheit der Menschen: Während die einen vom Leben nur das Schwerste und Bitterste abbekommen, bleibt den anderen das Leichte und Erfreuliche überlassen, damit sie beim Abendessen kühl und verständig darüber diskutieren können, weshalb denn die Unglücklichen leiden und zugrundegehen. Und wieder geht es auch um das gesunde Lebensprinzip des Volkes, das so klar von dem „Gehülfen" Loschadin verkörpert wird. Der Untersuchungsrichter Lyshin denkt schließlich darüber nach, „wie vielen solcher abgerissenen, lange nicht mehr gekämmten, ‚wertlosen' Alten" er noch begegnen würde, „in deren Seele auf irgendeine Weise das Fünfzehnkopekenstück, das Gläschen und der feste Glaube, daß man auf dieser Welt mit Ungerechtigkeit nicht weit komme, einträchtig zusammen lebten". In dieser Arbeit kehrte Tschechow zu dem Grundthema seiner Erzählung „Der Student" zurück. Lyshin, der von einer großen Karriere träumt, nimmt mit Ekel und Gereiztheit das Leben in dem abgelegenen Provinzdorf wahr und beginnt – ebenso wie der Student –, es plötzlich in einem neuen Licht zu sehen. Was ihm zunächst chaotisch und zufällig erschien, wird nun als Teil eines einheitlichen Ganzen verstanden. „Sowohl der unglückliche, überspannte, Selbstmord verübende ‚Neurastheniker' ... als auch der alte Bauer, der sein ganzes Leben von einem Menschen zum anderen ging – sie waren Zufälligkeiten, Bruchstücke des Lebens für den, der auch sein eigenes Leben für einen Teil des Allgemeinen hält und das begreift."

Die Gedanken des Studenten über den hohen Sinn des menschlichen Daseins, in dem Wahrheit und Schönheit stets die Hauptsache bildeten, werden jetzt jedoch wesentlich präziser formuliert, ja, präzisiert werden die Begriffe Wahrheit und Schönheit selbst. Wie sich zeigt, liegen sie im Begreifen der tiefen, schreienden Widersprüche des Lebens und damit im Erfassen der staatsbürgerlichen Pflicht des einzelnen. Erst als er erkannt hat, wie unglücklich die einen und wie unverdient großzügig beschenkt die anderen sind, begreift Lyshin sich selbst als Teil des Ganzen. „Und er spürte, daß dieser Selbstmord und das Leid des Bauern sein Gewissen belasteten; sich damit abzufinden, daß diese Menschen, ihrem Schicksal ergeben, sich selbst das Schwerste und das Dunkelste im Leben aufbürdeten – wie schrecklich war das! Sich damit abzufinden, für sich selbst aber ein helles, rauschendes Leben unter glücklichen, zufriedenen Menschen zu wünschen und ständig von einem solchen Leben zu träumen – das hieß von neuen Selbstmorden zu träumen, von Menschen, die von Mühe und Sorgen erdrückt wurden, oder von schwachen, im Stich gelassenen Menschen, von denen man nur zuweilen beim Abendessen sprach, ärgerlich oder spöttisch, denen man aber nicht zu Hilfe kam ..."

Das war zugleich die Quintessenz der Überlegungen des Autors, der trotz der ungeheuerlichen Ungerechtigkeit und der Widernatürlichkeit der sozialen Wirklichkeit davon überzeugt war, daß das unausrottbare Streben des Menschen nach Schönheit und Wahrheit den gesunden Kern im Leben des Volkes bildet. Die Tatsache, daß immer mehr Menschen zu dieser Wahrheit gelangten, war für den Schriftsteller Grund genug, die Scheußlichkeiten des realen Alltagslebens nicht zu fürchten und ihnen im täglichen Leben wie in seinem Schaffen kühn ins Auge zu sehen.

Im Januar 1899 erhielt Tschechow einen Brief von Iwan Schtscheglow, der ihm vom Selbstmord eines Schauspielers berichtete und schrieb: „Was für eine Verwirrung im Leben von heute!" Tschechow antwortete darauf: „Ich war immer der Meinung, daß Sie dem heutigen Leben gegenüber ungerecht sind, und es schien mir immer, daß das als krampfhafte Zuckung in bezug auf die Früchte Ihres Schaffens verläuft und diesen Früchten schadet ... Ich bin weit davon entfernt, über die Gegenwart begeistert zu sein, aber man muß objektiv sein und soweit wie möglich gerecht. Wenn es jetzt nicht schön, wenn die Gegenwart unsympathisch ist, so war doch die Vergangenheit einfach widerlich."

Die Auffassung vom Unterschied zwischen Gegenwart und Vergangenheit ist in der Erzählung „Ein Fall aus der Praxis" klar fixiert. Hier wird erneut ein bedrückendes Bild der Gegenwart gezeichnet. Wie auch schon in der Erzählung „Auf dem Wagen" unterstrich Tschechow hier den Gedanken vom ungeheuerlichen Widersinn der menschlichen Beziehungen, „wenn der Starke wie der Schwache gleichermaßen ihren gegenseitigen Beziehungen zum Opfer fallen und sich unwillkürlich einer unbekannten, lenkenden Macht unterwerfen, die außerhalb des Lebens steht und dem Menschen fremd ist".

„Ein Fall aus der Praxis" griff noch ein weiteres wichtiges Thema Tschechowscher Prosa auf: Es handelt sich hier um eine ebensolche „Weiberwirtschaft" wie in der gleichnamigen Erzählung, die junge Erbin von fünf riesigen Fabrikgebäuden ist mit dem gleichen Schuldgefühl belastet wie Anna Akimowna. Doch im Unterschied zu ihr, deren Leben im großen und ganzen auf den ihr vorgezeichneten Bahnen abläuft, gerät Fräulein Ljalikowa in eine Krise, ist es für sie unmöglich, so weiterzuleben, wie es ihr der Stand vorschreibt. Doktor Koroljow – die Hauptfigur der Erzählung – bestärkt sie in ihrer Suche nach einem Ausweg: „Ihre Schlaflosigkeit ist ehrenhaft; wie dem auch sei, sie ist ein gutes Zeichen. In der Tat, unseren Eltern wäre ein solches Gespräch, wie wir es jetzt führen, unsinnig vorgekommen; sie haben nachts nicht diskutiert, sondern fest geschlafen, wir aber, unsere Generation, wir schlafen schlecht, wir leiden seelisch, reden viel und versuchen immer zu entscheiden, ob wir recht haben oder nicht. Für unsere Kinder und unsere Enkel aber wird die Frage, ob sie recht haben oder unrecht, bereits entschieden sein. Sie werden klarer sehen als wir. Schön wird das Leben in fünfzig Jahren sein, nur schade, daß wir es nicht mehr erleben. Es wäre interessant, das mit anzusehen."

Fräulein Ljalikowa begreift, daß ihre einzige Chance darin liegt, Geld und Fabrikgebäude aufzugeben. Sie wartet darauf, daß jemand, dem sie vertrauen kann, ihren Vorsatz bestätigt. Koroljow unterstützt sie und als sie ihn fragt, wohin sie denn gehen könne, antwortet er: „Wo kann ein guter, kluger Mensch nicht überall hingehen."

Die Begegnung mit der Ljalikowa gestattet es Koroljow, in guter Laune dieses „Reich des Teufels mit den roten Augen" wieder zu verlassen. Koroljow denkt „weder an die Arbeiter noch an die Pfahlbauten, noch an den Teufel, sondern er dachte an die vielleicht schon nahe Zeit, da das Leben ebenso hell und freudig sein würde wie dieser stille Sonntagmorgen, und er dachte daran, wie angenehm es sei, an einem solchen Frühlingsmorgen in einer schönen dreispännigen Kutsche zu fahren und sich in der Sonne zu wärmen".

Die Erzählung erschien im Dezember 1898; das folgende Jahr lieferte Tschechow einen untrüglichen Beweis seines Scharfblicks bei der Einschätzung der zeitgenössischen russischen Wirklichkeit.

Allerdings kam die Bestätigung für Tschechow selbst ziemlich unerwartet, denn sie entsprang einem Bereich, zu dem er sich schon seit langem etwas skeptisch verhielt. Im Lande wuchs eine stürmische studentische Bewegung an, die zugleich Zeugnis für die allgemeinen Veränderungen in der gesellschaftlichen Atmosphäre war. Daraus erklärt sich das Interesse, das der Schriftsteller den Ereignissen sofort entgegenbrachte.

Ins Leben gerufen wurde die Bewegung durch die Vorfälle des Februar 1899 in Petersburg. Dort hatte die Leitung der Universität, mit der Absicht, die Zügel fester anzuziehen und offensichtlich von entsprechenden Weisungen beeinflußt, in ziemlich grober Form die traditionelle Studentenkundgebung verboten, die jährlich am 8. Februar aus Anlaß der Universitätsgründung durchgeführt wurde. Das Verbot kam für die Studenten um so unerwarteter, als die Kundgebung in den zurückliegenden Jahren einen völlig harmlosen Charakter getragen hatte – sie waren den Newski-Prospekt entlanggezogen und hatten Studentenlieder gesungen. Als die Studenten am 8. Februar 1899 aus der Universität kamen, fanden sie den Weg zur Palaisbrücke von Polizisten versperrt. Einige versuchten, über die Newa zu gelangen, von der berittenen

Polizei wurden sie mit Riemenpeitschen zurückgeprügelt. Am nächsten Tag riefen die Studenten einen Streik aus. Die darauffolgenden Repressionen riefen auch Proteste an anderen Hochschulen der Hauptstadt hervor; bald erfaßte die studentische Bewegung das ganze Land.

Auch nach Jalta gelangte die Kunde von den Ereignissen in Petersburg. Tschechow erfuhr davon durch seinen Bruder Alexander, den er bat, ihn auch weiterhin auf dem laufenden zu halten. Am 18. März 1899 schrieb er an den Semstwoarzt I. I. Orlow: „Ich erhalte viele Briefe aus Anlaß der Studentengeschichte – von Studenten und Erwachsenen; sogar von Suworin habe ich drei Briefe bekommen. Auch relegierte Studenten kamen zu mir ... Meiner Meinung nach haben die Erwachsenen, d. h. die Väter und die Machthaber einen großen Bock geschossen; sie haben sich so verhalten, wie die türkischen Paschas mit den Jungtürken und Softas umgehen, und die öffentliche Meinung hat diesmal sehr beredt bewiesen, daß Rußland Gott sei Dank noch nicht die Türkei ist."

Auch gegenüber den Akteuren der studentischen Bewegung kam diese Einstellung deutlich zum Ausdruck. Als „Zeugnis" einer angeblich immer noch skeptischen Haltung Tschechows zur Studentenschaft wird gewöhnlich ein anderer Brief an Orlow zitiert, der etwas früher, am 22. Februar, geschrieben wurde und der eine recht scharfe Beurteilung der russischen Intelligenz enthält. Darin schrieb Tschechow: „Vorläufig sind es noch Studenten und Studentinnen – das ist ein ehrliches, gutes Volk, das ist unsere Hoffnung, das ist die Zukunft Rußlands, aber sie brauchen nur selbständig ihren Weg zu gehen und erwachsen zu werden, da verwandelt sich unsere Hoffnung und die Zukunft Rußlands in Rauch, und es bleiben im Filter nur landhausbesitzende Ärzte, unterernährte Beamte und stehlende Ingenieure zurück ..."

Bei der Beurteilung dieses Briefes ist jedoch zu beachten, daß er nicht aus Anlaß der Studentenunruhen geschrieben wurde, sondern die Antwort auf einen Brief Orlows war, der sich beschwert hatte, daß die Behörden nicht eine einzige Initiative örtlicher liberaler Persönlichkeiten unterstützten, und daß die Armseligkeit des lokalen gesellschaftlichen Lebens auf die Willkür der Verwaltung zurückzuführen war. Tschechow erinnerte den Adressaten an die Verantwortung der Intelligenz selbst für den Zustand des gesellschaftlichen Lebens und an dessen realen Charakter. Dadurch demonstrierte der Brief in erster Linie den prinzipiellen Unterschied seiner Überzeugungen zu den Ansichten der Liberalen aller Schattierungen im allgemeinen und zur Bewertung der Realität durch einen gemäßigten Liberalen, wie es Orlow war, im besonderen.

Tatsächlich wurde dieser Brief zu einem Zeitpunkt geschrieben, da Tschechow bereits von den Petersburger Ereignissen erfahren hatte. Offensichtlich bewirkten diese ersten Nachrichten auch die scharfe Gegenüberstellung der Studenten mit der Masse der bürgerlich-adligen Intelligenz. Zorn und Unwillen Tschechows waren gegen die zunehmende Verbürgerlichung der ehemaligen

Studenten, gegen deren Degeneration zu einer „falschen, heuchlerischen, ungebildeten und faulen“ Intellektuellenschicht gerichtet. Er schloß seinen Brief mit einem Bekenntnis: „Ich glaube an den einzelnen Menschen, ich sehe die Rettung in den Einzelpersönlichkeiten, die über ganz Rußland verstreut sind – ob Intellektuelle oder Bauern –, in ihnen liegt die Kraft, obwohl ihrer nur wenige sind. Der Prophet gilt nichts in seinem Vaterland, und die Einzelpersönlichkeiten, von denen ich spreche, spielen in der Gesellschaft eine unauffällige Rolle, sie sind nicht dominierend, aber ihre Arbeit sieht man ...“

Als diese Zeilen geschrieben wurden, war Rußland bereits in die dritte, die proletarische Periode der russischen Befreiungsbewegung eingetreten, aber der Sturm – die Bewegung der Massen selbst – reifte erst heran im Lande. Trotzdem erfaßte Tschechow, der weit vom Marxismus und der entstehenden Arbeiterbewegung entfernt war, die allgemeine Richtung der geschichtlichen Entwicklung. Davon zeugen seine Schlußbetrachtungen über die Rolle der Einzelpersönlichkeit. Hier sprach der Schriftsteller darüber, was er als grundlegend erachtete – die unablässige Vorwärtsbewegung der Wissenschaft, die moralischen Fragen, deren Charakter immer beunruhigendere Formen annahm, und das Anwachsen des gesellschaftlichen Selbstbewußtseins. Was er dabei im Auge hatte, bezeugt der Brief, in dem Tschechow erklärte, die öffentliche Meinung, die im Zusammenhang mit der Studentenbewegung in Erscheinung getreten sei, habe gezeigt, „daß Rußland Gott sei Dank noch nicht die Türkei“ sei.

Es gibt keinen Zweifel – je klarer sich die Umrisse der studentischen Bewegung vor Tschechow abzeichneten, desto mehr wuchs seine Überzeugung, daß das Leben großen Veränderungen entgegengehe und daß es immer interessanter werde. Aber, und darin lag das Unglück, umso trauriger und unbehaglicher empfand er das provinzielle, langweilige Jalta. Im Januar 1899 schrieb er an Jordanow: „Nun ist es schon eine Woche, daß es in Jalta ununterbrochen regnet, und ich möchte vor Langeweile um Hilfe rufen. Wieviel verliere ich, weil ich hier lebe!“ Einen Monat später: „Man muß sich selbst überwinden, um hier tagaus, tagein zu leben und nicht mit dem Schicksal zu hadern.“ An Frau Awilowa schrieb er: „Der Belletrist Iwan Schtscheglow nennt mich einen Potjomkin und ... preist mich wegen meiner Lebenskunst. Wenn ich Potjomkin bin, weshalb bin ich dann in Jalta, weshalb muß ich mich hier so schrecklich langweilen! Es ist ein Schneesturm, der Schnee weht in die Fenster, der Ofen strömt Hitze aus, man möchte überhaupt nicht schreiben, und ich schreibe auch nichts.“

Das allgemeine Gefühl der Isolierung vom pulsierenden Leben spitzte sich dramatisch zu. Tschechow zog es mit Macht nach Moskau, genauer genommen zum Moskauer Künstlertheater, wo zu dieser Zeit die Premiere seines Stückes „Die Möwe“ vorbereitet wurde.

Das Fundament dieses später so berühmten Theaters bildete eine Begegnung mit Konstantin Stanislawski und Wladimir Nemirowitsch-Dantschenko am

Foto von 1897 · „Die Möwe“ (Plakat, Moskauer Künstlertheater, 1898)

21. Juni 1897. „Das Programm des neu beginnenden Unternehmens“, so erinnerte sich Stanislawski, „war revolutionär. Wir protestierten gegen die alte Spielweise, gegen die theatralische Darstellung, gegen das falsche Pathos, die Deklamation, gegen das unnatürliche Spiel, gegen die schlechten Konventionen bei der Inszenierung und bei den Dekorationen, gegen den Starkult, der das Ensemble verdarb, gegen die ganze Form der Aufführungen, gegen das nichtssagende Repertoire der damaligen Theater.“ Dies war zweifellos auch eine Kampfansage an die alten Feinde Tschechows, die ihm soviel Ärger bereitet und z. B. die Inszenierung der „Möwe“ im Petersburger Alexandra-Theater verdorben hatten. Es war daher nur natürlich, daß sich die Intentionen des Dramatikers mit denen des neuen Theaters trafen.

Das Repertoire des Künstlertheaters sollte aus klassischen Stücken der russischen und ausländischen Literatur bestehen und auch, wie Stanislawski schrieb, „aus Werken junger Autoren, in denen der Puls des Lebens in jener Zeit schlug ...“ Ein solcher Autor war in erster Linie Anton Tschechow. Mit seiner „Möwe“ wollte Nemirowitsch-Dantschenko das moderne Repertoire des neuen Theaters eröffnen. Die Zustimmung Tschechows dafür zu erlangen, war jedoch gar nicht so einfach.

Nemirowitsch-Dantschenko hatte im April 1898 einen Brief an ihn gerichtet, in dem er die Organisation des neuen Theaters beschrieb und ihn bat, dem Theater die Aufführung der „Möwe“ zu gestatten. Zur Begründung schrieb er, daß dieses Stück ihn mit seinen in jeder Figur verborgenen Dramen und Tragödien fessele, und er äußerte die Überzeugung, daß bei einer kühnen, banalitätsfernen und sorgfältigen Inszenierung auch die Zuschauer gefesselt sein würden. „Vielleicht", schrieb er, „wird das Stück keine Beifallsstürme hervorrufen, aber daß eine richtige Aufführung mit jungen Talenten, *frei von Routine*, ein Triumph der Kunst sein wird – dafür stehe ich ein." Tschechow verweigerte jedoch die Zustimmung, wobei er sich darauf berief, daß er nicht mehr imstande sei, die mit dem Theater verbundenen Aufregungen durchzustehen, daß er sich nicht für einen Dramatiker halte usw. Am 12. Mai wiederholte Nemirowitsch-Dantschenko seine Bitte. Diesmal schrieb er: „Wenn Du das Stück nicht gibst, bringst Du mich um, denn die ‚Möwe' ist das einzige moderne Stück, das mich als Regisseur fesselt, und Du bist der einzige moderne Schriftsteller, der für ein Theater mit einem musterhaften Repertoire von großem Interesse ist. Wenn Du willst, komme ich vor den Proben zu Dir, um die ‚Möwe' und meinen Plan für die Inszenierung durchzusprechen." Tschechow ging auf den Vorschlag ein und antwortete Nemirowitsch: „Ich möchte Dich so gern sehen, wie Du es Dir nicht vorstellen kannst, und für das Vergnügen, Dich zu sehen und mich mit Dir zu unterhalten, bin ich bereit, Dir alle meine Stücke zu geben."

Nun konnte die Arbeit beginnen, und Tschechow verfolgte sie mit Interesse. Nachdem er am 21. August von Nemirowitsch-Dantschenko einen Brief erhalten hatte, schrieb er an Suworin: „Die Sache geht bei ihm flott voran. Es gab schon an die hundert Proben, und für die Schauspieler werden Lektionen gehalten." In einem weiteren Brief, in dem er von den Strichproben der „Möwe" Mitteilung machte, schrieb Nemirowitsch: „Wenn du unsichtbar anwesend wärest, Du ... weißt Du was? Du würdest umgehend anfangen, ein neues Stück zu schreiben!" Am 9. September kam Tschechow nach Moskau, um an einer Probe teilzunehmen. Am 12. September berichtete Nemirowitsch-Dantschenko Stanislawski: „Tschechow ist gekommen. Ich nahm ihn vor drei Tagen mit zur Probe. Er begriff schnell, wie Ihre mise-en-scène den Eindruck verstärkt. Er hörte sich die beiden ersten Akte an und machte mir, dann den Schauspielern gegenüber seine Bemerkungen. Sie waren sehr aufgeregt. Er fand, bei uns auf den Proben sei es angenehm, eine nette Gesellschaft und ausgezeichnete Arbeit. Am nächsten Tag haben wir (ohne Tschechow) nach seinen Bemerkungen geändert (hier und da habe ich nicht nachgegeben), und gestern hat er wieder zugehört. Er fand vieles besser."

Olga Knipper berichtete von dieser ersten Begegnung der Schauspieler mit dem Autor: „Wir alle waren hingerissen von dem ungewöhnlichen, edlen Charme seiner Persönlichkeit, seiner Einfachheit, seiner Unfähigkeit zu ‚lehren', zu ‚zeigen'. Wir wußten nicht, wie und worüber wir mit ihm sprechen sollten ... Er schaute uns an, wobei er mal lächelte, mal plötzlich ungewöhnlich ernst war, mit einer gewissen Verlegenheit, wobei er sich am Bart zupfte und den Kneifer hochriß ... Er schwankte, wie er auf einige Fragen antworten sollte ... Er antwortete irgendwie unerwartet, als sei es nicht das Wesentliche, sondern nur so allgemein, und wir wußten nicht, wie wir die Bemerkung auffassen sollten – ernsthaft oder als Scherz. So aber schien es uns nur in der ersten Minute, jetzt aber, nach einigem Nachdenken, spürte man, daß die gleichsam beiläufig gemachte Bemerkung in Herz und Hirn einzudringen begann, und aus einem kaum bemerkbaren Charakterzug begann das ganze Wesen eines Menschen zu erwachsen."

Tschechow war auch bei Proben zu „Zar Fedor Ioannowitsch", der kommenden Premiere des Künstlertheaters, anwesend. Von seinen Eindrücken berichtete er aus Jalta: „Nemirowitsch und Stanislawski haben ein sehr interessantes Theater. Herrliche kleine Schauspielerinnen. Wäre ich noch ein wenig geblieben, hätte ich den Kopf verloren. Je älter ich werde, desto öfter und stürmischer pocht in mir der Pulsschlag des Lebens. Schreiben Sie sich das hinter die Ohren." In einem anderen Brief heißt es dann schon ernsthaft: „Wenn Sie zufällig in Moskau sind, dann besuchen Sie das Theater ‚Ermitage', wo Stücke von Stanislawski und Nemirowitsch-Dantschenko aufgeführt werden. Die mise-en-scène ist wunderbar, wie es sie in Rußland noch nicht gegeben hat."

Am 14. Oktober 1898 wurde mit „Zar Fedor" das neue Theater eröffnet. Doch obwohl das Stück Erfolg hatte und volle Kassen brachte, „war die Empfindung, daß ein neues Theater geboren war, nicht vorhanden", wie Nemirowitsch-Dantschenko bezeugte. In der Folgezeit häuften sich Schwierigkeiten: „Shylock" hatte keinen Erfolg, und „Hanneles Himmelfahrt" wurde vor der Premiere in letzter Minute verboten. „Die Einnahmen", schrieb Nemirowitsch, „wurden immer geringer. So stand das Theater am Vorabend der Erstaufführung der ‚Möwe' vor dem völligen Zusammenbruch."

Tschechow machte sich aus Briefen und Presseveröffentlichungen ein Bild über die Vorgänge. Er beglückwünschte Nemirowitsch-Dantschenko zu der erfolgreichen Premiere. „Dieser Euer Erfolg", schrieb er, „ist einmal mehr ein Beweis, daß sowohl das Publikum wie die Schauspieler ein intelligentes Theater brauchen." Dann begann eine Zeit gespannten Wartens. Je schwieriger sich die Lage des Theaters gestaltete und je näher die Premiere seines Stückes heranrückte, desto unruhiger wurde Tschechow. Man muß annehmen, daß ihm mehr als einmal der bittere Gedanke kam, ob nicht ein erneuter Mißerfolg bevorstand. Die Bedeutung dieser Aufführung lag auf der Hand: Für das Moskauer Künstlertheater ging es um Sein oder Nichtsein, und Tschechow hatte deutlich gemacht, daß er einen neuen Schicksalsschlag nicht durchstehen würde. Die Premiere der „Möwe" fand schließlich am 17. Dezember 1898 statt, in einer äußerst nervösen Atmosphäre und dazu bei nicht vollem Hause. Desto erfreulicher war der überwältigende Erfolg.

Stanislawski schrieb später: „Wie wir spielten, ist mir nicht mehr erinnerlich. Als der erste Akt zu Ende war, herrschte im Zuschauerraum Grabesstille. Eine Schauspielerin fiel in Ohnmacht, ich selbst konnte mich vor Verzweiflung kaum noch auf den Beinen halten. Plötzlich aber, nach einer langen Pause, erhoben sich im Publikum Brüllen, Rascheln und stürmischer Beifall. Der Vorhang ging auf und zu, und wir standen da wie benommen. Dann erneutes Gebrüll ...

und wieder Vorhänge... Wir standen unbeweglich da und kamen nicht darauf, daß wir uns verbeugen mußten. Endlich spürten wir den Erfolg und begannen in ungeheurer Erregung einander zu umarmen, wie man sich in der Osternacht umarmt. M. P. Lilina, die die Mascha spielte und mit ihren Schlußworten das Eis in den Herzen der Zuschauer gebrochen hatte, erhielt von uns eine Ovation. Der Erfolg steigerte sich mit jedem Akt und wurde schließlich zu einem Triumph." Damit hatte das Künstlertheater seinen Durchbruch erzielt. Noch in derselben Nacht schickte Nemirowitsch-Dantschenko im Namen des Publikums und der Künstler ein Telegramm nach Jalta, am nächsten Tag ein weiteres mit Hinweisen auf die Zeitungen, die von einem „glänzenden, sensationellen, gewaltigen" Erfolg schrieben. Den Autor erreichte eine Flut weiterer Glückwunschtelegramme, und noch lange nach der Premiere trafen immer wieder Briefe bei ihm ein.

Tschechow telegraphierte daraufhin an Nemirowitsch-Dantschenko: „Übermittelt allen: bin unendlich und von ganzem Herzen dankbar. Sitze in Jalta wie Dreyfus auf der Teufelsinsel. Traurig, weil ich nicht bei Euch bin. Euer Telegramm machte mich gesund und glücklich. Tschechow."

Dieses Antworttelegramm geriet auch an die Presse. „In Jalta", so berichtete Tschechow später, „rief es einen Sturm der Entrüstung hervor."

Die Aufführung der „Möwe" war der Anfang seiner Annäherung an das Künstlertheater. Gleich nach der Premiere bat Nemirowitsch-Dantschenko den Schriftsteller, auch „Onkel Wanja" inszenieren zu dürfen. Das Stück war erstmals 1897 in einem Sammelband veröffentlicht worden, die erste Erwähnung fand es in einem Brief Tschechows aus dem Jahre 1896. Die Entstehung von „Onkel Wanja" geht zurück auf das Stück „Der Waldteufel", das der Autor etwa 1895/96 umarbeitete. Die Grundthese des „Waldteufel" – die Welt geht an der Feindschaft zwischen guten Menschen zugrunde – wurde jedoch in „Onkel Wanja" entschieden verworfen. Unter dem Einfluß der Melichower Eindrücke wird nun vom Zusammenbruch der Illusionen der liberalen Volkstümler berichtet, wird die Haltung der Serebrjakow ihres Nimbus entkleidet. In einem umfassenderen Sinne war dies das Drama der ideellen Wegelosigkeit, des prosaischen Alltagslebens. Wie auch andere Werke Tschechows aus jener Zeit weckt es den Protest gegen ein Leben, das bar hoher staatsbürgerlicher Ziele ist. Tschechow hatte dieses Stück dem „Kleinen Theater" versprochen, und er konnte sein Wort nicht brechen. Das „Kleine Theater" wiederholte im Februar 1899 seine Bitte, und Tschechow stimmte zu. Nun bedurfte es noch der Genehmigung durch das Theater- und Literaturkomitee. Dieses verhielt sich jedoch gegenüber „Onkel Wanja" noch kritischer, als es schon bei der „Möwe" der Fall gewesen war. Es wurde entschieden, das Stück könne erst nach einer Überarbeitung sowie einer neuerlichen Begutachtung durch das Komitee zur Aufführung zugelassen werden. Am 14. April 1899 übergab Tschechow das Stück dem Künstlertheater. Am 24. Mai traf er nach einem kurzen Aufenthalt in Melichowo wieder in Moskau ein, wo er sofort zur Probe des

„Onkel Wanja“ fuhr. Der Sommer des Jahres 1899 zeigte, daß es ihn noch aus einem anderen Grund immer wieder nach Moskau zog – er hatte sich in die junge Schauspielerin Olga Leonardowna Knipper verliebt.

Tschechow sah Olga Knipper das erstemal auf Proben zur „Möwe“ bzw. zum „Zaren Fedor“. Als er von dem großen Eindruck berichtete, den sie in der Rolle der Irina auf ihn gemacht hatte, schrieb er nebenbei: „Wäre ich in Moskau geblieben, ich hätte mich in diese Irina verliebt.“

Im Februar 1899 sah Maria Pawlowna die „Möwe“ zum drittenmal, worauf Wischnewski sie mit den anderen Schauspielern bekanntmachte. Maria Pawlowna schrieb ihrem Bruder davon und bemerkte am Rande: „Ich rate Dir, der Knipper den Hof zu machen. Meiner Meinung nach ist sie sehr interessant.“ Tschechow antwortete ihr: „Die Knipper ist sehr lieb, und natürlich ist es dumm von mir, daß ich nicht in Moskau lebe.“ Maria Pawlowna ahnte damals wohl kaum, wie ernst gemeint diese Worte waren. Seit ihrer ersten Begegnung beherrschte Tschechow das Bild der reizenden jungen Schauspielerin. Olga Leonardowna selbst notierte in einem Bericht über ihre Bekanntschaft: „Und seit dieser Begegnung begann der feine und verwickelte Knoten meines Lebens sich langsam zuzuziehen.“

Tschechow traf am 12. April 1899 in Moskau ein, und schon am 18. April, dem ersten Osterfeiertag, besuchte er Olga Knipper. Das war insofern ungewöhnlich, als der Schriftsteller eigentlich dafür bekannt war, Besuche zu hassen. Auf einer Kunstausstellung sahen sich Olga und er neue Arbeiten von Lewitan an. Am 1. Mai wurde Tschechow zu Ehren in einem Zimmer des Theaters „Paradies“ die „Möwe“ gezeigt. Am 9. Mai schrieb dieser aus Melichowo an Gorki: „‚Die Möwe‘ habe ich ohne Dekorationen gesehen; über das Stück kann ich nicht objektiv urteilen, denn die Möwe selbst spielte abscheulich, sie heulte und schluchzte in einem fort, und Trigorin (der Schriftsteller) lief auf der Bühne herum und redete wie ein Paralytiker; er hat keinen ‚eigenen Willen‘, und der Darsteller hat das so verstanden, daß ich es einfach nicht mit ansehen konnte. Aber im ganzen geht es, es hat mich gefesselt. Stellenweise wollte ich gar nicht glauben, daß ich das geschrieben habe.“

Bald kam Olga Leonardowna für einige Tage nach Melichowo, sie war begeistert: „... das Haus, das Nebengebäude, in dem die ‚Möwe‘ geschrieben worden war, der Garten, der Teich mit den Karauschen, die blühenden Obstbäume, die Kälber, die Enten, die Landlehrerin, die mit dem Lehrer auf der Straße spaziert – so muß Mascha mit Medwedenko[1] gegangen sein –, mich fesselten die Herzlichkeit, die Gastfreundschaft, die Gemütlichkeit, die Gespräche, die voller Spaß und Witz waren.“

Kurz darauf fuhr sie nach Georgien, wo ihr Bruder in einem Landhaus bei Mzcheta wohnte. Am 16. Juni schrieb Tschechow dorthin einen Brief, in dem

[1] Mascha und Medwedenko: Gestalten aus der „Möwe“.

er anfragt, warum sie nichts von sich hören lasse. Der Brief ist wie üblich in einem scherzhaften Ton gehalten, so, wenn er meint, daß sie den Autor wortbrüchig vergessen habe, oder die Frage stellt, ob sie etwa in Georgien geheiratet und beschlossen habe, die Bühne aufzugeben. Als Antwort kam ein großer lieber Brief, in dem von der schwierigen Reise, von den Schönheiten des Kaukasus und von ihren Beziehungen die Rede war. „Trotz der hiesigen Schönheit", schrieb Olga Leonardowna, „denke ich oft an unsere nördliche Weiträumigkeit, die Berge erdrücken mich, und ich könnte hier nicht lange leben." Sie lud ihn ein, nach Mzcheta zu kommen, um dann zusammen über Batumi nach Jalta zu fahren.

Den Vorschlag, sie zu besuchen, lehnte Tschechow ab, aber in die gemeinsame Seereise nach Jalta willigte er mit Freuden ein. Am 18. Juli bestiegen sie den Dampfer, am 20. waren sie in Jalta, wo sie bis zum 2. August blieben, um dann gemeinsam nach Moskau zu fahren.

Tschechows Reise nach Moskau war unüberlegt. Das schlechte Wetter verschlimmerte seinen Gesundheitszustand zunehmend. Am 19. August gestand er Suworin, er müsse aus Moskau abreisen. „Ich weiß nicht, ob sich die Bazillen tummeln oder ob das Wetter schuld ist, aber ich kann es nicht aushalten, und es zwingt mein Köpfchen aufs Kissen."

Am 27. August kehrte Tschechow nach Jalta zurück und quartierte sich in einem Nebengebäude seines noch nicht fertiggebauten Hauses ein. Ihm eilte ein Brief von Olga Knipper nach, der voll wärmster Gefühle und rührender Sorge war: „Mir war so traurig zumute, als Sie wegfuhren, so schwer ums Herz, daß ich den ganzen Tag geheult hätte, wäre nicht Wischnewski gewesen, der mich begleitete. Bis ich eingeschlafen war, fuhr ich in Gedanken mit ihnen. War es gut für Sie? Sind Sie nicht erfroren?" Sie berichtete von allerhand Neuigkeiten und schloß: „Wenn Sie möchten, schreiben Sie mir ein warmes kleines Briefchen, und wenn Sie nicht wollen, schreiben Sie besser überhaupt nicht ... Essen Sie jeden Tag zu Mittag? Sehen Sie zu, daß Sie sich gut verpflegen. Nun, schlafen Sie ruhig, bleiben Sie gesund. Ich drücke Ihre Hand. Olga Knipper." Am 3. September antwortete Tschechow: „... Im Garten bin ich selten, ich sitze mehr im Haus und denke an Sie. Als ich durch Bachtschissarai kam, dachte ich an Sie und unsere Reise. Liebe, unvergleichliche Schauspielerin, wundervolle Frau, wenn Sie wüßten, wie sehr Ihr Brief mich erfreut hat. Ich verneige mich vor Ihnen tief, so tief, daß die Stirn den Grund meines Brunnens berührt, der bereits acht Klafter tief ist. Ich habe mich an Sie so gewöhnt, daß ich mich jetzt langweile und mich in keiner Weise mit dem Gedanken vertraut machen kann, Sie bis zum Frühjahr nicht wiederzusehen. Ich ärgere mich ..."

Der Oktober des Jahres 1899 war für den Schriftsteller erfreulich. Am 26. fand die Premiere von „Onkel Wanja" statt. Es war ein eindeutiger Erfolg, der von Vorstellung zu Vorstellung größer wurde. Dazu schrieb Tschechow an Olga Knipper: „Die Telegramme kamen am 27. abends an, als ich schon

Anton Pawlowitsch und Olga Knipper (Axjonowa, 1901)

im Bett lag. Man gab sie mir telefonisch durch. Jedesmal wachte ich auf und lief in der Dunkelheit barfuß zum Telefon, wobei ich fror; kaum war ich eingeschlafen, da läutete es schon wieder. Es war das erstemal, daß mich mein eigener Ruhm nicht schlafen ließ." Diese Freude verstärkte jedoch das Gefühl der Einsamkeit und der Schwermut. Am 11. November klagte er in einem Brief an seine Schwester Maria: „Jetzt auf der Krim zu leben bedeutet auf der faulen Haut zu liegen. Du schreibst vom Theater und allerlei Verlockungen, damit reizt Du mich bloß; Du weißt gar nicht, wie langweilig und bedrückend es ist, sich um 9 Uhr abends hinzulegen, sich ärgerlich hinzulegen in dem Bewußtsein, daß man nirgendwo hingehen, mit niemandem sprechen kann und nichts arbeiten mag, weil man sowieso von seiner Arbeit nichts sieht und nichts hört. Das Klavier und ich – das sind zwei Gegenstände im Hause, die ihre Existenz lautlos durchleben und sich verwundert fragen, warum man sie hier hingestellt hat, wenn niemand auf ihnen spielt."

Als Tschechow diese Zeilen schrieb, begann sich sein Leben in Jalta allmählich zu normalisieren. Der Bau des Hauses war abgeschlossen, Bäume und Blumen waren gepflanzt, und Tschechows Grundstück erhielt von den Einwohnern schon bald den Namen „Weißes Landhaus". Am 8. September kamen die Mutter und die Schwester nach Jalta, sie brachten auch die alte Köchin Marjuschka mit, an die sich in Melichowo alle gewöhnt hatten. Maria Pawlowna blieb jedoch nur für anderthalb Monate, dann kehrte sie nach Moskau zurück. Das war nicht vorgesehen. Das Landhaus war in der Erwägung gebaut worden, daß die ganze Familie in Jalta leben würde. Bereits im Herbst 1898 hatte man für Maria Pawlowna eine Lehrerinnenstelle in Jalta ausfindig gemacht. Es gab auch andere Pläne – Anton Pawlowitsch schlug seiner Schwester vor, bei ihm Sekretärin zu werden, sogar mit einer Bezahlung, die dem Gehalt einer Lehrerin entsprach. Maria Pawlowna war damit so gut wie einverstanden gewesen.

Am 5. Januar 1899 schrieb sie ihm: „Ich stecke mitten im städtischen Leben, sitze fast nie zu Hause, bin sehr oft fröhlich und vergesse sogar, daß ich alt bin! Wenn mich das Gewissen plagt, dann sage ich mir, daß dies das letzte Jahr in Moskau ist!" Je langweiliger es jedoch Tschechow selbst in Jalta wurde, je offenkundiger die Briefe der Schwester zeigten, wie sehr sie sich an das Moskauer Leben gebunden fühlte, desto hartnäckiger riet er ihr, einen endgültigen Entschluß gut zu überlegen. Es entstand der Plan, in Moskau ein kleines Haus zu kaufen. Dieser Plan wurde nicht realisiert, doch fügte es sich schließlich von selbst, daß Maria Pawlowna in Moskau blieb. Nach Jalta kam sie erst in den Ferien wieder.

Tschechow wäre nicht er selbst gewesen, wenn er auf der Übersiedlung seiner Schwester bestanden hätte. Doch war diese Wendung der Dinge für ihn betrüblich. Er liebte seine Schwester sehr und war daran gewöhnt, sie in Melichowo als geschäftige Hausfrau zu sehen. Zweifellos fühlte er sich in Jalta ohne sie besonders einsam. Was seine Mutter betraf, so überstieg es ihre Kräfte, allein mit dem Haus in Jalta fertigzuwerden. Tschechow ließ sich nicht gern behandeln, er aß schlecht, dabei hätte er eine bestimmte Ordnung und aufmerksame Pflege besonders nötig gehabt. „Aber was konnte sie machen", schrieb der Arzt I. N. Altschuller, „diese nette, von allen geliebte alte Frau! Konnte sie denn irgend etwas durchsetzen oder auf etwas bestehen! Die Küche besorgte die uralte Marjuschka ... Und so kam es, daß man ihm trotz aller Verordnungen oft völlig unpassende Speisen gab, daß ihm ein ungeschicktes Stubenmädchen die Kompressen anlegte, und daß niemand da war, der sich um die tausend Kleinigkeiten kümmern konnte, die bei einem solchen Patienten erforderlich sind."

In Jalta erreichten den Schriftsteller lobende Rezensionen über seine Ende 1898 geschriebenen Erzählungen. Insbesondere teilte man ihm mit, mit welchem Vergnügen Lew Tolstoi im häuslichen Kreise „Auf dem Wagen" und vor allem „Herzchen" vorgelesen hatte, wobei er unaufhörlich seine Begeisterung über Tschechow zum Ausdruck gebracht haben soll. Neue Werke mochte sich Anton Pawlowitsch jedoch nicht vornehmen. Er hatte weder die nötige Stimmung noch die Zeit dazu. Der Vertrag mit Marcks zwang ihn zu einer großen, aufwendigen Arbeit – in kurzer Frist mußte er alles sammeln und dem neuen Eigentümer präsentieren, was er je geschrieben hatte. Es gab weder ein Tschechow-Archiv, noch eine Bibliographie seiner Werke. Er forschte nach Hunderten von Erzählungen, die in zahllosen Zeitschriften verstreut und beim Autor zum Teil schon völlig in Vergessenheit geraten waren. Das Schwierigste aber war, zu entscheiden, was in die Gesammelten Werke aufgenommen werden sollte.

Der Schriftsteller verhielt sich zum überwiegenden Teil seiner Frühwerke recht kritisch. Bereits zu Beginn der Sammelarbeit schrieb er: „Alle auch nur einigermaßen ordentlichen und erträglichen Erzählungen sind schon längst ausgewählt, unabgeschrieben blieben nur die schlechten, die ganz schlechten und die abscheulichen, die ich jetzt nur deshalb brauche, weil ich nach Punkt 6 des Vertrages verpflichtet bin, sie Herrn Marcks zu übergeben." Im April, als er bereits die abgeschriebenen Erzählungen erhalten hatte, sagte er: „Die übersandten ... Manuskripte lese ich: o Schrecken, was ist das für Unsinn! Ich lese und denke dabei an die Langeweile, mit der das alles zu Olims Zeiten geschrieben wurde ..." Im Mai 1899 zog er in Melichowo Bilanz über die bereits geleistete Arbeit: „Ich bin fast gesund, lese Korrektur und redigiere meine alten Werke. An Marcks habe ich schon an die zweihundert neue Kurzgeschichten gesandt, d. h. solche, die noch nicht in Sammelbände aufgenommen sind, weil sie fast alle wegen ihrer Unbrauchbarkeit von mir verworfen wurden." Übrigens wurden einige der ausgewählten und sorgfältig redigierten Erzählungen später, schon während der Korrektur, ebenfalls ausgesondert und ausgeschlossen. Das alles zum großen Ärger des Verlegers, der darin eine direkte Schädigung seiner materiellen Interessen sah. Tschechow verteidigte jedoch seine Entscheidungen unnachgiebig. Nach den Erinnerungen des Redakteurs Sementkowski bekräftigte Anton Pawlowitsch dabei seine Meinung, man dürfe nicht auf einer Veröffentlichung dessen bestehen, was der Schriftsteller „nicht als künstlerisch, nicht einmal als fehlerlos" ansehe. „Tschechonte konnte vieles schreiben, was Tschechow niemals schreiben wird ... Mögen Bibliographen und Kritiker das Ausgesonderte sammeln ..., aber dem Publikum soll das niemals präsentiert werden."

Die Vorbereitung der Gesammelten Werke zog sich bis zum Jahre 1903 hin, wobei der Schriftsteller eine im Umfang gewaltige und den Ergebnissen nach unschätzbare Arbeit leistete. Er unterzog ja nicht nur die frühen, sondern auch seine späteren Werke einer sorgfältigen Redigierung und filigranartigen Überarbeitung. Vielleicht gab es in keinem anderen Fall derartig hohe Ansprüche eines Schriftstellers an sich selbst, ein solches Verantwortungsgefühl für die Sache der Literatur, einen so unerbittlichen Willen und eine so erstaunliche Leistungsfähigkeit.

Im Herbst 1899, als der Umfang der Herausgebertätigkeit geringer geworden war und auch die häusliche Situation sich etwas stabilisiert hatte, begann Tschechow wieder zu schreiben. Es entstanden die Erzählung „Die Dame mit dem Hündchen" und Pläne für die Novelle „In der Schlucht". Auch die Bemühungen Nemirowitsch-Dantschenkos und Gorkis, Tschechow zu einem neuen Stück zu bewegen, zeitigten ein Resultat: Die Idee zu den „Drei Schwestern" begann allmählich Gestalt anzunehmen.

„Die Dame mit dem Hündchen" entstand unter dem Eindruck des Wiedersehens mit Olga Knipper, der gemeinsamen Fahrt nach Bachtschissarai und ihrer Abreise aus Jalta. Der emotional-psychologische Nährboden für die Erzählung war zweifellos der Trennungsschmerz, die trübe Vorahnung, daß sich für ihn und Olga Leonardowna, wie sich ihr Schicksal auch gestalten würde, Trennungen nicht vermeiden ließen, daß sie immer zueinander streben, doch desto stärker leiden würden, weil es ihnen niemals beschieden war, zusammen zu leben.

„Die Dame mit dem Hündchen" ist wiederum eine Erzählung über die Liebe. Niemals zuvor war es Tschechow jedoch gelungen, so einfach und so beeindruckend die Spannweite dieses Gefühls, seinen Sinn und seine Bedeutung im Leben des Menschen zu zeigen. Besonders augenfällig wird das vielleicht am Schluß der Erzählung. Der Autor läßt seine Helden zurück, als sie während einer der üblichen heimlichen Begegnungen voller Qual darüber beraten, „wie sie sich von der Notwendigkeit, sich zu verstecken, zu betrügen, in verschiedenen Städten zu wohnen, sich lange nicht zu sehen, befreien könnten. Wie sie aus dieser unerträglichen Verstrickung herausfinden sollten.

‚Wie nur, wie?' fragte er und faßte sich an den Kopf. ‚Wie?' Und es schien, als könne es nicht mehr lange dauern, bis die Lösung gefunden sein und ein neues, wunderschönes Leben beginnen würde, und beide begriffen sehr gut, daß es bis zum Ende noch sehr, sehr weit war und die größten Schwierigkeiten und Komplikationen noch vor ihnen lagen."

Der Schluß zeichnet sich durch seine psychologische Glaubwürdigkeit aus, war es doch auch in der Wirklichkeit für zwei verheiratete Menschen beinahe unmöglich, ihr Leben miteinander zu verbinden. Daß die Helden dies begreifen oder zumindest fühlen, erfüllt das Finale mit einem bedeutenden Sinngehalt, es läßt nicht nur an die unmenschliche Prozedur vor den zaristischen Gerichten denken, sondern auch an die unvermeidliche Abhängigkeit der Helden von den verlogenen, scheinheiligen Moralnormen der Gesellschaft. Die Spannweite und die Kraft des Schlusses der Erzählung erschöpfen sich jedoch darin noch nicht.

Weder am Ende noch innerhalb der Handlung ist die Rede von den praktischen Problemen, die die Helden, um ihr Leben zu verbinden, zu lösen haben. Nirgends! Aber gerade dieses Schweigen gestattet es dem Autor, das Finale der Erzählung mit einem tiefen Sinngehalt zu erfüllen.

Seinen Helden Gurow zeichnet Tschechow als einen Menschen voller tiefer Widersprüche. Er ist Philologe, arbeitet aber in einer Bank und besitzt in Moskau bereits zwei Häuser. Er brüstet sich damit, daß er die Frauen verachtet, sie aber fühlen sich instinktiv zu ihm hingezogen. Ihr weibliches Gespür sagt ihnen, daß in ihm etwas Anziehendes, Menschliches verborgen ist, sie verstehen es jedoch nicht, dieses sein „zweites Ich" ins Leben zu rufen. Was ihre Vorgängerinnen nicht vermochten, gelingt schließlich Anna Sergejewna, ohne es zu wollen.

Als sie Gurow kennenlernt, ist er ein guter, ordentlicher Mensch, der jedoch gar zu leicht mit dem Strom schwimmt. Er verachtet die Kurortphilosophie und den Kurortklatsch, doch als er die Dame mit dem Hündchen erblickt, läßt

„Die Dame mit dem Hündchen" (Kukryniksy, 1940/41)

er sich sogleich von dieser Philosophie einnehmen, und es „fielen ihm all diese Geschichten von leichten Siegen, von Ausflügen in die Berge ein, und plötzlich bemächtigte sich seiner der verführerische Gedanke an eine rasche, flüchtige Verbindung, an einen Flirt mit der unbekannten Frau, deren Namen er nicht kannte". So verhält er sich auch später, als sie einander bereits nähergekommen sind.

Gurow fühlt sich stark zu Anna Sergejewna hingezogen, doch als sie sich trennen, legt er vor sich selbst Rechenschaft ab und erkennt, daß er zwar freundlich und herzlich zu ihr gewesen ist, „aber dessenungeachtet hatte in seinem Benehmen, in seinem Ton und in seinen Zärtlichkeiten doch ein Hauch von Spott gelegen, die feine Überheblichkeit eines glücklichen Mannes, der zudem beinahe doppelt so alt war wie sie". Dann aber wird ein neuer Gurow geboren. Als er feststellen muß, daß das Verhältnis zu Anna Sergejewna seinen früheren Romanzen ganz und gar unähnlich ist, als er merkt, daß die Dame mit dem Hündchen ihn unablässig wie ein Schatten verfolgt, da begreift er die Sinnlosigkeit jener Lebensart, deren Gesetzen er sich so lange ohne Murren unterworfen hatte. Als er schließlich bei dem Versuch, einem Bekannten vom Klub sein Herz auszuschütten, eine platte alltägliche Phrase zur Antwort bekommt, in der er noch dazu seine eigenen Worte, die er einmal ausgesprochen hatte, wiedererkennt – daß der Stör einen Stich gehabt habe –, beginnt er, alles ringsum in einem neuen Licht zu sehen.

„Diese Worte, die so alltäglich waren, empörten Gurow plötzlich, sie erschienen ihm erniedrigend, unsauber. Was für rohe Sitten, was für Menschen! Was für sinnlose Nächte, was für uninteressante und wenig bemerkenswerte Tage! Wildes Kartenspiel, Prassen und Saufen, immerzu Gespräche über ein und dasselbe. Unnötige Dinge und die ständigen Gespräche über ein und dasselbe nehmen die besten Jahre, die besten Kräfte in Anspruch, und zu guter

Letzt blieb einem nichts als ein verstümmeltes, kraftloses Leben, ein sinnloses Dasein, und weggehen oder fliehen konnte man nicht, es war, als säße man in einem Irrenhaus oder in einer Strafanstalt!"

Er fährt in die Stadt S. und erblickt gegenüber dem Haus, in dem Anna Sergejewna wohnt, einen langen, grauen, mit Nägeln gespickten Zaun, und sogleich begreift er, daß sie hier schwermütig werden muß. Er sieht ihren Gatten, den sie einmal einen Lakaien genannt hatte – und in der Tat, als er seinen gebeugten Gang und seine lakaienhaft-unterwürfige Gestalt sieht, erscheint ihm sogar dessen akademisches Abzeichen im Knopfloch wie die Nummer eines Lakaien. Er eilt mit Anna Sergejewna über Treppen und Korridore und dauernd huscht irgend etwas an ihren Augen vorüber, Uniformen, die alle Abzeichen tragen. Das war also das Leben, das Anna Sergejewna so mitnahm – Gurow versteht den Grund dafür sehr gut; und diese kleine Frau, denkt er, „die so unscheinbar war, die eine ganz gewöhnliche Lorgnette in den Händen hielt, erfüllte jetzt sein ganzes Leben, sie war sein Kummer, seine Freude, sein einziges Glück, das er nunmehr für sich wünschte . . ."

Das flüchtige Wiedersehen, das Gurow von der Stärke seiner Gefühle überzeugt, vertieft außerdem ebenso seine neue Lebensauffassung. Er denkt nicht mehr nur an sich selbst, sondern sieht auch die seelischen Konflikte der Menschen in seiner Umgebung. Er begreift, daß er ein Doppelleben geführt hat: „ein offizielles, allen sichtbares, das alle kannten, die es anging, das erfüllt war von bedingter Wahrheit und bedingter Täuschung, ein Leben, das dem seiner Bekannten und Freunde vollkommen glich, und ein anderes, heimliches." Er meint nun, „daß sich das wirkliche und interessante Leben eines jeden Menschen heimlich, gleichsam wie unter dem Mantel der Nacht abspielte".

Das Wiedersehen in S. führt zu weiteren Begegnungen zwischen Anna und Gurow in Moskau, wobei sie über ihre Pläne und Absichten sprechen und sie wiederholt diskutieren. Tschechow verzichtet jedoch auf die ausführliche Wiedergabe der Gespräche und führt uns direkt zu den abschließenden selbstquälerischen Überlegungen des Helden. Dieser Verzicht gab dem Schriftsteller die Möglichkeit, die Aufmerksamkeit des Lesers auf das Hauptproblem der Erzählung zu lenken. Es sind nicht allein die ehelichen Fesseln, die die Helden zerbrechen und eine dauerhafte Verbindung unmöglich machen, sondern die herrschenden Verhältnisse insgesamt. Nur die Befreiung von *diesen* Fesseln kann den Liebenden die ersehnte Freiheit und das Glück bringen. Aber wie ist das zu bewerkstelligen? Darin besteht die eigentliche Tragik ihrer Situation, die im Finale so betont aufgedeckt wird.

Wie gelang es dem Autor, an einfachsten Konflikten des Alltags grundlegende Probleme des sozialen Lebens aufzuwerfen? Wie ist das künstlerische Gewebe dieses erstaunlichen Werkes geknüpft? Das wird offenbar ein nie ganz zu lösendes Geheimnis dieses unvergleichlichen Schriftstellers, seines Talents, seiner Meisterschaft bleiben.

Gewöhnlich lenkt man das Augenmerk auf die Nutzung der Details. In der

Tat erreichte diese Kunst bei Tschechow eine bewundernswerte Vollkommenheit. Das akademische Abzeichen, das aussieht wie die Nummer eines Lakaien, die Melone, die Gurow im Zimmer Anna Sergejewnas verspeist, der graue Zaun, die graue, an ein Krankenhaus erinnernde Decke in seinem Hotelzimmer und vieles, vieles andere erweist sich als Mittel einer erstaunlich treffsicheren, erschöpfenden Charakterisierungskunst. Dazu gehört auch die Beschreibung der Menschenmenge in Jalta mit dem lakonischen Satz: „Die älteren Damen waren sehr jugendlich gekleidet, und es gab eine Unmenge Generale." Interessant ist auch, welche Wirkung Tschechow durch die Wiederholung bestimmter Details erreicht. Wie das Abzeichen auf der Brust des Ehemannes zum Symbol des Lakaientums wird, ist auch die flüchtige Erwähnung ähnlicher Abzeichen auf den Uniformen der Theaterbesucher Mittel ihrer erschöpfenden Charakterisierung. Hier lenkt jedoch eine noch feinere Erscheinungsform der Meisterschaft Tschechows die Aufmerksamkeit auf sich.

Die beiden Kulminationsszenen – im Hotelzimmer in Jalta und die Schlußszene im „Slawischen Basar" – sind im Aufbau ähnlich: dort weint Anna Sergejewna, während Gurow gleichmütig eine Melone ißt, hier weint sie ebenfalls, und Gurow trinkt Tee. Während aber das gemächliche Verspeisen der Melone noch von Grobheit und Unbekümmertheit des glücklichen Liebhabers zeugt, ist das Teetrinken bereits Zeichen für die familiäre Intimität der nun schon beinahe endgültig festgelegten Beziehungen. Die Details leben nicht aus sich selbst, sie erhalten ihren tiefen Sinn erst durch ihre Umgebung, durch einen bestimmten bedeutungsmäßigen und emotionalen Kontext.

Wenn man sich in die Erzählung vertieft, kann man feststellen, daß es sich nicht nur um sachliche Details aus dem Alltagsleben handelt, sondern um etwas Allgemeineres – um Details im Beschreiben, Details der ganzen Erzählweise. Auch hier gibt es nichts, was nur irgendeine Tatsache fixieren oder sich auf eine Information, auf eine Beschreibung als solche beschränken würde. Da sagt Gurow, nachdem er Anna Sergejewna nähergekommen ist, das erstemal „du" zu ihr, und das ist der ganze Gurow; und als sie schließlich in ihrem unvernünftigen Lauf durch die Korridore des Theaters innehalten, da wendet er sich ihr zu und sagt „Sie", und das ist wiederum der ganze Gurow, aber schon ein neuer. Oder nehmen wir die schon bekannte Replik des Bekannten aus dem Klub. Die Tatsache, daß sie gerade mit den Worten Gurows selbst ausgedrückt wird, läßt das Wesen und die psychologische Rechtfertigung des Gurowschen Ausbruchs besser verstehen.

So leidenschaftlich und ungeduldig Gurow in Jalta auch ist, seine Vorsicht verliert er nie – wenn man sie nur nicht sieht! Auch das charakterisiert ihn. Aber als sie später im Theater auf der schmalen, düsteren Treppe stehen und von oben zwei Gymnasiasten herabschauen, da ist ihm das gleichgültig, er zieht Anna Sergejewna an sich und beginnt sie zu küssen.

Je tiefer man in das künstlerische Gewebe der Erzählung hineinsieht, desto klarer wird, daß die Besonderheit von Tschechows Meisterschaft nicht nur in der Auswahl der Details besteht, sondern offenbar in ihrem komplizierten Zusammenwirken, darin, daß sie einander nicht nur informativ ergänzen, sondern auch gegenseitig durchdringen, einander bereichern und gerade in dieser Verbindung künstlerisch so überzeugend wirken.

Darin besteht augenscheinlich auch das Geheimnis der ideellen und ästhetischen Spannweite der kleinen Formen bei Tschechow, seiner erstaunlichen Fähigkeit, in einer Novelle, einer Erzählung einen Inhalt zu verarbeiten, der von anderen Prosaautoren nur im Rahmen eines Romans Platz finden würde.

Man darf jedoch nicht vergessen, daß diese Meisterschaft selbst auf der Fähigkeit beruhte, die typischen Besonderheiten seiner Helden und der sie umgebenden Realität zu finden, daß sie jedesmal von der konkreten ideell-ästhetischen Aufgabe bestimmt wurde, die sich der Künstler stellte. Die Hauptsache blieb trotz allem die Erfassung des Lebens in seiner Ganzheit, die Eigenart seiner Erscheinungsform und deren Aufnahme durch den Künstler. Tschechows Überzeugung war es, daß der Künstler ebenso Verstand wie Talent brauche, daß er klar das allgemeine wie das konkrete Ziel erkennen müsse, angewandt auf jedes neue Werk, auf jede neue Gestalt, auf jedes Detail. Tschechow hatte in der Tat Lieblingsverfahren der Landschafts- und Porträtmalerei und er hatte ein unveränderliches allgemeines Prinzip – das Prinzip der Objektivität, dem er unbeirrt folgte, trotzdem aber wiederholte er sich niemals. Ein neuer Stoff, eine neue künstlerische Aufgabe zwang ihn stets, neue künstlerische Ausdrucksformen zu finden, sie führten ihn zur Aufdeckung immer neuer Möglichkeiten selbst von abgenutzten Methoden und abgeklärten Prinzipien. Daher war jedes Werk, obwohl nach Stil und Intonation ganz Tschechow, nicht nur dem Inhalt, sondern auch der Form nach immer wieder neu und überraschend.

Von diesem Talent konnten sich die Zeitgenossen erneut überzeugen, als im Januar 1900 die Novelle „In der Schlucht“ erschien. Selbst diejenigen, die seine Begabung hochschätzten, faßten die Novelle als ein neues Werk nicht nur im Schaffen Tschechows, sondern der Weltliteratur auf. Der Autor wandte sich hier einem Stoff zu, der bereits in den „Bauern“ und in „Mein Leben“ völlig ausgeschöpft zu sein schien.

Maxim Gorki sandte Tschechow eine begeisterte Rezension und berichtete ihm von der hohen Bewertung der Novelle durch Lew Tolstoi. Gorkis Artikel erschien im Februar in einer Nishni Nowgoroder Zeitung, er enthielt tiefgehende Gedanken nicht nur über die Novelle, sondern auch über das gesamte Schaffen Tschechows. Gorki stellte fest, daß Tschechow als Stilist unerreicht sei, und daß künftige Literaturhistoriker, die sich mit der Entwicklung des Russischen beschäftigen, sagen werden, diese Sprache sei von Puschkin, Turgenjew und Tschechow geschaffen worden. Er bemerkte, daß sich in den Werken Tschechows oft ein trauriger, aber ernster und treffender Vorwurf an die Menschen verbirgt, weil sie nicht zu leben verstehen. Zugleich unterstrich er den Gedanken, „daß jede neue Erzählung Tschechows eine für uns äußerst wertvolle und unentbehrliche Note verstärkt – die Note der Frische und der Liebe zum Leben", daß in seiner neuen Erzählung, „die tragisch und entsetzlich düster ist, diese Note stärker als früher erklingt ..."

Am 17. Januar 1900 wurde Tschechow 40 Jahre alt. Dieser Tag hatte für ihn eine angenehme Nachricht bereit – die Mitteilung, daß er am 8. Januar zum Ehrenmitglied der Akademie gewählt worden war. Die Freude war jedoch gedämpft; Anton Pawlowitsch kränkelte. Er schrieb an seine Schwester: „In Jalta herrscht Nebel. Meinen Namenstag verlebte ich in finsterem Schweigen, ich war krank." Und etwas früher hieß es: „Gestern war der 17. Januar – mein Namenstag und meine Wahl in die Akademie. Wieviel Telegramme! Und wieviel Briefe wird es noch geben! Und auf alle muß man antworten, sonst beschuldigt mich die Nachwelt, nicht die Regeln des guten Tones gekannt zu haben." In diesen Tagen beklagte er sich wiederum über sein armseliges Leben in Jalta: „Ich lebe, fast bin ich gesund. Ich war krank, aber nicht lange, und in diesem Winter hat man mich nicht ein einziges Mal ins Bett bekommen, ich litt im Gehen. Ich habe mehr gearbeitet als im Vorjahr, und ich habe mich mehr gelangweilt. Ohne Rußland ist es nicht schön, und das in jedem Sinne. Man lebt hier, als ob man in Strelna[1] sitzt, und alle diese immergrünen Pflanzen scheinen aus Blech gemacht, und man hat keine Freude an ihnen. Und man sieht nichts Interessantes, weil man sich nicht an das hiesige Leben gewöhnen kann."

Das erste Jahr des neuen, des zwanzigsten Jahrhunderts begann für Tschechow in der Aureole immer breiterer Anerkennung und steigenden Ruhmes, der jedoch sein unfreiwilliges Einsiedlerleben in Jalta noch qualvoller werden ließ.

[1] Strelna: Vergnügungslokal außerhalb Moskaus.

Ein spätes, schwer zu ertragendes Glück

Die Briefe, die Tschechow von Olga Knipper erhielt, waren lebensvoll, unmittelbar und aufrichtig – auch dann, wenn sie von sich, ihrem Befinden und ihrer Stimmung sprach, oder wenn sie sich um Anton Pawlowitsch sorgte. Sie sind voller Fragen – wie er lebt, wie er sich ernährt, wie er arbeitet, ob er an sie denkt, warum keine Briefe von ihm kommen. So gering auch die Zeitspanne zwischen den regelmäßigen Briefen war, sie erschien ihr immer zu groß, und stets tauchte die Frage auf, ob der Schriftsteller sie etwa vergessen habe. „Sie haben die Schauspielerin ganz vergessen, Sie wollen nicht schreiben – das tut mir weh. Weshalb schweigen Sie?" Solche Fragen beinhalten auch die Briefe Anton Pawlowitschs, der sie meist hinter einem Scherz verbarg: „Vergessen Sie nicht den Schriftsteller, vergessen Sie ihn nicht, sonst werde ich mich ertränken oder einen Tausendfüßer heiraten." Manchmal konnte er auch sehr ernst werden: „Schauspielerin, schreiben Sie, bei allem Heiligen, sonst langweile ich mich. Ich bin wie im Gefängnis und zürne, ich zürne." Etwas später schrieb Olga Leonardowna: „Ach, Schriftsteller, Schriftsteller, vergessen Sie mich nicht, um Gottes willen, lieben Sie mich nur ein kleines bißchen, ich brauche das." Dann entschuldigte sie sich wieder, daß sie selbst lange nicht geschrieben habe, und ihre Briefe zeugen von einer traurigen Stimmung. „Ich schreibe Ihnen immer und schicke die Briefe nicht ab. Weshalb?! Ich kann an Sie nicht so schreiben, wie ich möchte. Ich habe mich in diesem Winter abgerackert und bin müde, kann keinen Gedanken fassen, sie werden auch immer weniger bei mir. Ungeduldig erwarte ich den Tag, an dem wir uns wiedersehen werden."

Aus den Briefen Olga Knippers ist ersichtlich, daß nicht nur sie selbst, sondern auch Angehörige und Menschen ihrer nächsten Umgebung von der Persönlichkeit und dem Schaffen Tschechows fasziniert waren. Als die Zeitungen seine Wahl zum Ehrenmitglied der Akademie meldeten, schrieb Olga: „Sind Sie zufrieden oder gleichgültig? Bei uns im Hause herrschte ein Heidenlärm aus diesem Anlaß, man wedelte mit den Zeitungen herum ... Onkel Sascha liebt Sie schrecklich." Zu dem Wort „schrecklich" ist eine Fußnote angefügt: „Ich schreibe wie ein Institutsfräulein – schrecklich, schrecklich, schrecklich."

In ihren Briefen enthüllte sich vor Tschechow das seelische Leben einer talentierten Schauspielerin und beständig an sich arbeitenden Frau, die ihrer schönen Kunst grenzenlos ergeben war; ein Leben voll dauernden Suchens, voller Hoffnungen und Zweifel – bis zum äußersten angespannt, wenn Freude alles überstrahlte oder der Kummer über Mißerfolge oder Enttäuschungen gewaltig und unerträglich schien. Nach einer erfolglosen Aufführung klagte sie: „Ich kann nicht schlafen. Es gab ‚Iwan den Schrecklichen', und ... ich fühle mich elend, wahrscheinlich geht es allen so ... Mir ist so weh, so schwer ums Herz, daß ich Ihnen das gar nicht wiedergeben kann! Jetzt ist alles ein Chaos, und morgen wird es noch schlimmer sein." Drei Tage später hieß es dagegen: „Gestern spielten wir unsere geliebte ‚Möwe'. Wir spielten mit Wonne. Das Theater war voll. Das Herz hüpfte vor Freude, als ich die lieben Dekorationen und die gemütliche Ausstattung sah und die schwermütigen Walzer hinter der Szene hörte. ... Es spielte sich schön und leicht. Der Chefregisseur sagte, ich hätte noch nie so stark gespielt."

Über die Premiere des „Onkel Wanja" schrieb Olga selbstquälerisch: „Das Stück hatte rauschenden Erfolg, der ganze Zuschauerraum war ergriffen, darüber braucht man schon nicht mehr zu sprechen. Ich habe die ganze Nacht kein Auge zugetan und heute heule ich immerzu. Ich habe unvorstellbar schlecht gespielt ... Gott, wie furchtbar schwer ist mir ums Herz! Ich bin innerlich ganz zerrissen. Ich weiß nicht, woran ich mich klammern soll. Mal möchte ich mit dem Kopf gegen die Wand, mal sitze ich da wie versteinert. Es ist schrecklich, an die Zukunft zu denken, an die nächsten Arbeiten ... Ich kann Ihnen gar nicht sagen, wie mich der Gedanke umbringt, daß ich gerade in Ihrem Stück miserabel gespielt habe! ... Verzeihen Sie mir um Gottes willen, zürnen Sie mir nicht, morgen schon werde ich mich korrigieren. Ich muß mich nur wieder erholen, ich bin schon ganz schwach und kraftlos geworden."

Tschechow war manchmal ein wenig ärgerlich über ihre starke Bindung an das Theater und offensichtlich auch ein wenig eifersüchtig. „Ach, wie gern ich nach Moskau möchte, liebe Schauspielerin! Übrigens wird Ihnen schwindlig,

„Onkel Wanja" (Moskauer Künstlertheater, 1899)

Sie sind vergiftet, berauscht – Sie haben jetzt für mich nichts übrig. Sie können mir jetzt schreiben: ‚Wir lärmen, Bruder, wir lärmen!' " Ärger, Zweifel, Bitterkeit kamen hier zusammen. „Weshalb blasen Sie Trübsal? Sie leben, arbeiten, hoffen, trinken, lachen, wenn Ihnen Ihr Onkel etwas vorliest – was wollen Sie noch? Mit mir ist das etwas anderes. Ich bin von der Heimaterde losgerissen, ich lebe nur ein halbes Leben, ich trinke nicht, obwohl ich gern trinke; ich liebe den Trubel und höre keinen, mit einem Wort, ich durchlebe jetzt den Zustand eines umgepflanzten Baumes, der noch schwankt: soll er anwurzeln oder zu vertrocknen beginnen? Wenn ich mir erlaube, mich in einem Brief manchmal über Langeweile zu beklagen, dann habe ich einen gewissen Grund dazu – aber sie?" Je enger aber seine eigenen Bindungen an das Künstlertheater wurden, desto besser konnte sich der Schriftsteller in die Sorgen und Aufgeregtheiten Olga Leonardownas und seiner Freunde hineinversetzen. Das Theater war nun auch seine ureigene Sache.

Im November 1899 schrieb er an Nemirowitsch-Dantschenko: „In Deinem Brief klingt ein kaum hörbarer klirrender Ton an, wie bei einer alten Glocke – dort, wo Du vom Theater schreibst, darüber, daß Dich der Alltagskram des Theaterlebens müde gemacht hat. Oh, werde nicht müde und gleichgültig! Das Künstlertheater bildet die besten Seiten des Buches, das einstmals über das Theater von heute geschrieben wird. Dieses Theater ist Dein Stolz, und es ist das einzige Theater, das ich liebe, obwohl ich noch kein einziges Mal dort gewesen bin. Lebte ich in Moskau, ich würde mich bemühen, zu Euch in die Verwaltung zu kommen, und sei es auch nur als Pförtner, um Euch wenigstens ein bißchen zu helfen und wenn möglich zu verhindern, daß Du dieser lieben Institution gegenüber gleichgültig wirst."

Diese Liebe – die tätige Liebe für eine gemeinsame Sache – wurde auch in den Briefen an Olga Leonardowna immer dominierender. Da gibt es Fragen, Ratschläge, Besorgtheit, Belehrungen. Olgas Nervosität, das krasse Umschlagen ihrer Stimmung beunruhigte den Schriftsteller meist, ärgerte ihn aber nicht. „Ja, Schauspielerin", schrieb er nach der Premiere des „Onkel Wanja", „Euch künstlerischen Akteuren allen ist ein gewöhnlicher, durchschnittlicher Erfolg zu wenig. Ihr braucht Knattern, Schießen, Dynamit. Ihr seid völlig verwöhnt, betäubt von den ständigen Gesprächen über Erfolge, volle und nicht volle Kassen, seid schon vergiftet von diesem Betäubungsmittel, und nach 2–3 Jahren werdet Ihr alle schon zu gar nichts mehr taugen! Da haben Sie's!" Er rief zur Zurückhaltung auf, zur Ausdauer, dazu, daß sie ein für allemal die Gedanken an Erfolge und Mißerfolge aufgeben sollten. „Das soll Sie alle nicht berühren. Ihre Sache ist es zu arbeiten, kontinuierlich, tagaus tagein, in aller Stille, bereit zu sein zu Fehlern, die unvermeidlich sind, zu Mißerfolgen, mit einem Wort, Sie müssen ihre künstlerische Linie verfolgen, die Hervorrufe mögen die anderen zählen. Zu schreiben oder zu spielen und zugleich erkennen, daß man nicht das macht, was not tut – das ist so gewöhnlich und für Anfänger so nützlich!"

Überlegte, kluge Ratschläge gab Tschechow auch in Detailfragen. „Ich habe an Meyerhold geschrieben und ihm in dem Brief eingeschärft, er solle die Darstellung eines nervösen Menschen nicht so sehr herausarbeiten. Die übergroße Mehrheit der Menschen ist ja nervös, die Mehrheit leidet, eine Minderheit fühlt stechenden Schmerz; wo aber – sei es auf den Straßen oder in den Häusern – sehen Sie hin und her laufende und springende Menschen, die sich dauernd an den Kopf fassen? Das Leiden muß man so darstellen, wie es sich auch im Leben darstellt, das heißt nicht mit Händen und Füßen, sondern durch den Ton und den Blick, nicht durch Gesten, sondern durch Grazie. Feine seelische Regungen, die intelligenten Menschen eigen sind, muß man auch äußerlich fein darstellen. Sie werden sagen: die Bedingungen der Bühne. Keinerlei Bedingungen lassen die Lüge zu."

Der Brief an Meyerhold betraf eine Aufführung von Gerhart Hauptmanns „Einsame Menschen". Tschechow charakterisierte jedoch damit auch Merkmale seines eigenen dramatischen Schaffens und zugleich einer neuen Spielweise. Während der Arbeit des Künstlertheaters an seinem Stück „Drei Schwestern" kam er wiederholt auf diese These zurück.

Die Liebe zum Künstlertheater und die Liebe zu der „ungewöhnlichen Frau", der „wunderbaren Schauspielerin" verschmolzen für Tschechow immer mehr. Beide Gefühle wurden im Laufe der Zeit immer stärker und bereicherten sich gegenseitig. Anton Pawlowitsch ersuchte das Theater immer beharrlicher um ein Gastspiel in Jalta. Die Pläne änderten sich dauernd – bald war eine Reise so gut wie beschlossen, bald wurde sie undurchführbar. Endlich, im März 1900, war die Frage entschieden. Im April sollte das Theater auf die Krim fahren. Maria Pawlowna und Olga Knipper, die sich mehr und mehr angefreundet hatten, kamen überein, eher als das Theaterensemble nach Jalta zu fahren, wo Olga bis zum Beginn des Gastspiels bei der Familie Tschechow wohnen sollte. Anfang April trafen sie dort ein.

Zur selben Zeit war auch Maxim Gorki zu Gast. „Er selbst und das, was er erzählte", erinnerte sich Olga Knipper, „alles war so neu, so frisch, und lange saßen wir schweigend in Anton Pawlowitschs Arbeitszimmer und hörten zu . . ." Die Tage vergingen wie im Fluge – am 7. April sollte das Ensemble in Sewastopol eintreffen, und Olga Leonardowna reiste ab.

In Sewastopol spielte man „Onkel Wanja", „Die Möwe" sowie die „Einsamen Menschen" und „Hedda Gabler". Auch Tschechow zog es dorthin, hatte er doch noch keine einzige Vorstellung seines geliebten Theaters besucht. Obwohl er erkrankt war, reiste er am 10. April nach Sewastopol, wo er noch am gleichen Tag die Aufführung seines „Onkel Wanja" sehen konnte. Er erlebte den sichtbaren Triumph einer neuen Theaterkunst, einen Triumph, den er vorher nur aus Erzählungen hatte beurteilen können. Der Erfolg war nach dem Zeugnis Stanislawskis überwältigend: „Der Autor wurde ohne Maß und Ende herausgerufen." Am 11. April sah Tschechow die „Einsamen Menschen". Dieses Hauptmann-Stück gefiel ihm sehr, es war vielleicht das ihm am nächsten ste-

Das Ensemble des Moskauer Künstlertheaters (Jalta 1900; in der Mitte li. Stanislawski, re. Nemirowitsch-Dantschenko)

hende ausländische Drama jener Jahre, das ihn, als er es zum erstenmal las, „durch seine Aktualität verblüffte". Er hielt es für „sehr geistvoll und bühnengerecht". Am 13. wurde „Die Möwe" gegeben, aber Tschechow fühlte sich so schlecht, daß er sich genötigt sah, noch vor der Aufführung nach Jalta zurückzukehren.

Am 14. April gab das Künstlertheater sein Gastspiel in Jalta. Dort erwarteten es viele angesehene Literaten – Gorki, Bunin, Kuprin und andere. Zwischen den Vorstellungen hielten sich Schauspieler und Schriftsteller von morgens bis abends im „Weißen Landhaus" auf, sie scherzten, lachten, stritten, lasen, erzählten. In seinen Erinnerungen berichtete Stanislawski darüber:

„In der einen Ecke gab es einen literarischen Disput, im Garten beschäftigte man sich wie Schulkinder damit, wer am weitesten einen Stein werfen könne, inmitten eines dritten Häufleins stellte I. A. Bunin mit seinem ungewöhnlichen Talent irgendetwas dar, und da, wo Bunin war, stand unbedingt auch Anton Pawlowitsch und wollte sich ausschütten vor Lachen. Niemand verstand es so, Anton Pawlowitsch zum Lachen zu bringen, wie Bunin, wenn er guter Laune war . . .

Gorki mit seinen Erzählungen aus seinem Wanderleben, Mamin-Sibirjak mit seinem ungewöhnlich kecken Humor, der manchmal bis zur Posse ging, Bunin mit seinen eleganten Scherzen, Anton Pawlowitsch mit seinen unerwarteten Repliken, Moskwin mit treffenden Witzen – das alles schuf Atmosphäre und vereinigte alle zu einer Familie von Künstlern ... Der Frühling, das Meer, die Fröhlichkeit, die Jugend, die Poesie, die Kunst – das war die Atmosphäre, in der wir uns damals befanden.

Solche Tage und Abende wiederholten sich beinahe täglich im Hause Anton Pawlowitschs."

Im Theater folgte Triumph auf Triumph. Unaufhörlich wurde der Autor herausgerufen, so daß er vor Verlegenheit weglaufen wollte. „Aber man feierte ihn am letzten Tag des Gastspiels", schrieb Maria Pawlowna, „als die ‚Möwe' gegeben wurde, und Anton Pawlowitsch konnte dem nicht mehr entgehen. Er mußte auf die Hervorrufe des Publikums mehrmals herauskommen. Ich hatte noch niemals eine solche Begeisterung im Zuschauerraum gesehen. Alle applaudierten, tobten, schrien. Dabei überreichte man meinem Bruder Palmenzweige mit einem roten Band und der Aufschrift ‚Dem tiefschürfenden Interpreten der russischen Wirklichkeit' und eine Adresse mit einer Unmenge von Unterschriften. Das war der erste Fall im Leben meines Bruders, bei dem er selbst Zeuge wurde, daß sein dramatisches Schaffen so geräuschvolle öffentliche Anerkennung fand."

Nach der einhelligen Meinung aller, die Tschechow in jener Zeit sahen, war er ungewöhnlich lebhaft. Treffend hat das Stanislawski beobachtet und ausgedrückt: „Er erinnerte, dessen entsinne ich mich noch gut, an ein Haus, das den ganzen Winter hindurch mit verhängten Fensterläden und zugesperrten Türen dagestanden hatte. Und nun im Frühjahr wurde alles geöffnet, in sämtliche Zimmer strömte das Licht, sie begannen zu lächeln, im Licht zu funkeln. Er bewegte sich die ganze Zeit von einer Stelle zur anderen, wobei er die Hände auf dem Rücken hielt oder alle paar Augenblicke sein Pincenez korrigierte. Mal war er auf der Terrasse, die voll von Büchern und Zeitschriften war, mal zeigte er sich mit dem Lächeln, das nicht von seinem Gesicht wich, im Garten, mal im Hof. Hin und wieder zog er sich in sein Arbeitszimmer zurück, offensichtlich, um dort auszuruhen." – Am 24. April fand das Abschiedsbankett statt, das von einer reichen Verehrerin des Schriftstellers und des Künstlertheaters arrangiert wurde.

„Ich erinnere mich", schrieb Stanislawski, „an einen heißen Tag, ein festliches Vordach, an das in der Ferne glitzernde Meer ... Ich erinnere mich an die begeisterten, von der südlichen Sonne erhitzten Reden, voll von Hoffnungen ohne Ende. Mit diesem wunderbaren Festtag unter offenem Himmel endete unser Aufenthalt in Jalta."

Im Landhaus trat wieder Ruhe ein. Doch Tschechow hielt es nicht lange dort. Schon am 8. Mai reiste er nach Moskau, wo er den schwerkranken Lewitan besuchte. Es war ihre letzte Begegnung – am 22. Juli 1900 verstarb der Maler.

Die Reise nach Moskau kam Tschechow teuer zu stehen. Er erkrankte und war gezwungen, schon nach wenigen Tagen zurückzukehren. Doch nichts konnte Tschechow in Jalta festhalten. Ende Mai reiste er mit Gorki, Wasnezow und Alexin in den Kaukasus. Sie fuhren über die Grusinische Heerstraße und verweilten in Mzcheta und Tbilissi. Dann ging es nach Batumi und über das Schwarze Meer zurück nach Jalta, wo sie am 13. Juni wieder eintrafen.

Anfang Juli kam Olga Knipper zu Besuch und verbrachte den ganzen Monat in Tschechows Haus. Das war ihre entscheidende Begegnung.

Der Ton der Briefe veränderte sich jetzt und zeugte von einer tiefen Beziehung. Nach der Trennung lebten sie noch lange in den Erinnerungen an die gemeinsame Zeit in Jalta. „Wie gern möchte ich bei Dir im Arbeitszimmer sitzen", schrieb Olga, „in der Nische, wo es ganz still ist, um neben Dir auszuruhen und Dich dann zu necken, Dummheiten reden, Spaß machen. Erinnerst Du Dich, wie Du mich auf die Treppe begleitet hast und wie die Treppe so verräterisch knarrte? Ich hatte das schrecklich gern." Und Tschechow antwortete: „Mir scheint immer, gleich müßte sich die Tür öffnen, und herein kommst Du. Aber Du kommst nicht, Du bist jetzt auf der Probe oder in der Mersljakowski-Gasse, weit von Jalta und von mir entfernt."

Beiden fiel die Trennung schwer. „Meine liebe, gute, prachtvolle Schauspielerin, ich bin lebendig, gesund, denke an Dich, träume und härme mich, weil Du nicht hier bist. Gestern und vorgestern war ich in Gursuf, jetzt sitze ich wieder in Jalta, in meinem Gefängnis. Es weht ein äußerst heftiger Wind, das Boot fährt nicht, wütendes Schlingern, die Leute ertrinken, überhaupt kein Regen, alles ist vertrocknet, alles verwelkt – mit einem Wort, nach Deiner Abreise ist es hier ganz schlimm geworden. Ohne Dich kann ich mich aufhängen."

„Ohne Dich ist es mir langweilig. Ich möchte Dich jetzt so gern sehen, möchte Dich anschauen, Dich liebkosen. Ich habe jetzt ein Gefühl, als habe man mich über Bord geworfen. Was machst Du, woran denkst Du? Mir ist jetzt eklig, traurig zumute, ich bin müde und komme nicht zur Ruhe."

„Regen gibt es immer noch nicht. Bei uns auf dem Hof baut man eine Scheune. Der Kranich langweilt sich. Ich liebe Dich." Zum erstenmal suchte der große Schriftsteller nach den richtigen Worten, um nicht von einer fremden, sondern seiner eigenen Liebe zu erzählen.

Als sein Bruder Michail ihm im Oktober 1898 geraten hatte, zu heiraten, hatte Tschechow darauf geantwortet: „Heiraten ist nur reizvoll, wenn man liebt; ein Mädchen nur deshalb zu heiraten, weil es sympathisch ist, ist dasselbe, als würde man sich auf dem Markt ein unnützes Ding nur deshalb kaufen, weil es nett aussieht ... Also geht es nicht um ein sympathisches Mädchen, sondern um ein geliebtes; es liegt nur an einer Kleinigkeit, wie Du siehst ..."

Nun hatte er eine geliebte und ihn liebende Frau, die talentiert und klug war, eine Kameradin und Gleichgesinnte. Ihm war ein wirkliches, ein großes Glück beschert – die Heirat schien absehbar. Und doch ließ sich Tschechow für eine endgültige Entscheidung Zeit.

Bis zum 21. Oktober 1900 lebte er in Jalta, zuletzt allein. Seine Schwester Maria und die Mutter waren nach Moskau gefahren. Am 23. Oktober folgte er ihnen. Er verbrachte eineinhalb Monate in Moskau und fuhr dann für mehrere Wochen nach Nizza. Erst am 11. Mai 1901, nach fast einem Jahr der Trennung, sah er Olga Knipper wieder.

Schon 1895 hatte Tschechow Suworin auf dessen eindringliche Empfehlung, mit dem Junggesellenleben Schluß zu machen, geantwortet: „Meinetwegen, ich heirate, wenn Sie es wünschen. Aber hier meine Bedingungen: Alles muß so bleiben, wie es bis jetzt gewesen ist, das heißt, sie muß in Moskau leben und ich auf dem Lande, und ich werde zu ihr fahren. Ein Glück aber, das von Tag zu Tag, von einem Morgen zum anderen dauert, kann ich nicht ertragen. Wenn man zu mir jeden Tag über ein und dasselbe in der gleichen Tonart spricht, werde ich wild ... Ich verspreche, ein großartiger Ehemann zu sein, aber geben Sie mir eine Frau, die wie der Mond nicht jeden Tag an meinem Himmel scheint ...".

Obwohl der Schriftsteller diese Zeilen zu einer Zeit schrieb, als eine solche Frage für ihn gar nicht auf der Tagesordnung stand, deuten sich doch hier bereits die Probleme an, die sich für seine Beziehung zu Olga ergeben sollten. Nicht zufällig beendete Tschechow den Brief an Suworin so: „Wenn ich heirate, werde ich nicht besser schreiben."

Olga Leonardowna nährte die Illusion eines gemeinsamen Familienlebens, wenn auch mit gewissen Zeiten der Trennung. Schon im September 1900 rief sie ihn nach Moskau und schrieb: „Komm nur, ich werde alles tun, damit ... Du auftaust, wieder zu Dir kommst, daß Du Dich wohl fühlst durch meine Liebe. Werde ich mich auch wohl fühlen durch Deine? Lieber, Lieber, wie sehr möchte ich ein vollständiges Leben führen." Er war jedoch im Innersten überzeugt, daß es ein „vollständiges Leben", nach dem zu streben so natürlich schien, nicht geben könne, daß er ein Krüppel war, der seine Tage im langweiligen Jalta zu Ende leben mußte. Im September gestand er ihr: „Zum Schreiben habe ich keine Lust, und worüber sollte ich auch schreiben? Über mein Leben auf der Krim? Ich möchte nicht schreiben, sondern mit Dir sprechen. Morgen fährt meine Mutter nach Moskau, vielleicht werde ich auch bald fahren, wenn es auch völlig unverständlich ist, weshalb ich dorthin fahre. Weshalb? Um sich kurz zu sehen und wieder wegzufahren? Wie interessant das ist."

Olga strebte nach einem „vollständigen Leben", und er verstand, daß sie dafür geboren war und ohne es verkümmern würde. Doch zweifelte er daran, daß er die Kraft zu einem solchen Leben finden würde. Es zeigte sich, daß auch er, ein Mensch mit einem eisernen Willen, nicht so leicht für sich bürgen konnte. Er lag mit sich im Streit, und das mußte sich unbedingt auch in Inhalt und Ton seiner Briefe bemerkbar machen. Olga Leonardowna war eine kluge und feinfühlige Frau, die seine Stimmungen erfaßte, sich aber gerade deshalb in einer unendlich schwierigen Lage befand. Nicht immer verstand sie ihn richtig, und wie sollte sie auch, da er sich doch selbst nicht verstand. Wie konnte er mit den widersprüchlichen Bestrebungen fertigwerden, die ihn zu zerreißen drohten, wie sollte er den Ruf des Herzens versöhnen mit den nüchternen und so ausweglosen Überlegungen und Schlußfolgerungen, die letztendlich nur eines bedeuteten – sich lebendig zu begraben. Vielleicht würde er auch dafür genügend Willenskraft aufbringen, aber er mußte ja nicht nur über sein eigenes Schicksal entscheiden. Er mußte begreifen, daß sein Leben schon unauflöslich mit dem Schicksal eines anderen, des liebsten Menschen verbunden war. Daraus erwuchsen zusätzliche Schwierigkeiten. Olga Leonardowna war ebenfalls hin- und hergerissen, unter Qualen suchte sie nach einem Ausweg aus diesen Schwierigkeiten und den sie begleitenden Mißverständnissen.

Als sie sich im September in Moskau treffen wollten, schrieb sie ihm: „Was hindert Dich? Was quält Dich? Ich weiß nicht, was ich denken soll, ich bin in großer Sorge . . .

Ich werde diesen Winter nicht ertragen, wenn ich Dich nicht sehe. In mir hat sich der Gedanke festgesetzt, daß wir uns sehen müssen. Du hast doch ein liebendes, zärtliches Herz, weshalb machst Du es zu einem gefühllosen? Vielleicht schreibe ich dummes Zeug, ich weiß nicht. Aber in mir steckt wie ein Nagel der Gedanke, daß wir uns wiedersehen müssen. Du mußt kommen. Unerträglich ist mir der Gedanke, daß Du allein zu Hause sitzt und immerzu überlegst . . ."

Und unwillkürlich kam sie auf das heikelste Problem zu sprechen. „Anton, mein Lieber, mein Geliebter, komm. Oder willst Du nichts von mir wissen, oder fällt Dir der Gedanke nicht leicht, daß Du Dein Schicksal mit meinem verbinden willst? Schreib mir das alles ganz offen, zwischen uns soll alles sauber und klar sein, wir sind beide keine Kinder. Sprich über alles, was Du auf dem Herzen hast, frag mich nach allem, ich werde auf alles antworten."

Tschechow schrieb sofort zurück und betonte, nur aus Krankheitsgründen bisher nicht nach Moskau gefahren zu sein. „In Jalta gibt es immer noch keinen Regen. Da ist alles trocken, so trocken! Die armen Bäume, besonders jene, die auf dieser Seite der Berge stehen, haben den ganzen Sommer über keinen einzigen Tropfen Wasser bekommen und sind jetzt ganz gelb; es kommt vor, daß auch die Menschen das ganze Leben lang keinen einzigen Tropfen Glücks bekommen . . .

Du schreibst: ‚Du hast doch ein liebendes, zärtliches Herz, weshalb machst Du es zu einem gefühllosen?' Wann habe ich es denn zu einem gefühllosen gemacht? Wobei habe ich denn eigentlich meine Hartherzigkeit zum Ausdruck gebracht? Mein Herz hat Dich immer geliebt, es war immer zärtlich zu Dir, ich habe das niemals vor Dir verheimlicht, niemals, niemals, und Du beschuldigst mich einfach so der Hartherzigkeit, für nichts und wieder nichts.

Wenn man Deinen Brief insgesamt beurteilt, dann willst und erwartest Du irgendeine Erklärung, ein langes Gespräch mit ernsthaften Personen, mit ernsten Konsequenzen – aber ich weiß nicht, was ich dir sagen soll, außer dem einen, das ich Dir schon 10 000 mal gesagt habe und wahrscheinlich noch lange

„Der Übeltäter" in der Dramatisierung des Moskauer Künstlertheaters (A. Ljubimow, 1905)

sagen werde, nämlich daß ich Dich liebe – und das ist alles. Wenn wir jetzt nicht zusammen sind, so sind nicht Du oder ich daran schuld, sondern der Dämon, der mir einen Bazillus und Dir die Liebe zur Kunst eingepflanzt hat.

Verzeih, verzeih, mein liebstes Weibchen, die Engel mögen Dich behüten. Sei mir nicht böse, mein Täubchen, blase keine Trübsal, sei eine kluge Frau. Was gibt es im Theater Neues? Schreib, bitte."

„Mein zärtlicher Anton", antwortete Olga Leonardowna, „wie gern möchte ich Dich sehen! Wie möchte ich Dich liebkosen, mit Dir über alles sprechen, das man in den Briefen nicht restlos schreiben kann, darüber, wie uns beiden ums Herz ist. Hab keine Angst – ich will kein Gespräch mit ernsthaften Personen und ernsten Konsequenzen, wie Du befürchtest. Ich werde mich Dir nicht aufdrängen, ich werde Dich nicht quälen, ich werde nur lieben, werde eine sanfte, gute und interessante Frau für Dich sein – willst Du das?"

Natürlich wollte er das, und als er nach Moskau kam, konnte er sich ein übriges Mal überzeugen, daß seine „wunderbare Schauspielerin" tatsächlich eine „ungewöhnliche Frau" war, die ihn liebte. Aber er mußte sich auch von etwas anderem überzeugen – von der traurigen und für ihn nicht neuen Wahrheit, daß Moskau und das Moskauer Leben über seine Kraft gingen.

Der Strudel der Moskauer Begegnungen und Geschäfte schlug gleichsam über dem Kopf des Schriftstellers zusammen. In seinen Briefen schrieb er, er sei selten zu Hause anzutreffen, weil man ihn schon vom frühen Morgen an in

Stücke reiße. Am 1. November hieß es: „Ich bin in Moskau, und ich weiß nicht, wann ich mich von hier loßreißen kann ... Hier ist Gorki. Wir beide sind beinahe jeden Tag im Künstlertheater, und das mit Krach, kann man sagen, denn das Publikum bringt uns Ovationen dar wie den serbischen Freiwilligen. Morgen gehen wir zusammen zu Wasnezow. Und so weiter, und so weiter – mit einem Wort, ich habe mich noch nicht zum Arbeiten hingesetzt, und wann ich das tun werde, ist unbekannt." Mitte November schon klagte er über seinen Gesundheitszustand – Kopfschmerzen, Husten, und er gestand, daß die Leiden ihn aus Moskau fortjagten. Am 11. Dezember 1900 fuhr er schließlich ins Ausland.

Und wieder der Trennungsschmerz. Olga Leonardowna sandte ihm einen Brief nach, in dem sie schrieb: „Ich kann mich nicht damit abfinden, daß wir uns getrennt haben. Weshalb bist Du weggefahren, wenn Du doch bei mir sein sollst? Gestern, als der Zug abfuhr und Du zusammen mit ihm entschwunden bist, habe ich gleichsam zum erstenmal deutlich gespürt, daß wir uns tatsächlich getrennt haben. Ich lief lange hinter dem Zug her, als könne ich es nicht glauben, und plötzlich fing ich an zu weinen, so sehr, wie ich schon viele Jahre nicht mehr geweint habe. – ... Anton, Du weißt, ich fürchte mich zu träumen, das heißt Phantasien Ausdruck zu geben, aber mich dünkt, aus unserem Gefühl erwächst etwas Schönes, Festes, und wenn ich das glaube, so wird mir wunderbar weit und warm ums Herz, man möchte leben und arbeiten, dann berührt einen nicht der Kleinkram des Lebens, und man fragt sich nicht, weshalb man lebt. Du mußt in mir diesen Glauben, diese Hoffnung stützen, und uns beiden wird wohl sein, und es wird uns nicht so schwerfallen, diese Monate getrennt zu leben, nicht wahr, mein Lieber?" Wie sollte sich Tschechow diesem Ruf des Herzens verweigern? Aber er mußte auch an seinen bedenklichen Gesundheitszustand denken, eine Frage, über die er mit Olga Leonardowna noch nicht hatte sprechen können.

In Nizza traf sich Tschechow wieder oft mit Professor Kowalewski. Ende Januar begaben sie sich auf eine Italienreise. Im Jahre 1915 berichtete Kowalewski darüber: „Wenn ich an Tschechow denke, dann steht mir lebhaft jene Nacht vor Augen, die ich mit ihm auf der Fahrt nach Rom verlebte (die Nacht vom 30. zum 31. Januar 1901). Beide konnten wir nicht schlafen, wir unterhielten uns über unsere Pläne und Hoffnungen. ‚Es fällt mir schwer', sagte er, ‚mit dem Gedanken an eine längerwährende Arbeit umzugehen. Als Arzt weiß ich, daß mein Leben nur kurz sein wird'."

In Jalta hatten Stanislawski und Nemirowitsch-Dantschenko von Tschechow das Versprechen erhalten, daß er zum Herbst die „Drei Schwestern" beenden werde. Doch die Arbeit ging nur mühsam voran. Die vielen Besucher hinderten ihn. Am 18. August 1900 schrieb er gereizt: „... man stört mich grausam und gemein. Das Stück sitzt in meinem Kopf, es hat schon Gestalt angenommen und will aufs Papier, aber kaum mache ich mich daran, da öffnet sich die Tür, und herein kommt irgendeine Schnauze." Olga Leonardowna war glücklich, daß die Arbeit an dem Stück in Fluß kam, sie konnte nur nicht verstehen, warum er sich nicht vor aufdringlichen Besuchern schützte. „Mein Lieber, regele das doch, mach doch irgend etwas, damit das nicht passiert, damit Du in Ruhe arbeiten kannst, ohne Dich aufzuregen ... Ich kann natürlich meine Beschäftigung nicht mit Deiner Arbeit vergleichen, aber ich habe mich vor unnötigen Besuchern geschützt. Ich schließe mich ein und sage den Dienstboten, daß ich aufgehört habe zu existieren, für wen auch immer. Aber wozu schreibe ich das – Du weißt und verstehst das alles selbst sehr gut."

„Die Leute nicht empfangen kann ich nicht, dazu bin ich nicht imstande", antwortete Tschechow. So ging es unverändert die ihm noch verbleibenden Lebensjahre weiter.

Im September erkrankte er. Am 14. schrieb er: „Heute scheint es etwas besser zu sein mit meinem Zustand, aber immer noch Schwäche und ein Gefühl der Leere, und ich fühle mich elend bei dem Bewußtsein, daß ich die ganze Woche nichts getan, nichts geschrieben habe. Das Stück schaut mich verzagt an, es liegt auf dem Tisch, und verzagt denke ich daran."

Am nächsten Tag, nachdem er aus den Zeitungen erfahren hatte, daß die Spielzeit am 20. September begann, teilte er mit, daß er sich kaum entschließen werde, das Stück in dieser Saison dem Theater zu übergeben, weil er unbedingt bei den Proben dabei sein müsse. „Vier tragende Frauenrollen, vier intelligente junge Frauen kann ich Alexejew nicht überlassen, bei all meiner Achtung vor seiner Begabung und seinem Verständnis. Es ist nötig, daß ich wenigstens einen Blick auf die Proben werfe."

Stanislawski war in seinen Erinnerungen nicht ganz korrekt, wenn er schrieb, daß Tschechow dem Theater aus Jalta einzelne Akte seines Stückes schickte. Er brachte das Stück mit nach Moskau, ohne die Arbeit daran beendet zu haben. Etwas früher hatte er an Olga Knipper geschrieben: „In dieser Saison werde ich die ‚Drei Schwestern' nicht liefern, das Stück mag ein bißchen liegenbleiben und schwitzen oder, wie die Kaufmannsfrauen von den Pasteten sagen, es mag rasten." Doch am Theater versuchte man, ihn umzustimmen, und die Sache endete damit, daß Anton Pawlowitsch seinen Rohentwurf übergab, mit der Festlegung, daß er den endgültigen Text später liefern werde, wenn er das Stück abgeschrieben habe. Während der Abschrift nahm der Schriftsteller die letzten Korrekturen vor, wobei der Ausdruck „letzte" ungenau ist. Die Überarbeitung des Textes wurde auch später noch fortgesetzt. Daher stellte er jedes Mal die Bedingung, ihm die Druckfahnen zu schicken, die dann stets mit einer Vielzahl von Korrekturen an die Redaktion zurückgingen.

Die Leseprobe im Theater fand in Anwesenheit des Autors statt. Darauf begann Tschechow mit der Endfertigung und konnte noch vor seiner Abreise ins Ausland die beiden ersten Akte übergeben. Den dritten und vierten Akt schickte er aus Nizza. Das Theater arbeitete in aller Eile an dem neuen Stück. Diese Arbeit ließ dem Schriftsteller keine Ruhe. Er bat Olga Leonardowna, ihm ausführlich über die Proben zu schreiben. Er war verärgert, wenn die

Sache nicht so lief, wie er es gern wollte, kritisierte heftig einzelne Szenenbilder und gab Erläuterungen und Ratschläge.

Davon zeugen auch die Briefe an Stanislawski, Wischnewski und Tichomirow, der die Rolle des Fedotik spielte. Am 2. Januar 1901 schrieb er an Stanislawski: „Sie schreiben, daß im 3. Akt Natascha beim Rundgang durch das Haus, in der Nacht, die Lichter löscht und unter den Möbeln nach Dieben sucht. Nein, mir scheint, es wird besser sein, wenn sie in gerader Linie über die Bühne geht, ohne nach rechts und links zu sehen, à la Lady Macbeth, mit einer Kerze in der Hand – so ist es kürzer und erschreckender." Und am gleichen Tag an Olga Knipper: „Beschreibe doch eine Probe der ‚Drei Schwestern'! Muß man nicht noch etwas hinzufügen oder kürzen? ... Mach in keinem Akt ein trauriges Gesicht. Ein ärgerliches ja, aber kein trauriges. Menschen, die schon lange einen Gram mit sich herumtragen und sich an ihn gewöhnt haben, pfeifen nur vor sich hin und werden oft nachdenklich. So mußt auch Du auf der Bühne während der Gespräche ziemlich oft nachdenklich werden." An den Schauspieler Tichomirow schrieb er am 14. Januar: „Irina weiß nicht, daß Tusenbach zum Duell geht, aber sie ahnt, daß am Vortag etwas Schlimmes vorgefallen ist, etwas, was wichtige und dabei böse Konsequenzen haben kann. Und wenn eine Frau etwas ahnt, dann sagt sie: ‚Ich wußte es, ich wußte es.' ... Tatsächlich glaubt Soljony, er sei Lermontow ähnlich; aber er ähnelt ihm natürlich nicht – es ist lächerlich, auch nur daran zu denken. Er muß aufgemacht sein wie Lermontow. Die Ähnlichkeit mit Lermontow ist gewaltig, jedoch nur nach Soljonys Meinung."

Am 20. Januar hieß es, wiederum an Olga Knipper: „Den Briefen nach zu urteilen, macht Ihr alle unverantwortlichen Unsinn. Im dritten Akt ist Lärm ... wozu Lärm? Lärm ist nur in der Ferne, hinter der Szene, dumpfer, undeutlicher Lärm, aber auf der Bühne sind alle müde und schlafen beinahe. Wenn ihr den dritten Akt verderbt, so ist das Stück durchgefallen, und man zischt mich aus auf meine alten Tage. Alexejew lobt Dich in seinen Briefen sehr, Wischnewski desgleichen. Obwohl ich Dich nicht sehe, lobe ich Dich doch auch. Werschinin sagt: ‚Tram-tam-tam'. Er sagt es im Sinne einer Frage und Du im Sinne einer Antwort, und Dir erscheint das als eine so originelle Sache, daß Du dieses ‚Tram-tam' mit spöttischem Lächeln aussprichst. Du hast ‚tram-tam' gesagt und dabei aufgelacht, aber nicht laut, nur so angedeutet. Ein Gesicht wie in ‚Onkel Wanja' brauchst Du dabei nicht zu machen, sondern Du mußt jünger und lebendiger wirken. Denke daran, daß Du lachlustig und ärgerlich bist. Nun, ich hoffe auf Dich, mein Herz, Du bist eine gute Schauspielerin.

Ich habe schon damals gesagt, es ist nicht angängig, Tusenbachs Leichnam über Eure Bühne zu tragen, aber Alexejew bestand darauf, daß es ohne Leiche nicht geht. Ich schrieb ihm, sie sollen den Leichnam nicht bringen; ich weiß nicht, ob er meinen Brief erhalten hat."

Tschechows Ratschläge zeichneten sich nicht nur durch Gründlichkeit, sondern auch durch äußerste Präzision und Klarheit aus. Da gab es nichts Dilettantisches, sie waren professionell im besten Sinne des Wortes. Urteile über den angeblich dilettantischen Charakter von Tschechows Regieanweisungen sind augenscheinlich eine Legende, die entschieden verworfen werden muß.

Diese Legende entstand, weil man beobachten konnte, daß es unterschiedliche Auffassungen zwischen dem Autor und den Leitern des Moskauer Künstlertheaters gab. Solche Mißverständnisse waren schon bei der Inszenierung der „Möwe" aufgetreten. Tschechow war vor allem unzufrieden mit der Interpretation der Rolle des Trigorin, den Stanislawski nach Tschechows Überzeugung völlig falsch spielte. Bei der Arbeit an den „Drei Schwestern" nahm das gegenseitige Nichtverstehen einen für Tschechow besonders alarmierenden Charakter an. Stanislawski berichtete von dem Meinungsaustausch nach der ersten Leseprobe des Stückes im Theater und schrieb: „... die einen nannten es ein Drama, die anderen eine Tragödie, ohne zu bemerken, daß diese Benennungen Tschechow in Erstaunen versetzten". Der Autor hatte daraufhin tief betrübt das Theater verlassen, ohne das Ende der Diskussion abzuwarten. „Es zeigte sich", schrieb Stanislawski weiter, „daß der Dramatiker überzeugt war, eine heitere Komödie geschrieben zu haben, während bei der Lesung alle das Stück als Tragödie auffaßten und weinten, als sie es hörten. Das veranlaßte Tschechow zu der Meinung, das Stück sei unverständlich und durchgefallen."

Wir haben keinerlei Belege dafür, daß Tschechow sein Stück für eine „heitere Komödie" gehalten habe. Unzweifelhaft ist etwas anderes, daß nämlich dem Autor die düstere Interpretation seines Werkes nicht paßte. Den Kern des kurzen und äußerst reservierten Resümees über die Diskussion des Stückes im Künstlertheater enthält ein Brief an die Schauspielerin Kommissarshewskaja vom 13. November 1900: „Die ‚Drei Schwestern' sind schon fertig, aber ihre Zukunft, zumindest die nächste, ist für mich in Dunkel gehüllt. Das Stück geriet langweilig, zähflüssig, unangenehm, ich sage unangenehm, weil darin vier Heldinnen vorkommen und die Stimmung, wie es heißt, überaus düster ist."

Das war es, was Tschechow fürchtete. In Nizza traf er sich mit Nemirowitsch-Dantschenko, aber die dortigen Gespräche verstärkten seine Befürchtungen nur. Am 14. Januar fragte er erneut Olga Leonardowna, wie das Stück laufe, und bemerkt dabei: „Du hast nur über Sanin und Meyerhold geschrieben, aber überhaupt nicht über das Stück, und ich argwöhne, daß mein Stück durchfällt. Als ich mich hier mit Nemirowitsch-Dantschenko getroffen und mit ihm gesprochen habe, war ich sehr mißgestimmt und es schien mir, das Stück wird unbedingt durchfallen und ich werde nicht mehr für das Künstlertheater schreiben."

Nein, Tschechow war nie der Meinung, die „Drei Schwestern" müßten als heitere Komödie aufgefaßt werden. Was ist denn heiter an dem Triumph Nataschas? Oder an dem Untergang Tusenbachs? An dem Drama der drei Schwestern, die immer mehr von der triumphierenden Plattheit und Geistlosigkeit bedrängt werden? Niemals vorher hatte Tschechow in seinen Stücken ein so düsteres Bild gezeichnet, niemals mit solcher Stärke die Prosa des Alltagslebens angeprangert. Auch die Novelle „In der Schlucht" war ja schonungslos offen in der Enthüllung der finsteren Seiten der zeitgenössischen Wirklichkeit, und trotzdem hatte Gorki darin eine erstarkende Note der Frische und der Liebe zum Leben erkannt. Tschechow hatte diese Einschätzung mit tiefer Befriedigung aufgenommen. Er war der Meinung, daß diese Note der Frische und der Liebe zum Leben in seinem Stück nicht weniger deutlich anklingt als in seinen Prosawerken. Am Theater war man anderer Ansicht.

„Drei Schwestern" ist ein Drama des Alltagslebens und des scheinbaren Triumphes der Gemeinheit, aber je schonungsloser diese aufgedeckt wird, desto stärker geht die Ablehnung eines solchen Lebens daraus hervor, das Streben nach einem neuen, vernünftigen und menschlichen Leben, das auch das Leitmotiv der Hauptfiguren ist. Mit ihrem ganzen Wesen streben die Schwestern und auch Werschinin danach. Mehr noch, Tschechow gestaltete in diesem Stück erstmals Helden, die die Suche nach einem neuen Lebensweg in die Tat umsetzen. Eine solche Figur ist Baron Tusenbach, der nicht nur freiwillig auf seine privilegierte Stellung verzichtet, sondern der auch voller Überzeugung erklärt, daß in 25–30 Jahren jeder arbeiten werde, daß das Leben bald alle privilegierten Klassen der russischen Gesellschaft hinweggefegt habe. Das verleiht seinen Worten eine wahrhaft prophetische Bedeutung: „Die Zeit ist reif, etwas Gewaltiges kommt auf uns alle zu, ein gesunder, starker Sturm zieht herauf, er wird bald über uns hinwegbrausen und alle Trägheit und Gleichgültigkeit unserer Gesellschaft, ihr Vorurteil gegen die Arbeit und diese ganze modrige Langeweile hinwegfegen." Und nicht nur er geht diesem Sturm entgegen. Auch Irina sucht Wege zu sinnvoller Arbeit, die den Menschen Nutzen bringt. Sie denkt daran, als sie sich anschickt, als Lehrerin in eine Fabrikschule zu gehen.

Aber wenn sich die Ereignisse so entwickeln, wenn die Gemeinheit so sichtbar triumphiert, zugleich aber nicht nur Träume von einem neuen Leben, sondern auch praktische Handlungen möglich sind – dann erscheint das gutmütige Philosophieren darüber, daß das Leben sich allmählich zum Bessern wende, insbesondere die sentimentale Träumerei von einer besseren Zukunft, die den Helden nicht vor der Gemeinheit schützt, in einem neuen Licht. Andrej Prosorow philosophiert ja ebenfalls über die Zukunft. Vorurteile gegenüber der Arbeit, Faulheit, gähnende Langeweile, Gleichgültigkeit – das sind in dem Stück keine abstrakten Begriffe, sondern sie werden von den handelnden Personen verkörpert. Bei der Reinschrift des Stückes, die Tschechow in Moskau und in Nizza vornahm, war er bestrebt, in erster Linie die für seine Helden bestimmenden Züge zu unterstreichen, so etwa die Konsequenz und Zielstrebigkeit Irinas oder die Faulheit, Gleichgültigkeit und Hohlheit Tschebutykins.

Zum Bedauern des Autors wurden diese so wesentlichen Nuancen in der

„Drei Schwestern": Erstausgabe (1901) · Programmheft (R. Kuhrt, Nationaltheater Weimar 1972)

Charakteristik der handelnden Personen und der Stimmung in der Interpretation durch das Künstlertheater nicht genügend erfaßt, und da wo man es tat, legte man ihnen nicht die gebührende Bedeutung bei. Das war es, was Tschechow mit Sorge um das Schicksal seines Werkes erfüllte, zumal er darin auch Selbsterlittenes verarbeitet hatte.

Die Rolle der Mascha war für Olga Knipper geschrieben, er vertraute ihr und legte gerade deshalb viel von seinen eigenen Gefühlen in diese Rolle. „Menschen, die schon lange einen Gram mit sich herumtragen und sich an ihn gewöhnt haben, pfeifen nur vor sich hin und werden oft nachdenklich ..." – Ertrug der Autor nicht seinen Gram, seine schwere Krankheit, seine Leiden und Kümmernisse ebenso?

Tschechow kannte den Wert des Moskauer Alltagslebens sehr wohl, und im Unterschied zu den „drei Schwestern" sah er darin kein Allheilmittel gegen alle Übel und Nöte. Doch ebenso gut wußte er, wie sehr es sich von dem stumpfsinnigen Provinzleben unterschied. So wurde auch das wunderbare, beziehungsreiche Leitmotiv der drei Schwestern geboren – „nach Moskau! nach Moskau!" In einem Brief an Olga Leonardowna hat Tschechow das später einmal selbst eingestanden: „Ich schreibe nichts, ich warte immer darauf, daß Du beschließt, es so einzurichten, daß ich nach Moskau fahren kann. Nach Moskau, nach Moskau! So sprechen nicht mehr die ‚Drei Schwestern', sondern ‚Ein Ehemann'."

So wichtig diese Details waren, die Hauptfrage war noch immer die nach der dem Stücke zugrundeliegenden Tonalität. Das Zukunftsstreben war für Tschechow keine spekulative Idee im Geist der Zeit, es bildete den tiefsten Grund seines persönlichen Lebens. Nicht umsonst nannte ihn Olga Leonardowna in ihren Briefen einen „Menschen der Zukunft". Das bemerkten auch andere, die den Schriftsteller zu jener Zeit gut kannten. „Dieser Gedanke von der Schönheit künftigen Lebens", schrieb A. I. Kuprin, „der so zart, traurig und schön in allen seinen letzten Werken geäußert wurde, war auch im Leben einer der vertrautesten Gedanken, die er hegte. Wie oft dachte er wohl an das zukünftige Glück der Menschheit, wenn er des Morgens allein und schweigend seine Rosen schnitt, die noch feucht waren vom Tau, oder wenn er aufmerksam einen vom Wind beschädigten Schößling betrachtete."

Tschechow war jedoch eher ein nüchterner Mensch. Wie kaum ein anderer sah er in aller Schärfe, wie weit die gegebene Wirklichkeit und selbst die Menschen seiner Umgebung von seinem hohen Ideal entfernt waren. Doch obwohl er darunter litt und die Menschen verurteilte, wandte er sich nicht von ihnen ab, verschloß er sich nicht in der stolzen Einsamkeit des Propheten. Er blieb mit den Menschen verbunden, und in dem Wunsche, sie zu bessern, entlarvte er nicht nur ihre Schwächen und Laster, sondern versuchte, deren Quellen und Ursachen zu erklären; er war bestrebt, in den Menschen die besten Seiten ihres Selbst wachzurufen, ihnen zu helfen, an sich und eine helle Zukunft zu glauben.

A. Serebrow berichtet in seinen Erinnerungen über ein Gespräch mit Tschechow im Jahre 1902: „‚Sie sagen'", so gibt er die Worte Tschechows wieder, „‚Sie haben bei meinen Stücken geweint ... Und nicht Sie allein ... Ich habe sie aber nicht dazu geschrieben, Alexejew hat sie so weinerlich gemacht. Ich wollte etwas anderes ... Ich wollte nur den Menschen ehrlich sagen: Schaut auf Euch selbst, schaut, wie schlecht und langweilig Ihr alle lebt! Die Hauptsache ist, daß die Menschen das verstehen, und wenn sie es werden verstanden haben, dann werden sie sich bestimmt ein anderes, besseres Leben schaffen ... Ich werde es nicht mehr sehen, doch ich weiß, es wird ganz anders sein, unähnlich dem existierenden ... Und solange es noch nicht ist, werde ich den Menschen immer wieder sagen: Begreift doch, wie schlecht und langweilig ihr lebt! Worüber soll man denn hier weinen? Und diejenigen, die das schon verstanden haben?' wiederholte er meine Frage, und er stand auf und beendete das Gespräch traurig mit den Worten: ‚Nun, die finden den Weg auch ohne mich ...'"

Die Befürchtungen des Autors, sein Stück könne ein Mißerfolg werden, bewahrheiteten sich glücklicherweise nicht. Tschechow schwebte jedoch lange in Ungewißheit. Vor der Premiere fuhr er nach Italien, wo er von einer Stadt zur anderen reiste, Briefe und Telegramme erreichten ihn deshalb nicht. Das Bild begann sich für ihn erst in der zweiten Februarhälfte aufzuhellen, als er nach Jalta zurückgekehrt war.

Am 31. Januar 1901 hatten die „Drei Schwestern" Premiere. Olga Leonardowna schrieb ihm am 12. Februar über die Aufführung: „Wer es verstanden hat, dessen Herz ist nicht bedrückt, und wer es nicht verstanden hat, der beklagt sich über den ungemein quälenden Eindruck. Wärest Du auf den letzten

Proben gewesen, wäre natürlich vieles besser geworden." Im Herbst 1901, vor Beginn der neuen Saison, wurde Tschechow die Möglichkeit geboten, nicht nur an den Proben teilzunehmen, sondern auch einiges an der Aufführung richtigzustellen. An der Interpretation etwas Wesentliches ändern konnte diese ergänzende Regie freilich nicht.

Es sollte noch viel Zeit vergehen, bis man am Theater die entscheidenden Ursachen für die Divergenzen mit dem Autor durchdachte. Am 16. Januar 1939 fand eine erste Beratung des Regisseurs Nemirowitsch-Dantschenko mit den Schauspielern zur Einstudierung einer neuen Aufführung der „Drei Schwestern" statt. Eine Teilnehmerin dieses Gespräches erzählte: „Jetzt, da wir das Stück von unserem heutigen Standpunkt aus betrachten, sehen wir in ihm, was wir damals nicht sahen: daß sie durch eine dünne Wand von dem Leben getrennt waren, von dem sie leidenschaftlich träumten und zu dem sie gelangen wollten. Damals hatten wir alle, die das Schauspiel spielten und sahen, den Eindruck, daß sie versuchten, gleichsam mit den Fingernägeln eine äußerst schwere Tür zu öffnen. Völlig hoffnungslos."

Wie der oben zitierte Auszug aus Olga Leonardownas Brief vom 12. Februar 1901 und weitere hier nicht angeführte Äußerungen, darunter auch in der Presse, zeigen, wurde das Stück nicht von allen mißverstanden, trotzdem überwogen jene Urteile, die die Stimmung des Schauspiels als ausweglos empfanden und es daher in Disharmonie zum Zeitgeist sahen.

Die Aufnahme des Stückes wurde dadurch erschwert, daß die Aufführungen in Moskau und Petersburg zu einer Zeit stattfanden, da sich das gesellschaftliche Leben im Lande entscheidend aktivierte. Die studentische Bewegung spitzte sich zu. Am 11. Januar wurde eine Regierungsverlautbarung über Unruhen an der Kiewer Universität veröffentlicht. Bald darauf wurde eine Gruppe Petersburger Studenten zum Soldatendienst verurteilt, worauf es zu Streiks und machtvollen Studentendemonstrationen kam. Die Demonstration vom 4. März vor der Kasaner Kathedrale wurde brutal niedergeschlagen und endete mit Massenverhaftungen; unter den Arrestanten befand sich übrigens auch Maxim Gorki.

Während des Petersburger Gastspiels rief Tschechow Olga Knipper nach Jalta; sie aber war nicht einverstanden. „Ich würde zu Dir kommen", schrieb sie am 21. März, „aber wir können doch jetzt nicht einfach als gute Bekannte leben, das verstehst Du doch. Ich bin dieser Heimlichkeiten müde, mir fällt das sehr schwer, glaub mir." Anton Pawlowitsch erklärte sich bereit, nach Moskau zu kommen, aber sie wußte, daß er sich gesundheitlich schlecht fühlte, und änderte ihren Entschluß. Olga Leonardowna blieb vom 30. März bis zum 14. April in Jalta und reiste dann mit Maria Pawlowna wieder ab, obwohl sie noch länger hätte bleiben können. Aus diesem Anlaß kam es brieflich zu einer Aussprache. Sie fragte zweifelnd, warum er sie nicht in Jalta zurückgehalten habe, ob das aus Erwägungen der Schicklichkeit geschehen sei ... „Es tut mir schrecklich weh, wenn ich an meinen letzten Aufenthalt in Jalta denke, trotz der Tatsache, daß wir viel Unsinn getrieben haben. Bei mir ist so ein Nachgeschmack geblieben, der Eindruck von etwas Unausgesprochenem, Nebulösem." Tschechow antwortete ihr: „Mein Liebes, meine gute Knipschiz, ich habe Dich nicht zurückgehalten, weil es mir in Jalta zuwider ist und ich deshalb auf den Gedanken kam, daß wir uns ohnehin bald in der Freiheit wiedersehen werden." Schon vorher hatte ihr Tschechow einen Brief geschrieben, der ihre Beziehungen endgültig klärte.

„Wenn Du Dein Wort gibst, daß keine Menschenseele in Moskau etwas von unserer Hochzeit erfährt, bis sie vollzogen ist, lasse ich mich mit Dir sogar am Tage meiner Ankunft trauen. Ich fürchte mich schrecklich vor der Trauung, den Glückwünschen und dem Champagner, den man in der Hand halten und bei dem man vorschriftsmäßig lächeln muß ... Bei mir ist alles in Ordnung, alles, außer einer Kleinigkeit – der Gesundheit."

Er schlug vor, nach der Hochzeit die Wolga hinunter zu fahren, sodann über Astrachan in den Kaukasus, oder aber auf der Nördlichen Dwina nach Solowki. „Danach werde ich den ganzen oder einen großen Teil des Winters in Moskau leben, mit Dir in einer Wohnung. Man müßte nur nicht mißmutig sein, sondern gesund. Mein Husten nimmt mir jede Energie, ich denke verzagt an die Zukunft und schreibe ohne jedes Vergnügen. Denk auch Du an die Zukunft, sei meine Herrin, was Du sagst, danach will ich auch handeln, sonst werden wir nicht leben, sondern das Leben schlucken, jede Stunde einen Eßlöffel."

Nach seiner Ankunft in Moskau unterzog er sich am 16. Mai einer Untersuchung. Einige Tage später schrieb er darüber an A. F. Koni: „In Moskau stellte Dr. Schtschurowski, ein sehr guter Arzt, bei mir eine erhebliche Verschlechterung fest; früher hatte ich nur eine Abstumpfung in den Lungenspitzen, jetzt ist sie nach vorn unter das Schlüsselbein gerückt, nach hinten erfaßt sie die obere Hälfte des Schulterblatts."

Die Schlußfolgerung war vernichtend. Weder Jalta noch Nizza hatten den tuberkulösen Prozeß aufhalten können. Im Gegenteil, er schritt bedrohlich schnell voran. Für Tschechow gab es keinen Zweifel mehr – seine Tage waren gezählt. Er begriff mit aller Deutlichkeit, daß der ihm noch verbleibende Lebensabschnitt genutzt werden mußte.

Am 25. Mai 1901 fand in der Kreuzerhöhungskirche im Moskauer Stadtteil Owrashka die Hochzeit statt. An der Zeremonie nahmen nur der Bruder und ein Onkel der Braut teil. Die jungen Eheleute statteten noch Olgas Mutter einen kurzen Besuch ab und fuhren von dort direkt zum Bahnhof. Auf Anraten des Arztes Schtschurowski hatten sie beschlossen, sich in ein Sanatorium im Gouvernement Ufa zu begeben, wo Tschechow eine Kumys-Kur machen sollte. Am gleichen Tag schickte er ein Telegramm an seine Mutter nach Jalta: „Liebe Mama, segnen Sie mich, ich heirate. Alles bleibt wie bisher. Ich fahre zur Kumys-Kur."

Der Satz „Alles bleibt wie bisher" hatte eine gewisse Bedeutung. Tschechows Beziehungen zu Olga Knipper hatten sich unter den Augen seiner Mutter und seiner Schwester entwickelt, und er übersah nicht, daß die beiden diese Romanze recht eifersüchtig verfolgten.

Tschechow versuchte seine Schwester auf seine Heirat vorzubereiten. Am 20. Mai, als er ihr vom Gutachten Dr. Schtschurowskis und dessen Rat, zur Kur zu fahren, Mitteilung machte, schrieb er: „Ich weiß noch nicht, was ich machen soll und wie es sein wird. Allein zu fahren ist langweilig, auf der Kumys-Kur ist es langweilig, und irgend jemanden mitzunehmen wäre egoistisch und daher nicht angebracht. Ich würde heiraten, aber ich habe die Dokumente nicht bei mir, alles ist in Jalta, auf meinem Schreibtisch."

Maria Pawlowna erriet mühelos, wovon die Rede war, und sie antwortete sehr entschieden: „Jetzt erlaube mir, meine Meinung in bezug auf Deine Heirat zu sagen. Für mich persönlich ist eine Heiratsprozedur schrecklich! Und auch für Dich sind diese überflüssigen Aufregungen nichts. Wenn man Dich liebt, so läßt man Dich nicht im Stich, und das ist keinerlei Opfer, da gibt es auch von Deiner Seite nicht den geringsten Egoismus. Wie konnte Dir das in den Kopf kommen? Was für ein Egoismus?! Dich einwickeln zu lassen ist immer noch Zeit. Übermittle das auch Deiner Knipschiz." Dann aber verließ Maria Pawlowna ihre Selbstsicherheit, und sie schrieb weiter: „Auf jeden Fall handle nach Deinem Gutdünken, vielleicht bin ich in diesem Fall auch voreingenommen."

Kurz darauf erfuhr Maria Pawlowna aus dem Telegramm von der Heirat. Sie fand nicht sofort die seelische Kraft für einen neuen Brief. Schließlich schrieb sie am 28. Mai: „Ich laufe hin und her und denke immerzu. Die Gedanken jagen einander bei mir. Mir ist so bange, daß Du plötzlich verheiratet bist! Natürlich wußte ich, daß Olga früher oder später für Dich eine intime Freundin werden würde, aber die Tatsache, daß Du getraut bist, hat gleich mein ganzes Wesen in Erregung versetzt, sie hat veranlaßt, über Dich, über mich und unsere zukünftigen Beziehungen zu Olga nachzudenken. Sie werden sich auf einmal verschlechtern, so sehr ich das fürchte ... Ich fühle mich einsamer denn je." Und weiter heißt es dann, sie hege keine bösen Gefühle, sie liebe ihn noch mehr als zuvor, aber über ihre neuen Gefühle gegenüber Olga Leonardowna könne sie sich noch nicht klar werden.

Zwei Tage später schrieb sie an Olga Knipper einen Brief, der so beginnt: „Nun, meine liebe Oletschka, Dir allein ist es gelungen, meinen Bruder einzuwickeln! Aber wie ich gelitten habe, wenn Du das wüßtest, meine Liebe! Wenn unsere Beziehungen sich zum Schlechten wenden – jetzt hängt alles von Dir ab. Plötzlich wirst Du Natascha aus den ‚Drei Schwestern' sein! Ich werde Dich dann eigenhändig erwürgen." Die Assoziation zu Natascha war natürlich mehr als überraschend, aber immerhin hatte der Sturm sich gelegt. Der Brief endete mit den Worten: „Nun, bleib gesund, mein neues Schwesterchen, ich küsse Dich sehr innig und hoffe, Du bleibst für mich wie Du gewesen bist."

Olga Leonardowna antwortete: „Wenn Du wüßtest, meine liebe Maschetschka, welchen Druck Dein Brief von meiner Seele genommen hat. Ich wußte einfach nicht, was ich nach Deinem Brief an Anton denken sollte. Ich verstand überhaupt nichts mehr. Ich war auf einmal so in Rage, daß ich Dir im Eifer einen sauberen Brief hinschmieren wollte, aber zum Glück hat Anton mich zurückgehalten. Er war selber ganz verwirrt durch Deinen Brief und verstand auch nichts. Du hättest sicher einen solchen Brief nicht geschrieben, wenn Du gewußt hättest, wie sehr Du ihn betrübt hast. Nun, genug davon. Dein heutiger Brief hat uns beruhigt."

Tschechow wußte, daß sich sein Gesundheitszustand unaufhaltsam verschlechtern würde und er deshalb unausweichlich an Jalta gefesselt blieb. Er begriff aber auch, daß das getrennte Eheleben nicht nur die Bitterkeit der Trennung, sondern auch die damit verbundenen Probleme in ihre Beziehung bringen würde – Zweifel und Mißverständnisse. Zugleich war ihm klar, daß er ein Leben, losgelöst von der normalen Umwelt und in der Rolle eines unfreiwillig Verbannten, seiner Frau nicht zumuten konnte. Sie war das lebendige Band, das ihn mit Moskau, mit dem Künstlertheater verknüpfte. Er liebte ihre Briefe, er flehte sie immer wieder an, so ausführlich wie möglich zu schreiben. Wenngleich diese Briefe auch zuweilen widersprüchliche Gefühle in ihm auslösten, sie sein Gefühl der Einsamkeit oft verstärkten – Olgas Leben in Moskau, am Theater, wurde nun auch sein Leben. Es abzubrechen bedeutete, nicht nur seine Frau, sondern auch sich selbst zu bestehlen. Olga Leonardowna unternahm Versuche, vom Theater loszukommen, stieß aber damit auf den heftigen Widerstand der Theaterleitung. Das Theater stand gerade erst auf eigenen Füßen, und seine Erfolge, insbesondere mit den Tschechowschen Stücken, waren in vielem auch ihr zu verdanken. Dennoch wurde Olgas Entscheidung schließlich von der Einsicht bestimmt, wie wichtig ihre Theaterarbeit auch für Tschechow war, der, wie sie sich später erinnert, keine Frau brauchte, „die vom Leben isoliert war".

Tschechows Hausarzt der letzten Jahre war Dr. Altschuller, den er in Jalta kennengelernt und zum Freund gewonnen hatte. In den Erinnerungen des Arztes fand sich folgendes, sehr bestimmtes Urteil über die letzten Lebensjahre des Schriftstellers: „Sein Unglück war das Glück, das ihm zum Ende seines Lebens zuteil wurde und das seine Kräfte überstieg: die Heirat und das Künstlertheater." Tschechow würde wohl dieser Behauptung kaum zugestimmt haben, denn Altschuller sah nicht, daß ein bloßes Dahinvegetieren für den Schriftsteller erst recht tödlich gewesen wäre.

Tschechow blieb sich und seinen Idealen treu, als er auf die Ehe mit Olga Leonardowna nicht verzichtete.

Er vermochte sein spätes, schwer zu ertragendes Glück auszukosten. Auch für seine Frau war es nicht leicht, ihr Leben mit dem Tschechows zu verbinden. Trotzdem aber konnte sie, als sie viele Jahre später Bilanz zog, mit vollem Recht sagen: „Wir glaubten, das Leben könne und müsse herrlich sein, und es wurde so, trotz unserer schmerzlichen Trennungen – endeten sie doch immer mit freudigem Wiedersehen."

Leben, um zu schreiben – Der frühe Tod

Die Reise in das Gouvernement Ufa war interessant und nicht ohne Abenteuerlichkeit. Ein Bekannter Tschechows hatte die Route ab Nishni-Nowgorod unüberlegt zusammengestellt, so daß sie an der Anlegestelle Pjany Bor auf den Dampfer warten mußten, ohne dort übernachten zu können. Das ließ bei Tschechow Erinnerungen an seine Reise durch Sibirien wach werden.

Vorher hatten sie in Nishni-Nowgorod Gorki besucht, der sich zu dieser Zeit unter Hausarrest befand. Darüber schrieb Olga Leonardowna an Maria Pawlowna aus Pjany Bor: „Bei Gorki sitzt am Eingang zum Flur und in der Küche ein Schutzmann ... Erst zum Schluß konnten wir ein Wort wechseln, und wir sagten, daß wir uns hatten trauen lassen. Er wunderte sich natürlich, freute sich und hieb mir kräftig auf den Rücken." Gorkis Freude war ehrlich. Er mochte Tschechow von ganzem Herzen, und auch Olga Leonardowna gegenüber verhielt er sich liebevoll. Schon am 5. Dezember 1900 hatte er ihr geschrieben: „Sie sind eine prächtige, eine gute Frau, Sie sind ein lieber Mensch, und Sie sind talentiert, und ich könnte Ihnen noch vieles sagen, doch es wird besser sein, wenn ich Ihnen schweigend, fest und von ganzem Herzen die Hand drücke."

In dem Brief aus Pjany Bor berichtete Olga Leonardowna auch von der betrüblichen Situation an der Anlegestelle und schrieb: „Wir sind aber trotzdem guter Laune ... Anton ist äußerst lieb, ich liebe ihn, bewundere ihn und sorge für ihn ... Er ist so lieb und zärtlich. Er sitzt jetzt da und liest, sonst hat er Briefe geschrieben. Es dunkelt bereits ...

Mir ist sehr, sehr wohl, ich fühle mich glücklich und will, daß auch Anton mit mir glücklich ist. Ihm ist wohl, das fühle ich. Du darfst Dich nicht aufregen, Maschetschka, meine Liebe, sei klug, sei lieb, damit wir alle gut zusammen leben, denn wir lieben doch alle einander – nicht wahr?"

Das Sanatorium war schön gelegen. Man konnte angeln und spazierengehen. „Die Natur hier ist ... wunderbar", schrieb Tschechow, „eine Menge Feldblumen, die Gegend ist bergig, es gibt viele Bäche ... Und man spürt, daß die Gräser schnell und gierig wachsen, denn der Sommer ist schon im August zu Ende, und sie wollen doch leben und wachsen. Obstgärten gibt es keine. Die Jagd ist offensichtlich wundervoll; im Fluß kann man Äschen und Forellen fangen.“ An den Kumys gewöhnte sich Anton Pawlowitsch, er trank davon vier Flaschen pro Tag. Er schlief viel und erholte sich gut.

Das Sanatorium wurde ihm jedoch bald über. In seinen Briefen beklagte er sich darüber, daß das Publikum um ihn herum uninteressant sei, die Atmosphäre des Hauses erschien ihm bedrückend. Schon am 23. Juni berichtet er: „Hier ist es schrecklich langweilig, ich lebe wie in einem Strafbataillon, fade Stimmung, man möchte ausreißen ...“ Insgesamt verbrachten Olga und er einen Monat in Axjonowo, am 1. Juli reisten sie vorfristig nach Jalta ab. Tschechow nahm an, er würde sich dort endlich wieder an die Arbeit machen können. Leider ging diese Hoffnung nicht in Erfüllung. Am 24. Juli schreibt er an Gorki: „In Axjonowo fühlte ich mich leidlich, sogar sehr gut, hier in Jalta aber habe ich angefangen zu husten und so weiter und so fort; ich bin abgemagert und anscheinend zu nichts Gutem mehr zu gebrauchen.“ So lief die Arbeit auf Korrekturlesen für den nächsten Band der Gesammelten Werke hinaus.

Offenbar überzeugte die trotz der Kumys-Kur eingetretene Verschlechterung seines Gesundheitszustandes Tschechow endgültig davon, daß seine Tage gezählt waren. Am 3. August 1901 schrieb er sein Testament. Das Landhaus in Jalta, das Geld und die Einnahmen aus seinen dramatischen Werken vermachte er seiner Schwester, seiner Frau das kleine Anwesen in Gursuf und fünftausend Rubel. Außerdem sollte Maria Pawlowna einen Teil des Geldes den Brüdern Alexander, Iwan und Michail sowie zwei anderen Verwandten zukommen lassen. Weiter verfügte Tschechow (das Testament war an seine Schwester adressiert): „Nach Deinem Tod und dem Tod der Mutter soll alles, was übrigbleibt, mit Ausnahme der Einkünfte aus den Theaterstücken, in die Verfügungsgewalt der Stadtverwaltung von Taganrog zugunsten der Volksbildung übergehen. Die Einkünfte aus den Theaterstücken soll mein Bruder Iwan erhalten, nach seinem Tod die Stadtverwaltung von Taganrog zur selben Verwendung für die Zwecke der Volksbildung. Den Bauern des Dorfes Melichowo habe ich hundert Rubel zur Bezahlung der Chaussee versprochen ...“ Das Testament endet mit den Worten: „Hilf den Armen. Sorge für die Mutter. Lebt in Frieden.“

Die erste Trennung nach der Eheschließung war für die beiden besonders schwer. Olga Leonardowna war nach Moskau abgereist. Aus der Ferne kamen ihr eifersüchtige Gedanken in den Sinn: „Bei Dir daheim erwähnt man mich wohl mit keinem Wort? ... Mascha ist jetzt wahrscheinlich wohlauf und in guter Stimmung, ich stehe doch immer zwischen Dir und ihr. Mir kommt es so vor, als ob sie sich nie an mich als Deine Frau gewöhnen wird, damit entfremdet sie Dich mir gegenüber, das fühle ich. Ich bereue aber schon, daß ich Dir das alles schreibe. Mir ist das Herz voller Wehmut und Unruhe.“

Auf diese Bemerkungen erwiderte Tschechow: „Was Du über Deine Eifersucht schreibst, ist vielleicht auch begründet, aber Du bist eine so kluge Frau, Dein Herz ist so gütig, daß all das, was Du über Deine angebliche Eifersucht schreibst, irgendwie nicht zu Deiner Persönlichkeit paßt. Du schreibst, Mascha werde sich nie an Dich gewöhnen, usw. usf. Was für ein Unsinn! Du übertreibst alles, denkst Dir Dummheiten aus, und ich fürchte, Du wirst Dich womöglich noch mit Mascha zanken. Ich möchte Dir folgendes sagen: Gedulde Dich und schweig nur ein Jahr lang, nur ein Jahr, und dann wird für Dich alles klar sein. Was man Dir auch sagen, was Dir auch auffallen mag, Du mußt immer nur schweigen. Für diejenigen, die sich verheiratet haben, liegen in diesem Verzicht auf Widerstand in der ersten Zeit alle Annehmlichkeiten des Lebens. Hör auf mich, mein Herz, sei eine kluge Frau!"

Auf diesen Ratschlag entgegnete Olga Leonardowna: „Ich küsse Dich innig für Deine unendlich lieben Briefe. Nach dem einen habe ich ein paar Tränen vergossen. Du erinnerst Dich, daß Du geschrieben hast, ich solle zurückhaltend sein und auf alles schweigen? Du bist so lieb, so edel, daß ich mich geschämt habe. Anfangs habe ich mich ereifert, habe innerlich gekocht, mich aufgeregt, ich versuchte zu beweisen, zu erklären, jetzt aber schweige ich. Ich kann Dich kaum erwarten, mein Liebster."

Eifersüchtige Gefühle gab es auch später, von ihnen wußte Tschechow, es gab aber auch Verwicklungen, von denen er offenbar nichts ahnte. Noch nach seinem Tode fuhr Olga Leonardowna fort, sich mit ihm zu „unterhalten", sie schrieb Tagebuchbriefe und Erinnerungsbeichten, so z. B. am 19. August 1904: „Für mich ist es jetzt seltsam, daß ich an Dich schreibe, aber ich möchte das wahnsinnig gern. Und wenn ich Dir schreibe, dann scheint es mir, daß Du lebst und irgendwo auf meinen Brief wartest..." Das Erlebte von neuem überdenkend, schrieb sie vor allem über ihre Beziehungen zu Mascha: „Hast Du gespürt, was zwischen uns vorgefallen ist? Es war doch alles nur Eifersucht, weiter nichts. Wir haben uns doch sehr geliebt. Und ihr kam es immer so vor, als hätte ich ihr alles weggenommen, das Haus und Dich, und sie hielt sich für eine Art Opfer. Anfangs versuchte ich ihr alles verständlich zu machen, ich redete viel, suchte sie zu überzeugen, beschwor sie; wenn Du wüßtest, wieviel Tränen wir vergossen haben! Es nützte aber alles nichts, und zu guter Letzt habe ich resigniert. Wenn sie nur wüßte, wieviel wir beide darüber gesprochen haben, in Axjonowo, erinnerst Du Dich, daß sie sich nicht unglücklich fühlen solle. Ich habe doch keinerlei häusliche Rechte beansprucht oder Neigungen gezeigt, ich hielt Jalta immer für *ihr* Haus, und es schmerzte mich, sie sagen zu hören, sie habe jetzt kein Haus, keinen Winkel, keinen Garten mehr. Mein Gott, warum hat sich das alles so gefügt! Wenn sie gewußt hätte, mit welch rosigen Hoffnungen ich mit Dir von Ufa nach Jalta gekommen war! ... Wenn alles so gewesen wäre, wie ich es mir erträumt hatte, ich wäre wahrscheinlich dem Theater gegenüber gleichgültig geworden ..."

Diese Tränen waren offenbar in Moskau, fern von Jalta und ihrem Mann vergossen worden. Doch wie quälend auch die Eifersuchtsgefühle waren, die beiden Frauen brachen nicht miteinander. In Moskau lebten sie in einer Wohnung, sie erwarteten zusammen Tschechows Besuche und seine Briefe. Das gute Einvernehmen erwies sich stärker als alle Differenzen.

Am 17. September 1901 kam Tschechow nach Moskau und schaltete sich sofort aktiv in die Proben zu den „Drei Schwestern“ ein. Am 21. September besuchte er die Aufführung, worauf die Zeitung „Nowosti dnja“ am nächsten Tag berichtete: „Die ‚Drei Schwestern‘ trugen gestern dem Autor A. P. Tschechow eine ganze Reihe begeisterter Ovationen ein. Die Nachricht, daß der vom Publikum heiß geliebte Autor im Theater sei, verbreitete sich schnell, und bereits nach dem ersten Akt begann man ihn zu rufen. Nach dem 2. Akt, als Tschechow schließlich auf der Bühne erschien, erhob sich im Zuschauerraum ein Beifallssturm, der nicht enden zu wollen schien ... Die Anwesenheit des Autors elektrisierte offensichtlich die Schauspieler, und das Stück kam besser heraus denn je. An der Aufführung war einiges verändert, wie es heißt, entsprechend den Hinweisen des Autors. Besonders war das bei der Rolle des Andrej zu bemerken, der von Herrn Lushski gespielt wurde ...“

Schon vor der Abreise nach Moskau hatte sich Anton Pawlowitsch nicht wohl gefühlt. Das Wiedersehen mit Olga, die Moskauer Eindrücke und das Künstlertheater munterten ihn offenbar auf, dann aber trat ein Rückfall ein. Bereits Ende September schrieb er, er sei krank und sitze zu Hause, ohne auszugehen, und am 15. Oktober vermerkte er, mit seiner Gesundheit sei er am Ende, und er müsse nach dem Süden zurückkehren. Am 19. teilte er Miroljubow mit: „Meine Frau, an die ich gewöhnt und mit der ich in Liebe verbunden bin, bleibt in Moskau zurück, und ich reise allein. Sie weint, und ich gebiete ihr nicht, das Theater aufzugeben. Mit einem Wort – Konfusion.“ Am 28. Oktober kehrte er nach Jalta zurück.

Zu jener Zeit lebte Lew Tolstoi in Gaspra, unweit von Jalta. Tschechow besuchte ihn oft. Im Januar/Februar 1902 erkrankte Tolstoi so schwer, daß die Ärzte ihn zeitweilig bereits aufgaben. Anton Pawlowitsch verfolgte den Verlauf der Krankheit mit Sorge, die Ärzte setzten ihn laufend vom Stand der Dinge in Kenntnis. Tolstoi erholte sich schließlich wieder.

Im Januar 1901 traf Maxim Gorki auf der Krim ein; er war aus dem Hausarrest entlassen worden, befand sich aber unter Polizeiaufsicht. In Jalta hatte man ihm die Wohnsitznahme untersagt, und solange er nach einem Landhaus in der Umgebung suchte, logierte er bei Tschechow. Er blieb etwa eine Woche und siedelte sich dann in der Nähe Tolstois an.

In den Erinnerungen über seine Begegnungen mit Tolstoi berichtet Gorki auch über die Beziehungen zwischen Tschechow und Tolstoi, der einmal sagte: „‚Ich bin ein alter Mann, vielleicht verstehe ich die heutige Literatur nicht mehr – aber es kommt mir immer so vor, als sei sie nicht russisch. Man schreibt jetzt so eigentümliche Verse; ich verstehe gar nicht, warum das Verse und für wen sie geschrieben sind. Verse schreiben muß man von Puschkin lernen, von Tjutschew und Schenschin. Sehen Sie‘, er wandte sich an Tschechow, ‚Sie sind russisch! Ja, Sie sind sehr, sehr russisch!‘ Und er legte, gütig lächelnd, den Arm um Anton Pawlowitsch's Schulter, der verlegen wurde und mit leiser Baßstimme von seinem Landhaus und den Tataren zu erzählen begann. Tol-

Das Arbeitszimmer im „Weißen Landhaus" · Selbstkarikatur

stoi liebte Tschechow. Wenn er ihm ins Gesicht schaute, schien er ihn in einem solchen Augenblick mit einem fast zärtlichen Blick zu streicheln. Einmal ging Anton Pawlowitsch im Park spazieren. Tolstoi, der noch krank war, saß auf der Terrasse im Lehnstuhl. Er schaute ihm fast hingebungsvoll nach und sagte halblaut: ‚Ach, was für ein lieber, prächtiger Mensch! Er ist so bescheiden und still wie ein junges Mädchen. Er geht auch wie ein Mädchen. Einfach wunderbar!'"

Gorki erinnerte sich auch an Tschechows Verhältnis zu Tolstoi:

„Von Tolstoi sprach er stets mit einem besonderen, kaum merklichen weichen und befangenen Lächeln in den Augen; er sprach, seine Stimme dabei senkend, wie von etwas Geisterhaftem, Geheimnisvollem, das vorsichtige, weiche Worte erfordert. Wiederholt beklagte er sich, daß kein Eckermann in Tolstois Nähe sei, ein Mensch, der die scharfen, unerwarteten und oft sich widersprechenden Gedanken des alten Weisen gewissenhaft aufzeichnete."

Im März 1901 hatte Tschechow begonnen, an einer neuen Erzählung zu arbeiten. Darüber berichtete er Olga Leonardowna: „Obwohl ich die Literatur aufgegeben habe, schreibe ich manchmal nach alter Gewohnheit trotzdem etwas. Jetzt schreibe ich eine Erzählung unter dem Titel ‚Der Bischof' – über ein Sujet, das ich schon an die fünfzehn Jahre im Kopf habe." Im August des Jahres bemerkte er: „Den ‚Bischof' habe ich aus dem Koffer geholt." Doch die Arbeit kam nicht voran. Im Oktober teilte er dem Redakteur der Zeitschrift „Shurnal dlja wsech" (Zeitschrift für alle) mit, daß es ihm schwerfalle, die unterbrochene Erzählung zu beenden, und daß er sie noch einmal neu beginnen wolle. „Du schreibst, Du dürstest danach, meine neue Erzählung zu lesen. Aber bei meiner augenblicklichen Stimmung und in dem erbärmlichen Jalta kann ich nichts schreiben, was nach Deiner Meinung den Durst stillen könnte." Erst am 20. Februar 1902 wurde die Erzählung abgeschickt; dazu schrieb Tschechow an den Herausgeber Miroljubow: „Lieber Wiktor Sergejewitsch, verzeihen Sie, daß ich diese Musik so langgezogen habe. Die Erzählung war schon lange beendet, aber sie abzuschreiben war ziemlich schwierig; ich fühle mich ganz krank ..."

„Der Bischof" ist ein erstaunliches Werk: In trüben Wintertagen von einem dem Tode nahen Menschen geschrieben, ist es doch erfüllt vom Leuchten des Frühlings, von feierlichem Glockengeläut, von einer heiteren Weltsicht.

Diese Sicht ist der Erzählung nicht von Anfang an eigen, sie erwächst allmählich aus der diffizilen Stimmung, die das Ganze durchzieht, und wird erst zum Schluß vorherrschend. Sie macht jedoch ihre Eigenart aus, den tiefen philosophischen Sinngehalt. Die Geschichte vom Tod eines Menschen wird schließlich zu einer Hymne auf das unauslöschbare, triumphierende Leben.

Die von Sonnenlicht überflutete frühlingshafte Natur, die feierliche Atmosphäre in den Kathedralen, der helle Vollmond in den Nächten – das alles begeistert den Bischof, doch seine Kräfte schwinden. Während der ermüdenden, ständig wechselnden kirchlichen Zeremonien hat er mit Unwohlsein zu kämpfen, ohne zu wissen, daß dies bereits ernste Anzeichen von Bauchtyphus sind. Je schwächer der Bischof wird, desto stärker ergreift ihn ein zugleich freudiges und trauriges Gefühl, und in immer bunter werdender Reihe ziehen die Bilder seines Lebens, vor allem seiner Kindheit, an ihm vorüber. „Liebe, teure, unvergeßliche Kindheit! Weshalb erscheint sie, diese auf ewig entschwundene, niemals wiederkehrende Zeit, heiterer, glücklicher und reicher, als sie in Wirklichkeit war?" Dann verändert sich seine Stimmung. Immer schärfer beginnt er die Servilität seiner Umgebung zu spüren, immer mehr bedrückt ihn die Erbärmlichkeit der geschäftigen Eitelkeit, in die er verstrickt ist. „Und jetzt ... verblüffte ihn die Nichtigkeit, die Kleinlichkeit all dessen, wonach sie baten, worüber sie weinten; ihn ärgerten Rückständigkeit und Ängstlichkeit; und alles dieses Kleinliche und Unnütze bedrückte ihn durch seine Masse ..."

Diese schweren Gedanken bewirken jedoch keine pessimistische Lebenshaltung. Wie andere Helden Tschechows kommt auch der Bischof zu dem Schluß, daß, obwohl er alles erreicht hat, was einem Menschen seines Standes möglich ist, in seinem Leben das Wichtigste fehlt, daß er nicht den richtigen Weg eingeschlagen hat. Als er dem Tode nahe ist, scheint es ihm, „er sei schon ein einfacher, gewöhnlicher Mensch, er gehe schnell und fröhlich über das Feld und stoße mit dem Wanderstab auf, über ihm wölbe sich, von Sonnenlicht überflutet, der weite Himmel, er sei jetzt frei wie ein Vogel und könne gehen, wohin er wolle".

In der Erzählung „Die Dame mit dem Hündchen" gibt es eine wundersame Landschaft. Gurow und Anna Sergejewna sitzen in Oreanda auf einer Bank und schauen auf das Meer hinunter. „Jalta war im Morgennebel kaum zu sehen", heißt es da, „über den Gipfeln der Berge hingen unbeweglich weiße Wolken. Es regte sich kein Blatt an den Bäumen, die Zikaden zirpten, und das eintönige dumpfe Brausen des Meeres, das von unten heraufdrang, sprach von

Ruhe, von dem ewigen Schlaf, der uns erwartet. So hatte es dort unten gerauscht, als es hier weder Jalta noch Oreanda gab, so rauscht es jetzt, und ebenso gleichgültig und dumpf wird es rauschen, wenn wir einmal nicht mehr sein werden." Es könnte scheinen, dies sei eine klassische Landschaftsbeschreibung als Einführung in damals so moderne pessimistische Betrachtungen über die Vergänglichkeit und Sinnlosigkeit des Lebens. Tschechow jedoch zog eine diametral entgegengesetzte Schlußfolgerung. „Und in dieser Beständigkeit", so fuhr er fort, „in dieser völligen Gleichgültigkeit gegenüber Leben und Tod eines jeden von uns ist möglicherweise das Unterpfand unserer ewigen Erlösung enthalten, der unaufhörlichen Bewegung des Lebens auf der Erde, der unaufhörlichen Vollendung." Und weiter heißt es, „daß, wenn man es recht überlegt, im Grunde genommen alles wunderschön war auf dieser Welt, alles, außer dem, was wir selber denken und tun, wenn wir den höheren Sinn des Daseins und unsere eigene Menschenwürde vergessen".

Diese philosophische These von der Gleichgültigkeit der Natur „gegenüber Leben und Tod eines jeden von uns" wurde auch im „Bischof" wieder aufgenommen. Seine Eminenz Bischof Pjotr ist aus dem Leben geschieden, doch das Leben in der Stadt geht weiter. „Am nächsten Tag war Ostern. In der Stadt gab es zweiundvierzig Kirchen und sechs Klöster; vom Morgen bis zum Abend war die Stadt ununterbrochen von lautem, freudigem Geläut erfüllt, das selbst die Frühlingsluft zum Wogen brachte; die Vögel sangen, und die Sonne schien hell. Auf dem großen Marktplatz ging es geräuschvoll zu, Schaukeln schwangen, Leierkästen spielten, eine Ziehharmonika kreischte, und trunkene Stimmen ertönten. Auf der Hauptstraße begann nachmittags ein Traberkorso – mit einem Wort, es war lustig, alles war in bester Ordnung, genauso wie im vorigen Jahr und wie es aller Wahrscheinlichkeit nach auch in Zukunft sein würde."

Der Frühling brachte für Olga und Anton Tschechow großes Leid. Beide wollten ein Kind. Am 2. November 1901, nachdem er von Moskau nach Jalta zurückgekehrt war, schrieb Tschechow an seine Frau: „Daß Du gesund und munter bist, mein Lieb, darüber bin ich sehr froh, und es ist mir leichter ums Herz. Und ich möchte jetzt schrecklich gern, daß Du einen kleinen Halbdeutschen gebierst, der Dich ablenken und Dein Leben ausfüllen wird. Das wäre nötig, mein Liebstes."

Von Jalta fuhr Olga am 28. Februar 1902 nach Petersburg, wo das Künstlertheater ein Gastspiel geben sollte, ohne zu wissen, daß sie schwanger war. Sie arbeitete viel und schonte sich nicht. Und so geschah am 30. März das Unglück. Ärzte wurden gerufen, ein angesehener Petersburger Geburtshelfer untersuchte sie, und am Abend wurde sie ins Krankenhaus gebracht, wo sofort eine Operation vorgenommen wurde. Als man nach den Ärzten schickte, „da begann ich zu erraten", schrieb Olga Leonardowna am 31. März, „um was es sich handelte, und ich vergoß heiße Tränen, so leid tat es mir um den mißlungenen Pamphilus". Etwas später teilte sie Tschechow mit bitterer Ironie mit: „Ich kann mich nicht enthalten, den Witz Moskwins wegen des Vorgefallenen zu erwähnen: ‚Unsere erste Schauspielerin wurde entehrt – von was für einem Menschen – und hat ihn nicht festgehalten ...' Die ganze Truppe ist über diesen Ausgang betrübt."

Man glaubte, die Kranke werde binnen weniger Tage genesen, doch die Krankheit zog sich in die Länge, und Olga Leonardowna wollte nach Jalta. Am 7. April schrieb sie an Tschechow: „Mein Gott, wann werde ich gesund? Ich bin es gar nicht gewohnt, krank zu sein. Andererseits habe ich aber Angst, ein Krüppel zu bleiben, und deshalb muß ich die Sache ausliegen. Aber das wichtigste – ich möchte schrecklich gern zu Dir, verstehst Du, schrecklich gern. Ich habe buchstäblich die ganze Nacht von Dir geträumt, verstehst Du, mein zärtlicher Poet?!"

Am 14. April traf sie in Jalta ein. Ihre Genesung machte nur langsam Fortschritte, und auch Tschechow ging es gesundheitlich nicht gut. Die Pläne, in den Norden zu fahren und den Sommer in einem Landhaus irgendwo an der Wolga zu verbringen, wurden fallengelassen. Schließlich fuhren sie am 25. Mai nach Moskau. Dort verschlechterte sich Olgas Zustand erneut, und sie mußte das Bett hüten. Die Ärzte stellten eine Bauchfellentzündung fest. Erst Mitte Juni trat eine Besserung ein, und Tschechow nutzte die Gelegenheit, sich etwas zu erholen. Er nahm eine Einladung von S. T. Morosow[1] an und reiste am 17. Juni mit ihm nach Nishni-Nowgorod, von dort mit dem Dampfer nach Perm, dann weiter nach Ussolje und auf Morosows Landgut.

In seinen Briefen berichtete Tschechow, daß ihm die Kama sehr gefallen habe. „Es wäre schön, meine ich", schrieb er an seine Schwester, „wenn wir irgendwie zusammen spazierenfahren würden. Ein Flußdampfer ist das beste Landhaus."

In einem kleinen Ort besichtigte er eine chemische Fabrik, die Morosow gehörte. Die Arbeitsbedingungen dort waren furchtbar, es wurde zwölf Stunden gearbeitet. Seine Empörung darüber verhehlte er Morosow nicht, und er sprach von der Notwendigkeit, den Achtstundentag einzuführen. Nach der Besichtigung fuhr Morosow auf sein Landgut; Tschechow blieb in dessen Haus unter der Obhut des Studenten A. N. Tichonow zurück, der später unter dem Pseudonym A. Serebrow als Schriftsteller bekannt wurde und auch Erinnerungen über Anton Tschechow veröffentlichte.

Tichonow erinnerte sich an einen kranken, gereizten Mann. Tschechow fühlte sich in dem großen Haus einsam. Die Galadiners, die Einweihung einer Schule – alles vollzog sich in einer Atmosphäre äußerster Unterwürfigkeit gegenüber dem millionenschweren Besitzer. Tschechow war in den Kreisen Morosows unbekannt, kaum einer hatte etwas von ihm gelesen. Als Morosow, dem das sehr peinlich war, versuchte, die Aufmerksamkeit der Gäste auf den Schrift-

[1] Der Fabrikbesitzer Sawwa Timofejewitsch Morosow war einer der Direktoren des Moskauer Künstlertheaters.

steller zu lenken, geschah das so ungeschickt, daß Tschechow nur noch verbitterter wurde.

Im Gespräch mit Tichonow äußerte er sich über Morosow nicht sehr schmeichelhaft: „Ein reicher Kaufmann ... baut Theater ... spielt mit der Revolution ... aber in der Apotheke kein Jod und der Sanitäter ein Säufer, der den ganzen Spiritus aus den Gläsern ausgetrunken hat und Rheumatismus mit Rizinus behandelt ... Sie sind alle vom gleichen Typ – diese unsere russischen Rockefeller." Damit wurde er jedoch Morosow nicht ganz gerecht. Dieser war trotz allem ein außergewöhnlicher Mensch, das zeigte sich unter anderem darin, daß er Tschechows Worte über die Arbeitsbedingungen in seiner Fabrik nicht ungehört verhallen ließ. Auf seine Anweisung wurde der zwölfstündige Arbeitstag am 1. Juli in einen achtstündigen umgewandelt, und das war zu dieser Zeit ein durchaus beachtenswerter Entschluß.

Nach einem kurzen Aufenthalt in Moskau fuhr Tschechow am 5. Juli mit seiner Frau nach Ljubimowka (bei Moskau) in das Landhaus Stanislawskis. Dort fühlte er sich sehr wohl. In einem Brief an Stanislawski schrieb er: „Der April und der Mai kamen mir teuer zu stehen, und nun bin ich auf einmal, wie zur Belohnung für das Vergangene, mit soviel Ruhe, Gesundheit, Wärme und Freude überschüttet worden, daß ich vor Verwunderung nur die Hände zusammenschlagen kann. Das Wetter ist schön, und im Hause speisen und schlafen wir wie die Bischöfe. Ich sende Ihnen tausend Worte des Dankes, sie kommen aus tiefstem Herzen. Schon lange habe ich nicht mehr einen solchen Sommer erlebt. Ich gehe jeden Tag wohl fünfmal angeln, es angelt sich nicht schlecht (am Abend gab es Fischsuppe vom Kaulbarsch), und es ist so reizvoll, am Ufer zu sitzen, daß ich es mit Worten gar nicht ausdrücken kann. Kurz gesagt – alles ist wunderbar. Nur eines ist schlecht – ich faulenze und tue nichts."

Mitte August fuhr Anton Pawlowitsch ohne Olga Leonardowna, der die Ärzte das Reisen untersagt hatten, nach Jalta. Das verdroß sie etwas. Sie meinte, Maria Pawlowna habe den Bruder nach Jalta geholt und nicht gewollt, daß sie mit ihm fuhr. Das war ungerechtfertigt, und Tschechow machte ihr zum erstenmal milde Vorwürfe: „Nein, nein, nicht so, mein Herz, die Ungerechtigkeit muß man fürchten. Im Sinne der Gerechtigkeit muß man sauber sein, völlig sauber, um so mehr, als Du eine gute, eine sehr gute und verständige Frau bist. Verzeih diese Bemerkungen, Herzchen, ich werde das nicht mehr tun, ich fürchte so etwas ..."

Die Verstimmung zog sich über längere Zeit hin. Schließlich kam am 29. August von Olga Leonardowna ein Brief, der Tschechow beruhigte. Sie bat ihn, ihr nicht zu zürnen, und schrieb, daß sie doch niemandem sagen könne, wie ihr ums Herz sei, daß sie nicht gewohnt sei, ohne ihn zu sein, und daß sie ihn um Verzeihung bitten möchte. Zwei Tage später war sie schon in Moskau, da die Ärzte ihren Gesundheitszustand als günstig beurteilt hatten.

In den letzten Jahren seines Lebens las Tschechow viel, wobei er alles Neue bemerkte, das in der russischen Literatur auftauchte. Beinahe mit allen maß-

Die Schwester Maria in Jalta · Porträtstudie von 1904 (N. P. Uljanow)

gebenden Literaten seiner Zeit war Tschechow befreundet, auf sie alle übte sein Haus – in Jalta wie in Moskau – große Anziehungskraft aus. In seinen Urteilen über die Schriftsteller der jungen Generation war er stets wohlwollend, aber auch anspruchsvoll. So auch bei Gorki, dessen Arbeiten ihm nicht immer gefielen. Viele seiner Erzählungen schätzte Tschechow sehr hoch, „Foma Gordejew" und „Drei Menschen" jedoch schienen ihm schwächer geraten und nicht auf der Höhe von Gorkis Talent zu sein. Feinfühlig erfaßte Tschechow die gesellschaftspolitische Bedeutung von dessen Schaffen, und er verfolgte die Einstudierung seiner Dramen am Künstlertheater, und wenn ihm Zweifel am Erfolg aufkamen, war er gereizt und ungehalten. Während eines Gastspiels des Theaters in Petersburg schrieb er an Olga Knipper:

„Weshalb stoßt Ihr mit der ‚Nowoje wremja' in dasselbe Horn, weshalb laßt Ihr ‚Nachtasyl' durchfallen? Oh, das ist alles so ungereimt ... Eure Reise nach Petersburg gefällt mir sehr wenig ... Weshalb führt Ihr nicht die ‚Kleinbürger' auf? Die gefallen doch in Petersburg."

Allein aufgrund dessen, was Gorki bis zum Jahre 1903 geschrieben hatte, konnte Tschechow die unvergängliche Bedeutung seines Schaffens würdigen. In einem Brief meinte er, daß er „als erster in Rußland und in der Welt überhaupt mit Verachtung und Abscheu vom Kleinbürgertum gesprochen hat, und das gerade zu einer Zeit, da die Gesellschaft auf diesen Protest vorbereitet war". „Meines Erachtens", schrieb er weiter, „wird die Zeit kommen, da man Gorkis Werke vergessen wird, er selbst aber wird noch nach tausend Jahren kaum vergessen sein." Tschechow würdigte vielleicht als erster nach Gebühr die Rolle des Nil in den „Kleinbürgern", beharrlich versuchte er das Theater davon zu überzeugen, daß dies die zentrale Rolle, daß er der Held des Stückes sei. „Das ist kein Bauer", schrieb er an Stanislawski, „kein Fabrikarbeiter, sondern ein neuer Mensch, ein Arbeiter, der sich gebildet hat."

Nachdem Tschechow die ersten Werke von Leonid Andrejew (1871–1919) kennengelernt hatte, hob er diesen sogleich aus der Zahl der jungen russischen Schriftsteller heraus. „Bei ihm gibt es wenig Aufrichtigkeit", schrieb er im Jahre 1901, „wenig Einfachheit, und daher gewöhnt man sich schwer an ihn. Aber früher oder später wird sich das Publikum daran gewöhnen, und sein Name wird groß werden."

Zur Dekadenz verhielt sich Tschechow ablehnend. „Die stellen sich alle nur krank und wahnsinnig", sagte er zu Kuprin, „sie sind alle gesunde Bauern." „Gauner sind sie, und keine Dekadenten!" meinte er zu Tichonow. „Sie handeln mit fauler Ware ... Religion, Mystik und allerlei Teufelswerk! ... Das alles haben Sie sich absichtlich ausgedacht, um das Publikum zu betrügen. Sie sollten ihnen nicht glauben. Ihre Beine sind überhaupt nicht ‚bleich', sondern wie bei allen – behaart."

Am 30. Dezember 1902 schrieb er an den Redakteur Sergej Pawlowitsch Djagilew: „Von dem gebildeten Teil unserer Gesellschaft kann man sagen, daß er für die Religion verloren ist und sich immer weiter von ihr entfernt, was man darüber auch sagen mag und welche philosophisch-religiösen Gesellschaften sich auch immer versammeln mögen ... Die heutige Kultur ist der Beginn einer Arbeit im Namen einer großen Zukunft ..., aber die religiöse Bewegung, von der wir sprachen, ist ein Überbleibsel, beinahe sogar schon das Ende einer Sache, die bereits überlebt oder auf dem Wege dahin ist." Als er im Januar 1903 die Zeitschrift der Dekadenten „Nowy put" (Neuer Weg) kennengelernt hatte, bemerkte er: „Ich kann nur eines sagen: Früher hatte ich gemeint, daß die religiös-philosophische Gesellschaft ernsthafter und tiefgründiger ist."

Alle, die Tschechow in seinen letzten Lebensjahren kannten, bemerkten sein wachsendes Interesse für die gesellschaftspolitischen Ereignisse in Rußland.

„Je mehr sich die Atmosphäre verdichtete und die Revolution näherrückte", erinnerte sich Stanislawski, „desto entschlossener wurde er. Diejenigen irren, die ihn für so willenlos und unentschlossen halten wie viele der Menschen, die er beschrieb ... ‚Schrecklich! Aber ohne dies geht es nicht. Sollen die Japaner uns beiseite schieben', sagte Tschechow erregt, aber hart und überzeugt zu mir, als es in Rußland nach Pulver roch."

„Wer von denen, die ihn näher kannten", schrieb Kuprin, „erinnert sich nicht an eine Lieblingsphrase von ihm, die er oft, manchmal an einer völlig unpassenden Stelle des Gesprächs, in überzeugtem Ton aussprach: ‚Hören Sie – wissen Sie was? In Rußland wird es doch in zehn Jahren eine Verfassung geben.'"

„Ich entsinne mich", schrieb S. Jelpatjewski, „wie er, als ich vor der Revolution von 1905 aus Petersburg zurückkehrte, mich noch am selben Tag ungeduldig anrief, ich solle so schnell wie möglich, ohne zu zögern, sofort zu ihm kommen, er habe ein äußerst wichtiges, unaufschiebbares Anliegen an mich. Es stellte sich heraus, daß dieses wichtige, unaufschiebbare Anliegen darin bestand, daß er unbedingt sofort wissen wollte, was in Moskau und Petersburg los war, und zwar nicht in literarischen Kreisen, nach denen er mich früher ausschließlich ausgefragt hatte, sondern in der Welt der Politik, in der heraufziehenden revolutionären Bewegung... Und als ich, nicht hoch entzückt von dem, was damals vor sich ging, mich genötigt sah, einen gewissen Skeptizismus zu äußern, da wurde er erregt und attackierte mich mit scharfen, unmißverständlichen und gar nicht tschechowgemäßen Repliken. – ‚Wie können Sie so reden!' ereiferte er sich. ‚Sehen Sie denn nicht, daß alles von oben bis unten umgekrempelt ist! Die Gesellschaft und auch die Arbeiter!'"

Die Einheit von Tschechows literarischen und gesellschaftspolitischen Ansichten wurde augenfällig im Zusammenhang mit dem „akademischen Zwischenfall" des Jahres 1902, der viel Staub aufwirbelte.

Am 27. Februar erfuhr Tschechow von Miroljubow, daß Maxim Gorki zum Ehrenmitglied der Akademie gewählt worden war. Gorki lebte damals in Oleis, und Tschechow beglückwünschte ihn herzlich. Am 10. März erschien in den Zeitungen folgende Mitteilung: „Angesichts von Umständen, die der gemeinsamen Versammlung der Abteilung für russische Sprache und Literatur und der Klasse für schöngeistige Literatur der kaiserlichen Akademie der Wissenschaften nicht bekannt waren, wird die Wahl von Alexej Maximowitsch Peschkow..., der an einem Ermittlungsverfahren gemäß Art. 1035 der Strafprozeßordnung beteiligt ist, zum Ehrenmitglied der Akademie für ungültig erklärt."

Dieser Bekanntmachung waren folgende Ereignisse vorausgegangen. Der Innenminister Sipjagin hatte einen Ausschnitt aus dem „Regierungsanzeiger" mit der Nachricht von Gorkis Wahl dem Zaren vorgelegt und einen Bericht des Polizeidepartements beigefügt, in dem Gorki als politisch unzuverlässig charakterisiert wurde. Zar Nikolaus vermerkte darunter: „Mehr als originell." Gleichzeitig richtete er an den Minister für Volksaufklärung, General Wannowski, der sich durch die grausame Niederschlagung der Studentenunruhen einen Namen gemacht hatte, einen Brief: „... die Nachricht von der Wahl Gorkis in die Akademie der Wissenschaften hat auf mich, wie auf alle wohlmeinenden Russen, einen direkt niederschmetternden Eindruck gemacht. Wovon sich die ehrenwerten Weisen bei dieser Wahl haben leiten lassen, ist nicht zu verstehen. Nicht das Alter Gorkis und nicht einmal seine knappen Werke bieten einen ausreichenden Anlaß für seine Wahl in einen so ehrenvollen Rang. Um vieles ernster ist der Umstand, daß gegen ihn ermittelt wird, und einen solchen Menschen erlaubt sich die Akademie der Wissenschaften in der jetzigen unruhigen Zeit in ihre Mitte zu wählen. Ich bin von alledem tief empört und beauftrage

Sie zu erklären, daß auf meinen Befehl die Wahl Gorkis widerrufen wird. Ich hoffe damit den Geisteszustand in der Akademie wenigstens etwas zu ernüchtern. Nikolaus." Wannowski schickte dem Präsidenten der Akademie der Wissenschaften, Großfürst K. K. Romanow, den Vorschlag für eine Pressemitteilung, der dann ohne jede Änderung veröffentlicht wurde. So erfuhren die Akademiemitglieder von ihrem angeblichen Beschluß erst aus der Zeitung.

Man muß dazu sehen, daß nach dem Statut der Akademie Wahlen endgültig waren und keiner Bestätigung bedurften. Der Vorfall war daher ohne Beispiel. Die Angelegenheit rief in der Öffentlichkeit einen Sturm der Entrüstung hervor, doch von allen Akademiemitgliedern fanden nur zwei, nämlich Tschechow und Korolenko, den Mut, öffentlich ihren Protest gegen die zaristische Willkür zum Ausdruck zu bringen. Die beiden waren übereingekommen, eine gemeinsame Demarche zu unternehmen, und jeder von ihnen legte demonstrativ die Ehrenmitgliedschaft der Akademie nieder. Tschechow gab eine entsprechende Erklärung am 25. August 1902 ab, die er an den Vorsitzenden der II. Abteilung der Akademie, A. N. Wesselowski, richtete. Darin heißt es: „Ich gratulierte herzlich und habe doch gleichzeitig die Wahl als ungültig betrachtet – ein solcher Widerspruch will nicht in meinen Kopf, und mein Gewissen konnte sich damit nicht abfinden. Die Kenntnisnahme des Artikels 1035 hat mir nicht zur Klarheit verholfen. Nach langen Überlegungen konnte ich nur zu einem Entschluß gelangen, der für mich äußerst schwerwiegend und betrüblich ist, nämlich Sie ergebenst zu bitten, sich dafür einzusetzen, daß mir der Titel eines Ehrenmitglieds abgenommen wird."

Noch vor der Niederschrift des „Bischof" hatte Tschechow bereits den Plan gefaßt, ein neues Stück für das Künstlertheater zu schreiben. Am 22. April 1901 gestand er Olga Leonardowna: „In manchen Augenblicken habe ich den starken Wunsch, für das Künstlertheater ein vieraktiges Lustspiel oder eine Komödie zu schreiben. Und ich werde es schreiben, wenn mich niemand stört, ich werde es aber frühestens Ende des Jahres 1903 dem Theater übergeben."

So wurde das letzte literarische Vorhaben des Schriftstellers angekündigt, an dem er in den ihm verbleibenden Jahren seines Lebens arbeiten sollte. Wenn man weiß, wie qualvoll und langsam die Verwirklichung vonstatten ging, wie ungeduldig das Theater auf Tschechows neues Stück wartete, muß man Umsicht und Weitblick des Schriftstellers bewundern, der offensichtlich all die Schwierigkeiten, die er bei der Arbeit am „Kirschgarten" zu überwinden hatte, vorausgesehen hatte. Er erfüllte die Aufgabe, die er sich gestellt hatte, mit erstaunlicher Exaktheit. Am 12. Oktober 1903 lag das Stück „Der Kirschgarten" fertig vor.

Tschechow schrieb: „Bei mir ist kein Drama, sondern eine Komödie herausgekommen, stellenweise sogar eine Farce ..." Man muß berücksichtigen, unter welchen Umständen die Idee zu dem Stück entstand, um den vom Autor beabsichtigten tiefen Sinn zu erfassen. Der Gedanke an eine Komödie kam Tschechow unter dem frischen Eindruck der Premieren von „Drei Schwestern" in

Moskau und Petersburg, später auch in Kiew, wo er sich davon überzeugen mußte, daß seine optimistischen Erwartungen und Hoffnungen, die er in das Stück gelegt hatte, in diesen Aufführungen nicht zum Tragen kamen. Am 7. März 1901 hatte Tschechow geschrieben: „Das nächste Stück, das ich schreiben werde, wird unbedingt komisch, sehr komisch, wenigstens der Idee nach." Das komödische Prinzip wurde von Tschechow als Synonym für einen heiteren, optimistischen Grundton verstanden. Das sollte in dem neuen Stück umfassender und klarer zum Ausdruck gebracht werden.

Die Probleme, die dabei auftraten, waren in erster Linie ideeller und ästhetischer, weniger formaler Natur. Der Schriftsteller mußte notwendigerweise sein gesamtes künstlerisches System überprüfen, es umgestalten, damit es den neuen Tendenzen entsprach, die die vorrevolutionäre Situation im Lande hervorgebracht hatte. Neben der Präzisierung der Idee war daher zugleich die Suche nach einem neuen Sujet, einer neuen Schreibweise und neuen künstlerischen Ausdrucksmitteln wichtig. Maxim Gorki hatte das sehr genau erfaßt, als er 1901 an den Journalisten W. A. Posse schrieb: „A. P. Tschechow schreibt eine große Sache und sagt zu mir: ‚Ich spüre, daß man jetzt nicht so, nicht darüber schreiben muß, sondern irgendwie anders, über etwas anderes, für jemand, der anders, der streng und ehrlich ist.' Er nimmt an, daß es in Rußland alljährlich, dann allmonatlich, dann allwöchentlich auf der Straße Zusammenstöße geben und man sich so in etwa zehn bis fünfzehn Jahren an die Konstitution heranstoßen wird. Kein schneller Weg, aber der einzig zuverlässige und gerade. Überhaupt spricht A. P. sehr viel von der Konstitution, und da Du ihn kennst, begreifst Du selbstverständlich, wovon das zeugt. Überhaupt – es geschehen Zeichen, fortwährend, überall. Eine sehr interessante Zeit."

Die Erzählung „Der Bischof" stellte die erste Etappe des schöpferischen Suchens dar. In ihr war Tschechow bemüht, seine optimistische Lebensauffassung zu unterstreichen, wozu auch der kontrastierende Zusammenstoß von Tod und Leben diente. Diese Arbeit befriedigte den Autor allerdings nicht ganz. Offenbar sah er selbst die Erzählung nicht als Beginn eines neuen Weges, sondern eher als Bilanz seiner früheren Schreibweise.

Zur Zeit der Niederschrift des „Bischof" hatte der Plan zum „Kirschgarten" noch keine festumrissene Gestalt angenommen. In einem Brief an Olga Knipper vom 20. Januar 1902 schrieb Tschechow: „Ich habe Dir nicht deshalb nichts von meinem künftigen Stück geschrieben, weil ich nicht an Dich glaube, wie Du schreibst, sondern deshalb, weil ich nicht an das Stück glaube. Es dämmert gerade erst in meinem Gehirn auf wie das beginnende Morgenrot, und ich weiß selbst noch nicht, wie es sein wird und was dabei herauskommt. Es ändert sich jeden Tag." Nach den Erinnerungen Stanislawskis war Tschechow in Ljubimowka mit einer Engländerin bekannt geworden, die Gouvernante bei seinen Landhausnachbarn war. Stanislawski schrieb, sie sei ein „kleines mageres Geschöpf mit zwei langen Mädchenzöpfen" gewesen, das in Männerkleidung herumlief. „Sie verhielt sich zu Anton Pawlowitsch sehr familiär, was

 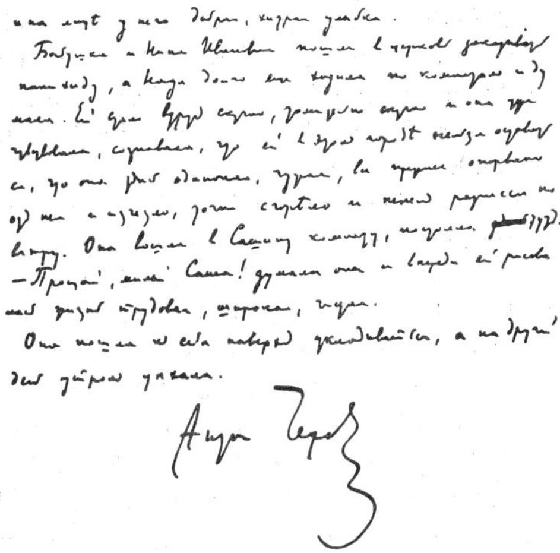

„Die Braut" (T. Schischmarewa, 1966) · Handschrift (1903)

diesem sehr gefiel. Sie trafen sich täglich und erzählten dabei einander schrecklichen Unsinn." Wie Stanislawski meinte, war sie der Prototyp der Charlotta im „Kirschgarten". Einen Prototyp des Lakaien Jepichodow sah er in einem Angestellten des Landhauses, der Tschechow versorgte. „Tschechow unterhielt sich oft mit ihm und versuchte ihn zu überzeugen, daß man lernen, daß man ein gebildeter Mensch sein müsse. Um ein solcher zu werden, kaufte sich der Prototyp des Jepichodow zu allererst eine rote Krawatte und wollte französisch lernen." Dem Sohn eines Stubenmädchens, der im Kontor des Gutes beschäftigt war, entlieh Tschechow einige Züge für die Gestalt seines Petja Trofimow.

Bald nachdem Tschechow Stanislawski mitgeteilt hatte, er habe das Sujet für ein Drama, doch „vorläufig reicht das Pulver noch nicht", begann er, an der Erzählung „Die Braut" zu arbeiten. Mit ihr begann eine neue Etappe seines künstlerischen Suchens, die für den Autor von prinzipieller Bedeutung war.

Die Erzählung wurde am 27. Februar 1903 beendet, doch der Autor war noch unzufrieden. Am 23. Februar schrieb er an Olga Leonardowna: „Ich kann Dir nichts Neues über meine Erzählungen, die ich schreibe, mitteilen, weil es da nichts Neues und nichts Interessantes gibt. Man schreibt, liest es sich durch und sieht, daß das schon gewesen ist, daß das schon alt, ganz alt ist. Nötig wäre etwas ganz Neues, Säuerliches."

Eine solche Charakteristik der „Braut" mag überraschend erscheinen. Tatsächlich findet sich hier vieles, was im Schaffen des Autors neu war. An die früheren Erzählungen erinnert nur die Beschreibung der erbärmlichen Situation im Hause Nadjas. Im Unterschied zu der Heldin der Erzählung „In der Heimat" findet jedoch Nadja die seelische Kraft und den Mut, das Vaterhaus und ihren Bräutigam zu verlassen. Neu war eine Gestalt wie Sascha, der Nadja in ihrem Entschluß, ein neues Leben zu beginnen, bestärkt. In der Erzählung wird angedeutet, daß Sascha schließlich ihr Interesse für die aufkommende revolutionäre Bewegung wachruft. „... sie sprachen über Petersburg, über das neue Leben, und Sascha geriet immer mehr in Begeisterung.

‚Prächtig, ausgezeichnet', sagte er. ‚Sie werden es nicht bedauern und nicht bereuen, das schwöre ich Ihnen. Nun, mögen Sie ein Opfer sein, aber ohne Opfer geht es nun einmal nicht, ohne untere Stufe gibt es keine Leiter. Dafür werden die Enkel und Urenkel dankbar sein.'"

Vieles, was für Tschechows Schaffen neu war, hatte in der russischen Literatur bereits seinen festen Platz. Das erfaßte der Autor selbst sehr genau, als er Ende Januar 1903 in einem Brief an seine Frau bekannte: „Ich schreibe eine Erzählung für das ‚Shurnal dlja wsech' nach altertümlicher Manier, nach der Manier der siebziger Jahre." Es ist nicht ausgeschlossen, daß er während der Arbeit an der „Braut" vor allem Turgenjews Roman „Neuland" im Auge hatte. Eine bloße Wiederholung von bereits Dagewesenem wollte Tschechow jedoch unbedingt vermeiden. Als er im März und dann im Mai/Juni des Jahres 1903 die Korrekturbogen erhielt, unterzog er die Erzählung noch einmal einer gründlichen Überarbeitung.

Der Autor redigierte die ersten Kapitel sorgfältig, wobei er vor allem jene Details zurücknahm, die die Situation im Hause Nadjas besonders abstoßend erscheinen ließen. Die äußerlichen Lebensformen der Familie, die Gestalten der Mutter und der Großmutter wurden etwas abgeschwächt. Um so größere Bedeutung gewinnt die neue Sicht Nadjas auf dieses Leben als auf etwas unendlich Banales und Überlebtes. Die Figur Saschas wurde zu der eines Träumers und Sonderlings präzisiert. Offenbar suchte sich der Autor auf diese Weise z. B. von der Literatur der siebziger Jahre, die von Helden erzählte, die „unter das Volk gingen", abzusetzen. Sascha verkörpert eine gute, aber unwiederbringlich verlorene Zeit. Als Nadja ihm nach dem Winter, den sie in Petersburg verbracht hat, zufällig begegnet, erscheint er ihr bereits „unansehnlich und provinziell", da „kamen ihr Sascha, seine Worte, sein Lächeln und seine ganze Gestalt wie etwas Abgelebtes, Altmodisches, längst Vergangenes und vielleicht schon zu Grabe Getragenes vor".

Der alte, verträumte Altruismus war wohl Vergangenheit, doch hatte er nach Ansicht Tschechows noch immer seine gewisse Berechtigung: Er vermittelte den Menschen den schönen Traum von der Zukunft, er öffnete ihnen die Augen über die Banalität einer verschlafenen, halbtoten, parasitären Existenz. Durch Sascha gelangt Nadja auf einen neuen Weg, und nicht nur sie. Noch im Angesicht seines Todes denkt er daran, anderen ebenso zur Seite zu stehen.

Die neue Umwelt der Heldin, die neuen Ideen, mit denen sie konfrontiert wird – das alles ist in der Erzählung von einem gewissen romantischen Schleier verhüllt. In Petersburg ist Nadja offensichtlich Menschen begegnet, die realer denken, die nicht nur von einer besseren Zukunft träumen, sondern imstande sind, nach konkreten Wegen dafür zu suchen. Die veränderte Meinung über ihren ersten Lehrer ist nur so zu erklären. In den ersten Varianten der Erzählung hatte Tschechow diese neuen Erfahrungen seiner Heldin viel deutlicher gemacht. Dort berichtete Nadja über ihr Studium in Petersburg: „‚Natürlich dachte ich ... als ich zur Universität ging, ich hätte schon alles erreicht und brauchte nichts mehr, als ich aber dabei war und studierte, da eröffneten sich mir neue Aussichten, dann wieder neue, immer breiter und umfassender, und es scheint, mit der Arbeit und der Unruhe werde es kein Ende geben.'" Das alles hob sich jedoch kaum ab von den literarischen Mustern über die Emanzipation der Frau aus den sechziger/siebziger Jahren. Zur Charakterisierung der gesellschaftlichen Situation am Vorabend der Revolution von 1905 reichte es nicht aus, und Tschechow beseitigte daher entschlossen alle konkreten Bezüge auf Nadjas Leben in Petersburg. In der endgültigen Fassung wird nur noch erwähnt, daß sie „nach den Prüfungen" zu Besuch nach Hause fuhr. Dafür werden ihre frische, heitere Stimmung, ihre veränderte Ansicht über Sascha, ihr gefestigter Glaube an das neue Leben stärker unterstrichen. Als sie von zu Hause Abschied nimmt, erkennt sie schließlich, „daß ihr Leben umgekrempelt war, wie Sascha es gewollt hatte, daß sie hier einsam, fremd und überflüssig war, daß sie das alles hier nicht brauchte, daß alles Vergangene von ihr losgerissen und entschwunden war, als ob es verbrannt und die Asche in alle Winde verstreut worden wäre. Sie ging in Saschas Zimmer und stand dort eine Weile.

Leb wohl, lieber Sascha! dachte sie, und vor ihrem inneren Auge sah sie ein neues, weites, kühnes Leben, und dieses Leben, noch unklar und voller Geheimnisse, lockte sie und riß sie mit sich fort.

Sie stieg hinauf in ihr Zimmer, um zu packen; am anderen Morgen nahm sie lebhaft und fröhlich Abschied von den Ihren und verließ die Stadt – wie sie annahm, für immer."

In der „Braut" ist die philosophische Grundlage des „Bischofs" beibehalten. Hier wie dort stirbt der Held. Übrigens stirbt Sascha an der Schwindsucht, und er spricht von seiner Krankheit, bereits an der Schwelle des Todes, beinahe buchstäblich mit den Worten Tschechows. Als Nadja in Moskau beunruhigt feststellt, daß er krank sei, antwortet er ihr: „Nein, es ist nicht schlimm. Ich bin krank, aber nicht sehr ..." Die Erzählung handelt jedoch nicht von der Bewegung des Lebens schlechthin, sondern von der Entwicklung progressiver Ideen und der damit verbundenen kontinuierlichen Ablösung von Generationen fortschrittlicher Menschen. In künstlerischer Hinsicht bedeutet das für Tschechow die Fortsetzung und Entwicklung von Traditionen sowohl seines eigenen bisherigen Schaffens als auch der Literatur der siebziger Jahre überhaupt.

Mit der Erzählung „Die Braut" reagierte der Schriftsteller unmittelbar auf die in Rußland heranreifenden revolutionären Ereignisse. Es war ein Reagieren eigener Art, ganz unähnlich dem Gorkis beispielsweise mit seinen revolutionär-romantischen Liedern vom Sturmvogel und vom Falken.

Bezeichnend ist in dieser Hinsicht ein Gespräch zwischen Tschechow und W. W. Weressajew (1867–1945):

„Anton Pawlowitsch fragte mich: ‚Nun, wie gefällt Ihnen die Erzählung?'

Ich zögerte, beschloß aber, mich freimütig zu äußern. ‚Anton Pawlowitsch, so finden junge Mädchen nicht den Weg zur Revolution. Und solche Frauen wie Ihre Nadja finden überhaupt nicht zur Revolution.'

Seine Augen blickten ernst und mit gespannter Aufmerksamkeit.

‚Dorthin führen verschiedene Wege.'"

Diese Antwort beruhte auf Erfahrungen, die die Wirklichkeit selbst vermittelte. Tatsächlich fand jeder einzelne auf seine Weise zur Revolution. Gorki ging einen eigenen Weg dorthin, einen anderen, nicht ausgetretenen Pfad ging Tschechow. Ihre literarischen Helden gehörten unterschiedlichen Gesellschaftsschichten an, verschieden waren daher auch die künstlerischen Mittel, deren sich die Schriftsteller bedienten, um das Heraufziehen des kommenden revolutionären Sturmes anzuzeigen. Zugleich war dies eine anschauliche Bestätigung der historischen Tatsache, daß die Ideen von 1905 in breitesten demokratischen Kreisen der russischen Gesellschaft zu finden waren.

Man darf nicht vergessen, daß Tschechow weit davon entfernt war, Revolutionäre zu gestalten. Nadja gehört lediglich zu denen, die sich der großen Bewegung anschlossen. Der Autor hatte überhaupt nicht die Möglichkeit, sich eine solche Aufgabe zu stellen. Er stand persönlich dem revolutionären Milieu fern und konnte sich ein Urteil darüber nur durch Briefe aus Kreisen der studentischen Bewegungen sowie Erzählungen – vor allem die Gorkis – bilden. Tschechow empfand diesen Mangel sehr wohl. Im Herbst 1903 schrieb er traurig: „Ich bin dauernd krank, beginne schon zu altern, langweile mich hier in Jalta und fühle, wie das Leben an mir vorbeigeht und daß ich vieles von dem nicht sehe, was ich als Literat sehen müßte. Ich sehe nur und begreife zum Glück, daß das Leben und die Menschen immer besser, klüger und ehrenhafter werden – das im Hauptsächlichen, und was das Kleinere betrifft, so verschwimmt das in meinen Augen zu einem farblosen, grauen Feld, weil ich nicht mehr so blicke wie früher." Sein Bemühen war es, die Tendenzen der gesellschaftlichen Bewegung zu erfassen und im „Kleineren" sichtbar zu machen.

Die Schlußarbeiten an der Erzählung „Die Braut" halfen Tschechow offensichtlich auch, sich endgültig über das „prinzipielle Schema" des „Kirschgarten", seine ideengeschichtliche und philosophische Grundlage im klaren zu werden. Die in vielem schon ausgereiften Gestalten wurden präzisiert und begannen sich mit Leben zu erfüllen.

Mitte Mai fuhr der Autor für zwei Tage zu persönlichen Verhandlungen mit seinem Verleger nach Petersburg.

Schon 1901 hatte Gorki – empört über die versklavende Abmachung – beschlossen, die Aufhebung des Vertrages mit Marcks zu erreichen, um statt dessen die Werke Tschechows im Verlag „Snanije“ herauszugeben. Wo aber sollte er die erforderlichen 75 000 Rubel hernehmen? An Konstantin Pjatnizki (1864 bis 1938), der neben ihm den Verlag leitete, schrieb er: „Kann man meinen Anteil an ‚Snanije‘ und die Einkünfte aus den Verlagsausgaben verpfänden? Mein Lieber – wie sehr mir ein von ‚Snanije‘ herausgegebener Tschechow gefallen würde!“ In einem späteren Brief heißt es: „Nun zu Tschechow. Der Gedanke an die Herausgabe seiner Erzählungen durch ‚Snanije‘ läßt mir keine Ruhe. Morgen werde ich an die Behörde ein Gesuch einreichen, daß man mir erlaubt, am 15. September nach Jalta zu fahren. Fahren wir, mein Lieber! Wir verpfänden Frau und Kinder und werden Tschechow den Fesseln von Marcks entreißen!“ Tschechow selbst verhielt sich jedoch skeptisch. Er schrieb Gorki, daß er das Geld von Marcks bereits erhalten und ausgegeben habe. „Außerdem habe ich nicht den Wunsch, diese Sache aufzurühren, mich abzumühen und zu kämpfen – ich habe weder den Wunsch noch die Energie noch den Glauben, daß das tatsächlich nötig ist.“ In einem anderen Brief, in dem er auch erwähnte, daß Marcks sehr krank sei, teilte er Gorki mit, nichts unternehmen zu wollen, ehe er nicht persönlich mit dem Verleger verhandelt habe. Diese Gespräche zögerten sich jedoch hinaus. Schließlich schlug man Tschechow Anfang des Jahres 1903 einen juristischen Weg zur Auflösung des Vertrages vor, aber dieser lehnte ab. „Es ist auch unliterarisch“, schrieb er an Olga Leonardowna, „sich plötzlich an einen Fehler oder eine Unachtsamkeit von Marcks zu klammern und, diese ausnützend, die Sache ‚juristisch‘ zu drehen. Und man darf bei alledem nicht vergessen, daß ich, als es um den Verkauf meiner Werke an Marcks ging, keinen roten Heller besaß; ich war an Suworin verschuldet, hatte mich ganz abscheulich verausgabt, und was die Hauptsache ist, ich schickte mich an zu sterben und wollte meine Angelegenheiten wenigstens irgendwie in Ordnung bringen.“ Er war vorerst auch nicht von der Zweckmäßigkeit eines Vertragsbruches überzeugt. 1903 gab Marcks Tschechows Werke – in einer zweiten Auflage – als Anhang zu der Zeitschrift „Niwa“ (Die Flur) heraus, was dem Verleger nach überschläglichen Berechnungen von Tschechows Freunden insgesamt zwei- bis dreihunderttausend Rubel einbrachte.

Tschechow kehrte aus Petersburg zurück, ohne bei Marcks etwas erreicht zu haben. Dieser bot ihm lediglich 5 000 Rubel für eine Kur an, die der Schriftsteller ablehnte. Einen Posten Bücher aus Marcks’ Verlag nahm er jedoch an, um sie an die Bibliothek seiner Heimatstadt Taganrog weiterzuleiten.

Den Sommer des Jahres 1903 wollte Tschechow mit seiner Frau in der Schweiz verbringen, doch das Gutachten Professor Ostroumows über seinen Gesundheitszustand brachte diese Pläne zum Scheitern. An seine Schwester schrieb er: „... er horchte mich lange ab, beklopfte und betastete mich, und zu guter Letzt stellte sich heraus, daß es um meine rechte Lunge gar nicht gut steht, daß ich Lungenaufblähung (Emphysem), Darmkatarrh usw. usf. habe. Er schrieb fünf Rezepte aus, und was die Hauptsache ist – er verbot mir, den Winter in Jalta zu verleben, weil er meint, der dortige Winter sei ganz schlimm, und er ordnete an, ich solle den Winter irgendwo in der Nähe von Moskau in einem Landhaus verbringen. Da soll sich einer auskennen!"

Ostroumows Gutachten erschütterte Tschechow. „Wenn Ostroumow recht hat", schrieb er, „weshalb habe ich dann vier Winter in Jalta verbracht?" Und in einem Brief an Lawrow heißt es etwas später lakonisch: „Und wenn ich mich in der Nähe von Moskau niedergelassen habe und anfange mich dort einzugewöhnen, dann schicken mich die Ärzte wieder auf die Krim oder nach Kairo."

Ende Mai übersiedelte Tschechow mit seiner Frau in ein Landhaus bei Moskau – auf dem Gut der Frau Jakunschikowa –, wo sie in dem geräumigen Seitengebäude Quartier nahmen. Hier beendete Tschechow endgültig seine Erzählung „Die Braut" und setzte die Arbeit am „Kirschgarten" fort. Am 4. Juni schrieb er: „Das Wetter ist wunderbar, bezaubernd, alles steht in Blüte, die Vögel zwitschern Tag und Nacht. Ich sitze an einem großen Fenster und arbeite ein wenig."

Am 7. Juli fuhren Anton und Olga nach Jalta, wo sie bis zum 19. September blieben. Die Arbeit am „Kirschgarten" ging langsam voran. Im Theater war man in Aufregung, man erwartete das Stück mit Ungeduld. Am 22. August schrieb der Schauspieler A. L. Wischnewski, ein enger Freund der Tschechows, der sich auch um die wirtschaftlichen Angelegenheiten des Künstlertheaters kümmerte, an Olga Leonardowna nach Jalta: *„Ohne Tschechow können wir nicht existieren.* Ich sehe von hier aus, wie mein Jugendfreund sich diesem unterstrichenen Satz gegenüber verhält, aber mir ist alles völlig egal, denn wenn Tschechow uns das Stück nicht gibt, das *sofort* nach dem ‚Julius Cäsar' aufgeführt werden soll, so werde ich von der Leitung der Wirtschaftsgeschäfte zurücktreten, denn bei dem gewaltigen Budget, das wir zur Zeit haben, können wir nur mit Tschechow weiterexistieren. Wenn das der Fall ist, sind wir gerettet!" Tschechow besänftigte das Theater; er versprach das Stück zu liefern und bemerkte ironisch, wenn er sich etwas verspäte, so sei das kein Unglück, weil er die Ausstattung in dem Stück auf ein Minimum reduziert habe. Nur im zweiten Akt rechne er damit, ein richtiges grünes Feld, einen Weg und eine für die Bühne ungewöhnlich weite Ferne zu bekommen. Am 15. September schrieb er an die Schauspielerin Lilina, Stanislawskis Gattin: „Das Stück hatte ich fast fertig, aber vor ungefähr zehn Tagen wurde ich krank, ich fing an zu husten und fühlte mich schwach, mit einem Wort, wieder die gleiche Geschichte wie im Vorjahr."

Am „Kirschgarten" – seinem letzten Theaterstück – feilte Tschechow besonders sorgfältig. Er schrieb es zweimal ab, wobei er immer wieder Änderungen vornahm und die Übersendung nach Moskau hinausschob. „Mein Pferdchen", schrieb er am 9. Oktober an Olga, „schicke mir keine ungehaltenen, verzagten Briefe, verbiete mir nicht, nach Moskau zu kommen. Was dort auch sein mag, nach Moskau werde ich fahren, und wenn Du mich nicht zu Dir läßt, so werde ich irgendwo in einer Pension bleiben. Mein Herzchen, meine Gesundheit ist viel besser, ich habe vom Essen zugenommen, ich huste weniger, und zum 1. November, hoffe ich, wird alles gut sein. Meine Stimmung ist ausgezeichnet. Ich schreibe das Stück ab und werde bald fertig sein, das schwöre ich, mein Täubchen ... Ich versichere Dir, jeder übrige Tag ist nur von Nutzen, weil mein Stück immer besser wird und die Personen immer klarer."

Am 14. Oktober ging endlich ein Telegramm nach Moskau: „Stück bereits abgesandt. Gesund. Küsse. Grüße. Antonio." Nun begannen neue Aufregungen – sie betrafen die Einstudierung des Stückes.

Wie immer erregten und beunruhigten Tschechow vor allem die Gesamtinterpretation und die Rollenvergabe. Am 21. Oktober schrieb er an seine Frau: „Heute bekam ich von Alexejew ein Telegramm, in dem er mein Stück genial nennt; das bedeutet, das Stück übermäßig loben und ihm die gute Hälfte des Erfolges nehmen, den es unter günstigen Voraussetzungen haben könnte. Nemirowitsch hat mir noch nicht die Liste der Schauspieler geschickt, die in dem Stück spielen, aber ich habe trotzdem Angst. Er hat schon telegrafiert, daß Anja der Irina ähnelt; wahrscheinlich will er die Rolle Maria Fjodorowna geben. Anja aber ähnelt der Irina wie ich dem Burdshalow. Anja ist vor allem ein Kind und bis zuletzt fröhlich. Sie kennt das Leben nicht und weint nicht ein einziges Mal, außer im zweiten Akt, wo sie nur Tränen in den Augen hat. Maria Fjodorowna aber wird in der Rolle dauernd heulen, außerdem ist sie zu alt. Wer spielt die Charlotta?"

Besorgte Briefe gingen auch an Stanislawski und Nemirowitsch-Dantschenko. „Warum sprichst Du in Deinem Telegramm davon", schrieb er an Nemirowitsch, „daß in dem Stück so viele Personen weinen? Wo sind sie denn? Es ist allein Warja, aber das nur deshalb, weil Warja von Natur eine Heulsuse ist, und ihre Tränen dürfen beim Zuschauer kein Gefühl der Verzagtheit hervorrufen. Bei mir heißt es oft ‚unter Tränen', aber das zeigt nur die Stimmung der Personen an, nicht Tränen."

Einstweilen waren dies jedoch nur Befürchtungen. Die erste mit der „Kirschgarten"-Inszenierung verbundene Unerfreulichkeit brachte eine Rezension des dem Künstlertheater nahestehenden Kritikers Efros in den „Nowosti dnja", der über das Stück in einer Form berichtete, die Sinn wie Inhalt entstellte und verzerrte. Auf Tschechow machte das einen deprimierenden Eindruck. Auch andere Zeitungen begannen den Artikel nachzudrucken. Tschechow schrieb dazu: „Hätte ich gewußt, daß Efros' Auslassungen so ungut auf mich wirken, ich hätte um nichts in der Welt mein Stück dem Künstlertheater gegeben. Ich habe ein Gefühl, als habe man mich mit Spülwasser vergiftet und übergossen."

Weiteren Ärger gab es mit der geplanten Veröffentlichung des Dramentextes. Gorki und Pjatnizki wollten das Stück in einem Sammelband von „Snanije" publizieren, wobei sie Tschechow ein erhöhtes Honorar zusagten – 1 500 Rubel je Bogen. Dazu mußte man den Band als für wohltätige Zwecke bestimmt deklarieren, um den Vertrag mit Marcks nicht zu verletzen, wonach die Publikation neuer Werke des Schriftstellers ausdrücklich nur für die periodische Presse und Ausgaben zu wohltätigen Zwecken gestattet war. Das Vorhaben zog sich in die Länge, und in dieser Zeit stellte sich heraus, daß Marcks – seine Eigentumsrechte wahrnehmend – ebenfalls eine Herausgabe des Stückes vorhatte. Tschechow, der zu spät davon erfuhr, versuchte die Ausgabe von Marcks aufzuhalten, hatte aber keinen Erfolg. Wenngleich sich der Unwille Gorkis und Pjatnizkis gegen den Verleger richtete, war es doch unvermeidlich, daß auch Tschechow in diese unangenehme Geschichte hineingezogen wurde. Nachdem er von Pjatnizki einen Brief in dieser Angelegenheit erhalten hatte, gestattete er dem Verlag „Snanije", ihn gerichtlich zu verklagen, damit er seinerseits eine gerichtliche Klage gegen Marcks anstrengen konnte. Tschechow schlug eine weitere Variante vor – nicht nur Pjatnizki das erhaltene Honorar zurückzuzahlen, sondern auch die Verluste aus eigenen Mitteln zu decken. Zum Schluß schrieb er: „Verzeihen Sie, daß ich solche Unruhe in Ihr stilles Verlagsleben gebracht habe. Was soll man machen, mir passiert immer etwas mit einem Stück, und jedes meiner Stücke kommt aus irgendeinem Grund mit einem Skandal zur Welt ..." Diese Zeilen schrieb Tschechow zwei Wochen vor seinem Tode in Badenweiler.

Die Premiere des „Kirschgarten" wurde für den 17. Januar 1904 angesetzt, den Geburtstag des Autors. Schon lange war die Rede davon gewesen, in diesem Jahr auch dessen fünfundzwanzigjähriges Schriftstellerjubiläum zu feiern, doch Tschechow lehnte entschieden ab. Zur selben Zeit wurde eine Demarche bei Marcks festgelegt. Tschechows Freunde entwarfen ein umfangreiches, wohlbegründetes Schreiben, in dem sie den Verleger baten, den mit Tschechow geschlossenen Vertrag aufzulösen. Das Schreiben sollte von den angesehensten Vertretern der russischen Literatur und Kunst unterzeichnet werden; Anton Pawlowitsch erfuhr jedoch von dieser Initiative und bat, darauf zu verzichten. Von der Absicht, ihn am Tage der „Kirschgarten"-Premiere im Theater zu ehren, wußte er nichts. Er war überrascht, als ihn dort am Ende des dritten Aktes eine Gratulationscour erwartete.

Grußadressen und Telegramme aus allen Enden Rußlands trafen im Theater ein. Man sprach von der Wertschätzung Tschechows und seines Schaffens, von seiner unvergänglichen Bedeutung und davon, wie viel die russische Literatur und die russische Gesellschaft ihm zu verdanken hätten.

„Tschechow aber", berichtete Stanislawski, „blickte finster drein und blieb die ganze, sich lange hinziehende Jubiläumsfeier stehen – eine jener Feierlichkeiten, über die er in seinen Werken gutmütig gelacht hatte. Auch hier konnte er ein Lächeln nicht unterdrücken. Ein Literat begann seine Rede mit fast den gleichen Worten, mit denen Gajew im ersten Akt des ‚Kirschgarten' den alten Schrank begrüßt. ‚Teurer, hochverehrter ... (statt des Wortes Schrank nannte der Schriftsteller den Namen Tschechows), ich grüße Sie ...' usw.

Anton Pawlowitsch blickte mich, der ich den Gajew spielte, von der Seite an, und über seine Lippen huschte ein listiges Lächeln.

Das Jubiläum verlief in feierlicher Weise, hinterließ jedoch einen deprimieren-

„Der Kirschgarten": Olga Leonardowna als Ranewskaja · Programmheft (Deutsches Theater, Berlin 1961)

den Eindruck. Es sah nach einer Totenfeier aus. Mir war wehmütig ums Herz."

Am folgenden Tag schrieb Tschechow: „Gestern wurde mein Stück gegeben, meine Stimmung ist daher nicht besonders." Tschechow war mit vielen Darstellern unzufrieden, vor allem aber mit der Grundstimmung der Inszenierung. Später schrieb er: „Warum wird mein Stück auf den Plakaten und in den Zeitungsanzeigen so hartnäckig Drama genannt? Nemirowitsch und Alexejew sehen in meinem Stück keineswegs das, was ich geschrieben habe ..." In einem anderen Brief heißt es: „Wie furchtbar das ist! Der Akt, der maximal 12 Minuten dauern soll (der vierte Akt – G. B.), wird bei Euch 40 Minuten gespielt. Eines kann ich sagen: mein Stück hat Stanislawski verdorben."

Stanislawski mußte später zugeben: „Die Aufführung hatte nur mittelmäßigen Erfolg, und wir verurteilten uns dafür, daß wir es nicht verstanden hatten, vom ersten Mal an das Wichtigste, Schönste und Wertvollste in dem Stück sichtbar zu machen.

Anton Pawlowitsch starb, so daß er den wirklichen Erfolg seines letzten, so stimmungsvollen Werkes nicht mehr erlebte."

Das alles war um so betrüblicher, als der Autor gerade im „Kirschgarten" umfassender denn je seine Sicht auf Vergangenheit und Gegenwart des russischen Lebens zum Ausdruck bringen wollte.

Tschechow erfaßte die russische Wirklichkeit nun sowohl in ihrer sozialhistorischen Konkretheit als auch im Prozeß ihrer progressiven Weiterentwicklung. Die Wirtschaftsform der Vergangenheit, symbolisiert durch die Wagen, auf denen die Kirschen in die verschiedenen Städte gefahren wurden, ist längst zusammengebrochen. So stehen die lebenden Relikte der feudalen alten Zeit vor uns, die nach der Aufhebung der Leibeigenschaft den Boden unter den Füßen verloren haben – Gajew, die Ranewskaja, Pischtschik, Firs. Die Eisenbahn, der Telegraf, die Ausbeutung der Naturreichtümer durch das englische Kapital – das sind die Zeichen der Gegenwart. Diese neue Zeit verkörpert vor allem der Sohn eines ehemaligen leibeigenen Bauern, der äußerst erfolgreiche Geschäftsmann und angehende Millionär Lopachin.

Nachdem der Autor mit sparsamen Mitteln wesentliche Merkmale der feudalen und der kapitalistischen Epoche in Rußland sichtbar gemacht hat, richtet sich sein Hauptaugenmerk auf die Enthüllung der psychologischen Besonderheiten seiner Helden, die durch die Epoche, die sie hervorgebracht hat, erklärt werden und sie zugleich charakterisieren.

Dabei ging er außergewöhnlich kühn und originell vor. Er vermied es, seine Personen mit abstoßenden individuellen Eigenschaften auszustatten. Das wäre für die russische Literatur nicht neu gewesen, er selbst hatte in den achtziger Jahren eine Vielzahl unsympathischer Gestalten aus dem Adels- und Gutsbesitzermilieu sowie Figuren erfolgverwöhnter Geschäftsleute und Kulaken geschaffen. Er stellte sich die weit schwierigere Aufgabe, Besonderheiten seiner neuen Helden zu gestalten, die die historische Ausweglosigkeit selbst der besten Vertreter der – zum Untergang verurteilten – herrschenden Klassen aufzeigen würden.

Ein solch wichtiger Wesenszug innerhalb der Adelsgalerie, der auch nach außen hin gut und liebenswürdig erscheinende Menschen einschließt, ist das Schmarotzertum. Von daher kommt ihre praktische Untauglichkeit, ihr herrschaftlicher Egoismus, der um so entmutigender ist, je argloser und gedankenloser er daherkommt, je weicher und gütiger die Natur der Helden ist. Das Goldstück, das die Ranewskaja dem vorbeikommenden fremden Mann gibt, das jüdische Orchester, das für den Tag der Versteigerung des Gutes engagiert worden ist, Anjas Fahrt zu ihrem Pariser Geliebten vom Geld der Großmutter, die seltsame Replik Pischtschiks – „Pferde sind gute Tiere ... Pferde kann man verkaufen ..." –, die herrschaftlichen Bemerkungen Gajews, seine an den Schrank gerichtete Ansprache als Quintessenz des von Tschechow so gehaßten liberalen Schwätzertums, die sie alle charakterisierende erstaunliche Oberflächlichkeit der Gefühle und Gemütsregungen – das alles ergibt das reale Bild der Adligen in diesem Stück. Ihre Charakteristik wird gekrönt von den Worten Petja Trofimows: „Weil ihr lebendige Seelen besessen und beherrscht habt, seid ihr, die ihr früher hier gelebt habt und jetzt noch hier lebt, alle entartet, so daß Ihre Mutter, Sie und der Onkel schon gar nicht mehr wahrnehmen, daß Sie auf Pump leben, auf fremde Kosten, auf Kosten der Menschen, die nur zu Ihrem Vorzimmer Zutritt haben ..."

Während das grundlegende historische Laster des Adels sein Schmarotzertum war, ist der bestimmende Wesenszug des den Adel ablösenden Bourgeois vom Schlage Lopachins dessen Raffgier. Und wiederum zeigt sich das Wesen nicht in den individuellen menschlichen Zügen dieser Figur. Der Autor unterstrich in seinen Verhandlungen mit dem Theater, daß dies keineswegs die traditionelle Gestalt des Kaufmanns, des kleinen Kulaken, sei, sondern vielmehr ein „in jedem Sinne anständiger", ja weichherziger Mensch. Die positiven Eigenschaften des Helden gaben dem Schriftsteller die Möglichkeit, das objektive Wesen der Praktiken Lopachins aufzudecken und – wie schon in der „Weiberwirtschaft" – erneut auf die unumstößlichen Gesetze der kapitalistischen Unternehmertätigkeit zu verweisen, die gebieterisch das Verhalten des Helden, seine Handlungen, seine Beziehungen zu den Menschen bestimmen. Lopachin ist gutmütig, doch gerade er vertreibt die Menschen, mit denen er fühlt und denen zu helfen er aufrichtig bereit ist, aus der angestammten Heimat; er empfindet die Schönheit des von ihm erstandenen herrlichen Kirschgartens, und trotzdem macht er sich sogleich daran, ihn abzuholzen; er hat nichts gegen eine Heirat mit Warja, aber er findet nicht die Kraft für eine endgültige Entscheidung. „Er wird immer reicher", sagt Warja, „er hat mit seinen Geschäften zu tun, er hat anderes im Kopf als mich." Eine kurze, erschöpfende Charakteristik Lopachins gibt Petja. „Sie sind ein reicher Mann", sagt er zu Lopachin, „Sie werden bald Millionär sein. Und so wie vom Standpunkt des Stoffwechsels ein Raubtier notwendig ist, das alles verschlingt, was ihm in die Quere kommt, so bist auch du notwendig."

Die von Tschechow anschaulich gestaltete persönliche Anständigkeit Lopachins kommt auch darin zum Ausdruck, daß er das Verderbliche seiner Tätigkeit, die Unrichtigkeit seines Handelns selbst einsieht. Daher rührt sein Bestreben, sich irgendwie zu rechtfertigen, sein verführerisches Geschwätz vom „neuen Leben", das durch die Vergrößerung der Zahl der Sommerfrischler erreicht würde. In der Tiefe seines Herzens spürt er selbst die Unsinnigkeit dieser Schönrednerei. Daher packt ihn sogleich nach dem Augenblick seines höchsten Triumphes der Katzenjammer: „Oh, wenn doch das alles bald vorüber wäre, wenn unser ungereimtes, unglückseliges Leben sich bald veränderte!" Er erwähnt auch, Gott habe ihnen „riesige Wälder, unermeßliche Felder, unüberschaubar weite Horizonte gegeben, eigentlich müßten wir, die wir hier leben, selbst wahre Riesen sein ..." Statt dessen aber herrschten Unredlichkeit und Raubgier. „Man braucht nur irgendeine Sache anzufangen, und schon begreift man, wie wenig ehrliche, anständige Menschen es gibt."

Enthüllt wird aber auch die historische Gesetzmäßigkeit der Absage sowohl an die Hinterlassenschaft der feudalen Vergangenheit als auch an die Welt der Lopachins durch Menschen wie Petja Trofimow. Seine Absage gibt Trofimow ein Gefühl der Freiheit, die er verteidigt, ohne Verfolgung, Armut und Krankheit zu fürchten, und die ihn mit Stolz den Spitznamen „Kahler Herr" tragen läßt.

Die Figur des Trofimow geht zweifellos auf die vielfältigen Nachrichten zurück, die Tschechow über die studentische Bewegung und die grausamen Repressalien gegen die Jugend von seiten der zaristischen Kerkermeister erhalten hatte. Was er in diesen Jahren erfuhr, bestätigte, daß die von den jungen Studenten geäußerten Gedanken, ihre Überzeugung, ihre Bereitschaft zum Opfer, keine Phrasen waren, daß sich Hunderte und Tausende junger Menschen tatsächlich so verhielten, selbst unter den Knüppeln der Polizei oder in den zaristischen Folterkammern.

Natürlich konnte Tschechow unter den Augen der Zensur das alles nicht in seinem Stück zum Ausdruck bringen. „Mich schreckte hauptsächlich", schrieb er am 19. Oktober 1903, „die gewisse Unfertigkeit des Studenten Trofimow. Trofimow befindet sich doch immer wieder in der Verbannung, immer wieder jagt man ihn von der Universität, aber wie soll man diese Dinge darstellen?" Unter diesen Umständen konzentrierte der Autor alle Anstrengungen darauf, die Psychologie eines solchen jungen Menschen, der von den neuen Ideen ergriffen ist, zu zeichnen, wobei er alles vermied, was unmittelbar mit der Praxis der revolutionären Bewegung verbunden war. Die Gewißheit, daß die alte Moral, das alte Leben am Ende sind, daß sich die Morgenröte eines neuen Lebens zeigt, daß die Menschen diesem neuen Leben bereits entgegengehen – das ist der grundlegende Charakterzug, den Tschechow seinem Helden verlieh. Trofimow verteidigt seine Überzeugung mit jugendlichem Enthusiasmus, ungeschickt, doch ohne Kompromißbereitschaft.

Tschechow vertraute Trofimow seine geheimen Gedanken an – den Glauben an eine lichte Zukunft der Menschheit, die Überzeugung, daß leeres Geschwätz und schöngefärbte Phrasendrescherei überlebt seien, daß es nötig sei, zu arbeiten und mit aller Kraft denen zur Seite zu stehen, die die Wahrheit suchen. Wie herrlich der Garten auch ist, er ist befleckt von der Vergangenheit. „Bedenken Sie, Anja", sagt Petja, „Ihr Großvater, Ihr Urgroßvater und alle Ihre Vorfahren besaßen Leibeigene; sie beherrschten lebendige Seelen; sehen Sie denn nicht von jeder Kirsche im Garten, von jedem Blättchen, von jedem Stamm menschliche Wesen an, hören Sie nicht ihre Stimmen..." Von welchen Stimmen spricht Petja? Kein Zweifel – von den Stimmen der gequälten, hier zu Tode geprügelten Leibeigenen. Deshalb tut es ihm auch nicht leid um den herrschaftlichen Kirschgarten, der durch Lopachins Axt gefällt wird – es ist der Urteilsspruch der Geschichte. Aber er stimmt deshalb nicht mit Lopachin überein, der nichts kennt außer der zerstörerischen Axt. Der Garten ist tatsächlich sehr schön, doch Trofimow versucht Anja davon zu überzeugen, daß ein neuer Garten angelegt werden wird, daß „die Erde groß und schön" ist, daß es darauf viele wunderbare Plätze gebe, daß „ganz Rußland unser Garten" sei. Das alles findet seinen Höhepunkt in Trofimows Worten „Willkommen, neues Leben!", in denen zweifellos auch die Stimme des Autors zu hören ist.

Damit wird verständlich, was in Tschechow vorging, als er Rezensionen über sein Stück lesen mußte, in denen der „Kirschgarten" als Tragödie des Adels, der dem Kulakentum zum Opfer fiel, behandelt wird. Am betrüblichsten war jedoch, daß das Theater selbst Anlaß bot, Tschechows Stück so aufzufassen. Die Regisseure waren vor allem davon angetan, was sich an der Oberfläche

Figurinen der Ranewskaja und Warja (W. Saizew, Nationaltheater, Weimar 1975)

abspielte – dem Leid der Menschen, die für immer von ihrer Heimat Abschied nehmen mußten, von Menschen, die scheinbar gutmütig und harmlos sind. Dazu kam die Poesie des Kirschgartens, der Lopachins Axt zum Opfer fällt. Für die Regisseure war das deshalb so verlockend, weil es sich für die Bühne leicht in die expressiven und elegischen Formen gießen ließ, die für die früheren Tschechow-Inszenierungen erarbeitet worden waren, obwohl sie hier zu besonders großen Irrtümern führten.

Viele Jahre sollten noch vergehen, bis Stanislawski vollends die Fehler des Theaters erkannt hatte und schrieb: „Gebt ... Lopachin im ‚Kirschgarten' den Schwung Schaljapins und der jungen Anja das Temperament der Jermolowa, mag der erste mit seiner ganzen Kraft das Überlebte niederhauen, und das junge Mädchen, das mit Petja Trofimow das Herannahen einer neuen Epoche spürt, der Welt entgegenrufen: ‚Sei gegrüßt, neues Leben!', und ihr werdet verstehen, daß der ‚Kirschgarten' ein uns nahestehendes, lebendiges, zeitgemäßes Stück ist, daß Tschechows Stimme darin aufmunternd und anfeuernd erklingt, weil er selbst nicht zurück, sondern vorwärts blickte."

Rasch verflogen die Tschechow noch verbleibenden Lebensmonate. Am 15. Februar fuhr er nach Jalta, wo er sich erneut nicht wohl fühlte. Am 20. April schrieb er: „Ich habe Magenverstimmung und Husten, das zieht sich schon einige Wochen hin; ich glaube, zu dem allen trägt nicht wenig das hiesige Klima bei, das ich liebe und verachte, so wie man schöne, aber garstige Frauen liebt und verachtet." Wie früher verfolgte er aufmerksam die Ereignisse in Rußland, mit besonderer Spannung den Fortgang des russisch-japanischen Krieges. Er war voller Pläne – er dachte an neue Erzählungen, im Herbst des Jahres 1904 wollte er die Redaktion des belletristischen Teils der ‚Russkaja mysl' übernehmen, und im März äußerte er die Absicht, als Arzt an die Front zu gehen, wenn es seine Gesundheit erlaube. Dem Schauspieler Orlenew versprach er, ein Stück speziell für seine ausländischen Gastspiele zu schreiben, A. A. Pleschtschejew sagte er ein Lustspiel zu. Als das Frühjahr näherrückte, träumte er von einem Landhaus bei Moskau. An Olga Leonardowna schrieb er: „Ich sitze da und träume immerzu vom Fischfang, und ich denke darüber nach, wo man die gefangenen Fische lassen soll, obwohl ich den ganzen Sommer nur einen einzigen Gründling angle, und den auch nur wegen seiner Neigung zum Selbstmord."

Im Mai fuhr er wieder nach Moskau, wo sich die Pleuritis zu verschlimmern begann. Der ihn behandelnde Arzt Dr. Taube verordnete ihm eine Kur im Schwarzwald-Kurort Badenweiler. Der Arzt Tschechow wußte sehr wohl, daß sein Gesundheitszustand irreparabel war, und mannhaft ging er dem unvermeidlichen Ende entgegen. Während er in Moskau krank daniederlag, schrieb er Geschäftsbriefe, empfing er Freunde und las Manuskripte. Vor der Abreise nach Deutschland schickte er sein letztes Buchpaket an die Bibliothek von Taganrog. In Briefen ließ er sich nichts anmerken, doch im Gespräch mit einigen seiner Freunde bekannte er, daß er wegfahre, um zu sterben.

Aus Deutschland schickte er ermutigende Briefe. „Mit meiner Gesundheit wird es von Tag zu Tag besser ..." „Meine Gesundheit bessert sich, es geht mit mir kiloweise, nicht nur grammweise aufwärts. Die Beine schmerzen nicht mehr, als hätten sie überhaupt nicht geschmerzt, ich esse viel und mit Appetit, es ist nur die Atemnot von dem Emphysem geblieben sowie Schwäche von der Abmagerung, die sich während der Krankheit eingestellt hat." Das war kein Selbstbetrug, Tschechow wollte sich ganz einfach nicht vor der Zeit selbst beerdigen. Noch weniger wollte er eine solche Begräbnisstimmung bei seinen Angehörigen und Freunden erzeugen. Vier Tage vor seinem Tode beschloß Olga Leonardowna, seiner Schwester endlich die traurige Wahrheit über den Zustand Anton Pawlowitschs mitzuteilen. Nachdem sie sie ins Bild gesetzt hatte, schrieb sie: „Laß aus Deinen Briefen Anton nicht spüren, was ich Dir geschrieben habe, ich flehe Dich an, das würde ihn quälen. Während ich schreibe, wiederholt er dauernd, ich solle Dir mitteilen, daß es ihm besser gehe."

Solange Tschechow sich noch bewegen konnte, unternahm er mit seiner Frau Spazierfahrten durch die Umgebung Badenweilers. Später wird sie in ihren fiktiven Briefen diese Bilder ins Gedächtnis zurückrufen und daran erinnern, wie zärtlich er in dieser Zeit war:

„Denkst Du noch daran, wie Du ganz leise meine Hand genommen und sie gedrückt hast, und wenn ich Dich fragte, ob Du Dich wohl fühltest, dann hast Du nur schweigend genickt und mir als Antwort zugelächelt.

Mit welcher Andacht habe ich in einem dieser Augenblicke Deine Hand geküßt! Du hieltest meine Hand lange in Deiner, und so fuhren wir durch einen duftenden Fichtenwald. Mein liebstes Plätzchen dort war eine saftige, smaragdgrüne Wiese, von Sonnenschein übergossen. In einem ausgehobenen Graben rieselte ein Wässerchen, alles war dort so satt und zufrieden, und Du befahlst immer langsam zu fahren und hast den Anblick der Obstbäume genossen, die eine große Fläche bedeckten und ganz frei standen, ohne Umzäunung, und niemand riß Kirschen oder Birnen ab oder stahl sie. Du erinnertest dann an unser armes Rußland ..."

Die Atmosphäre im kaiserlichen Deutschland machte auf Tschechow, wie schon auf früheren Reisen, einen niederdrückenden Eindruck. In seinen Briefen berichtete er, daß die Sonne in Badenweiler lieblich sei, daß sich ringsum ein großer Garten befinde und ein Spaziergang durch die Gärten mit ihren Blumen prächtig sei, aber gleichzeitig schrieb er: „Im Haus und außer dem Haus hört man keinen Ton, nur um sieben Uhr morgens und des Mittags spielt im Garten Musik, teure, aber sehr stümperhafte. Man spürt in nichts auch nur einen einzigen Tropfen Talent, keinen Tropfen Geschmack, aber dafür Ordnung und Redlichkeit im Überfluß. Unser russisches Leben ist weit talentierter, vom italienischen oder französischen ganz zu schweigen."

In der Nacht vom 1. zum 2. Juli 1904 hielt das Herz, das bereits seit der Sachalinreise sehr geschwächt war, der Belastung nicht mehr stand.

Als der Arzt kam, sagte Tschechow auf deutsch zu ihm: „Ich sterbe." Der Arzt ordnete an, dem Sterbenden ein Glas Sekt zu reichen. Tschechow nahm das Glas, wandte sich, wie Olga Leonardowna berichtete, ihr zu, schaute sie mit einem Lächeln an und sagte: „Schon lange habe ich keinen Sekt mehr getrunken . . .“ „Er trank alles ruhig bis auf den Grund aus, legte sich still auf die linke Seite und war bald für immer verstummt . . .“

Die Beisetzung fand in Moskau auf dem Friedhof des Nowodewitschi-Klosters statt.

Anton Tschechow starb in der Blüte seines Schaffens. Der schmerzliche Verlust traf nicht nur seine Freunde und Verwandte, sondern auch eine breite demokratische Öffentlichkeit.

Treffend schrieb Maxim Gorki: „Es tut wohl, sich an einen solchen Menschen zu erinnern; sofort kehrt der Mut in dein Leben zurück, aufs neue kommt klarer Sinn hinein . . .“

Tschechows großer Einfluß auf die Entwicklung der progressiven Kunst des 20. Jahrhunderts ist heute unbestritten. Mit künstlerischer Brillanz und gedanklicher Schärfe hat er in seinem Werk konsequent eine Umwertung sozialer und moralischer Vorstellungen der bürgerlichen Welt vorgenommen.

Wie Bunin sich erinnerte, glaubte Anton Tschechow selbst auf dem Höhepunkt seines Schaffens, als er schon längst das anerkannte Haupt der fortschrittlichen demokratischen Literatur Rußlands war, nicht daran, daß man ihn lange lesen werde. Man würde sich seiner bestenfalls als eines Literaten erinnern, der den Weg vom Zeitungsschreiber zum Schriftsteller fand. Doch recht behalten sollte Lew Tolstoi, der bereits zu Lebzeiten des Künstlers sagte: „Tschechow – das ist Puschkin in Prosa.“

Anhang

Daten aus Leben und Schaffen Anton Tschechows

1860 17. (29.) Januar: Anton Tschechow wird als Sohn des Kaufmanns Pawel Jegorowitsch Tschechow und seiner Ehefrau Jewgenia Jakowlewna (geb. Morosowa) in Taganrog geboren.

1868 Besuch der Vorbereitungsklasse des Taganroger Gymnasiums.

1869 Eintritt in das Taganroger Klassische Gymnasium.

1876 Pawel Tschechow erklärt seinen Bankrott. Die Familie siedelt nach Moskau über, Anton Tschechow bleibt vorerst allein in Taganrog.

1877 Während der Osterferien erster Aufenthalt in Moskau. A. P. Tschechow schickt seinem Bruder Alexander seine „kleinen Sächelchen", erste literarische Versuche, nach Moskau, damit dieser sie in Zeitschriften unterbringt.

1877/78 Das Stück „Vaterlosigkeit" wird an Alexander nach Moskau gesandt.

1879 Abschluß des Gymnasiums. Anton Tschechow siedelt ebenfalls nach Moskau über und wird an der Medizinischen Fakultät der Moskauer Universität immatrikuliert.

1880 Erste Arbeiten („Brief an einen gelehrten Nachbarn" und „Was man meist in Romanen, Novellen usw. antrifft") erscheinen in der Zeitschrift „Strekosa" (Nr. 10).

1881 A. Tschechow wird Mitarbeiter von verschiedenen humoristischen Zeitschriften („Sritel", „Budilnik"), in den folgenden Jahren auch von „Mirskoi tolk", „Swet i ten", „Raswletschenije", „Oskolki" u. a., wo er unter Pseudonym veröffentlicht.

1884 Abschluß der Universität. Veröffentlichung des ersten Erzählungsbandes „Märchen der Melpomene". Tschechow nimmt eine zeitweilige Tätigkeit als Arzt am Semstwo-Krankenhaus der Stadt Woskressensk und am Krankenhaus in Swenigorod auf. Der Plan für eine wissenschaftliche Arbeit – „Das Gesundheitswesen in Rußland" – entsteht. Im Dezember erste Anzeichen von Lungentuberkulose.

1885 Tschechow wird Mitarbeiter der „Petersburger Zeitung". Den Sommerurlaub verbringt er auf dem Gut der Familie Kisseljow in Babkino bei Woskressensk. Im Dezember erste Reise nach Petersburg, Bekanntschaft mit dem Verleger Suworin.

1886 Die erste „Wochenendgeschichte" erscheint in der „Nowoje wremja" („Die Seelenmesse") unterzeichnet mit „An. Tschechow". Brief von Grigorowitsch, der auf Tschechows Talent aufmerksam macht. Veröffentlichung des zweiten Sammelbandes „Bunte Geschichten".

1887 Tschechow unternimmt Reisen nach Taganrog, Nowotscherkassk, Rostow sowie zu den „Heiligen Bergen". Die Sammelbände „In der Dämmerung" und „Unschuldige Reden" werden publiziert. Am 19. November findet die Erstaufführung des Stückes „Iwanow" am Moskauer Theater von Korsch statt. Tschechow beginnt mit der Arbeit an einem Roman. Erste Begegnungen mit W. G. Korolenko, Bekanntschaft mit A. N. Pleschtschejew.

1888 In der Zeitschrift „Sewerny westnik" erscheinen „Die Steppe" (Nr. 3), „Lichter" (Nr. 6), „Der Namenstag" (Nr. 11). Im Theater von Korsch wird das Lustspiel „Der Bär" aufgeführt. Den Sommer verbringt Tschechow in Sumy bei der Familie Lintwarjow. Er unternimmt Reisen auf die Krim, in den Kaukasus, durch die

Ukraine. Für den Sammelband „In der Dämmerung" wird der Schriftsteller im Oktober durch die Akademie der Wissenschaften mit der Hälfte des Puschkin-Preises ausgezeichnet. Es erscheint ein weiterer Band mit dem Titel „Erzählungen". In den „Erinnerungsband für W. M. Garschin" wird Tschechows Erzählung „Der Anfall" aufgenommen.

1889 Premiere des „Iwanow" am Alexandra-Theater in Petersburg. Tschechow setzt die Arbeit an seinem Roman fort. Veröffentlichung des Erzählungsbandes „Kinder". Der Autor wird in das Komitee der Gesellschaft russischer Dramenschriftsteller gewählt. Sommeraufenthalt in Sumy. Am 17. Juni stirbt der Bruder Nikolai. Reise nach Odessa, Jalta, Feodossija. Der Sammelband „Düstere Menschen" erscheint mit einer Widmung an Pjotr Tschaikowski. Die Zeitschrift „Sewerny westnik" (Nr. 11) publiziert die „Langweilige Geschichte". Am 27. Dezember findet die Premiere des „Waldteufel" am Moskauer Theater Abramowa statt. Tschechow trifft Vorbereitungen für eine Sachalinreise.

1890 Reise nach Petersburg. Tschechow studiert Materialien über Sibirien und den Fernen Osten. Die Erzählung „Teufel" („Diebe") erscheint. Am 21. April reist er nach Sachalin mit den Zwischenstationen Jaroslawl, Nishni Nowgorod, Tjumen, Tomsk, Atschinsk, Krasnojarsk, Irkutsk, Blagoweschtschensk, Nikolajewsk. Seine Reiseeindrücke („Aus Sibirien", „Durch Sibirien") veröffentlicht er in der „Nowoje wremja". Auf Sachalin erforscht Tschechow die Lebensbedingungen der Strafgefangenen. Am 13. Oktober fährt er über das Japanische Meer, den Indischen Ozean und den Suezkanal nach Odessa. Am 8. Dezember Rückkehr nach Moskau, wo die Erzählung „Gussew" erscheint.

1891 Reisen nach Petersburg. Tschechow sammelt Bücher und Lehrmittel für die Schulen und Bibliotheken auf Sachalin. Am 17. März unternimmt er eine längere Auslandsreise mit Aufenthalten in Wien, Venedig, Florenz, Rom, Neapel, Monte Carlo, Paris. Am 2. Mai Rückkehr nach Moskau. Er verlebt die Sommerfrische in Alexin und Bogimowo, wo er an seinem Buch „Die Insel Sachalin" arbeitet. Es entstehen außerdem die Erzählungen „Das Duell" und „Weiber" sowie die Feuilletons „Taschenspieler" und „In Moskau". Tschechow organisiert Hilfe für die Betroffenen der Hungerkatastrophe.

1892 Im „Sewerny westnik" erscheint die Erzählung „Meine Frau". Tschechow reist als Vertreter der Hungerhilfe in die Gouvernements Nishni Nowgorod und Woronesh. Am 4. März siedelt er mit seiner Familie auf das Gut Melichowo (südlich von Moskau) um. In der Zeitschrift „Sewer" erscheint die Erzählung „Flattergeist". Tschechow organisiert Maßnahmen gegen die Choleraepedemie; im Melichower Gutshaus richtet er die ambulante Behandlung von Patienten ein. In der Zeitschrift „Russkaja mysl" erscheint „Krankenzimmer Nr. 6". Die letzte in der „Nowoje wremja" publizierte Erzählung ist „Angst".

1893 Von Melichowo aus unternimmt Tschechow Reisen nach Moskau und Petersburg. In „Russkaja mysl" erscheint die „Erzählung eines Unbekannten"; die „Nowoje wremja" veröffentlicht dazu verschiedene ablehnende Rezensionen. In „Russkaja mysl" wird „Die Insel Sachalin" abgedruckt.

1894 Die Erzählung „Weiberwirtschaft" wird ebenfalls in „Russkaja mysl" veröffentlicht. Wegen seines verschlechterten Gesundheitszustandes fährt Tschechow auf die Krim. Er wird Mitglied der Semstwoversammlung von Serpuchow. Am 14. September reist er erneut ins Ausland – die Stationen sind: Triest, Fiume, Venedig, Abbazia, Mailand, Genua, Nizza, Berlin, Paris. Am 19. Oktober Rückkehr nach Melichowo. Tschechow wird zum Geschworenen am Moskauer Kreisgericht gewählt und als Kurator der Landschule in Talesh bestätigt. In den „Russkije wedomosti" erscheinen die Erzählungen „Rothschilds Geige", „Abends" („Der Student"), „Der Literaturlehrer", „Die Erzählung des Obergärtners".

1895 „Russkaja mysl" veröffentlicht die Novelle „Drei Jahre". Tschechow reist wiederholt nach Petersburg; er schreibt die Erzählung „Ariadna". Es erscheinen die Erzählung „Die Gattin" und die Buchausgabe von „Die Insel Sachalin". Am 8./9. August findet in Jasnaja Poljana eine Begegnung mit Lew Tolstoi statt. Tschechow schließt die erste Redaktion seines Schauspiels „Die Möwe" ab. In „Russkaja mysl" erscheint die Erzählung „Der Mord".

1896 Der Schriftsteller unterstützt den Bau einer Schule in Talesh. In „Russkaja mysl" erscheint „Das Haus mit dem Zwischenstock". Am 17. Oktober wird am Alexandra-Theater in Petersburg „Die Möwe" aufgeführt, doch das Stück erleidet einen Mißerfolg. In den Monatsbeilagen der Zeitschrift „Niwa" wird die Novelle „Mein Leben" publiziert, im „Russkaja mysl" der Dramentext der „Möwe".

1897 „Onkel Wanja" erscheint in einem bei Suworin herausgegebenen Dramenband. Tschechow unterstützt einen Schulbau in Nowoselki. Er leistet Mitarbeit bei der Volkszählung, ist im Semstwo tätig (Aufsicht über die Volksbüchereien) und wird als Kurator der Schule von Tschirkowskoje bestätigt. Am 21. März tritt eine krasse Verschlimmerung seines tuberkulösen Leidens ein; er wird in die Klinik von Dr. Ostroumow überführt, wo ihn u. a. Lew Tolstoi besucht. In „Russkaja mysl" erscheint die Novelle „Die Bauern". Tschechow erhält eine Auszeichnung für die Mitarbeit bei der Volkszählung; er wird erneut zum Mitglied der Semstwoversammlung von Serpuchow gewählt. Am 1. September reist er ins Ausland: nach Paris, Biarritz, Bayonne, Nizza. Aus Nizza schickt er die Erzählungen „In der Heimat", „Der Petschenege", „Auf dem Wagen" an die Zeitschrift „Russkije wedemosti". In Paris ist er aufmerksamer Beobachter der „Affäre Dreyfus".

1898 Tschechow übt scharfe Kritik an der Haltung der „Nowoje wremja" (deren Herausgeber Suworin ist) zur Dreyfus-Affäre. W. I. Nemirowitsch-Dantschenko und K. S. Stanislawski gründen gemeinsam das Moskauer Künstlertheater, Nemirowitsch bittet Tschechow um die Genehmigung zur Aufführung der „Möwe". Am 5. Mai Rückkehr nach Melichowo. In „Russkaja mysl" erscheinen die Erzählungen „Der Mensch im Futteral", „Die Stachelbeeren" und „Von der Liebe". Tschechow bemüht sich um den Schulbau in Melichowo. In den Monatsbeilagen der „Niwa" wird die Erzählung „Jonytsch" publiziert. Vom 9.–14. September nimmt der Autor im Künstlertheater an Proben zur „Möwe" und zu A. K. Tolstois „Zar Fedor Ioannowitsch" teil. Bekanntschaft mit Olga Leonardowna Knipper. Am 12. Oktober stirbt Tschechows Vater Pawel Jegorowitsch. Die Familie beginnt mit dem Bau eines Landhauses in Autka bei Jalta. Dort nimmt der Schriftsteller regen Anteil am gesellschaftlichen Leben. Ein Brief Maxim Gorkis leitet die langjährige Korrespondenz und Freundschaft beider ein. Am 17. Dezember findet am Künstlertheater die erfolgreiche Erstaufführung der „Möwe" statt. In „Russkaja mysl" erscheint die Erzählung „Ein Fall aus der Praxis".

1899 Tschechow verkauft die Eigentumsrechte für seine Werke an den Verleger A. F. Marcks und bricht die Geschäftsbeziehungen mit Suworin ab. Er beginnt mit dem Ordnen und Redigieren des Materials für die Gesammelten Werke. Nachrichten über Studentenunruhen im Lande. Begegnungen mit Gorki, Kuprin, Bunin. Tschechow reist nach Moskau und verbringt die letzten Tage in Melichowo. Begegnungen mit Olga Knipper in Moskau, Noworossijsk und Jalta. Am 26. Oktober Uraufführung des „Onkel Wanja" am Künstlertheater. Tschechow bemüht sich um einen Sanatoriumsbau für notleidende Tuberkulosekranke in Jalta. Der erste Band der

Gesammelten Werke erscheint im Verlag von Marcks. „Russkaja mysl" veröffentlicht die Erzählung „Die Dame mit dem Hündchen".

1900 Am 8. Januar wird Tschechow zum Ehrenmitglied der Klasse für Schöne Literatur an der Akademie der Wissenschaften gewählt. Die Zeitschrift „Shisn" druckt die Novelle „In der Schlucht". Gastspiel des Künstlertheaters in Sewastopol und Jalta. Tschechow reist mit Gorki, Wasnezow und anderen in den Kaukasus. Im Juli ist Olga Knipper bei den Tschechows zu Gast. Reise nach Moskau. Am 11. Dezember fährt Tschechow nach Nizza und beendet das Drama „Drei Schwestern".

1901 Aufenthalt in Nizza. Am 26. Januar Abreise mit M. Kowalewski nach Italien. Pisa, Florenz, Rom. Am 31. Januar findet die Uraufführung der „Drei Schwestern" im Künstlertheater statt. Am 15. Februar Rückkehr nach Jalta. Am 25. Mai heiratet Tschechow die Schauspielerin Olga Knipper, gemeinsam reisen sie zu einer Kumys-Kur in das Gouvernement Ufa. Am 3. August verfaßt der Schriftsteller sein Testament. Im September gibt er in Moskau Korrekturen für die Inszenierung der „Drei Schwestern". Am 28. Oktober Rückkehr nach Jalta. Tschechow besucht gemeinsam mit Gorki den schwerkranken Lew Tolstoi in Gaspra.

1902 Gorkis Wahl zum Ehrenmitglied der Akademie wird für ungültig erklärt, Tschechow verzichtet daraufhin aus Protest auf seine Akademiemitgliedschaft. Er leistet materielle Hilfe für verbannte Studenten. Im „Shurnal dlja wsech" erscheint die Erzählung „Der Bischof". Olga Knipper-Tschechowa erkrankt schwer. Anton Tschechow reist auf der Wolga und der Kama zum Gut von Morosow. Er schreibt an seinem letzten Stück „Der Kirschgarten".

1903 Im Mai/Juni Sommeraufenthalt bei Moskau. Tschechow schließt die Arbeit an der Erzählung „Die Braut" ab. Am 9. Juli Rückkehr nach Jalta. Im Oktober übergibt er den „Kirschgarten" an das Künstlertheater. Am 4. Dezember fährt er selbst nach Moskau, um an den Proben zum „Kirschgarten" teilzunehmen. Die zweite Auflage der Gesammelten Werke erscheint als Beilage zur Zeitschrift „Niwa".

1904 Am 17. Januar findet die Premiere des „Kirschgarten" statt und verbunden damit eine Ehrung des Autors im Künstlertheater. Am 17. Februar Rückkehr nach Jalta. Am 3. Mai Fahrt nach Moskau. Die Krankheit verschlimmert sich. Am 3. Juni reist Tschechow mit seiner Frau zur Kur nach Badenweiler im Schwarzwald, wo er in der Nacht zum 2. (15.) Juli stirbt. Am 9. Juli findet in Moskau die Beisetzung auf dem Friedhof des Nowodewitschi-Klosters statt.

Zeitschriftenverzeichnis

„Artist" (Der Schauspieler); illustrierte Zeitschrift für Theater und Musik, erschien von 1889 bis 1895 in Moskau.

„Budilnik" (Der Wecker); satirische Wochenzeitschrift, erschien von 1873 bis 1917 in Moskau.

„Iskra" (Der Funke); satirische Wochenzeitschrift, erschien von 1859 bis 1873 in Petersburg. Ursprünglich Organ der revolutionären Demokraten, verlor jedoch später unter dem Einfluß der Zensur an Bedeutung.

„Mirskoi tolk" (Weltmeinung); Wochenschrift für gesellschaftliches Leben, Politik und Literatur, erschien von 1879 bis 1884 in Moskau.

„Moskowski listok" (Moskauer Blättchen); Tageszeitung, eines der ersten russischen Boulevardblätter, erschien von 1881 bis 1918 in Moskau.

„Moskwa" (Moskau); Wochenzeitschrift, erschien von 1882 bis 1883 in Moskau.

„Nedelja" (Die Woche); Wochenschrift für Politik und Literatur, Organ der liberalen Volkstümler, erschien von 1866 bis 1901 in Petersburg.

„Niwa" (Die Flur); illustrierte Familienzeitschrift, erschien von 1870 bis 1918 im Verlag von A. F. Marcks in Petersburg, seit 1894 mit monatlicher Literaturbeilage. Höchste Auflage aller Wochenzeitschriften im vorrevolutionären Rußland.

„Nowoje wremja" (Neue Zeit); Tageszeitung, erschien von 1868 bis 1917 in Petersburg. Zunächst liberales Blatt, nach Übernahme durch A. S. Suworin mehr und mehr auf reaktionärer Position, Chauvinismus und Antisemitismus propagierend.

„Nowoje slowo" (Das neue Wort); Monatszeitschrift der liberalen Narodniki, erschien von 1894 bis 1897 in Petersburg.

„Nowosti dnja" (Tagesneuigkeiten); bürgerliche Tageszeitung, erschien von 1883 bis 1906 in Moskau.

„Oskolki" (Splitter); humoristische Wochenschrift liberaler Richtung, erschien von 1881 bis 1916 in Petersburg, seit 1882 von N. A. Lejkin als Redakteur und Herausgeber geleitet.

„Otetschestwennyje sapiski" (Vaterländische Annalen); demokratische Monatszeitschrift, später den Volkstümlern (N. K. Michailowski) nahestehend, erschien von 1839 bis zum Verbot 1884 in Petersburg.

„Peterburgskaja gaseta" (Petersburger Zeitung); Boulevardblatt, erschien von 1867 bis 1917 in Petersburg.

„Raswletschenje" (Zerstreuung); humoristische Wochenzeitschrift, erschien von 1859 bis 1916 in Moskau.

„Russkaja mysl" (Russisches Denken); bürgerlich-liberale Monatsschrift für Wissenschaft, Politik und Literatur, erschien von 1880 bis 1918 in Moskau. Zu ihren Mitarbeitern zählten viele progressive Schriftsteller der 80er und 90er Jahre.

„Russki satiritscheski listok" (Russisches satirisches Blättchen); Wochenzeitschrift, erschien von 1882 bis 1889 in Moskau.

„Russkije wedomosti“ (Russische Nachrichten); Tageszeitung mit bedeutendem literarischem Teil, zu dessen Mitarbeitern viele angesehene Schriftsteller gehörten, erschien von 1863 bis 1918 in Moskau.

„Russkoje obosrenije“ (Russische Umschau); Monatsschrift für Wissenschaft und Kulturpolitik konservativer Richtung, erschien von 1890 bis 1898 in Moskau.

„Sewer“ (Der Norden); Wochenzeitschrift für Literatur und Kunst, erschien von 1888 bis 1914 in Petersburg.

„Sewerny westnik“ (Bote des Nordens); Monatszeitschrift für Politik, Wissenschaft und Literatur liberaler Richtung, erschien von 1885 bis 1898 in Petersburg. Zählte zahlreiche progressive Schriftsteller zu den Mitarbeitern, in den letzten Jahren Sprachrohr der Symbolisten.

„Shisn“ (Das Leben); Wochenzeitschrift für Politik und Literatur, erschien von 1897 bis 1901 in Petersburg. Wurde unter der Leitung von W. A. Posse zum Organ der „legalen Marxisten“; enger Mitarbeiter des literarischen Teils war Maxim Gorki.

„Shurnal dlja wsech“ (Zeitschrift für alle); illustrierte populärwissenschaftliche Monatsschrift, erschien von 1896 bis 1906 in Petersburg.

„Sowremennik“ (Der Zeitgenosse); literarische und gesellschaftspolitische Monatsschrift, erschien von 1847 bis zum Verbot 1866 in Petersburg. Die Zeitschrift war das Publikationsorgan der revolutionären Demokraten.

„Sputnik“ (Der Gefährte); Literaturzeitschrift, erschien seit 1882 zweimal monatlich in Moskau.

„Sritel“ (Der Zuschauer); illustrierte humoristische Wochenzeitschrift, erschien von 1881 bis 1885 in Moskau.

„Strekosa“ (Die Grille); humoristische Wochenzeitschrift, erschien von 1875 bis 1908 in Petersburg.

„Swertschok“ (Das Heimchen); humoristische Wochenzeitschrift, erschien von 1886 bis 1891 in Moskau.

„Swet i teni“ (Licht und Schatten); Wochenzeitschrift, erschien von 1878 bis 1884 in Moskau.

„Swistok“ (Die Pfeife); humoristische Zeitschrift, erschien als Beilage zum „Sowremennik“.

„Syn otetschestwa“ (Der Sohn des Vaterlandes); Zeitschrift für Politik, Wissenschaft und Literatur, erschien von 1856 bis 1905 in Petersburg, zunächst wöchentlich, seit 1862 als Tageszeitung.

„Teatral“ (Der Theaterfreund); illustrierte Wochenzeitschrift, erschien von 1895 bis 1900 in Moskau.

„Wolna“ (Die Woge); Wochenschrift für Kunst und Literatur, erschien von 1884 bis 1886 in Moskau.

„Wsemirnaja illustrazija“ (Welt im Bild); Wochenzeitschrift, erschien von 1869 bis 1898 in Petersburg.

Auswahlbibliographie

1. *Wichtigste russische und deutsche Werkausgaben*

Полное собрание сочинений, тт. 1–23.
(Gesamtausgabe, Bd. 1–23) A. F. Marcks, St. Petersburg 1903/16.

Полное собрание сочинений и писем, тт. 1–20.
(Gesamtausgabe der Werke und Briefe, Bd. 1–20) Goslitisdat, Moskau 1944/51.

Собрание сочинений, тт. 1–12. Вступ. статья В. В. Ермилова.
(Gesammelte Werke, Bd. 1–12. Einleitung: W. W. Jermilow) Goslitisdat, Moskau 1960/64.

Gesammelte Werke in Einzelbänden, Bd. 1–8. Herausgegeben von G. Dick und W. Düwel. Rütten & Loening, Berlin 1964/68.

2. *Briefwechsel, Erinnerungen, Materialien zur Biographie Tschechows*

А. П. Чехов и В. Г. Короленко. Переписка. Ред. и вступ. Н. К. Пиксанова. Комментарии Л. М. Фридекса.
(A. P. Tschechow und W. G. Korolenko: Briefwechsel. Redaktion und Einleitung: N. K. Piksanow. Kommentare: L. M. Frideks) I. D. Sytin, Moskau 1923.

Переписка А. П. Чехова и О. Л. Книппер, тт. 1–2. Редакция и примечания А. Б. Дермана.
(Briefwechsel zwischen A. P. Tschechow und O. L. Knipper, Bd. 1–2. Redaktion und Anmerkungen: A. B. Derman) Goslitisdat, Moskau 1934/36.

Немирович-Данченко Вл. И. Из прошлого.
(W. I. Nemirowitsch-Dantschenko: Aus der Vergangenheit) Goslitisdat, Moskau 1938.

Письма к А. П. Чехову его брата Александра Чехова. Подготовка текста, вступ. статья и комментарии И. С. Ежова.
(Briefe an A. P. Tschechow von seinem Bruder Alexander. Textauswahl, Einleitung und Kommentare: I. S. Jeshow) Sozekgis, Moskau 1939.

М. Горький и А. Чехов. Переписка, статьи, высказывания. Подготовка текста, комментарии Н. И. Гитович. Вступ. статья И. В. Сергиевского.
(M. Gorki und A. Tschechow: Briefwechsel, Aufsätze, Äußerungen. Textauswahl und Kommentare: N. I. Gitowitsch. Einleitung: I. W. Sergijewski) Goslitisdat, Moskau 1951.

Чехова М. П. Письма к брату А. П. Чехову. Ред. и вступ. статья Н. А. Сысоева.
(M. P. Tschechowa: Briefe an den Bruder A. P. Tschechow. Redaktion und Einleitung: N. A. Syssojew) Goslitisdat, Moskau 1954.

Чехов в вспоминаниях современников. Подготовка текста и комментарии Н. И. Гитович, И. В. Федерова. Ред. и вступ. статья А. К. Котова.
(Tschechow in den Erinnerungen der Zeitgenossen. Textauswahl und Kommentare: N. I. Gitowitsch, I. W. Fjodorow. Redaktion und Einleitung: A. K. Kotow) Goslitisdat, Moskau 1954.

Станиславский К. С. Моя жизнь в искусстве. В кн.: Собрание сочинений в 8-ми томах, т. 1.
(K. S. Stanislawski: Mein Leben in der Kunst. In: Werkausgabe in 8 Bänden, Bd. 1) Iskusstwo, Moskau 1954.
dass. deutsch: Bruno Henschel & Sohn, Berlin 1951.

Гитович Н. И. Летопись жизни и творчества А. П. Чехова.
(N. I. Gitowitsch: Chronik von Leben und Werk A. P. Tschechows) GIChL, Moskau 1955.

Чехова М. П. Из далекого прошлого. Запись Н. А. Сысоева.
(M. P. Tschechowa: Aus ferner Vergangenheit. Aufgezeichnet von N. A. Syssojew) GIChL, Moskau 1960.

Литературное наследство, т. 68. Чехов.
(Literarisches Erbe, Bd. 68.: Tschechow) Akad. d. Wiss. d. UdSSR, Moskau 1960.

Чехова М. П. Вокруг Чехова. Встречи и впечатления. Вступ. статья Е. З. Балабановича.
(M. P. Tschechow: Rund um Tschechow. Begegnungen und Eindrücke. Einleitung: J. S. Balabanowitsch) Moskowski rabotschi, Moskau 1964.

Ольга Леонардовна Книппер-Чехова. Воспоминания, статьи, переписка, чч. 1–2. Составитель, редактор, автор вступ. статьи В. Я. Виленкин.
(Olga Leonardowna Knipper-Tschechowa: Erinnerungen, Aufsätze, Briefwechsel, T. 1–2. Zusammenstellung, Redaktion und Einleitung: W. J. Wilenkin) Iskusstwo, Moskau 1972.

3. *Sowjetische Monographien, Aufsätze, Sammelbände über Leben und Werk Tschechows*

Мышковская Л. М. Чехов и юмористические журналы 80-х годов.
(L. M. Myschkowskaja: Tschechow und die humoristischen Zeitschriften der achtziger Jahre) Moskowski rabotschi, Moskau 1929.

Балухатый С. Д. Чехов-драматург.
(S. D. Baluchaty: Tschechow als Dramatiker) Goslitisdat, Leningrad 1936.

Дерман А. Б. А. П. Чехов. Критико-биографический очерк.
(A. B. Derman: A. P. Tschechow, Kritisch-biographischer Abriß) Goslitisdat, Moskau 1939.

Дерман А. Б. Москва в жизни и творчестве А. П. Чехова.
(A. B. Derman: Moskau in Leben und Werk A. P. Tschechows) Moskowski rabotschi, Moskau 1948.

Ермилов В. В. Антон Павлович Чехов.
(W. W. Jermilow: Anton Pawlowitsch Tschechow) Molodaja gwardija, Moskau 1949, dass. deutsch: Bruno Henschel & Sohn, Berlin 1951.

Ермилов В. В. Драматургия Чехова.
(W. W. Jermilow: Tschechows Dramendichtung) Goslitisdat, Moskau 1954.

Семанова М. Чехов в школе. Изд. 2-е.
(M. Semanowa: Tschechow in der Schule. 2. Aufl.) Utschpedgis, Leningrad 1954.

Строева М. Л. Чехов и Художественный театр.
(M. L. Strojewa: Tschechow und das Künstlertheater) Iskusstwo, Moskau 1955.

Григорьев А. Л. Чехов и прогрессивная зарубежная литература. Уч. зап. Ленинград. пед. ин-та им. А. И. Герцена, т. CXXI.

(A. L. Grigorjew: Tschechow und die progressive Literatur des Auslands. Wissenschaftliche Beiträge des Leningrader Pädagogischen Instituts „A. I. Herzen", Bd. CXXI) Leningrad 1955.

Бялый Г. А. А. П. Чехов. В кн.: «История русской литературы», т. IX, ч. 2.
(G. A. Bjaly: A. P. Tschechow. In: „Geschichte der russischen Literatur", Bd. IX, T. 2) Akad. d. Wiss. d. UdSSR, Moskau/Leningrad 1956.

Творчество А. П. Чехова. Сборник статей. Пособие для учителя.
(Das Schaffen A. P. Tschechows. Sammlung von Aufsätzen. Handbuch für den Lehrer) Utschpedgis, Moskau 1958.

Елизарова М. Е. Творчество Чехова и вопросы реализма конца XIX века.
(M. J. Jelisarowa: Das Werk Tschechows und Fragen des Realismus zum Ende des 19. Jh.) Goslitisdat, Moskau 1958.

Скафтимов А. Статьи о русской литературе.
(A. Skaftimow: Aufsätze über russische Literatur) Oblisdat, Saratow 1958.

Дерман А. Б. О мастерстве Чехова.
(A. B. Derman: Von Tschechows Meisterschaft) Sowjetski pissatel, Moskau 1959.

Роскин А. А. П. Чехов. Статьи и очерки.
(A. Roskin: Aufsätze und Skizzen) Goslitisdat, Moskau 1959.

Роскин А. Статьи о литературе и театре. Антоша Чехонте.
(A. Roskin: Aufsätze über Literatur und Theater. Antoscha Tschechonte) Sowjetski pissatel, Moskau 1959.

Семанова М. Л. Чехов и советская литература.
(M. L. Semanowa: Tschechow und die Sowjetliteratur) Sowjetski pissatel, Moskau/Leningrad 1966.

Гроссман Л Роман Нины Заречной.
(L. Grossman: Der Roman der Nina Saretschnaja) Zs. „Prometej", Moskau 1967, Nr. 1.

Чехов А. П. Сборник статей и материалов, вып. 1–5. Таганрогский литературный музей А. П. Чехова.
(A. P. Tschechow: Sammlung von Aufsätzen und Materialien, Lieferung 1–5. Taganroger Literaturmuseum „A. P. Tschechow") Rostower Buchverlag, Rostow/Don 1959–69.

Бердников Г. П. А. П. Чехов. Идейные и творческие искания. Изд. 2-е, дополненное.
(G. P. Berdnikow: A. P. Tschechow. Wege seines Suchens und Schaffens. 2., erweiterte Auflage) GIChL, Leningrad 1970.

Бердников Г. П. Чехов-драматург. Традиции и новаторство в драматургии А. П. Чехова. Изд. 2-е, доработанное.
(G. P. Berdnikow: Tschechow als Dramatiker. Tradition und Neuerertum im dramatischen Schaffen A. P. Tschechows. 2., überarbeitete Auflage) Iskusstwo, Moskau 1972.

Балабанович Е. Чехов и Чайковский. Второе изд.
(J. Balabanowitsch: Tschechow und Tschaikowski. 2. Auflage) Moskowski rabotschi, Moskau 1973.

Бучкин С. Дорогой Антон Павлович ... Очерки о корреспондентах А. П. Чехова.
(S. Butschkin: Lieber Anton Pawlowitsch ... Skizzen über Tschechows Briefpartner) Nauka i technika, Minsk 1973.

4. *Bibliographische Wegweiser*

Масанов И. Ф. Чеховиана. Систематический указатель литературы о Чехове и его творчестве, вып. I. Вводная статья и ред. А. Б. Дермана.
(I. F. Massanow: Tschechowiana. Systematischer Wegweiser zur Literatur über Tschechow und sein Werk, Heft 1. Einleitung und Redaktion: A. B. Derman) Moskau 1929.

Полоцкая Э. А. Антон Павлович Чехов. Рекоммендательный указатель литературы.
(E. A. Polozkaja: Anton Pawlowitsch Tschechow. Wegweiser empfehlenswerter Literatur) Leninbibliothek, Moskau 1955.

История русской литературы XIX века. Библиографический указатель под редакцией К. Д. Муратовой.
(Geschichte der russischen Literatur des 19. Jahrhunderts. Bibliographischer Wegweiser. Redaktion: K. D. Muratowa) Akad. d. Wiss. d. UdSSR, Moskau/Leningrad 1962.

5. *Deutschsprachige Sekundärliteratur*

H. Halm: Anton Tschechows Kurzgeschichte und deren Vorläufer. Duncker, Weimar 1933.

R. Trautmann: Turgenjew und Tschechow. Ein Beitrag zum russischen Geistesleben. Volk und Buch, Leipzig 1948.

G. Gruber: Das Stimmungsdrama Anton P. Čechovs. Diss., Wien 1950.

Th. Mann: Versuch über Tschechow. In: Werke, Bd. 11. Aufbau-Verlag, Berlin 1955.

H. Auzinger: Die Pointe bei Čechov. Diss., München 1956.

F. Basler: Gogol und Čechov. Diss., Berlin (West) 1956.

G. Dick: Čechov in Deutschland. Diss., Berlin 1956.

A. M. Uhlmann: Anton Tschechow. Sein Leben in Bildern. Bibliographisches Institut, Leipzig 1956.

W. Düwel: Anton Tschechow. Dichter der Morgendämmerung. Sprache und Literatur, Halle (Saale) 1961.

K. Bednarz: Theatralische Aspekte der Dramenübersetzung. Dargestellt am Beispiel der deutschen Übertragungen und Bühnenbearbeitungen der Dramen Anton Čechovs. Diss., Wien 1969.

G. Selge: Anton Tschechows Menschenbild. Fink, München 1970.

W. Gruhn: A. P. Tschechow und das Drama des 20. Jahrhunderts. Diss., Leipzig 1976.

U. Herbst: Zum künstlerischen System in Čechovs Erzählungen seiner letzten Schaffensperiode. Diss., Leipzig 1978.

Čechov-Chronik. Daten zu Leben und Werk. Zusammengestellt von P. Urban. Diogenes, Zürich 1981.

E. Wolffheim: Anton Čechov in Selbstzeugnissen und Bilddokumenten. Rowohlt, Reinbek b. Hamburg 1982.

Register der erwähnten Werke

Personenregister

Abbildungsnachweis

Nowosti (APN), Moskau: S. 75
Verlag Junge Garde, Moskau: S. 15, 18 (3), 22, 82, 85, 119, 161, 181 (1), 184, 191, 193, 197, 213, 243, 259 (1), 281 (2), 287, 300, 311 (1), 326 (1), 331 (1), 339 (1)
Volk und Wissen/Bildstelle, Berlin: S. 331 (1)
Friedel Wallesch, Berlin: S. 11, 28, 31, 33, 35, 36 (2), 41 (2), 43, 47, 54 (4), 61, 64, 68, 71, 93, 98, 103, 126, 131, 133, 142, 159 (2), 173, 176, 181 (1), 199 (2), 203, 219, 224, 233, 247 (2), 255, 259 (1), 267, 274, 291, 297, 305, 311 (1), 321 (2), 326 (1), 339 (1), 343, Frontispiz
Zentrales Haus der DSF, Berlin: S. 245

ISBN 3-06-102596-0

2. Auflage

Printed in the German Democratic Republic
Einband und Schutzumschlag: Heinz Hellmis
Typographische Gestaltung: Manfred Schütz
Schrift: 9/11 Garamond-Antiqua
Gesamtherstellung: Offizin Andersen Nexö Leipzig, Betriebsteil Hildburghausen
LSV 8033
Lizenz Nr.: 203 · 1000/86 (D 10 25 96-2)
Bestell-Nr.: 709 005 8
01000